Ontwaken

Nora Roberts bij Boekerij:

Het eiland van de drie zusters-trilogie
1 *Dansen op lucht*
2 *Hemel en aarde*
3 *Spelen met vuur*

Ierse trilogie
1 *Meer dan liefde*
2 *Gesloten hart*
3 *Vergeet haar niet*

Teken van Zeven-trilogie
1 *Verbonden door het lot*
2 *Op zoek naar de bron*
3 *De kracht van het hart*

Sterren-trilogie
1 *Een ster van vuur*
2 *De baai der zuchten*
3 *Het glazen eiland*

Cirkel-trilogie
1 *De cirkel van zes*
2 *Dans van de goden*
3 *De stille vallei*

Dromen (*Templeton*-trilogie)
1 *Verover je droom*
2 *Koester je droom*
3 *Vind je droom*

Drie dochters (*Concannon*-trilogie)
1 *Geboren in vuur*
2 *Geboren in ijs*
3 *Geboren in schande*

De bron-trilogie
1 *Het begin*
2 *Vanuit het duister*
3 *De komst van de kracht*

Bruiden-kwartet
1 *Dromen in beeld*
2 *Armen vol rozen*
3 *Proeven van liefde*
4 *Geluk als besluit*

De *Boonsboro Inn*-trilogie
1 *Voor nu en altijd*
2 *De eerste en laatste*
3 *Alles voor elkaar*

Drakenhart-trilogie
1 *Ontwaken*

De villa
Droomwereld
Het eind van de rivier
Nachtmuziek
De schuilplaats
Thuishaven
Begraaf het verleden
Geboorterecht
Het noorderlicht
De gloed van vuur
Een nieuw begin
Het heetst van de dag
Eerbetoon
Vastberaden
De zoektocht
Vuurdoop
De ooggetuige
Het strandhuis
De schilder
Geliefde illusie
Terug naar huis
De obsessie
Publiek geheim
Bij zonsondergang
Weet je nog?
Kijk niet terug

Onderstromen
Op de vlucht

Nora Roberts als J.D. Robb bij Boekerij:

Thrillers:
Vermoord naakt
Vermoorde reputaties
Vermoorde schoonheid
Vermoord in extase
Plechtig vermoord
Vermoord uit wraak
Vermoorde liefde
Vermoorde harten
Explosief vermoord
Vermoorde getuige
Rechtvaardig vermoord
Verraad
Verleiding
Hereniging
Waanzin
Vergeten verleden
Berucht
Perfectie
Visioen
Overlever

E-booknovelles:
Bij nacht vermoord
Vermoorde vaders
Vermoord fantoom
Bloedig vermoord
Ritueel vermoord
Vermoord en vermist

www.noraroberts.com
www.boekerij.nl

Nora Roberts

Ontwaken

Ze is vastbesloten haar verdwenen vader terug te vinden.
Zo begint een reis die haar hele leven op zijn kop zet.

BOEKERIJ

ISBN 978-90-225-9160-4
ISBN 978-94-023-1590-5 (e-book)
NUR 302

Oorspronkelijke titel: *The Awakening – Dragon Heart Legacy #1*
Vertaling: Harmien Robroch
Omslagontwerp: Johannes Wiebel | Punchdesign, naar een idee van Ervin Serrano
Omslagbeeld: © Daniel Pexa, Peter Zelei Images en James Leynse, allen bij Getty Images; Shutterstock
Zetwerk: Mat-Zet bv, Huizen

Voor Colt,
mijn pientere jongen die ons leven meer
licht en liefde brengt.

DEEL 1

Veranderingen

Een leugen die een halve waarheid is,
is altijd de zwartste leugen.

Alfred, Lord Tennyson

Presume not that I am the thing I was.

William Shakespeare

Proloog

De Feyvallei

Mistflarden gleden als glanzende, zilveren vingers over het lichtgroene water van het meer. Ze slingerden en kronkelden opwaarts in de richting van een zachtgrijze lucht, terwijl in het oosten, aan de andere kant van de heuvels, een roze blos als een ingehouden adem op punt stond van ontwaken.

In de kilte van de dageraad stond Keegan O'Broin aan de rand van het meer en hij keek hoe de dag begon. Een dag van veranderingen en keuzes, van hoop en macht, wist hij. Hij wachtte als die ingehouden adem om zijn plicht te doen en hoopte vóór de middag weer op de boerderij te zijn. Werk aan de winkel, dacht hij, en meer training natuurlijk.

Maar dan wel thuis.

Toen het signaal kwam, trok hij zijn laarzen en tuniek uit. Zijn broer Harken deed hetzelfde, evenals bijna zeshonderd anderen. Ze kwamen niet alleen uit de vallei, de jongelui en niet zo jonge lui, maar uit alle windrichtingen van Talamh. Ze kwamen uit het zuiden, waar de Vromen hun geheime gebeden baden, uit het noorden waar de sterkste krijgers de Zee der Stormen bewaakten, uit de Hoofdstad in het oosten en hier vandaan, het westen.

Want hun hoofdman, hun *taoiseach*, was dood, had zijn leven gegeven om de wereld te redden. En zoals het stond geschreven, zoals het was verteld, zoals het was bezongen, zou een nieuwe leider oprijzen als de mist, op deze dag, hier, op deze manier.

Hij wilde net zomin taoiseach worden als Harken. Harken, een vrolijke twaalfjarige – de jongste die mocht deelnemen aan het ritueel – was een boerenjongen door en door. Keegan wist dat zijn jongere broer deze dag, al deze mensen en de sprong in het meer als dolle pret zag.

Voor Keegan betekende vandaag dat hij zich aan een belofte hield die hij een stervende man had gedaan, een man die als een vader voor hem was geweest sinds zijn eigen vader naar de goden was gegaan, een man die Talamh naar de overwinning had geleid op een vijand die zijn volk hadden willen onderwerpen, maar daar met zijn leven voor had moeten betalen.

Keegan had geen verlangen om de staf van de taoiseach op te pakken, om het zwaard van de leider van het volk ter hand te nemen. Maar hij had een belofte gedaan en dus zou hij met alle andere jongens en meisjes, mannen en vrouwen het water in duiken.

'Kom op, Keegan!' Harken grijnsde en zijn ravenzwarte haar wapperde in de lentebries. 'Wat is dit leuk. Als ik het zwaard vind, kondig ik een week van dansen en feesten af.'

'Als jij het zwaard vindt, wie zorgt er dan voor de schapen, wie melkt de koeien?'

'Als ik als taoiseach uit het water kom, doe ik dat allemaal en nog veel meer. De strijd is gestreden en gewonnen, broer. Ik heb ook verdriet om hem.' Harken, die van nature een vriendelijke jongen was, sloeg zijn arm om Keegans schouder. 'Hij was een held en zal nooit vergeten worden. En zoals hij zou willen, zoals moet gebeuren, zal er vandaag een nieuwe leider komen.' Met zijn felblauwe ogen keek Harken naar de menigte aan de oever van het meer. 'We eren hem en allen die voor hem kwamen, allen die na hem komen.' Hij gaf Keegan een por in zijn zij. 'Nou niet piekeren, het is niet zo dat een van ons straks met Cosantoir in de hand uit het water komt. Het wordt vast Cara, die is net een meermin in het water, of Cullen die de afgelopen twee weken heeft geoefend met zijn adem inhouden onder water.'

'Typisch,' mompelde Keegan. Cullen was een prima soldaat, maar zou geen goede hoofdman zijn. Die vocht liever dan dat hij nadacht.

Keegan was met zijn veertien jaar zelf soldaat, had bloed gezien, vergoten, wist wat macht was, hoe het voelde, en begreep dat denken net zo belangrijk was als het zwaard, de lans, de krachten.

Meer nog.

Had hij dat niet geleerd van zijn vader en degene die hem als zoon had behandeld?

Terwijl hij samen met Harken tussen alle anderen stond – het was een geroezemoes van jewelste – baande zijn moeder zich een weg door de menigte.

Hij zou willen dat zij vandaag ook het water in dook. Hij wist dat er niemand was die een geschil zo goed kon slechten als zij, die tien dingen tegelijk kon doen. Harken had zijn vriendelijke aard van haar, hun zus Aisling haar schoonheid en hij had het idee dat hij ten minste iets van haar schranderheid had.

Tarryn bleef even bij Aisling staan, die liever bij haar vrienden stond dan bij haar broers op wie ze momenteel neerkeek. Keegan keek hoe ze Aislings kin optilde, haar beide wangen kuste en iets zei waar haar dochter om moest glimlachen, voordat ze doorliep naar haar zoons.

'En hier heb ik een frons en een grijns.' Tarryn woelde door Harkens haar en trok even aan de krijgersvlecht die links langs Keegans hoofd hing. 'Vergeet niet wat het doel van vandaag is, laat het ons verenigen en iets zeggen over wie en wat we zijn. Wat jullie hier doen is duizend jaar en langer gedaan door zij die voor ons kwamen. En van allen die het zwaard uit het meer haalden, stonden de namen geschreven nog voordat ze geboren waren.'

'Als het lot bepaalt wie oprijst, waarom kunnen we dat dan niet zien? Waarom kun jij dat niet zien?' vroeg Keegan dringend. 'Jij die kunt zien wat was en wat gaat komen.'

'Als ik, of jij, of wie dan ook dat kon zien, zou het de keus wegnemen.' Zoals het een moeder betaamde, sloeg ze een arm om Keegans schouder, maar haar ogen – helderblauw zoals die van Harken – keken uit over het meer en door de mist. 'Jij kiest ervoor om het water in te gaan, of niet? En degene die het zwaard ter hand neemt, moet kiezen om ermee op te rijzen.'

'Wie zou daar nou niet voor kiezen?' vroeg Harken zich hardop af. 'Dan zouden ze de taoiseach zijn.'

'Een leider wordt geëerd, maar een leider draagt ook de last voor ons allen. En dus moet hij ervoor kiezen die samen met het zwaard op te pakken. Stil nu.' Ze kuste haar zoons. 'Daar is Mairghread.'

Mairghread O'Ceallaigh, ooit zelf taoiseach, en moeder van degene die pas was begraven, had haar zwarte rouwkleding verwisseld voor een eenvoudige witte japon zonder opsmuk, en droeg alleen een hanger met een steen die zo rood was als haar haar. Het was alsof de vlammen ervanaf sloegen – zowel van de steen als haar haar – en ze de mistflarden deed verdampen toen ze erdoorheen liep. Haar haar was zo kort als van de feeën die haar volgden.

En de menigte week voor haar uiteen, het geroezemoes verstomde tot een stilte die uiting gaf aan respect en bewondering.

Hij kende haar als Marg, de vrouw in de cottage in het bos, niet ver van de boerderij. De vrouw die altijd een stuk honingcake en een verhaal voor een hongerige jongen had. Een vrouw met enorme krachten en moed, die voor Talamh had gevochten, vrede had gebracht en daar een hoge prijs voor had betaald.

Nadat hij zich aan zijn woord had gehouden en haar het nieuws zelf had verteld, had hij haar in zijn armen gehouden toen ze huilde om haar zoon. Hoewel ze het al had geweten. Hij had haar vastgehouden tot de vrouwen waren gearriveerd om haar te troosten.

En ook al was hij een soldaat, een man, hij was daarna verder het bos in getrokken om zijn eigen tranen te laten vloeien.

Ze zag er indrukwekkend uit en er ging een rilling van bewondering voor haar door hem heen. Ze droeg de staf bij zich, het aloude symbool van leiderschap. Het gitzwarte hout glansde in het zonlicht dat door de mistflarden heen brak. Het was alsof het houtsnijwerk leefde. Binnen in de drakenhartsteen die bovenop zat, wervelden krachten.

Toen ze sprak, zweeg zelfs de wind.

'Wederom hebben wij met bloed en offers vrede naar onze wereld gebracht. We hebben door de eeuwen heen onze wereld beschermd, en daarmee alle anderen. We kiezen ervoor zo te leven, van het land, van de zee, van de Fey, met eerbied voor alles. Wederom kunnen wij in vrede leven, wederom zullen wij het goed hebben, tot het opnieuw tijd is voor bloedvergieten en offers. Vandaag zal, zoals staat geschreven, zoals is voorspeld, een nieuwe leider opstaan, en allen hier zullen een eed van trouw afleggen aan Talamh, aan de taoiseach die het zwaard uit het Meer van de Waarheid haalt en de Staf der Gerechtigheid aanvaardt.'

Ze hief haar gezicht naar de hemel en Keegan bedacht dat haar stem zo helder en zo krachtig was dat hij wel moest reiken tot de Zee der Stormen en daarachter.

'Op deze plek, op dit moment roepen wij onze bron van kracht aan. Laat degene die vandaag verkozen wordt de Fey eren, respecteren en beschermen. Laat de hand die het zwaard aanvat sterk en wijs en trouw zijn. Dit en dit alleen vraagt uw volk van u.'

Het water, bleek en groen van kracht, begon te kolken. De mist erboven danste.

'En zo begint het.' Mairghread O'Ceallaigh bracht de staf omhoog.

Ze renden naar het water. De jongeren lachten en joelden toen ze het water in doken en sprongen. Aan de kant werd gejuicht.

Keegan hoorde al het lawaai en aarzelde op het moment dat zijn broer met vrolijk gespetter het water in ging. Hij dacht aan zijn eed, aan de hand die de zijne had vastgehouden tijdens die laatste ogenblikken in deze wereld.

En dus dook hij.

Hij kon de kou van het water wel vervloeken, maar wat had dat voor zin? De anderen deden dat wel, of ze lachten of trappelden zelfs met hun benen om weer boven te komen. Hij sloot zich af voor de gedachten die hij kon horen, want er waren te veel mensen om hem heen.

Hij had gezworen dat hij vandaag te water zou gaan en diep zou duiken. Dat hij het zwaard ter hand zou nemen als het hem vond. En dus dook hij dieper en dieper, dacht aan de keren dat hij dit vroeger met zijn broer en zus had gedaan. Kinderen op een zomerse dag op jacht naar gladde stenen op de zachte bodem van het meer.

Hij kon anderen in het water zien die omhoog of omlaag zwommen. Het meer zou hen naar de oppervlakte duwen als ze geen lucht meer in hun longen hadden, want de belofte was dat vandaan niemand die het meer in ging iets zou overkomen.

Nog altijd bewoog het meer om hem heen, soms draaide het, soms kolkte het. Hij kon de bodem zien en de gladde stenen die hij als kleine jongen had verzameld.

Plotseling zag hij de vrouw. Ze leek stil te liggen en daarom dacht hij dat ze een meermin was. Van oudsher deden meerminnen niet mee met dit ritueel. Zij heersten al over de zeeën en waren daar tevreden mee.

Toen besefte hij dat hij alleen haar gezicht zag, haar haar. Het was even rood als dat van Marg, maar langer en het dreef naar achteren. Haar ogen, grijs als schaduwen in de rook, maakten iets in hem los. Maar hij kende haar niet. Hij kende iedereen in de vallei van gezicht en dat van haar kwam niet van hier.

Maar toch ook weer wel.

En hoewel hij zich ervoor had afgesloten, hoorde hij haar even duidelijk als hij Marg had gehoord toen hij nog op de kant stond.

Hij was ook van mij. Maar dit is van jou. Hij wist het, en jij weet het ook.

Het zwaard vloog bijna in zijn hand. Hij voelde hoe zwaar het was, voelde de kracht, de zuiverheid.

Hij kon het laten vallen, doorzwemmen, wegzwemmen. Zíjn keus, aldus de goden, aldus de verhalen. Hij maakte zijn vingers los en liet het gewicht, de kracht, die zuiverheid wegglijden. Hij wist niet hoe hij moest leiden. Hij wist hoe je moest vechten, hoe je moest trainen, hoe je moest paardrijden en vliegen. Maar hij wist niet hoe je anderen moest aanvoeren, in een strijd of in vrede.

Het zwaard glom in zijn hand, het zilverwerk leek te leven, de enkele rode steen vlamde. Toen hij zijn grip langzaam losliet, werd de glans doffer, de vlam begon te flikkeren.

En zij keek naar hem. *Hij geloofde in jou.*

Een keus, vroeg hij zich af. Wat een gelul. Eer liet geen ruimte voor keus.

En dus wees hij met het zwaard naar het oppervlak, waar de zon in diamanten op het water danste. Hij zag dat het visioen – want ze was niet meer dan dat – glimlachte.

Wie ben jij, wilde hij weten.

Daar zullen we allebei achter moeten komen.

Het zwaard bracht hem als een pijl uit een boog omhoog. Het kliefde door het water en toen door de lucht. Gejuich klonk op toen de zon op het zwaard viel en het licht en zijn macht over het water weerkaatste.

Hij zwom ermee naar het dichte, vochtige gras en deed toen wat hij moest doen. Hij knielde voor Mairghread neer. 'Ik geef jou dit en alles wat het voor jou betekent,' zei hij, zoals haar zoon had gedaan, 'want er is niemand die het méér verdient.'

'Mijn tijd is geweest.' Ze legde een hand op zijn hoofd. 'En die van jou begint.' Ze pakte zijn hand en liet hem opstaan.

Hij hoorde niets, zag niets, alleen haar. 'Dit was mijn wens,' mompelde ze, zodat alleen hij het kon horen.

'Waarom? Ik weet niet hoe ik moet...'

Ze bracht hem tot zwijgen met een zoen op zijn wang. 'Je weet meer dan je denkt.' Ze stak de staf naar hem uit. 'Neem wat van jou is, Keegan O'Broin.' Toen hij de staf van haar overnam, deed ze een stap naar achteren. 'En doe wat nu komt.'

Hij draaide zich om. Ze keken naar hem, een zee van gezichten, al die ogen die hem aanstaarden. Hij besefte dat hij vanbinnen angst voelde en schaamde zich ervoor. Het zwaard had hem gekozen, dacht hij, en hij had ervoor gekozen ermee op te rijzen. De tijd van angst was voorbij.

Hij hief de staf, zodat het drakenhart trilde van leven. 'Hiermee zal er voor iedereen in Talamh gerechtigheid zijn.' Daarna het zwaard. 'Hiermee zal iedereen beschermd worden. Ik ben Keegan O'Broin. Met alles wat ik ben en ooit zal zijn beloof ik dit aan alle valleien, heuvels, bossen, nederzettingen, alle uithoeken, elke Fey. Ik vertegenwoordig het licht. Ik leef voor Talamh en als de goden het rechtvaardigen, zal ik voor Talamh sterven.'

Ze juichten hem toe en te midden van het gebulder hoorde hij Marg zeggen: 'Goed gedaan, jongen. Heel goed gedaan.'

Ze namen hem op hun schouders, de jonge taoiseach. En een nieuw hoofdstuk begon.

1

Philadelphia

Breen Kelly zat in een bus die heel erg de hik leek te hebben en ze wreef over de kloppende pijn bij haar slaap.

Het was een slechte dag, aan het eind (goddank!) van een slechte week, de laatste van een slechte maand.

Of twee.

Ze had zichzelf opdracht gegeven om vrolijk te worden. Het was vrijdag, wat betekende dat ze twee hele dagen vrij had voordat ze weer voor de klas moest staan om kinderen uit de onderbouw Engels te leren. Natuurlijk was ze een groot deel van die twee dagen bezig met het nakijken van huiswerk en het voorbereiden van lessen, maar dan stond ze tenminste niet voor de klas, met al die blikken op haar gericht. Verveelde, manische en enkele hoopvolle blikken.

Nee, ze was niet van plan om zich zo onbeholpen en niet op haar plek te voelen als een puber die liever ergens anders was. Ze hield zich voor dat lesgeven een heel eerzaam beroep was. Het gaf voldoening, was betekenisvol, van wezenlijk belang.

Alleen jammer dat ze er zo slecht in was.

De bus hobbelde naar de volgende halte. Een paar mensen stapte uit, een paar mensen stapte in.

Ze keek. Ze was goed in kijken, want het was zo veel gemakkelijker dan deelnemen.

De vrouw in het grijze broekpak met een telefoon in haar hand en een gejaagde blik in haar ogen? Een alleenstaande moeder die op weg was naar huis en belde om te vragen hoe het met de kinderen ging, besloot Breen. Ze had waarschijnlijk nooit verwacht dat haar leven zo zwaar zou zijn.

Daarna een paar puberjongens – hoge gympen, korte broeken van het merk Adidas tot op de knieën, oortjes in. Op weg naar vrienden, beetje basketballen, pizzaatje pakken, film kijken. Een benijdenswaardige leeftijd, dacht Breen, waarop een weekend alleen maar lol betekende.

De man in het zwart... Hij keek haar recht aan, zo intens dat ze haar blik afwendde. Hij kwam haar bekend voor. Waarom kwam hij haar bekend voor? Met de dichte bos zilvergrijs haar deed hij haar aan een hoogleraar denken. Maar nee, dat was het ook niet. Van een hoogleraar in de bus kreeg ze geen droge keel, ging haar hart niet tekeer. Ze was doodsbang dat hij naar achteren zou lopen, naast haar zou komen zitten. In dat geval zou ze de bus nooit meer uit komen. Dan zou ze blijven rijden en rijden, in een oneindige lus nergens naartoe.

Ze wist dat het absurd was, maar het kon haar niets schelen. Ze sprong op, rende naar voren terwijl haar aktetas tegen haar heup klapte. Ze keek hem niet aan – dat durfde ze niet – maar moest rakelings langs hem heen om bij de deur te komen. Hoewel hij een stap opzij deed, voelde ze dat haar arm tegen de zijne aankwam toen ze passeerde.

Haar longen klapten dicht, haar knieën begon te knikken. Iemand vroeg of ze zich wel goed voelde, toen ze naar de deur strompelde. Maar ze hoorde hem in haar hoofd: *Kom naar huis, Breen Siobhan. Het is tijd dat je thuiskomt.*

Ze klampte zich vast aan de leuning, struikelde bijna op de treden. En begon toen te rennen.

Ze wist dat mensen naar haar keken, hun hoofd omdraaiden, haar nastaarden en zich afvroegen wat er aan de hand was. Dat maakte het alleen maar erger. Ze haatte aandacht, deed zo haar best om niet op te vallen, om in het niet te verdwijnen.

De bus reed schokkend langs.

Hoewel ze piepend in- en uitademde, voelde ze dat de druk op haar borst afnam. Ze dwong zich om rustig te worden, te kalmeren en als een normaal mens over straat te lopen. Het duurde bijna een minuut voordat dat lukte, en nog een minuut om in zich op te nemen waar ze eigenlijk was.

Ze had geen paniekaanval meer gehad sinds de avond vóór haar eerste lesdag op Grady Middle School. Marco, haar beste vriend die ze nog van de kleuterschool kende, had haar erdoorheen gesleept, en ook door de paniek die haar was overvallen voor aanvang van haar eerste ouderavond, al was die minder erg geweest.

Gewoon een man in de bus, hield ze zich voor. Daar was echt niets bedreigends aan. En ze had hem helemaal niet in haar hoofd gehoord. Als je geloofde dat je andermans gedachten kon horen, was je gestoord.

Had haar moeder haar dat niet ingeprent... al haar hele leven?

Door één ogenblik van waanzin, moest ze nu bijna een kilometer lopen. Maar dat was niet erg, dat was prima. Het was een mooie lenteavond en ze was er – uiteraard – op gekleed. De dunne regenjas – er was dertig procent kans op regen geweest – over de voorjaarstrui, de verstandige schoenen. Ze hield van wandelen. En dan al die extra stappen op haar Fitbit!

Nou goed, het gooide haar plannen een beetje in de war, maar wat maakte dat uit?

Ze was zesentwintig en single, en had op een vrijdagavond in mei helemaal geen plannen. Alsof dat niet deprimerend genoeg was, had de paniekaanval haar hoofdpijn erger gemaakt.

Ze ritste een vakje in haar tas open, pakte het doosje en haalde er twee paracetamoltabletjes uit. Ze slikte ze door met wat water uit de fles die in het zijvakje van haar tas zat.

Ze zou naar het huis van haar moeder gaan, de post uit de brievenbus halen – omdat haar moeder weigerde de post te laten vasthouden als ze er niet was – sorteren, de reclame versnipperen, en rekeningen en andere correspondentie in de daarvoor bestemde vakjes op haar moeders werkkamer leggen.

De ramen opendoen om het halfvrijstaande huis te luchten, de planten water geven, binnen en op het terras omdat het toch niet geregend had.

Na een uur de ramen dichtdoen, het alarm aanzetten, de deuren sluiten. Met de eerstvolgende bus naar huis. Eten in elkaar flansen... vrijdagavond betekende een salade met gegrilde kipfilet en – hoera! – een glas wijn. Huiswerk nakijken, cijfers doorsturen. Soms verafschuwde ze technologie omdat het schoolbeleid voorschreef dat ze die cijfers postte – om vervolgens te maken te krijgen met leerlingen en ouders die bezwaar maakten.

Terwijl ze in gedachten haar lijstje doornam, passeerde ze mensen die op weg waren naar happy hour of een vroeg etentje, in elk geval naar iets interessanters dan haar eigen bestemming.

Ze was niet jaloers... niet erg. Ze had een vriend gehad, had etentjes, uitjes naar het theater en de bioscoop in haar agenda verwerkt. Seks ook. Ze had het idee gehad dat het allemaal prima en soepel ging.

Tot hij haar had gedumpt.

Prima, dacht ze. Het was prima. Het was niet zo dat ze smoorverliefd waren geweest. Maar ze had hem gemogen, had zich bij hem op haar gemak gevoeld. En de seks was best goed.

Toen ze haar moeder had moeten vertellen dat Grant niet naar haar zesenveertigste verjaardag zou komen en waarom, had de stijlvolle, succesvolle Jennifer Wilcox, mediadirecteur van reclamebureau Philly Brand, uiteraard met haar ogen gerold.

En het niet kunnen laten om 'dat had ik je toch gezegd' te zeggen.

Er viel niets tegen in te brengen, het was zo.

En toch had ze willen terugslaan.

Jij bent op je negentiende getrouwd! Kreeg mij toen je twintig was. En tien jaar later wist je niet hoe snel je die man de deur uit moest werken. Wiens schuld is het dat hij mij in de steek liet... niet alleen jou, maar mij?

Was het haar eigen schuld, vroeg Breen zich af. Was zij niet de grootste gemene deler met een moeder die geen greintje respect voor haar had en een vader die niet genoeg van haar had gehouden om in haar leven te blijven?

Terwijl hij het nog zo had beloofd.

Ouwe koeien, hield ze zich voor. Hou erover op.

Ze zat te veel in haar hoofd, moest ze toegeven, en was blij om te zien dat ze bijna bij haar moeders huis was.

Een fraaie groene buurt. Een succesvolle buurt, vol succesvolle mensen, zakenlieden, stellen die genoten van het stadsleven dicht bij goede cafés, restaurants en interessante winkeltjes. Al die rozerode bakstenen gebouwen, het volmaakt geschilderde houtwerk, de glinsterende ramen. Hier gingen mensen vóór hun werk een stukje joggen, naar de sportschool, of wandelen langs de rivier. Hier organiseerden ze elegante diners of wijnproeverijen en lazen ze belangrijke boeken. Zo stelde ze het zich in elk geval voor.

Haar beste herinneringen waren afkomstig uit een klein huis waar haar slaapkamer een schuin dak had. Een oude bakstenen haard in de woonkamer – niet op gas of elektriciteit, maar op hout. Waar de achtertuin even avontuurlijk was als de verhalen die haar vader haar voor het slapengaan vertelde. Magische verhalen over magische plekken.

De ruzies hadden het verpest, de ruzies die ze door de muren had gehoord, de ruzies die ze in haar hoofd had gehoord.

En toen was hij vertrokken. Eerst steeds een week of twee en dan nam hij haar daarna mee naar de dierentuin – ze wilde niets liever dan dierenarts worden – of naar het park als hij op zaterdag langskwam. En daarna was hij gewoon niet meer teruggekomen.

Dat was nu meer dan vijftien jaar geleden en ze hoopte nog steeds dat hij terugkwam.

Ze haalde de sleutel uit haar portemonnee, een sleutel die haar drie weken geleden met een complete instructielijst overhandigd was, toen haar moeder voor een van haar zakenreizen was vertrokken, met aansluitend een rustgevend verblijf in een kuuroord.

Als ze volgende week woensdag de post uit de brievenbus had gehaald, zou ze de sleutel hier achterlaten samen met een pak melk en de andere boodschappen op de lijst, aangezien haar moeder donderdagochtend thuiskwam.

Ze pakte de post, stopte het stapeltje onder haar arm, maakte de deur open en liep de hal binnen om het alarm uit te zetten. Daarna deed ze de deur dicht en stopte de sleutel weer in haar portemonnee.

Als eerste liep ze naar de keuken, een hedendaags wonder van roestvrij staal, witte kastjes, witte tegels, een vierkanten spoelbak en muren met de kleur van stopverf. Ze liet haar tas op de grond vallen, legde de post op het kookeiland en hing haar regenjas over een kruk. Toen ze haar timer op een uur had gezet, begon ze overal ramen open te zetten.

Van de keuken en de lounge terug naar de woonkamer – allemaal ruim opgezet met een schitterende houten vloer met brede planken. Omdat het toilet een raam had, deed ze dat ook open. Het waaide amper, maar het stond op haar lijst en Breen deed wat haar was opgedragen.

Vervolgens nam ze de post mee naar boven. In de derde slaapkamer, die haar moeder had omgebouwd tot kantoor, legde ze het stapeltje op een L-vormig werkblad dat als bureau diende.

De muren waren hier lichtbruin en er stond een donkerbruine bureaustoel.

Keurig ingedeelde planken met prijzen – haar moeder had er aardig wat bemachtigd – hier en daar wat boeken, allemaal werkgerelateerd, een paar ingelijste foto's, ook werkgerelateerd.

Breen opende de drie ramen erachter en vroeg zich zoals altijd af waarom iemand met zijn rug naar dat uitzicht zou willen zitten. De bomen, bakstenen gebouwen, de lucht, de wereld.

Te veel afleiding, had Jennifer gezegd, toen Breen ernaar had gevraagd. Werk is werk.

Ze zette de twee zijramen ook open, aan weerszijden van een – afgesloten – dossierkast.

Brede vensterbanken met daarop weelderige groene planten in koperen potten. Die zou ze net als de overige planten water geven als ze alles open had gezet. Dan zou ze de post sorteren en wachten tot de timer afging. De ramen weer dichtdoen, de boel afsluiten, klaar.

Ze opende de ramen in de uitnodigende logeerkamer – waar zij nog nooit had geslapen – in de bijbehorende badkamer en in de elegante eenvoud van haar moeders slaapkamer en badkamer.

Ze vroeg zich af of haar moeder ooit een man had meegenomen naar dat prachtige bed met het zomerblauwe dekbed en de opgeschudde kussens.

En had er direct spijt van.

Ze liep weer naar beneden, wilde het terras op, maar liep terug toen ze de telefoon in haar tas hoorde.

Ze las wat er op het schermpje stond – neem nooit op als je niet weet wie het is – en glimlachte. Als iemand deze waardeloze dag een beetje beter kon maken, dan was het Marco Olsen.

'Hoi.'

'Jij ook hoi. Het is vrijdag, mens.'

'Dat heb ik gehoord.' Ze nam de telefoon mee naar het terras met de roestvrijstalen tafel en stoelen, en de smalle hoge potten op de hoeken.

'Zorg dan dat je met dat lekkere kontje van je naar Sally's komt. Het is happy hour, schat, en het eerste rondje is van het huis.'

'Gaat niet.' Ze draaide de kraan open, pakte de tuinslang en begon de potten water te geven. 'Ik moet eerst al die dingen bij mijn moeder doen en daarna heb ik nakijkwerk.'

'Het is vrijdag,' herhaalde hij. 'Laat je gaan. Ik sta tot twee uur achter de bar en het is karaokeavond.'

Het enige dat ze in gezelschap zonder angst kon – vooral als ze wat ophad en samen met Marco was – was zingen.

'Ik ben hier nog...' Ze keek op de timer om haar pols '... drieënveertig minuten en dat huiswerk kijkt zichzelf niet na.'

'Dan doe je dat zondag. Je bent te veel aan het piekeren, Breen, en die lul van een Grant Webber is het niet waard.'

'O, het is niet alleen dat… hem. Ik weet het niet, ik zit gewoon in een dip, meer niet.'

'Iedereen is wel eens gedumpt.'

'Jij niet.'

'Wel waar. Smoking Harry, weet je nog?'

'Jij en Harry vonden allebei dat de relatie op dat vlak z'n beste tijd had gehad en jullie zijn nog steeds vrienden. Dat is niet gedumpt worden.' Ze liep naar de volgende pot.

'Je moet wat lol maken. Als je niet over… Ik geef je drie uur de tijd om naar huis te gaan en je te verkleden, een sexy gezicht te trekken, en anders kom ik je halen.'

'Je staat achter de bar.'

'Sally is dol op jou, mens. Hij komt wel met me mee.'

Zij was net zo dol op Sally, de buitengewone dragqueen. Ze hield van de club, ze voelde zich er goed, net als in de gayscene. Daarom woonde ze er ook middenin en deelde ze een appartement met Marco.

'Ik maak het eerst hier af, dan zie ik wel hoe ik me voel als ik thuis ben. Ik heb al uren hoofdpijn – dat is geen smoesje – en ik had in de bus hiernaartoe een paniekaanval waar het niet beter van is geworden.'

'Ik kom je halen en dan breng ik je naar huis.'

'Mooi niet.' Ze liep naar de derde pot. 'Ik heb paracetamol genomen en die gaat zo wel werken.'

'Wat is er in de bus gebeurd?'

'Dat vertel ik je straks wel, het was stom. En misschien heb je gelijk, heb ik wat drank, wat Marco en wat Sally's nodig. Ik kijk wel even hoe ik me voel als ik thuis ben.'

'App me als je er bent.'

'Goed, en nu aan het werk. Ik moet nog één pot buiten doen, dan de planten binnen, die stomme post en dan die vervelende ramen.'

'Zeg eens een keertje nee.'

'Zo erg is het niet. Over een klein uurtje ben ik klaar en dan neem ik de bus naar huis. Ik app wel. Ga nou maar drank inschenken. Dag.' Ze liep naar binnen, deed zorgvuldig de terrasdeur op slot en liet de gieter vollopen om de planten binnen te verzorgen.

Er stak een briesje op en ze bleef even met haar ogen dicht bij het raam staan, liet de wind over zich heen gaan. Misschien ging het toch nog regenen, een goeie lentebui.

Het begon harder te waaien, wat haar verraste, want de zon scheen nog steeds door het raam. Zou het gaan stormen?

Dat zou ze ook niet erg vinden. Misschien dat een storm die verdomde hoofdpijn zou wegblazen. En omdat Marco haar drie uur had gegeven voor iets wat in twee uur ook kon, zou ze dat uur alvast wat huiswerk kunnen nakijken. Dan voelde ze zich wat minder schuldig.

Met de gieter in haar hand liep ze weer naar boven, terwijl de wind – het was niet langer een briesje – de gordijnen deed wapperen. 'Nou mama, je huis wordt beslist goed gelucht.'

Ze liep de werkkamer binnen en stuitte daar op een chaos.

De onderste la van de dossierkast stond open – ze had durven zweren dat hij op slot had gezeten. Papieren dwarrelden als vogels door de kamer.

Breen zette de gieter neer, rende de kamer binnen, raapte ze van de grond en griste ze uit de lucht terwijl de wind wervelde.

Plotseling werd het stil, alsof er een deur was dichtgeslagen, en daar stond ze met haar handen vol papieren.

De altijd efficiënte Jennifer zou erg ontstemd zijn.

'Gewoon terugleggen, alles terugleggen, de boel opruimen. Dat merkt ze nooit. Daar gaat mijn extra uur. Sorry Marco, geen Sally's voor mij vanavond.' Ze pakte de lege dossiermappen en alle papieren, en ging aan haar moeders werkplek zitten om ze te sorteren. De tekst op de bovenste dossiermap zette haar voor een raadsel.

ALLIED INVESTMENTS/BREEN/2006-2013

Ze had helemaal geen investeringen, was nog steeds bezig haar studie af te betalen, en deelde het appartement met Marco niet alleen voor de gezelligheid, maar ook om de huur te kunnen betalen.

Verbijsterd pakte ze nog een map.

ALLIED INVESTMENTS/BREEN/2014-2020

Op een andere stond soortgelijke informatie met daarbij: CORRESPONDENTIE.

Had haar moeder een soort beleggingsrekening voor haar geopend zonder het haar te vertellen? Waarom?

Ze had van haar grootouders van moeders kant een bescheiden bijdrage voor haar studie gekregen en die had haar door haar eerste jaar heen geholpen, daar was ze heel blij mee geweest. Maar daarna had haar moeder heel duidelijk gemaakt dat ze er alleen voor stond.

Je moet op eigen benen staan, had Jennifer haar gezegd… herhaaldelijk. Harder studeren, harder werken als je ooit meer dan alleen maar gewoontjes wilt zijn.

En dus had ze twee parttime banen gehad om haar collegegeld te kunnen betalen en tussendoor gestudeerd. Verder had ze leningen afgesloten die ze waarschijnlijk de rest van haar leven moest afbetalen.

En ze was afgestudeerd – heel gewoontjes – had een heel gewone baan als docent weten te bemachtigen, waarna ze nog meer schulden op zich had genomen door er een master aan vast te plakken omdat ze die nodig had om haar baan te houden.

En nu stonden er beleggingen op haar naam? Ze begreep er niets van.

Ze bladerde door de papieren om ze bij de juiste map te leggen.

Ver kwam ze niet.

Ze begreep dan wel niet veel van beleggingen of aandelen en rente, maar ze kon wel getallen lezen. En het maandelijkse afschrift van mei 2014, toen zij moeite had de eindjes aan elkaar te knopen, twee banen had en alleen maar instantnoedels at, had er op de rekening meer dan negenhonderdduizend – dúízend – dollar gestaan… Het stond er overduidelijk.

'Dat kan niet,' mompelde ze. 'Dat kan gewoon niet.'

Maar haar naam stond op de rekening, samen met die van haar moeder.

Ze rommelde verder en vond maandelijkse stortingen van The Bank of Ireland.

Ze maakte zich los van de werkplek, liep niets ziend naar het raam en rukte het elastiek uit haar haar.

Haar vader. Haar vader had haar elke maand geld gestuurd. Dacht hij dat hij daarmee kon goedmaken dat hij haar in de steek had gelaten? Nooit had gebeld of geschreven of op bezoek was geweest? 'Nee, nee, nee. Maar...'

Haar moeder had het geweten en had niets gezegd. Had het geweten en had Breen laten denken dat hij zomaar was verdwenen, de kinderalimentatie had stopgezet, hen allebei in de steek had gelaten. En dat was niet zo.

Ze moest wachten tot haar handen niet meer trilden en haar ogen niet meer brandden.

Vervolgens liep ze terug, verzamelde de papieren, las de correspondentie en bestudeerde het laatste maandafschrift. De wrok, het verdriet smolten samen tot een zacht borrelende woede. Ze pakte haar telefoon en belde het nummer van de accountmanager.

'Benton Ellsworth.'

'Ja, meneer Ellsworth, u spreekt met Breen Kelly. Ik...'

'Mevrouw Kelly, wat een verrassing! Wat leuk om u nu eens daadwerkelijk te spreken. Ik hoop dat alles goed is met uw moeder.'

'Vast. Meneer Ellsworth, ik heb zojuist ontdekt dat ik een rekening bij uw bank heb met beleggingen en investeringen ter waarde van drie miljoen achthonderddrieënvijftigduizend achthonderdtwaalf dollar en, eh, vijfenzestig cent. Klopt dat?'

'Ik kan de dagwaarde voor u nakijken, maar ik begrijp niet goed wat u bedoelt als u zegt dat u dat hebt ontdekt.'

'Is dit mijn geld?'

'Ja, natuurlijk. Ik...'

'Waarom staat mijn moeders naam ook op de rekening?

'Mevrouw Kelly.' Hij sprak langzaam. 'De rekening is geopend toen u nog minderjarig was en aangaf dat u de rekening liever aan uw moeder overliet. Ik kan u verzekeren dat ze nauwgezet toezicht heeft gehouden op uw beleggingen.'

'Hoe heb ik dat aangegeven?'

'Mevrouw Wilcox legde uit dat u geen behoefte had om zich met de beleggingen bezig te houden en u hebt mij of de bank nooit laten weten dat u de rekening uitsluitend op uw naam wilde laten zetten.'

'Omdat ik niet wist dat die rekening bestond.'

'Dat moet een misverstand zijn. Het lijkt me het beste als ik een afspraak met u en uw moeder maak om dit op te lossen.'

'Mijn moeder is afwezig. Ze is op dit moment in een kuuroord waar ze geen telefoon en internet heeft.' Ergens was er een god die het beste met haar voorhad, dacht Breen. 'Ik vind dat u en ik dit moeten regelen.'

'Zeker, absoluut. Mijn assistent is al naar huis, maar ik kan een afspraak voor maandag in de agenda zetten.'

Nee, nee, na het weekend had ze hier het lef niet meer voor. Dat zou in de tussentijd wegsijpelen, zo ging het altijd. 'Kan het nu niet?'

'Mevrouw Kelly, ik stond op het punt om zelf naar huis te gaan.'

'Het spijt me dat ik u lastigval, maar ik geloof dat dit dringend is. Voor mij is dit dringend. Ik wil met u praten, deze… situatie beter begrijpen voordat ik een advocaat raadpleeg.'

In de stilte die volgde, kneep Breen haar ogen dicht. Alsjeblieft, dacht ze, laat me alsjeblieft niet wachten.

'Misschien is het beter als we nu iets afspreken, dit allemaal doornemen. Maar het is vast een misverstand, zoals ik al zei. Ik heb begrepen dat u geen autorijdt, dus…'

'Ik heb geen auto,' corrigeerde ze hem, 'omdat ik me die niet kan veroorloven. Maar ik ben heel goed in staat om naar uw kantoor te komen. Ik kom zo snel mogelijk.'

'Dan zie ik u beneden in de hal. We zijn een kleine bank, mevrouw Kelly. De meeste mensen zijn al aan hun weekend begonnen tegen de tijd dat u er bent.'

'Goed. Dank u.' Ze hing op voordat hij van gedachten kon veranderen en ging trillend zitten. 'Geef jezelf een schop onder je kont, Breen. Geef jezelf verdomme een schop onder je kont en ga.'

Ze legde alle papieren die ze op stapeltjes had gelegd in de bijbehorende mappen. Liet de gieter staan, liet de dossierkast open en ging naar beneden. Ze dacht aan de bus, aan hoelang ze erover zou doen om naar de bank in het centrum te rijden.

Toen deed ze iets wat ze nog nooit had gedaan.

Ze bestelde een Uber.

Het was afschuwelijk druk, maar ja, het was vrijdag in de spits. De Uber-chauffeur, een vrouw van haar leeftijd, begon te kletsen, maar stopte toen Breen met haar hoofd naar achteren leunde en haar ogen dichtdeed.

Ze wilde de dossiers opnieuw bekijken, maar dan werd ze wagenziek. Geen goede manier om de man die kennelijk haar effectenmakelaar was voor de eerste keer te ontmoeten. Ze had een plan nodig, maar was te overstuur, te boos om na te denken. Haar plan voor dit weekend was geweest om rekeningen te betalen, te goochelen met geld, te kijken of ze ergens nog iets vandaan kon halen. Die treurige klus had ze na haar work-out gepland. Thuis, omdat ze geen geld had om lid te worden van een sportschool.

Niet alleen omdat ze er geen geld voor had, moest ze toegeven, maar omdat het raar en ongemakkelijk voelde om te sporten in het bijzijn van andere mensen.

Ongeacht wat deze afspraak zou opleveren, ze moest nog steeds rekeningen betalen.

Ze deed haar ogen open en zag dat de ergste drukte voorbij was en dat ze nu langs de rivier reden. De zon die naar de horizon in het westen zakte, straalde nog altijd, scheen op de bruggen en het water en deed alles glanzen.

Toch geen regen, dacht ze, en ze bedacht dat ze haar regenjas in haar moeders keuken had laten liggen. Had ze het huis wel op slot gedaan, het alarm weer aangezet? Na een ogenblik van paniek, deed ze haar ogen dicht en ging in gedachten terug. Ja, ja, dat had ze gedaan. Op de automatische piloot.

Toen de auto voor een statig bakstenen gebouw in de schaduw van stalen torenflats tot stilstand kwam, betaalde ze de chauffeur.

Zondagavond dus geen pizza.

Ze liep over het trottoir naar het gebouw en een man deed de deur open.

Hij had een lang en slungelig postuur, droeg een donkerblauw krijtstreeppak, een fris wit overhemd en een felrode das. Gek genoeg voelde ze zich iets beter toen ze het grijs tussen zijn bruine haar zag. Hij was ouder, dacht ze. Ervaren. Wist wat hij deed. Zij echt niet.

'Mevrouw Kelly.' Hij stak zijn hand uit.

'Dag, meneer Ellsworth.'

'Komt u binnen. Mijn kantoor is op de eerste verdieping. Vindt u het goed als we de trap nemen?'

'Ja, hoor.'

Ze liepen door een verlaten hal met tapijt, een glimmende receptie, verschillende leren fauteuils en een paar grote groene planten in grote terracotta potten.

'Ik wil u mijn excuses aanbieden voor mijn rol in dit misverstand,' begon Ellsworth, toen ze de trap op liepen. 'Jennifer, uw moeder, gaf aan dat u niet geïnteresseerd was in de details van de rekening.'

'Dat heeft ze gelogen.' Dat was niet het plan geweest, wat het plan ook was. Maar Breen flapte het eruit. 'Tegen u, als u me de waarheid vertelt. Tegen mij door dingen te verzwijgen. Ik wist niet van het bestaan van de rekening.'

'Tja.' Ellsworth gebaarde naar een openstaande deur.

In zijn kantoor, groter dan het woongedeelte van haar appartement en licht dankzij de grote ramen, stonden een prachtig opgeknapt oud mahoniehouten bureau, een leren bank en twee bezoekersstoelen.

Op een buffet stond een koffiezetapparaat. Een zwevende plank was bezaaid met ingelijste foto's, ongetwijfeld familie.

'Wilt u een kopje koffie?'

'Graag. Melk, geen suiker.'

'Gaat u zitten,' zei hij, waarna hij naar het koffiezetapparaat liep.

'Ik heb alle dossiers,' begon ze, terwijl ze ging zitten en haar knieën tegen elkaar aan duwde omdat ze trilden. 'Voor zover ik heb begrepen is de rekening in 2006 geopend. Dat is het jaar waarin mijn ouders uit elkaar zijn gegaan.'

'Dat klopt.'

'Kunt u aangeven of de gestorte bedragen uit die tijd kinderalimentatie waren?'

'Nee, dat waren ze niet. Dat kunt u beter met uw moeder bespreken omdat ik alleen over zaken betreffende de rekening kan praten.'

'Akkoord. Maar het was mijn moeder die de rekening heeft geopend?'

'Eian Kelly heeft de rekening in uw naam geopend, met uw moeder als wettelijke vertegenwoordiger. Hij zorgde voor een maandelijkse storting die afkomstig was van een rekening bij The Bank of Ireland. Voor uw toekomst, uw opleiding, uw financiële zekerheid.'

Ze klemde haar handen ineen, omdat ook die nu begonnen te trillen. 'Dat weet u zeker?'

'Ja.' Hij gaf haar de koffie en ging toen met zijn eigen kopje niet achter het prachtige bureau met de computer zitten, maar in de stoel naast haar. 'Ik heb dat destijds zelf geregeld. Uw vader kwam naar de bank om de rekening te openen. Ik heb haar sindsdien beheerd.'

'Heeft hij... heeft hij ooit contact met u opgenomen?'

'Na die keer niet meer. De stortingen komen nog steeds. Uw moeder heeft het toezicht. Zoals ik al zei, is ze zeer nauwgezet. Als u de afschriften hebt bekeken, hebt u gezien dat ze nooit een cent heeft opgenomen. We zien elkaar elk kwartaal, vaker als er iets besproken moet worden. Ik had geen reden om te denken dat u hier niet van wist.'

'Hebt u veel cliënten... Ben ik een cliënt?'

Hij glimlachte naar haar. 'Ja.'

'Hebt u veel cliënten die geen interesse tonen in een rekening met bijna vier miljoen dollar? Allied is een gerenommeerde bank en dit zal wel een kleine rekening zijn, maar het is nog steeds veel geld.'

Hij nam even de tijd en ze besefte dat hij zijn woorden met veel zorg koos.

'Er zijn situaties waarin een ouder of voogd, een gevolmachtigde, beter in staat is financiële beslissingen te nemen.'

'Ik ben volwassen, ze heeft niets over mij te zeggen.' Ze voelde het, wist het. 'Ze heeft u verteld dat ik niet verantwoordelijk ben, dat ik niet met geld om kan gaan.'

'Mevrouw Kelly… Breen… ik wil dit niet persoonlijk maken. Ik kan je met zekerheid zeggen dat je moeder altijd het beste met je heeft voorgehad. Gezien je problemen…'

'Wat voor problemen heb ik?' De boosheid begon weer te kolken, voelde veel beter dan die zenuwen. 'Onverantwoordelijk gedrag. Misschien ook niet heel erg slim? Misschien zelfs wel een beetje traag van begrip.'

Hij bloosde. 'Zoiets heeft ze zeker niet met zoveel woorden gezegd.'

'Het alleen gesuggereerd. Nou, laten wij elkaar dan maar eens leren kennen, meneer Ellsworth. Sinds afgelopen winter heb ik een master in pedagogiek en daar heb ik hard voor gewerkt, met een torenhoge studieschuld als gevolg.'

Ze zag de verbijsterde blik en knikte.

'Ik doceer Engels aan de Grady Middle School, dat doe ik al sinds mijn afstuderen, ook weer met een aanzienlijke schuld, ondanks het feit dat ik destijds twee bijbanen had. Ik wil u met alle plezier de namen van mijn werkgever, mijn verschillende universiteitsdocenten geven.'

'Dat is niet nodig. Ik was in de veronderstelling dat u niet werkte, nooit een vaste baan hebt gehad.'

'Ik werk al sinds mijn zestiende, zomers en in het weekend. Ik werk nog steeds tijdens de zomervakanties om die schuld af te betalen, en om die reden geef ik ook nog eens twee avonden in de week privéles.'

Tranen sprongen in haar ogen, maar het waren hete tranen, heet van woede. 'Ik jaag op aanbiedingen, ga naar tweedehandswinkels, heb een huisgenoot. Ik kom elke maand rond, met moeite. Ik...'

'Kom, kom. Rustig maar.' Hij legde een hand op de hare. 'Ik vind het heel erg dat dit...'

'Noemt u het geen misverstand, want het is doelbewust gegaan. Mijn vader wilde dat ik dit geld zou krijgen. In plaats daarvan heb ik als serveerster gewerkt en leningen moeten afsluiten om mijn studie te betalen, terwijl het geld dat hij me had gestuurd me... Het zou mijn leven hebben veranderd. De wetenschap dat hij me überhaupt iets had gestuurd zou mijn leven hebben veranderd.' Ze zette de koffie neer en haalde diep adem om even tot rust te komen. 'Het spijt me. Dit is het werk van mijn moeder, niet van u. En waarom zou u haar niet geloven? U zei dat ik uw cliënt ben.'

'Dat klopt, en we gaan dit rechtzetten. Wanneer is Jennifer weer thuis?'

'Volgende week, maar ik moet iets weten. Is dit mijn geld?'

'Ja.'

'Ik mag er vrij over beschikken, geld opnemen, overmaken?'

'Ja, maar het lijkt me het beste als we wachten tot je moeder terug is, zodat we met z'n drieën rond de tafel kunnen zitten.'

'Daar ben ik niet in geïnteresseerd. Ik wil geld overmaken, een andere rekening openen... alleen op mijn naam. Kan ik dat doen?'

'Ja. Ik kan een rekening voor je openen. Hoeveel geld wil je overmaken?'

'Alles.'

'Breen...'

'Alles,' herhaalde ze. 'En anders neem ik de eerstvolgende keer dat ik met mijn moeder en u afspreek een advocaat mee en daag ik haar voor het gerecht wegens, ik weet het niet, verduistering.'

'Ze heeft nooit aan het geld gezeten.'

'Een advocaat weet vast wel wat de juiste term is. Ik wil mijn geld, zodat ik mijn rekeningen kan betalen, mijn studielening kan afbetalen en weer eens lucht krijg. Dit geld is via mijn vader bij u terechtgekomen. Hij vertrouwde erop dat u me eerlijk zou behandelen. Ik vraag u om mij eerlijk te behandelen.'

'Je bent volwassen. Je kunt een verzoek tekenen om je moeders naam van de rekening te halen. Daar zou ik een identiteitsbewijs voor moeten zien en je moet wat formulieren invullen. Dan roep ik een van onze notarissen en een getuige op.' Hij legde opnieuw een hand op de hare. 'Breen, ik geloof je. Maar zou je het erg vinden om me de naam en contactgegevens van de rector van de school waar je werkt te geven? Voor mijn eigen gemoedsrust.'

'Geen probleem.'

2

Tegen de tijd dat Breen Sally's binnenliep, bruiste de tent. Gekleurde lichten zwiepten over de drukke bar, de bezette tafeltjes. Het spotlight was op Cher gericht – Sally's versie van haar, in elk geval – die luidkeels 'If I Could Turn Back Time' ten gehore bracht.

Een waar woord, kon ze de tijd maar terugdraaien, dacht Breen.

Ze baande zich een weg door de enthousiaste menigte en wist zelfs nog even te glimlachen toen iemand haar naam riep.

Marco zocht oogcontact, godzijdank, en zwaaide even terwijl hij drankjes aan het mixen was.

Hij droeg een zilveren lovertjesshirt – Sally's was een glittertent – een strakke zwarte broek en een grote zilveren ring in één oor. Sinds kort had hij een sikje en het stond hem goed, vond ze, net als de lange vlechten die hij naar achteren had gebonden. Zijn bruine huid glansde.

Sally's was pikant, in meer dan één opzicht.

'Geo, een kruk voor ons meisje.'

'Nee, nee, dat hoeft niet.'

Maar Geo, klein, slank en schitterend in het rood, wipte direct van de kruk. 'Ga zitten, mop. Ik moet toch de ronde doen.' Hij gaf haar een zoen op haar wang. 'Ons meisje ziet er moe uit.'

'Ben ik ook.'

Ze ging op de kruk zitten, terwijl Marco een bestelling klaarmaakte. En een glas witte wijn voor haar inschonk.

'Je bent laat... en je hebt je niet eens verkleed. Wat is dat een treurige outfit, mens.' Zijn wenkbrauwen schoten omhoog toen ze het glas in één keer halfleeg dronk. 'Oké, dit is zo te zien het einde van een zware dag.'

'Zwaar, bizar, eng, opwindend.' Prompt barstte ze in tranen uit.

'Geo! Ik neem pauze.' Hij rende achter de bar vandaan, pakte Breen bij de arm en trok haar mee naar achteren.

Een paar artiesten zat voor de theaterspiegels aan de make-uptafel te roddelen.

'Dames, we hebben de ruimte nodig.'

Een van hen, prachtig uitgedost als Gaga, nam Breen in zijn armen. 'Kom, kleine meid! Het komt wel goed. Geloof Jimmy nou maar. Geen enkele man is je tranen waard.'

Ze kreeg nog een zoen op haar wang, en terwijl Sally aan 'Gypsies, Tramps and Thieves' begon, zette Marco haar op een stoel neer.

'Wat is er gebeurd? Vertel me alles.'

'Ik... mijn vader...'

Marco pakte haar hand wat steviger vast. 'Heeft hij contact met je opgenomen?'

'Nee, nee, maar hij... Marco, hij heeft me al vanaf mijn tiende geld gestuurd. Hij heeft een rekening voor me geopend, een beleggingsrekening bij Allied, en hij heeft elke maand geld overgemaakt. Daar heeft ze niets van gezegd. Ze heeft me nooit iets verteld, heeft alles gewoon in een la gestopt. En al die tijd...' Ze keek naar haar handen. 'Ik ben mijn wijn vergeten.'

'Ga ik wel halen.'

'Wacht. Het is... Marco, op dit moment heb ik... vanwege de dividenden en... daar moet ik meer over leren. Maar op dit moment heb ik drie miljoen achthonderdachtenzeventigduizend vijfhonderdzesennegentig dollar en vijfendertig cent.'

Hij keek haar met grote ogen aan. 'Heb je dat gedroomd, of zo? Lieverd, je weet dat je soms van die dromen hebt.'

'Nee. Ik ben net bij mijn effectenmakelaar geweest. Ik heb bijna vier miljoen dollar, Marco.'

'Blijf zitten, verroer je niet. Ik ga de wijn halen. Ik neem de hele fles mee.'

Ze bleef zitten en ving een glimp van zichzelf in de spiegel op. Erg bleek, besefte ze, vermoeide ogen. Ze haalde een elastiekje uit haar zak en ruïneerde alles waar ze die ochtend zo haar best op had gedaan met de föhn. De bruine kleurspoeling die ze één keer in de week gebruikte om het rood wat te temmen – te opvallend, te veel afleiding – was faal geworden. Deed er niet toe, dacht ze. Het deed er gewoon niet toe. Zodra ze haar gal bij Marco had gespuwd, ging ze naar huis, naar bed. Het nakijkwerk moest maar wachten tot ze weer een beetje helder kon nadenken. En aangezien ze van plan was ten minste twee glazen wijn te drinken voordat ze naar huis liep, zou dat niet meer vanavond zijn.

Hij kwam terug met de fles, twee glazen en schonk ze vol voordat hij ging zitten. 'Even terugspoelen,' zei hij. 'Hoe ben je erachter gekomen?'

'Het was zo vreemd, Marco.' En ze vertelde hem alles.

'Wacht even, hoor,' zei Marco. 'Dus je bent in je eentje naar die vent, die effectenmakelaar toe gegaan? Wat dapper van je, Breen.'

'Ik wist niet wat ik anders moest doen. Ik was zo boos.'

'En wie zegt jou altijd dat je je wat vaker kwaad moet maken?'

Er gleed even een glimlach rond haar lippen. 'Jij.'

'Ik zal je nu vast zeggen dat je boos moet zijn als je met je moeder praat.'

'O, god.' Ze liet haar hoofd in haar handen zakken, wilde het het liefst tussen haar knieën laten zakken.

'Nou niet slap worden.' Hij keek achterom toen Sally, van top tot teen gekleed in een Cher-outfit, de kamer binnen flaneerde.

Gekleed in een kopie van een Bob Mackie-japon vol lovertjes, zette Salvador Travino een hand in zijn zij en zwiepte hij het lange haar van zijn pruik naar achteren. 'Ze kunnen het achter de bar niet aan, Marco. Wat moet dit verdomme voorstellen?'

'Sorry, Sally. Breen...'

Sally's vinger schoot omhoog en zijn zwaar opgemaakte ogen

richtten zich op Breens gezicht. 'Ben je ziek, lieverd?'

'Nee, nee. Het spijt me. Ik ben alleen...'

'Je ziet er ziek uit.' Hij legde zijn hand onder Breens kin. 'Bleek als een maagd tijdens haar huwelijksnacht. Is het die klootzak, Grant?'

'Nee, helemaal niet.'

'Goed zo, want hij is het niet waard. Wanneer heb je voor het laatst gegeten?'

'Eh...' Ze kon het zich niet herinneren.

'Dat dacht ik al. Marco, breng ons meisje naar huis en zorg dat ze wat eet. Heb je rood vlees in huis?'

'Eh, vast niet.'

Sally schudde zijn hoofd en wierp in volmaakte Cher-stijl nogmaals zijn haar naar achteren. Vervolgens gebaarde hij. 'Geef me je telefoon. Die van mij past niet in deze outfit.' Hij nam Marco's telefoon aan, toetste een nummer in en tikte met zijn glimmende gouden stilettohak. 'Beau, lekker ding, met Sally. Het gaat beter met mij dan ik eruitzie en ik zie er waanzinnig goed uit. Wil jij voor mij een paar cheesesteakspecials op de grill gooien om mee te nemen? Alles erop en eraan, mijn beste. Zet maar op mijn rekening. Marco komt ze zo halen. Ik zie je snel en geef die knappe vrouw en die wolk van een baby van je een zoen van mij. Hier heb je er een voor jou.' Hij maakte een langgerekt smakkend geluid en gaf de telefoon terug aan Marco. 'Loop even langs Philly Pride om die broodjes cheesesteak te halen. En Breen, jij trekt straks lekker een pyjama aan. Luister naar Sally en gooi die kleren uit het raam, dan vindt iemand zonder gevoel voor mode ze wel.'

'Ik kan je op een vrijdagavond toch niet in de steek laten,' begon Marco, waarop hij een vernietigende blik toegeworpen kreeg.

'Denk je dat ik het niet aankan? Jongen, toen jij nog in luiers rondliep, zwaaide ik hier al de scepter... en ik kan er nog veel meer mee. En ik zie er zó goed uit dat ik nog flink wat fooi ga opstrijken, ook. Neem dat meisje mee naar huis.'

'Dank je wel, Sally.' Breen kwam overeind en legde haar hoofd op

Sally's schouder. De man was de afgelopen tien jaar meer een moeder voor haar geweest dan haar eigen moeder.

'We spreken elkaar snel. En als je me nodig hebt, kun je me altijd bellen. Niet vóór tien uur 's morgens, tenzij het een noodgeval is. Ik heb mijn schoonheidsslaapje nodig.'

'Niet waar. Je bent het mooiste mens dat ik ken.'

'Schei uit. Wegwezen. Ik moet een club runnen.'

Via de achterdeur vertrokken ze. Marco's arm gleed automatisch om Breens middel. Breen liet haar hoofd automatisch op zijn schouder zakken.

'Ik ben opeens zo moe, Marco. Ik weet niet of ik nog puf heb om te eten.'

'Je eet, anders zeg ik het tegen Sally. En daarna stop ik je in bed.'

Hij liep met haar over de geplaveide straten onder de regenboogstraatlantaarns. De clubs, restaurant en cafés puilden uit, zoals het hoorde op een mooie vrijdagavond in mei.

'Ik bedenk opeens dat ik de gieter bij mijn moeder op de werkkamervloer heb laten staan. Daar komt vast een kring van.'

'Ach, gut.'

'Het zijn prachtige vloeren, Marco. Die kunnen er ook niets aan doen.'

'Dat is je moeders probleem en er zou geen kring op zitten, als ze dit niet al die tijd voor je verborgen had gehouden, jezus, mens, zestien jaar. Dus nou hou je op, anders word ik boos. Vertel me eens wat je gaat doen.'

'Mijn studieschuld afbetalen. Meneer Ellsworth gaat daar met iemand over praten, zei hij, ik weet niet wie, het was allemaal zo veel. Hij zei ook dat ze waarschijnlijk wel bereid zijn het bedrag te verlagen als ik het in één keer wil afbetalen. En dat wil ik. Ik wil ervan af zijn.'

'Oké, snap ik. Maar nog twee andere dingen. Hoe ga je dit met je moeder aanpakken en – misschien nog wel het belangrijkste van alles – wat ga je er voor leuks mee doen?'

'Ik kan niet aan leuke dingen denken.'

'Ook goed, dan doe ik het.' Marco dook Philly Pride binnen met de lucht van gebakken uien.

Breen besloot helemaal niet na te denken, terwijl hij het eten haalde en onschuldig flirtte met Trace, de jongen achter de toonbank.

'Vind je dat ik hem mee uit moet vragen?' vroeg Marco, toen ze verder liepen.

'Trace? Nee, veel te jong voor jou.'

'Hij is van onze leeftijd!'

'In jaren wel. Je zou binnen een week genoeg van hem hebben omdat hij alleen maar wil seksen en gamen. Dan zou jij naar een nieuwe club willen en zou hij zeggen dat hij eerst zijn record wil verbeteren in *Assassin's Creed*.'

'Ik haat het als je gelijk hebt, want hij is wel een lekker ding.'

'Je zou het nog geen week uithouden met dat lekkere ding, en ik geef toe, dat is hij wel. En je begint hier alleen maar over om mij af te leiden.'

'Het werkte wel.'

Ze wilde zijn hoofd weer op zijn schouder leggen, maar ving toen een glimp op van de man, de zilvergrijze, lange, slanke man in het zwart, aan de overkant van de straat. 'Marco, zie je die man?' Ze greep zijn arm vast en wees.

'Welke man?'

'Net was hij er nog. Hij is daar zeker de hoek omgegaan. Hij zat vandaag bij me in de bus. Hij... ik kreeg een heel raar gevoel bij hem.'

Omdat hij wist dat haar rare gevoelens vaak terecht waren, pakte Marco haar hand vast, rende met haar naar de hoek van de straat en keek opzij. 'Zie je hem? Hoe ziet hij eruit?'

'Nee, hij is al weg. Het was niks. Ik had die akelige hoofdpijn en dat rare gevoel. Ik voelde het net opnieuw toen ik hem zo dicht bij huis zag. Als ik hem al zag,' voegde ze eraan toe. 'Het was maar in een flits. Laat maar.'

Ze liepen nog een stukje verder tot ze bij hun gebouw waren. Ze vond het een mooi gebouw, de oude bakstenen, de regenboog die de eigenaar op de toegangsdeur had geschilderd, de muziek die op een vrolijke lenteavond door de ramen klonk. Het maakte de klim naar de tweede verdieping de moeite waard. De huisbaas onderhield het gebouw en de appartementen goed. De huurders hielden alles netjes en zorgden een beetje voor elkaar.

Ze liepen omhoog op de geluiden van de wekelijkse kaartavond van 101, een dreinende baby in 204 en opzwepende operamuziek van 302.

Binnen liep Marco regelrecht naar hun kleine keuken.

'Ga jij je maar verkleden, en ik heb er geen enkel probleem mee als je doet wat Sally voorstelde en je kleren uit het raam gooit.'

'Er is niets mis mee.'

'De broek hangt om je kont, de trui is beige en maakt je superbleek, om nog maar te zwijgen van die schoenen, mens.'

Mokkend liep ze naar haar kamer met het keurig opgemaakte bed, het kleine, maar opgeruimde bureau en het enkele raam dat uitkeek over dit kleurrijke deel van de stad.

Ze schopte haar schoenen uit en zette ze in haar kledingkast, die niet veel voorstelde. Daarna trok ze de trui uit, die ze nu niet meer mooi vond, maar gooide hem in de wasmand en niet uit het raam. Hetzelfde deed ze met haar broek.

Misschien was hij wat slobberig rond haar kont, maar hij leverde in elk geval geen suggestieve blikken van haar leerlingen of collega's op zoals de nauwsluitende kleding van Anna Mae – geschiedenis – deed.

Ze trok een katoenen pyjamabroek en een T-shirt aan. Wierp een blik op haar bureau, waar ze eigenlijk nu zou moeten zitten nakijken.

Even later liep ze naar de ruimte die als hun woon-, eet- en haar work-outruimte diende.

Het was niet veel, maar sinds ze Marco de vrije hand had gegeven, had het stijl. Samen hadden ze de muren een warme, kruidige kleur gegeven die haar deed denken aan chilivlokken, en ze hadden een plank aan de muur bevestigd waar gekleurde flessen in allerlei vormen en maten op stonden. De kunst aan de muur – ingelijste posters – had als thema ‘muzikanten’. Springsteen, Prince, Jagger, Gaga, Joplin.

Ze hadden de tweedehandsbank in donkergroen bekleed en er allerlei wilde kussens op gelegd. Hun eettafel was een hergebruikte deur op oude ijzeren poten, een uitdragerijvondst. Een bevriende kunstenaar had er als verjaarscadeau voor Breen een oranje met smaragdgroene, vliegende draak op geschilderd.

Marco zette twee borden met eten op tafel en stak de kaarsen in hun ijzeren houders aan. ‘Zitten,’ beval hij. ‘En eten. Je krijgt pas wijn als je wat eten in je lijf hebt.’

‘Ik moet maar helemaal geen wijn meer drinken.’

‘Die krijg je anders wel.’

Hij zette hun gezamenlijke iPod aan, zette de muziek zacht.

‘Dit is een van die momenten...’ Ze ging zitten en hoewel ze geen trek had, pakte ze haar broodje. ‘... dat ik zou willen dat je hetero was, of dat ik een man was en homo. Ik zou het zonder jou niet redden, Marco.’

‘Hoeft ook niet. Eet nou maar.’

Ze at. Ze had weliswaar geen honger, maar voelde dat het eten goed viel. ‘Ik wil mijn baan opzeggen.’ Zodra ze het zei, liet ze haar broodje vallen en sloeg ze haar hand voor haar mond. ‘Waarom zeg ik dat nou?’ vroeg ze zich hardop af.

‘Misschien omdat je nooit docent hebt willen worden.’ Hij at rustig verder, maar er lag een glimlach rond zijn lippen.

‘Nou ja, ik kan mijn baan wel willen opzeggen, maar dat slaat nergens op. Ja, ik heb opeens geld en daar kan ik het lang mee uitzingen, misschien kan ik het zelfs vermeerderen als ik heel zorgvuldig ben. Maar een goeie baan opzeggen, een waar ik een opleiding voor heb gevolgd die ik heb betaald – nou ja, waar ik binnenkort voor ga betalen – is niet de manier.’

‘Je wilde dierenarts worden.’

‘Ik wilde dierenarts worden. Ik wilde ballerina worden. Ik wilde rockster worden en J.K. Rowling. Ik ben het allemaal niet en zal het niet worden ook.'

'Je bent anders wel een hartstikke goeie schrijfster, mens.'

Ze schudde haar hoofd en at verder. 'Dat is een oude droom. Ik moet aan nu denken en aan wat gaat komen.'

'Zeg je baan op.'

'Marco...'

'Je vindt het afschuwelijk. Je hebt nooit docent willen worden. Dat wilde je moeder voor jou, en ze heeft je ervan weten te overtuigen dat dat moest. Alsof het je enige optie was. Betaal je schuld af, zeg je baan op en gun jezelf wat tijd om te bedenken wat je zou willen doen, wat je zou willen zijn.'

'Ik kan niet zomaar...'

'Jawel. Het floepte eruit omdat je er diep in je hart zo over denkt. Dit is je kans, Breen.'

'Maar ik weet niet hoe ik iets anders moet doen.'

'Omdat je nooit de kans hebt gehad. Neem de tijd om daar achter te komen. Ik meen het, je zou kunnen schrijven. En als dat niets voor je is, kun je een bedrijf beginnen.'

'Ik?'

'Ja, jij. Verdomme, Breen, je bent slim en georganiseerd.' Met een frons schonk hij de wijn in, nu ze iets had gegeten. 'Je zou als designer kunnen gaan werken en zeg nou niet op zo'n toon: "Ik?" Ik heb dit niet in m'n eentje gedaan en het ziet er verdomd goed uit. Dat hebben wij samen gedaan. Je hebt een mooie stem en je kunt pianospelen. Daar zou je ook iets mee kunnen doen. Je hebt je door haar in een doosje laten stoppen,' ging hij verder, en hij begon op stoom te raken, 'en nu is het deksel eraf gevlogen. Waag het niet om het weer dicht te doen.'

'Ik... Maandag gewoon naar de rector om te zeggen dat ik na de zomer niet terugkom? Zomaar ineens?'

'Ja, zomaar ineens. Dan gebruik je de zomer om erachter te komen wat je zou willen proberen.'

'Dat klinkt doodeng.'

'Bevrijdend, zou ik zeggen. Noem eens iets op, iets groots, wat je zou willen doen nu het kan. Je hebt tijd, geld. Wat zou je het liefst willen doen? Niet nadenken, niet bedenken wat het meest logisch klinkt. Zeg het gewoon op de manier waarop je zei dat je ontslag wilde nemen. Gooi het eruit.'

'Ik wil naar Ierland. O jezus, o god, dat is wat ik wil. Ik wil zien waar mijn vader vandaan komt, waarom hij daar weer naartoe is gegaan, bij mij weg. Ik wil hem vinden, als dat kan, en hem vragen waarom. Waarom hij is vertrokken, waarom hij dat geld heeft opgestuurd. Gewoon waarom.'

'Doe het. Dat is nog eens iets groots. Ga deze zomer naar Ierland, gun jezelf die tijd, die plek om de rest uit te zoeken.'

'De hele zomer?'

'Waarom niet, verdomme? Wanneer heb jij voor het laatst vakantie gehad?'

'Toen we net waren afgestudeerd en we een week met de bus naar de kust van New Jersey zijn geweest.'

'Dat was leuk,' zei hij, toen hij daaraan terugdacht. 'Dat is een hele tijd geleden, Breen. Een hele tijd.'

Ze pakte haar wijn en nam een flinke slok. 'Ga mee.'

'Naar Ierland?'

'Dat durf ik niet alleen. Ga mee. Je hebt gelijk, je hebt gelijk.' Ze stond op en danste door de kamer. 'Waarom niet, verdomme? Dat is wat ik wil. Het enige wat ik echt wil. Dan vliegen we businessclass en logeren we in een kasteel. Ten minste één nacht in een kasteel. Dan huren we een auto en rijden aan de verkeerde kant van de weg. We zouden… we zouden een cottage kunnen huren. Een Ierse cottage met een rieten dak.'

'Misschien heb je te veel wijn gehad.'

'Nee, hoor.' Ze lachte en haar ogen fonkelden. 'Ga met me mee, Marco, en deel dit met me.'

'Ik kan niet zomaar de hele zomer weg. Sally en Derrick zouden het nog wel oké vinden, maar ik heb overdag ook nog een baan die ik graag wil houden.'

'Je hebt een hekel aan je werk. Je vindt het vreselijk om in die muziekwinkel te werken.'

'Ja, maar er is niemand die mij vier miljoen geeft. Een paar weken kan ik wel mee, je op weg helpen. Jezus, ik ben nog nooit in Europa geweest. Dat is nog eens een schop onder je kont.'

'Ik geef jou een schop, jij geeft mij een schop. Deal?'

Hij leunde achterover.

Hij hield van haar, meer dan van wie ook ter wereld. En hij kon het niet over zijn hart verkrijgen het vuur in haar ogen te doven. Maar onderhandelen kon hij wel.

'Ik heb voorwaarden.'

Ze liet zich weer op haar stoel vallen. 'Laat maar horen.'

'Ik kan businessclass niet betalen, dus oké, dat mag jij dokken. Maar voor de rest betaal ik mijn deel.'

'Dat kan me helemaal niet schelen.'

'Nee, omdat je verdomme miljonair bent.'

Ze wierp haar hoofd in haar nek en gierde van het lachen. 'Ik ben verdomme een miljonair.'

'Eén voorwaarde dus. De andere punten zijn meer goede raad van mijn kant. Als je klaar bent met eten, ga je je haar wassen tot die bruine bagger voorgoed is verdwenen. En die kloteföhn waarmee je elke ochtend een uur die prachtige krullen van je wegblaast, gaat de deur uit.' Hij schudde zijn hoofd toen ze bezwaar wilde maken. 'Je gaat naar Ierland. Wedden dat je daar niet de enige met rood haar bent?'

'Ik ben nergens de enige met rood haar.'

'Daar heb je gelijk in, maar je hebt je ervan laten overtuigen dat je door dat haar, jouw haar, er lichtzinnig uitzag of zo. Dat het aandacht trok... en waarom niet? Fuck, Breen.'

'Je gaat minstens twee weken mee als ik terugga naar mijn eigen haarkleur?'

'Ja.'

'Afgesproken.'

'We zijn er nog niet. Nog één punt.'

'Je maakt het niet gemakkelijk, Marco.'

'Ik laat niet over me heen lopen. Dit is belangrijk. Misschien wel het belangrijkste.' Hij leunde naar voren. 'Morgen gaan we shoppen, want vanavond ruimen we bijna alles in je kast op. We brengen die spullen naar de kringloopwinkel en omdat jij de mazzel hebt dat je de droomhomo hebt die elke vrouw als beste vriend zou willen, ga ik je helpen om kleren te kopen die geen pijn aan mijn ogen doen als je ze draagt.'

'Zo erg zijn mijn kleren niet.'

'Treurig en kansloos, dat zijn ze, en jij niet. Je hebt jezelf ervan overtuigd dat je dat moet zijn, dat je beige moet zijn, verdomme. Ik zal niets over je moeder zeggen, want zo ben ik niet opgevoed, maar als jij volgende week met haar gaat praten, ga jij je kleden zoals je bent. Sterk, bekwaam, beeldschoon en slim. En als we toch bezig zijn, kopen we gelijk goeie make-up,' zei hij.

'Dat zijn wel veel voorwaarden.'

'Het is wat het is, Breen. Ik hou van je.'

'Dat weet ik, en dus...' Ze stak haar hand uit. 'Afgesproken.'

'Zo mag ik het horen!'

3

In een volgende reeks dingen die ze nog nooit had gedaan, nam Breen vrij op de dag dat ze haar moeder thuis verwachtte.

Ze deed de boodschappen op het lijstje en borg ze op. Dat had ze per slot van rekening beloofd. Ze zette de ramen open, gaf de plantjes water, sorteerde de post.

Ze had een rustige, resolute monoloog in haar hoofd. Ze had zelfs opgeschreven wat ze haar moeder wilde zeggen. Ze had de tekst verschillende keren geredigeerd en herzien. Voor de spiegel geoefend.

Daarna had ze zonder spiegel geoefend, omdat ze de persoon die haar aanstaarde nog steeds niet echt herkende.

Ze wist dat de verandering dramatisch was, al was het alleen maar door de blikken, de opmerkingen, zelfs de complimentjes op haar werk, in de bus.

Het haar, vlammende krullen tot over haar schouder – ze had het van Marco niet mogen afknippen – vormde een statement. Ze wist nog niet goed wat het zei, maar het zei wel degelijk iets. In de achtergrond verdwijnen was nu onmogelijk, dacht ze. Ze zou wel zien, ze zou wel zien hoe ze zich over een week of twee voelde.

Maar ze wist nu al dat ze haar nieuwe – zij het bescheiden – garderobe geweldig vond. Een paar sterke kleuren, wat pasteltinten, geen beige. Broeken die pasten, een paar eenvoudige, mooie jurken. Eén zakelijke outfit. Nieuwe schoenen... ze had Marco's enthousiasme wat moeten temperen en de grens getrokken bij drie paar. En met Ierland in gedachten, een paar stevige wandelschoenen.

Hoewel ze alles in de uitverkoop had gekocht, had ze toch in één dag meer geld uitgegeven dan ze normaal in een halfjaar aan zichzelf, alleen aan Breen, besteedde.

Meer nog.

Misschien was het de opwinding waardoor ze zich in een moment van zwakte door Marco had laten overhalen gaatjes in haar oren te laten prikken. Ze speelde met een van de zilveren knopjes terwijl ze Marco's laatste appje op haar telefoon las.

Moed.

En toen ze de taxi voor de deur zag stoppen, probeerde ze die boodschap ter harte te nemen.

Ze ging op haar gevoel af, liep naar de deur en ging naar buiten.

Omdat haar blik op haar moeder was gericht, miste ze de man met het zilvergrijze haar die aan de overkant liep en naar haar keek.

Jennifer Wilcox zag er zoals altijd volmaakt uit in haar afkledende grijze broek, een felrood luchtig jasje over een zachtwitte blouse. Haar haar, warm bruin, met kundig aangebrachte highlights, paste mooi bij haar scherpe gelaatstrekken en hoekige gezicht.

Breen zag de verbazing – en, o ja, de snelle afkeuring – toen ze naar haar toe liep om haar te helpen met haar bagage.

'Laat mij maar,' zei Breen, en ze pakte het handvat van de grote koffer op wieltjes.

Jennifer nam de bijpassende draagtas en haar computertas. 'Ik had niet verwacht je hier te zien. Waarom ben je niet aan het werk?'

'Ik heb een dagje vrij genomen.' Breen vocht tegen haar voorspelbare angst en reed de koffer naar binnen.

'Dat was echt niet nodig.'

'Ik heb het niet voor jou gedaan.'

'Ben je ziek?'

'Nee.' Ze reed de koffer naar de trap en besefte dat ze hem al naar boven wilde brengen. Ze bleef staan. 'Het gaat helemaal prima. Sterker nog, ik voel me geweldig.'

'Een nieuw vriendje, zeker?' Jennifer zette haar tas neer en wees naar Breens haar. 'Is dat de reden voor dit alles?'

'Nee, geen vriendje, nieuw of anderszins. Ik heb nu eenmaal rood haar,' hoorde ze zichzelf zeggen. 'Ik heb besloten om er blij mee te zijn.'

'Jouw keus, natuurlijk, maar het gevolg is wel dat niemand verder kijkt dan dat. Hoe kun je van je leerlingen verwachten dat ze je serieus nemen als je er zo frivool uitziet?'

'Dat zal niet lang meer een probleem zijn. Ik maak het schooljaar af, maar ik heb afgelopen maandag mijn ontslag ingediend.'

Het feit dat Jennifer staarde, alleen maar staarde, gaf Breen een verdorven gevoel van voldoening.

'Ben je helemaal gek geworden? Je moet je ontslag direct terugdraaien. Je gaat je opleiding, je zekerheid, je toekomst niet vergooien.'

'Ik heb nooit docent willen worden.'

'O, doe niet zo absurd. Ik heb bovendien geen tijd voor deze onzin. Ik moet mijn spullen uitpakken en kijken hoe het op kantoor gaat.' Ze keek op haar horloge. 'Je hebt genoeg tijd om terug te gaan naar school, je leidinggevende je excuses aan te bieden en dit recht te zetten.'

'Nee.'

Jennifers hazelnootbruine ogen vernauwden zich in woede. 'Pardon?'

'Nee, zei ik, en je zult wat tijd moeten vrijmaken om over meneer Ellsworth en mijn rekening bij Allied Investments te praten. En mijn vader.'

Alle kleur verdween uit Jennifers gezicht. 'Hoe durf je! Je hebt door mijn papieren gesnuffeld?'

'Míjn papieren, maar nee, dat heb ik niet gedaan. En daar gaat het niet om. Je hebt tegen me gelogen, daar gaat het om. Je hebt gelogen.'

'Ik heb niet tegen je gelogen. Ik heb gedaan wat een ouder hoort te doen, ik heb gedaan wat voor jou het beste was. Om jouw toekomst te beschermen.'

'Door mijn verleden en heden een leugen te maken, en ongelukkig te maken. Hij heeft mij dat geld gestuurd, voor mij. Je liet me in de waan dat hij zomaar was vertrokken, dat hij niets om me gaf.'

'Hij is ook vertrokken en ik heb het geld geïnvesteerd. Jij was minderjarig...'

'Ik ben al heel lang niet meer minderjarig...'

'Je hebt nooit enige belangstelling of talent voor het omgaan met geld getoond.'

'Dat accepteer ik niet.' Woede welde in haar op. 'Dat is gelul.'

'Waag het niet die toon tegen mij aan te slaan.'

'Ik sla elke toon aan die ik wil. Ik had twee banen tegelijk, moest leningen sluiten, altijd zuinig zijn, allemaal, zodat ik diploma's kon behalen die ik niet wilde. Zodat ik docent kon worden, omdat jij er bij mij ingeramd hebt dat dat het enige is waar ik goed voor ben. Niet omdat het een belangrijk, eerbaar, geweldig beroep of een roeping is, maar omdat zij die niets kunnen, lesgeven. Hoe vaak heb ik dat niet van jou moeten horen, mama?'

'Je hebt geen andere talenten. En je moet eens even wat rustiger doen.'

'Dat stadium ben ik allang gepasseerd. Ik had een paar semesters vrij kunnen nemen om te ontdekken wat ik zou willen doen, zou willen zijn. Ik had verder kunnen gaan met mijn schrijven.'

'O, schei toch uit. Doe niet zo kinderachtig.'

'Jij besloot wat ik moest doen en hoe ik het moest doen. Hoe ik me moest kleden, verdomme, zelfs wat ik met mijn haar moest doen. En datgene wat voor mij vrijheid betekende, stopte je weg in een dossierkast.'

'Ik heb je beschermd! Ik heb je mijn hele leven willen behoeden.'

'Waarvoor? Voor een eigen leven? Je hebt tegen meneer Ellsworth gezegd dat ik geen belangstelling had voor geldzaken, dat ik niet met geld kon omgaan.'

'Dat kun je ook niet, Breen.' Jennifer streek haar haar naar achteren en haar stem had die ergerlijke, eindeloos geduldige toon. 'Moet je jezelf nu eens zien. Je komt erachter dat je geld hebt en het eerste wat je doet is je baan opzeggen. Noem je dat verantwoordelijk?'

'Weet je wat ik onverantwoordelijk vind? Je dag in, dag uit, steeds weer opnieuw naar je werk slepen, terwijl je er een hekel aan hebt. Verbergen wie je bent of wie je zou kunnen zijn als je de kans kreeg, omdat je moeder je het gevoel heeft gegeven dat je niet goed genoeg bent.'

'Ik heb nooit gezegd dat je niet goed genoeg was. Dat is niet eerlijk.'

'Nee, je hebt gelijk. Voldoende was de grens. Amper voldoende. En weet je, misschien heb je gelijk. Misschien blijkt ooit dat ik niet meer ben dan dat. Maar ik wil erachter komen.' Ze haalde diep adem. Ze kon zien dat haar moeder er niet goed uitzag, maar kon niet stoppen. 'Je wist hoeveel zorgen ik me maakte over die studieschuld, dat het me moeite kostte om de eindjes aan elkaar te knopen, dat ik extra moest werken om het hoofd boven water te houden. En jij hield het geld dat mij wat lucht had kunnen geven verborgen.'

'Het is belangrijk dat je leert budgetteren.' Jennifer liep naar een stoel en liet zich erin zakken. 'Je vader was een dromer, en jij lijkt op hem. Je moest leren hoe de wereld in elkaar zat. Ik heb altijd mijn best voor jou gedaan.'

'Waar is hij?'

'Dat weet ik niet.' Ze duwde met haar vingers tegen haar ogen. 'Ik weet het niet. Het was zijn keus om niet terug te komen, vergeet dat niet als je tegen me tekeergaat. Het was zijn keus om geen vader voor jou te zijn. Ik heb hem er nooit van weerhouden om jou te zien. Dat zou ik niet doen.' Ze liet haar handen weer vallen. 'Ik was er. Ik was degene die ervoor zorgde dat je een stabiele thuissituatie had, die voor je zorgde als je ziek was, je hielp met je huiswerk, die een moeder voor je was terwijl ik een carrière probeerde op te bouwen om ervoor te zorgen dat dat stabiele thuis er was.'

'Ja, dat heb je allemaal gedaan, maar je vergeet één ding. Je hebt er heel veel tijd en moeite in gestoken om van mij iets te maken wat jij wilde, zonder mij de kans te geven de persoon te zijn die ik wilde zijn.'

'Alles wat ik heb gedaan, alles, was om jou te beschermen, je een evenwichtig thuis te bieden, je te leren om een normaal, productief leven te leiden.'

'Als ongelukkige, gestreste docent op een middelbare school die haar rode haar onder een bruine kleurspoeling verborg en een heleboel beige droeg, zodat niemand haar zou zien.'

'Je bent veilig,' hield Jennifer vol, 'je bent gezond. Je hebt een opleiding gehad en je hebt een vak geleerd.'

'Dat is niet genoeg. Dat is voor jou ook niet genoeg geweest. Je hebt een carrière, gaat op vakantie, gaat naar kuuroorden.'

Een flits van woede doorboorde Jennifers air van geduld. 'Daar heb ik hard voor gewerkt.'

'Ja, dat is zo.' Even ging Breen tegenover haar moeder zitten. 'Niemand heeft je gedwongen om mediadirecteur van een succesvol reclamebureau te worden. Je had het talent, het doorzettingsvermogen en je bent ervoor gegaan. Je hebt er keihard voor gewerkt. Ik heb bewondering voor het leven dat je voor jezelf hebt opgebouwd en je hebt al het recht op al het moois wat daaruit voortgekomen is. Ik heb het recht om hetzelfde te doen.' Ze stond op. 'Ik heb jouw naam van de rekening laten halen. Meneer Ellsworth zal je morgen bellen om te bespreken of je naar een andere bank wilt overstappen of dat je een andere effectenmakelaar wilt voor je beleggingen. De boodschappen die ik voor je zou doen, heb ik opgeborgen. Ik heb de planten water gegeven en je post gesorteerd. Zoals je ziet staan de ramen nog open. Die mag je zelf dichtdoen. Ik ben voor het laatst je sloofje geweest.' Ze aarzelde even, maar besloot toen om te zeggen wat ze op haar hart had. 'Ik vind het naar dat je overstuur bent, maar je bent niet eerlijk geweest en jouw handelen heeft me pijn gedaan. Het heeft me pijn gedaan, mama.'

'Ik heb je nooit pijn willen doen.'

'Misschien niet. Misschien is dat waar, maar zoals je zelf altijd zegt, het is de realiteit. Ik moet ervandoor. Ik heb met Marco afgesproken.'

'Wat ga je nu doen? Wat ga je doen, Breen?'

'Nou, om te beginnen, vliegen Marco en ik na de laatste schooldag naar Ierland. Ik ga kijken waar mijn vader vandaan kwam. Ik ga proberen hem te vinden.'

'Dat lukt je niet.' Jennifer duwde haar vingers weer tegen haar ogen. 'Dat lukt je niet.'

'Ik ga het proberen. Hoe dan ook, voor het eerst sinds zijn vertrek ga ik op avontuur.'

'Doe het niet, Breen. Neem de tijd om na te denken, reageer niet direct.'

'Ik zou de ramen dichtdoen als ik jou was. Zo te zien is er een bui op komst.'

Ze liep het huis uit en bleef lopen, langs de bushalte, terwijl de wolken zich boven haar hoofd samenpakten.

De man in het zwart slenterde achter haar aan. Hij had een zwarte paraplu bij zich omdat hij wist dat het over zestien minuten zou gaan regenen.

Hij had niet verwacht dat het zo snel zou gaan, zo gemakkelijk. Er was natuurlijk nog een hele weg te gaan, maar de eerste stappen waren gezet. Hij was ervan uitgegaan dat het meisje een paar zetjes nodig had. Maar dat eerste was kennelijk meer dan genoeg geweest. Mocht ze onzeker worden, zou hij niet aarzelen om haar nog een duwtje te geven. Maar voorlopig kon hij van Philadelphia genieten, een stad die hem fascineerde. Het eten... vooral de zachte pretzels, al vond hij het snoepgoed dat 'Ierse aardappel' werd genoemd wat teleurstellend.

Hij genoot van de buurten, de kleine gemeenschappen en de verschillende architectonische stijlen. Hij was een paar keer met een rondleiding meegegaan en vond het grappig als de gids het over vroeger en over geschiedenis had. Hun vroeger stelde niets voor in het grote geheel en ze wisten niet wat een lange, lange geschiedenis was. Maar al met al vond hij het hier alleraardigst.

Het land had hier zijn regering gevormd en daar waren ze maar wat trots op. De regering was natuurlijk wel een puinhoop, maar die dingen maakten door de tijd heen altijd een conjunctuurbeweging. En ze waren nog zo jong.

En koppig en gewelddadig en te vaak hebberig.

Toch was er moed en hoop. Met beide kon veel bereikt worden.

Hij had het idee dat het meisje ze had – en nodig zou hebben – hoewel ze ze het grootste deel van haar tijd in deze wereld had begraven. Ze liep maar en liep maar... Goed van haar. Veel beter dan in een bus zitten. Al hield hij wel van treinen, heel veel zelfs. Maar als ze nog langer bleef lopen, zou ze drijfnat worden.

Opeens bleef ze staan en keek in een etalage. Liep verder, maar kwam weer terug. Bleef staan. Hij wilde net haar gedachten binnendringen, toen ze snel, vastberaden, de winkel binnenging.

Hij slenterde die kant op en bleef staan om het uithangbord te bestuderen. Even was hij verbijsterd, maar toen schoot hij in de lach terwijl hij zijn paraplu opende. Precies op tijd begon het te stortregenen. Verrukt over de manier waarop de zaken zich ontwikkelden, slenterde hij weg om ergens iets te eten. Hij had zin in een *hoagie* en zou ze missen als hij weer naar huis ging.

Toen Breen twee uur later het appartement binnenkwam, stond Marco op haar te wachten. Hij zei niets, liep naar haar toe, sloeg zijn armen om haar heen en wiegde haar heen en weer.

'Het was afschuwelijk.'

'Ik weet het. Wijn of ijs?'

'Waarom niet allebei?'

'Ga ik regelen. Ga zitten, laat oom Marco alles maar regelen.' Hij streelde haar over haar hoofd. 'Je bent in die bui terechtgekomen.'

'Even maar.' Ze ging zitten. Nu ze thuis was, werd ze overvallen door vermoeidheid. 'Moet jij niet werken?'

'Over een uurtje pas,' zei hij vanuit de keuken. 'Tijd voor wijn, ijs en gal spuwen. Ze heeft het kennelijk niet goed opgevat?'

'Eerst beschuldigde ze me ervan dat ik door haar papieren had gesnuffeld en vervolgens kreeg ik de wind van voren omdat ik mijn baan heb opgezegd, dat gebruikte ze als bewijs voor het feit dat ik onverantwoordelijk ben en mijn geldzaken niet zelf aankan. Ze heeft het geld en het feit dat mijn vader me dat heeft gestuurd altijd voor me achtergehouden om mij te beschermen.'

Marco zou Marco niet zijn als hij niet met een bamboe dienblaadje kwam aanzetten, met daarop twee kommen Cookie Dough-ijs, twee glazen gekoelde pinot grigio en stoffen cocktailservetjes.

'Waartegen?'

'Tegen mezelf, kennelijk, omdat ik dom en onverantwoordelijk ben en niet in staat om beslissingen voor mezelf te nemen.'

Marco ging zitten, pakte zijn lepel en sprak heel bedachtzaam. 'Ik hou van je moeder.'

'Dat weet ik.'

'Ik hou van je moeder omdat ze altijd goed voor me is geweest. Ik hou van haar omdat ze me accepteerde toen ik uit de kast kwam, iets wat mijn familie niet kon en ook nooit heeft gedaan. Dat betekende veel.'

'Dat weet ik.'

'Ik kan van haar houden en toch zeggen dat ze het fout heeft, echt hartstikke fout. Daar is geen excuus voor en ik vind het heel rot voor je.'

'Ze was oprecht overstuur. Niet alleen omdat ik haar op deze leugen had betrapt, en het ís verdomme een leugen, welke draai zij er ook aan wil geven. Het was bijna alsof ze overstuur en bezorgd was omdat ik op de een of andere manier net mijn ondergang had bezegeld.'

Glimlachend nam hij een hap ijs. 'Overdrijf je nu niet een beetje, Breen?'

'Misschien, maar zo kwam het op me over. Ze zegt dat ze niet weet waar mijn vader is, en ik geloof haar. Volgens mij was ze te overstuur om te liegen. Het was echt alleen maar ruzie, maar uiteindelijk gaf ze het op, als je begrijpt wat ik bedoel. Ze gaf het gewoon op.'

'Heb je haar verteld dat we naar Ierland gaan?'

'Ja, en het enige wat ze zei was dat ik hem toch niet zou vinden.' Breen pakte haar glas wijn. 'Ze heeft niet één keer, echt niet één keer, gezegd dat ze het verkeerd heeft gedaan. Niet één keer gezegd dat het haar spijt. Waarom kon ze niet gewoon sorry zeggen?' Ze schudde haar hoofd en ging verder voordat Marco iets kon inbrengen. 'Omdat ze niet vindt dat ze iets fout heeft gedaan, daarom. Ze zal zich niet verontschuldigen voor het feit dat ze gelijk heeft, of wel? Jennifer Wilcox heeft altijd gelijk.'

'Deze keer niet.'

'Het maakt niet uit.' Ze ging weer verder met haar ijs. 'Ik heb gezegd wat ik wilde zeggen en ik ga doen wat ik moet doen. Wat ik wil doen. Ik hoef mezelf niet te bewijzen tegenover haar.'

Ze zag zijn blik en slaakte een zucht. 'Oké, deels wil ik dat wel, maar ik wil me vooral tegenover mezelf bewijzen. Dat komt eerst. O.' Breen zwaaide met haar lepel. 'Ze vond mijn haar ook niet mooi en toen ik wegliep, en maar bleef lopen, besefte ik opeens: ik heb het haar van mijn vader. Felrode krullen. Misschien deed haar dat te veel aan hem denken, maar zal ik je eens wat zeggen?'

'Nou?'

'Het is verdomme mijn haar en ze zou van me moeten houden zoals ik ben. Dus ze doet het er maar mee.'

'Goed zo.' Zijn snelle grijns veranderde in een bezorgde blik toen hij haar hand vastpakte. 'Wat heb je gedaan? Ben je gewond?'

'O, nou ja, niet precies.' Haastig pakte ze haar wijn weer, terwijl Marco haar mouw omhoogschoof om het verband om haar pols te bekijken.

'Wat dan wel precies?'

'Ik was zó boos dat ik de bushalte zomaar voorbijliep en de volgende ook. Ik zat maar te malen over die ruzie. Het was zo beledigend, Marco, naast alles wat er is gebeurd, zo beledigend. En ik moest opeens denken aan het feit dat ik vroeger op ballet zat en dat ik het zo leuk vond.'

'Je zag er heel schattig uit in je balletpakje en maillot.'

'Ik had er zo'n plezier in en papa noemde me zijn kleine danseresje, en toen hij vertrok... Ze zei dat we ons de lessen niet meer konden veroorloven, maar dat ik maar niet verdrietig moest zijn omdat ik toch maar middelmatig was. Ik had toch wel alles uit de lessen gehaald, houding en balans. Ik mocht nog een jaar op pianoles, maar dat was alles.'

'Dat heb je me nooit verteld.'

'Het deed zo'n pijn. Het was niet zo dat ik de illusie had dat ik prima ballerina zou worden, niet sinds mijn zevende, in elk geval. Ik wist dat ik middelmatig was, maar ik genoot ervan, van het dansen, het oefenen met ons kleine groepje, het ergens bij horen. Het doet er nu niet meer toe en daar gaat het ook niet om. Maar ik kan me dat nog herinneren, andere dingen ook. En ik weet dat ik er nooit tegenin ben gegaan, dat ik nooit voor mezelf ben opgekomen. Toen werd ik weer helemaal opnieuw boos.'

'En toen heb je je pols verwond?'

'Ik heb mijn pols niet verwond. Ik liep maar te denken aan alle keren dat ik heb toegegeven, niet voor mezelf ben opgekomen. En toen zag ik een bord. LAAT JEZELF ZIEN. En was dat niet precies wat ik moest doen? Mezelf laten zien? Dus ben ik naar binnen gegaan en...' Ze bolde haar wangen en slaakte een diepe zucht.

'Krijg nou tieten, Breen. Je hebt een tatoeage laten zetten!'

'Heel impulsief. Ik was boos. Ik wilde wraak nemen, of zo. En tegen de tijd dat ik gekalmeerd was, kon ik niet meer terug.'

'Wat heb je genomen? Laat zien! Waarom heb je niet gevraagd of ik mee wilde? We hadden er samen een kunnen laten zetten. Dat was het plan.'

'Wij hebben nooit een tatoeageplan gehad.'

'Dat zouden we wel gehad hebben als jij ooit had gezegd dat je er een wilde. Wat is het? Wanneer mag het verband eraf?'

'Het is niet echt een verband en ik kan het er wel af halen. Eerst wilde ik hem op mijn bovenarm, maar toen dacht ik, nee, als ik hem nou op mijn pols laat zetten, kan ik mijn arm omdraaien en ernaar kijken wanneer ik het nodig heb. Wat nog stommer is.' Ze haalde het verband eraf en draaide haar rechterpols om.

'Wat een prachtige letters, net als die in oude stenen gegraveerd staan, en de kleur is mooi. Zo donkergroen dat het bijna zwart is, maar dat is het niet. Maar wat betekent in vredesnaam "*misneach*"?'

'Je spreekt het uit als "misnaa". Het betekent moed in het Iers, ik heb het opgezocht. En het is jouw schuld dat ik een tatoeage op mijn pols heb.'

Hij draaide haar hand naar links en naar rechts en bestudeerde met zijn grote, mooie ogen de letters een voor een. 'Hoezo is het mijn schuld?'

'Dat appje dat je me stuurde toen mijn moeder net thuiskwam. Moed. Dat had ik nodig en daar moest ik aan denken toen ik langs die studio liep.'

'Die eer wil ik wel opstrijken, want dit is zó gaaf. Laten we morgen teruggaan, dan neem ik er ook een. Nee, wacht. Ik neem er een in Ierland. Nog gaver. En dan kun jij er nog een laten zetten.'

'Ik geloof niet dat ik er nog een aankan. Maar ga jij je gang maar.'

'Deed het pijn?'

'Ik was te boos om er iets van te merken, maar toen ik wat was gekalmeerd wel. Toen was het te laat. Misschien ben ik echt onverantwoordelijk.'

'Welnee. Je maakt een punt. Ik vind het geweldig. Waarom ga je niet mee naar mijn werk, om hem te laten zien?'

'Ik blijf lekker hier om mijn lessen voor te bereiden. En ik ga kijken of ik een cottage in het graafschap Galway kan vinden die we kunnen huren.'

'We gaan het echt doen.'

'We gaan het echt doen. 'Ze draaide haar pols om en dacht: moed.

Plichtsgetrouw, want daar geloofde ze in, ging Breen elke ochtend naar school en deed ze haar best. Ze keek proefwerken na en haalde voldoening uit de vooruitgang die bepaalde leerlingen lieten zien.

's Avonds en in het weekend bereidde ze de reis van haar leven voor. Ze vond een cottage in Connemara – een district in het graafschap Galway – en het was precies wat ze zocht. Hij lag een paar kilometer buiten een schattig dorp, met daaromheen een groot gebied om te ontdekken, hij had zelfs een baai en uitzicht op de bergen.

Dat vorige boekingen niet door waren gegaan, zag ze als een teken, net als de tatoeagestudio. En dus had ze hem snel gereserveerd voor de zomer. Al vond ze het doodeng dat ze zo'n enorme toezegging had gedaan. Voordat ze kon terugkrabbelen – moed! – reserveerde ze drie nachten in Dromoland, een kasteel in het graafschap Clare en kocht daarna de tickets.

Klaar.

Nu moest ze wachten op hun paspoorten en iets tegen reisziekte kopen. Ze wist niet of ze last had van luchtziekte, want ze had nog nooit gevlogen, maar ze kon maar beter wat bij zich hebben.

Ze kocht reisgidsen, kaarten, huurde een auto, en lag een nacht wakker omdat ze zich zorgen maakte over het autorijden in Ierland.

Ze had twee afspraken met Ellsworth, die ervoor zorgde dat ze duizend euro had, allemachtig, duizend euro!

Het leek allemaal een vreemde droom, zelfs het inpakken.

Toen ze voor het laatst de school uit liep, had ze het gevoel dat ze in de droom van een ander zat.

Ze liep naar de bushalte, ook voor het laatst, en had het gevoel dat ze een deur achter zich dichttrok. Niet op slot, niet alsof wat erachter lag er niet was, maar alsof ze een andere kamer binnenging. Alsof ze een woning verliet die nooit fijn had gevoeld, in de hoop dat de volgende beter bij haar paste.

Morgen rond deze tijd zouden ze op weg zijn naar het vliegveld. Dan zouden ze de hele nacht vliegen, op weg naar een andere wereld. En voor het eerst in zolang ze zich kon herinneren, was ze niemand verantwoording schuldig, alleen zichzelf. Geen agenda, geen lesplannen, geen wekker om op tijd op haar werk te zijn.

Wat moest ze in vredesnaam met zichzelf aan?

Zoek het maar uit, dacht ze. En ze draaide haar pols om. Raap je moed bijeen en zoek het uit.

Ze pakte haar telefoon toen hij ging. 'Hoi, Sally.'

'Breen, mijn lieverd. Ik moet je een enorme gunst vragen. Ik weet dat je het druk hebt.'

'Nee, valt best mee. Alles is al gedaan.'

'Dan voel ik me wat minder schuldig. Ik weet even niet wat ik anders moet. Zou je vanavond een paar uurtjes kunnen werken? Drie van de bediening hebben zich ziek gemeld. Buikgriep of zo, en ik kom mensen tekort.'

'Tuurlijk. Geen probleem.'

'Je bent een schat. Ik heb Marco ook gevraagd. Ik vind het heel erg, maar...'

'Welnee. Ik vind het wel leuk om iedereen nog een keer te zien voordat we gaan. Hoe laat wil je dat ik kom?'

'Zou je hier om zes uur kunnen zijn?'

'Ja, hoor. Ik ga zo naar huis, ik sta op de bus te wachten. Daarna ga ik nog een keertje dwangmatig door mijn paklijst heen, dan verkleed ik me en zijn we om zes uur bij jou.'

'Ik sta bij jullie in het krijt. Je bent geweldig.'

'Jij ook.'

Misschien maar goed ook, dacht Breen, toen ze de bus in stapte. Dan hoefde ze niet aan de reis, de beveiliging op het vliegveld, neerstorten in de Atlantische Oceaan en het rijden aan de verkeerde kant van de weg te denken, en elke andere bron van zorgen die de afgelopen weken bij haar was opgekomen. Als ze van zes tot twee werkte en daarna naar huis ging en zich in bed liet vallen, zou ze hopelijk, alsjeblieft, lang slapen. Voordat ze het wist, zou ze in het vliegtuig zitten en weg zijn.

Ze leunde achterover en keek uit het raam. Daar was hij weer, de man met het zilvergrijze haar. Hij stond op het trottoir en glimlachte naar haar. Ze wist niet meer hoe vaak ze hem nu al had gezien. Op de markt, bij de bank van Ellsworth, zelfs laatst bij Sally's toen ze daar inviel. Elke keer als ze de moed had gevonden om op hem af te stappen, verdween hij. Niet dat hij in rook opging, dacht ze. Dat was absurd, maar ze kon hem gewoon niet meer vinden. Het zou wel iemand uit de buurt zijn, maar toch had ze hem ook in het centrum gezien.

Het deed er niet toe, hield ze zich voor. Straks was ze duizenden kilometers van hem verwijderd. Nog één dag, dacht ze, terwijl de bus schokkend verder reed. Nog één dag voordat de rest van haar leven begon.

4

Thuis deed Breen precies wat ze had gezegd. Dwangmatig controleerde ze alles nog een keer.

De koffers – net nieuw in de uitverkoop, 50% korting, misschien omdat ze turkoois waren. Ze zaten geen van beide helemaal vol, maar dan had ze ruimte voor souvenirs, cadeautjes en alles wat ze nog meer zou kopen in de drie maanden dat ze in Ierland was.

Ze nam haar rugzak mee in het toestel, die had ze al sinds haar studie. Hij was gehavend en versleten, maar zou handig zijn bij wandelingen. Nu zaten haar reisgidsen, kaarten, oogdruppels, reisziektepillen, Ibuprofen, pleisters, haar laptop, laders, pennen, een schrijfboekje, twee boeken, toiletspullen en make-uptas erin.

Ze had een kleine, handige crossbodytas voor haar paspoort, tickets, identiteitsbewijs, creditcard en contant geld.

Toen ze moest toegeven dat ze niets meer te doen had, zette ze de timer op haar telefoon op een half uur om een dutje te doen, aangezien ze tot twee uur de volgende ochtend zou moeten bedienen.

Maar eerst moest ze haar gedachten rustig zien te krijgen, omdat die steeds met de meest pessimistische scenario's kwamen.

Marco en zij zouden vannacht een ernstige ziekte krijgen of een afschuwelijk ongeluk en dan moesten ze de reis afzeggen.

Ze zouden te horen krijgen dat alle vluchten naar Ierland waren geschrapt wegens… redenen.

Ze zouden helemaal naar Ierland vliegen om daar te horen te krijgen dat hun paspoort niet geldig was.

Ze zouden direct gedeporteerd worden.

Buitenlandse wezens hadden de aarde eindelijk aangevallen.

Zombies waren een realiteit geworden.

Omdat ze bijna vijf minuten verspilde aan al deze tragische mogelijkheden, was het nauwelijks een verrassing dat haar dutje ontspannend noch rustgevend was.

Ze liep in haar eentje door dicht groen gras onder een donkergrijze hemel. Er lag een gloed over de wolken alsof de zon zijn licht en warmte er vanachter tegenaan duwde.

Een kleine inham werd zichtbaar die als een slang tussen het land en de baai slingerde. Hier en daar stak iets groens uit het rustige water en op de heuvels in de verte graasden wollige schapen met zwarte koppen.

Vochtige, koele lucht dwarrelde door de bomen, ritselde door een tuin die bruiste van opvallende, bijna schreeuwerige kleuren.

Ze hoorde vogels zingen en de muzikale noten van gongen, tientallen gongen, die in een boom aan de rand van het bos hingen.

Ze liep die kant op en het dichte gras maakte plaats voor een zachtbruin pad, smal als een lint, en het licht werd een prachtig, mysterieus groen. Een dik tapijt van mos groeide rond dikke boomstammen met doorbuigende takken en op rotsblokken die uit de grond staken.

Water in een beekje stroomde borrelend voorbij en kabbelde over de rotsranden. Ze had het idee dat ze in de verte mensen kon horen praten, lachen.

Het zal het water wel zijn, dacht ze, of de windgongen aan het begin van het pad.

Ze liep verder en ging op in verwondering en verrukking.

Een smaragdgroene vogel scheerde langs. Daarna nog één, robijnrood, en een derde, saffierblauw.

Ze had nog nooit zulke vogels gezien – als juwelen zo kleurrijk – en volgde hen.

In de groene schaduwen en het licht hoorde ze hun kreten, een jong geluid, maar op de een of andere manier krachtig. Het werd begeleid door het ritmische klateren van het water op de stenen.

De waterval kwam van duizelingwekkende hoogte en haar hart maakte een sprongetje toen ze hem zag. Met donderend geraas viel het water als sneeuwwit schuim omlaag in de kronkelende stroom, waar het heel lichtgroen kleurde.

De drie vogels dwarrelden samen met andere rond het vallende water. Een oogverblindend vertoon van topaas, kornalijn, amethist, kobalt. Ze doken, scheerden, dansten. Eén schoot langs haar heen en bleef centimeters voor haar gezicht hangen met zijn fladderende vleugels. Ze zag zijn robijnrode lijf met de goudgerande vleugels en ogen... die ze kende.

Het was helemaal geen vogel, maar een draakje dat in de palm van haar hand paste.

'Hallo. Jij bent Lonrach, want dat ben je. Schitterend.' Ze stak haar hand uit en was verrukt toen hij erop ging zitten. 'En je bent van mij.' Ze liep met hem verder, aangetrokken tot de waterval en de dans van de draakjes. Ze besefte dat ze door het witte water heen kon kijken alsof het bewegend, transparant glas was.

En ze zag iets wat leek op een stad, grijs en zwart, torens en hoge gebouwen tot in een lucht die eerder paars dan blauw was. Als een kneuzing die aan het genezen was.

De grootste toren, een zwartglazen geval, schoot uit een eiland van steen omhoog. Een smalle, wiegende brug strekte zich uit over de stampende zee om hem te verbinden met de stad op de kliffen.

Ze dacht dat ze gehuil, strijdkreten en onmenselijk gekrijs hoorde, het gekletter van staal op staal, het gedonder van hoeven.

Hoewel haar hart tekeerging, liep ze verder en ze zag lichtflitsen, explosies.

Moest ze door de waterval, deze prachtig plek verruilen voor gejammer en oorlog?

Waarom zou ze? Waarom zou wie dan ook?

Toch werd ze die kant op getrokken, terwijl de kreten van de draken oorverdovend werden en het water met donderend geraas omlaag viel.

Haar robijnrode draak vloog naar de andere. Ze wilde hem terugroepen, maar hoe kon hij haar horen boven al dat lawaai?

Opeens zag ze in het water, in een poel van lichtgroen, iets glinsteren, rood en goud. Even was ze bang dat de draak erin was gevallen, was verdronken, maar hij cirkelde boven haar hoofd en hield haar met zijn gouden ogen nauwlettend in de gaten.

Het was een steen, besefte ze, zo groot als een babyknuistje, met tientallen kleinere die aan de gouden schakels van de ketting glinsterden. De sluiting, kon ze duidelijk door het water zien, had de vorm van een vliegende draak.

Iemand had die verloren, had hem laten vallen. Overduidelijk was het iets belangrijks. Ze wilde een stukje omlaag lopen, door het water waden en hem pakken.

Terwijl ze voorzichtig langs de oever omlaag liep, begon de lucht te trillen, te kloppen als een hart. Het was alsof de middelste steen aan de ketting meebewoog.

De met mos bedekte bomen zwiepten in de aanwakkerende wind. De bliksem flitste, zo hard, zo fel, dat de wereld even wit werd. De donder die volgde benam haar de adem.

Een onweersbui, dacht ze. Een verstandig mens gaat tijdens een onweersbui niet in het bos lopen of haar hand in het water steken. Ze kwam straks wel terug. Dan ging ze eerst naar huis waar het warm, droog en veilig was, misschien vond iemand anders de hanger wel.

Maar als ze nu een klein stukje verder bukte, haar hand uitstak, kon ze de gouden ketting misschien te pakken krijgen en...

Ze viel. In plaats van een ondiepe poel leek het lichtgroene water opeens eindeloos diep.

Trappelend probeerde ze boven te komen, maar haar hand raakte alleen een muur, hard als staal. Ze zwom naar rechts en voelde hetzelfde. Links ook, en ze besefte dat ze vastzat in een soort kast onder water. Boven haar zag ze de lucht, de woede van het onweer dat de zwarte lucht oplichtte met felle lichtflitsen. Ze sloeg tegen de muren tot haar eigen bloed het water vertroebelde. Ik krijg geen lucht, dacht ze. Laat me eruit. Laat me eruit.

Jij bent de sleutel. Draai hem om. Word wakker.

Toen het steeds donkerder voor haar ogen werd, zag ze een slot. Van glimmend zilver, ingelegd met juwelen.

Te ver weg, dacht ze, terwijl ze wild met haar armen zwaaide.

Haar hart bonkte, haar lichaam trilde.

Marco rukte haar overeind op het moment dat haar telefoon begon te piepen.

'Jezus, Breen. Ik dacht dat je een toeval had.'

'Ik… was aan het verdrinken. Ik lag in de beek, maar hij was te diep en… O mijn god, wat was dat afschuwelijk.' Ze duwde haar haar uit haar gezicht, terwijl hij een arm om haar heen sloeg. 'Het was zo mooi waar ik was. Nu is het allemaal wazig, maar het was er echt prachtig en opeens lag ik in het water. Er lag iets wat ik wilde pakken en opeens verdronk ik.'

'Je trilt helemaal, mens.' Hij trilde zelf ook van schrik en duwde zijn lippen tegen haar voorhoofd. 'Rustig ademhalen.'

'Het gaat wel.' Ze slaakte een diepe zucht, terwijl hij haar ondersteunde. 'Het toppunt van een angstdroom, zeg maar.'

'De ergste ooit. Je trilde, het leek wel of je stikte en je had je ogen wagenwijd open. Ik ben me echt kapot geschrokken.'

'Ik ook.' Zijn schouder, die er altijd voor haar was, vormde de perfecte plek om haar hoofd op te leggen. 'Sorry, hoor. Mijn eigen schuld. Ik maakte me veel te druk over het vliegveld, de vlucht, over alles, verdomme. Ik hou ermee op, want die prachtige plek, wat het ook was, dat is waar we naartoe gaan.'

'Ik zal blij zijn als we er zijn. Doe me dit niet nog een keer aan.' Hij pakte haar bij haar schouders vast en keek haar lange tijd aan. 'Je bent nog steeds wat mijn oma "pips" zou noemen. Je ziet pips. Zal ik Sally bellen, zeggen dat je niet kunt komen?'

'Absoluut niet. Het was gewoon een nare, heel nare, angstdroom. Als ik bij Sally's ben en aan het werk kan, hoef ik tenminste niet te denken aan de tienduizend dingen die fout kunnen gaan.'

'Knap dan eerst maar eens je gezicht op.'

'Wat is er mis mee? Behalve dat het pips ziet.'

'Geef jezelf eens een smeulende look door wat mascara op die lange donkere wimpers van je te doen, mens. Ik heb je toch laten zien hoe dat moet? Ik ga een sexy outfit aantrekken die schreeuwt om fooi. Jij mag de badkamer eerst.' Hij liep weg en onderweg naar zijn eigen kamer riep hij over zijn schouder: 'Hoe was de laatste dag van je oude leven?'

'Wel oké. Ik ben klaar voor mijn nieuwe.'

Toen ze een tijdje later naar de club liepen, sloeg Breen een arm om Marco's middel. Hij droeg een strak rood T-shirt waarin zijn slanke, gespierde armen goed uitkwamen, met een bijpassende riem en gympen. De kleur deed haar denken aan de droom, maar ze duwde die gedachte weg. Ze wist dat ze niet de enige was die last had van spanningen. 'Wil je niet vertellen hoe het bij je ouders was toen je ze gedag ging zeggen?'

'Wat zal ik ervan zeggen?' Hij haalde zijn schouders op. 'We waren allemaal beleefd. Mijn vader wenste me een goede reis en ging toen naar zijn werkplaats. Mijn moeder gaf me wat cola, vertelde me dat er in Ierland heel veel kerken zijn en dat ze hoopte dat ik er wat tijd zou doorbrengen. Ze denkt nog steeds dat ik de homoseksualiteit eruit kan bidden.'

'Rot voor je.'

'Ach, we waren beleefd, dat is al heel wat. En omdat ik wist dat dat bij mijn broer niet het geval zou zijn, ben ik niet bij hem langsgegaan. Mijn zus heb ik nog wel gesproken, die had het superdruk met werk, maar we hebben wel even fijn gepraat.'

'Op Keisha kun je rekenen.' Ze gaf hem een kneepje, terwijl ze verder liepen. 'We zijn de buitenbeentjes van de familie, Marco, altijd al geweest. Ik kan er wel mee leven. Jij hebt dat altijd gekund en ik begin eraan te wennen, het zelfs wel prettig te vinden. En als we morgen in het vliegtuig zitten, kent niemand ons. Dan kunnen we zijn wie we maar willen.'

'Wat zou jij kiezen?'

'Ik werk voor MI6, dus daar kan ik niet over praten.'

'Da's een goeie. Ik ben een jonge, steenrijke, filantropische singer-songwritersensatie die een geheime verhouding heeft met een zekere, ernstig lekkere muzikant/filmster.'

'En wie zou dat dan wel zijn?'

'Kan ik niet zeggen, dat is een geheim. Maar zijn naam rijmt op Moodacris.'

'Als agent bij MI6 weet ik jouw slimme code te ontcijferen. En dat is inderdaad een lekker ding.'

Ze kwamen bij de club aan en Marco keek even naar het met glitter omlijste bord naast de deur. 'Zei Sally dat het een besloten feest was?'

'Nee. O, nou ja, bij een besloten feest is de fooi altijd super.'

Ze gingen naar binnen. Een club vol mensen begon te juichen.

Het leek wel Saint Patrick's Day, dacht Breen, één van de vele feestdagen die Sally aanbad. Groene klaver, regenbogen, feeën, nimfen elk Iers cliché was vertegenwoordigd.

'Krijg nou de tering,' hoorde ze Marco zeggen, en hij begon te giechelen.

Derrick Lacross, Sally's supersexy grote liefde kwam op hen af met in beide handen een glas champagne. Hij droeg een groenlederen vestje over zijn indrukwekkende borstkas en had een aandoenlijk absurd kabouterhoedje scheef op zijn door de zon gebleekte lokken.

'Je dacht toch niet dat we jullie zomaar zouden laten gaan?' Hij overhandigde hun de champagne, pakte nog een glas van een dienblad en wendde zich tot de club vol mensen.

Toen hij zijn glas hief en iedereen '*Sláinte*!' riep, moest Breen zelf ook giechelen. 'Wat super,' wist ze uit te brengen. 'Dit is echt super.'

'We zijn nog niet eens begonnen. Drink op, kinders.'

Ierse muziek knalde uit de luidsprekers toen Sally met zijn korte, voor de gelegenheid groen geverfde, stekeltjes hun kant op flaneerde. Flaneren was het juiste woord omdat hij een lange, glimmende witte jurk met groene fladderende vleugels droeg.

'Alsof ik jullie de avond voor je vertrek zou vragen om te komen werken.' Hij rolde met zijn ogen waarna hij hun allebei een zoen op de wang gaf. 'Jij...' Hij overhandigde Marco een hoge zwarte hoed met een glimmend groen lint. '... eet, drink en wees vrolijk. En jij...' Hij pakte Breens hand vast. '... gaat met mij mee.'

'Sally.' Marco trok hem stevig naar zich toe. 'Je bent de beste. Man, jij en Derrick zijn echt de besten.'

'Dat lijdt geen twijfel. Je zus had een vergadering, maar ze komt over een uur.'

'Serieus? Dat is... dat is geweldig.'

'Ga jij nou maar met Derrick mee.' Sally gaf Marco een snelle zoen. 'Breen is nog niet helemaal klaar voor het feest.' Met Breens hand stevig vast slingerde Sally door de menigte. 'Ze komt terug, dames en heren. Geniet, geniet.' Hij wuifde met zijn vrije hand alsof hij de zee scheidde.

Een slimmerik duwde er een glas champagne in.

'Sally, dit is de beste verrassing ooit, en zo lief van je. Zo lief.'

'Ach, je kent me, alles voor een feestje.' Hij nam haar mee naar achteren, naar de gemeenschappelijke kleedkamer. 'Maar jij en Marco betekenen veel voor me, en ook voor Derrick. Zo...' Hij liep naar een van de kledingrekken. 'Jij gaat je feestjurk aantrekken.'

Hij haalde een jurk tevoorschijn, kort en zo groen als zijn haar. De open rug kwam tot aan de taille.

'Hij is prachtig, maar...'

'Hij is voor jou. Derrick heeft hem voor je uitgezocht met zijn voortreffelijke smaak in alles.'

'Jullie hebben een jurk voor me gekocht.'

'Een feestjurk die je ondanks je financiële meevaller niet zelf hebt gekocht. En schoenen die ik zelf – ook met voortreffelijke smaak – heb uitgezocht.' Hij hield een paar gouden glitterschoenen met een open neus en een enkelriempje op.

'Wat een hoge hakken.'

'Die kun je hebben. Jij kunt alles hebben. Kleed je maar uit, meid. Het feest is zonder ons begonnen.'

Omdat de muziek, stemmen en het gelach tegen de muren van de kleedkamer beukten, kon ze er moeilijk tegenin gaan.

Ze trok haar schoenen en haar T-shirt uit, en schoof haar broek over haar heupen omlaag.

‘Die beha ook, lieffie. Daar word ik alleen maar verdrietig van.’

Breen stond in haar simpele witte behaatje en praktische witkatoenen slipje. ‘Geen beha?’

‘De jurk heeft een ingebouwde beha en trouwens, jouw dames zijn jong en parmantig. Daar moet je mee pronken zolang je kunt. Die beha verdient een fatsoenlijke begrafenis.’

‘Oké. Ook weer iets nieuws voor me.’

Ze deed hem uit en wurmde zich in de jurk. Deed haar armen omhoog, zodat Sally de zijrits dicht kon doen. ‘Hij past.’

‘In alle opzichten. Zit. Schoenen.’

Ze ging zitten, liet haar voeten erin glijden en worstelde even met de riempjes. ‘Je hebt Marco’s ouders uitgenodigd.’

‘Het zou niet netjes zijn geweest om het niet te doen.’

‘Ze komen niet. Mijn moeder ook niet.’

Sally ging op zijn knieën zitten om Breen met de riempjes te helpen. ‘Dat is hun probleem. Het doet pijn aan mijn hart als ik zie dat mensen zijn gezegend met prachtige kinderen, vanbinnen en vanbuiten, maar zich er niet toe kunnen zetten die kinderen te accepteren zoals ze zijn.’ Hij gaf Breen een klopje op haar voet. ‘Meisje, geloof deze ouwe nicht nou maar, wees jezelf en de rest kan de pot op.’

‘Je bent helemaal niet oud,’ zei Breen, waarop Sally moest lachen.

‘En jij moet naar de pedicure. Laat eens een lekker kleurtje op die mooie tenen van je zetten.’

‘Zal ik in Ierland doen.’

‘En koop wat mooi ondergoed, meid.’ Voordat Breen bezwaar kon maken, legde Sally zijn vinger onder het behabandje en smeet het ding weg. ‘Stel dat je een Ierse spetter tegenkomt en hij ziet die ellende.’

‘Ik denk dat ik eerst op zoek moet naar mezelf voordat ik op zoek ga naar een Ierse spetter.’

'Je bent een slimme vrouw. Ontdek waarmee Breen zichzelf gelukkig kan maken, dan komt de rest vanzelf.'

'Ik hou van je, Sally.'

'O, mijn lieve meisje, ik hou ook van jou. Sta nu maar eens op en kijk in de spiegel.'

Ze zag een vrouw met vuurrode krullen tot over haar schouders, in een felgroene jurk, met lange benen in schoenen die goed genoeg waren voor een prinses.

'Ik zie er... best wel verfijnd uit.'

'Rechte lijnen, geen tierelantijnen, dat past bij je.' Sally zwaaide met zijn vinger. 'Doe eens een pirouette.'

'Straks breek ik een enkel.'

'Je hebt een betere balans dan je denkt.'

Breen maakte de pirouette en ving een glimp op van de achterkant van de jurk. 'O, wauw.'

'Dat is nog eens een sexy rug, meid.' Sally legde haar handen op Breens schouders, legde zijn wang tegen de hare en glimlachte. 'Daar ben je dan, Breen Siobhan Kelly.'

'Ook zonder vleugels ben je mijn Goede Fee, Sally.'

'Met alle liefde. Pak nu je champagne, meisje, het is tijd dat iedereen je ziet.'

Die nacht viel Breen uitgeput maar gelukkig in slaap, zonder angstdromen. Haar nieuwe jurk en schoenen zaten in een van de koffers.

De volgende dag was alle stress terug. Ze had alle herbevestigingen van al haar reserveringen herbevestigd, de inhoud van haar koffers opnieuw gecontroleerd, haar paspoort onderzocht op eventuele onvolkomenheden.

Daarna viel ze Marco lastig om er zeker van te zijn dat hij alles op orde had. 'Weet je zeker dat je de post hebt stopgezet?'

'Ik heb de post stopgezet, ook al krijgen we bijna nooit wat. En ik heb alle bederfelijke waren naar Gracie aan de overkant gebracht, dat was ook bijna niets. En, ja, ik heb haar de sleutel gegeven, zodat ze de weinige planten die we hebben water kan geven en zo nu en dan de lichten aan en uit kan doen, voor het geval iemand ons wil beroven van wat we niet hebben.'

'En heb je je euro's veilig opgeborgen?'

'Ja, ja, inclusief de vijfhonderd die Sally en Derrick me gisteravond nog hebben gegeven.'

'Wat? Hebben ze je vijfhonderd euro gegeven?'

'Ze wilden geen nee accepteren. Ik moet een deel ervan gebruiken om ons op een chic etentje te trakteren, zodat je je nieuwe jurk kunt dragen.'

'Dat is... echt iets voor hen.'

'Er is nog meer, dus wil je nu ophouden met flippen, want ik ga er zelf nog van flippen...'

'Nog meer?'

'We gaan met een limousine naar het vliegveld.'

'Marco, daar kunnen we geen geld aan verspillen.'

'Doen we ook niet. De hele club bij Sally heeft het geregeld. Reno's broer is limousinechauffeur. Ze hebben het met z'n allen gefikst. En hij komt over een uur, dus ik ga douchen en mijn wereldreizigeroutfit aantrekken. Draag jij dat in het vliegtuig?'

Ze keek naar haar zwarte yogabroek en de simpele zwarte trui. 'We gaan proberen te slapen in het vliegtuig. Dit zit lekker en het is praktisch.'

'Heel goed. Je ziet eruit alsof je dit vaker doet. Maar doe me een lol en trek die rode sneakers aan in plaats van deze zwarte. Net even wat kleur.'

'Ook goed.'

Ze verwisselde haar schoenen, controleerde de labels aan de koffers en pakte haar zwarte jasje. Ze had gekeken hoe het weer was op Shannon Airport: vijftien graden en bewolkt, veertig procent kans op regen als ze landdden.

Marco, gekleed in spijkerbroek en olijfgroen T-shirt, keek uit het raam. 'Joehoe! Er stopt een zwarte limo voor de deur.'

'O god, o god, het is tijd! We moeten onze spullen naar beneden brengen.'

Dat bleek nog een heel gedoe vanwege de trap. Tegen de tijd dat ze met één van Breens koffers, haar rugzak, Marco's koffer en handbagage drie trappen af gelopen waren, kwam de chauffeur in uniform er al aan.

Breen kon zich met de beste wil van de wereld niet meer herinneren hoe Reno's broer – een waanzinnige Tina Turner – in het echt heette.

'Wacht, laat mij maar. Frazier,' zei hij. 'De taxi staat voor.'

'En niet zomaar een taxi,' voegde Marco eraan toe.

'Inderdaad.'

'Sorry, maar er staan nog een paar koffers boven.'

'Maak je daar maar geen zorgen over,' zei Frazier tegen Breen. 'We laden eerst deze in. Dan zetten we de dame vast achterin, en halen jij en ik de rest, man.'

Het leek wel een droom – de langgerekte auto, het gladde leer, een witte roos in een transparante vaas. Frazier bood haar een flesje water aan. Ze nam er de reisziektepil mee in, ook al wist ze niet of ze die nodig had.

Toen ze wegreden en Marco met de lampjes en het muzieksysteem speelde, keek ze uit het raam. Ze verliet Philadelphia voor drie maanden. Alles en iedereen die ze kende was hier. En als ze zich aan hun plan hielden, zou Marco over twee weken terugkomen.

Dan was ze alleen, voor het eerst in haar leven echt helemaal alleen. Geen moeder die haar vertelde wat ze moest doen, geen beste vriend naast zich, geen Sally op wie ze kon steunen. Geen supervisor, geen baan, geen agenda.

Ze kon werk zoeken om zo nodig de tijd te vullen. Haar vader was Iers staatsburger geweest toen ze werd geboren, dus kwam ze in aanmerking voor een dubbele nationaliteit. En dat betekende dat ze in Ierland mocht werken als...

'Schei uit met piekeren,' beval Marco. 'Je maakt jezelf alleen maar somber.'

'Nee, ik zat te denken dat ik een parttime baan zou kunnen nemen, als ik dat wil. In een pub, misschien, om me echt in de sfeer onder te dompelen. Of in een winkel. Of een tuincentrum. Ik wil graag leren hoe je dingen moet planten en verbouwen. Volgens mij is mijn vader op een boerderij opgegroeid, ik weet het niet. Ik heb veel van zijn verhalen in mijn hoofd door elkaar gehaald, maar ik geloof dat hij op een boerderij is opgegroeid.'

'Daar zijn er genoeg van in Ierland.'

'Maar goed, ik zat dus niet te piekeren.' Absoluut niet, hield ze zich voor. 'Ik ben zenuwachtig, maar dat is wat anders. Ben jij niet zenuwachtig?'

'Nee. Opgewonden. Jij en ik, Breen, we zijn ons hele leven amper uit Philly geweest, en moet je kijken wat we nu doen. Ik ben je echt dankbaar dat je me deze kans hebt gegeven.'

'Zonder jou zou ik het niet kunnen. Letterlijk, ik zou het vliegtuig niet eens in durven.'

'Maar je dan maar klaar, want we zijn bijna bij het vliegveld.'

Automatisch gleed haar hand naar haar tas, maar Marco sloeg een hand over de hare. 'Je hebt alles, lieverd. Ook je paspoort. We zitten verdomme in een limousine. Geniet ervan.'

'Wil je genieten?' Ze pakte haar telefoon en kroop tegen hem aan. 'Tijd voor een limoselfie.'

'Stuur maar door, dan zet ik hem op Instagram en ook op Twitter. Hashtag bff's, hashtag onderweg, hashtag…'

'Genoeg,' zei Breen lachend.

'Zeg, je moet een reisverslag maken… van dag tot dag. Dan maken we een blog.'

'Ik weet niet hoe dat moet.'

'Je kunt toch schrijven? Ik weet hoe je een blog moet maken.' Hij zette de zonnebril op waar hij zichzelf op had getrakteerd. 'We moeten alleen een naam hebben. En jij moet hem bijhouden als ik weer weg ben, dus… Shit, we zijn er. Ik ga erover nadenken.'

Als de limousine een andere wereld was, dan was het vliegveld een ander universum. Al die mensen, al dat lawaai, al die borden.

Ze checkten in, en ze deed haar best om niet in paniek te raken toen ze haar koffers op de band zag verdwijnen en ze alleen nog een rugzak en een tasje had.

Overal stonden rijen! Door de douane gaan creëerde nog meer lichtelijke paniek, maar niemand werd gearresteerd.

Ze volgden de bordjes naar de businessclasslounge.

'Al die mensen die ergens naartoe gaan, of ergens vandaan komen.'

'Wij ook, wij gaan ergens naartoe.' Met een grijns en een huppelsprongetje pakte Marco haar hand vast en zwaaide hun armen heen en weer. 'Misschien moeten we wat drinken of een snack eten. We hebben de tijd.'

'Laten we eerst maar in de lounge inchecken. Ze zeiden dat dat moest.' Ze wist niet of ze een hap door haar keel kon krijgen, maar wist wel dat ze ergens op een rustig plekje wilde zitten.

Ze zag hele families, baby's, kleuters, grootouders. Zakenlieden liepen voorbij met hun telefoon in hun hand. Sommige mensen zaten bij een gate te dommelen. Velen zagen eruit alsof ze zich verveelden.

Wie kon zich nou vervelen als je op het punt stond in een vliegtuig te stappen?

Ze zag mensen die tv-keken, boeken lazen, op hun tablet bezig waren. Ze zag... de man met het zilvergrijze haar. Dat kon niet, maar toch zag ze hem in de rij bij een van de gates staan.

'Marco...'

'Daar. Daar is de lounge.'

'Marco, ik zag...'

Maar hij was weg.

'Niets,' mompelde ze.

Haar verbeelding, de stress, een overdosis aan indrukken.

Ze liepen door de gemarkeerde deuren en kwamen in de stilte en de geur van citrusvruchten terecht. Op een glanzende balie stond een witte orchidee en daarachter zat een vrouw die naar hen glimlachte.

'Goedenavond, mag ik uw instapkaart zien?'

'Ik weet niet of we hier wel goed zitten,' zei Breen, en ze viste ze uit haar tas.

'Jazeker. We zullen het u laten weten als het tijd is om te boarden. Loopt u maar door.'

Ze liepen een grote ruimte binnen. Ook hier was het rustig en mensen zaten in stoelen of aan tafeltjes te genieten van een drankje of een snack, bladerend door een tijdschrift.

Breen wist niet wat ze moest doen, dus ging ze zitten en keek met grote ogen naar Marco.

Hij keek met net zulke grote ogen terug. 'Mensen leven zo, Breen. Moet je nagaan! Ze hebben hier garnalen... heb je dat gezien? Ze hebben cocktailgarnalen. Ik ga wat halen.'

Een man in uniform kwam naast hen staan. 'Wilt u iets drinken?'

'Ik...'

'Kunnen we champagne krijgen?' vroeg Marco.

'Uiteraard.'

Ze dronk champagne, at cocktailgarnalen. En keek met een stalen gezicht hoe Marco een paar appels, een zakje chips, een blikje cola en een flesje water in zijn handbagage stopte.

Het avontuur begint, dacht ze, en ze besefte dat ze best een dagboek zou kunnen bijhouden. Dat was leuk... en ze wilde op deze herinneringen terug kunnen kijken.

Twee glazen champagne onderdrukten de zenuwen en dus voelde ze alleen een dromerig enthousiasme toen hun vlucht werd omgeroepen. Ze kwam erachter dat businessclass betekende dat ze zo ongeveer als eerste het toestel in mochten.

En dat hun stoelen op futuristische cocons leken.

'We hebben ieder een eigen tv, mens, en een hele vracht films... gratis! En moet je kijken. De stoel gaat helemaal naar achteren als een bed. Zeg, heb je dat tasje gezien met allemaal gave spullen? Een tandenborstel, gezichtsspray en een oogmasker. Sokken! Hoe gaaf is dat?'

'Het lijkt haast niet echt.'

'Het is rete-echt. Selfie.'

Terwijl hij zijn telefoon uit zijn zak haalde, kwam een stewardess langs. 'Wilt u iets drinken voordat we de gate verlaten?'

'Champagne,' zei Breen met een stralende blik. 'We drinken de hele weg champagne.'

In de terminal keek de man met het zilvergrijze haar hoe het vliegtuig achteruit de gate verliet. Hij slaakte een zucht. Omdat zijn taak hier met succes was volbracht, zat zijn tijd erop. Hij zou Philadelphia missen, en de pretzels, de kleuren, de geweldige mensen.

Toch zou hij blij zijn als hij weer thuis was.

Nog even, hield hij zich voor. Hij had nog iets te doen, nog één opdracht die voltooid moest worden.

Hij slenterde weg en voegde zich bij de meute die kwam en ging.

En toen hij de hoek omging, verdween hij, op weg naar zijn volgende taak.

5

Breen ontdekte iets. Ze vond vliegen leuk. Dat had ze niet verwacht, ze had zich schrap gezet voor uren vol stress. In plaats daarvan vond ze de hele ervaring waanzinnig. Ze had eten, drinken, vermaak en Marco. Bovendien was het geweldig om uit het raam te kijken. Alleen maar nacht, maar ze stelde zich de oceaan beneden voor, de schepen die door het water kliefden, kleine drijvende eilandjes, terwijl zij door de lucht vlogen.

Businessclass zou wel nooit gewoon worden – ze moest praktisch zijn – maar ze besloot dat ze zich niet langer aan de grond gebonden voelde. Misschien, heel misschien, kon ze één keer per jaar een plek op de kaart kiezen, haar tas pakken en gaan. Zou dat niet ongelooflijk zijn?

Ze had ook niet gedacht dat ze zou kunnen slapen, maar de wijn, een film met Marco en het zachte gedreun van de motoren deden hun werk. Met een koptelefoon in haar oren en Ierse ballades – om in de stemming te komen – op haar playlist liet ze haar stoel achterover zakken, kroop weg onder de deken die ze had gekregen, legde haar hoofd op het kussen en sliep.

Ze droomde van groene velden en blauwe meren, van dichte bossen en glooiende heuvels. Ze droomde dat ze op een rode draak over die velden en meren en bossen vloog en droomde zo diep dat ze de wind langs haar gezicht voelde razen.

Ze droomde van een stenen cottage naast een rivier, met een bos daarachter en een wilde tuin eromheen. Terwijl de draak verder vloog, zag ze even verderop een boerderij met groene weides en stenen muurtjes waar een man bruine geulen in het groen ploegde achter een gespierd bruin paard. Heel diep in de droom hoorde ze zijn stem die zong van liefde en verdriet.

Ze droomde en vloog door de nacht op de rode draak langs een hemel die bezaaid was met sterren. En twee manen die over de wereld waakten, de een vol en wit, de ander een glanzende sikkel.

Toen de zon over de groene heuvels opkwam en rode en gouden stralen verspreidde, vloog ze omlaag. Ze landde bij het meer, bij de man die met een zwaard langszij stond en een staf in zijn hand had waar bovenop een glanzendrode steen zat.

In zijn andere hand hield hij de teugels van een zwart paard vast. Haar, zo zwart als zijn paard, golfde over de kraag van zijn shirt en viel in een dunne vlecht langs de linkerkant van zijn hoofd. Zijn ogen, groen als de heuvels, keken haar indringend aan. 'Aan dromen heb je niets. Word wakker en doe iets, of blijf slapen en laat zien dat zijn offer niets voor je betekent.'

Woede en schaamte vormden een harde knoop in haar maag. Boven haar hoofd kleurde de dageraad zwart. De wind zwiepte scherp als een mes. Een bliksemschicht schoot door de zwarte lucht en sloeg centimeters voor de man in.

De man en het paard gaven geen krimp. De man glimlachte. 'Word dan wakker en laat zien dat ik het mis heb. Word wakker Breen Siobhan O'Ceallaigh en leef.'

Versuft, gedesoriënteerd werd ze wakker. Ze zou durven zweren dat ze de frisse lucht en het gras kon ruiken. In de donkere cabine deed ze haar best om de details van de droom vast te houden. Dit moet je opschrijven, besloot ze.

Ze hees zich overeind, deed het leeslampje aan en haalde haar laptop tevoorschijn. Misschien was haar hoofd nog wat wazig, maar ze wilde alles wat ze zich kon herinneren opschrijven. Al met al was het een heerlijke droom geweest, een leuke droom. Zelfs de man – een soldaat, koning? – was fascinerend geweest. Ze vroeg zich af wat hij in haar onderbewuste vertegenwoordigde.

De rest was wel duidelijk: de draak, die in haar vorige droom nog een draakje was geweest, verbeeldde het vliegen, had gevlogen zoals zij nu ook vloog. De vrijheid die het vertegenwoordigde. Haar romantische beeld van Ierland.

De twee manen? Misschien symboliseerden ze het feit dat ze de ene plek (wereld) had verruild voor een andere. Wie zou het zeggen?

De cottage stelde degene voor die ze in Galway had gehuurd. De boerderij omdat ze had verteld dat haar vader daar was opgegroeid. De boer. Haar vader? Hij had gezongen, en dat had haar vader vroeger ook gedaan. Een Ierse tenor, net als de boer, maar nee, niet haar vaders stem. Ze kende Eian Kelly's stem goed, want ze had er opnamen van en had naar ze geluisterd als haar moeder niet thuis was. Maar waarschijnlijk moest het hem voorstellen.

De boze man? Lang, gespierd, maar niet zo fors als Derrick, bijvoorbeeld. Die indringende groene ogen, het zwarte haar, lang en golvend met een vlecht opzij. Het deed een beetje denken aan een soort *Game of Thrones* of een koning Arthur-film. De staf. Macht? Zoals het zwaard een strijder of soldaat symboliseerde. En de steen, die ook in haar andere droom was voorgekomen.

De storm stond waarschijnlijk voor haar eigen drift als iemand haar zei wat ze moest doen. Daar had ze echt zo schoon genoeg van.

Ja, al met al, een heel gave droom, de moeite waard om over te schrijven.

Net als de reis, dacht ze nu. Ze wist nog niet wat ze van bloggen vond, maar ze maakte een nieuw document aan en gaf het na enig nadenken de titel: *Op zoek naar mezelf.*

Bijna een uur lang zat ze te schrijven, terwijl de anderen in het toestel zich begonnen te verroeren en er lichten aangingen. De stewardessen deden de ronde en zachte stemmen boden koffie en ontbijt aan.

Ze las de tekst opnieuw en paste onder het genot van een kop koffie hier en daar wat aan. Jeetje, vijf bladzijden!

Daarna pakte ze het gratis toilettasje en liep naar het toilet. Toen ze terugkwam, zat Marco rechtop, met een kop koffie voor zich, haar dagboek te lezen.

'Hé.'

'Moet je het maar niet zo laten liggen. Dit is echt heel goed, Breen.'

'Ik ben nog niet klaar met schaven.'

'Het is goed. Hartstikke onderhoudend, grappig en gedetailleerd. Precies wat je wilt voor een blog. Ik ga er een aanmaken.'

'Marco...'

'En ik heb omelet voor ons besteld, met spek voor jou, worst voor mij. Ik heb even overwogen om bloody mary's of mimosa's te bestellen, maar we moeten straks autorijden. Carla, de stewardess, zei dat we over ongeveer drie kwartier landen.' Ondertussen zat hij op haar laptop te typen. 'Wat wil je voor domeinnaam?'

'Ik weet...'

'Laten we het simpel houden. Breensiobhan.com, voorlopig zonder achternaam. Ik doe de instellingen zodanig dat je persoonlijke gegevens vertrouwelijk blijven en ik maak hem self-hosted. Daar help ik je wel mee. Ik zal je updates sturen als je comments en zo krijgt. We gaan voor de eenvoudige, stijlvolle look en zorgen dat hij geschikt is voor mobiele apparaten.'

Hij speelde graag met apparatuur, dacht ze, dus liet ze hem maar zijn gang gaan. 'Geen hond die het gaat lezen.'

'Iedereen bij Sally's wel. Het is een geweldige manier om te volgen wat we doen en zien, vind je niet? En voor ons als ik weer naar huis ga.' Hij glimlachte naar haar. 'Jij schrijft, ik doe het technische deel. Ik zal je laten zien hoe je foto's en tekst moet uploaden. Als je het over een paar weken niet leuk vindt, hou je ermee op. Wil je een lettertype kiezen?'

'Kies jij maar.' Daar ging ze zich niet druk om maken. Ze zag het hele gedoe als uitgebreide ansichtkaarten aan vrienden.

'Prima. Zodra hij in de lucht is, ga ik een groeps-e-mail met een link versturen.'

Terwijl hij daarmee bezig was, besloot Breen dat het tijd was om zich zorgen te maken over het feit dat ze straks door de luchthaven moesten lopen, het autoverhuurbedrijf moesten zien te vinden en moesten autorijden. Al had Marco aan het kortste eind getrokken en zou hij als eerste achter het stuur kruipen.

Maar tijdens de landing keek ze uit het raam en zag ze door de wolken de groene landerijen en heuvels uit haar droom. Ze zag de lappendeken van dat onmogelijke groen met warme bruine tinten en intens goud onder een sombere lichtgrijze lucht.

Iets in haar hart begon te zingen, een noot die zo zoet en helder was dat haar ogen begonnen te prikken. 'O, Marco, kijk!'

'Ik kijk.' Marco leunde met zijn telefoon voor haar langs om foto's te maken. 'Net als op de foto's maar dan echt. Het is echt, Breen.'

'Ik heb erover gedroomd, over dit allemaal. Ik heb erover geschreven.'

'Het stond niet in je blog.'

'Nee, ik had het apart opgeschreven. Ik zal het je straks laten lezen. We moeten ons klaarmaken. We moeten...'

'We zijn klaar.' Hij pakte haar hand vast.

Het was niet zo moeilijk. De borden volgen, je paspoort laten zien – weer niet gearresteerd – de bagage ophalen en die meezeulen naar de plek waar ze een auto hadden gehuurd.

Omdat Marco als eerste zou rijden, ging hij de auto halen en reed Breen de bagagekar naar buiten om een eerste teug Ierse lucht in te ademen.

Hij was anders, zachter, net als het licht. Het regende niet, maar ze voelde de bui in de lucht hangen, de vochtigheid. De stemmen... Sommige Amerikaans, en sommige met die prachtige zangerige tongval die haar aan haar vader deed denken.

Zou ze hem vinden? Zou hij blij zijn haar te zien? Zou hij haar vertellen waarom, waarom hij zo lang was weggebleven? Ze wilde hem vergeven. Ze hoopte dat ze op een dag haar moeder zou kunnen vergeven.

Maar vandaag, hield ze zich voor, vandaag is voor mij. Ik heb een deur opengezet en vandaag ben ik erdoorheen gelopen.

Ze keek hoe een kleine zwarte auto met een slakkengangetje aan kwam rijden en zag Marco achter de voorruit. Hij zag eruit alsof hij zorgvuldig, nauwgezet een kernbom aan het demonteren was.

Liever hij dan ik, dacht ze.

Hij stopte en stapte uit. 'Zo, dit heb ik gehaald. Iedereen leeft nog.'

'Is het eng?'

'Ja, een beetje wel. Het is gelukkig niet al te ver naar het kasteel. Ik zei "kasteel".' Hij grijnsde toen ze de bagage inlaadden. 'De man heeft me geholpen om de gps te programmeren, dus we hebben de route.'

'Ik heb de kaart... en ik heb de routebeschrijving uitgeprint.'

'Dan kan het niet fout gaan.' Hij wilde weer instappen en besefte dat hij aan de verkeerde kant stond. 'Ik wilde galant zijn en het portier voor je openhouden.'

'Ja hoor, geloof je het zelf?' Ze stapte in en deed haar gordel om. Haalde diep adem. 'We kunnen het heel rustig aan doen.'

'Geef maar een gil als ik het niet goed doe. Nee, geef maar geen gil. Zeg heel rustig: "Marco, mijn vriend, je zit nu aan de verkeerde kant van de weg, verdomme. Hou op met dat idiote gedoe."'

'Doe ik.'

'Goed, daar gaan we.' Hij startte de motor en keek haar met een grijns aan. 'We gaan het kasteel bestormen!'

Hij deed het best goed, heel goed zelfs, dacht Breen. Ze moest zich ervan weerhouden om niet met grote ogen naar haar omgeving te kijken en haar blik op de weg te houden voor het geval ze hem moest zeggen dat hij moest ophouden met dat idiote gedoe.

Maar hij deed het prima, zelfs op die enge cirkels, rotondes, verbeterde ze zichzelf.

'Ik rijd door Ierland, mens.'

'Ja. Blik op de weg. We zijn er bijna.'

'Volgende keer is het jouw beurt. Dat was de afspraak.'

'Genoeg te doen in het kasteel. Misschien blijven we er wel drie dagen.'

'Mooi niet. We gaan naar de pub, we gaan winkelen. We gaan van alles bekijken.'

'Er is ook van alles... O, dat is Bunratty Castle. Dat ligt vlakbij waar wij logeren. Dat lukt me vast wel. Ik heb erover gelezen. Dat kunnen we bekijken, we kunnen er winkelen. Ik weet niet of er een pub is. Wat is het allemaal mooi, Marco.'

'Ik heb nog nooit zoiets in het echt gezien, alleen in films en boeken.'

Toen hij bij het bordje voor Dromoland de afslag nam, werd de weg omzoomd door bomen, grote, enorme, schitterende bomen. De weg slingerde verder en na een tijdje kwamen ze weer bij grasland, met aan de ene kant een vijver waar eenden langs waggelden.

Breen hapte naar adem en Marco zette de auto stil.

'Ik moet echt even stoppen. Jezus, Breen, dat is verdomme nog eens een kasteel. Dat is serieus een echt kasteel.'

Triomfantelijk en schitterend domineerde het de omgeving met zijn majestueuze grijze steen, de hoge torens en kantelen. Bovenop wapperden vlaggen.

'Ik heb hier foto's van gezien,' zei ze. 'Ik had het opgezocht, maar kon nog steeds niet geloven dat het er echt zo uit zou zien.'

'Wat een dag, Breen. Wat een dag.'

'Het is nog te vroeg om in te checken, maar ze willen onze bagage wel bewaren. We kunnen hier eindeloos wandelen.'

Langzaam reed hij verder. 'Ik kan wel wat beweging gebruiken. Het ziet eruit alsof het gaat regenen, maar dat vinden wij niet erg.'

'Nee, dat vinden wij niet erg.'

Toen ze de auto voor het kasteel parkeerden, kwam er een man in uniform de trap af om het portier voor Breen te openen. 'Welkom in Dromoland. Komt u inchecken?'

'Ja. Ja, we checken in.'

Het had niet soepeler kunnen gaan, dacht Breen. Iedereen was zo aardig, zo behulpzaam. De omgeving waar ze samen met Marco wandelde was magisch.

Toen de regen kwam en besloot dat het menens was, keerden ze nat en blij terug om het kasteel te ontdekken.

Ze zagen harnassen, stenen haarden met een zacht brandend vuur, een paar winkeltjes en tientallen brochures over de omgeving die Breen meegriste. Ze dronken wat in de bar en genoten van een lichte lunch, waarna iemand hen naar hun kamers bracht.

Prachtige kamers, dacht Breen, met grote bedden en zachte spreien, whiskey voor wie het wilde en uitzicht over de heuvels.

'Ik ben kasteelheer,' zei Marco, en hij wipte op het bed in zijn slaapkamer op en neer.

'Tja, majesteit, het plan is om uit te pakken en dan een uurtje te pitten. We volgen de regels tegen jetlag. We hebben gewandeld, gegeten en nu gaan we één uur slapen. Daarna douchen, verkleden, blablabla, dan zien we elkaar om... kwart over vijf.'

'Borreltijd. Dan spreken we in de bar af.'

'Prima, en dan gaan we bedenken wat we morgen willen doen.' Ze liep naar de deur. 'Eerst uitpakken en de wekker zetten.'

Hij salueerde. 'Begrepen. Doe net als in *Die Hard*. Doe je schoenen uit en maak vuisten met je tenen.'

Ze liep naar haar kamer, waar ze alles bekeek, legde haar hand op de stof, de meubeltjes. Ze pakte de koffer uit die ze had bestemd voor dit deel van de reis. Even overwoog ze om eerst een douche te nemen, maar ze had geen zin om haar haar nat te maken. Dus ging ze languit op het grote bed onder het zachte dekbed liggen en viel met haar blik naar het raam in slaap.

Ze droomde, maar toen de wekker ging, vervaagden de beelden. Ze duwde zich overeind en concludeerde dat het jetlagadvies niet altijd werkte. Hoe mooi haar kamer ook was, haar lichaam had nog steeds het gevoel dat het midden in de nacht was. Ze probeerde de *Die Hard*-methode voordat ze haar lichaam uit bed sleepte en onder de douche stapte. Ze had zin in cola, iets om haar lijf een kick te geven en bedacht dat ze een minibar had.

In de badjas van het hotel gewikkeld – wat een luxe – haar haar in natte strengen, draaide ze het flesje open en dronk de helft in één keer. Beter, besloot ze. Dit is beslist beter.

Ze was tot half zes bezig zichzelf toonbaar te maken en de bar terug te vinden. Daar zat Marco te flirten met de rossige barkeeper.

'Daar is mijn beste meisje. Is ze geen knappe verschijning, Sean?'

'Inderdaad. Goedenavond, miss, en welkom.'

'Dank je wel. Sorry dat ik laat ben.'

'Je bent het wachten waard.'

'Wat kan ik voor je inschenken?' vroeg Sean.

Ze keek naar Marco's bier en wist dat ze geen halve liter vocht op kon, dan dreef ze weg.

'Een kir royal,' beval Marco. 'Breen ziet eruit als een vrouw die kir royals hoort te drinken.'

'Kun jij je daarin vinden?'

'Ik heb er nog nooit een gehad.'

'Nou, dan moet je er zeker een nemen. Marco vertelde net dat het je eerste keer in Ierland is, maar dat je vader hier is geboren.'

'Ja. Het is hier net zo mooi als hij me altijd vertelde. Hij kwam uit Galway.'

'Ah, Galway is prachtig.'

'Sean komt hier uit Clare en heeft al wat plaatsen genoemd waar we absoluut naartoe moeten. Ondertussen...' Marco pakte zijn telefoon. '... heeft je blog al tweeëntwintig comments en vierentachtig bezoekers.'

'Nietwaar.'

'Kijk zelf maar.' Zelfvoldaan gaf hij haar de telefoon. 'Breen is een blog begonnen over haar reis en het leven in het algemeen.'

'Echt waar? Dat wil ik ook wel lezen als je me een link stuurt.'

'Geen probleem.'

Sean zette een flûte voor haar neer met een roodgouden vloeistof en frambozen in de bubbels.

'Voornamelijk mensen die we kennen.'

'Maar niet allemaal... wat betreft de comments én de bezoekers.'

Terwijl ze ze las, pakte ze de flûte en nam een slokje. Keek op. 'Dit is erg lekker. Waarom heb ik dit nooit eerder gehad?'

'Vandaag is de eerste dag van de rest van je leven.' Marco klonk met zijn glas tegen het hare.

Ze dronk er twee, maar hield het op water bij de fish-and-chips. Ze maakten nog een wandeling en keken hoe een gezin uit Baltimore snooker speelde.

'Ik hou het niet meer, Marco. Het is al een wonder dat ik half elf heb gehaald.'

'We kunnen nog een nachtmutsje nemen.'

'Ik heb de afgelopen dagen meer gedronken dan ik normaal in een jaar doe. En trouwens, jij kunt nu terug naar de bar om met Sean te flirten zonder mij als vijfde wiel aan de wagen.'

'Meid, hij is een schatje maar zo hetero als maar kan. Ik was hem voor jou aan het inwerken.'

'Ik ben niet op zoek naar een flirt of een vakantieromance.'

'Waarom maak je me zo treurig?'

'Ik hou het voor gezien.' Ze onderdrukte een gaap. 'Niet vergeten, acht uur ontbijt en daarna vertrekken we. We hebben morgen veel op het programma staan.'

'En jij rijdt.'

'Heen. Jij rijdt terug.'

'Begrepen. Ik ga ook maar eens naar bed.'

Samen liepen ze naar hun kamers en Breen legde haar hoofd op zijn schouder. 'Dit is een heel goede eerste dag geweest.'

'Vergeet niet om erover te schrijven, vooral over mijn buitengewone rijkunsten.'

'Uiteraard. En morgen eindigen we met eten en muziek in een pub. Wie weet kan iemand zich mijn vader herinneren. Hij zong vroeger in pubs.'

'Dat weet ik nog. Je zei dat hij jouw moeder zo had ontmoet.'

'Ja, ze was tijdens haar studie met een groep vrienden op vakantie.

Hier in Clare, dus misschien zingt hij hier nog in de omgeving. Of in Galway.'

'Ik hoop dat we hem vinden, maar hoe dan ook...' Hij bracht haar naar haar kamerdeur. '... vergeet niet hoe je blog heet.'

'*Op zoek naar mezelf.*'

'Dat is het allerbelangrijkste. Ik zie je morgen.'

'Welterusten, Marco.'

Om half vijf werd ze wakker. Slaapdronken stapte ze uit bed, blij dat ze het licht in de badkamer aan had gelaten, zodat ze nergens tegenaan liep in het donker.

Ze pakte haar laptop, nam hem mee naar bed en probeerde de droom die snel vervaagde vast te leggen.

Ik was in een groot gebouw, een ruïne, volgens mij. Stenen muren, ramen zonder glas, sommige niet meer dan spleetjes. Op enkele muren en – waren het lateien? – boven deuropeningen waren symbolen gekerfd. Geen deuren, alleen openingen naar andere ruimtes.

In sommige muren zaten nissen waar ooit kennelijk iets had gestaan. Ik kon de lucht boven mijn hoofd zien – blauw – met veel wolken, witte wolken.

Alles echode en ik kon mijn eigen voetstappen horen. Maar het was meer. Alsof er stemmen waren geweest die nog steeds door het gebouw echoden.

Op de vloer lagen stenen gedenkplaten en volgens mij stonden daar ook symbolen of teksten in gekerfd. Ik kan ze nu niet meer zien, maar ik wist dat het graven waren, zoals die grote stenen... grafkisten?

Er was een soort binnenplaats, omgeven door stenen pilaren waar gras langs groeide, groen en hoog met kleine witte wilde bloemen.

En stenen treden die in een bocht omhoogliepen. Ik ging naar boven, ik weet niet waarom. Ik was niet echt bang, maar het was alsof ik de lucht kon voelen, alsof hij op mijn huid klopte.

Bovenaan zag ik een ronde toren met een puntdak, de heuvels, de cottages in de verte. Zelfs rook die uit de schoorstenen omhoog dwarrelde. Onder me liepen schapen met hun dichte wollen vacht en zwarte kop te grazen.

En een begraafplaats met grafstenen en daarachter, voorbij de ronde toren, zo'n stenen cirkel. Niet zoals ik ze van foto's van Stonehenge ken, maar veel kleiner. Erachter slingerde een rivier in de richting van een baai. De zon scheen zo fel dat het licht erop schitterde als de witte wilde bloemen.

Het was allemaal prachtig. De wind blies door mijn haar, maar voelde warm en zacht.

Ik denk dat ik gelukkig was.

Toen zag ik een ruiter komen. Een bruine cape met capuchon, een wit paard met een zwart gevlekt achterlijf. Ze reed naar de begraafplaats en steeg af. Ze had bloemen in haar hand. Ik weet niet meer wat voor soort, maar volgens mij waren ze wit.

Ze liep naar een van de graven, legde de bloemen neer en bleef even met haar hoofd gebogen staan.

Ik had het gevoel dat ik te veel was en deed een stap naar achteren, maar op hetzelfde moment deed ze haar kap af en keek omhoog.

Ze leek op mij. Of op hoe ik eruit zal zien als ik ouder ben, misschien. En ik zag de rode steen uit mijn bos/watervaldroom om haar hals hangen.

Ze zei iets tegen me. Ik zou willen dat ik het me beter kon herinneren, maar volgens mij zei ze zoiets als: 'Je moet zoeken om te vinden. Je moet vragen stellen om aan antwoorden te komen. Je moet ontwaken om te worden.'

Breen leunde achterover en dacht na. Als kind had ze al levendige, ongebruikelijke dromen gehad. Eenhoorns, draken – ze had altijd iets met draken gehad – die samen met vlinders door de lucht fladderden. Ze had gedroomd over witte paarden die ze had bereden en over feeen, en alle fantastische dingen die haar vader in zijn verhalen had verweven.

Maar dat was allemaal vervaagd, zelfs nog voordat hij was vertrokken. En die fantasievolle dromen had ze vervangen door angstdromen. Huiswerk, studeren, lesgeven.

Ze vond het interessant, zelfs een troost, dat ze terug waren. Misschien moest ze een boek over droominterpretatie kopen.

Omdat het nog veel te vroeg was voor het ontbijt, leunde ze achterover met een glas cola en begon aan haar dagelijkse blog.

Het was leuk om te vertellen over de dag, de aankomst op Shannon, de rit, het kasteel, alles. Toen ze tevreden was, volgde ze Marco's instructies zo goed mogelijk, uploadde de foto's en publiceerde alles.

Uit nieuwsgierigheid pakte ze haar vorige blog erbij en zette grote ogen op. Ze had nu zesenveertig comments en tweehonderdentwee bezoekers. Meer dan tweehonderd mensen hadden gelezen wat zij had geschreven en zesenveertig van hen hadden de tijd genomen om een berichtje te sturen.

Omdat het nieuw is, concludeerde ze, en omdat Sally het aan iedereen heeft verteld. Maar toch was het geweldig. Jeetje, tijdens een hele week lesgeven mocht ze blij zijn als zo veel leerlingen hun hand opstaken.

Met hernieuwde energie trok ze haar sportkleren aan en koos een video uit om te streamen. Ze wist dat er een fitnessruimte in het kasteel was, maar daar was ze nog niet aan toe.

Zelfs toen ze had gesport en haar Ierse avonturenkleding had aangetrokken – een donkerblauwe trui met v-hals over een wit T-shirt, een spijkerbroek en wandelschoenen – had ze nog tijd over.

Het was alsof het elke dag zondag was, maar dan beter, omdat er geen enkel klusje op haar lijst stond. Ze pakte haar telefoon, sleutel, tas en jas en begon aan een wandeling.

De zachtblauwe lucht vormde een beschermende kom over de heuvels. Waar de zon rond de heuveltoppen kwam, trokken wolken prachtige roze en rode strepen door de lucht. Alles rook fris en nieuw en leek vol mogelijkheden.

Ze volgde het half verharde pad over groene hellingen en stenen trapjes langs vogels die in de bomen zaten te zingen. Ze genoot van de stilte en de eenzaamheid en bleef even staan om foto's van het kasteel te nemen toen de lucht oplichtte, en van een boom die eruitzag alsof hij zo uit een sprookje kwam.

Even later stond ze bij de stallen, waar een bruin paard haar bekeek. Omdat ze alleen had paardgereden in haar kinderdromen bleef ze op een afstandje staan. 'Hoi. Jij bent mooi.' Ze deed een stapje dichterbij en toen hij door zijn neus blies, hoorde ze hem bijna denken: kom en aai me. Maar deze afstand vond ze genoeg. 'Morgen misschien,' zei ze.

Ze maakte een foto van hem, keek hoe laat het was en begon aan de terugweg. Ze stelde zich voor hoe het zou zijn om hier te werken. Dat zou ze kunnen doen. Misschien kon ze solliciteren. Als Marco weg was, zou ze erover nadenken. Misschien hier, of in een historisch hotel in Galway.

Voordat ze het kasteel weer binnenging, liep ze nog even door de ommuurde tuin.

En daar begon haar hart te zingen.

Via een begroeide boog werd ze verwelkomd. De bloembedden naast de stenen paden tierden welig. Ze herkende sommige bloemen, maar de meeste bleven een prachtig mysterie. Ze wilde meer weten en nam zich voor om niet alleen een boek over dromen te kopen maar ook over bloemen.

Ze kon het toch leren? Leren planten en verzorgen? Iets prachtigs creëren. Terwijl ze keek hoe de vlinders fladderden en de bijen voorbij zoemden, bukte ze zich om aan een bloem te ruiken. Ze rook iets zoets en kruidig, aards en licht, en verwonderde zich over de verschillende texturen en kleuren en sprieten. En over het talent en de kennis om iets te creëren dat eruitzag alsof het helemaal vanzelf was gebeurd.

Ze kon leren. Ze wist verdomd goed hoe dat moest, want dat had ze haar hele leven gedaan. Maar deze keer kon ze studeren wat zij wilde.

Ze ging op een bankje zitten om het allemaal in zich op te nemen, terwijl witte donzige wolken als schapen langs de blauwe lucht graasden. Verwonderd schudde ze haar hoofd.

'Het ene moment serveerster in een kasteel, het volgende hovenier.'

Ze had duidelijk geen idee wat ze wilde.

Onwillig stond ze op om terug te gaan voor haar ontbijt met Marco, maar bleef nog even staan om een weelderige bos dieppaarse bloemen te fotograferen. Betoverd liet ze haar hand eroverheen glijden.

Ze trilden.

Snel trok ze haar hand terug en stelde zich al boze bijen of slangen voor. Ierland, hield ze zich voor. Geen slangen.

Maar iets.

Toch bewoog er niets en alles werd doodstil.

Heel voorzichtig legde ze haar hand weer op de bos en voelde die vreemde trilling onderhuids.

'Dat is toch gek? Het is alsof... ze groeien. Zelfs ik weet dat het zo niet werkt. Tijd voor koffie,' zei ze, en ze rechtte haar rug. 'Het is duidelijk tijd voor koffie.'

Ze wreef haar handen in elkaar en liep weg.

En zag niet dat er nieuwe bloemen die het licht opzochten uit het perkje opkwamen.

6

Breen benaderde het autorijden zoals ze vroeger haar mondelinge examens had benaderd. Met doodsangst en vastberadenheid. Haar handen hielden het stuur weliswaar vast alsof het een reddingsboei in een woeste zee was, maar ze reed met ijzeren wilskracht over de smalle, kronkelige wegen.

Ze was nog nooit echt een toerist geweest en aanvaardde deze nieuwe titel door in één keer in het diepe te springen. Ze maakte haar lijst en stippelde de route uit. Er waren ruïnes die ze wilde ontdekken. De klipkusten van Moher om zich over te verwonderen, het einde van de wereld in Loop Head, als ze durfde, oude abdijen en ronde torens, begraafplaatsen. Lunchen bij een turfvuur in een pub, bruin brood en boerenboter.

Ze had nog geen boek over dromen gevonden, maar vond er wel een over bloemen toen ze in Ennis aan het winkelen waren, waar hangmanden vol bloemen hingen en de smalle, kronkelige trottoirs erom vroegen om verkend te worden.

Ze kocht een sjaal in alle kleuren van de regenboog voor Sally en een met geelbruine en groene tinten voor zichzelf. Ze at aardbeienijs in een suikerhoorntje en stak een kaarsje op in een prachtige oude kerk die rook naar vrede.

Toen het haar beurt was om weer achter het stuur te kruipen, wist ze in één keer naar het dorpje Doolin te rijden en daar te parkeren.

'Nog meer waanzinnige uitzichten,' verklaarde Marco. 'Maar voordat we gaan wandelen – alweer – moet ik je zeggen, Breen, dat je veel beter rijdt dan ik.'

'Ik heb anders nog steeds klamme handen.'

'Dat zal best, maar je hebt het onder de knie.'

'Je bent een uitstekende bijrijder. Maar toch ben ik blij dat ik weer even kan lopen.'

'Dan word je nu heel blij.'

Toen ze buiten de auto stonden, bracht ze haar gezicht even naar de zeebries, waarna ze haar oude rugzak op haar schouder hees en aan de klifwandeling begon. Eén ding dat ze deze eerste, gedenkwaardige, volle dag had geleerd was dat ze geen hoogtevrees had.

De kliffen rezen dramatisch en steil op boven het ruige water van de Atlantische Oceaan. Aan de andere kant lag het kleurige, schattige dorp, met daarachter de groene weides en boerderijen.

Ze volgden het pad langs de kliffen omhoog, terwijl de golven tegen de kust beukten.

'Kun je je voorstellen dat je dit elke dag ziet?' Ze kon er geen genoeg van krijgen. 'Ik kan me niet voorstellen dat het ooit gewoon wordt.'

Wit met grijze meeuwen vlogen boven haar hoofd en krijsten in de wind. Samen met Marco volgde ze het grindpad over de leistenen treden en bleef toen staan om haar omgeving te bewonderen.

'O, moet je die wilde bloemen zien. Wacht, die ken ik... geloof ik.' Ze wilde bijna haar boek uit haar rugzak pakken, maar wipte hem met haar heup weer omhoog toen ze het zich herinnerde. 'Engels gras. Dit is Engels gras.' Ze hurkte om een foto te maken. 'Is het niet bijzonder dat het door het leisteen heen groeit en zo mooi roze is? Ik zweer je, ik wil zelf ook iets met planten doen... mooie potplanten als we weer thuis zijn.'

'Denk je dat je in het appartement blijft wonen?'

Ze keek op. 'Marco, wat zou ik zonder jou moeten?'

Ze kwam overeind en ze liepen verder. 'We zouden iets anders kunnen zoeken in dezelfde buurt,' opperde ze. 'Met een balkonnetje. Of een benedenwoning met een tuintje.'

'Ik dacht dat je misschien wel zou willen verhuizen, naar een huis of zo.'

'Een huis,' verzuchtte ze. Zo groot had ze nog nooit gedroomd. 'Ik zou een huis met een tuin kunnen kopen. En een hond!'

'Kijk, nou ben je goed bezig.'

'Ik ben goed bezig. Als ik een huis koop, ga jij mee. Maar weet je, nu is nu. Moet je kijken waar we zijn. Jezus, moet je die kliffen zien! Een paar uur geleden waren we daar. Vanhier lijkt het wel of een oude reus ze met een bijl heeft uitgehouwen. Zo theatraal en woest. En dan kijk je die kant op...' Ze ging met haar rug naar de zee staan. '... en dan is het zo vredig en lieflijk. Als een schilderij met verzadigde kleuren.' Ze rolde met haar ogen toen ze doorhad dat Marco een foto van haar had genomen.

Tevreden zette hij zijn zonnebril weer op. 'Die komt boven aan je blog.'

Ze wandelden door weides en over heuvels en Breen genoot van alles. De zon scheen zo fel, zo helder dat ze haar jas uittrok en hem om haar middel bond.

'Je kunt kilometers ver kijken! Die eilanden daar.'

'De Aran-eilanden,' zei Breen, toen Marco wees. 'Ik heb gelezen dat de mensen daar nog steeds Iers spreken en dat sommige het land met paarden omploegen. Daar heb ik volgens mij over gedroomd. Heb ik je dat verteld?'

Ze vertelde hem over de droom van het bos en de velden en cottages en de vliegende draak waar ze op had gevlogen.

'Waarom heb ik nooit zulke gave dromen? Daar moet ik aan werken. Dit is allemaal een droom. Ik bedoel, wie had dit durven denken, Breen, jij en ik ergens op een klif, laat staan hier.'

'We gaan vaker reizen, meer ondernemen. Misschien niet altijd naar kastelen of de Wild Atlantic Way, maar we laten de sleur achter ons, Marco.'

'Daar ben ik voor.' Hij stak zijn pink uit. 'Breen en Marco ontdekken de wereld. Of op z'n minst de oostkust. We kunnen komende zomer met een auto naar Maine rijden of naar Key West of ergens daartussenin. Niet meer alleen maar werken en fantaseren. Genoeg is genoeg.'

'Genoeg is genoeg.'

Op de klippen boven het gebeuk van de golven vlochten ze hun pinken in elkaar en beloofden ze dat plechtig.

Tegen de tijd dat ze met een boog weer naar het dorp waren gelopen, hadden ze er acht kilometer op zitten.

'Hoe houden jouw wandelschoenen zich?' vroeg Marco.

'Goed.' Ze keek opzij en kneep haar ogen samen. 'En die van jou?'

Het sierde hem dat hij een beetje schaapachtig keek. 'Het zou kunnen dat ik een blaar heb, en ja, ja, ik had die balsem van jou moeten gebruiken.'

'Ik heb blarenpleisters in mijn rugzak.'

'Uiteraard.'

Ze wees naar de auto. 'Ga zitten en trek je schoenen en sokken uit. We hebben je zo weer opgelapt.'

'Het is niet zo erg. Ik begon het de laatste paar kilometer pas te voelen.'

Hij had inderdaad op beide voeten een kleine blaar.

'Dit zal het wat verzachten,' zei ze, toen ze de blarenpleisters erop deed. 'En aangezien het tijd is voor de pub, hoef je alleen maar te zitten.'

'Kom maar op met die pub.' Hij wriemelde even met zijn tenen voordat hij zijn sokken weer aantrok. 'Het is zo fijn om een pub binnen te gaan en niet te hoeven werken. Met livemuziek, hè?'

'Absoluut, met livemuziek. En ik ben de bob.'

'Het is mijn beurt.'

Breen schudde haar hoofd. 'Ik heb de sleutels nog.'

Ze had verschillende pubs uitgezocht en bedacht dat ze een kroegentocht konden maken, of dat ze het bij een konden houden, en dan zou zij het bij fris en water houden.

Ze wilde de sfeer proeven, naar de muziek luisteren, maar ze hoopte ook op een groot toeval. Doolin was beroemd om zijn traditionele muziek en haar vader had indertijd zijn geld verdiend met het spelen van die muziek. Zou hij hier niet, ooit, gespeeld kunnen hebben? Misschien speelde hij hier nog steeds.

Toen ze de pub binnenliepen, wist Breen dat ze de perfecte keus had gemaakt. Hij had een lange bar van donker hout met daarachter een oude stenen muur met planken vol flessen en kannen. De meeste krukken waren al bezet, evenals een paar lage tafels. Vioolmuziek klonk door de speakers en er werd gegeten, gedronken en gepraat. Het turfvuur met rode vlammen maakte het af. Aan de muren hingen oude foto's en reclameborden voor Guinness en Harp en Jameson. Het rook precies zoals een Ierse pub naar haar idee hoorde te ruiken, naar turfrook en bier en gefrituurd eten in de keuken.

Een van de serveersters, een vrouw met dik steil zwart haar in een dansende staart kwam op weg naar de bar even bij hen staan. 'Zoeken jullie een tafel?'

'Ja, graag.'

'Je kunt overal zitten, behalve aan de tafel in de hoek. Die is voor de muzikanten.'

Ze kozen een tafel voor twee.

'Het is net als in de film, vind je niet?'

Breen kon alleen maar breed glimlachen. De lunch in een pub was al geweldig geweest, maar dit? Het volmaakte einde van een volmaakte dag. 'Het is alles wat ik wilde.'

'Je moet wel een biertje nemen,' drong hij aan. 'Als je dat niet doet is het heiligschennis of iets dergelijks. We gaan hier eten, we blijven luisteren naar de muziek. We rijden waarschijnlijk pas over een paar uur terug.'

'Een half glas,' stemde ze in. 'Mijn vader dronk voornamelijk Smithwick's, dus dan wil ik daar een glas van.'

Dezelfde serveerster kwam weer langs.

'Hoe gaat het hier?'

'Beter kan niet,' antwoordde Marco.

'Dat is goed om te horen. Amerikanen?'

'Philadelphia.'

'Philadelphia,' herhaalde ze, en uit haar mond klonk het zo exotisch als de kliffen. 'Daar ben ik nog nooit geweest, maar ik ben twee keer in Amerika geweest. Eén keer op bezoek bij een neef en nicht in New York en één keer in Wyoming.'

'Wyoming?'

De serveerster glimlachte naar Breen. 'Ik wilde cowboys zien en dat is gelukt. Wat een weids gebied is Wyoming. Ik ben trouwens Kate en ik bedien jullie vanavond.' Ze gaf hun ieder een menukaart. 'Kan ik iets te drinken voor jullie halen?'

'Ik wil graag een pint Guinness en mijn vriendin hier wil graag een halve pint Smithwick's. Ik ben zelf barkeeper,' vertelde Marco erbij.

'O, echt? In dat geval vraag ik je misschien nog wel om wat biertjes te tappen als de avond vordert. The Cobblers Three zijn erg populair en straks is het hier bomvol. Jullie hebben geluk dat je zo vroeg bent dat je een tafeltje hebt. Ik zal de drankjes gaan halen.'

Marco pakte het menu. 'Ik heb trek gekregen van die wandeling.'

'Jij hoeft alleen maar wakker te worden of je hebt al trek.' Maar ook zij wierp een blik op de menukaart. 'Ik ga de *shepherd's pie* proberen.'

'En ik neem de mosselen als voorafje. Zullen we die delen?'

'Heb je mij ooit een mossel zien eten?'

'Dan is er meer voor mij. En ze hebben Ierse lasagne. Wat zou het Iers maken? Daar moet ik achter zien te komen. Jeetje, ik heb sinds de lunch jouw blog helemaal niet meer bekeken.'

Terwijl hij dat deed, genoot Breen van het moment.

'Breen, je hebt er zestien comments bij voor je post van gisteren en voor die van vandaag heb je er achtenvijftig.'

'Echt? Wat zeggen ze?' Ze schoof haar stoel naar hem toe om mee te lezen. 'Goh, ze vinden het heel leuk.'

'En terecht. Wacht maar tot ze over vandaag lezen. Wat ga je over vandaag schrijven?'

'Dat... dat weet ik niet. Dit wordt wel serieus.'

'Schei uit.' Hij duwde met zijn vuist zachtjes tegen haar voorhoofd. 'Gewoon doorgaan. Ik vind het leuk dat mijn beste vriendin een blogger is.'

'Na een paar blogposts ben je nog geen blogger. Over een paar weken zien we wel verder.'

De serveerster kwam hun bier brengen en knikte in de richting van de menukaarten. 'Hebben jullie al een keuze kunnen maken?'

'Ik wil de shepherd's pie proberen.'

'Altijd goed. En jij?'

'Ik begin met de mosselen en daarna de Ierse lasagne.'

'Dat wordt een traktatie. Mijn moeders recept op basis van de recepten van mijn twee oma's. Haar moeder uit Italië, mijn vaders moeder hier uit Clare.'

'Je moeder is de chef?' vroeg Marco.

'Ja, samen met mijn broer Liam. De pub was van mijn grootouders en nu van mijn ouders. Echt een familiebedrijf.'

'Over familie gesproken. Breens vader speelde vroeger in pubs als deze. Misschien heeft hij zelfs wel hier gespeeld.'

'Echt waar?'

Breen had er subtiel over willen beginnen, maar Marco ging altijd recht op zijn doel af. 'Ja, hij is geboren in Galway, maar ik weet dat hij hier in Clare speelde omdat hij mijn moeder hier heeft ontmoet. Dat was allemaal voordat ik werd geboren, maar wie weet heeft hij hier gespeeld.'

'Misschien weet mijn vader dat nog.'

'Ik weet niet hoe zijn band heette. Zijn naam is Eian Kelly.'

'Als hij in Clare heeft gespeeld, dan vast ook in Doolin. Als hij in Doolin heeft gespeeld, dan vast ook in Sweeney's. Ik zal jullie bestelling doorgeven.'

Marco hief zijn glas en tikte ermee tegen dat van Breen. 'Op weer een beste dag ooit.'

'Wie zou daar niet op drinken?' Ze nam een slokje bier om het te bewijzen. 'Wil je weten wat ik voor morgen heb bedacht?'

Hij schudde zijn hoofd. 'Ik geniet nog van vandaag. Verras me maar. Ik zou hier uit mezelf nooit zijn gekomen, weet je dat? Als ik fantaseerde over waar ik naartoe zou willen, was het meestal Parijs of

Rome of Maui. Maar dit doet me echt wat. Wie had dat gedacht?'

Zij, zij wel, al zolang ze het zich kon herinneren. 'Ik heb nooit gedacht dat ik ergens naartoe zou gaan. Gewoon dag in, dag uit, week in, week uit, jaar in, jaar uit werken. Misschien dat ik dan op een dag iemand zou vinden, zou trouwen, kinderen zou krijgen. Dan zouden we reizen, iedereen in de minibus en naar Disney World of het strand, zodat ze maar niet het gevoel zouden hebben dat ze op één plek vastzaten.'

Ze keek om zich heen naar gezinnen aan tafeltjes, vrienden aan de bar, het knapperende haardvuur. 'Als ik ooit kinderen heb, neem ik ze mee hiernaartoe. Hier liggen hun roots en ik wil dat ze dat weten. Ik ben blij dat ik mijn afkomst claim.'

Ze keek op en zag een rossige man met een enorme borstkas en felblauwe ogen bij hun tafeltje staan.

'Ik ben Tom Sweeney. Mijn dochter vertelde net dat jij Eian Kelly's dochter bent.'

'Ja. Ik... Kent u mijn vader?'

'Hij en zijn vrienden zaten vaak daar te spelen.' Hij wees naar de hoek. 'Sorcery noemden ze zichzelf, tovenarij, en dat was precies wat hun muziek was. Wat is dat lang geleden,' zei hij met een brede glimlach. 'En hoe gaat het met hem, met je vader?'

'Dat weet ik niet. Hij en mijn moeder...'

'Ach, dat is triest om te horen. En jullie zijn het contact verloren?'

'Ja. Ik hoop eigenlijk dat ik hem hier kan vinden of op z'n minst meer over hem te weten kan komen van mensen die hem kenden.'

'Nou, ik kan je wel wat verhalen vertellen, als je wilt.'

'Heel graag.'

'Ik zal een stoel voor u pakken.' Marco schoot overeind.

'Dank je wel. Lieverd!' riep hij naar zijn dochter. 'Breng je ouwe pa eens een pint.'

'Ik ben Marco, dit is Breen.' Marco trok een stoel bij.

'Zeer aangenaam. Ik zie hem wel in jou terug,' zei Tom, toen hij ging zitten.

'Je haar, felrood, je ogen, zachtgrijs. Eian Kelly ten voeten uit. Ben je muzikaal?'

'Niet echt.'

'Er was geen instrument dat je pa niet kon bespelen, hij was een tovenaar. Met een krachtige, heldere stem. Ik denk dat we niet veel scheelden in leeftijd toen ik hier achter de bar stond en hij en zijn vrienden hier speelden.' Hij pakte zijn dochters hand vast toen ze zijn bier bracht. 'Deze hier, haar twee broers en haar zus zouden er niet zijn als Eian er niet was geweest.'

Marco grijnsde naar Tom en toen naar diens dochter. 'Dat wordt een goed verhaal.'

'O, hij heeft er eindeloos veel.' Kate gaf haar vader een zoen op zijn hoofd en ging weer aan het werk.

'Tja, ik zal je zeggen, ik was verlegen in die tijd. Vooral bij de meisjes. Wist nooit mijn tong uit de knoop te krijgen als er een mooi meisje in de buurt was. En er was er één in het bijzonder naar wie ik smachtte. Sarah Maria Nero met haar ravenzwarte haar en zigeunerogen. Als zij de pub binnenkwam of ik zag haar op straat of op de markt, dan wist ik mijn eigen naam bijna niet meer, laat staan dat ik iets tegen haar durfde te zeggen. En toen...' Hij zweeg even, nam een slok en slaakte een diepe zucht. 'Toen kwam ze op een avond met haar vrienden – ze had veel vrienden – naar Sorcery luisteren. Ik tapte hun biertjes, luisterde naar haar prachtige, levendige lach en leed in stilte omdat ik wist dat ik haar nooit kon krijgen.'

'Het is lastig om verlegen te zijn,' zei Breen. 'En te denken dat je niet goed genoeg bent.'

'Inderdaad.' Zijn heldere blik hield de hare even vast toen hij knikte. 'In de pauze kwam Eian Kelly naar de bar en hij zei tegen me: "Tom," zei hij, "zeg dat meisje dat ze een mooie trui aanheeft!" Ik deed net alsof ik niet begreep wat hij bedoelde, waarop hij over de bar leunde. "Ze heeft een oogje op je," zei hij. "Ze vraagt zich af waarom je boe noch bah tegen haar zegt." En ik mompelde dat hij dat niet kon weten en dat ze mijn naam niet eens kende. Maar hij zei dat ik hem moest vertrouwen en dat ik er geen spijt van zou krijgen.'

'Wat voor kleur trui droeg ze?' vroeg Marco zich af, en Tom schoot in de lach.

'Blauw, allemaal blauwtinten die in elkaar overliepen van licht tot donker. Vervolgens kwam ze naar de bar. En ik hoorde Eians stem nog in mijn hoofd. "Wees nou geen schijterd," hoorde ik hem zeggen. "Zeg wat tegen dat meisje." Dus flapte ik er wat uit en ze glimlachte naar me.' Tom sloeg met zijn hand op zijn borst. 'O! Ik dacht dat mijn hart zou exploderen. Ze zei iets, ik gaf antwoord, maar tot op de dag van vandaag weet ik niet wat, want mijn hart bonkte zo luid in mijn oren. Op een gegeven moment gingen haar vrienden weg, maar zij bleef voor de muziek. En Eian fluisterde in m'n oor dat ik haar thuis moest brengen. Ik vroeg of ze dat goedvond. Acht maanden, twee weken en vier dagen later was ze mijn bruid. Ik ben al achtentwintig jaar met de liefde van mijn leven samen omdat Eian Kelly zei dat ik met haar moest praten.'

'Wat een prachtig verhaal.' Tranen prikten in Breens ogen, omdat haar vader weer echt aanvoelde.

'Hij had een heel eigen stijl, Eian, niet alleen wat betreft de muziek, maar ook in zijn omgang met mensen. Als hij zei dat je hem moest vertrouwen, zoals tegen mij, dan deed je dat. Niet lang na die avond ging hij terug naar Galway of misschien reisde hij nog meer, want het duurde ongeveer een jaar voordat hij hier weer terugkwam. Ik had hem willen uitnodigen voor de bruiloft en Sorcery weer in de pub laten spelen, maar kreeg hem niet te pakken. Maar op een gegeven moment was hij er weer, en speelde Sorcery hier. Dat was de avond dat hij je moeder leerde kennen.'

'Hier?' Ze schrok op uit haar dromerige, melancholische bui. 'Hebben ze elkaar hier ontmoet?'

'Hier, op een stormachtige zomeravond.'

'Ga je ze de oren van het hoofd praten?' Kate zette Marco's mosselen op tafel met een mandje brood.

'Typisch haar moeders dochter. Ik zal jullie in alle rust laten eten.'

'Nee, toe.' Breen legde haar hand op Toms arm. 'Ik wil echt graag meer horen, als u tijd hebt.'

'Voor Eian Kelly's dochter heb ik alle tijd. Eten jullie lekker, dan vertel ik ondertussen verder.' Hij leunde weer achterover met zijn biertje. 'Ze kwam binnen, je moeder, met een groepje anderen. Vier of vijf. Studentes, zo zagen ze eruit, op vakantie. Het was al wat later op de avond, als ik het me goed herinner, en er was geen tafeltje meer vrij. Je vader was aan het zingen... "Black Velvet Band", dat was het. Ja, ik weet het zeker. En de wind ging tekeer, het onweerde en de regen striemde tegen de ruiten. En toevallig zag ik het moment – ik weet echt niet waarom – waarop hun blikken elkaar kruisten.'

'En het was liefde op het eerste gezicht,' vulde Breen aan.

'Als een bliksemschicht. Bij ons was het een langzaam verlangen, met behoedzame stappen. Maar dit was alsof er een raket werd gelanceerd. Toen hij drie dagen later terugkwam om nog een keer te spelen, was ze bij hem. En twee weken later weer. Ik hoorde dat ze naar zijn geboorteplaats waren gegaan om te trouwen, en ik vermoedde dat ze zich daar hadden gevestigd of anders naar haar woonplaats in de Verenigde Staten waren gegaan, want ik heb hem daarna nooit meer gezien.'

'We woonden in Philadelphia.'

'En speelde hij nog steeds?'

'Ja, en dat betekende reizen. Ik denk dat dat spanning veroorzaakte, het reizen. Ze gingen uit elkaar toen ik een jaar of tien was. Ongeveer een jaar later ging hij terug naar Ierland. Hij zei dat hij terug zou komen, maar...'

Tom legde een hand over de hare. 'Dat vind ik heel naar om te horen, en ook heel verrassend. Hij is een goede man, daar durf ik mijn hand voor in het vuur te steken. En hij hield echt van je moeder. Een man die zo verliefd was als ik herkent dat in een ander. Niet alleen de spanning, maar de liefde. Eian en ik spraken elkaar af en toe in die tijd. Hij vertelde dat hij... Ik weet je moeders naam niet meer...'

'Jennifer.'

'Ach, ja. Jenny, noemde hij haar. Hij wilde Jenny mee naar huis nemen om daar te trouwen. We hadden het erover dat ik op het punt stond vader te worden en hoeveel ik ernaar uitkeek om kinderen te krijgen, een gezin te hebben. Hij sprak over zijn boerderij en het feit dat hij daar samen met Jenny een gezin wilde beginnen. Dat hij zich op zijn eigen land wilde vestigen.'

Hij gaf Breens hand een klopje. 'Ik hoop dat ik je niet verdrietig heb gemaakt met al mijn praat.'

'Nee, meneer Sweeney.'

'Tom.'

'Tom. Je hebt me beelden van mijn vader gegeven die ik niet had. Hij is een goede man. Ik herinner me hem als lief en geduldig en leuk.'

'Ik hoop dat je hem vindt, en dan moet je hem maar vertellen dat Tom Sweeney hem op een biertje wil trakteren. Ah, daar is Kate met jullie hoofdgerechten. Eet lekker en het is van de zaak.'

'O, maar...'

'Het zal toch niet zo zijn dat Eian Kelly's dochter haar eten en drinken hier zelf moet betalen. En ik zal mijn vrouw vragen een kaarsje te branden voor een veilige reis, want zij heeft een sterke band met dergelijke zaken.'

'Dank je wel.'

'Graag gedaan.' Hij stond op. 'De muziek gaat zo beginnen. Het is geen Sorcery, maar ze zijn goed. Marco, was het, hè?'

'Ja.'

'Pas goed op de dochter van mijn oude vriend.'

'Dat zal ik doen.'

Marco wachtte tot ze alleen waren. 'Gaat het?'

Breen staarde naar haar eten. 'Ja, goed zelfs. Alleen...'

Ze keek op en hoewel er tranen in haar ogen stonden, wist hij dat ze niet van verdriet waren.

'Het is zo veel in één keer. We zijn hier in dit plaatsje, in deze pub, en dan komen we iemand tegen die deze prachtige dingen over mijn vader weet. Dingen die ik nooit eerder heb gehoord. En ik zie hem voor me. Ik heb nu het idee dat ik hem misschien echt kan vinden. Maar luisteren naar iemand die hem in die tijd kende, voordat ik was geboren, die hem als vriend zag... het is gewoon heel veel.'

'Je weet dat hij een belangrijke rol heeft gespeeld in iemands leven. Dat is echt heel gaaf.'

Ze keek om zich heen, stelde zich voor hoe haar vader en zijn bandgenoten deze pub hadden gevuld met muziek. 'Voor haar gaf hij zijn leven hier op, en voor mij. Misschien geef ik hem nu te veel eer, maar als ik hoor dat hij zijn gezin op zijn boerderij wilde grootbrengen, dan geloof ik dat, omdat ik weet hoe hij vroeger over thuis praatte. Totdat hij daar op een gegeven moment mee stopte. De verhalen die hij me vroeger vertelde. Maar ze zijn naar Philadelphia gegaan, hebben geprobeerd daar iets van hun leven te maken. Het is niet gelukt, maar ik weet dat ze het geprobeerd hebben.' Ze pakte haar vork. 'Ja, het gaat meer dan goed.'

Ze aten, luisterden naar muziek, genoten van de sfeer. Ze had niet het idee dat de avond nog mooier kon worden. Toen kwam Tom weer naar hun tafeltje met een ingelijste foto bij zich.

'Ik was helemaal vergeten dat deze al die jaren aan de muur heeft gehangen. Je vader en zijn vrienden aan dat tafeltje daar.'

Haar hart maakte een sprongetje.

Haar vader zat met zijn viool op zijn schouder en een dromerige blik in zijn ogen. Wat jong nog, dacht ze, met zijn wilde bos rood haar en versleten laarzen. Jonger dan zij nu was, besefte ze. Slank en aantrekkelijk in een zwarte trui en een rafelige spijkerbroek.

Er stonden bierglazen op tafel, drie anderen bespeelden ook een instrument, maar ze zag alleen Eian Kelly met zijn dromerige ogen, stille glimlach en een viool in zijn handen.

'Die is voor jou. Die moet jij hebben.'

Ze klemde hem tegen haar borst voordat ze opstond en deed wat meestal heel ongemakkelijk aanvoelde. Ze gaf iemand die ze amper kende een stevige knuffel. 'Dit betekent heel veel voor me.'

'Ik hoop dat je hem heel snel in levenden lijve zult zien. Als je langs deze weg terugreist, kom dan bij ons langs.'

'Dat zal ik doen.'

Die avond zette ze de foto op het tafeltje naast haar bed. En ze had een prachtige droom over de man op de foto, die met een roodharige baby op zijn heup in een groene weide stond terwijl vlinders in alle kleuren van de regenboog om hen heen dansten.

In de droom zei hij: 'Dit is thuis, mijn lieverd. Het is aan ons ervoor te zorgen en voor iedereen die er woont. Het is aan mij om je te leren hoe dat moet. Dat is vreugde en plicht.'

De baby kraaide van plezier toen hij haar in de lucht tilde en rondzwaaide, terwijl de kleurige vlinders met hen meedansten.

Toen hij haar weer dicht tegen zich aan hield, voelde ze zijn hart tegen het hare slaan en wist ze wat onvoorwaardelijke liefde was.

7

Vóór zonsopgang was Breen al wakker en schreef ze haar blog. Ze genoot ervan om foto's bij de tekst uit te zoeken en nam zich voor om een fotoboek voor Marco te maken voor Kerstmis.

Vol energie kleedde ze zich aan en begon weer aan een ochtendwandeling. Het verbijsterde haar nog steeds dat haar leven de eenvoudige luxe van een ochtendwandeling kende.

Wat zelfverzekerder besloot ze een van de paden naar het bos te nemen, waar het zachte licht in vlekken door de bomen scheen en de lucht naar aarde en dennennaalden rook.

Ze was alleen in een sprookjesland en terwijl ze zich aan alles vergaapte, liep ze verder dan ze van plan was geweest. Toen ze een rivier zag waar mistflarden boven hingen en rook tussen de bomen omhoog dwarrelde, liep ze die kant op.

Een kleine houten boot met een puntige boeg lag aan de kant met de roeispanen erin. Ze stelde zich voor hoe het zou zijn om op het water, tussen de mist en een paar luie eenden door, te dobberen. Voorbij de bocht in de rivier, schatte ze in, zou het kasteel zichtbaar zijn, zoals het al honderden jaren was geweest.

Ze pakte haar telefoon en nam een foto van de mistige rivier, het bootje. Links hoorde ze iets ritselen. Toen ze zich omdraaide, zag ze de vogel met goudkleurige ogen vanaf een tak op haar neerkijken. Een havik, althans, dat dacht ze, want ze had zo'n beest nog nooit van dichtbij gezien. Ze wist dat er in het kasteel een valkerijopleiding werd gegeven, dus een havik leek logisch.

'Hé, hallo,' begon ze, maar ze verstijfde toen het beest met een duikvlucht bij haar voeten landde.

Met een schuin kopje bleef hij haar aankijken.

'Wat ben jij een grote vogel,' mompelde ze. 'En erg mooi. Of knap? Eén van beide.' Haar fascinatie won het van haar angst en dus bukte ze zich. 'Hebben ze jou losgelaten? Ik weet niet hoe het werkt, maar je ziet er te slim uit om verdwaald te zijn.'

'O, hij weet precies waar hij is.'

Breen schrok van de stem en ze sprong overeind. De havik keek alleen.

Met een snelle lach kwam een vrouw tussen de bomen vandaan het pad op. Ze droeg een dikke bruine broek, een bosgroene jas en een bruine pet over goudblond haar in een lange, dikke vlecht. Aan haar linkerhand had ze een valkeniershandschoen.

'Sorry. Amish wilde een stukje vliegen en ik had zin in een wandeling, vandaar. Goeiemorgen.'

'Goeiemorgen. Ben ik hier op verboden terrein?'

'Welnee, je kunt komen en gaan wanneer je wilt. Zo te zien heeft Amish een oogje op je laten vallen. Ik ben Morena, ik hoor bij hem.'

'Ik ben Breen. Hij is prachtig.'

'En dat weet hij ook.' Morena gaf een teken waarop de havik opvloog en weer in de boom ging zitten. 'Geniet je van je bezoek aan het kasteel?'

'Heel erg. Het is magisch.'

Morena toonde weer een glimlach en haar blauwe ogen glansden. 'Magie is waar je die vindt, vind je niet?' Ze haalde een tweede handschoen tevoorschijn en stak hem uit. 'Wil jij een stukje met een havik lopen?'

'Echt? Kan ik zomaar...' Haar stem stierf weg toen ze omhoogkeek naar de havik.

'Nou ja, zoals ik al zei, heeft hij een oogje op je laten vallen, dus is het voor jullie allebei een feestje.' Ze schoof de dikke handschoen aan Breens hand.

Hun ogen ontmoetten elkaar. Breen voelde een soort klik, maar kon het niet verklaren of omschrijven.

Morena deed een stap naar achteren en het moment dreef voorbij als het water in de rivier.

'We kunnen wel een stukje langs het water lopen, zodat je kunt zien hoe onze jongen het doet. Het wordt een mooie dag, alleen vanmiddag hier en daar een buitje, maar veel zon.'

'Ik vind de regen niet erg.'

'Dat is maar goed ook, alles welbeschouwd. Hier, pak jij dit stukje kip en draai je hand. Houd je arm zo, met je elleboog gebogen. Goed zo,' zei ze, terwijl ze Breens arm in de juiste stand duwde. 'Kijk nu hoe hij komt.'

En hij kwam.

Het was adembenemend, de spanwijdte van de vleugels, de warme kleuren die net een straal zonlicht opvingen. Hij zweefde met geluidloze kracht en gratie en landde op haar arm.

Zijn glanzende ogen staarden haar nu van dichtbij aan.

'Echt goed gedaan,' mompelde Morena. 'Draai je hand maar om, open je vuist. Hij wil zijn beloning.'

Gulzig at hij de kip en wachtte.

'Dat is waanzinnig.'

'Magisch,' zei Morena. 'Duw je arm een stukje in de lucht en kijk hoe hij wegvliegt.'

Dat deden ze nog twee keer en de havik zweefde en dook tussen de bomen door, vloog van de tak naar de handschoen en daarna de lucht weer in.

'Dat heb je heel goed gedaan. Jij hebt genoeg ontbijt gehad, jongen, en ik kan me voorstellen dat jij inmiddels ook wel trek hebt.'

'Dat was een ongelooflijke ervaring.' Spijtig keek Breen hoe de havik van haar arm op die van Morena hupte. 'Heel erg bedankt. Kan ik in het kasteel betalen?'

'O, hier hoef je niet voor te betalen, niks ervan. Een feestje voor jou en mijn jongen hier.'

'Een schitterend cadeau voor mij.'

'Lief dat je dat zegt. Die kant op is de weg terug,' voegde ze eraan toe, en ze wees met haar vrije hand. 'Ik wens je een fijne dag en een goede reis.'

'Dank je, Morena, voor een ochtend die ik nooit zal vergeten.'

'Heel graag gedaan.' Ze draaide zich om in de richting van de bomen, waarna ze even bleef staan en over haar schouder keek.

Breen voelde die klik weer, heel duidelijk, en toen was hij weg.

'Amish en ik zien je wel weer als je thuis bent.'

'Thuis?'

Maar Morena en de havik waren al tussen de bomen verdwenen in het spel van licht en schaduw.

Omdat de onverwachte ontmoeting tijd had gekost, moest ze snel terug om met Marco te ontbijten. Ze rende de eetzaal binnen, waar hij al met een kop koffie aan tafel zat en iets op zijn telefoon aan het lezen was.

'Ik ben laat, maar...'

Hij stak zijn hand op en bleef lezen. Schouderophalend schonk ze koffie voor zichzelf in. Toen de ober naar hun tafel kwam, bestelde ze spek, roerei en geroosterd volkorenbrood.

'Voor mij het Ierse ontbijt, spiegeleieren,' kondigde Marco al lezend aan. 'Ik zou de rest van mijn leven Ierse ontbijtjes kunnen eten.' Daarna legde hij zijn telefoon weg en keek naar Breen. 'Ik zat je blog te lezen.'

'O. Wat vond je? Te persoonlijk? Ik was bang dat het misschien te persoonlijk was, en ik wilde het nog weghalen en...'

'Niet doen. Natuurlijk is het persoonlijk, maar het is... Shit, mens, ik schoot helemaal vol. Ik bedoel, ik was er nota bene bij in de pub en ik schoot nog steeds vol. Je hebt de dag echt perfect beschreven. Het autorijden, de omgeving, de kliffen, alles. Ik had het gevoel dat ik er weer helemaal was. Maar het stuk over je ontmoeting met Tom en dat hij je vader kende en dat allemaal? Het beeld dat je schetste? Daar was ik echt kapot van.'

'Op een goeie manier?'

'Schei uit. Je weet best wanneer iets goed is. Het enige wat ontbreekt is de foto. Ik ga kijken of we hem in het hotel kunnen scannen, zodat we hem op het blog kunnen zetten. De kans is natuurlijk klein dat je vader dat ziet, maar wie weet leest iemand die hem kent het en vertelt die hem erover.'

'Daar heb ik helemaal niet aan gedacht.' Ze leunde achterover toen hoop begon op te borrelen. 'Marco, daar heb ik geen moment aan gedacht. Dat is geniaal.'

Hij tikte tegen zijn slaap. 'Ik heb hersens. Je hebt dit een uur geleden gepost. Wat heb je in de tussentijd gedaan?'

'O mijn god, het was geweldig!'

Hij luisterde en stak toen beide handen in de lucht. 'Je hebt zo'n teringgrote vogel op je arm gehad?'

'Ja, en het was fantastisch, Marco, hij keek me recht aan. Ik bedoel, echt recht in mijn ogen.'

'Raakte je niet in paniek? Ik raak nu al in de stress als ik het zo hoor. Zo'n teringgrote vogel met van die teringgrote klauwen...'

'Talons.'

'Maakt me niet uit hoe je ze noemt, scherp zijn ze, en met zo'n teringgrote bek waarmee hij je ogen kan uitsteken. Ik krijg de zenuwen van zulke teringgrote vogels. Flamingo's? Ja, roze, en mensen vinden ze grappig, maar ik durf te wedden dat zo'n beest je kapot kan maken. Weet je nog, die papegaai die ze in de derde klas mee naar de les brachten?'

Hij spreidde zijn armen om een maat aan te geven die zeker twee keer zo groot was als de grijze roodstaartpapegaai was geweest. 'Als je dat beest hoorde praten terwijl hij je begluurde? "Etenstijd." En "Tijd voor een feestje." Niet normaal, mens. Ik kreeg er nachtmerries van.'

'Dat weet ik nog. Deze vogel praatte niet en hij was prachtig en sierlijk en de valkenier, Morena, liet me zien hoe ik hem moest roepen en hem stukjes rauwe kip kon voeren.'

'Je hebt hem rauwe kip gevoerd?'

'Ik had geen tijd om hem te bakken.'

'Nou, fijn dat je het leuk had, maar ik ben blij dat ik het gemist heb. Ik zou er een nachtmerrie van krijgen.'

'Jij bent altijd te porren voor de gruwelijkste horrorfilms die er bestaan, maar een vogel zo groot als een spreeuw, daar krijg je al nachtmerries van.'

'Laat ze maar in de lucht blijven, daar horen ze thuis. Ik hoef ook geen spreeuw op mijn arm.' Hij huiverde.

Ze vielen op hun ontbijt aan en namen hun plannen voor de dag door.

'Voordat we naar het volgende kasteel gaan, wil ik eerst even vragen of ik de foto kan scannen. Als dat niet lukt, kan ik er misschien een foto van nemen.'

Op haar kamer haalde Breen de foto uit de lijst. 'Kijk, hun namen staan achterop. Sorcery. Eian Kelly, Kavan Byrne, Flynn McGill en Brian Doherty.'

'Nog beter. Als ik de foto op je blog plaats, zal ik hun namen erbij zetten. Des te groter de kans dat iemand een van hen kent, of niet?'

'Dat lijkt me wel.' Ze streek met haar vinger langs haar vaders gezicht. 'Maar het is natuurlijk lang geleden.'

'We staan in een kasteel dat honderden jaren oud is. Met andere woorden, tijd is relatief, toch? Positief denken, mens.'

'Geregeld. Ik ga met je mee. Dan gaan we daarna naar Bunratty om een vleugje van vroeger op te snuiven.'

Eerst bekeken ze het kasteel, het stenen bouwwerk dat boven de rivier uittorende. Samen met Marco liep ze door de enorme eetzaal en stelde zich de banketten voor met prachtig geklede lords en lady's, een bulderend haardvuur en bedienden die bier en honingwijn inschonken en grote schalen met vlees serveerden.

Muzikanten zouden boven op het balkon hebben gespeeld en kaarslicht zou een gouden gloed over de zware tafels, stoelen en wandkleden aan de muur hebben geworpen.

Stenen trappen leidden naar slaapkamers, garderobes, kamers

waar vrouwen naaiden en garen sponnen en meer kamers waar mannen hun veldslagen planden.

'Je bevriest hier in de winter,' concludeerde Marco.

'Maar moet je dat uitzicht zien.'

'Het uitzicht is wel gaaf, ja. Maar doe mij maar centrale verwarming en een werkende plee.'

Ze gaf hem een por met haar elleboog. 'Het is romantisch.'

'Kan ik niet ontkennen, maar ik heb liever romantiek in de wetenschap dat het toilet doorspoelt. Maar goed, gaaf is het wel, want dit was echt. Mensen woonden hier en werkten hier en hadden hier allerlei vormen van seks. En vervolgens vuurden ze pijlen af of smeten stenen naar anderen die probeerden hen te veroveren.'

'Een stam is een familie. Je beschermt je familie.'

Marco sloeg een arm om haar middel toen ze naar buiten liepen. 'Meid, iedereen die jou pijn wil doen, kan van mij een steen tegen z'n kop krijgen.'

'Dat waardeer ik.'

Het kasteel was al prachtig, maar het openluchtmuseum vond ze overdonderend. De cottages met rieten daken, de winkels, kostuums, muziek, boerderijtjes en dorpsstraten – dat maakte het leven van toen pas werkelijk echt. Het toonde haar hoe mensen, mensen als zij, toen leefden. Waar ze sliepen, hoe ze kookten, hoe ze hun kinderen opvoedden.

Het was leuk om de ezeltjes en de ganzen te zien en de violist bij de pub. Het vertegenwoordigde voor haar het dagelijks leven in een andere wereld, een andere tijd.

'Ik weet dat het niet zo eenvoudig of charmant kon zijn als het eruitziet, maar zo voelt het wel. En het voelt ook vertrouwd. Films en boeken kunnen je een idee geven, maar hier zie je het letterlijk voor je.'

Terwijl ze verder slenterden, kreeg Breen het gevoel dat ze hier zo zou passen, op een plekje bij het haardvuur in een cottage of in een pub met een glas bier. 'Ik krijg een raar déjà-vugevoel.'

'Hou dat maar lekker bij je,' verklaarde Marco. 'Het is gaaf om te zien, maar ik hou het bij internet en tortillaschotels, zachte topmatrassen en een ijskoud biertje op een hete zomeravond. Om nog maar te zwijgen van lhbtq-rechten en zoiets als penicilline.'

'Aan de andere kant, geen kernkoppen.'

'Dan zou je koeien moeten melken. Misschien wel geiten.'

'Geen luchtvervuiling of klimaatverandering.'

'Geen airco als het heet is, geen vloerverwarming in de kou.'

'We hebben niet eens airco of vloerverwarming,' bracht ze naar voren.

'Maar ze bestaan, toch? En mijn rijke beste vriendin zou zich allebei kunnen veroorloven als ze zou willen.'

Ze lachte, terwijl hij haar even wat dichter tegen zich aan trok. 'Dat is wel zo.'

Ze slenterden een cadeauwinkeltje binnen en waren al bijna weer buiten toen ze bleef staan en naar iets wees. 'Kijk, een speld in de vorm van een havik. Die ga ik kopen als bedankje voor Morena.'

'De vogelmevrouw?'

'Ja, de vogelmevrouw. Hij is perfect, zoals hij zijn vleugels binnen de cirkel heeft gespreid.'

'Ga je gang, dan gaan we daarna wat eten. Het is al een hele tijd geleden dat we hebben ontbeten.'

Ze kocht de speld en een kaart om een bedankje te schrijven.

'Nog twee bezienswaardigheden op de lijst, en een dorpje om iets te eten en rond te neuzen. Ik zeg wel hoe je moet rijden,' zei ze. Op hetzelfde moment verstijfde ze. Het kon niet waar zijn, en daarom vond ze het doodeng. Maar ze zag hem, ze zag de man met het zilvergrijze haar. En voor het eerst sinds ze hem in de bus had gezien, hield hij haar blik vast.

'Daar is hij!' Ze klauwde aan Marco's arm, terwijl de man wegkuierde – dat was het woord.

'Wie? Wat?'

Ze duwde het cadeautasje in Marco's hand en begon te rennen. Deze keer niet de andere kant op, maar hem achterna. Het leek niet onmogelijk, maar juist bevrijdend. Ze sprintte, althans dat probeerde ze, om mensen heen die het dorpje bewonderden, foto's en filmpjes maakten en om kinderen heen die niet konden wachten om de ezel te zien.

Ze hield hem in het vizier en zat niet meer dan een paar seconden achter hem toen hij de hoek omsloeg. Zij deed hetzelfde.

En hij was weg. Gewoon weg.

Dat kon niet, dacht ze, en ze hapte naar adem. Dat kon gewoon niet.

'Breen.' Marco rende naar haar toe en greep haar arm vast. 'Wat nou?'

'Ik zag hem, Marco, ik zweer je dat hij het was.'

'Wie? En even tussendoor, ik weet weer waarom ik jou vroeger altijd zei dat je atletiek moest doen. Godsamme, wat ben jij snel.'

'De man, de man in de bus en bij het appartement en bij Sally's. En op het vliegveld. Ik zag hem weer.'

'Breen...'

'Ik weet hoe het klinkt, Marco.' Ze haalde een hand door haar haar. 'Ik weet het, maar ik weet ook wat ik zag. Hij is ongeveer een meter drieëntachtig, misschien iets langer, en slungelig. Hij is altijd in het zwart gekleed en heeft zilvergrijs haar, niet wit, niet grijs, het glanst en is dik.'

Marco sloeg een arm om haar heen, een beschermend gebaar dat haar niet ontging.

'Maar nu zie je hem niet?'

'Ik ben niet gek en ik zie geen dingen die er niet zijn. Ik kon hem tot de hoek volgen en toen...' In het niets verdwenen, dacht ze. 'Ik weet niet waar hij naartoe is gegaan. Er zijn hier veel mensen. Maar ik zag hem en ik begrijp het niet.'

'Oké. Laten we een stukje lopen.' Hij hield zijn arm om haar heen en trok haar mee. 'Je trilt helemaal.'

'Niet omdat ik bang ben. Ik ben boos,' besefte ze. 'Ik ben echt boos. Het is alsof hij me treitert. Het komt zo arrogant over.'

'Ik kan stenen naar hem gooien als je hem weer ziet.'

Ze lachte niet, maar legde haar hoofd tegen zijn schouder. Toen ging ze weer rechtop staan. 'Zou mijn moeder me door iemand laten volgen?'

'Daar had ik nog niet aan gedacht.' Hij leidde haar over het pad. 'Het zou natuurlijk kunnen, maar waarom?'

'Ik weet het niet, gewoon, om me in de gaten te houden. Maar dat klopt niet, want ik zag hem in die stomme bus voordat ik van het geld wist. En jemig, als ze wilde weten waar ik mee bezig was, zou ze ook gewoon m'n blog kunnen lezen. Ze zou verdomme gewoon kunnen vragen wat ze wil weten.'

Ze liepen verder en Marco wreef troostend over haar rug. 'Het is een grote wereld vol toeval, maar je zei dat je hem op het vliegveld had gezien.'

'Ja.' Althans, dat dacht ze...

'We zijn vast niet de enigen uit Philadelphia die in Ierland zijn, of zelfs in dit park op dit moment.'

'Hij keek naar me alsof hij me kende,' voegde ze eraan toe, en ze schudde haar hoofd. 'Misschien omdat hij me herkende zoals ik hem herkende. Misschien. De eerste keer in de bus was het alsof hij me aankeek, maar ik was al een beetje overstuur. Net gedumpt, rotbaan, en ik baalde dat ik met de bus naar mijn moeder moest. Maar goed... in de grote wereld vol toeval zag hij mij vandaag misschien en dacht: hé, zij komt me bekend voor.' Ze geloofde het zelf niet. Zodra ze het zei, besefte ze dat ze het absoluut niet geloofde, maar het voelde prettig om het te zeggen.

'We kunnen nog even rondlopen, kijken of je hem ziet.'

'Nee, het is dwaas. Laten we ergens fish-and-chips gaan eten.'

'Daar ben ik helemaal voor.'

Maar hij hield zijn arm om haar heen toen ze weer naar de auto liepen. En keek of hij de man met het zilvergrijze haar zag.

Breen zette het van zich af en tegen de tijd dat Marco was opgekikkerd van de lunch, verkenden ze de ruïnes en ronde torens van een ander kasteel in de regen die in buien kwam en even snel weer ging.

Ze zaten een tijdje op een zeewering met de Atlantische wind in hun haar en wandelden door het maanlandschap van de Burren. Ze sloten de dag af met weer een maaltijd en muziek in een pub, voordat ze de kronkelige weggetjes terugreden naar hun laatste nacht in het kasteel.

'Het is nog licht buiten. Laten we wat drinken in de bar. Je hebt nog een kir royal verdiend. Ik trakteer. Het is onze laatste avond hier,' zei Marco, voordat ze bezwaar kon maken.

'Je hebt gelijk… de laatste avond en ik heb het verdiend. Ik wil alleen Morena's cadeautje even bij de receptie afgeven en mijn wandelschoenen uittrekken. Ik zie je zo.' Ze liep naar de receptie.

'Goedenavond, mevrouw Kelly, hebt u een fijne dag gehad?'

'Het was prachtig. Zou ik dit hier achter kunnen laten? Het is een bedankje voor Morena van de valkerijopleiding, ik weet niet wat haar achternaam is. Ik zag haar vanmorgen in het bos en mocht Amish, de havik, op de handschoen dragen.'

'Wat leuk.' De jonge brunette aan de receptie nam het tasje aan. 'Ik zal ervoor zorgen. Prettige avond verder.'

Dat ging wel lukken. Ze liep naar haar kamer, trok haar wandelschoenen uit, slaakte een diepe zucht en vroeg zich af hoeveel kilometer haar schoenen – en haar voeten – de afgelopen twee dagen wel niet hadden afgelegd.

Elke stap was het waard.

Omdat het de laatste avond was, besloot ze dat ze best even een paar minuten kon uittrekken om zich op te maken.

Net op het moment dat ze het resultaat bekeek, werd er op de deur geklopt.

'Ik ben nog maar vijf minuten weg, Marco,' sputterde ze. 'Nou goed, tien.' Maar toen ze de deur opendeed, zag ze de brunette van de receptie staan.

'Neem me niet kwalijk dat ik u stoor, maar ik heb net bij de valkerijopleiding gecheckt – mijn neef werkt daar toevallig. Hij zegt dat er geen Morena werkt en dat ze geen havik hebben die Amish heet.'

'Ik begrijp het niet.'

'Misschien hebt u de namen verkeerd verstaan. Mijn neef wil morgenochtend met alle plezier navragen of een van de valkeniers met u heeft gesproken, al heeft niemand het er vandaag over gehad. Ik wilde het cadeau niet zomaar houden als we nog niet weten wie u bedoelt.'

'Dat begrijp ik. Dank je wel.'

'Kan ik verder nog iets voor u doen, mevrouw Kelly?'

'Nee, dank je wel. Sorry voor de overlast.'

'Geen enkel probleem. Prettige avond.'

Maar ze had de namen niet verkeerd verstaan, dacht Breen, toen ze de deur dichtdeed. En ze wist verdomd zeker dat ze het zich niet had ingebeeld. Morena en Amish, ze had ze allebei prima kunnen zien en horen. Ze kon zich herinneren hoe spannend het was geweest toen de havik op haar handschoen was aangevlogen en hij haar recht in de ogen had gekeken.

Maar goed, Morena had niet expliciet gezegd dat ze bij de valkerijopleiding hoorde. Was ze misschien met haar eigen havik op het kasteelterrein geweest? Breen vermoedde dat dat niet de bedoeling was, misschien wel illegaal. Ze zou het maar zo laten en stopte het tasje in haar koffer. Ze wilde de vrouw niet in de problemen brengen. Ze dacht aan de manier waarop Morena haar had aangekeken, had gezegd dat ze elkaar weer zouden zien. Even later was ze simpelweg in het bos opgegaan. Zomaar verdwenen.

Net als de man met het zilvergrijze haar.

'Misschien word ik wel gek.' Ze voelde de druk op haar borst, deed haar ogen dicht en dwong zichzelf erdoorheen te ademen. 'Misschien heb ik het me allemaal ingebeeld.' Ze deed haar ogen weer open. 'Maar dat is niet zo. Absoluut niet.' Ze besloot zich er geen zorgen over te maken en wat met Marco te gaan drinken. En het had ook geen zin om hem dit te vertellen.

Die nacht droomde ze over zichzelf als kind, niet ouder dan een jaar of twee, drie. Ze zat in een glazen kooi te huilen. Buiten de kooi stroomde lichtgroen water.

Ze riep om haar moeder en haar vader, maar ze kwamen niet. Ze riep om iemand die ze oma noemde, maar er kwam niemand.

Buiten de glazen wanden in dat flikkerende licht zag ze de schaduw van een man, maar ze kon hem niet zien. Ze riep niet om hem, want ze was bang voor hem, zelfs als klein meisje van twee, drie jaar.

Toen hij sprak, klonk zijn stem gelikt en zoet als muziek. En vals. Op de een of andere manier vals.

'Rustig maar, mijn kind, mijn bloed, de mijne, je tranen zijn dwaas en zwak en niemand kan ze horen. Je moet lessen leren, je moet goed studeren. Ik zal je leren om alles te zijn wat je bent, en dan krijg je speelgoed, kleurig en glanzend, en snoep, al het snoep dat je maar wilt.'

'Ik wil mijn ma, ik wil mijn pa, ik wil mijn ma, ik wil mijn pa. Ik wil...'

'Stilte!' Niet langer gelikt en zoet, maar als een donderslag. 'Ik zal je leren wat je wilt. Ik zal je laten zien wat je kunt krijgen. Ik ben nu je moeder, je vader, je alles. Luister naar mij of je zult meer dan tranen plengen. Je hebt lessen te leren en de eerste is gehoorzaamheid.'

Toen de schaduw dichterbij kwam, schreeuwde ze. Ze schreeuwde eerst uit angst, daarna van de woede die alleen een kind kan voelen.

En met die schreeuw, met die gebalde vuistjes, spatte het glas uiteen.

Ze lag in haar bed op de kamer met het schuine plafond in het kleine huis in Philadelphia. En nog steeds als kind, iets ouder, klampte ze zich vast aan haar vader, die haar streelde en troostend wiegde.

'Het was maar een droom, *mo stór*, het was maar een droom. Pa is er, pa is bij je. Je bent veilig, alles is goed, en ik ben hier. Hij kan je geen pijn doen. Hij zal je nooit meer iets doen.'

Maar terwijl ze zich uit haar droom probeerde los te rukken, was Breen daar niet zo zeker van. Ze was bang dat hij terug zou komen.

8

Ze besloot Marco niets over haar droom te vertellen en er al helemaal niet over te bloggen. Maar ze schreef het op in wat ze nu als haar privédagboek zag.

Omdat de meest logische verklaring voor Morena en haar havik was dat ze zich op verboden terrein hadden bevonden, zag ze geen reden erover te beginnen.

Ze schreef haar blog, concentreerde zich op de positieve, vrolijke dingen... en merkte dat ze daar positiever en vrolijker van werd.

Uit gewoonte streamde ze een work-out en ging toen naar buiten voor een laatste ochtendwandeling rond Dromoland. De ommuurde tuinen boden een rust en schoonheid die ze met beide handen aangreep, net als het positieve en vrolijke.

Slechte dromen waren niet meer dan dat – dromen – en aangezien ze daar al het grootste deel van haar leven last van had, was ze niet van plan om over ze te piekeren als ze wakker was. Niet zolang ze bloemen en vogels en zacht zonlicht door de gelaagde wolken heen kon zien.

Hoewel ze bijna alles al had ingepakt, besloot ze om naar binnen te gaan en het af te maken. Toen gaf ze toe dat ze een lafaard was en dwong zichzelf om het pad door het bos te nemen. Boos om haar eigen zenuwen, dwong ze zichzelf om hetzelfde stuk te lopen dat ze de vorige dag had gedaan. Maar deze keer liep ze alleen. Toen het begon te druppelen, volgde ze het slingerende pad terug

Het plan hield in grote lijnen in dat Breen het eerste deel in noordelijke richting zou rijden. Dus toen ze de kleine auto hadden ingeladen en Marco naast haar zat, verlieten ze het kasteel in de regen.

'We hebben in een kasteel geslapen, Breen.'

'We hebben in een kasteel geslapen, Marco. En nu rijden we op ons gemak verder en krijgen we nog meer te zien op weg naar onze knusse Ierse cottage.'

'Hoeveel mensen kennen wij die kunnen zeggen wat jij net zei?'

'Helemaal niemand.'

Ze reden naar het noorden, daarna in westelijke richting naar de kust en voegden schitterende kilometers aan hun reis toe. Buien kwamen en gingen, felle zon scheen hier en daar tussen de wolken door over de velden, en af en toe stopten ze als ze daar zin in hadden.

Te voet staken ze een veld vol boterbloemen over om de ruïne van een burcht te verkennen, terwijl ze werden gadegeslagen door een ezel achter een hek. Toen Marco naar haar toe rende, stak de ezel haar kop uitnodigend over het hek. Behoedzaam legde Marco zijn hand even op de kop van het beest. 'Kijk nou, ze vindt het fijn.'

'Draai je om, dan maak ik een foto van je. STEDELING ONTMOET EZEL.'

'Dat kan beter.'

Tot Breens ontzetting sprong Marco over het hek. 'Volgens mij is dat niet zo'n...'

'Het kan geen kwaad, en kijk, ze vindt het leuk.' Hij sloeg een arm om de nek van de ezel die haar kop tegen hem aan wreef alsof ze een kat was.

'Dat zie je niet elke dag,' mompelde Breen, en ze legde het vast.

'Kom ook. Ze is heel lief.'

Breen aarzelde, las zichzelf de les over haar lafheid en liep naar het hek. Ze moest zichzelf dwingen, net als vanmorgen. En toen de ezel haar kop naar haar toe draaide, slaakte ze een gedempte kreet waar Marco van in de lach schoot.

'Kom op, Breen, ze eet je heus niet op.'

'Ze kan toch bijten? Wat weten wij nou van ezels?' Maar ze legde aarzelend een hand op de kop van de ezel. 'Zo, gedaan. Zullen we nu weer verder?'

'Wacht. Ik wil ook een foto van haar met jou. Denk aan je blog,' voegde hij eraan toe.

'Denk aan je blog,' sputterde ze, maar ze legde haar hand weer op de kop van de ezel. Het beest keek haar recht aan, net als de havik had gedaan. 'Ze is wel lief, hè?' Breen aaide haar nu alsof het een brave hond was. 'Ze houdt van gezelschap. Ze is hier eenzaam als de schapen er niet zijn. Ja hè, Bridget?'

'Breen, dit geloof je niet.'

'Wat?' Ze glimlachte naar de ezel, streelde de ruwe vacht en stelde zich een boerderij voor en een jongen met een wilde bos bruin haar die het dier kwam borstelen.

'Er zit een vlinder op je schouder. Geen wilde bewegingen! Ik heb al een gave foto, maar draai je hoofd eens naar links. Langzaam.'

Met kloppend hart draaide ze haar hoofd om. Daar zat de vlinder, geel als de boterbloemen. Verbluft staarde ze ernaar, terwijl de vleugels met zwarte vlekjes openden en dichtsloegen. Even later vloog hij weg als een tere bloem door de lucht.

'Dat was supergaaf. Hier, bekijk de foto's maar.' Hij stak zijn telefoon uit en swipete langzaam langs de foto's die hij van Breen had genomen waarbij ze glimlachte naar de ezel alsof ze oude vrienden waren en er een vlinder op haar schouder zat.

En degene die hij had genomen toen ze net haar hoofd had omgedraaid. Ze zag geen schrik op haar gezicht, maar pure verrukking.

'Ik wist niet dat ze dat deden… op mensen zitten.'

'Ik ook niet.' Ze raakte haar schouder even aan.

'Ik denk dat ik in paniek geraakt zou zijn. Dat deed jij niet.'

'Vanbinnen een beetje.'

'Was niet te zien. Een fantastisch verhaal voor je blog. Opschrijven, hoor.' Hij gaf de ezel nog een laatste aai. 'Bridget?' Met een grijns keek hij over zijn schouder naar Breen. 'Hoe kom je daarbij?'

Ze had geen idee. 'Ze ziet eruit als een Bridget.'

Marco pakte Breens hand vast toen ze over het hek klom en zwaaide ermee door de lucht. 'Mijn beurt om te rijden.'

Ze reden Galway binnen en vonden na veel stressen een parkeerplaats in het centrum van Galway.

'Dat heb je geweldig gedaan.' Breen wreef de spanning uit haar nek.

'We zijn er in elk geval. Nu is het tijd voor pauze en wat eten. En een stad met een straat die Shop Street heet verdient mijn aandacht.'

Breen kwam er al snel achter dat hij de aandacht van heel veel mensen verdiende. Na een ochtend zonder mensen leek de menigte enorm, maar Marco dook er gelijk in. Meegesleurd door hem snuffelde ze in winkels en wist alles te weerstaan, tot ze bij een ingelijste tekst in het Oud-Iers kwam, waaronder stond geschreven: MOED.

'Ik bespeur een thema.'

'Een goed thema. En het is klein genoeg om gemakkelijk in te pakken als mijn tijd hier erop zit.'

'Ik wil er ook een.'

'Welke?'

'Nee, geen kunst. Althans niet iets voor aan de muur. Een tatoeage. Wat zal ik nemen?'

'Iets wat op je lijf is geschreven.'

'Haha. We hebben het er tijdens de lunch wel over. Ik verga van de honger.'

'Dát zou je kunnen laten tatoeëren, dan hoef je er alleen maar meerdere keren per dag naar te wijzen.'

'Alweer die humor. Nee, iets Iers,' zei hij, toen ze slenterend op zoek gingen naar een plekje om te lunchen.

Ze keek hem aan, haar Marco met zijn goudbruine huid, zijn wilde donkere vlechtjes tot over zijn schouders, het keurig verzorgde sikje.

'Je bent niet Iers.'

'Maar ik laat hem in Ierland zetten, of niet?'

Hij koos een Ierse harp. Hij was dan wel geen Ier, maar wel muzikant. Bovendien was het een mooi plaatje.

‘Waar zal ik hem laten zetten? Op mijn lijf, bedoel ik. Ik kan wel googelen waar we zijn in Galway.’

Omdat ze hem nog steeds niet serieus nam, glimlachte Breen alleen. ‘Je hebt een lekker kontje.’

‘Dat is een feit, maar dan zouden alleen de uitverkorenen hem zien. Op mijn biceps, maar dat is niet zo spannend. Alhoewel…’ Hij trok zijn spieren samen.

‘Ja, Marco, je hebt ook goeie biceps.’

‘Dan maar wat iedereen doet. Het is een mannelijke keuze en kijk, deze salon heeft goeie reviews.’ Hij bestudeerde zijn telefoon. ‘Geregeld. We doen het.’

Toen hij opstond, keek Breen hem met knipperende ogen aan. ‘Je meent het?’

‘Jij bent niet de enige die dat kan. Jij een tatoeage, ik een tatoeage.’

‘Marco, jij hebt al zuurstof nodig als je naar een ziekenhuisserie kijkt en iemand een injectie krijgt.’

‘Jij gaat mijn hand vasthouden.’

Ze hield zijn hand vast en keek hoe hij ogen op stokjes kreeg toen hij de eerste prik van de naald voelde.

‘Allemachtig. Leid me af.’

‘Tafels van vermenigvuldiging?’

‘Jezus, geen wiskunde. Zing.’

Ze wilde lachen, maar hij zat met grote ogen in de beklede stoel, zijn hand om de hare geklemd, terwijl een zekere Joe, met twee armen vol kleurige tatoeages zorgvuldig de contouren van een harp in zijn huid tatoeëerde.

Ze begon met ‘Molly Malone’ omdat de melodie haar rustgevend leek.

Joe, de tatoeëerder, gaf haar een grijns en viel bij het refrein in met een heel mooie bariton.

'Klaar?'

'Nee, lieverd.'

'Je doet het geweldig, Marco,' zei Joe.

Marco deed zijn ogen weer dicht. 'Blijf zingen.'

Ze koos 'The Wild Rover', een vrolijker melodie, en een vrouw van een jaar of vijftig die halverwege een triskele op haar onderarm was, zong mee.

Omdat hij het nummer een paar keer had gehoord en de woorden kende, deed Marco – met zijn ogen nog altijd stijf dicht – de tweede stem.

'Dat was geweldig!' De tweede tatoeëerder, een vrouw van een jaar of dertig, stopte even en applaudisseerde. 'Zijn jullie zangers van beroep?'

Breen schudde haar hoofd en vroeg zich af of ze ooit weer gevoel in haar hand zou krijgen.

'Dat zou zo kunnen, jullie hebben prachtige stemmen. Laten we er nog een doen. Kennen jullie iets van Lady Gaga?'

'Of wij Gaga kennen?' Marco slaagde erin te glimlachen, maar hield zijn ogen dicht. "Born This Way", Breen.'

Zij zong, terwijl de harp vorm kreeg, en omdat ze zelf ook een beetje misselijk werd van het proces, hield ze haar blik op Marco gericht. Op een gegeven moment ontspande hij zijn spieren iets en was ze in staat haar pijnlijke vingers even te bewegen. Maar ze bleef zijn hand vasthouden, omdat hij dat nodig had.

'Daar is-ie dan, jongen…' Joe gaf Marco een klopje op zijn schouder. 'Je kunt kijken als je wilt.'

'Oké, eerst even ademhalen.' Hij deed zijn ogen open, keek naar zijn biceps en de harp met de felgroene contouren. 'Wat gaaf! Moet je kijken, Breen! Ik heb een tatoeage, en hij is supergaaf.'

'En als je nog een keer wilt komen zingen, ben je welkom. Die van jou is ook mooi,' zei Joe tegen Breen.

'Dank je.'

'Als je er nog een wilt, moet je maar langskomen.'

'Ik denk dat een wel genoeg is.'

Hij grijnsde naar haar. 'Dat zeggen ze allemaal.'

'Ik heb een tatoeage,' zei Marco, toen ze de zaak uit liepen. 'Ik heb in Ierland een tatoeage laten zetten.'

'Hoera. Je lijkt nog een beetje wankel.'

'Mijn knieën knikken nog een beetje, maar ik heb het gedaan. Rij jij?'

'Reken maar.'

'De volgende keer doen we het samen.'

'Afgesproken.' In gedachten rolde ze met haar ogen. 'Volgende keer.'

Toen ze bij de auto waren, sloeg Marco zijn armen om haar heen en wiegde haar heen en weer. 'Ik hou van je, Breen. Je hebt geen moment losgelaten.'

'Zal ik ook nooit doen.'

'Schilder me niet af als een watje als je je blog schrijft.'

'Alsof ik dat zou durven.' Ze stapte in en wachtte tot hij naast haar kwam zitten. 'Misschien moet je zingen tot ik de drukte uit ben.'

'Is goed.'

Maar de rit de stad uit was niet zo erg als de heenweg.

Tijdens de rit naar Connemara, door en rond dorpen, telden ze meer schapen dan auto's.

Marco lag te dutten, uitgeput na zijn tatoeagetrauma, dacht ze.

Ze gaf zich over aan de rust, ze hadden geen haast, ze wist dat ze kon stoppen waar ze maar wilde en dat niemand haar zou vertellen dat ze iets anders moest doen, ergens anders moest zijn.

Ze zag wegwijzers naar plekken waar ze naartoe wilde, maar omdat Marco sliep, hield ze zich voor dat ze, alleen of met hem, altijd nog een keertje kon terugkomen voor een dagtochtje.

Ze keek uit over Lough Corrib en vroeg zich af of ze een boottochtje leuk zou vinden. Ze kon naar Mayo rijden en daar de bezienswaardigheden bekijken. Ze had weken en weken de tijd om te doen waar ze zin in had, wanneer ze er zin in had.

Vrijheid, bedwelmend en aangenaam.

Als ze ooit nog een tatoeage zou laten zetten, niet waarschijnlijk, zou ze VRIJHEID kiezen.

Ze passeerde koeien, schapen, heuvels, weides en glooiende kliffen die hun schoonheid allemaal in haar hart kerfden.

Marco bewoog zich en wreef in zijn ogen. 'Jemig, ik was helemaal weg! Waar zijn w...? Allemachtig, wauw!'

'Dat zijn de Twaalf Bens.' Haar stem was zacht, gespannen van emotie. 'We zijn in Connemara. Het is alsof de tijd stilstaat op precies het juiste moment. Je hebt het meer gemist, god, wat was dat mooi, Marco. Daar gaan we nog een keer naartoe.'

'Hoelang heb ik geslapen?'

'Weet ik niet. Alles is hier tijdloos. O, zie je dat?'

Hij ging rechtop zitten en keek naar de plek waar ze naar wees. 'Dat grote gat in de grond? Wat zijn die opgestapelde dingen?'

'Turf. Ze steken het af, snijden het in stukken en laten de plaggen aan de wind drogen.'

'Het spul dat ze verbranden, serieus?'

'Ja, mijn vader heeft me erover verteld. Ik ben heel veel van wat hij me heeft verteld vergeten, maar het komt nu boven. Rond de boerderij waar hij opgroeide was veengebied. Misschien is het hier in de buurt. Hij zal het me wel hebben verteld, maar ik kan het me niet meer herinneren.'

'Komt vast nog wel.'

'Dat hoop ik, maar ik weet dat dit... bijna als thuis voelt.'

'Het zintuiglijk geheugen. Daar heb ik over gelezen.' Hij pakte zijn telefoon om foto's door het raam te maken. 'Alsof het in je bloed zit, hè? Je vader, je voorouders en zo. Dus ben je je ervan bewust.'

'Zo is het precies. Ruik die lucht, Marco.' Ze snoof hem op. 'Je kunt de turf en de dennen ruiken, en ik zweer je, je kunt al het groen ruiken.'

'Als je alles in je op wilt nemen, kan ik wel rijden.'

'Nee, het gaat prima. We zijn er bijna.'

'Mooi, want ik...'

'... verga van de honger.'

'... lust wel een snack. Wacht even.' Hij dook in de tas aan zijn voeten. 'Chips en cola. Voer voor onderweg.'

'Kom eens hier met die chips,' zei ze, en ze nam er eentje. 'Jij hebt het telefoonnummer van de verhuuragent, hè?'

'Ja.'

'Wil je haar dan even een berichtje sturen? Dat vroeg ze, een half uur van tevoren. Ik denk dat dat nu ongeveer is.'

'Moeten we niet eerst boodschappen doen?'

'Laten we eerst naar de cottage gaan, kijken wat we nodig hebben, een lijst maken. Er is een dorp in de buurt, er zijn er een paar zelfs.'

Marco typte een bericht en niet veel later klonk er een ping. 'Die is snel.' Marco las de reactie. 'Ze zorgt dat ze er is om ons welkom te heten, zegt ze.'

'Perfect.' Ze keek opzij en grijnsde naar hem. 'Het is allemaal perfect.'

Toen ze de smalle, slingerende, door hagen omzoomde weg insloeg, verschoof Marco onrustig in zijn stoel. 'Weet je zeker dat dit klopt?'

'Ja.'

'Ik dacht dat het aan het water lag, met uitzicht op een berg.'

'Daar moet je eerst komen.'

'Oké... Ik wou alleen maar zeggen dat er misschien een reden is dat hij de hele zomer nog beschikbaar was.'

'Wat een vertrouwen.'

Misschien was ze zelf ook een beetje zenuwachtig, ze was er niet helemaal van overtuigd dat twee auto's elkaar op deze smalle weg konden passeren, maar ze kon alleen maar rechtdoor. 'Het is wel wat afgelegen,' voegde ze eraan toe, om hen allebei gerust te stellen. 'Rustig. Dat is wat ik wilde.'

'Je hebt afgelegen en de rimboe. Dit lijkt meer op de rimboe. Je zei dat er een dorp in de buurt was.'

'Ja, een paar kilometer verderop. Op loopafstand.'

'Wie op deze weg loopt, heeft een doodswens. Zal ik, hoe heet ze ook alweer, Finola McGill... dat klinkt verzonnen... Zal ik haar appen om te vragen of we echt niet de verkeerde afslag hebben genomen en nu op een uitgesleten koeienpad rijden?'

'Als je denkt... wacht, daar is de afslag... in de beschrijving stond dat we rechtsaf moeten en dat het staat aangegeven. Zie je? FEY COTTAGE. Dat zijn wij.'

Ze nam de afslag en langzamerhand trok de wereld voor hen open. Hoewel de weg smal bleef, lag er rechts een brede weide met bergen die in de verte omhoogrezen. Ze kon een eerste glimp van de baai zien.

'Wat gek. Voordat je afsloeg, was het net alsof we helemaal ingesloten waren...'

'Nu niet meer.'

De weide ging over in het bos, sprookjesachtig groen en schaduwrijk. En daar, tussen het bos en de baai, met de bergen majestueus op de achtergrond, stond Fey Cottage. Explosies van bloemen groeiden rond het huis, en witte paden slingerden door de tuin. De dikke grijze stenen muren vormden twee verdiepingen tot aan het dikke rieten dak. De ramen glinsterden als juwelen in de zon.

'Oké, ik neem het terug. Het is geen kasteel, het komt zo uit een film, en mens, moet je dat uitzicht zien!' Toen ze niets zei, keek hij opzij en zag dat ze tranen in haar ogen had. 'Hé, meissie.'

'Dit is wat ik wilde. Het kasteel... dat wilde ik ook, ik wilde de ervaring, maar dit... Dit is wat ik wilde. Een cottage bij het bos en het water, met overal bloemen.'

'En die heb je.' Hij pakte haar hand vast en legde hem tegen zijn wang. 'Je verdient het om te krijgen wat je wilt.'

'Dit is dankzij mijn vader. Dat zal ik niet vergeten, wat er ook gebeurt.'

'Je hebt door je vader de kans gekregen en dat is niet niks. Maar jij hebt de kans aangegrepen. Vergeet dat niet.'

'Ja.' Ze wreef met haar handen over haar gezicht.

Zodra ze uitstapten ging de voordeur – even wit als het pad – open. De vrouw die naar buiten kwam droeg een feloranje trui en een verzorgde bruine broek over een weelderig lichaam. Haar haar met de kleur van geroosterde kastanjes viel langs een mooi gezicht met kuiltjes in haar wangen toen ze uitnodigend glimlachte.

'Daar zijn jullie! Welkom in Fey Cottage. Ah, Breen Kelly.' Ze stak haar hand uit, een stevige, zelfverzekerde grip, legde haar andere hand over die van Breen en hield hem lang vast, voordat ze zich tot Marco wendde. 'En Marco Olsen. Wat een knappe man ben jij. Ik ben Finola en ik vind het ontzettend leuk jullie te ontmoeten. Jullie hebben een lange reis achter de rug, dus kom verder, kom verder, dan zorgen we dat jullie je snel kunnen settelen.'

'Dank je. Wat is het hier prachtig. Allemaal zo prachtig.'

'Wat vind ik het fijn om dat te horen. Kom binnen, kom binnen, dan leid ik jullie rond, voordat we de koffers en zo uitladen. Wat een prachtige dag om jullie welkom te heten.'

Ze nam hen mee naar de woonkamer, met in het midden een stenen haard waar houtblokken in lagen. De brede schoorsteenmantel glansde en er stonden drie dikke witte kaarsen op.

Op de vloer, van hetzelfde glanzende hout als de schoorsteenmantel, lag een kleed met in het midden een Keltische knoop. Het bosgroene motief haalde de kleur van de bank met de dikke kussens op. Een creatief gedrapeerde sprei over de rug van de bank was roomwit en zag er donzig zacht uit.

Boekenplanken waren gevuld, een wereld aan boeken. Op verschillende tafels stonden aardewerken vazen vol bloemen. Voor het raam hingen kristallen die een regenboog aan kleuren door de kamer weerkaatsten, terwijl door de glanzende ruiten het schuin aflopende gras naar het water en nog meer bloemen, dansend in de zon, zichtbaar waren.

Het water was zo blauw als de zomer en zó helder dat het de groene heuvels weerspiegelde.

Alles straalde hartelijkheid en gemak uit.

'Het is schitterend,' mompelde Breen. 'Gewoonweg schitterend.'

'Het leek me een beetje warm voor een vuur, het is zo'n mooie dag, maar alles ligt klaar, zodat je er vanavond van kunt genieten. Zoals je kunt zien zijn er weinig tussenmuren, dus als je wilt koken, ben je niet gescheiden van de rest.'

Hoewel koken niet haar sterkste kant was, slenterde Breen de keuken binnen. Hij was van de woonkamer gescheiden door een leigrijze ontbijtbar. In het midden stond een tafel die al gedekt was voor twee. Op het aanrecht stonden een koffiezetapparaat – goddank – en een aardewerken fruitschaal, meer bloemen en een broodrooster.

Een felrode waterketel stond op het fornuis, waar Marco al stralend naar keek.

'Dat is het neusje van de zalm,' verkondigde hij.

'Kook jij?' vroeg Finola hem.

'O, ja.'

'Niet alleen aantrekkelijk maar ook nog slim. Wat een geluk dat je zo'n vriend hebt. We hebben een aardige voorraadkast, vind ik, en hij is gevuld met wat dingen die jullie misschien wel lekker vinden, en de koelkast ook.'

'O, dat hadden we helemaal niet...'

Finola wuifde Breens verbazing weg. 'Daar wil je op de dag van aankomst niet mee lastiggevallen worden. Er ligt een bruin brood dat ik zelf voor je heb gebakken. In de broodla. En koekjes in de trommel. Niet uit de winkel,' voegde ze eraan toe, en ze zwaaide met haar vinger.

De warmte, de hartelijkheid, verbijsterde Breen. 'Wat attent van je. Dank je wel.'

'Een kleine moeite. En daar is de bijkeuken met de wasmachine en droger, al is er voor een zonnige dag ook een waslijn buiten. Dat is de benedenslaapkamer en het mooiste daaraan is dat hij een eigen tuindeur heeft, dus kun je zo naar buiten als je 's morgens wakker wordt. Dat is het.'

Breen liep in een nevel van verwondering en blijdschap verder. Als ze een cottage had moeten ontwerpen, had hij er precies zo uitgezien.

Ze zou van de slaapkamer beneden haar kantoor/sportruimte maken. Als ze dan aan pauze toe was kon ze zo de schitterende tuin in, met daarachter het water en het bos. Ze zou meer leren koken, en beter. Daar kon Marco haar bij helpen. En 's avonds kon ze bij de haard een boek lezen.

Finola ging hun voor naar boven. Aan weerszijden van een kleine gang stonden de deuren open. Halverwege stond een smal tafeltje met gebogen poten waar ook weer bloemen en kaarsen op stonden.

Breen liet haar vingers over het houtsnijwerk van een vliegende draak in het tafelblad glijden. 'Dit is bijzonder, wat een prachtig werk.'

'Ja, hè? Ik kan met trots zeggen dat ik de kunstenaar goed ken, dat mag ook wel aangezien we al achtenveertig jaar getrouwd zijn. Toen de dame die de cottage bouwde om iets bijzonders vroeg, heeft hij dit gemaakt.'

'Het is...' Breen had haar vingers nog steeds op het houtsnijwerk, maar draaide zich nu om. 'Hè?'

'Dat kon ik ook niet helemaal volgen,' voegde Marco eraan toe. 'Was je al getrouwd voordat je werd geboren?'

Finola's wangen kleurden roze toen ze begon te lachen. 'Ah, moet je nu toch horen. Ik heb een kleindochter van jouw leeftijd, plus nog drie.'

Marco pakte, zoals alleen Marco dat kon, haar handen vast. 'Vertel me je geheim. Ik wil er alles voor doen, behalve een kip opofferen.'

'O, wij zeggen hier, wees zo gelukkig als je kunt, heb lief zo veel je kunt. Zorg goed voor jezelf. En 's avonds een goed glas wijn.'

'Dat kan ik allemaal. Dat is nu mijn dagelijkse regime.'

'En dit is een goed geheugensteuntje.' Finola pakte Breens hand, draaide haar pols om en tikte op de tatoeage. 'Om de moed te hebben dat allemaal te doen. Voor alles behalve de wijn is moed nodig.'

'Je kunt Iers lezen.'

'Dat heb ik geleerd.'

Breen werd een beetje van haar stuk gebracht door de indringende blik – Finola's ogen waren staalblauw en krachtig – en trok haar hand weg. 'Marco heeft vanmiddag een tatoeage laten zetten.'

Die krachtige blik veranderde in een uitdagende, toen Finola zich tot Marco wendde. 'Nou, laat eens zien, waar hij dan ook zit.'

Hij trok de mouw van zijn trui op. 'Hij is nog wel wat rood.'

'Een Ierse harp! En heel mooi gedaan.' Ze legde haar duim en wijsvinger aan weerszijden van de tatoeage en gaf een kneepje in zijn biceps. Met een knipoog zei ze: 'Wauw.'

De anders zo onverstoorbare Marco bloosde.

'Dus nu moet je leren harp spelen.'

'Marco is muzikant.'

'Als ik niet als barkeeper werk.'

'Aantrekkelijk, slim en muzikaal? De jongen die jou aan de haak weet te slaan, mag in zijn handen knijpen. Zo, dan zal ik jullie de slaapkamers tonen en dan zullen we zien of ik goed gegokt heb. Ik zag deze als de jouwe, Marco, maar maak je geen zorgen als ik het mis heb.' Ze liep een stukje terug naar de kamer bij de trap.

Het bed dat vol lag met kussens en een donzig dekbed stond naar het raam gericht. Het zware houten hoofd- en voeteneinde toonde een houtsnijwerk van fluiten en violen, harpen en klavecimbels, *bodhráns* en dulcimers.

'Wauw,' was het enige wat Marco kon uitbrengen.

'Heeft jouw man dit ook gemaakt?' Opnieuw liet Breen haar vingers over het houtsnijwerk glijden. 'Waanzinnig.'

'Dank je. Je hebt hier een prachtig uitzicht over de baai in de richting van de zee en ook van de bergen. Een goeie, stevige stoel, een ladekast en een kledingkast. Je eigen badkamer, natuurlijk. De deken – een sprei, is het eigenlijk – is het werk van mijn beste vriendin. Met al die tinten grijs heeft ze hem een heel warme uitstraling gegeven, vind ik.'

'Marco, je uitzicht! Dit ga je elke ochtend zien.'

Hij liep naar het raam en ging naast Breen staan. 'Het lijkt wel een schilderij. Jij mag hier ook slapen als je dat graag wilt.'

'Nee.' Ze legde haar hoofd even op zijn schouder. 'Hij past echt bij jou.'

'Het is mooi om zo'n hechte vriendschap te zien. Ik weet hoe dat is en wat het voor het hart betekent. Zal ik jullie de andere slaapkamer laten zien? Je zult hem vast mooi vinden, Breen.'

'Als hij ook maar een klein beetje lijkt op deze, ben ik dolgelukkig. Werkt jouw man in de buurt?' vroeg Breen, toen ze weer door de gang liepen. 'Als hij naar de Verenigde Staten verstuurt, zou ik graag iets laten maken. Ik zal in de toekomst wat nieuwe spullen nodig hebben.'

'O, hemelsbreed is het niet ver. Daar kunnen we het over hebben als jullie je geïnstalleerd hebben.' Ze wenkte Breen de kamer binnen.

Uitgesneden feeën dansten op het hoofdeinde. Draken vlogen en bloemen bloeiden. De sprei aan het voeteneinde bevatte allerlei tinten groen van het bos en de zee. Op het bureau in de hoek stonden meer bloemen en een antieke inktpot, evenals een donkergroene schaal met getrommelde, gekleurde stenen. De kunst aan de muren volgde het thema van het bed met bloemen en feeën, en boven het bed hing een opvallend schilderij van een vrouw in een lange witte jurk wapperend in de wind en met een waterval aan rode krullen, die met haar rug naar de kamer stond en naar een mistig meer keek.

Breen kon alleen naar de omgeving buiten het raam kijken.

Het bos vol schitterende geheimen, het water dat golfde en golfde. Ze zag een paar zwanen sierlijk langs de oever zwemmen. En de bergen onder een felblauwe hemel op een zomerse dag.

'Volgens mij is ze blij,' zei Finola tegen Marco.

'O ja, dat is ze. Je hebt een haard, Breen. Als kinderen hadden we een droomhuis in onze fantasie. Breen had altijd een haard op haar slaapkamer.'

Klein, van steen, en gekloofd hout lag al klaar en voorspelde gezellige avonden.

'De foto's... ik zag foto's online.'

'O, we hebben het sindsdien wat opgeknapt. We moeten de site nog bijwerken.' Finola glimlachte toen Breen zich omdraaide en haar aankeek. 'Vind je het mooi?'

'Mevrouw McGill...'

'O toe, het is Finola, hoor.'

'Ik moest huilen in de auto,' hoorde ze zichzelf zeggen. 'Want toen ik de cottage zag, voldeed hij aan bijna al mijn verwachtingen. En nu dit? Het is alles en meer. Ik zal er goed voor zorgen, dat beloof ik.'

Die krachtige, indringende ogen kregen weer een zachte blik. 'Daar twijfel ik niet aan. Zullen we buiten nog even een rondje lopen? Ik heb natuurlijk de sleutels voor je,' ging ze verder, terwijl ze de kamer uit liep in de richting van de trap. 'Niet dat je hier problemen zult hebben, dat kan ik je verzekeren, maar als je dat prettiger vindt, kun je de boel op slot doen. Er is een kleine moestuin, daar mag je gebruik van maken zo veel je wilt, bloemen, kruiden... Seamus komt een à twee keer per week langs om hem bij te houden,' ging ze verder, terwijl ze hen door de keuken naar de achterdeur leidde.

'De bloemen zijn prachtig.'

'Ja, Seamus heeft groene vingers.'

'Ik wil heel graag leren tuinieren. Zou hij het erg vinden als ik hem wat vragen stel?'

'Integendeel, hij zal je de oren van je hoofd praten. Vraag maar raak. Zoals je kunt zien lopen er paden naar het bos en naar de baai. Je kunt hier eindeloos wandelen. Er gaat een pad door het bos naar het dichtstbijzijnde dorp. Onder het afdak daar ligt genoeg hout. Als je meer nodig hebt, kun je dat aan Seamus doorgeven, dan regelen we dat.'

Als Breen elk huis in de wereld had kunnen kiezen, met elk mogelijk uitzicht, dan zou het dit zijn.

'Maar het zal niet elke dag zo mooi zijn als nu,' ging Finola verder. 'Het blijft Ierland, per slot van rekening, maar er is een klein terras met een tafeltje waar je van de frisse lucht, een kop thee of een glas wijn kunt genieten. O, dat was ik bijna vergeten! Er is internet. Het wachtwoord is magie1. Eén woord... aan elkaar, bedoel ik, maar het cijfer niet uitgeschreven.'

Marco pakte zijn telefoon. 'Ja. Dat hebben we wel nodig. Breen is een blogger.'

'Echt waar?'

'Ik ben net begonnen.'

'Ik zal je de link sturen,' zei Marco tegen Finola. 'Reken maar dat ze over de cottage gaat bloggen.'

'Dat zou leuk zijn. Moeten jullie verder nog iets weten? Hebben jullie nog vragen?'

'Ik kan niets bedenken. Moet je dit zien!' Breen keek om zich heen, probeerde alles in zich op te nemen. 'Het is overweldigend.'

'Dan ga ik, zodat jullie kunnen bijkomen van de reis. Mijn neef zal jullie koffers inmiddels wel naar boven hebben gebracht. Hij is een goeie jongen, Declan.'

'O, dat had toch niet gehoeven.'

Weer wuifde Finola het weg, terwijl ze de cottage binnenliep. Er stond nu een fles wijn op het aanrecht.

'Geniet van de eerste avond van vele.' Ze legde de sleutels naast de wijn.

'Reken maar,' zei Marco. 'Als ik deze nu eens openmaak, doe je dan met ons mee?'

'Wat ben je toch een schatje en dank je wel. Maar ik moet ervandoor. Nee, nee, maak maar snel die wijn open. Ik laat mezelf uit, ik weet de weg.' Ze wuifde hen weg en liep naar de deur. Daar bleef ze even staan en ze keek over haar schouder. '*Fáilte. Déithe libh.* Welkom en mijn zegen voor jullie beiden.'

'Oké, dit is waanzinnig. Dit had ik niet verwacht, moet ik eerlijk zeggen. Ik ben verkocht. En ik ga die wijn direct opentrekken.'

'Ja, doe dat. Het is waanzinnig. En zij was waanzinnig. Heb je haar huid gezien? Ze moest minstens halverwege de zestig zijn, zelfs als ze als tiener is getrouwd, en ze... Ik had gedacht dat ze misschien veertig was.'

'Als ze iets heeft laten doen, dan is dat het beste van het beste geweest. Net als dat fornuis waar ik straks een spetterend maal voor ons ga koken. Jij moet je helemaal suf bloggen over deze cottage.'

'Morgen, als ik in dat waanzinnige bed heb geslapen. Schenk heel grote glazen in, Marco. Laten we ze mee naar buiten nemen en naar het water lopen. Ik wil mijn schoenen uitdoen en mijn voeten in de baai zetten.'

'Reken maar. We doen onze schoenen uit, drinken grote glazen wijn en gaan in die baai dánsen.'

'Ik ben vóór.'

9

Breen werd wakker toen het eerste zachte licht van de ochtend de kamer binnenviel. Ze had diep geslapen, zonder dromen, voor zover ze zich kon herinneren. Ze vroeg zich af of het lichtroze kristal boven het bed – dat haar pas was opgevallen toen ze in bed kroop – daar iets mee te maken had.

Ze had vroeger een studiegenootje gehad dat zwoer bij de kracht van kristallen. Niet dat ze daar zelf in geloofde.

Het enige wat ze zeker wist, was dat ze zich uitgerust, herboren en absurd gelukkig voelde. Ze schudde haar kussens op, leunde achterover en genoot van de kamer, van het uitzicht dat buiten tot leven kwam, en van het feit dat dit de rest van de zomer haar thuis was.

Omdat ze in gedachten haar blog al aan het schrijven was, stond ze op. Ze trok een trui over het T-shirt waar ze in had geslapen, dikke sokken aan haar blote voeten, en liep naar beneden om koffie te zetten.

Met een grote witte beker liep ze vervolgens naar de benedenslaapkamer, en ging achter haar laptop zitten, die ze op het bureau had gezet.

Ze nam een slok koffie en slaakte een zucht bij het zien van de weelderige bloemen aan de andere kant van de tuindeur.

Ze hadden al afgesproken dat ze vandaag in en rond de cottage zouden blijven, een lui dagje. Marco wilde ongetwijfeld uitslapen. En ze konden samen of apart de omgeving ontdekken. Misschien zou ze nog een paar uur werken aan iets wat een kort verhaal, een roman of helemaal niets zou kunnen worden. Maar ze wilde het proberen. Het bloggen had de deur op een kier gezet… wat Marco's bedoeling was geweest, vermoedde ze nu.

Ze zette haar laptop aan en haalde diep adem.

Het regende zachtjes toen we de magie en verwondering van Dromoland achter ons lieten, begon ze.

Meer dan anderhalf uur later, vrijwel zonder pauze, eindigde ze: *Achter dit schattige bureautje met uitzicht over de prachtige tuin die wordt verzorgd door iemand die Seamus heet, voel ik me meer thuis dan ik me ooit heb gevoeld. Als het echt het doel is om mezelf te vinden, dan denk ik dat ik aardig op weg ben.*

Ze stond op om een tweede kop koffie in te schenken voordat ze de tekst nog eens doorlas en foto's selecteerde en toevoegde. Ze piekerde of het beter kon, moest. Toen sprak ze zichzelf toe en publiceerde het.

Boven trok ze haar sportkleren aan en gebruikte haar werkruimte om er drie kwartier stevig tegenaan te gaan.

Toen ze geluiden in de keuken hoorde, rende ze de kamer uit en trof Marco, die aan het rommelen was met het koffiezetapparaat.

'Goeiemorgen!'

Hij gromde wat.

'Ik heb een nieuwe blogpost geschreven en gesport. Ik ga ontbijt maken, dat kan ik nog net, en dan ga ik douchen, me verkleden en een stukje wandelen. En jij?'

'Ik ga koffiedrinken. En mijn overdreven opgewekte huisgenoot negeren.'

'Ik zit boordevol energie!' Om dit te bewijzen, maakte ze twee pirouettes.

Hij beantwoordde dit met een slaperige, zure blik.

'Ik ga douchen en me aankleden. Dan kun jij nog even wakker worden voordat we aan de eieren met spek beginnen.'

'Afgesproken. Ga met dat opgewekte lijf van je naar boven, dan neem ik deze koffie mee...' Hij draaide met zijn vinger en wees toen naar de deur.

'... naar buiten.'

'Daar, ja.' Hij wreef in zijn ogen en wist even te glimlachen. 'Het is bloedirritant, maar dat opgewekte staat je wel.'

'Het voelt ook goed. Ontbijt over een half uur,' riep ze, terwijl ze net zo snel de kamer uit rende als ze hem was binnengekomen.

Ze serveerde het op het terras. Het was nog wat frisjes, maar niet te. En het was droog. Nog wel.

'Je blog is goed, Breen. Hij schoof zijn eieren naar binnen alsof hij uitgehongerd was. 'Je wordt beter en beter.'

'Omdat alles beter en beter is.' Ze keek uit over het zachtblauwe water, terwijl de zon door de wolken probeerde te komen, en volgde de vogels die over het oppervlak scheerden en de brandweerrode boot die in de verte voer.

'Ik vind het hier geweldig. Ik weet dat we hier nog geen dag zijn, maar ik vind het hier geweldig.'

'Het past bij je.' Hij bestudeerde haar, terwijl hij in een bruine boterham beet die ze voor hem geroosterd had. 'Wat je schreef aan het eind van je blog? Ik denk dat dat waar is.'

'Ik hoop het. Ik wil die wandeling maken... en ik moet een vogelboek kopen. Er zijn er zo veel en ik wil weten welke het allemaal zijn. En... en dat is een beetje eng... ik wil vandaag proberen een tijdje te schrijven. Geen blog, maar een verhaal. Een begin.'

Hij bracht zijn koffiebeker omhoog en klonk ermee tegen de hare. 'Dan ga je dat doen.'

'Jij hebt me die kant op gedirigeerd, richting het schrijven. Om het te proberen'

'Misschien.' Hij grijnsde. 'Je kunt een meisje een duwtje geven, maar ze moet zelf de eerste stap zetten, nietwaar? Maar goed, ik zal uit je buurt blijven, zodat je je kunt concentreren. Ik denk dat ik het dorp in ga. Beetje rondsnuffelen, kijken waar we uit eten kunnen als we willen, waar er livemuziek is.'

'Goed idee. Er is van alles te zien, we kunnen een plan maken.'

'Maar vandaag niet.' Ter illustratie strekte hij zijn benen en sloeg ze over elkaar. 'Vandaag blijven we dicht bij huis.'

'Precies. Weet je nog wat we elkaar beloofd hebben, de avond dat we naar ons appartement verhuisden?'

'O, ja. Als we geen van beiden de liefde van ons leven vinden, blijven we altijd samenwonen.'

'Ben je het daar nog steeds mee eens?'

'Reken maar, meid.'

Daar kon ze mee leven, dacht Breen, toen ze aan haar wandeling begon. In zekere zin was Marco de liefde van haar leven. Maar dan zonder de seks. En seks stelde niet zo veel voor, vooral als je het toch niet had.

Eerst liep ze over het smalle strand en liet de wind door haar haar, haar sjaal en haar jas waaien. Haar gedachten gingen naar het verhaal dat ze wilde vertellen. Misschien wist ze niet precies hoe ze moest beginnen, maar het was tijd om te gaan zitten en het te proberen. Sterker nog, het was allang tijd. Hoewel ze met groot verlangen naar het bos keek, liep ze terug naar de cottage.

Geen smoesjes meer, hield ze zich voor. Ze had de cottage voor zich alleen, geen afleiding en alleen maar tijd. Misschien was het juist goed dat het idee van schrijven, het proberen schrijfster te zijn, haar zenuwachtig maakte. Misschien schreef ze beter als ze zenuwachtig was.

Ze nam een kan water mee naar haar bureau en sloeg haar laptop open.

Voor haar gevoel staarde ze urenlang naar het scherm met haar vingers boven het toetsenbord. Toen begonnen haar vingers te bewegen.

Er hing een blauwe maan aan de lucht, op de avond dat de bezoeker kwam en Clara's leven voorgoed veranderde.

Die eerste zin was als een damdoorbaak en Breen schreef twee uur achter elkaar.

Toen ze opkeek, zag ze verbluft dat ze acht bladzijden had gevuld. Sommige, de meeste, waren vast heel slecht. Of erger, veel erger, gewoon dwaas. Maar ze had ze geschreven.

Ze schonk een glas water in en dronk het leeg. Stond op, ijsbeerde door de kamer, liep naar buiten en ijsbeerde nog wat. En besefte dat ze nog niet klaar was.

Deze keer nam ze cola voor de broodnodige energie en maakte van de kick gebruik om nog twee uur te schrijven.

Hoewel ze het doodeng vond, ging ze terug naar het begin en begon te lezen. Ze merkte dat ze aan zichzelf begon te twijfelen, aan de tekst begon te prutsen, zelfs overwoog het allemaal weg te gooien en opnieuw te beginnen. Op dat moment besefte ze dat ze moest stoppen, even afstand moest nemen, de boel moest laten liggen. Dan ging ze morgen wel weer verder waar ze was gebleven. Want het was geweldig om met de stroom van het verhaal mee te gaan en dat wilde ze niet opgeven.

Verdoofd liep ze de kamer uit en zag Marco achter het fornuis staan, waar een pan op stond met iets wat zalig rook. 'Ik heb je niet horen thuiskomen.'

'Je was helemaal van de wereld, mens. Ik heb aardappelsoep met ham gemaakt, de haard brandt – het regent en het is wat frisser – en nu ben ik sodabrood aan het maken. Oordeel niet te hard, ik ben een broodbakmaagd.'

'Ik heb helemaal niet geholpen. Hoe laat is het?'

'Tijd voor een glas wijn voor jou.'

Ze keek op haar horloge. 'Jezusmina! Ik had geen idee. Dit had je niet allemaal hoeven doen, Marco. Ik ging ervan uit dat we wel in het dorp zouden eten.'

'Het was er leuk en ik heb al een paar plekjes uitgekozen voor morgenavond.' Hij schonk een glas wijn voor haar in uit de fles die hij op het aanrecht had gezet. 'Je weet dat ik van koken hou als ik er tijd voor heb, en deze jongen uit Philly heeft nog nooit aardappelsoep en sodabrood gemaakt.'

Ze moest toegeven dat hij helemaal blij keek toen hij een glas wijn voor zichzelf inschonk.

'Ik heb in een pub een broodje zo groot als Utah gegeten,' ging hij verder, 'en met allemaal mensen gepraat. Wat gewinkeld. Een vogelboek voor jou gevonden, een kookboek voor mij, en mijn boek gebruikt voor het avondeten.'

Toen hij het grove ronde brood met een diepe x in het midden onthulde, bestudeerde ze het. 'Je hebt echt brood gebakken. Van... bloem.'

'En karnemelk. Ik heb verdomme karnemelk gekocht. Ziet er best goed uit, hè?'

'Ziet er geweldig uit en het ruikt heerlijk. Waarom eten we het niet?'

'Omdat deze soep nog wat langer nodig heeft en die tijd gaan we gebruiken om bij de haard te zitten en wijn te drinken, en dan kun jij me vertellen hoe jouw schrijfdag was.'

'Volgens mij ben ik in een trance geweest.'

Hij dekte het brood weer af en roerde nog een keer in de soep. Daarna pakte hij haar hand vast, pakte de wijnfles en leidde haar naar de woonkamer. 'Ja, je was compleet van de wereld toen ik mijn hoofd om een hoekje stak.'

'Ik heb vijftien pagina's geschreven, Marco.'

'Dat is veel. Dat voelt als veel. Mag ik ze lezen?'

'Ik... Nog niet. Ik heb ze zelf nog niet eens gelezen. Daar was ik net mee begonnen.' Ze volgde zijn voorbeeld en legde haar voeten op de salontafel. 'En toen... ik weet het niet, ik had het gevoel dat ik de boel even moest laten liggen, het even moest laten pruttelen net als jouw soep, als het ware.'

'Klinkt verstandig. Je wordt hier nog razend goed in.'

'Dat weet ik nog zo net niet, maar het voelde goed, en dat is voorlopig genoeg. Alles voelt goed.'

Dat gold ook voor het eten van soep met brood in de keuken en lekker een boek lezen bij de haard. En de volgende ochtend wakker worden en aan een nieuwe dag beginnen.

Ze schreef een nieuwe blogpost, zag het als een warming-up, en was daarna een uur met haar boek bezig. Een uur maar, want ze zette de wekker. Straks was ze weken en weken alleen en ze wilde de tijd die ze met Marco had niet missen.

Ze gingen op avontuur, bezochten bezienswaardigheden en dorpjes, aten in een pub in Clifden waar livemuziek was, en praatten.

Ze vond twee mensen die zich haar vader en zijn muziek nog konden herinneren, maar niet met de helderheid van Tom uit Doolin.

Hun dagen begonnen regelmaat te krijgen. Breen stond vroeg op om te schrijven, de ene dag gingen ze op stap en aten ze in een pub met livemuziek, en op andere dagen bleven ze dichter bij de cottage, aten ze thuis en probeerde Marco haar eenvoudige recepten te leren.

Hoezeer ze haar best ook deed om de tijd te stoppen, de tien dagen vlogen voorbij.

Op een druilerige dag die haar humeur weerspiegelde, bracht ze haar beste vriend naar het vliegveld van Shannon.

'Ik weet niet wat ik zonder jou moet doen, Marco. Misschien moet ik...'

'Waag het niet om te zeggen dat jij ook terug moet naar Philly. Je hebt me net de twee mooiste weken van mijn leven bezorgd. Ga het nou niet verpesten.'

'Erover praten dat ik hier de hele zomer zou zijn, was één ding. Het daadwerkelijk doen is heel andere koek.'

'Het komt helemaal goed. Denk je dat ik weg zou gaan als ik dat niet zeker wist? En ik zal je zeggen wat je gaat doen. Je gaat je helemaal suf schrijven, nog meer leren koken... dat gaat al best goed.'

'Omdat jij ervoor zorgt dat ik het niet verpest.'

'Nou en, dan verpest je het en eet je een boterham,' zei hij schouderophalend. 'Je gaat van die belachelijk lange wandelingen maken waar je zo van houdt en je gaat me elke dag appen. En jezelf vinden. Doe dat voor me, Breen.' Hij gaf een kneepje in haar hand. 'Vind jezelf, zodat je haar naar huis kan brengen, want ik ga je verschrikkelijk missen.'

'Ik mis jou nu al. Ik had dit niet zonder jou kunnen doen.'

'Dat geldt net zo goed voor mij.'

Ze voelde de moed in haar schoenen zakken toen ze de afslag naar het vliegveld nam.

'Je zet me op het trottoir af, zoals we hadden afgesproken.'

'Ik kan ergens parkeren en mee naar binnen gaan...'

'Echt niet. Dan gaan we allebei staan janken. Heb ik net een stoere tatoeage, kan ik niet gaan janken als een klein kind.'

'Ik ga toch wel janken.'

'Doe me een lol, Breen.'

Al sniffend reed ze naar de vertrekhal. 'Ik doe mijn best.'

'Geniet van alles. Laat je gaan en geniet ervan. Ik wil me voorstellen dat je achter dat bureau zit en plezier hebt. Dat je buiten wijn drinkt en uitkijkt over het water en plezier hebt. Dat je misschien wel een avond naar de pub gaat en flirt met een of andere sexy Ierse vent en dat je plezier hebt.'

'Ik zal het proberen.'

'Niks proberen. Je gaat het gewoon doen. Goed, je hebt Finola's nummer voor als je iets in de cottage nodig hebt en je weet hoe het fornuis en de oven werken. Vergeet niet 's avonds af te sluiten, gewoon voor de zekerheid.'

'Zal ik doen. Maak je om mij geen zorgen, Marco.'

'Shit, mens, natuurlijk maak ik me zorgen om je. Dat hoort bij m'n werk.'

Ze zette de auto stil en bedacht hoe opgewonden ze waren geweest toen ze net waren geland. 'Heb je je paspoort, je tickets, je...?'

'Allemaal.'

Hij stapte uit om zijn koffers te pakken, terwijl zij haar best deed niet met haar handen te wringen.

'App me zodra je geland bent. Echt meteen.'

'Zal ik doen, en jij appt zodra je weer in de cottage bent. Dan zit ik in die chique lounge dankzij mijn beste meissie.' Hij zette zijn koffers neer om haar stevig tegen zich aan te trekken. 'Als je niet kunt slapen of zenuwachtig wordt, bel me dan… gewoon bellen. Oké?'

'Zal ik doen. Ik hou van je. Ik ga je missen.'

'Ik hou ook van jou en ik zal je heel erg missen. Nu ga ik weg, voordat ik ga snotteren.' Hij gaf haar een zoen, trok haar nog één keer naar zich toe en pakte toen zijn koffers. Snel liep hij naar de deuren en draaide zich nog even om. 'Maak er wat moois van, mens, anders word ik heel erg boos.'

En toen was hij weg.

Ze reed door de regen en de tranen terug naar de eenzaamheid waarvan ze niet wist of ze er klaar voor was.

Een paar minuten voordat ze bij de cottage was, brak de zon door. En de regenboog die over het huisje hing bracht nieuwe tranen. Ze wilde dat Marco hem kon zien, dus stapte ze uit en probeerde hem met haar telefoon vast te leggen. Ze verstuurde hem ter plekke met een paar woorden.

Een goed voorteken voor jouw veilige overtocht en mijn volgende fase. Ik hou een hele regenboog van je.

Hij antwoordde: Mooi… absoluut blogwaardig. Zit hier als een rijke hufter onder het genot van een biertje canapés te eten. Ga lekker wandelen onder de regenboog. Liefs.

Ja, dacht ze, dat ga ik misschien wel doen. Ze legde haar tas binnen en deed de klassieke regenlaarzen aan die ze op Marco's aandringen had gekocht.

Ze was amper twee stappen buiten de keukendeur of ze slaakte een gedempte gil.

De man droeg regenlaarzen, net als zij, een bruine werkbroek en een werkjas. Plukjes blond haar met hier en daar wat grijs kwamen onder een blauwe pet vandaan. Hij was groter dan een kabouter, maar niet veel, en zijn ronde Ierse gezicht, vrolijke blauwe ogen en mopsneus deden haar daaraan denken.

Hij gooide iets in een zwarte bak, het leek op een handvol onkruid, en tikte toen tegen zijn pet. 'Goeiedag! Ik ben Seamus en ik kom voor de tuin, als het uitkomt.'

'Ja, natuurlijk. Finola zei al dat je zou langskomen. We hebben je eerder denk ik gemist.'

Zijn charmant scheve glimlach straalde warmte uit. 'Daar lijkt het op. En hoe bevalt het je hier?'

'Heel goed. Ik... ik heb net mijn vriend op het vliegveld afgezet voor zijn vlucht naar huis.'

'Ah, en nu ben je natuurlijk een beetje verdrietig. Vriendschap is het brood des levens, is het niet? Ik wens hem een goede reis.'

'Dank je wel. De tuin is prachtig.'

'Bloemen zijn een gift van de goden en ervoor zorgen is een plicht en een genoegen.'

'Ik probeer erover te leren... over bloemen en planten.'

Hij keek haar opnieuw met die stralende lach aan. 'O ja?'

'Ja, ik heb een boek.'

'Boeken zijn iets moois, iets prachtigs. Maar een goede leraar ook.'

'Als ik je niet in de weg loop, zou ik dan wat vragen mogen stellen?'

'Natuurlijk, vraag wat je wilt. De verwelkte rozen moeten weggehaald worden. Ik kan je laten zien hoe dat moet, en dan kun je het zelf doen als je dat wilt.'

Ze voelde zich een stuk beter dankzij de regenboog en Seamus. 'Ik wil het graag proberen.'

Hij bracht een geduldig uur met haar door, noemde de namen van bloemen en planten, vertelde haar over groeicycli, wees aan waar ze onkruid weg moest halen en hoe ze uitgebloeide bloemen kon verwijderen. Hij liet haar zien welke bloemen ze kon plukken om binnen in een vaas te schikken.

Toen ze thee voor hem wilde zetten, bedankte hij, zei dat hij ergens anders nog wat te doen had. Hij tikte weer tegen zijn pet en liet haar achter met een handvol bloemen en een gevoel van hernieuwd optimisme.

Ze ging naar binnen om ze in een vaas te zetten en vond het resultaat niet verkeerd. Daarna keek ze om zich heen in de lege cottage. De triestheid dreigde terug te keren, maar ze schudde haar hoofd. Marco had haar gezegd dat ze moest genieten en daar had ze een goed begin mee gemaakt. Ze kon schrijven. Misschien was het een beetje laat om nog te beginnen, maar het was háár dag, per slot van rekening. Háár tijd.

En dus pakte ze wat 'schrijfcola', zoals ze het noemde, en ging aan haar bureau zitten.

Ze schreef – misschien geen stortvloed, maar een aardige stroom – totdat ze honger kreeg. Blij dat Marco voor wat restjes had gezorgd, zodat ze niet gelijk hoefde te koken, warmde ze een maaltijd op. En dacht aan hem, hoog boven de oceaan. Ze hoopte dat hij champagne dronk en films keek en dat het de rustigst mogelijke vlucht was.

Na de afwas begon ze aan haar uitgestelde wandeling langs de baai, op deze lange zomeravond. Toen ze achteromkeek naar de cottage met de warme gloed van de lichten die ze had laten branden, voelde ze verwondering en troost.

'Je had weer gelijk, Marco. Ik red me wel. Dit is wat ik wil. Wat ik nodig heb. Ik mis je, maar ik ben gelukkig. Ik ga mijn best doen om ervoor te zorgen dat het zo blijft.'

Op haar gemak liep ze terug, terwijl de maan over de heuvels en het water opkwam.

Het water van de baai weerkaatste het maanlicht en de bries mompelde een belofte. Ze hoorde de kreet van een uil, die was misschien net wakker. 'Wie ben ik nu eigenlijk?' vroeg ze zich ondertussen af. 'Daar kom ik nog wel achter.'

Ze ging weer naar binnen en bedacht op het laatste moment dat ze de deur op slot moest doen. En zo maakte ze zich klaar voor de eerste nacht van haar leven waarin ze helemaal alleen was.

Althans, dat dacht ze.

Terwijl ze sliep, zag ze niet de dansende lichtjes bij haar raam die de wacht hielden. Of de havik die op een tak in de buurt zat om Eian Kelly's dochter te beschermen.

Ze werd één keer wakker toen de telefoon in haar hand liet horen dat ze een appje van Marco had. Soepele vlucht en deze jongen is weer in Philly. Dank aan de beste vriendin in de wereld voor een supergave reis. Ga weer slapen en app me morgen.

Blij dat je thuis bent, appte ze terug. Geef iedereen een zoen van mij. Ik ga nu braaf weer slapen. Ze sliep al bijna en legde de telefoon op het nachtkastje om te dromen over regenbogen en dansende lichtjes.

10

Ze vond een ritme.

Ze was altijd al een vroege vogel geweest en werd meestal bij het krieken van de dag wakker. Haar beloning: een mistige baai, een glinsterende hemel in het oosten. Gevoed door koffie schreef ze haar dagelijkse blog in haar pyjama en zag dat als de warming-up voor het boek.

Dan trok ze haar sportkleren aan, bracht haar lichaam in beweging, waarna ze een tweede kop koffie nam en wat er aan eten voorhanden was en aan haar ochtendwandeling langs de baai begon.

Ze leerde de vogels herkennen, de wilde zwanen, de torenvalken en de rietgorsen, en keek ernaar uit om ze door de lucht te zien zweven terwijl de mist boven het water langzaam oploste.

Ze schreef in de stilte, met alleen de bries en de vogels, en verbaasde zich er steeds weer over hoe de dag voorbijgleed.

Een late middag- of avondwandeling volgde, met de eksters en de wilde bloemen in het bos. Ze hield haar telefoon bij de hand om foto's te maken en was trots op zichzelf toen ze een hinde met haar reekalf wist te fotograferen die haar eerder nieuwsgierig dan geschrokken aankeken.

Binnen een paar dagen besefte ze dat alleen-zijn niet betekende dat ze eenzaam was. Ze miste Marco, maar merkte dat de uitdaging op zich en de vrijheid om echt helemaal alleen te zijn, veel voldoening gaven.

Ze was in staat een maaltijd klaar te maken, vooral als het diepvriespizza was. Ze had tientallen boeken waar ze uit kon kiezen en uren en uren om te schrijven, te wandelen en te overdenken wat ze met de rest van haar leven wilde.

Wat dat laatste betreft maakte ze een lijst.

Ik blijf schrijven, of het nu het blog is, of een boek, of verhalen voor mezelf. Ik geef het niet op.
Ik ga een baan zoeken die ik echt leuk vind en waar ik goed in ben.
Ik ga een huis kopen. Een klein huis, maar met genoeg plek voor Marco en mij en een klein kantoortje om te schrijven. Moet een tuin hebben.
Ik ga een tuin aanleggen.
Ik neem een hond.
Ik blijf mijn vader zoeken en als ik hem heb gevonden, zal ik een manier vinden om hem te vergeven voor het feit dat hij is weggegaan.
Ik zal een manier vinden om met mijn moeder te praten en haar te vergeven voor... alles.

Ooit, stelde ze zich voor, zou ze dingen op die lijst kunnen afstrepen. Misschien zouden er weer dingen bij komen – grote dingen, kleine dingen. Maar vooralsnog omvatte de lijst wat voor haar het belangrijkst was en dat was genoeg.

Aan het eind van haar eerste week reed ze naar het dorp om inkopen te doen en hield zich voor dat het goed was dat ze zich onder de mensen begaf, al was het maar zo nu en dan. Na een week van vrijwel alleen maar stilte was het een schok om al die auto's en mensen te zien, en ze moest toegeven dat ze een kluizenaar begon te worden.

Om hier iets tegen te doen, slenterde ze door het dorp, snuffelde in winkels, en omdat ze de tijd nam, ontdekte ze een muziekwinkel met een Ierse harp in de etalage. Die lokte haar naar binnen, waar een vrouw van haar leeftijd met kort zwart haar achter de toonbank zat en een dulcimer bespeelde.

De vrouw stopte, glimlachte. 'Goeiedag.'

'Dat was prachtig. Speel alsjeblieft verder.'

'O, ik was de tijd wat aan het doden. Kan ik je ergens mee helpen?'

'De harp in de etalage. Hij is prachtig.'

'Ah, de Ierse babyharp. Een heel mooi stuk. Wil je hem zien?'

'Ja, graag.'

'Speel je?' vroeg ze, toen ze rond de toonbank in de richting van de etalage liep.

'Nee. Hij is voor een vriend van me, een muzikant.'

'Ah, een mooier cadeau is er niet.' Ze zette hem op tafel. Rondom stonden mandolines, banjo's, accordeons, fluiten, drums.

Breen vroeg zich af hoe het mogelijk was dat Marco en zij deze winkel niet hadden gezien tijdens hun eerdere bezoekjes. Dit was de hemel op aarde voor Marco.

'Hij is prachtig,' zei Breen opnieuw, 'het hout, de vorm.'

'Palissanderhout.' De vrouw liet een vinger over de snaren glijden en produceerde een engelachtig geluid.

'Is hij in Ierland gemaakt?'

'Niet alleen in Ierland, maar hier. Achterin. Mijn vader heeft hem gemaakt.'

'Je vader?'

'Ja, hij maakt instrumenten, repareert ze. O, niet deze allemaal,' zei ze met een glimlach, terwijl ze om zich heen wees. 'Maar we hebben veel stukken van hem. Je zei dat je zelf niet speelt, maar wil je even zitten en voelen hoe het is?'

'Ik... Ja, eigenlijk wel, geloof ik.'

'Alsjeblieft, ga zitten. Ik ben trouwens Bess.'

'Breen. Wat aardig van je.'

Breen ging zitten en Bess reikte haar de harp aan, liet haar zien hoe ze hem op haar knie moest zetten.

Opeens schoot er een beeld door haar hoofd, glashelder. Haar handen op de snaren van een harp, haar vaders handen leidend over de hare.

'Mijn vader had zo'n harp als deze,' mompelde ze.

'Echt waar?'

'Ik weet nog dat hij het mij wilde leren...' Ze legde haar vingers op de snaren, deed haar ogen dicht, probeerde het zich te herinneren. En speelde een melodie.

'"The Foggy Dew".' Bess klapte in haar handen. 'Dat weet je nog goed.'

Ze wist niet hoe of waarom ze het was vergeten. 'Ik... ik wil hem kopen.'

'Voor jezelf?' vroeg Bess met een glimlach. 'Of voor je vriend?'

'Voor mijn vriend. En zou je vader misschien even tijd voor me hebben?'

'Vast wel. Ik zal hem even halen. Speel gerust nog wat als je wilt. Ik ben zo terug.'

Ze zou meer spelen, dacht Breen, maar niet hier. In de cottage, alleen, waar ze haar emoties kon laten gaan – alle vreugde en verdriet – zonder dat iemand haar zag. Maar ze liet haar vingers over het hout glijden en herinnerde zich weer heel goed dat haar vader haar had verteld dat het niet alleen om het spel ging maar ook om de zorg. Een instrument was als een tuin, had liefde en zorg nodig.

De man die tevoorschijn kwam had een zilvergrijze lok in zijn zwarte haar. Hij droeg een bruin timmermansschort over een lang, gespierd lijf.

'Kijk eens aan, het is goed om te zien dat mijn schat bij iemand is die weet wat ze betekent. Je houdt haar met liefde vast.'

Zoals mijn vader me heeft geleerd, dacht Breen. 'Ze is prachtig en haar klanken zijn zo helder. Ze zal gekoesterd worden.'

'Dat is mooi om te horen.'

'Ik vroeg me af... Mijn vader is muzikant. Toen ik klein was, had hij een harp die heel erg op deze lijkt. Hij kwam uit Galway. Eian Kelly.'

De man zette zijn handen in zijn zij. 'Jij bent Eian Kelly's dochter? Dat ik dat niet heb gezien. Je lijkt op hem.'

‘Kent u hem?’ Met de harp in haar armen stond ze op.

‘Ik heb hem gekend. Heb een keer een mooie zak voor hem gemaakt.’

‘Een zak?’

Hij grijnsde. ‘Een Ierse accordeon, een trekzak. Maatwerk, want hij had heel duidelijke wensen. En die man kon spelen als een schare engelen of duivels. Nog steeds?’

‘Dat weet ik niet, maar ik denk het wel. Hij en mijn moeder…’

‘Ah, tja, dat is naar om te horen. Ik hoorde dat hij naar Amerika was vertrokken.’

‘Ja, maar daarna is hij teruggegaan. Ik denk naar Galway.’

‘Ik heb hem… o, al heel wat jaren niet gezien.’

‘Hij is opgegroeid op een boerderij in Galway. Hebt u enig idee waar dat was?’

Hij kreeg een meelevende blik op zijn gezicht. ‘Nee, sorry. Ik kan eens rondvragen, als dat helpt.’

‘Nou, heel erg. Ik zal u mijn nummer geven, voor het geval dat. Ik verblijf deze zomer hier in de buurt.’

Toen ze de winkel uit liep, met de harp in een doos, dacht ze dat hij misschien, heel misschien iemand zou vinden die iemand zou weten die het wist.

Ze wilde terug, maar dwong zichzelf om eerst boodschappen te doen. En om de boodschappen thuis eerst op te bergen voordat ze haar wandelschoenen aantrok.

Niet schrijven, dacht ze, niet nu haar hoofd zo vol zat. Een lange wandeling in de stilte van het bos zou haar gedachten misschien wat tot rust brengen.

Maar toen ze naar buiten liep, stond Seamus op het kleine terras met een grote beschilderde pot aan zijn voeten en een heleboel planten die in de grond gezet moesten worden.

‘Hoe is het vandaag?’

‘Leuk om je te zien. Wat een prachtige pot. Ga je die planten daarin zetten?’

‘Nou, ik dacht dat je dat misschien zelf wel wilde doen.’

‘Graag, maar ik zou niet weten waar ik moet beginnen.’

Hij gaf haar een paar handschoenen en een schep. ‘Je begint met aarde en goede bedoelingen.’

Hij liet haar zien hoe ze eerst een laagje aardewerkscherven in de pot moest doen voor de drainage, en hoe ze aarde met turf en rijke compost in de kruiwagen moest mengen. Maar hij wilde haar niet helpen met het uitkiezen van de planten.

‘Maar als ik nou de verkeerde kies?’

‘Dat is onmogelijk. Deze planten zijn allemaal geschikt voor het klimaat hier. Wat overblijft, nou, daar vinden we gewoon een andere plek voor. Er is altijd wel een plekje dat gevuld moet worden.’

Hij vertelde haar de namen van de plantjes die ze koos: Dragon Wing begonia, lantana en lobelia, klokken van Ierland, heliotroop, vlijtig liesje en schildzaad.

‘Je hebt er oog voor, voor de kleuren en de hoogtes, de texturen.’

Zoals haar vader zijn hand eens over de hare had gelegd bij het harp spelen, deed Seamus dit nu terwijl ze een plant in de aarde zette. ‘Zo ja, zo gaat-ie goed. En we wensen ze geluk en een lang gelukkig leven in hun nieuwe thuis.’

‘Kan ik deze erbij planten? Ik vind de kleur mooi, zo prachtig groen.’

‘Penningkruid is dat, en dat kun je het beste langs de zijkant planten, zodat het over de rand heen groeit en met zijn rok kan pronken.’

‘Het lijkt wel een regenboog. Met heel felle kleuren.’

‘Inderdaad, daar lijkt het precies op. Je hebt het goed gedaan. Dan moeten ze nu nog water hebben, ook al gaat het vannacht regenen. Je wilt de aarde vochtig houden, zie je, maar niet nat. Hoe doe je dat? Je steekt je vinger in de aarde om te voelen.’

Toen ze klaar waren met de pot, hielp hij haar om plekjes te vinden voor de overgebleven planten. Met een soort giechelige pret duwde ze haar handen in de aarde.

‘Ooit ga ik een eigen huis kopen en een tuin aanleggen. Zo een als deze, waar alles spontaan lijkt en zo mooi is.’

'Dat gaat je vast lukken.'

Zijn rustgevende stem was als zacht gefluister in haar hart.

'Alles is met elkaar verbonden, begrijp je, jonge Breen? De aarde, de lucht, het water dat uit de hemel valt, de zon die licht en warmte brengt. En alles wat groeit, de planten, de dieren, de mensen. De bijen zoemen, de vogels vliegen, alles is met elkaar verbonden. Praat tegen ze, tegen de bloemen, zing zo nu en dan een deuntje voor ze. Ze zullen je ervoor belonen.'

Ze leunde achterover en moest lachen toen ze naar haar modderige tuinhandschoenen keek. 'Ik was een beetje droevig toen ik thuiskwam. Nu niet meer.'

'Tuinen brengen vreugde.'

'Deze zeker.' Zij die zich altijd ongemakkelijk voelde bij vreemden, had het gevoel dat ze hem al haar hele leven kende. Verbinding, dacht ze. Alles is met elkaar verbonden. 'Seamus, heb je altijd in deze buurt gewoond?'

'Nee. Ik woon hier nu wel, maar ik kom oorspronkelijk niet uit Galway.'

Dan kende hij haar vader vast niet, dacht ze, dus had het geen zin om hem ernaar te vragen.

'Nu zal ik eerst de boel opruimen voordat ik ga.'

'We ruimen samen op.' Ze kwam overeind. 'Dat hoort er ook bij, nietwaar?'

Hij keek haar aan met die scheve glimlach van hem. 'Zo is het.'

Toen het terras aangeveegd was, wilde ze hem de handschoenen teruggeven.

'Nee, die zijn nu van jou, en het schepje ook. Die zijn handig bij tuinieren.'

'Dank je wel. Zal ik theezetten?'

'Lief dat je het aanbiedt, maar mijn vrouw zal het avondeten zo wel klaar hebben, dus ik moet maar eens gaan. Volgende week kom ik weer, of zoveel eerder als het nodig is. Geniet van de bloemen, jonge Breen, zoals zij van jou genieten.'

'Dat zal ik doen.'

Om te beginnen nam ze een foto van haar allereerste pot met plantjes. Ze nam er een paar, bedacht dat ze er graag een van Seamus wilde voor haar blog, maar toen ze zich omdraaide, was hij al weg.

'Die is snel,' mompelde ze.

Met haar handschoenen en schep liep ze naar de bijkeuken. In plaats van te gaan wandelen – en piekeren, moest ze toegeven – schonk ze een glas wijn in en ging aan het tafeltje op het terras zitten. En bewonderde haar werk.

Die avond volgde ze heel nauwkeurig een van Marco's eenvoudige recepten voor een eenpansgerecht met kip, aardappel en broccoli. Het was best lekker.

Ze nam er een foto van voor haar blog, waarna ze een trui aantrok, nog een glas wijn inschonk en ermee naar het terras liep.

De verloren gewaande herinnering aan haar vader maakte haar blij, nu ze rustig kon zitten. Ze had het perfecte kerstcadeau voor haar beste vriend gevonden. Ze had planten in een pot en in de tuin gezet. Ze had een heel redelijk – nou ja, best lekker – maal op tafel weten te zetten. En ze had die ochtend, voordat ze zichzelf de cottage uit had geschopt, ook nog eens twee uur geschreven.

'Een goeie dag,' zei ze tegen de bloemen. 'Echt een verdomd goeie dag.' Ze dronk op de tuin, het bos, de baai. 'Dat er nog maar veel van dit soort dagen mogen volgen. Ik kan dit,' besloot ze. 'Ik denk dat ik dit echt kan.'

Maar die nacht droomde ze van een storm. Hij raasde over de heuvels en de velden. Hij deed het water kolken en veranderde het in een zwart moeras. De bomen zwiepten heen en weer. Met bonkend hart rende ze door het blauwe vuur van de bliksem, en de donder bulderde oorlogszuchtig.

Toch was het niet de storm die haar opjoeg, maar iets onheilspellenders, iets veel boosaardigers. Ze voelde hoe die duisternis aan haar klauwde, vocht om houvast te krijgen. Vocht voor haar ziel. Hij wilde al wat ze was, wilde zich er tegoed aan doen als was het wijn.

Je bent hiervoor gemaakt, zei hij tegen haar. *Ik ben het noodlot.*

Het zwaard aan haar riem sloeg tegen haar dij. Ze kon het gebruiken. Ze zou het gebruiken. Om te vechten of om een einde aan zichzelf te maken. Ze zou er een einde aan maken voordat ze zichzelf weer kwijtraakte. Toen haar hand zich eromheen vouwde, zag ze een licht in de verte. Het glansde en werd groter.

Als een deur die voor haar openging.

Als de verlossing.

In het licht riep een andere stem haar.

Kom thuis, Breen Siobhan, dochter van O'Ceallaigh, kind van de Fey. Het is tijd dat je thuiskomt. Tijd dat je wakker wordt.

Terwijl de klauwen van de duisternis over haar rug schraapten, sprong ze in het licht. Badend in het zweet en verstrengeld in de lakens werd ze wakker.

Omdat haar eerste neiging was om Marco te bellen, pakte ze haar telefoon. Vervolgens legde ze hem voorzichtig, heel bewust terug op het nachtkastje. Ze ging haar vriend, duizenden kilometers ver weg, niet bellen om zich gerust te laten stellen na haar stomme nachtmerrie. Het ging prima. Ze was wakker. Er woedde geen storm en niemand zat haar achterna.

Toch pakte ze haar laptop en schreef alles op wat ze zich kon herinneren. Misschien kon ze het in haar verhaal verwerken. Een akelige droom moest bij daglicht toch iets waard zijn.

Omdat het daglicht er pas over een paar uur zou zijn, liet ze een lamp aan om de duisternis op afstand te houden. Daarna ging ze over op haar vaste routine en voelde zich er goed bij. Ze schreef over de muziekwinkel, ook al kon ze natuurlijk niets zeggen over de harp die ze als verrassing voor Marco had gekocht. Ze schreef over het bloemen planten, het koken en maakte op die manier een goed begin aan de dag.

Toen ze naar buiten liep om haar bloempot toe te lachen, zag ze dat het had geregend, zoals Seamus had voorspeld. Misschien had het gestormd en had haar onderbewuste er een rare, enge droom van gemaakt. Hoe dan ook, na haar ochtendwandeling zou ze de rest van de natte, koele ochtend schrijven.

Gewoontegetrouw liep ze in de richting van de baai, waar het nog steeds mistig en grijs was omdat de zon moeite had om door te breken. Toen ze gekef hoorde, wierp ze een blik in de richting van het bos.

Als ze het geblaf niet had gehoord zou ze het beest voor een heel klein, merkwaardig uitziend hert of een heel groot konijn hebben gehouden, maar toen het op haar afrende, zag ze dat het een puppy was, die er nog steeds vreemd uitzag met een paarsige gloed over zijn kort gekrulde vacht en een kaal, stevig staartje.

'Kijk nou!'

Ze hurkte om hem te begroeten en werd beloond met aanbiddende puppykussen en krabbelende pootjes. Hij was best groot, had een gladde kop met een soort krullerige kuif en een schattig baardje. Zijn diepbruine ogen glansden van opwinding.

'O, wat ben jij lief! Kijk die krullen nou. Waar kom jij vandaan, lieverd? Ben je verdwaald?'

Hij antwoordde door rondjes om haar heen te rennen en tegen haar op te springen om haar handen en gezicht te likken.

'Ja, ik vind het ook leuk om jou te zien, maar jij hoort bij iemand, en die iemand zorgt goed voor jou. Die zal zich afvragen waar je bent.' Ze pakte haar telefoon om een foto te nemen. Na verschillende bewogen pogingen, had ze er een. 'Die ga ik naar Finola appen. Misschien weet zij van wie je bent.'

Op hetzelfde moment rende hij in de richting van het bos.

'Nee, wacht. Straks verdwaal je nog.' Ze probeerde hem terug te fluiten.

Hij bleef staan en kwispelde met dat kale staartje. Toen begon hij weer rondjes te rennen, bleef staan en keek haar aan.

'Oké, dan kom ik wel naar jou toe.'

Ze kon hem beter mee naar binnen nemen en dan Finola appen.

Maar toen ze bij hem kwam, schoot hij weer in de richting van het bos. Bleef toen weer staan alsof hij wilde zeggen: kom op! Laten we gaan!

Ze stopte haar telefoon in haar zak en liep achter hem aan.

Hij zal wel in de buurt wonen, besloot ze, omdat hij er niet uitzag alsof hij een zwerver was. En hij wist duidelijk waar hij naartoe wilde.

'Nou ja, ik wilde toch wandelen, dan ga ik gewoon deze kant op.'

Hij trippelde voor haar uit, rende dan weer een stukje terug of bleef staan wachten, maar verloor haar niet uit het oog. Hij liep niet in de richting van het dorp, dus daar kwam hij waarschijnlijk niet vandaan. Een afgelegen boerderij, misschien, of een andere cottage die ze niet eerder had gezien.

Bladeren en dennennaalden vielen op een pad dat zacht was van de regen van die nacht. Er hing een zware lucht van vochtige aarde en loof. Dekens van mos lagen over de bast van bomen gedrapeerd en takken lagen dicht tegen elkaar aan in de schaduw, terwijl een zwak schijnsel hier en daar op de grond viel.

De puppy joeg een grote zwarte eekhoorn achterna die een boom in vluchtte en hem met verontwaardigd gekwetter bestrafte.

Omdat ze nog nooit zo ver deze kant op was geweest, zorgde Breen ervoor dat ze goed op haar omgeving lette: een gevallen tak, een kleine open plek half omringd met witte bloemetjes, een verzameling grijze stenen waarvan er één tot haar middel kwam.

Ze had het idee dat de bomen steeds dikker en langer werden. Het pad werd smaller, meer overwoekerd alsof hier niet veel mensen kwamen.

Maar de hond blafte vrolijk en ze hoorde haar eerste koekoek.

Ze wist de weg heus wel terug te vinden, hield ze zich voor. Het pad slingerde wat, maar ze had oriëntatiepunten en de cottage stond in de gps-app van haar telefoon. Zij en haar nieuwe vriend waren op avontuur. Ze wilde toch een hond in haar boek? Hier was hij.

Ze liep om een bramenstruik heen die het pad overwoekerde en de pup deed hetzelfde. Zo nu en dan snuffelde hij alsof iets hem interesseerde en één keer tilde hij z'n poot op om te plassen. Ze overwoog om hem bij zijn nekvel te grijpen en op te tillen, maar wist niet zeker – wist helemaal niet – of ze een grote, wriemelende pup de hele weg naar huis kon dragen.

'We zijn nu al hier,' mompelde ze, 'we kunnen net zo goed doorgaan.'

Ze liepen langs een bruisende beek en de pup sprong erin. Zwemvliezen, dacht ze. Een soort waterhond. Hoewel het te ondiep was om te zwemmen, klauterde hij over stenen heen, stak zijn neus in het water en had het zo zichtbaar naar zijn zin dat ze nog meer foto's nam. Die zou ze delen met zijn eigenaar, besloot ze. Ze wist zeker dat dit pad door het bos elk moment uit kon komen bij die boerderij of cottage.

De pup sprong het water uit en schudde zich zó wild uit dat zijn krullen alle kanten op vlogen. Kwispelend met zijn dunne staart trippelde hij verder.

Op hetzelfde moment zag ze iets, en vol ontzag en bewondering bleef ze staan.

Geen kleine boerderij of cottage, geen open plek met wat schamel zonlicht.

Een gigantische boom met takken die omlaag groeiden en daarna weer omhoog, alsof het de gebogen armen van een reus waren. Sommige zo dik en zo laag dat ze bijna over de grond graasden voordat ze weer omhooggingen.

De stam, zo breed als haar gespreide armen, groeide omhoog uit een berg grote, grijze rotsblokken. Of de rotsblokken groeiden uit de stam, dat kon ze niet zeggen. De bladeren, groter dan haar hand, waren glanzend felgroen.

Met iets wat leek op een trotse blik ging de hond voor dit mirakel zitten.

'Ja, ik zie waar je me naartoe hebt gebracht en hij is verbazingwekkend. Echt verbazingwekkend. Kom eens hier zitten, dan maak ik een foto. Ik heb nog nooit zoiets gezien.' Ze bracht ze scherp in beeld, probeerde een andere hoek en toen nog een andere, terwijl de hond geduldig wachtte. 'Staat er nou iets in de stam gekerfd?'

Ze liep wat dichterbij en de hond sprong tegen haar op en kwispelde met zijn staart.

'Ja! Volgens mij is het ogam... daar lijkt het wel op. En wat zijn dat? Symbolen.' Ze moest op de rotsblokken klauteren en met één hand op een van de bochtige takken steunen om haar evenwicht te bewaren. Ze zou durven zweren dat alles trilde... de steen onder haar voeten, het hout onder haar hand. Ze zou durven zweren dat ze het hoorde neuriën.

'Wat spannend, hè?' zei ze tegen de hond. 'We hebben een magische boom in het bos gevonden. Ik wil wat foto's van de symbolen maken. Dan kan ik ze straks googelen.' Ze spreidde haar benen en plaatste haar voeten zodanig dat ze het gevoel had dat ze stevig stond. Toen de wolken voor de zon dreven, gebruikte ze de flits. Ze nam foto's van de bladeren om ze aan Seamus te laten zien. Misschien kon hij haar vertellen wat voor boom deze schoonheid was. Vervolgens ging ze op haar hurken zitten om de stam en de rotsblokken te bestuderen.

'Het is alsof ze één geheel vormen. Ik weet echt niet waar de stenen beginnen en de boom eindigt of andersom.' Ze keek achterom naar de hond die op de rotsblokken achter haar was geklauterd. 'En ik heb geen idee hoe we eromheen moeten, want hij is veel breder dan het pad. We zouden kunnen klimmen en klauteren, maar volgens mij is dat niet zo'n goed idee.'

De pup ging op het rotsblok naast haar zitten.

'Laten we maar teruggaan naar de cottage. Dan app ik Finola en krijg jij wat te drinken. Daar ben je wel aan toe. Ik ook.' Ze wreef over zijn krullenkop.

Voordat ze uit kon vogelen hoe ze hem het beste kon vastpakken en vasthouden terwijl ze omlaag liep, begon hij weer te blaffen en rende weer naar de boom.

'Nee, doe dat nou niet. Verdomme!' Vloekend en zichzelf verwensend, klauterde ze hem achterna. Ze zwaaide haar been over een van de takken en ging zitten, zodat ze zich kon oriënteren.

En voelde hoe de wereld wegviel.

DEEL 2

Ontdekking

Ken uzelf.

Inscriptie in de Tempel van Apollo in Delphi

Wat men moet leren doen, leert men door het te doen.

Aristoteles

11

Ze lag plat op haar rug op een tapijt van gras onder een felblauwe hemel. De enkele wolken die langsdreven waren zo wit en donzig als de zwartkopschapen die een paar meter verderop stonden te grazen.

De puppy had zijn voorpoten op haar borst gezet en likte wild aan haar gezicht.

Was ze gevallen… had ze haar hoofd gestoten? Ze was toch in het bos geweest? De boom, en toen…

Ze wist verdorie niet wat er was gebeurd.

'Oké, oké.' Ze duwde de puppy weg en ging rechtop zitten. Haar hoofd tolde, ze was misselijk. Ze ging weer liggen en deed haar ogen dicht. 'Ik heb een klap op mijn hoofd gehad, dat moet wel. Een hersenschudding, misschien. Ik weet nog dat het grijs was en dreigde te regenen voordat ik viel. Jezus, hoelang lig ik hier al?'

Langzaam, centimeter voor centimeter duwde ze zich op haar elleboog omhoog. Even wachten, rustig ademhalen. Maar in de verte, aan de andere kant van de smalle zandweg, kon ze de boerderij zien die ze zich had voorgesteld. Grote gevlekte koeien graasden achter een stenen omheining en daarachter groeiden gewassen. Het huis, ook van steen, net als de bijgebouwen, lag een stukje van de weg af en er kwam zwarte rook uit de schoorsteen.

'Dat is jouw thuis, zeker? Het gaat wel. Ik weet hoe ik heet, wat voor dag het vandaag is, waar ik ben. Misschien een lichte hersenschudding.' Voorzichtig gleed ze met haar hand naar achteren en voelde of ze een bult op haar hoofd had. 'Het doet geen pijn en er zit geen bult. Ik kreeg alleen even geen lucht. Dus dat is mooi.'

Toen ze rechtop zat, moest ze haar ogen weer even dichtdoen voordat ze trillerig opstond. Haar oren suisden. Ze was een beetje duizelig, moest ze toegeven, en een beetje misselijk, maar ze kon ook niet in een wei met schapen blijven liggen. Ze moest de weg oversteken naar de boerderij, wat water drinken – jezus, wat had ze behoefte aan water – en een lift terug naar haar cottage zien te krijgen.

Ze keek achterom om te zien van hoe hoog ze gevallen was en zag de boom aan de rand van de weide. Niet meer dan een meter, schatte ze, aan de gekromde takken te zien. Hoe was ze in vredesnaam bewusteloos geraakt door van amper één meter hoog in dik gras te vallen?

Maar omdat het toch zo was, liep ze heel voorzichtig, eerder strompelend, naar het stenen muurtje. De hond klauterde eroverheen.

'Ja, jij hebt makkelijk praten.' In haar toestand was het hard werken. Toen ze bij de weg was, liep ze in een schuine lijn in de richting van het huis. Er zat een ijzeren hek in de stenen muur en dus richtte ze zich daar op. Ze hoorde iemand zingen, een man, en haar blik verschoof.

Hij zong terwijl hij achter een gespierd paard liep dat een ploeg door de warmbruine aarde trok. Hij droeg laarzen en een broek en zijn zwarte haar kwam onder zijn pet vandaan.

Ze had dit een keer gedroomd, wist ze weer. Misschien droomde ze nu ook.

Toen hij zijn hoofd omdraaide en haar zag, liet hij het paard stoppen.

Het werd Breen zwart voor de ogen, helemaal zwart, en midden op de zandweg viel ze flauw.

'Ah, jezus! Sta op, meisje. Sta op.' Al roepend kwam hij op haar afgerend. 'Aisling! Aisling, kom helpen. Er is een vrouw gewond.' Hij deed geen moeite om het hek open te maken, maar sprong over de stenen muur en hurkte naast Breen neer op het moment dat zijn zus de voordeur uit rende.

'Wie? Waar? O, lieve goden, haalt ze adem?'

'Ze is flauwgevallen, meer niet. Ik heb haar al.'

'Breng haar naar binnen. Ik doe het hek open. Breng haar maar naar binnen, het arme ding.' Toen ze het hek had geopend, legde Aisling een hand tegen Breens wang, maar trok hem direct weer terug. 'Harken, ze lijkt op...'

'Ik zie het nu ook. Tja, Marg zei al dat ze zou komen, en nu is ze er. Maar wat een welkom thuis.'

'Leg haar maar op de divan,' zei Aisling, toen hij Breen mee naar binnen had genomen. 'Ik pak even een koele doek en wat water.'

'Laat mij maar.' Hij zette zijn pet af, veegde zijn dikke haar opzij en keek ingespannen naar Breen. 'Als ze bijkomt, is ze misschien minder bang als er een andere vrouw bij is, denk ik. Kijk jij of ze gewond is of dat ze gewoon te snel en onvoorbereid is doorgekomen?'

'Ja, ja, ga nou maar.' Ze legde eerst een hand tegen Breens wang, toen op haar voorhoofd, haar keel, haar hart, keek naar binnen, voelde. Gerustgesteld legde ze een deken over Breens benen op het moment dat Harken terugkwam met een kom en een kop.

'Er is niets aan de hand, ze is sterk. Alleen wat wankel van de doorkomst, meer niet.' Ze nam de doek uit de kom, wrong hem uit en legde hem op Breens voorhoofd. Daarna nam ze een van Breens handen in haar eigen en wreef erover. 'Kom, wakker worden, Breen Siobhan O'Ceallaigh. Heel rustig aan. Weet jij welke thee je moet zetten, Harken?'

'Natuurlijk weet ik welke thee ik moet zetten.'

'Oké dan, niet zo knorrig, zet die thee nou maar. Daar zal ze van opknappen. Rustig aan, alles is goed.'

Breen deed haar ogen open en staarde naar een gezicht dat volmaakter was dan ze ooit had gezien. Een porseleinen huid, een boogvormige mond met een lieve glimlach, ogen zo blauw als de hemel, dikke wimpers die net zo donker waren als het zwarte haar dat uit een hoge knot was ontsnapt.

'Kijk eens aan. Drink wat water.' Ze duwde haar arm rond Breens schouders om haar iets op te tillen en bracht een aardewerken kopje naar haar lippen.

'Dank je. Het spijt me. Ik was duizelig. Ik denk dat ik flauwgevallen ben. Er was een hond, een puppy...'

'Deze hier? Die jou zo aanbiddend aankijkt?'

'Ja. Is hij van jou?'

'Nee. Is hij dan niet van jou?'

'Nee, hij... Sorry. Ik ben Breen Kelly.'

'Aangenaam kennis te maken. Ik ben Aisling... Hannigan,' zei ze na een korte aarzeling. 'En dit is mijn broer Harken Byrne, die je van de weg heeft geplukt.'

'Dank je. Allebei, dank je wel.'

Hij leek op zijn zus, ook al was zijn huid wat roder en zat er vuil op zijn wangen.

'Het was niets,' zei Harken. 'Ik heb water opgezet voor thee. Daar knap je vast van op.'

'Het spijt me dat ik zo lastig ben.' Breen worstelde met een gevoel van schaamte en hees zichzelf overeind. Toen de kamer langzaam begon te draaien, zocht ze steun op het kussen op de divan.

'Nog wat duizelig?' vroeg Aisling.

'Een beetje, lang niet zo erg meer. Ik wilde de hond thuisbrengen. Hij leidde me door het bos, helemaal naar die bijzondere boom.' Ze leunde achterover, deed haar ogen dicht en zag niet dat broer en zus elkaar even veelbetekenend aankeken. 'Ik heb mijn evenwicht verloren, denk ik.'

'Dat kan gebeuren. Ik zal de thee halen.'

'Ik moet weer naar huis,' zei Breen, toen Harken de kamer uit liep. Ze zag dat ze in een gezellige woonkamer lag, met een haard, een houten vloer, een tafel en stoelen. 'Maar ik weet niet wat ik met de puppy moet doen.'

'Daar weet ik misschien wel wat op, maar drink zo eerst die thee maar. Ik zal je helpen. Je maag is nog wat van streek.'

'Nou, daar heb je gelijk in. Wat een prachtige boerderij is dit,' zei ze, toen Harken terugkwam met de thee.

'Wij zorgen goed voor haar,' zei hij. 'En zij zorgt goed voor ons.'

'Dank je.' Dankbaar nam ze de thee aan. 'Je was aan het ploegen... met een paard.'

'Klopt. Ik was net begonnen met de zomeraanplant voor de winteroogst.'

'Het leek wel iets uit een boek of een film.' Of een droom. 'Zo mooi. Die thee is heerlijk. Wat is het?'

'Gemberthee, met wat munt, wat van dit en van dat.' Aisling glimlachte naar haar.

'Hij werkt.' Opgelucht zette ze de kop neer. Ze voelde zich niet alleen zichzelf, maar had ook weer wat energie. 'Dank je wel, voor alles.'

'Wil je een stukje met me wandelen?' Aisling keek naar de hond met de korte krullen. 'Ik denk dat ik weet waar hij vandaan komt.'

'Echt? Dat zou een hele opluchting zijn. Hij is zo lief, en ik zou het afschuwelijk vinden als hij verdwaalt of gewond raakt.'

'Dat gaat niet gebeuren. Ik ben zo terug, Harken. Als het goed is, slapen de kleintjes gewoon door tot ik terug ben.'

'Geen probleem. We redden ons wel. Leuk je te ontmoeten, Breen.'

'En ik bof dat ik jou heb ontmoet.' De goedheid die hij uitstraalde verzachtte haar gevoel van schaamte wat. 'Nogmaals bedankt.' Ze liep naar buiten, gevolgd door Aisling met de puppy. 'Heb je kinderen?'

'Ja. Finian is bijna drie en Kavan is nu zestien maanden. En er is er nog een onderweg.' Ze legde een hand op haar buik.

'O, gefeliciteerd.'

'Als het deze keer maar een meisje wordt, echt waar. Ik verlang naar een meisje. Mijn man is met mijn andere broer weg voor... zaken. Dat is onze cottage, daarginds, waar de baai landinwaarts loopt.'

Breen legde een hand boven haar ogen tegen de zon. 'Wat mooi.' Kennelijk was ze in het bos toch de weg kwijtgeraakt. Ze zou durven zweren dat de baai links van haar moest liggen.

'Ik logeer in een cottage hier in de buurt.'

'O ja?'

'Ja, de hele zomer. Ik vind het hier geweldig.'

'Deze kant op. En ik zie dat de puppy de weg weet. Ik denk dat we het mysterie hebben opgelost.'

Ze liepen de weg af en gingen het bos weer in over een egaal, bruin pad met struiken aan weerszijden vol sneeuwwitte bloemen. Na een bocht bleef Breen staan.

De cottage – stenen muren en een rieten dak – stond knus op de open plek. Overal bloeiden bloemen, als een waterval vloeiden ze uit de glanzende koperen bloembakken bij het raam. De deur die felblauw was geschilderd stond open, alsof er bezoek werd verwacht.

Iets trok aan haar hart, zo hevig dat ze haar hand ertegenaan legde. Haar keel werd dichtgeknepen en ze kreeg geen lucht meer.

'Rustig maar,' zei Aisling zachtjes, terwijl ze een arm om Breens middel sloeg. 'Rustig blijven ademen, dan komt het goed.' Ze legde haar hand op die van Breen en gaf haar een kneepje.

Breen voelde de druk wat afnemen. 'Sorry. Ik had even een heel sterk déjà-vugevoel. Wat is het mooi. Echt heel mooi. Als uit een sprookje. Wat een dwaze reactie.'

'Helemaal niet. Zullen we naar binnen gaan? Ik durf te wedden dat Marg al water heeft opgezet.'

De vrouw kwam naar de deur, bleef in de schaduw staan. Haar haar lag als een vlammend rode kroon op haar hoofd. In een paarse trui, een grijze broek en afgetrapte laarzen zag ze er koninklijk uit, zelfs toen de hond op haar afrende en tegen haar op sprong. Met haar rug kaarsrecht stak ze haar hand uit om sierlijk over de kop van het beest te aaien.

Ze kende dat gezicht, dacht Breen. Dat kon ook niet anders want het was alsof ze in de spiegel keek, een die een of twee generaties ouder aangaf, maar nog steeds kristalhelder was.

'Je bent welkom hier,' zei de vrouw. 'Je bent heel welkom hier.'

Breen vond haar stem terug, en hoewel hij niet trilde, klonk hij rauw. 'Wie ben jij?'

'Ik ben Mairghread O'Ceallaigh, Kelly, zou jij zeggen. Ik ben je grootmoeder. Kom je binnen? Wat is het lang geleden.'

'Ik zal jullie alleen laten.'

Geschrokken draaide Breen zich naar Aisling. 'Maar...'

'Ze heeft op je gewacht, en jij op haar, denk ik. Ik zie je wel weer.'

'Dank je dat je haar hier hebt gebracht, Aisling.'

'Met alle plezier. Ze werd even niet helemaal goed na de doorkomst, maar ze is een O'Ceallaigh. Ze is alweer op krachten. Toe maar, Breen, praat met je oma.' Aisling wreef even over Breens rug, draaide zich toen om en liep terug over het pad.

'Je hebt vragen, heel veel. Ik zal antwoord geven waar ik kan.'

Was dat niet wat ze wilde? Antwoorden vinden. Breen haalde diep adem en deed een stap naar voren.

'Zullen we een kopje thee drinken? En jij...' zei Marg tegen de hond. 'Voor jou heb ik wat lekkers, dan zul je je wel gedragen.'

Marg deed een stap naar achteren en Breen ging het huis binnen.

Zonlicht viel door de openstaande ramen waar wapperende vitrage voor hing. Twee stoelen met dikke bosgroene kussens stonden bij de stenen haard die niet brandde omdat het een warme dag was.

Op de schoorsteenmantel stonden kaarsen en kristallen en bloemen. Op een kleine bank, blauw als de deur, lagen dikke geborduurde kussens en een sprei met blauwtinten die overliepen in groen.

'De keuken is een familieplek,' zei Marg, en ze ging haar voor naar achteren, onder een stenen boog door, naar een ruimte die twee keer zo groot was.

Hier brandde een vuur, geurig van de turf, in een merkwaardig kacheltje waar een koperen ketel op stond.

Op planken en in kasten stonden felblauwe borden, witte kopjes, glimmend glaswerk, kleine gekleurde potjes. Op de glanzend houten werkbladen stonden meer bloemen, kruidenplanten in potten en nog meer flessen.

Keukengereedschap, potten en pannen, een schort, alles hing aan haakjes.

Ik ken deze plek, dacht Breen. Maar hoe was dat nu mogelijk terwijl ze hier nog nooit was geweest?

Omdat haar vader hem had beschreven, dat moest het antwoord wel zijn.

'Ik zat aan thee te denken,' begon Marg, 'maar je ziet wat bleekjes, en het is me het dagje wel, nietwaar, voor ons allebei? Waarom geen wijn? Ga zitten, mo stór.'

Maar ze bleef staan. 'Is mijn vader hier?'

'Hij is er altijd, in jou, in mij. Maar niet zoals jij bedoelt. Ga zitten. Ik moet zelf echt even zitten.'

Breen ging aan een tafeltje zitten met haar handen ineengeslagen op schoot. Marg haalde iets uit een pot en wenkte de hond, die hoopvol achter haar aan liep.

Hij ging zitten, kwispelstaartte vol verwachting. Wat Marg hem ook gaf, hij liep er trots mee naar een hoek van de kamer, waar hij erop ging liggen kauwen.

De vrouw schonk een heldergele vloeistof uit een kan in twee glazen en zette ze op een beschilderd dienblad samen met een bord koekjes.

'Zandkoekjes. Dat waren vroeger je lievelingskoekjes.'

Dat zijn ze nog steeds, dacht Breen. 'Hoe weet je dat?' wilde ze weten, toen Marg de glazen en het bord op tafel zette. 'Ik heb jou nog nooit gezien.'

Marg zette het lege dienblad weer op het aanrecht en ging zitten. 'Mijn meisje, ik heb geholpen jou in de wereld te brengen. Mijn handen hebben jou uit de schoot van je moeder gehaald. Je krijste het uit, sloeg met je kleine knuistjes, klaar om te vechten, en je had toen al een dikke bos rode krullen.'

'Je was in Philadelphia?'

'Nee, je bent hier geboren, even verderop op de boerderij.'

'Nee, dat kan niet. Ik ben in Philadelphia geboren. Dat heeft mijn moeder verteld...' Was dat zo, vroeg Breen zich af. Of was ze er gewoon van uitgegaan? 'Ik dacht... nee, op mijn geboorteakte staat dat ik in Philadelphia ben geboren.'

'Dat soort dingen zijn gemakkelijk aan te passen als iemand dat wil, of niet? Waarom zou ik over zoiets liegen?'

‘Dat weet ik niet. Waar is mijn vader? Woont hij hier in de buurt?’

Marg pakte haar wijn en nam langzaam een slokje. Toen zette ze het glas neer en keek Breen recht aan.

Omdat ze het verdriet kon zien, wist Breen het antwoord al voordat het werd gegeven. ‘Nee. Nee, dat kan niet…’

‘Denk je dat hij niet bij je terug zou zijn gekomen, als hij kon? Dat hij je in de steek zou laten? Jij, z’n oogappel? Hij hield mateloos veel van je en je weet dat dat de waarheid is. Dat weet je diep vanbinnen.’

‘Wanneer?’ wist Breen uit te brengen, waarna ze haar hand voor haar gezicht sloeg. ‘Wanneer?’

‘Je wilt mijn troost op dit moment niet, want je herinnert je maar flarden. Ooit hoop ik dat we elkaar kunnen troosten. Hij was mijn jongen, mijn leven, mijn enige kind.’

Door een mist van tranen zag Breen verdriet, intens verdriet.

‘Hij kwam terug omdat het zijn plicht was, omdat hij nodig was. Afgelopen winter was het veertien jaar geleden dat hij stierf, als held, begrijp dat goed. Iedereen in alle werelden is hem die eer verschuldigd.’

‘Ik begrijp het niet. Hij was geen soldaat.’

‘O, zeker wel en hij was veel meer dan dat.’ Trots vermengde zich met verdriet. ‘Als het aan hem had gelegen, was hij alleen vader, echtgenoot, zoon en boer geweest, maar hij werd geroepen en daar gaf hij gehoor aan.’

‘Weet mijn moeder dit?’

‘Dat kan ik je niet zeggen.’ Marg pakte haar wijn weer. ‘Ik denk het wel, diep in haar hart, maar het zou gemakkelijker zijn, zou het niet, om te geloven dat hij zomaar was weggegaan. Ze hield van hem,’ voegde ze er snel aan toe. ‘Dat moet je ook weten. Toen ze elkaar ontmoetten, de liefde verklaarden, jou maakten, bestond er liefde tussen hen, intens en waarachtig.’

Zintuiglijk geheugen, had Marco het genoemd. Want ze kende deze plek, de boerderij, de lucht. Ze voelde het. ‘Als ik hier ben geboren, wanneer zijn we dan weggegaan? Waarom zijn we dan weggegaan?’

'Dat is een verhaal voor een andere keer, maar ik kan je zeggen dat ze hier niet gelukkig was, je moeder, en steeds meer... verlangde naar haar eigen wereld. Ze wilde jou bij zich hebben in die wereld. En mijn Eian koos, zoals een man hoort te doen, voor zijn vrouw en kind.'

'Maar hij kwam terug.'

'Vaak, zo vaak hij kon.' Marg was even stil en keek naar haar wijn. Daarna bracht ze haar blik omhoog, grijsblauwe ogen. 'Ik verlangde zo naar jou, ik zal mijn trots inslikken en het eerlijk zeggen. Maar hij nam je nooit mee, omdat je moeder dat niet wilde. Hij hoopte dat je met hem mee kon als je wat ouder was en hij meer kon uitleggen. Maar het heeft niet zo mogen zijn.'

'Waarom was ze er... is ze er nog steeds zo op tegen dat ik naar Ierland zou gaan?'

Marg wierp een blik op Breens volle glas. 'Heb je toch liever thee?'

'Nee...' Ze pakte het glas en nam een slokje. 'Lekker... heel... fris.'

'Zelfgemaakt.' Marg glimlachte en Breen zag haar oplichten. 'Paardenbloemwijn. Zomer in een glas, noem ik het.'

'Ja. Je hebt nooit geschreven of gebeld of... Hij heeft me over jou verteld, over deze plek. Ik kan het me alleen niet meer goed herinneren.'

'Dat komt vanzelf.'

Een glas wijn in een keuken kon de kloof van een heel leven niet overbruggen. 'Waarom heb je geen contact met me gehouden? Waarom heb je me niet laten weten dat hij was overleden?'

'Er was overeengekomen dat het beter was dat je je tijd hier, die eerste drie jaar, zou vergeten.'

'Drie jaar? Heb ik hier tot mijn derde gewoond?'

'Je was zo'n pienter en vrolijk kind. Je moeder... je moet het haar niet te veel kwalijk nemen. Die neiging heb ik zelf wel eens gehad, dat geef ik toe, maar ze was hier niet op haar plek en ze maakte zich zorgen om jou. Je had zo veel talent. En toen werd je meegenomen.'

'Waarnaartoe? Bedoel je dat ik gekidnapt werd?'

'Meegenomen, ja, en ze was doodsbang. Wij allemaal. We kregen je terug, veilig en wel, maar je moeder… het was te veel voor haar.'

Geboren op een boerderij in Ierland, gekidnapt op haar derde? Hoe kon dat deel uitmaken van haar leven? 'Dat hebben ze me nooit verteld! Het is niet eerlijk dat ze me dat niet hebben verteld, dat ze me nooit iets hebben verteld.'

'Ze moest het afsluiten. Helemaal afsluiten.'

'Je stuurt me geld,' mompelde Breen. 'Eerst deed mijn vader dat, en daarna jij… toen hij was overleden.'

'Ja, hij stuurde geld en toen hij er niet meer was, deed ik het. Meer kon ik niet voor je doen, tot nu toe, tot je ervoor koos om hier te komen. Als je je leven wilde houden zoals het was, dan kon het geld alles iets gemakkelijker maken. Je vader zette geld voor jou opzij en ik ging daarmee door toen hij overleed.'

'Dat heeft ze me nooit verteld. Dat hield ze ook voor me achter.'

'Ik weet het.'

'Hoe weet je dat?' wilde Breen weten. 'Heb je haar gesproken?'

'Nee, want ze wilde niet met me praten. Er zijn manieren om zulke dingen te weten en te zien.'

'Je bent mijn grootmoeder, de enige grootouder die ik heb. Zij was vervreemd van haar eigen ouders en die zijn jaren geleden al overleden. Heb ik… heb ik een grootvader?'

'Dat is voor een andere keer.'

Breen duwde zich met de wijn in haar hand overeind. 'Ik begrijp er helemaal niets van, niet echt. Ik heb hier volgens jou de eerste drie jaar van mijn leven gewoond, maar ik kan me dat niet herinneren.'

'Nee?' vroeg Marg zacht.

Zonlicht dat door de vitrage stroomde, de geur van verse baksels in de keuken. Muziek en gelach in die boerderij.

En haar vaders hand die haar hand over de snaren van een harp leidde.

'Ik heb soms vage herinneringen, maar ze zijn vermengd met verhalen die pa me vroeger vertelde. En hij is dood en al die tijd heeft niemand me dat verteld. Ik heb op hem gewacht. Ik ben hem komen zoeken. Ik was zo boos op hem.' Tranen van boosheid en verdriet liepen over haar wangen terwijl ze door de keuken ijsbeerde. 'Ik heb een grootmoeder die me geld heeft gestuurd – verdomd veel geld – maar nooit heeft gebeld, nooit heeft geschreven, en ik ben een volwassen vrouw, dus is het een rotsmoes dat mijn moeder het niet wilde. Je hebt nooit gezegd: hier ben ik, kom langs. Of: ik ga naar jou toe.'

'Het was nog geen tijd.'

'Tijd?' Met een ruk draaide ze zich om. 'Meer dan twintig jaar is het geen tijd geweest en nu opeens wel?'

'Ja, nu is het tijd. Je was ongelukkig, afgeschermd van al wat je bent. Ik heb me aan mijn belofte aan je moeder gehouden en nu hou ik me aan mijn belofte aan mijn zoon. Want zijn laatste gedachten waren aan jou. En aan het feit dat hij doodging, mijn jongen...'

Haar verdriet vulde de keuken en dus ging Breen zitten en duwde haar eigen boosheid weg. 'Het spijt me. Dit is moeilijk voor je.'

'Ik wilde graag een hele schare kinderen, en kreeg er maar een. O, maar wat voor een. Een komeet was hij. En toen zijn vlam doofde, vroeg zijn hart van het mijne om je moeder meer tijd te geven. Hij hield van haar, Breen, dat is altijd zo gebleven. Maar zijn liefde voor jou steeg boven alles uit. Hij vroeg me over je te waken en te wachten, en als ik zag dat jij ons nodig had en moest doorkomen, meer nog dan dat jij nodig was – en dat ben je – dat ik het zou regelen. En dat heb ik gedaan.'

'Hoe heb je dat gedaan? Ik wist niet eens dat ik dat geld had en het is, nou ja, puur geluk dat ik dat heb ontdekt. En toen was ik zo kwaad dat ik iets heb ondernomen. Ik ben naar Ierland gekomen omdat ik dat deel van mijn afkomst wilde zien en voelen. Ik wilde zien waar mijn vader was opgegroeid en ik hoopte dat ik hem zou vinden. Ik wist niet eens dat jij bestond toen ik besloot naar Ierland te gaan.'

'Maar dat is het juist. Je bent niet in Ierland.'

'Misschien heb je te veel wijn gehad,' zei Breen voorzichtig. 'Want ik zit hier. Ik logeer al twee weken in een cottage amper een kilometer hiervandaan, in Galway.'

'Ah, tja, de cottage is in Ierland, dat is waar. Maar je bent doorgekomen.'

'Wat? Achter de spiegel, zoals Alice in Wonderland?'

'Een mooi verhaal,' zei haar grootmoeder ontspannen. 'We houden hier van verhalen. Je wilde een hond.' Marg keek over haar schouder naar de pup die lag te slapen. 'Ik heb je een hond gestuurd. Je vader liet zijn twee honden bij mij toen hij wegging en o, wat heb je om ze gehuild. Om mij ook, maar vooral om die honden... je was ontroostbaar. Ze zijn inmiddels overleden, doorgegaan naar een andere wereld, maar ze hebben een goed leven gehad.'

'Will... Will en Lute.'

'Je weet het nog,' zei Marg met een glimlach. 'Eian had Will naar Shakespeare genoemd en Lute kreeg haar naam omdat ze zo muzikaal huilde.'

'Ik...' Ze kon het zich echt herinneren. Twee grote, grijze, harige wolfshonden, Ierse wolfshonden. 'Soms mocht ik op Wills rug zitten, als op een pony. Dat zou ik me niet moeten kunnen herinneren. Ik kan niet meer dan een jaar oud zijn geweest.'

'Het hart herinnert het zich.'

Omdat iets in haar begon te trillen, keek Breen achterom naar de slapende pup. Dat was veiliger terrein. 'Dit is jouw hond? Hoe heet hij?'

'Hij is van jou... een cadeau.'

'Ik kan hem niet nemen. Ik ga aan het eind van de zomer terug naar Philadelphia. Ik woon in een appartement. Ik ga wel op zoek naar een huis, maar...'

'Dat is geen probleem als je hem graag wilt. Je wilde een hond. Je hebt altijd van dieren... van levende wezens gehouden. Ik wilde je graag iets geven waar je naar verlangde, dus is hij hier.'

Dus toch geen veiliger terrein.

'Verlang je echt naar veiligheid?' vroeg Marg opeens. 'Is dat echt wat je wilt, terwijl je het woord voor moed op het ritme van je eigen hart draagt?' Ze tikte met haar vinger op Breens tatoeage. 'Wees dapper, meisje, en luister. Je bent bloed van mijn bloed, en ik heb je moeten opgeven om redenen waar je mettertijd achter zult komen, en de keuzes zijn nu aan jou.'

'Welke keuzes?'

'Zo veel, sommige zijn al gemaakt want ze hebben je hier gebracht. Je bent naar de Welkomstboom gelopen en bent toen verdergegaan, niet terug, en zodoende ben je door het portaal gestapt, met Ierland en Amerika en de rest van de wereld aan de ene kant en deze wereld – jouw thuis – Talamh aan de andere kant.'

Breen schoof haar wijn opzij. 'Dit gebied heet Talaa? Daar heb ik nog nooit van gehoord.'

Marg spelde de naam een beetje ongeduldig. 'Al spreek je het goed uit. Het is een wereld die even echt en tastbaar is als elke andere. Maar we horen niet bij de andere en zij niet bij ons. Sommige werelden zijn heel oud, sommige heel jong. Sommige omarmen geweld, andere vrede. Sommige, zoals de wereld waar jij het grootste deel van je leven bent opgegroeid, verlangen naar machines en technologie om zowel te bouwen als te vernietigen. Maar hier hebben we ervoor gekozen dat soort dingen af te zweren en vast te houden aan *magick*, haar krachten en schoonheden.'

Breen twijfelde er niet aan dat deze vrouw haar grootmoeder was. De gelijkenis was te groot, en het verdriet toen Marg over haar zoon had gesproken was ongetwijfeld echt. Maar dat betekende niet dat haar grootmoeder niet een beetje gek was. 'Heb je het nu serieus over een multiversum? Daar lees je over in stripboeken.'

Marg sloeg met haar hand op tafel en Breen schrok op. 'Waarom zijn zo veel mensen toch zo arrogant dat ze niet alleen geloven dat zij de enige zijn, maar er zelfs van overtuigd zijn?'

'Wetenschap?'

'Ach wat. De wetenschap verandert van generatie op generatie – en meer. Ooit zei men in het rijk der aarde dat de wereld plat was, tot ze zeiden dat het niet zo was. De wetenschap verandert, mo stór. Magick is constant.'

'De wetenschap verandert niet zozeer, maar ontdekt nieuwe data en informatie om haar bevindingen aan te passen. Ik bedoel, zwaartekracht was zwaartekracht lang voordat de metaforische appel op Newtons hoofd viel. Maar... ik begrijp dat het hier anders gaat, en ik begrijp tot op zekere hoogte waarom je het gevoel had dat je geen contact met me kon houden. Ik ben dankbaar, zo dankbaar voor het geld dat je me hebt gestuurd en dat me heeft geholpen om hier te komen. Ik logeer hier deze zomer en ik kom graag nog een keer bij je op bezoek. Ik... ik zou het fijn vinden als je me wilt laten zien of vertellen waar mijn vader begraven is.'

'Daar ben je in je dromen al geweest. Je zag mij zoals ik jou zag op de plek waar de Vromen eens liepen. Je hoorde het lied van de stenen en het gemompel van gebeden die gesproken werden.'

Breen werd gegrepen door paniek. 'Je kunt niet weten wat ik droom. Ik moet weg.'

Marg kwam overeind en wist Breen met één blik in haar stoel te houden. 'Ik ben Mairghread O'Ceallaigh, eens taoiseach van Talamh. Ik ben van de Fey, een dienaar van de goden. Ik ben moeder, maagd, oude vrouw. Jij komt voort uit mij, kind van mijn kind, en in jouw bloed leven alle gaven die zijn gegeven.'

Er veranderde iets in de lucht. Hij... zinderde. Hij golfde door Margs haar, waardoor het alle kanten op ging. Haar ogen werden donker toen ze haar handen met haar handpalmen omhoog optilde. Borden rammelden op de planken.

De slapende hond werd wakker, ging rechtop zitten, en begon te janken alsof hij blij was.

'Verbreek de ketenen rond die beperkingen in de andere wereld. Luister en voel en zie de waarheid.' Ze zwaaide met een hand en het vuur in het vreemde kacheltje bulderde, terwijl kaarsen opeens brandden. 'En hier waait de wind, brandt het vuur, hier trilt de aarde en stroomt water.' Water spoot als een fontein uit haar hand omhoog en glinsterde in het licht. 'Dit zijn de elementen, verbonden met de magick die samen een wereld vormen. Onze wereld en de jouwe. Je bent thuis, dochter van Talamh, dochter van de Fey. Jij zult je geboorterecht kennen. En je zult kiezen.'

Met een snel gebaar van haar hand verdween de fontein weer. De kaarsen doofden en de lucht en alles werd weer stil. Marg rolde met haar ogen, pakte haar glas en nam een flinke slok. 'Wees niet dom. Je hebt te lang met leugens en bedrog geleefd. Ik zal je geen van beide geven. Er wordt van jou gehouden, Breen. Welke keuzes je ook zult moeten maken, er zal altijd van je gehouden worden. Maar je kunt geen ware keuzes maken als je niet ontwaakt.'

Ze liep naar Breen toe en legde een hand tegen de wang van haar kleindochter. 'Je hebt tijd nodig. Ik zal een deel van de weg met je meegaan, en de hond zal je verder naar de cottage leiden. Als je er klaar voor bent, zal ik doen wat je me hebt gevraagd en je meenemen naar de plek waar we degene van wie we houden te ruste hebben gelegd.'

'Ik vind de weg zelf wel. Ik kan de hond niet meenemen. Ik heb niet eens spullen voor hem, geen eten en...'

'Alles wat je voor hem nodig hebt is er al. Hij kan je gezelschap houden, zullen we maar zeggen. Doe me dit plezier en hou hem een paar dagen bij je.'

'Oké, goed dan. Ik moet nu echt weg. Het is een lange wandeling.'

'Het is een reis, één die je hoop ik nog eens zult maken.'

'Ik kom bij je op bezoek.' Dat was ze de vrouw wel verschuldigd, maar vóór die tijd zou ze zich inlezen over wanen en hypnose.

Marg bracht haar naar de deur, liep naar buiten en glimlachte toen. 'Ik zie dat er andere gidsen op je wachten.'

De valkenier, zag Breen, met de schitterende vogel op haar arm.

Vrolijk blaffend rende de hond naar hen toe.

'Ik ken haar. Ik heb haar in Clare ontmoet.'

'O, veel langer geleden. Jij en Morena waren als baby's al vriendinnen, net zo hecht als haar grootmoeder en ik ons hele leven al zijn.'

'Was ze in Clare om me in de gaten te houden?'

'Ach, kind, wat ben je toch wantrouwig. Ze was er omdat ze eigenwijs is en een kans zag om jou weer te zien. Dus jij en Amish brengen Breen terug?' riep Marg naar Morena. 'Zorg dat ze veilig thuiskomt en stel haar geen moeilijke vragen.'

'We brengen haar veilig terug, de rest kan ik je niet beloven.'

'Tja, daar zal ik het mee moeten doen.' Marg draaide zich om, legde haar handen op Breens schouders en gaf haar op beide wangen een zoen. 'Stel jezelf open, mo stór, en zie wat om je heen is, wat zich in jou bevindt.' Ze deed een stap naar achteren en verdween in de cottage. En huilde in haar eentje in de stilte om wat had kunnen zijn en wat misschien zou komen.

12

Omdat Breen juist wel van plan was moeilijke vragen te stellen, liep ze op Morena af. 'Waarom zei je dat je voor een valkerijopleiding werkte?'

'Maar dat heb ik niet gedaan, of wel?' Morena zette haar vrije hand in haar zij. Het gebaar straalde sarcasme uit. 'Daar ging jij van uit. Je wist niet meer wie ik was en dat deed pijn, ook al hadden Marg en mijn grootmoeder me allebei gewaarschuwd dat het wel even zou duren.' Ze tilde haar arm op, zodat de havik opvloog. Al lopende draaide ze zich om. 'Ga je of blijf je?'

'Ik ga.'

'Toen je wegging, beloofde je dat je terug zou komen, maar op een gegeven moment geloofde ik daar niet meer in, want je hebt het nooit geprobeerd.'

'Daar kun je mij niet op aanvallen. Waarom zit ik opeens fout, terwijl ik volgens mij de enige ben die niet heeft gelogen? Bovendien was ik, als ik mijn grootmoeder moet geloven, drie toen ik van Ierland naar Philadelphia verhuisde.'

'Talamh.'

'O god, begin jij nou ook al!' Gefrustreerd wierp Breen haar handen in de lucht en draaide in het rond. 'Zit er hier iets in het water, of zo?'

'Dat kan ik jou ook vragen over waar jij bent geweest, want ik begrijp niet dat je kunt vergeten wie je bent en waar je vandaan komt. Dat neem ik je nog steeds kwalijk.'

Morena's toon weerspiegelde Breens gefrustreerde kringetje.

'We speelden samen, jij en ik, in het bos bij Margs cottage en bij de boerderij, waar je woonde tot je vader vertrok. Hij deed haar toen over aan de O'Broins. We hielden theepartijtjes en picknicks en deelden midden in de nacht geheimen als iedereen dacht dat we lagen te slapen.'

'Ik was drie! Het spijt me dat ik dat niet meer weet, maar je helpt de boel niet door mijn grootmoeder aan te moedigen in haar waanideeen dat dit een soort Brigadoon is.'

Alsof ze op een belediging had zitten wachten, kneep Morena haar ogen samen. 'Wat is een Brigadoon?'

'Een fantasieverhaal over een plek die één dag in de honderd jaar bestaat.'

'O, dat klinkt als een mooi verhaal.' Gesust bukte Morena zich om de hond te aaien die al die tijd met hen was meegelopen. 'Maar dat is dit niet, want wij zijn hier altijd.'

'Ze heeft iets in mijn wijn gedaan.'

'Ach, doe niet zo stom. Waarom zou ze dat haar eigen familie aandoen?'

'Daardoor zag ik haar dingen doen die onmogelijk zijn.'

'Voor mensen als Marg is er niet veel onmogelijk. Ze is de sterkste heks die ik ken.'

Nu de idiotie om haar heen steeds erger werd, kreeg Breen de neiging haar haar uit haar hoofd te trekken. 'Dus nu zijn jullie allemaal heksen? Moet je horen, ik weet dat Ierland bol staat van de folkore en legendes, maar...'

'Ierland is aan de andere kant en ik ben geen heks. Ik ben van de Sidhe.'

'Ik weet niet wat je zegt.'

'De Sidhe,' herhaalde Morena. 'Ik ben van de feeënstam.'

'De feeënstam. Natuurlijk. Dat had ik meteen moeten zien.'

Onverstoorbaar bracht Morena haar hand op om naar Harken te zwaaien, die met een gevlekte koe in de richting van een schuur liep.

'Het is beter voor je als je samen met mij de doorkomst maakt. Harken en Aisling zeiden dat je niet goed werd toen je doorkwam, waarschijnlijk omdat je het allemaal hebt verdrongen.'

De havik cirkelde boven hun hoofd toen Morena over het stenen muurtje sprong.

Voor het eerst zag Breen dat er treden in de rotsblokken naar de boom waren uitgehouwen.

'Ik viel. Ik verloor mijn evenwicht en viel, meer niet.'

'Als jij het zegt.'

Zeven treden, telde Breen, toen ze omhoogliep. Ruwe steen met glasachtige mineralen die glinsterden in het felle zonlicht.

'Ik liep achter de hond aan,' zei ze afwerend. 'En ik was afgeleid omdat die boom zo fascinerend is.' Ze greep een van de takken vast en probeerde net zo sierlijk en vloeiend omhoog te klimmen als Morena. Ze voelde dat ze begon te vallen, alsof de grond onder haar voeten verdween. Op hetzelfde moment pakte Morena haar hand vast.

Een tel later stond ze in de stromende regen op het pad.

'Ik snap niet hoe...'

'Omdat ik denk dat je dat ook niet wil.' Woede begon, heel zichtbaar, in haar op te borrelen. 'Jij wil niet terugnemen wat rechtmatig, door je afkomst, van jou is. Je sluit je ogen er liever voor, zodat je kunt doen alsof.'

'Volgens mij sta ik steviger op mijn beide benen dan iemand die verdomme beweert als een fee in een andere realiteit te leven.'

'Dus jij staat stevig op je beide benen? Dan zou ik me maar goed vasthouden, want dat zullen we nog wel eens zien.'

Voordat Breen kon reageren, sloeg Morena een arm om haar middel. Ze kwamen van de grond omhoog.

'O god, o mijn god.'

'Hou vast, zei ik. Je bent bepaald geen veertje.' En daarmee vloog Morena ongeveer een meter boven het pad door de regen.

De hond rende met zijn tong uit zijn bek onder hen. De havik krijste boven hun hoofd. Intuïtief greep Breen zich stevig vast aan

Morena's taille. Haar handen gleden langs vleugels. Grote, mooie, lichtgevende vleugels van violet gedoopt in zilver.

'Ik droom. Dit is allemaal een droom.'

'M'n reet.' Ze doken omlaag en weer omhoog om takken te omzeilen. 'Er was een tijd dat je ons een zetje zou hebben gegeven.' Morena draaide haar hoofd om en keek in Breens geschokte ogen.

'Dit is niet echt.'

'Ik zou je op je hoofd moeten laten vallen, dan zou je zien wat echt is.' In plaats daarvan vloog ze het bos uit en scheerde over het natte gras en de tuin. Vervolgens zette ze Breen op het terras achter de cottage neer. 'Ik ga naar binnen om me een beetje af te drogen.'

De hond volgde Morena alsof ze er allebei thuishoorden. Amish landde op een tak in de buurt en trok zijn vleugels in.

Breen rilde en merkte dat ze door en door nat was. Het voelde echt, maar hoe was dat mogelijk terwijl ze overduidelijk nog steeds in bed lag en een heel lange, heel vreemde, heel heldere droom had?

Ze liep het huis binnen. Morena had haar jas aan een haak gehangen en gaf de hond iets uit een pot op het aanrecht.

'Dat verdient hij wel,' zei ze. 'Ik zie dat mijn grootmoeder ze voor hem heeft neergezet, en daar een bak voor zijn eten en een voor water. In die zak daar zal zijn eten wel zitten.'

'Je grootmoeder.'

'Ja, Marg zal haar wel gevraagd hebben dat te regelen. Je kent mijn grootouders. Finola en Seamus Mc an Ghaill. McGill. Mijn oma heeft jou en je vriend hier ontvangen in de cottage die Marg voor je heeft gemaakt, en opa heeft je weer geleerd hoe je moet tuinieren.'

'Weer.'

'Zelfs toen we klein waren, had je al iets met levende wezens. Planten, dieren, mensen.' Morena drentelde naar de keuken. 'Met mensen niet meer, zie ik, want je hebt de haard nog niet eens aangestoken en me nog niet even wat te drinken aangeboden voordat ik ga.'

Haar oren brandden. Haar bloeddruk schoot omhoog, hoe kon het ook anders. Maar met wat ze zelf bewonderenswaardige kalmte vond, zei ze: 'Je had vleugels.'

'Had en heb.'

'Net als... Tinkelbel.'

'O, dat verhaal ken ik, dat is mooi. Maar zij zou een kleine fee zijn geweest. Wel van de Sidhe, maar dan een ander soort. Die zijn heel klein.'

'Ik slaap niet,' zei Breen langzaam. 'Ik sta druipend van de regen in de keuken en ik heb het koud.'

'Doe dan verdomme die haard aan.'

'Ik ga verdomme de haard aandoen.' Als in een droom liep ze naar de woonkamer, waar ze die ochtend hout had klaargelegd.

Een leven en een wereld geleden.

Ze legde een aanmaakblokje onder het hout en wilde de lucifers pakken.

'Serieus, doe je dat zo?' Morena ging op haar hurken naast haar zitten.

Ze rook naar regen en bos.

'Een vuur aansteken is de eerste kracht van de Wijzen en dus moet een kind leren om zorgvuldig om te gaan met de krachten, de gevaren, de voordelen.'

'Ik ken geen andere manier om vuur te maken.'

'Dat vind ik heel triest,' mompelde Morena, op het moment dat Breen de lucifer afstreek.

Toen het aanmaakblokje begon te branden liet Breen zich op de grond zakken. 'Ik kan niet nadenken. Ik weet dat dit niet echt kan zijn, maar...'

'Je weet dat het wel echt is. Ik zag wijn in de keuken staan, ik ga voor ons allebei wat inschenken.'

'Zeg me hoe mijn vader is overleden.'

'Dat is aan Marg.' Morena kwam overeind. 'Het zou niet juist zijn als ik je dat vertelde. Ik kan je wel vertellen dat ik in geen enkele wereld een betere man ken dan jouw pa. Ik ga de wijn halen.'

De hond ging op Breens schoot liggen en op de een of andere manier was het rustgevend om zijn vochtige krullen te aaien.

'Wat voor hond is dit?'

'Een Ierse waterspaniël en je kunt erop vertrouwen dat hij een sterk en zuiver hart heeft, anders zou Marg hem niet voor je hebben uitgekozen.'

'Hoe heet hij?'

'Tja, dat mag jij zeggen. Maar wij noemen hem allemaal Deksels, want zodra hij gespeend was, haalde hij overal streken uit.'

Breen schoot in de lach. 'Deksels?'

'Die naam heeft hij verdiend, al heeft Marg hem sindsdien afgericht. Hij kan zitten op commando, hij plast en poept buiten, kauwt niet op je laarzen, al heeft hij het één keer geprobeerd met de mijne.' Morena ging zitten, reikte Breen een glas aan en gaf de hond een aai over zijn kop. 'Of niet soms, snertbeest? Marg heeft zo naar je verlangd, al die jaren. Dat kan ik je wel vertellen. En ik zal je eerlijk zeggen dat ik tegen haar wensen in ging, toen ik doorkwam om je die dag bij het kasteel te ontmoeten.'

'Hoe kwam je daar? Je bent gevlogen,' antwoordde Breen zelf. 'Je hebt vleugels.'

'Ik heb vrienden, goede vrienden, maar niet een zo dierbaar als jij. Misschien kunnen we het niet meer zo goed met elkaar vinden na al die jaren, dat kan.' Ze haalde haar schouders op en nam een slok. 'Maar ik wilde zien wat voor iemand je was geworden.'

'Ik heb een cadeautje voor je.'

Morena knipperde met haar ogen. 'Een cadeautje?'

'Als bedankje. Ik dacht dat je bij de opleiding hoorde, en daarna dacht ik dat je daar misschien helemaal niet had mogen zijn, omdat niemand je kende. Maar goed.'

'Wat is het, dat cadeautje?'

'Ik zal het even pakken.' Ze moest de hond van haar schoot af duwen.

'Zeg hem dat hij moet blijven als je niet wilt dat hij je volgt.'

'Blijf,' zei Breen. 'Ik ben zo terug.'

Alles in de cottage was nog hetzelfde. Normaal. Maar toen ze de trap op liep, vroeg ze zich af of het leven ooit weer normaal zou kunnen zijn of worden.

Ze pakte het cadeautasje en staarde even naar zichzelf in de spiegel. Ze zag er nog hetzelfde uit, niet hetzelfde als voordat haar leven in Philly was veranderd, maar hetzelfde als de vrouw die naar Ierland was gekomen. Toch wist ze niet goed of ze nog wel diezelfde vrouw was. Ze liep naar beneden, gaf Morena het tasje en ging weer zitten. 'Er zit ook een kaartje bij. Ik weet niet of je kunt lezen.'

'Natuurlijk kan ik lezen, doe niet zo stom. We hadden al dichters en geleerden in Talamh toen de mensen in deze wereld nog niet eens uit hun grotten waren.'

De belediging die duidelijk op haar gezicht te lezen stond, trok weg toen ze de kaart tevoorschijn haalde en las.

'Wat lief. Ik heb gehoord dat je schrijfster bent en dat blijkt wel.' Ze maakte het doosje open en hapte naar adem. 'O, het is een havik. Wat een mooi cadeau, een heel mooi cadeau. Dank je wel, ik heb het gevoel dat ik het niet verdien.'

'Waarom niet?'

'Ik heb dan wel niet tegen je gelogen, maar ik heb je ook niet de waarheid verteld.'

'Je liet me met de havik lopen, dat zal ik nooit vergeten. Ik wist niet... nou ja, dat feeën haviken hadden.'

'We hebben elkaar,' zei Morena, terwijl ze de speld op haar shirt vastzette. 'En het is tijd dat ik hem naar huis breng. Nu ik niet meer zo boos ben, begrijp ik waarom Marg je tijd wil geven. Ik heb het altijd geweten, terwijl jij juist alles moest vergeten. Ik heb er een hekel aan om spijt te hebben.' Ze stond op. 'En ik heb een nog grotere hekel aan zeggen dat iets me spijt, maar het spijt me dat ik je zo heb laten schrikken door de manier waarop ik je hier heb teruggebracht.'

'Ik begrijp er allemaal niets van.'

'Dat weet ik. Ik wilde het niet weten, maar ik weet het. Dus zal ik je met rust laten. Ben ik hier nog eens welkom?'

'Natuurlijk.' Breen kwam overeind. 'Ja, natuurlijk.'

'Dat is genoeg.' Morena liep naar de keuken en trok haar jas aan.

'Hoe... hoe komen de vleugels door de jas heen?'

Morena schudde haar hoofd. 'Omdat ik het wil en ze zijn van mij, of niet? Vergeet niet de hond eten te geven.'

Even later zag Breen door het raam de havik boven Morena's hoofd cirkelen. De lichtgevende vleugels kwamen tevoorschijn en samen met de havik vloog ze door de regen het bos in.

'Ik ben niet gek.' Breen legde een hand op de vacht van de hond, toen hij tegen haar been leunde. 'Ik hallucineer niet. Ik weet wat echt is.' Ze keek omlaag en zag dat hij haar aanstaarde. 'Het is nog te vroeg voor avondeten, bovendien moet ik dit allemaal opschrijven. Ik zou je eigenlijk niet nog zo'n koekje moeten geven, maar wat kan het schelen, hè? Wat een dag.'

Toen ze een koekje uit de pot haalde, ging hij met glimmende ogen voor haar zitten.

'Goed zo, en kun je ook een pootje geven? Of is dat stom?' Om het uit te testen, stak ze haar hand uit. Hij bood haar zijn poot aan, waarop Breen moest lachen. Ze schudde zijn poot en gaf hem het koekje. 'Je bent een brave hond, Deksels.'

Ze deed water in een van de bakken, haalde wat cola uit de koelkast en nam dat mee naar haar werkkamer.

Ze probeerde alles in haar privédagboek te reconstrueren, vanaf het allereerste moment dat ze de hond had gezien. Door het op te schrijven, voelde ze het allemaal weer, de vochtige lucht, het licht en de schaduw toen Deksels haar naar die boom leidde... want dat had hij beslist gedaan.

De Welkomstboom.

Ter illustratie uploadde ze foto's van de hond en de boom. En wenste dat ze zichzelf zodanig had weten te vermannen dat ze foto's had gemaakt van... de andere kant. Van Talamh. De lucht, het licht waren er anders geweest. Dat kon ze nu toegeven en opschrijven.

Ze schreef over de vier mensen die ze er had ontmoet: Harken,

Aisling, haar grootmoeder, Morena.

Opeens drong tot haar door dat ze in het huis was geweest waar haar vader had gewoond, waar ze zelf, volgens haar grootmoeder, was geboren. Ze leunde achterover, nam een slok cola en staarde naar de regen buiten. En zag toen dat Deksels de kamer binnen was gekomen en gezellig op bed lag.

'Dat zou ik eigenlijk niet goed moeten vinden.' Maar hij lag zo lekker en keek haar zo lief aan, dat ze hem liet liggen.

Haar vader was dood. De details kende ze niet, maar ook dat moest ze accepteren. Hij had haar niet in de steek gelaten, was haar niet vergeten. Hij was overleden.

Het was al zo lang geleden, jaren en jaren geleden, maar haar verdriet was zo schrijnend alsof het net was gebeurd. En ze wist niet wat ze daarmee aan moest. Ze had de foto van hem op haar slaapkamer en herinneringen die kwamen en gingen. Maar ze had meer nodig. Ze moest zijn graf zien en ze zou haar grootmoeder om iets tastbaars van hem vragen, iets wat ze bij zich kon dragen.

'Dus ga ik terug,' verklaarde ze. 'Dat wist ik eigenlijk wel, maar ik moet eerst moed verzamelen.'

Ze beschreef hoe Marg de lucht had doen kolken en het vuur had doen bulderen, terwijl ze zich afvroeg hoe dat mogelijk was. Hoe kon Morena opeens vleugels krijgen en vliegen? Hoe kon...

Ze leunde weer achterover en besefte dat de dingen die ze nu opschreef qua thema en strekking leken op het verhaal waar ze elke ochtend aan werkte. Niet precies, niet in absolute zin, maar toch.

Omdat ze het altijd had geweten. Hoe fantastisch het ook was, hoe haaks het ook stond op de praktische inslag van haar leven, deels had ze het altijd geweten. De herinneringen zaten misschien in haar hoofd opgesloten, maar ze begonnen beetje bij beetje te ontsnappen, terwijl zij zich openstelde om een verhaal te vertellen.

Om te doen wat ze wilde doen.

En dus, schreef ze, *is het niet alleen een kwestie van ontdekken wie ik ben, en daar ben ik al goed mee bezig, maar ook wat ik ben. Wat ben ik? Dochter van Talamh, dochter van de Fey, een van de Wijzen.* Wijze vrouw *betekent heks. Ik voel me geen heks.*

Ze liet haar dagboek even zitten en googelde naar Ierse waterspaniels. De beschrijving paste precies bij Deksels. Het feit dat hij niet erg verhaarde was een prettige bijkomstigheid.

Het ras beroemde zich op intelligente, energieke, aanhankelijke honden. Nieuwsgierig, met gevoel voor humor. Dol op water, natuurlijk.

'Volgens Ierse folklore,' las ze, 'ben je een afstammeling van de Dobhar-chú. Wat is dat in vredesnaam?'

Ze typte een nieuwe zoekopdracht in. 'Half hond, half otter of vis? Serieus? O, en een wreed roofdier in oceanen en rivieren. Zo wreed zie je er niet uit.'

Hij liet zich van het bed glijden, rekte zich uit en keek haar teder aan.

'Begin je honger te krijgen? Ik ook. Dit duurde langer dan ik dacht.'

Hij liep achter haar aan naar de keuken.

Het handgeschreven briefje op de stoffen zak vertelde haar hoeveel hij moest hebben en hoe vaak. En dat hij het helemaal niet erg zou vinden als ze zijn brokken mengde met een rauw ei of wat yoghurt.

Ze pakte een ei, omdat ze dat in huis had, en terwijl hij at, maakte ze een roerei voor zichzelf met Iers spek, wat kaas, tomaten en broccoli. Ze at met de hond languit op haar voeten en probeerde te bedenken wat ze met haar dagelijkse blog aan moest. Ze kon de hond er moeilijk uit laten, en dat wilde ze ook niet. Ze kon zeggen dat ze hem van de buren had gekregen, dat was niet ver van de waarheid. Ze kon niets schrijven over de dood van haar vader, nog niet in elk geval. Daar was ze ook nog niet aan toe. Ze kon niet vertellen dat ze in de keuken van haar grootmoeder had gezeten of… jezus, in een andere wereld was geweest. Ze zou er wel uit komen, net zoals ze wel zou bedenken wat ze Marco moest vertellen.

Ze stond op om de afwas te doen.

De hond kwam overeind en staarde haar aan.

'Je wilt naar buiten. Oké, maar ga ik daarvan uit omdat het logisch is, of weet ik het omdat... ik jou kan lezen? Dat gevoel heb ik. Het doet er ook niet toe, of wel? Kom maar, we gaan.'

Hij danste om haar heen toen ze haar jas pakte en stoof vervolgens de deur uit zodra ze die opendeed. Hij rende door de tuin alsof hij uit de gevangenis was ontsnapt en sprong weer op en neer toen ze zijn kant op kwam. Daarop schoot hij, als een bliksemschicht met krullen, in de richting van de baai. Blaffend als een bezetene sprong hij het water in en zwom met zijn kop wiebelend op het oppervlak en ogen vol plezier.

'Wreed roofdier in oceanen en rivieren,' zei ze met een lach.

Zeevogels vlogen op en water spetterde alle kanten op toen hij de baai uit rende en er vervolgens weer in sprong.

Breen bleef staan kijken, terwijl de zomerzon tegen de wolken in het westen duwde en de hemel extra glans gaf. Ze besefte dat ze absoluut en volmaakt tevreden was. Ze had zich prima gevoeld in haar eentje, maar de hond – en ja, die had ze altijd al gewild – voegde wat extra's toe.

Als de zon aan een wolkenhemel.

Een verandering kon geen kwaad. Dat hield Breen zich voor toen ze haar routine aanpaste door de hond zijn ontbijt te geven en met hem uit te gaan voordat ze aan haar blog begon.

Hij had op haar voeteneinde geslapen, daar moest ze wel iets aan doen. Misschien. Ze stuurde Marco een appje om hem op de hoogte te stellen. Hij was per slot van rekening haar huisgenoot. Hij verdiende het om te weten dat ze een hond hadden.

Ze stuurde een zo schattig mogelijke foto mee.

Zijn reactie: Wat!! Wat is dat voor rare hond? En waarom is hij zo verdomd schattig? Kijk nou wat je doet als ik er een paar weken niet ben. Stuur meer foto's.

Vrolijk appten ze een paar minuten over en weer, waarna ze omzichtig aan haar blog begon.

'Met foto's van puppy's lukt het altijd.' Ze keek opzij... en natuurlijk lag Deksels op bed. 'Ik ga een paar uur aan mijn boek werken en daarna gaan we op stap. We gaan een halsband, een riem en wat speelgoed voor je kopen... en een hondenmand.'

De halsband vond hij niet erg, maar de riem wel. Hoewel hij niet erg tegenspartelde toen ze de riem vastklikte, keek hij haar wel met een intens droevige blik in zijn ogen aan.

'Het is niet dat ik je niet vertrouw.' Ze zou durven zweren dat hij dat dacht. 'En thuis hoef je niet aangelijnd. Maar we gaan nu door het dorp lopen en we hebben hem ook nodig als we naar plekken gaan waar ik nog niet ben geweest.'

Hij leek minder beledigd toen ze aan het wandelen waren en maakte zich zelfs mooi toen mensen bleven staan om hem te bewonderen. Hij mocht aan schoenen en kinderen snuffelen, en kwam een paar andere honden tegen.

Breen hield zich voor dat dit bij zijn socialisatie hoorde, zoals werd aangeraden, maar stiekem wist ze dat ze gewoon met hem wilde pronken.

Ze kocht kauwspeeltjes voor hem, een felrode bal en een klein pluchen konijn.

Op weg naar huis zat hij achterin, met het kauwbot stevig in zijn bek en zijn kop uit het raam, zodat zijn krullen in de bries wapperden.

Eenmaal thuis liet ze hem buiten rondrennen en zwemmen, terwijl zij met haar laptop op het terras zat. Omdat ze geen hondenmand voor hem had gevonden, bestelde ze er een online. En nog wat speelgoed. En kauwstaafjes en een identiteitsplaatje met zijn naam en haar mobiele nummer.

'God, als ik ooit kinderen krijg, ben ik niet te harden.'

Deksels kwam het water uit en rende naar haar toe, dus gooide ze de rode bal een eind weg. Met zijn kop schuin keek hij haar aan.

'Het is de bedoeling dat je erachteraan rent, hem pakt en terugbrengt, zodat ik hem nog een keer weg kan gooien.'

Ze kon bijna horen dat hij zich afvroeg waar dat goed voor was, maar hij trippelde naar de bal, klemde hem tussen zijn kaken en trippelde terug. Ze gooide hem opnieuw. Na een paar keer leek hij de smaak te pakken te krijgen en rende hij er serieus achteraan.

'Oké, je hebt het door en mijn arm is moe.' Toen ze de bal op tafel legde om aan te geven dat het spel voorbij was, liep hij in de richting van het bos. Hij blafte en keek achterom.

'Nee, daar gaan we niet naartoe. Ik ben er niet klaar voor. Ik moet de was doen en ik wil nog wat schrijven en... ik ben er gewoon niet klaar voor. Kom, we gaan naar binnen.'

Toen hij terugkwam, gaf ze hem een aai over zijn kop. 'Morgen misschien.'

Maar de volgende dag had ze haar smoesjes al klaar, en ze vond het verrassend gemakkelijk om de tijd door te komen. Vooral toen ze haar roman even liet liggen om aan een kort verhaal te beginnen over de avonturen van een magische hond die Deksels heette.

De dag erna werkte ze het verhaal verder uit, want ze besefte dat het een boek voor de onderbouw van de middelbare school zou kunnen worden. Ze gaf per slot van rekening les aan die leeftijdsgroep en wist wat de kinderen graag lazen.

Ze genoot ervan om haar roman, het kinderboek en de nieuwe routine met de hond zelf af te wisselen.

Op een prachtige zomerdag, toen ze net pauze nam op het terras, rende Deksels in de richting van het bos, en zijn vrolijke geblaf was een duidelijk teken. Ze was dan ook niet verrast toen ze haar grootmoeder en Finola samen het bos uit zag komen.

13

Ze zagen eruit als doodgewone vrouwen, dacht Breen toen ze van de tafel opstond. Misschien niet doodgewoon, want beide vrouwen leken een stuk jonger dan ze waren. Maar ze zagen er, in haar ogen, in elk geval niet uit als een heks en een elf.

Marg had een buidel bij zich, Finola een mand.

De hond begroette hen met uitzinnige blijdschap en genegenheid, terwijl zij met angst en beven toekeek.

'Wat een prachtige dag om buiten te zijn,' zei Finola opgewekt. 'Zit je hier te werken, lieverd? En dan komen wij langs om je lastig te vallen.'

'Nee, dat is niet erg. Niet erg.' Breen klapte haar laptop dicht. 'Ik was van plan eerder langs te komen, maar...'

'Je hebt het maar druk met al dat schrijven. En Seamus vertelde dat je daar tuinieren aan hebt toegevoegd en dat je er heel goed in bent. En nu heb je deze ondeugd ook nog.' Finola gaf Breens hand een kneepje, een bewust gebaar van rust en steun. 'Als je het goedvindt, duik ik de keuken in om een kopje thee te zetten voor bij deze cakejes die ik heb gebakken.'

'Ik...'

'Ik doe het graag.' Finola liep met haar mand vrolijk het huis binnen, op de voet gevolgd door de hond.

Met een kleine glimlach keek Marg haar vriendin na. 'Ze weet dat ik een beetje zenuwachtig ben, dus kwebbelt ze om mij wat tijd te geven tot rust te komen.'

'Dat geldt voor ons allebei, die zenuwen. Ik was echt van plan terug te komen. Ik moest eerst moed verzamelen.'

'Ik kan het je niet kwalijk nemen. Je kreeg wel heel veel in één keer voor je kiezen. Wat een prachtig plekje hier. Je wordt er blij van.'

Het was een stuk gemakkelijker om daarover te praten.

'Ja. Dat is ook zo. Ik woon voor het eerst van mijn leven alleen en kan doen wat ik zelf wil. De eerste keer – voor zover ik me kan herinneren – dat ik een hond heb, en hij maakt me ook blij. Dank je wel dat je hem aan me gegeven hebt.'

'Aan je heb opgedrongen, bedoel je.'

'Toch maakt hij me blij.' En ze moest dankbaar en vriendelijk zijn. 'Ga lekker zitten.'

'Je was aan het werk... aan het schrijven.'

'Ja. Volgens mij kan ik het best aardig en ik hoop nog beter te worden.'

Marg ging in haar nauwsluitende broek en blauwe truitje zitten en sloeg haar benen over elkaar. 'Je hebt talent.'

'Lees je mijn blog?'

'Op mijn manier, ja. Je vader was ook goed met woorden.'

'Hij vertelde me vroeger verhalen, daar kon ik geen genoeg van krijgen. Ik was echt van plan terug te komen,' zei Breen opnieuw. 'En ik wilde je vragen of er iets was, iets kleins, wat ik zou mogen hebben als herinnering aan hem. Ik heb een foto. Gekregen van een pubhouder in Clare, van hem en zijn vrienden die daar spelen. Hij was... zijn band was erg populair.'

'Muziek was zijn eerste liefde, een duurzame liefde. Ik zou die foto heel graag zien voordat we weggaan. Toevallig heb ik iets voor je meegenomen wat veel voor hem betekende.'

Marg dook in haar buidel en haalde er een kleinere uit die was dichtgebonden met wit lint. 'Ik heb natuurlijk meer spullen van hem en je mag daaruit kiezen wat je wilt. Maar ik weet dat hij zou willen dat je deze kreeg.'

Breen opende het zakje en haalde de gouden ring tevoorschijn. Een claddagh-ring en, herinnerde ze zich, zijn trouwring.

'Die droeg hij altijd,' vertelde Marg. 'Ook toen het huwelijk voorbij was.'

Breen wreef met haar vingers over de ring. 'Hij hield van haar. Hij wist dat ze niet voor elkaar voorbestemd waren, maar hij hield van haar. Ze hadden mij gemaakt.'

'Misschien was dat de enige reden dat het lot hen samenbracht.'

'Het betekent heel veel voor me dat ik deze heb.' En ze schaamde zich omdat ze van plan was geweest terug te gaan, maar het niet had gedaan. 'Je bent aardiger voor me dan ik op dit moment verdien.'

'Ach, wat een onzin. Ik ben je oma en heb twintig jaar van verwennen in te halen. Wil je me die kans geven, Breen?'

Hoewel Margs stem kalm klonk, zag Breen de smeekbede in haar ogen.

'Je hebt een goed hart. Geef me die kans.'

'Ik heb zo veel vragen.' Maar terwijl ze sprak, stak Breen haar hand uit om over die van Marg heen te leggen.

'Ik zal de tijd nemen om ze allemaal te beantwoorden.'

'Dan nemen we de tijd. Ik ga die foto pakken. De eerstvolgende keer dat ik ergens ben waar ik hem kan scannen, zal ik een kopie voor je maken.' Ze ging naar binnen, waar Finola met een theepot en kopjes in de weer was.

'Jij hebt me gekend toen ik klein was.'

'Inderdaad. Jij en onze lieve Morena waren twee handen op één buik. Ze woont bij ons nu onze zoon en zijn vrouw, Morena's ouders, in de Hoofdstad zijn.'

'De Hoofdstad.'

'Ja. Talamh is niet zo groot als deze wereld, maar er is meer dan je tot nu toe hebt gezien.' Ze keek naar Breen met die krachtige, directe blik. 'Kom je er nog eens terug, Breen?'

'Ja.'

'Daar zou je je oma erg gelukkig mee maken.'

'Ik ga boven even een foto van mijn vader halen om aan mijn grootmoeder te laten zien.'

'Dan ga ik vast naar buiten met de thee en cakejes. Ze is een sterke, machtige vrouw,' voegde Finola eraan toe. 'Iemand die intens heeft geleden en nog steeds overeind staat. Ze is mijn vriendin en me dierbaar als een zus. Misschien nog wel dierbaarder. Het is mijn grote hoop dat je op haar lijkt.'

Ze had geen idee of ze op iemand leek, maar aangezien ze maar één grootmoeder had, zou ze haar niet langer uit de weg gaan. Ze nam de foto mee naar buiten, waar Marg en Finola met de thee klaarzaten en Deksels languit onder tafel op een koekje lag te kauwen.

Breen bleef staan en staarde naar de kleine vierkanten geglazuurde cakejes op het bord. 'De roze smaken naar rozen.'

'Die vond je altijd het lekkerst.' Met een glimlach legde Finola er twee op een bordje. 'Ik zei het je toch, dat meisje had altijd een voorliefde voor mijn cakejes. Morena hield van de blauwe en de smaak van een zomerlucht.'

Breen ging zitten en liet Marg de ingelijste foto zien.

'Ach, kijk nou toch naar mijn jongen, zo'n knapperd! En dat is jouw Flynn, Fi.'

'Je hebt gelijk! Dat is Morena's pa op de drum. En dat is Kavan… Hij was de beste vriend van je pa, Breen, en de vader van Harken en Aisling, die heb je ontmoet, en van Keegan. En dat is Brian met zijn bodhrán. Alleen mijn eigen Flynn leeft nog.'

'De anderen zijn… dood?'

'Brian al heel lang, en Kavan ook. Het is mooi om ze zo jong en vol energie te zien terwijl ze bezig zijn met iets waar ze zo van hielden.'

'Ik zal kopieën maken en ze meenemen. Wil je me vertellen hoe hij is overleden, mijn vader?'

'Als je komt en ik neem je mee naar de plek waar we hem te ruste hebben gelegd, zullen we erover praten. Zullen we het vandaag vrolijk houden?' vroeg Marg haar. 'Je hebt andere brandende vragen, kies er een die ik kan beantwoorden zonder tranen in mijn thee.'

'Goed dan. Je hoort bij de Wijzen… dat zijn heksen, klopt dat?'

'Ja. Heksen zoals ik, en jij, werden ooit in de werelden gerespecteerd. Totdat degenen zonder krachten steeds meer last kregen van angst en hebzucht en jaloezie. Niet in Talamh, waar onze gaven en talenten en kennis worden ingezet om te helpen en te genezen en te verdedigen.'

'Oké, en jij?' Ze wendde zich tot Finola. 'Jij bent van de Sidhe?'

'Wij verzorgen… de aarde, de lucht, al wat groeit.'

'Is dat het? Ik bedoel, als het om jullie wereld gaat. Heksen en feeën?'

'O, ze bedoelt andere stammen, Marg. We leven, werken, paren allemaal als Fey, als mensen van Talamh, maar we hebben andere stammen, zoals jij dat zou noemen. De elven, zij verzorgen ook en geven de voorkeur aan het bos en de bergen, boven de velden en het laagland.'

'Elven. Zoals…' Gefascineerd hield Breen haar hand een halve meter boven de grond. 'Elven.'

'Ze zijn niet klein, hebben geen puntoren zoals in de sprookjes uit jouw wereld,' zei Marg. 'En de weers zijn geen nachtmerrieachtige wezens die bij volle maan van gedaante veranderen en roven en moorden.'

'Weers? Als in weerwolven?'

'Een weer heeft een geestdier en kan worden wat hij maar wil. Een wolf, een havik, een beer, een hond, een kat enzovoort.'

'De minnen,' voegde Finola eraan toe, die zichtbaar genoot en ondertussen van een cakeje snoepte.

'Die zorgen voor en beschermen de wateren. De trollen werken in de mijnen.'

'En allemaal hebben ze gaven,' ging Marg verder. 'Een trol kan de gave hebben om met dieren te praten, al zie je dat eerder bij een heks, een elf of een fee. Een weer kan droomvisioenen hebben. We hebben wat de goden ons geven.'

Fascinerend, dacht Breen. Het was nu niet eng, leek niet onmogelijk. Alleen maar fascinerend. 'Wat voor goden?'

'Er zijn er veel. Zelfs in jouw wereld geef je ze verschillende namen, doelen, achtergronden.'

‘Hebben zij de boom gemaakt? De Welkomstboom?’

‘Dat was een overeenkomst tussen de mens en de goden en de Fey, gebaseerd op keuzes die meer dan duizend jaar geleden werden gemaakt. De portalen waren een manier om van wereld naar wereld te reizen, maar werelden veranderden en meer keuzes moesten worden gemaakt.’

‘Wat voor keuzes?’

‘In deze wereld begonnen we vervolgd, opgejaagd en vermoord te worden.’

‘De heksenvervolging.’ Dat was geschiedenis, dacht Breen. Betrouwbaar en aantoonbaar. ‘Verbrandingen, ophangingen, verdrinkingen.’

Marg knikte. ‘En de meesten die dat lot moesten ondergaan hadden helemaal geen gaven. Ik denk dat het rijk der mensheid compleet doorsloeg. We moesten gevreesd en vervloekt worden, en daarna waren we simpelweg verhalen en bijgeloof. Deze wereld koos een ander pad, zoals werelden dat doen. Machines werden een soort god, technologie een soort toverkunst, en de echte magick verdween in de schaduwen. De Fey van Talamh kozen ervoor om te beschermen wat ze waren, kozen magick boven deze vooruitgang.’

‘Maar ik ben bij jullie geweest en jullie hier. Mijn moeder heeft in Talamh gewoond, vertelde je. Is ze Fey?’

‘Ze is van deze wereld.’ Ontspannen schonk Marg nog wat thee in. ‘Ze kwam vrijwillig bij ons, uit liefde voor je vader. Niemand kan gedwongen doorkomen, zo is de wet. En iedereen in Talamh wordt aangemoedigd om een andere wereld te ontdekken. Ze mogen in die wereld blijven, dat is hun recht, maar ze moeten een plechtige eed afleggen dat ze hun gaven nooit zullen gebruiken om kwaad te doen, tenzij het is ter verdediging van een ander. Zelfs dan moet er een vonnis plaatsvinden. Sommigen, zoals je moeder, komen naar ons toe en blijven. Sommigen besluiten dat het niet hun plek is en gaan weg.’

‘Maar zouden ze het dan niet doorvertellen?’

‘Wie zou ze geloven?’ vroeg Marg met een glimlach. ‘Jij kunt je nog het een en ander herinneren, hebt dingen gezien, en zelfs jij vindt het al moeilijk om het te geloven.'

Maar geloven was niet zo moeilijk meer als het was geweest, als het misschien had moeten zijn.

'Ik heb mijn hele leven in deze wereld geleefd, althans, sinds mijn derde. Op een plek die zo totaal anders is dan waar ik nu ben. En ik heb heel lang geleerd dat ik niet alleen gewoontjes was, maar amper meer dan middelmatig.'

Er flitste iets in Margs ogen voordat ze haar blik neersloeg. 'Dat was je moeders angst. Ik weet zeker dat ze het mis had, heel erg mis, maar wees niet al te streng voor haar. Je bent verre van gewoontjes, in welke wereld dan ook, mo stór. Je bent slimmer en sterker dan je denkt. Dat wat jij in je hebt is slapende. Laat me je een beetje helpen het te laten ontwaken.'

Ze stond op en stak haar hand uit. Toen Breen haar hand erin legde, liet ze zich naar de tuin leiden. 'Rozemarijn is zo'n nuttige plant. Wil je hem aanraken, aan de plant denken, aan hoe hij groeit, hoe hij zich koestert in de zon, zijn geur verspreidt?'

Breen zag er geen kwaad in en streek met haar vingers langs de zachte naalden.

'De wortels verspreiden zich door de aarde. Als het regent, drinkt hij. Denk daaraan, aan wat hij nodig heeft, aan wat hij geeft. Denk aan wat jij hem geeft.'

Daar dacht ze aan, aan zijn geur, aan hoe haar vingers roken toen ze over de plant gleed. Hoe hij naar de zon reikte. Hoe hij… 'Hij is gegroeid!' Verbijsterd zag Breen dat de takjes anderhalve centimeter hoger waren geworden. 'Dat heb jij gedaan.'

Margs oorbellen glinsterden in de zon toen ze haar hoofd schudde. 'Nee, dat was ik niet. Dat deed jij. Ik zal je niet alles vertellen, niet in één keer, maar ik zal niet liegen. Dit zit in jou, en meer. Alles is één, zie je… verbonden met elkaar. Water, vuur, aarde, lucht, magick. Ook in jou.'

'"Alles is met elkaar verbonden," zei Seamus,' mompelde Breen.

'Zo is het. En dat is genoeg voor één dag. Ik wil je iets vragen.'

Breen draaide zich om en Marg pakte haar handen vast. 'Wat dan?'

'Zou je een dag of twee bij me willen komen logeren?'

'Dan neem je me mee naar mijn vaders graf?'

'Ja.'

'Ik moet wel schrijven.'

'Die werkt niet.' Margs blik gleed naar de laptop. 'Maar er zijn andere manieren. Ik zal je helpen om te doen wat je graag wilt en nodig hebt. Een dag of twee, mijn lieve kind.'

'Dat is goed. Morgen.'

'Ik ben je meer dan dankbaar. Laten we haar nu maar snel met rust laten, Fi.'

'Maar wat was het gezellig.' Finola pakte haar mand en stond op.

'Wees gezegend, kind.'

'Dank je... jij ook.'

'Tot morgen dan. Ik zal naar je uitkijken.'

Breen bleef staan toen de twee vrouwen door het gras in de richting van het bos liepen. Deksels liep met hen mee en rende vervolgens terug.

'Dan moet ik maar gaan inpakken. Wat neem je mee als je een paar dagen naar een andere wereld gaat?'

Het werd een verkort ochtendprogramma. Het blog, de roman, het kinderboek, ze kregen allemaal haar aandacht, maar wel minder tijd.

Halverwege de ochtend hees ze haar rugzak over haar schouders en liep samen met Deksels zenuwachtig het bos in. Met elke stap die ze zette, voelde ze zijn opwinding en ze vroeg zich af of hij op de een of andere manier haar opwinding kon voelen.

Hoe dan ook, hij ging haar voor, net als de eerste keer, in het spel van licht en schaduw, terwijl het bloed onder haar tatoeage sneller stroomde.

Ze dacht aan wat haar moeder zou zeggen.

Doe niet zo dwaas, Breen. Dit kun je helemaal niet aan. Ga terug, boek een vlucht en ga terug naar waar je thuishoort. Volg de regels.

Leid een rustig leven. Wie te hoog mikt, komt hard neer.

Toen ze dat allemaal in haar hoofd hoorde, liep ze doelbewust en met grote stappen verder tot ze bij de boom was. En daar staat hij, dacht ze. Merkwaardig en groots en beangstigend. Ze kon er met haar gezond verstand niet bij dat een boom, hoe fantastisch ook, een opening kon zijn naar een andere wereld. Maar ze was er geweest en had de hond als bewijs. 'Er is meer tussen hemel en aarde, hè, Deksels? Nou... daar gaan we dan.'

Hij vatte dit op als een commando en klauterde over de rotsen en takken omhoog.

Omdat haar val haar nog vers in het geheugen lag, volgde Breen iets voorzichtiger. Toen ze zichzelf opnieuw voelde vallen, greep ze een tak vast. Ze baadde in het licht, in een windvlaag die haar haar en haar jas deed wapperen. Ze moest vechten tegen het deel dat terug wilde, tegen haar moeders stem.

In plaats daarvan deed ze een stap naar voren.

Haar hoofd tolde toen twee werelden leken rond te wentelen – het dichte bos achter haar, de groene velden voor haar. Maar ze stond op een stevige richel en kwam op adem terwijl Deksels omlaag sprong om de schapen op te jagen.

'Het is echt. Dat als eerste. Het is allemaal echt. Dus zien we wel wat er verder gebeurt.'

Nog wat trillerig op haar benen, slaagde ze erin de treden af te lopen en het veld over te steken. Met de hond naast zich klom ze over het muurtje naar de zandweg.

Ze zag de man – Harken, hij heette Harken – naar een van de stenen bijgebouwen lopen. En Aisling stond in een moestuin te schoffelen, met een paar jongetjes met ravenzwart haar naast haar in het gras. De kleinste van de twee schaterde van pret terwijl hij twee tinnen emmers tegen elkaar sloeg. De oudere was heel secuur een toren van houten blokken aan het bouwen.

Naast hen zat een reusachtige grijze wolfshond, als een oplettende kinderjuffrouw.

Aisling zag haar, leunde even op haar schoffel en zwaaide. Vervolgens liep ze de tuin uit, tilde haar jongste op en nam de andere bij de hand. Met de hond zo groot als een pony naast hen, liepen ze naar het pad. 'Je bent teruggekomen. Welkom.'

'Ja, om mijn grootmoeder te bezoeken.' Breen liep naar de stenen muur die hen scheidde.

'Je hebt haar erg gelukkig gemaakt, dat kan ik je wel vertellen. En dit zijn mijn jongens. Finian, zeg juffrouw Kelly eens gedag.'

'Welkom.'

'Dank je wel. Zeg maar Breen, hoor.' Hij zat onder het gras en vuil, maar Breen stak haar hand naar hem uit.

'En deze deugniet is onze Kavan.'

Tot Breens verrassing begon Kavan te schaterlachen en stak hij zijn armpjes naar haar uit.

'Hij is een allemansvriend, maar niet echt schoon.'

'Geeft niets.'

Toen Aisling hem over het muurtje aan haar gaf, duwde hij zijn vuile handjes in Breens haar en babbelde vrolijk.

'Hij vindt je haar mooi, zie je? Rood is zijn lievelingskleur, hè, wilde jongen van me? En als laatste Mab. Zij is een lieve schat, doet geen vlieg kwaad.'

Deksels ging op zijn achterpoten tegen het muurtje staan en rekte zich uit om Mabs kop te likken. De grote hond onderging het met stille waardigheid.

'We zullen je niet ophouden, want Marg wacht op je, maar ik hoop dat je een keertje langskomt. Mijn man en broer kunnen elk moment thuiskomen. Ze zullen je graag willen ontmoeten.'

'Zal ik doen.'

'Kom maar weer bij mama, kleine man, want je nieuwe vriendin moet weg.' Aisling nam de jongen weer over en zette hem op haar heup.

'Ik heb nog iets voor jou en je broer.'

'O?'

'Ja, mijn grootmoeder zei...' Breen deed haar rugzak af en ritste hem open. Ze haalde een ingelijste foto tevoorschijn. 'Jouw vader, met de mijne en andere vrienden.'

'O! O, kijk nou toch!' Aisling verschoof de baby terwijl ze de foto aanpakte. 'Kijk eens, jongens, dit is jullie opa.'

'Hoe komt hij daarin?' wilde Finian weten.

'Het is een gelijkenis, zie je? Net als een tekening van toen hij een jongeman was. O, dit zal ik koesteren, Breen. Ik weet niet wat ik moet zeggen.'

'Graag gedaan. Ik kom nog wel langs voordat ik... terugga.'

'Doe dat, en doe Marg de groeten, wil je?'

'Zal ik doen. Je hebt prachtige zoons.'

Aisling straalde van blijdschap en trots. 'Ze zijn een zegen. Maar nu wil ik graag een meisje. Eéntje maar. Kom, jongens, laten we dit prachtige cadeau maar gauw naar binnen brengen, zodat er niets mee kan gebeuren.'

Terwijl ze naar het huis liep, grijnsde Kavan over de schouder van zijn moeder naar Breen. En ze zag hoe kleine felrode vleugeltjes fladderden alsof ze haar uitzwaaiden. 'Dat zie je niet elke dag. Nou ja, alleen hier, misschien.' Ze volgde de weg en liep toen tussen de bomen door naar de cottage.

Opnieuw stonden de deuren en ramen open en dwarrelde er rook uit de schoorsteen omhoog. Marg was bloemen aan het plukken in haar bloeiende tuin en legde ze in de mand aan haar arm.

'Je bent er. Ja, jij ook,' voegde ze eraan toe, toen Deksels op haar afrende. 'Kom binnen en wees welkom. Ik zal je gelijk je kamer laten zien, ik hoop dat je hem mooi vindt.'

Ze is nerveus, besefte Breen, en die wetenschap bracht haar eigen zenuwen iets tot rust.

'Hoe ging je doorkomst deze keer?'

'Ik ben niet flauwgevallen en plat op mijn rug geëindigd.'

'Beter dus. Deze kant op,' zei ze, en ze wees. 'Mijn kamer is aan de andere kant, dus je hebt wat privacy. Daar is een badkamer, niet wat je gewend bent. Als je vragen hebt, zal ik je laten zien hoe alles werkt.'

'Oké.'

Ze liep een heel lichte kamer binnen met vitrage voor de ramen die wapperde in de wind waardoor de tuin en de bomen daarachter zichtbaar werden. Er stond een stevig hemelbed met witte gordijnen, en aan de voet van het bed stond een kist die was beschilderd met draken. De schoorsteenmantel boven de haard was bedekt met kaarsen en bloemen en kristallen. Voor een van de ramen stond een schattig bureautje met een stoel.

'Wat enig.' Ze liep de kamer binnen en zette haar tas op de kist. 'Echt mooi. De cottage leek niet groot genoeg om een kamer als deze te hebben.' Opeens drong het tot haar door en ze draaide zich om. 'Omdat hij er de vorige keer niet was.'

'Nu is hij er wel en hij zal er altijd voor je zijn.'

'Ik probeer me er automatisch van te overtuigen dat dit allemaal een uitgebreide droom is of, ik weet het niet, een zenuwinzinking of zo. Maar ik weet dat het niet zo is. En nu ik hier sta, hier ben, wil ik dat ook niet.'

'Het is je thuis, wát je uiteindelijk ook kiest. Het zal altijd je thuis zijn. Ik ga theezetten, dan kun jij je spulletjes opruimen.'

'Het is niet veel en het kan best wachten, als we... als je me naar het graf van mijn vader zou willen brengen. Ik heb deze voor je.' Ze maakte haar rugzak open en haalde er nog een ingelijste foto uit. 'Voor jou. Ik heb er ook een voor Finola. Ik kwam Aisling onderweg tegen en haar heb ik er ook een gegeven. En dan heb ik er nog een over. Ik wist niet of die andere vriend, van wie je zei dat hij ook was overleden, familie heeft die hem graag zou willen hebben.'

'O ja, en ze zullen er dolblij mee zijn. Wat attent van je, Breen.' Marg nam de foto aan en drukte hem tegen haar hart. 'Ik zal je naar zijn steen brengen. Het is een eindje lopen, dus we nemen de paarden. Ik heb mijn eigen Igraine, en voor jou kunnen we er bij Harken wel één lenen.'

'Ik kan niet paardrijden. Ik heb nog nooit op een paard gezeten.'

Een flits van verrassing gleed over Margs gezicht. 'O, jawel. Je had je eigen pony en noemde haar Birdie. En je reed ook wel samen met je vader op zijn paard. Die dingen komen vast en zeker vanzelf terug, maar dan nemen we vandaag Igraine en de kar.'

'Zijn hier echt geen auto's?'

'Nee, geen auto's.' Marg pakte de mand met bloemen, waarna ze Breen voorging naar buiten en naar een bijgebouw liep waar een paard loom stond te kauwen boven een mand hooi. 'Dit is onze Igraine, ze is lief en mak, maar kan snel zijn als dat nodig is. We zullen haar inspannen.'

Het paard uit haar droom, besefte Breen. Het gespierde witte dier met het zwartgevlekte achterlijf. 'Kan ik je helpen?'

'Kijk maar goed toe, dan kun je het leren.' Marg liep met het paard naar een tweewieler, waar het dier rustig zwiepend met de staart bleef staan, terwijl Marg een soort harnas rond de borst en de schoft van het paard hing. Het liep onder de buik door, langs de flanken, en aan de manier waarop Marg het bevestigde, kon Breen zien dat ze het talloze keren had gedaan.

Het paard bleef al die tijd rustig staan.

'Het is allemaal gepolsterd, zie je, het borsttuig, zodat het niet schuurt. En hiermee kun je het paard leiden, maar zet het niet zo hoog vast dat het tegen haar luchtpijp drukt. En je zet het vast met riemen. Dan heb je de broek – anders dan die van jou en mij – die is voor het remmen.' Marg gaf het paard een stevige aai. 'Dan de singel, die mag je stevig aantrekken. En het hoofdstel en het bit... goed zo, meisje.'

Terwijl Breen gefascineerd toekeek, snoerde en gespte Marg alles vast en controleerde ze of alles goed zat. Vervolgens deed ze een stap naar achteren om de kar op te tillen.

'Laat me helpen.'

'Goed dan, de lamoenen aan weerszijden gaan in de lichtogen. Die lussen, zie je? De leren lussen.'

Ze legde het allemaal stap voor stap uit, heel veel stappen, voordat paard-en-wagen klaar waren voor de rit.

'Al dat werk,' zei Breen verbaasd, 'elke keer als je ergens met de wagen naartoe wilt.'

'Het kost wat tijd, maar waarom zou je je door de dag heen haasten om aan de volgende te beginnen?'

Lenig als een tiener klom Marg op de kar, ging zitten en wachtte tot Breen hetzelfde had gedaan. 'Achterop, jij,' zei ze tegen Deksels.

De hond sprong op de kar en legde zijn kop op de zitting tussen hen in.

Met een klik van haar tong stuurde Marg paard-en-wagen naar voren.

Vanuit haar ooghoek zag Breen iets bewegen en ze draaide haar hoofd. Een kat, zag ze, een zilvergrijze kat die om de hoek van het huis liep. 'Je hebt een kat.'

'Bij wijze van spreken.'

14

Als ervaring, concludeerde Breen, leverde haar eerste rit met paard-en-wagen haar rammelende botten en tanden op, maar de opwinding maakte alles goed. De rust, alleen het draaien van de wielen, de energieke draf van de merrie op de zachte aarde, betekende dat ze onderweg de vogels kon horen fluiten en de koeien kon horen loeien.

Ze zat in de zon, voelde de bries die de geur van gras met zich meebracht, en zag andere boerderijen, andere cottages, en een man met een dikke wandelstok die tegen zijn pet tikte toen ze hem passeerden. Ze zag spelende kinderen, kleren die aan de waslijn wapperden, paarden die speels door de wei renden.

'Was dat een vos?' vroeg ze, toen ze iets roods en glanzends over de weg zag schieten.

'Ja. Heb je nog nooit een vos gezien?'

'Niet echt. Die ronde toren, daar. Waar is die voor?'

'Nu om te herdenken. Lang geleden gebruikten de Vromen ze om zich er in te verbergen omdat ze vervolgd werden. Maar goed, in die tijd vervolgden zij zelf ook anderen.'

'Die naam heb je eerder gebruikt, voor de plek waar mijn vader is begraven.'

'Het was een plek die was bedoeld voor gebed en goede werken en overpeinzing. Maar er zijn er altijd een paar die denken dat hun geloof het enige is, of niet? Die bereid zijn alles te doen om dat geloof aan anderen op te dringen. Als je het mij vraagt, zijn mensen die uit naam van een god moorden, brandstichten en anderen onderwerpen, doof voor de god die zij claimen te aanbidden. Of het is een valse en wrede god.'

Ze stuurde paard-en-wagen op een ander pad, steiler, en toen ze het hoogste punt hadden bereikt, zag Breen het.

Het enorme bouwwerk van grijze steen, de torens, de kantelen. En het hoge gras eromheen, met grafstenen en schapen die er graasden. En daar, op een andere heuvel, een steencirkel.

'Hier heb je over gedroomd.'

'Ja. Over deze plek, jou, het paard. Niet de kar, je reed op dit paard en droeg een bruine cape met een capuchon. Ik kan er maar niet aan wennen,' mompelde Breen. 'Ik weet niet of me dat ooit gaat lukken.'

'Dit is een gewijde plek, heilig, zoals het bedoeld was. Al het bloed dat hier heeft gevloeid, zondes die zijn begaan, zijn lang geleden vergeven.'

'Waarom ligt hij hier en niet dichter bij de plek waar hij vandaan kwam?'

'Hij was taoiseach en dit is zijn eer. Als mijn tijd komt, kom ik hier ook te liggen.'

'Wat betekent het, dat woord. "Tiesja"?'

Marg spelde het voor haar. 'Het betekent "leider". Onze Eian was leider van de stammen, van allemaal. Gekozen en verkozen, net als ik eens was.'

'Worden er dan verkiezingen gehouden?'

'Gekozen en verkozen,' herhaalde Marg. 'Zoals ik ervoor koos het zwaard en de staf van de taoiseach door te geven aan een ander toen ik gefaald had, toen ik me had laten gebruiken en bedriegen. Ik leg het je nog wel eens uit,' liet ze hierop volgen, en ze legde een hand over die van Breen. 'Dat beloof ik je. Je vader was nog maar een baby toen ik ze afzwoer en nog maar zestien toen hij het zwaard en de staf zelf opnam.'

Ze liet het paard stoppen. 'Wil jij de bloemen voor me pakken?'

vroeg ze, terwijl de hond van de kar sprong om de schapen en de stenen te onderzoeken.

Nadat ze van de kar af gestapt was, pakte Breen de mand. Marg haalde de bloemen eruit en zwaaide met haar vinger in het rond. De bloemstengels kwamen bijeen alsof ze met touw bijeengebonden waren.

'Nu jij er ook bent, denk ik dat we deze in de grond zetten, zodat ze kunnen groeien en bloeien.'

'Maar het zijn snijbloemen.'

'Maar wel vers, vers genoeg hiervoor.' Ze pakte Breens hand vast en liep met haar door en over het gras naar een steen waar haar vaders naam in stond gekerfd en het symbool van een zwaard gekruist met een staf.

'Hij is echt weg. Deels wilde ik het niet geloven...'

'Hij is in jou, net als in mij.' Marg sloeg een arm om Breens middel. 'Vergeet dat nooit. Hij is nu bij de goden. Alleen zijn as en onze herinneringen aan hem liggen hier.'

'Je... Is hij gecremeerd?'

'In onze traditie wordt de overledene op een boot gelegd, op een bed van bloemen. Er worden kaarsen aangestoken, liederen gezongen en de boot drijft weg op het water tot hij vlam vat. De as komt door de lucht terug, verdwijnt in een stenen pot en de pot wordt in de aarde geplaatst. En de dode is een met de vijf.'

'De vier elementen en magick.'

'Ja. Wil je dat ik je even alleen laat?'

'Nee. Nee, hij hoorde ook bij jou.'

'Laten we hem dan samen de bloemen geven.'

'Ik weet niet hoe ik moet doen wat je van me vraagt.'

'Kniel met me. We houden de bloemen samen vast, net onder de steen. Denk met je hart, stel je open. En op deze plaats van vrede en rust,' verklaarde ze, 'schenken we dit aan degene van wie we het meeste hielden. Bloemen groeien dag en nacht. Voor vader, voor zoon, van haar, van mij. Zoals wij het willen, zo zal het zijn.'

Breen voelde iets, een verandering in de lucht, in de grond onder haar voeten. De stengels van het boeket gleden simpelweg de aarde in. En ze verspreidden zich als een felgekleurde deken over de grond. 'Wat… mooi.'

'Daar heb jij aan meegewerkt.' Tranen glinsterden in Margs ogen, maar ze stroomden niet. Ze glinsterden alleen als licht boven een mistige, blauwe zee. 'Je hebt het in je, mo stór. Als je wilt, kan ik je alles leren wat je moet weten. Neem nu de tijd met hem. Je hebt het nodig, of je dat weet of niet. Er zijn hier anderen die ik heb gekend en voor wie ik heb gezorgd, bij hen ga ik nu even langs.'

'Oké.' Breen ging zitten en streek met haar hand over de deken van bloemen. Ze was er niet van overtuigd dat zij had geholpen dit te creëren, al kon ze niet ontkennen dat ze vanbinnen iets voelde trekken en openen. Maar op dit moment wilde ze gewoon zijn.

'Ik mis je heel erg.' Nu nog meer dan vroeger, besefte ze. 'Ik had je eerder moeten gaan zoeken. Ik had me op de een of andere manier los moeten maken, dan was je nog steeds dood geweest, maar dan had ik het geweten. Dan was ik hier gekomen. Het is hier prachtig met de oude ruïnes, de heuvels en velden. En zo stil. "Vrede en rust", zei ze, en dat is zo. Ik weet niet wat ik geloof over de dood, maar ik hoop dat je dat nu hebt. Vrede en rust. Er is zo veel wat ik moet onthouden, maar ik ben één ding nooit vergeten. Ik hou van je.' Ze stond op, knipperde met haar ogen en veegde de tranen weg.

Het paard hinnikte luid en ging op haar achterbenen staan waardoor de kar bijna kantelde. Zonder nadenken rende Breen ernaartoe om het halster vast te pakken in een poging het dier rustig te krijgen. Ze hoorden iets ruisen, als een krachtige wind door de bomen. Terwijl ze worstelde met het paard, keek ze op.

Een man dook uit de lucht omlaag. Zijn goudblonde haar wapperde naar achteren, zijn donkere vleugels waren gespreid.

Ze had maar een paar tellen om zich te verwonderen over de merkwaardige schoonheid, voordat ze besefte dat hij recht op haar afkwam. En de blik in zijn ogen was net zo donker als zijn vleugels.

Zigzaggend rende ze over de oneffen grond rond de grafstenen. Iets greep haar haar vast en rukte haar terug. Toen een arm om haar middel werd geslagen, schopte en vocht ze en hapte ze naar lucht om te schreeuwen. 'Oma! Ren! Ren en verstop je!'

Het gegrinnik klonk dicht bij haar oor. 'De tijd van verstoppen is voorbij. Odran wacht op je.'

Ze trapte in de lucht toen hij haar optilde en zag de grond onder haar tollen. Ze hoorde een brul, dacht dat het haar hart was dat ze in blinde paniek in haar hoofd hoorde bonzen.

Toen dook het uit de lucht, glanzend smaragdgroen en goud en onmogelijk. Het lange, gespierde lijf scheerde door de lucht met een man op zijn rug, zijn zwarte haar wapperde. Het zonlicht viel op het opgeheven zwaard in zijn hand.

Wat haar vast had, liet haar los en toen ze viel – te verbijsterd om te schreeuwen – zag ze dat ook hij een zwaard trok.

Ze viel op de grond en bleef verdwaasd en duizelig liggen, terwijl het gevecht – zwaard tegen zwaard – de grond onder haar deed schudden.

'Breen!' Marg liet zich naast haar vallen. 'Ik ben er. Waar doet het pijn?'

'Dat is een draak.' Ademloos wist Breen de woorden uit te brengen. 'Dat is een draak.'

'Ja, de goden zijn geprezen.'

De draak draaide zich om, zijn lijf krulde, de staart zwiepte. Zijn berijder haalde met zijn zwaard uit.

Het gevleugelde lichaam viel als een baksteen. Het hoofd landde met een doffe dreun op de zandweg en rolde toen in het hoge gras.

'O god, o mijn god.'

'Kom, het is al goed. Je bent nu veilig. Wat kneuzingen hier en daar, maar je hebt niets gebroken. Blijf maar even zitten en kom op adem. Het is al voorbij.'

De draak daalde neer en scherpe klauwen boorden zich in de zandweg. Het beest keek Breen onderzoekend aan met goudkleurige ogen die nog donkerder waren dan zijn schubben, terwijl hij zich op zijn buik liet zakken.

De man zwaaide één been over de brede rug en sprong omlaag met het gemak waarmee een ander misschien op een hete dag in een koele rivier zou springen. Hij stak het bloederige zwaard in de schede en liep met grote stappen naar Marg toe.

Hij keek niet bepaald blij, maar dat zou zij ook niet zijn, dacht Breen, als ze net iemand had onthoofd.

Zijn haar viel zwart als de nacht tot over de kraag van zijn leren jas die op en neer deinde terwijl hij liep. Zijn ogen, intens donkergroen, wierpen een snelle blik op het afgehakte hoofd.

Ze kende dat gezicht uit haar dromen, hard en aantrekkelijk.

'Odran heeft niet zijn beste gestuurd.' Daarna keek hij naar Breen met diezelfde blik van milde minachting. 'Zij?'

'Ik ben je dankbaar, Keegan, dus verpest het nou niet door een klootzak te zijn. Mijn meisje is geschrokken en gevallen, en ik ben me er sterk van bewust dat het veel erger had kunnen aflopen als jij niet op het juiste moment was gekomen. Breen, dit is Keegan O'Broin.'

'Je hebt een draak.'

'We hebben elkaar. Kun je staan?'

Ze twijfelde, maar toen hij zijn hand uitstak, besloot ze dat ze zich op twee benen minder idioot zou voelen dan op de grond, terwijl de hond bezorgd jankte en aan haar gezicht zat te likken.

Hij hees haar overeind en keek toen veel vriendelijker naar Deksels dan hij naar haar had gekeken. 'En wie hebben we hier? Een uit Clancy's nest?'

'Ja, en hij is nu van Breen.'

'Je hebt gefaald als waakhond.' Maar hij gaf Deksels een snelle aai. 'Je moet de volgende keer beter presteren.' Hij keek over zijn schouder naar Marg. 'Zij ook.'

'Het meisje heeft helemaal geen tijd gehad,' begon Marg.

'Ik sta hier, hoor, maar ik wil wel even die kant op lopen als jullie achter m'n rug om willen kletsen.'

'O, dus toch wat ruggengraat, we zullen wel zien.' Hij negeerde Breen weer en keek op. 'Als het goed is, zit Mahon vlak achter me. Hij zal ervoor zorgen dat jullie veilig thuiskomen. Dit was waarschijnlijk een opportunist, want Odran zou nooit zo'n slechte zwaardvechter sturen. Ik ontferm me wel over zijn resten.'

'Je bent meer dan twee weken weg geweest. Blijf je nu een tijdje?'

'Zo lang mogelijk. Ik heb thuis gemist. Daar is Mahon.'

'Ah, Aisling en de kinderen zullen blij zijn dat hij er weer is.'

Met mahoniekleurige vleugels en haar in dezelfde tinten in tientallen vlechtjes, zweefde de fee door de lucht.

'Heb je hulp nodig om haar weer in de kar te krijgen?' vroeg Keegan aan Marg.

'O, krijg nou de...' Haar gekrenkte trots schoof het laatste restje angst en verwondering opzij. 'Deksels!' snauwde ze, en ze liep in de richting van de kar. Haar enkel deed pijn, maar ze weigerde te strompelen.

'Deksels?' herhaalde Keegan met een lachje in zijn stem.

'Zo heet de hond, en plaag dat meisje niet, Keegan. Wat hier is gebeurd, is mijn schuld. Mijn schuld.' Ze liep naar Breen voordat Mahon lichtvoetig landde.

'Je ging er als een storm vandoor, ik kwam bijna in een maalstroom terecht,' klaagde Mahon. 'En nu zie ik dat ik alle lol heb gemist. Was het een zwarte fee?'

'Een van Odrans jongens, want hij had Margs kleindochter een meter van de grond toen ik kwam. Ze trapte en schreeuwde als een kleuter met een driftbui.'

'Aisling had al laten weten dat ze doorgekomen was.'

'Het was ook bijna direct het einde geweest. Zorg dat ze veilig thuiskomen, wil je, Mahon, en ga dan zelf ook naar huis.'

'Natuurlijk, zal ik doen.'

Keegan deed een stap opzij, pakte het hoofd bij het haar vast en smeet het naast het lichaam. 'Cróga! *Lasair,*' zei hij tegen de draak.

Met donderend geraas spuwde Cróga vuur. Het ging met zo veel hitte gepaard dat er niets meer dan zwarte as overbleef. Bij het horen van het lawaai keek Breen achterom en door het feit dat alle kleur uit haar gezicht wegtrok, besefte Keegan dat hij had moeten wachten tot ze uit het zicht waren. Tja, daar was nu niets meer aan te doen.

'Een beetje meer tact had wel gekund,' merkte Mahon op, waarna hij naar de kar slenterde. 'Milady.' Ondanks de formele toon leunde hij naar voren om Marg een zoen op haar wang te geven. 'Vervelend dat jullie problemen hadden, hier nog wel, op deze heilige plek. En ik wist niet dat je een zus had.'

'Je bent me er eentje, Mahon. Breen is mijn kleindochter, dat weet je heel goed. Breen, dit is Mahon Hannigan.'

'Ik heb je gezin ontmoet.' Omdat ze de rook nog kon ruiken, sprak Breen behoedzaam, zodat haar stem niet trilde. 'Je hebt schattige kinderen.'

'We hebben onze handen er vol aan. Voel je je goed genoeg om te reizen?'

'Ja, ik voel me prima. Prima.'

'Ik zal ervoor zorgen dat jullie veilig thuiskomen, dus geen zorgen.'

Hij spreidde zijn vleugels en vloog op. Breen vergat om verbijsterd te zijn.

Toen Marg naar het paard had geklakt en ze de stank van het vuur en de rook waren gepasseerd, draaide Breen zich naar haar toe. 'Ik heb antwoorden nodig.'

'Dat weet ik. Dit, wat er is gebeurd, is mijn schuld.'

'Voordat we het daarover gaan hebben, wil ik iets anders weten, zodat ik het uit mijn hoofd kan zetten. Die man bereed een draak.'

'Zulke wezens behoren tot overlevering en legendes in jouw wereld, maar hier maken ze deel uit van de maatschappij. Ik had ze allemaal verzocht uit de buurt te blijven, omdat ik dacht dat jij... Er kwam al zo veel op je af, en ik dacht... Ik had het mis. Ik heb meer dingen verkeerd gedaan en dat was je bijna duur komen te staan.'

'Is hij de broer van Aisling en Harken? De drakenruiter?'

'Ja. En de taoiseach van Talamh.'

'Hij? Nou ja, waarom ook niet? Maar waarom zou een of andere zwarte fee mij tegen mijn wil willen meenemen en wie is Odran, verdomme?'

'Ik was in de veronderstelling dat Odran nog niet op de hoogte was van jouw aanwezigheid, dat er nog tijd was om je voor te bereiden, alles uit te leggen en je het een en ander te leren. Ik weet niet of degene die Keegan heeft gedood door Odran is gestuurd, of dat hij een verkenner was die geluk had, als het ware, voordat hij zijn noodlot tegemoet ging.'

'Dat is op allebei mijn vragen geen antwoord.'

'Hij zal je hebben willen meenemen. Daar zou hij ongetwijfeld rijkelijk voor zijn beloond. Hij zal er wel één van Odran zijn geweest. Je grootvader.'

'Mijn... waarom zou mijn grootvader, over wie jij het helemaal niet hebt gehad, me doodsbang maken en me laten meeslepen door...? Is hij ook degene die me als kind heeft ontvoerd?'

Met een strak gezicht joeg Marg het paard op. 'Ook dat is mijn schuld. Dit is een vredige wereld. Vrede is iets waar je aan moet werken en soms moet je ervoor vechten. Er zijn mensen die alleen maar vernietigen, afpakken, anderen domineren. Odran is zo iemand.'

Elke wereld is hetzelfde, magick of niet, dacht Breen. 'Wat wil hij met mij?'

'Je bent zijn bloed, zoals je het mijne bent. En je bent zo veel meer dan je weet, mo stór.'

Voordat ze nog iets kon zeggen, kwam de draak overvliegen, waarna de ruiter in westelijke richting verdween.

'Waar gaat hij naartoe?'

'Hij brengt de as van de zwarte fee naar de Bittere Grotten om hem diep te begraven en de grond te zouten.' Marg reed even in stilte verder. 'We zijn zo thuis. Kun je wachten tot we daar zijn?'

Breen wilde protesteren, maar zag dat Marg net zo bleek was als zij zich voelde. 'Ik heb al zo lang gewacht...' Ze keek op en zag Mahon door de lucht scheren. 'Als Keegan taoiseach is, wie is Mahon dan?'

'Zijn oudste vriend en als een broer voor hem, al voordat hij en Aisling zich aan elkaar verbonden. Mahon is een goede man, iemand die je kunt vertrouwen, Keegans rechterhand.'

'Hij… is van de Sidhe en Aisling, zei jij, is van de Wijzen. Dus verschillende stammen kunnen met elkaar trouwen.'

'Natuurlijk. Het hart houdt van wie het houdt. Harken smacht naar Morena, altijd al gedaan. Maar hij is een beetje traag in dat soort zaken en zij is meer dan een beetje koppig, dus draaien ze nog altijd om elkaar heen.'

Marg nam het pad naar de cottage. 'Als ik Igraine verzorgd heb, wil ik nog even naar jou kijken, maar ik kan ook Aisling roepen, genezen is haar grootste kracht.'

'Ik ben niet gewond. Waarschijnlijk wat blauwe plekken en mijn linkerenkel doet pijn, verder niet.'

'We zullen eens kijken, en dan drinken we een glas wijn en zal ik je vertellen wat je moet weten.'

'Alles,' drong Breen aan. 'Niet wat jij denkt dat ik moet weten.'

'Alles.'

Toen Marg de kar stilzette, vloog Mahon omlaag om haar te helpen uitstappen. 'Laat mij het paard maar uitspannen.'

'Ach, Mahon, ik weet dat jij ook graag naar huis wilt.'

'Het is zó gedaan.' Hij gaf haar nog een zoen en de hond kreeg nog een aai. 'Welkom in Talamh, milady Breen.'

'Dank je wel.' Omdat haar enkel stijf was geworden na de rit, kostte het haar moeite om niet naar de deur te hinkelen.

'Ga lekker bij de haard zitten.' Marg klikte met haar vingers en het smeulende hout vlamde op. 'Laten we dat been omhoog doen en je laars uittrekken.'

'Ik verdraaide hem alleen een beetje toen ik viel. Ik kwam vooral op mijn kont terecht.'

Marg keek fronsend met haar wenkbrauwen naar de enkel. 'Een beetje gekneusd, een beetje dik. Genezen is niet mijn sterkste kant, maar dit lukt me wel.' Ze ging op het lage tafeltje zitten en legde Breens been op schoot.

'Ik moet hem alleen hoog houden en er ijs op doen.'

'Hmm,' zei Marg, en ze liet haar vingers in lome cirkels heel lichtjes over de enkel glijden. 'Toen je had leren lopen, wilde je alleen nog maar rennen. Blauwe plekken en schrammen, schrammen en blauwe plekken. En dan krabbelde je weer overeind en rende je verder.'

'Ik hou van hardlopen. Ik heb op school een tijdje aan atletiek gedaan.' De vingers voelden zo verzachtend, zo koel en verzachtend, dat ze haar oogleden omlaag voelde zakken.

'Blijf jij lekker zitten, dan pak ik de wijn en wat balsem om het genezingsproces af te maken.'

Toen Marg opstond, deed Breen haar ogen weer open. Niet alleen waren de stijfheid en de pijn verdwenen, maar ook de blauwe plekken en de zwelling waren weg. 'Is dit een soort bezwering?'

'O, nee hoor. Een gave, zou je kunnen zeggen, maar als het ernstig was geweest, zou ik Aisling of een van de andere genezers erbij gehaald hebben. Jij hebt de gave ook. Ik weet nog dat Morena een keer haar vingers had verbrand aan de kachel. Je genas ze met kusjes.'

'Hoe... hoe wist ik dat?'

'Je hart wist het. Kijk eens.' Ze kwam met de wijn, een schaal biscuitjes en een koekje voor de hond. Op het dienblad stond ook een klein blauw potje. 'Een eenvoudige balsem. Watertjes, drankjes, balsems, zalfjes, bezweringen en dergelijke, daar ben ik goed in.'

'Hij voelt weer helemaal goed.'

'Hiermee hou je het zo. Je noemde me oma.' Met diezelfde cirkelbeweging bracht Marg de balsem aan. 'Je noemde me oma en zei dat ik moest vluchten en me moest verstoppen.'

'Dat heb je anders niet gedaan.'

'Je wilde me beschermen. Zou ik voor jou minder doen?' Ze gaf de hond zijn koekje, waarna hij er languit bij de haard op ging liggen kauwen.

'Laat je altijd de deur open?'

'Nee, niet altijd, maar ik hou van de lucht. Heb je liever dat hij dicht is?'

'Nee, het is fijn, de bries, het vuur.' De hartelijkheid, dacht ze. Want een open deur betekende: welkom.

Marg ging op een stoel zitten en pakte haar wijn. Ze draaide het kopje in haar handen om voordat ze een slok nam. 'Ik zal je het verhaal op mijn manier vertellen, maar het is de waarheid. De hele waarheid. En ik zal al je vragen beantwoorden.' Ze nam nog een slok. 'Toen de taoiseach voor mij overleed – hij had een lang leven gehad en de vrede bewaard – ging ik bij de anderen aan de rand van het meer staan. Zo gaat het kiezen en verkozen worden. Het zwaard wordt teruggegeven aan het meer. Het meer in duiken is de eerste keus die we maken. Dus ik dook het water in. Achttien, was ik, en ik had geen enkele ambitie om te leiden. Ik wilde een goede heks zijn, zo zou jij het noemen, en toen ik mijn lief eenmaal had ontmoet, een goede moeder voor onze vele kinderen. Dat waren mijn verlangens toen ik het water in ging. Maar daar, in de diepte, waar anderen keken, kon ik als enige het zwaard zien. Dus maakte ik de volgende keus, om het ter hand te nemen, mijn lot te aanvaarden.'

'Zoiets als de *Vrouwe van het Meer*, de Arthur-legende.'

'Legendes hebben ergens hun oorsprong, nietwaar? Dus nam ik die taken op me, beoefende ik mijn vak en ging om met de merkwaardige intriges van het leiderschap. Er waren mannen die de positie met me wilden delen, maar niemand die ik wilde. Totdat ik Odran zag.'

Ze leunde achterover, keek in het vuur, het verleden. 'O goden, wat was hij knap, met haar als zonlicht, ogen zo grijs als een donderwolk. Lang en gespierd, zo charmant. Hij maakte me het hof met lome blikken, zoete woorden, spannende aanrakingen. Ik dacht dat hij van de Wijzen was. Ik dacht dat hij uit Talamh kwam.'

'Was dat niet zo? Komt hij hier niet vandaan?'

Marg schudde haar hoofd. 'Ik was verblind, zag niet wat hij was. Ik was jong, vol liefde en verlangen. Ik zal nooit weten of dat uit mezelf kwam, of dat zijn gaven mijn gevoelens kneedden. Dus ging ik met hem naar bed. Hij was niet mijn eerste, maar hij was wat ik wilde... dat dacht ik althans.'

De kat kwam binnen. Het beest keek lang naar Marg en liep toen terug naar de keuken.

'We beloofden elkaar trouw, eerst in de Hoofdstad en daarna nog een keer op de boerderij waar mijn familie al generaties het land bewerkte. En mijn grootste wens kwam uit, we kregen een kind. Odran was zo attent toen ik zwanger was van onze zoon. Hij werkte op het land met mijn vader, bracht bloemen mee voor mijn moeder. En toen werd Eian geboren. De vreugde duurde nog een paar weken langer, want hij wilde dat de baby lekker dik werd van mijn melk – heksenmelk – zodat hij steeds sterker werd.'

'Waarom? Waarvoor?'

'Om die kracht tot zich te nemen. Beetje bij beetje op te zuigen, een kind met zijn bloed en mijn bloed. Van de taoiseach. Op een nacht werd ik wakker na een droom, een droom over stormen en bloed. Ik voelde me niet goed, duizelig en zwak, want hij had iets in mijn thee gedaan die hij me zo lief had gebracht toen ik mijn kind aan het voeden was. En ik zag hem, zag wie hij werkelijk was, zag de duisternis en de vastberadenheid toen hij de baby vasthield. Eian sliep ook, te diep. Hij zoog die onschuldige kracht in zich op, zoog het kind dat we samen hadden gemaakt leeg.'

'Hij... vermoordde de baby? Zijn eigen zoon?'

Marg schudde haar hoofd. 'Hij vermoordde hem niet, maar zoog zijn leven langzaam leeg. De kracht, de ziel. Hij nam ze in zich op, zou je kunnen zeggen. En ja, mijn lieve kind zou uiteindelijk dood zijn gegaan, op het moment dat hij niets meer te geven had. Daardoor vond ik mijn woede en mijn kracht. Ik hield hem tegen met een vloek uit het gebroken hart van een moeder. Ik joeg hem het huis uit, de wereld uit... voorgoed, naar ik dacht. Maar weet je, hij was meer dan ik wist, zelfs toen, en mijn zorgen om de baby verblindden me. Want hij kwam terug met zijn duisternis en zijn demonen, en er kwam een einde aan de lange vrede.'

Even leunde Marg met haar ogen dicht achterover.

'Meer dan een jaar voerden we oorlog. Mensen stierven, goede mannen en vrouwen die tegen die krachten vochten. Mijn vader, mijn broers vielen dat jaar. En nog geen twaalf maanden later stierf mijn moeder verbitterd aan een gebroken hart. Ze heeft het me nooit vergeven.'

'Het was toch niet jouw schuld?'

'Ik was taoiseach. Beschermde ik de wereld zoals ik had gezworen? Nee. Ik gaf toe aan mijn wensen en begeerten. Dus toen we hem naar de duisternis hadden gestuurd, toen we de doden hadden geëerd en de opbouw van een nieuwe vrede begon, gaf ik het zwaard terug aan het meer, zodat een ander verkozen kon worden.'

'Niet mijn vader. Die was toen nog te jong.'

'Nee, een ander, en ze deed het goed. En toen was het Eians tijd. Alleen een moeder weet denk ik hoe het voelt, die immense trots vermengd met grote angst. Dat voelde ik die ochtend, toen Eian het meer uit kwam met het zwaard stevig in zijn hand. Maar hij wist de vrede te bewaren, mijn jongen. En hij ontmoette je moeder toen hij op een van zijn reizen was. Iedereen hier wordt aangemoedigd om andere werelden te ontdekken, te begrijpen dat wij niet de enigen zijn. Hij bracht haar hier, ze kwam uit vrije wil, dat had ik je al verteld, ze beloofden elkaar trouw, en ze maakten jou.'

Opeens kwam een man de kamer binnen, een man met zilvergrijs haar. Hij liep naar Marg toe en schonk haar glas bij. 'Je moet nog wat wijn drinken. En ook wat eten.'

'Ik eet wel als ik haar de rest heb verteld. Ze is niet zo veilig als ik dacht.'

'Ik heb jou eerder gezien.' Breen sprong op. 'Ik heb jou eerder gezien.'

'Alleen omdat ik dat wilde.' Hij schonk wijn voor haar in. 'In de hoop los te maken wat losgemaakt moest worden.'

'Je hebt me bespioneerd?'

'Sedric is mijn lieve vriend en metgezel. Ik heb hem naar je toe gestuurd om de wacht te houden. Er waren tekenen die ik niet kon negeren, Breen. Naast het intens ongelukkige gevoel dat ik bij jou ervoer, waren er tekenen dat de tijd rijp was. Sedric zou je nooit iets aandoen.'

'Ik dacht dat ik gek werd.'

'Maar ik heb iets losgemaakt,' zei hij met een lome glimlach, waarna hij op z'n gemak de kamer weer uit liep.

Die glimlach, die bewegingen... 'Hij... hij is de kat!'

'Hij is een weer, en ook van de Wijzen aan moederskant. Ik ben zo trouw aan hem als hij aan mij is – en aan jou, altijd aan jou. Ongetwijfeld heeft hij de arrogantie van zijn geestdier, maar hij zou zijn leven voor me geven en voor jou.'

Stukje bij beetje vielen de puzzelstukjes op hun plek, als magick. 'Het was geen toeval dat ik ontdekte dat ik geld had.'

'Je had je onafhankelijkheid nodig. Je moest kiezen, en dat heb je gedaan. Heb je er spijt van?'

'Nee, maar ik weet niet goed wat ik ermee aan moet.'

Marg leunde naar voren en pakte Breens hand vast. 'Daar kom je vanzelf achter als je volledig ontwaakt bent. Ik wil je alleen vragen of ik je alles mag laten zien, je alles mag leren, zodat je sterk wordt.'

Ze wist het weer, zag het voor zich. 'Hij kwam in de nacht. Ik was nog maar... nog maar een baby, eigenlijk. Hij zei... hij zei dat hij me zou leren vliegen als de feeën en de draken. Hij zag eruit als een jongetje, maar dat was hij niet.'

'We hadden bescherming om je heen geplaatst en toch wist hij erdoorheen te glippen als een glibberige slang in het donker.'

'Hij zette me in een glazen kooi, een kist, waar ik niet uit kon. Ik huilde om mijn pa, om mijn moeder, om jou.'

'En wij konden je horen. Hij dacht dat dat niet zo was, hij dacht dat zijn macht zo sterk was, maar die viel in het niet bij wat jij in je hebt, naast de liefde van je vader en van mij en de tranen van je moeder.'

'Hij zei dat jullie me niet konden horen, nooit zouden horen. Eerst deed hij lief, maar ik wilde niet stoppen met roepen en huilen en toen werd hij boos. Dat weet ik nog. Ik kan het horen en zien.'

'Als je wilt, pak dan mijn hand en kijk samen met mij in het vuur.

Onze herinneringen voegen zich dan samen. Ik zie wat jij zag en jij ziet wat ik zag. Deze antwoorden zijn er, als je ze wilt. Maar begrijp goed dat je alles zult voelen alsof het nu gebeurt.'

Het beangstigde haar, het idee om het te herbeleven, maar ze stak haar arm uit en pakte Margs hand vast.

'Kijk in het vuur, in de vlam, het hart van de hitte. Kijk door de rook en het flakkeren van de vlammen in datgene wat was. Ik ben bij je en jij bij mij.'

Ze kende angst en de angst schreeuwde en krijste in haar. Een klein meisje nog maar dat met haar vuistjes tegen een onzichtbare muur sloeg. Daarachter tolde een wereld lichtgroen, als het water van een meer. Diep, diep. De zon bood slechts een onheilspellend licht.

'Laat me hier uit. Pa!'

'Ik ben nu je vader, je moeder, je alles.' De stem, nergens, overal, vulde haar kooi. 'Wees stil, wees rustig, dan krijg je snoep. Je zult een prinses zijn met gouden speelgoed en gesuikerde pruimen.'

Tranen vloeiden. Haar handjes deden zeer van het bonzen. 'Ik wil mijn pa! Ik wil mijn mama! Ik wil oma! Ik vind jou niet lief!'

'Hou op met dat gejammer anders zul je voelen wat pijn is.'

Iets kneep haar hard in haar arm. Ze gilde van schrik, viel op de grond, kroop in elkaar en huilde en huilde.

'Brave meisjes krijgen snoep. Stoute meisje worden geknepen en geslagen. Wees lief en groei. Als je groeit, groeit wat in jou zit. Wat in jou zit is van mij! Als het rijp is, zal ik het pakken. Als ik het pak, zul jij in een paleis in de lucht wonen.'

Zelfs door haar angst heen herkende ze de leugen. Ze riep om haar vader, haar moeder, haar grootmoeder. En terwijl ze riep, begon iets in haar te groeien. Wat ze tot dan toe had geweten over macht, had haar kleine dingen geboden, mooie dingen, leuke dingen. Vlinders die in haar hand fladderden, vogels die op haar schouder landden om een lied te fluiten. Maar dit wat in haar groeide, was hard en scherp, als de messen waar ze niet aan mocht komen.

En zij, die de nare kant van het leven nooit had gekend, schreeuwde haar waarheid. 'Ik haat je! Straks komt mijn pa om met je te vechten. Hij zal je pijn doen omdat je mij pijn hebt gedaan.'

Hij kneep nu niet, maar sloeg, hard en scherp als de messen.

Niemand had haar ooit geslagen, en de schok, de belediging, sneed door de angst en vond de woede. Met brandende wangen, de rauwe rode vlek als een brandwond, stond Breen op. Haar vuistjes waren gebald. Haar ogen werden donker, donker als de nacht, toen wat in haar zat uitbarstte. 'Je mag niet slaan!' Ze schreeuwde het, wierp haar handen in de lucht – en daarmee dat wat in haar zat.

Iets brulde, van pijn, leek het, toen het glas versplinterde.

Water spoelde over haar heen, ze werd omvergeduwd. Ze schopte, haalde uit met haar handjes, maar kon de weg naar buiten niet vinden. Ze wist dat ze haar adem in moest houden onder water – pa had haar leren zwemmen – maar ze kon het niet, ze kon het niet.

Handen pakten haar vast en in paniek duwde ze, vocht ze, wilde ze schreeuwen. Ze kreeg water binnen, verslikte zich en kwam toen boven.

'Ik heb je, mo stór. Oma heeft je gevonden. Hou mij maar vast, hou oma maar vast.'

Ze hoestte water op, klampte zich aan Marg vast die hen naar de oever van een slingerende rivier sleepte.

'Fi! Help me.'

Finola kwam met haar zachtroze vleugels gespreid naar omlaag gevlogen en pakte Margs hand vast. Ze sleepte hen de oever op, trok haar mantel uit en wikkelde een rillende Breen erin. 'Toe maar, arm ding. Je bent nu veilig.'

'Nee, dat is ze niet.' Met een zwaai van haar armen droogde Marg haar kleindochter en bracht haar op temperatuur. 'Neem haar mee, Finola, naar waar ze moet zijn. Breng haar naar haar moeder. Ze hebben me hier nodig. Eian en de anderen hebben me nodig.'

'Ik kom terug.'

'Nee, niet doen. Blijf alsjeblieft bij Breen en Jennifer. Blijf bij ze.' Drijfnat van de rivier ging Marg bij Breen zitten en trok haar naar zich toe. 'Ga met Finola mee, mijn schat. Je moeder wacht op je.'

'Jij moet komen! En pa.'

'Straks. Neem haar mee, Fi. Ik moet weg.'

'Ik zal haar beschermen.' Finola nam het kind in haar armen en vloog de lucht in.

In de mantel gewikkeld en stevig in de armen van de fee, keek Breen achterom. Ze zag een eerste blik van oorlog, het afschuwelijke licht en de duisternis ervan. En het gekrijs steeg op tot ze haar handjes tegen haar oren sloeg en Finola haar weghaalde.

15

Breen keek in het vuur en zag wat haar grootmoeder had gezien. Het bloedbad, de wreedheid. Bloed sijpelde in de grond, vloeide in de rivier tot hij rood was.

Ze zag Finola in de richting van een enorme waterval vliegen met het kind dat zij was geweest. En toen de fee erdoorheen vloog, toen Marg wist dat het kind veilig was, vermande ze zich.

Toen ze riep kwam de draak als een smaragdgroene met saffieren flits door de nevel. Ze steeg op, pakte haar zwaard, haar staf. Ze versmolt haar geest met die van de draak en vloog naar het slagveld.

Twaalf gargouilles met zwarte tanden vielen door het dichte bos en de mist een rij Fey aan. Ze zwaaide met haar staf, verbrandde ze, terwijl ze vliegende demonen in stukken hakte.

Overal klonk gekrijs en geschreeuw, tromgeroffel dreunde.

Ze wist dat sommigen die in de lucht en op de grond vochten slaven waren of behekst waren, uit haar wereld en andere werelden waren meegenomen om Odrans leger op te bouwen. Met hun geest gevangen, moordden en stierven ze voor hem.

Ze verbrak bezweringen en ketenen waar ze kon, en als dat niet ging, maakte ze een einde aan levens.

Er klonk gebulder in de lucht, de grond begon te barsten. Meer duisternis stroomde eruit en ontmoette zwaarden, klauwen, macht en vlammen.

De donder van de oorlog rolde als een golf van geweld door Talamh.

Ze leidde een trio drakenruiters naar de waterval. 'Verdedig de linie! Niemand komt hierdoorheen!'

Ze vloog door de verstikkende rook, hoger en hoger, tot ze frisse lucht vond. Daar gingen haar gedachten naar Eian, haar hart, haar bloed, totdat ze hem met zijn verkozen strijdkrachten strijd zag voeren tegen Odrans wachters. Ze vloog verder met het vertrouwen dat degenen die achterbleven de duisternis zouden tegenhouden, terwijl zij naar de bron vloog.

Boven op het stenen rotseiland, hoog op de kliffen aan de andere kant van de Duistere Zee, stond het fort dat Odrans hebzucht en macht hadden gebouwd. De zwarte muren glommen als glas en met schitterende kristallen ingelegde torens schoten de lucht in.

Eian en zijn drakenruiters vochten tegen Odrans vleerdemonen terwijl op de grond meer soldaten van Talamh zich een bloedige weg baanden door gargouilles, duivelshonden, de beheksten en verdoemden.

Krachten zinderden in de lucht, het conflict dat alles deed branden en roken.

Wild van woede dook ze er middenin, draaide haar draak, zodat zijn staart door scherpe vleugels heen sloeg en lichamen naar de woeste zee beneden vielen. Ze vocht zij aan zij met haar zoon, haar haar wapperend achter haar, haar krachten koortsachtig brandend. Ze werkte samen met hem om die vervloekte wachters weg te lokken terwijl Feys het fort beklommen.

Met vleugels, met klauwen, met macht, met touwen, klommen ze omhoog.

Ze keek Eian aan. Samen smeten ze met krachten die kolkten en een verblindend wit licht verspreidden dat vervolgens versmolt met wit vuur dat door de geblokkeerde deuren van het zwarte kasteel barstte.

De Fey stroomden naar binnen.

'Hij zal vluchten,' riep Marg.

'Ja. Dat zal hij proberen.'

Op zijn bloedrode draak vloog Eian naar binnen en Marg volgde hem. Daar troffen ze de chaos van de oorlog tussen de restanten van juwelen en schatten die gestolen en bloederig verkregen waren voor Odrans genot.

Slaven geketend als vee probeerden schreeuwend weg te rennen of zaten uit angst bijeen gedoken.

Door de stank van rook en bloed en het slijm van gedode demonen vochten ze zich een weg naar de burchttoren.

Eian weet waar hij hem moet vinden, dacht Marg. Hij voelt Odran en ik niet. Het bloed roept het bloed. 'Hij wil dat je hem vindt.' Doodsbang voor het lot van haar zoon schreeuwde ze het uit. 'Het is een valstrik!'

Eians ogen stormden, zijn haar vlamde en hij bracht zijn zwaard omhoog. 'Het is pas een valstrik als jij de prooi bent.' Op zijn draak, met zijn haar wapperend achter zich, vloog hij in een flits over de smeulende lichamen van demonen de burchttoren binnen. De stank van de dood, brandend vlees en kokend bloed vulde de lucht.

Met ogen die prikten van de rook maakte Marg een omtrekkende beweging, zwaaide met haar zwaard en schoot met gloeiend wit licht. Binnen schitterden gouden pilaren en zilveren tegels door de oorlogsnevel. Gewond en met de nederlaag en de dood in de ogen vlogen Odrans strijdkrachten met vleugels, schubben en klauwen uiteen. Eians troepen zetten de achtervolging in, dreven demonen de grond in en joegen ze brandend over de hoge kliffen omlaag.

Er zou geen overgave komen, wist Marg. Onmogelijk. Het kwaad dat hier werd voortgebracht moest verpletterd worden. Zij die ontsnapten, andere werelden wisten binnen te sluipen, zouden het verhaal van Eian O'Ceallaigh en zijn soldaten van Talamh bij zich dragen. En trillen als ze zijn naam hardop zeiden.

Zo moest het zijn.

In de burchttoren, een doolhof vol bochten en geroofde rijkdommen, echode het geluid van zwaarden, gekrijs en genadeloze steekvlammen. Marg vocht wanhopig verder om haar zoon niet uit het oog te verliezen, terwijl de messcherpe rand van een zwarte vleugel langs haar arm schampte voordat ze hem in de as legde.

Daar zat hij, in de troonzaal, nog altijd waanzinnig aantrekkelijk, op een torenhoge troon versierd met de schedels en botten van degenen die hij had vermoord in zijn meedogenloze zucht naar macht.

Zijn gouden haar dat onder een kroon van heldere kristallen en schitterende edelstenen vandaan kwam, viel glanzend over zijn schouders. Hij droeg goud, een broek en tuniek, een riem met nog meer edelstenen. Hij had die glimlach op zijn gezicht waarmee hij een jonge vrouw op zoek naar liefde had verleid om haar krachten te overmeesteren.

Zelfs nu, dacht ze, zelfs nu straalde hij sensualiteit en charme uit, bijna onweerstaanbaar te midden van de stank van bloed en de dood.

'Ah, mijn geliefde en mijn zoon.' Zijn stem was laag, verdovend, gevaarlijk, als de streling van een minnaar. 'Kom, kom, zit aan weerszijden van mij zoals het altijd heeft moeten zijn.'

'Sta op,' beval Eian, en met zijn zwaard in zijn hand sprong hij van zijn draak. 'Sta op of ga je dood op je kont tegemoet.'

'Wat een harde taal, wat een prijs is er al betaald in de vorm van het bloed van jouw volk. En dat allemaal voor een jammerend kreng dat je zo nodig moest maken met een slappe, krachteloze vrouw uit een wereld beneden jouw stand. Alleen omdat ik wat tijd met mijn kleindochter, voor wat ze waard is, wilde doorbrengen...'

'Ze is heel wat meer waard dan jij.' Marg bleef op haar draak zitten, haar zintuigen op scherp. 'Sterker en slimmer.'

'Denk je dat, liefste?' vroeg Odran welwillend. 'Ze is mijn bloed. Ze is wat mij rechtens toekomt, samen met de meelijwekkende krachten die ze mogelijk heeft.'

'Ze zal nooit de jouwe zijn.'

Odran wierp een blik op Eian. 'Er komt een dag dat ik elke druppel van wat ze is tot mij zal nemen.'

'Sta op,' beval Eian opnieuw. Zijn ogen stonden op storm en staarden vanuit een met bloed en roet besmeurd gezicht.

'Jouw wezens bloeden en branden, en zij die dat kunnen kruipen terug naar de hel waar ze vandaan komen. Jouw paleis van leugens ligt in brokstukken om je heen. De tijd is gekomen dat je zult boeten voor wat je mijn moeder, mij, mijn kind hebt aangedaan. Trek je zwaard, Odran de Verdoemde, en treed me als man tegemoet.'

Langzaam, doelbewust stond Odran op. 'Maar ik ben geen man. Ik ben een god.' Hij wierp zijn armen in de lucht.

De storm die hij ontketende rukte Eian van zijn voeten en gooide Marg bijna van haar draak. Even, heel even, tolde ze wild in het rond.

'Ik ben de prooi niet,' zei Eian tegen haar. 'Maak je klaar.'

Ze zag het ogenblik van schrik op Odrans gezicht toen Eian op hem af dook. Dat ogenblik was genoeg voor vele demonen om door de gouden muren en zilveren vloeren weg te kruipen. Terwijl ze naar haar zoon schreeuwde dat hij moest opstijgen, kwamen tientallen strijdkrachten van Talamh de troonzaal binnen razen.

Opeens had Odran een zwaard in zijn hand, zwart als obsidiaan tegenover het zilveren van Eian. De strijd deed de pilaren op hun grondvesten trillen, en grillige barsten ontstonden in de vloer.

'Leid ze naar buiten!' riep Eian. 'Haal iedereen hier weg.' Hij duwde zijn hand in de lucht, waarmee het dak van de burchttoren met donderend geraas de lucht in werd geblazen.

Feeën doken omlaag om de demonen neer te slaan en om Talamh-strijdkrachten die zelf niet konden vluchten weg te voeren.

Hoewel haar hart in haar keel klopte, deed Marg wat haar zoon had bevolen. Ze leidde anderen door het doolhof weg, verlichtte hun pad. Ze kon alleen zo nu en dan een glimp van het gevecht zien, terwijl ze worstelde om haar gedachten met die van Eian te versmelten. Odrans ogen, ze kon ze zien, waren donkerder dan de rook en vlamden van intense haat.

Toen de troepen in veiligheid waren, de gewonden naar huis gebracht werden, liet ze haar draak keren om terug te gaan. Maar voordat ze bij de burchttoren was, stortte hij in. Het pure geweld zond een drukgolf op haar af, maar toch vocht ze verder, joeg ze de draak voort.

Toen zag ze hem, haar zoon, haar jongen, boven de rokende resten. Bebloed, besmeurd met as, maar hij leefde.

Hij dook op haar af. 'De waterval!' riep hij. 'Ga erdoorheen, zorg dat iedereen erdoorheen gaat. Zodra iedereen veilig is, sluiten we het portaal. Ik heb je hulp nodig om hem te blokkeren.'

'Ik ga met jou mee. Je bent gewond. Je bloedt.'

'Jij ook.' In de lucht pakte hij haar hand even vast. 'Ik kon je niet laten zien wat ik van plan was. Hij had het misschien ook kunnen zien, net genoeg om zich te verdedigen.'

'Jij bent de taoiseach. En Odran?'

'Dat weet ik niet, niet zeker. Hij zou ons liever allebei hebben begraven in die vervloekte burcht, dan dat ik zou blijven leven. Nu ligt hij er begraven. Als de goden het willen, blijft hij daar.'

'Maar zo geschiedde niet,' zei Marg tegen Breen. 'Jaren gingen voorbij en we begonnen te geloven dat hij dood was. We blokkeerden het portaal naar die wereld en toch wist hij erdoorheen te glippen. Maar jij was veilig. Daar zorgde je vader wel voor, zolang hij kon.'

'Door me uit de wereld te halen waar hij van hield.'

'We spraken bezweringen uit om je te beschermen en gaven je wat vage herinneringen, zodat het verdriet niet te groot zou zijn. Zijn dierbaarste vriend was in de strijd gesneuveld. Kavan, de vader van Keegan, Aisling en Harken. En dus gaf hij Kavans weduwe en kinderen de boerderij. Daarmee zou het bedrijf in goede handen zijn en hadden zij een dak boven hun hoofd. Hij was bereid zijn zwaard en staf op te geven, maar na de Slag om het Zwarte Kasteel smeekten de mensen hem om ze te houden. Dus toen hij jou en je moeder door het portaal bracht naar de wereld die zij kende en die de jouwe werd, bleef hij taoiseach. Hij kwam vaak terug, zo vaak hij kon, en bewaarde zo lang hij kon de vrede.'

'Hoe kwam hij terug? Hij woonde... Er waren dus nooit optredens buiten de stad. Hij reisde nooit voor zijn muziek, voor die eerste en duurzame liefde.'

‘Onthoud dit goed.’ Opnieuw pakte Marg Breens hand vast. ‘Hij hield mateloos veel van je. Hij hield van Talamh. En dus gaf hij iets op waar hij van hield om jouw vader te zijn, om zijn volk te dienen.’

‘Hij was een strijder. Ik zag het alsof ik erbij was, omdat jij erbij was. Ik zag hem. Dat deel van hem heb ik nooit gekend.’ Een strijder, dacht Breen. Een leider. Een held.

‘Je hoefde het niet te weten. Nu wel.’

‘En ik brak het glas van de kooi. Dat deed ik zelf.’

‘Dat deed je zelf, ja, een kind van nog maar drie.’

‘Hoe?’

‘Het zat in jou, maar tot dat moment was het zacht, was het lief, was het onschuldig. Op dat moment, toen het nodig was, ontwaakte je volledig met al je kracht.’

‘Ik weet niet wat dat betekent. Ik weet niet wat er in mij zit. Ik zag… Maar ik denk nog steeds… Demonen, zoals in boeken en films. Gargouilles, levend en wreed. Ze bestaan.’

‘Er zijn werelden waarin ze bestaan,’ bevestigde Marg. ‘Hij bracht ze mee naar wat hij als zijn wereld zag.’

‘Jij was… angstaanjagend en grandioos. Je bereed een draak, je had een zwaard en een staf. Een toverstaf?’

‘Zo zou je hem kunnen noemen. Een verlengstuk van kracht. Ik ben van de Wijzen, net als jij.’

‘Mijn vader ook. Mijn moeder was dat niet… is het niet.’

‘Nee. Ze is wat ze wilde zijn, wat jij in haar ogen moest zijn. Mens. Alleen mens.’

‘Ik moet…’ Breen stond op en liep door de gezellige kamer met het zachte haardvuur en de glinsterende kristallen. ‘Wat ben ik dan? Half mens, half iets anders? En Odran, mijn grootvader? Hij noemde zichzelf een god. Dus hij is boosaardig én knettergek?’

‘Hij is veel dingen. En hoewel hij een gestoorde zucht naar macht heeft, is hij niet gestoord. Hij is een god.’

‘Hè, wacht, wacht even.’ Ze moest er weer bij gaan zitten. ‘Een god? Wat, zoals Thor?’

Marg keek haar glimlachend aan, maar het was een vermoeide glimlach. 'Zoals ik al zei, legendes en folklore berusten op waarheid.'

'Maar dat is... Ik wilde zeggen dat het onmogelijk is, maar het is echt. Maar ook weer niet. Als Odran een god is, dan was mijn vader...'

'Een halfgod. Geboren uit de Wijzen en de goden. En jij, mo stór, bent van de Wijzen, de Sidhe, de goden en de mensen. Er is niemand zoals jij in deze wereld of in de wereld waarin je bent grootgebracht.'

'Wat ben ik dan? Een freak?'

'Een schat.'

'Mairghread.' Sedric kwam tevoorschijn. 'Genoeg. Het is even genoeg voor haar. En jij moet eten en rusten.'

Breen wist dat hij gelijk had. Haar grootmoeder zag er bleek en uitgeput uit. Ze moest alle vragen die door haar hoofd tolden inslikken. 'Het is wel veel. Ik heb tijd nodig om na te denken. Ik weet dat je niet tegen me hebt gelogen, want ik zag het. Ik heb het gezien. Maar ik weet niet wat ik ermee aan moet.'

'Er is brood en kaas en de stoofschotel is bijna klaar,' kondigde Sedric aan. 'Eet wat.' Met een hooghartig air liep hij weg.

'Is hij je huisbediende? Noem je dat zo?'

'Hij is mijn gezel. Ik zal nooit meer een gelofte doen, maar als dat zou kunnen, zou ik Sedric trouw beloven.'

'O. Dus jullie... o.'

Margs gezicht ontspande zich met een lach. 'Zulke dingen stoppen niet als je een bepaalde leeftijd hebt bereikt, mijn meisje. Hij heeft die dag voor jou gevochten. Hij heeft voor jou gebloed. Hij zou zijn leven voor je geven, als het nodig was. Omdat hij de mijne is en ik de zijne. En daarmee ben jij ook de zijne.'

En dus aten ze brood en kaas in de warme keuken met de deur open naar de buitenlucht en de invallende avond. Telkens als Breen werd overvallen door vragen – zo veel knagende vragen – was de vastberaden blik van Sedric genoeg om ze voor zich te houden.

'Ik heb m'n spullen nog niet uitgepakt. Niet dat ik veel heb meegenomen, maar laat ik dat maar eens doen. En je zei dat er een manier was waarop ik kon schrijven. Ik begin altijd vroeg.'

'Ik zal het je laten zien.' Sedric kwam overeind en bracht Margs hand naar zijn lippen. 'Rust nu maar uit. Het is een vermoeiende dag geweest. Morgen is vroeg genoeg voor meer.'

'Betuttel me niet.'

'Als ik je betuttelde, lag je nu al in bed met een drankje voor een goede nachtrust. Kom, meisje, dan zal ik je laten zien wat je nodig hebt.'

'Morgen is vroeg genoeg,' zei Breen tegen Marg. 'We zijn allemaal moe.'

'Goed zo,' zei Sedric zachtjes, toen hij haar naar haar kamer bracht. 'Er is niets wat ze niet voor je zou doen, maar sommige dingen zijn erg moeilijk voor haar.'

'Jij hebt mijn vader gekend.'

'Gekend, bewonderd, gerespecteerd. Ik hield van hem. Zag hem als mijn zoon.'

Zijn zoon, dacht Breen.

'Je bent al heel lang met mijn grootmoeder samen.'

'Vanaf het moment dat ze me wilde hebben. Ik herinner me jou als een pienter, verrukkelijk kind met een sterke wil. Het lijkt erop dat jouw tijd op aarde die wil heeft verslapt. Maar dat geeft niet,' voegde hij er luchtig aan toe. 'Je hoeft hem maar te gebruiken of hij glanst weer. Wat je nodig hebt voor je werk is hier.' Hij gebaarde naar het bureau.

Breen zag een stapel papieren en een pen liggen. Ze liep ernaartoe en pakte de pen – zilver met een klein rood kristal op de dop.

'Een vulpen?'

'Meer dan dat. Vergeet niet waar je bent. Jouw apparaten, zoals ze genoemd worden, doen het hier niet. Maar deze pen, speciaal voor jou, zal nooit zonder inkt raken. Hij zal jouw gedachten op papier zetten op de manier waarop je gewend bent je blog en de andere verhalen en berichten te schrijven. Je hebt een prachtige gave van verhalen vertellen, en deze pen, deze papieren, zullen je daarbij helpen.'

'Ik weet niet of ik op die manier kan schrijven. Bij het blog doe ik ook altijd foto's.'

'Je beschrijft simpelweg het beeld dat je wilt gebruiken en het staat er. We hebben mensen aan de andere kant van het portaal die wat jij schrijft omzetten naar jouw apparaat.'

'Mensen van hier wonen in Ierland?'

'En daarbuiten. Ze moeten een heilige eed afleggen en daarnaar leven als ze buiten Talamh willen wonen. Weet dat wij hier verhalenvertellers bewonderen, en dat je vrij bent om hier op deze manier mee door te gaan zolang je hier bent.' Hij deed een stap naar achteren. 'Als je hier klaar bent, gaan we eten, maar ik wil je vragen het niet te laat te maken. Marg voelt zich een stuk beter als ze een goeie kom stoofschotel heeft gehad.'

'Tien minuten.'

Met een knikje liep hij de kamer uit en deed de deur achter zich dicht.

Nu ze alleen was keek ze hoofdschuddend naar de stapel papier en de pen in haar hand. 'Nou ja, het had ook een ganzenveer kunnen zijn.' Ze overwoog het blog een dag of twee uit te stellen, maar schroefde toen nieuwsgierig de dop van de pen los. Nog steeds staande zette ze de punt op het bovenste vel papier.

Als Jane…

Ze zag de woorden en de rest van de gedachte op papier verschijnen alsof ze het in een door haar uitgekozen lettertype had getypt.

Als Jane Austen ermee kon werken. O, mijn god. Hoe is dit… Stop!

Ze rukte de pen van het papier. Te veel, besloot ze. Het was allemaal te veel voor één dag. Ze deed de dop op de pen en legde hem voorzichtig neer.

Ze had niet veel meegenomen en dus legde ze alles in de kast, die rook naar cederhout en lavendel, waarna ze de deur naar de badkamer opende… het watercloset, dacht ze.

Dat beschreef het wel ongeveer, veronderstelde ze. Een grote koperen badkuip nam het grootste deel van de kleine ruimte in beslag. Een beetje bezorgd bestudeerde ze het toilet met het trekkoord. Op een tafel stond een grote kan naast een kom. Het water in de kan was warm, heel warm, toen ze haar vinger erin stak. De onmogelijkheid ervan verbaasde haar niet langer.

Op een plank lagen een paar donzige witte handdoeken, er stonden kristallen flesjes met vloeistoffen, oliën en kleine parels die roken naar kruiden en bloemen, en er lag een stuk zeep op een schaaltje. Kaarsen in ijzeren kandelaars geurden alsof ze van zeep waren.

Er was dan misschien geen douche en misschien bleef ze haar twijfels houden bij het toilet, maar ze kon niet ontkennen dat alles er prachtig uitzag.

Ze deed een schietgebedje toen ze het toilet uitprobeerde en aan het koord trok. Het verwachte slurpende geluid en het gespetter van water bleven uit, maar toen ze opstond was de pot leeg en brandschoon.

'Zo, dat kunnen we praktische magick noemen.'

Met water uit de kan friste ze zich even op en bestudeerde toen haar gezicht in de ingelijste spiegel aan de muur. 'Ik heb Philadelphia wel heel ver achter me gelaten.' Ze liep de deur uit en volgde de geur van eten naar de keuken.

De tafel was gedekt voor drie – aardewerken kommen, broodbordjes, witte stoffen servetten opgerold in koperen ringen. Sedric stond bij het kleine fornuis. Marg sneed bruin brood op een plank.

De ontspannen huiselijkheid zei haar dat die twee al heel lang samen waren – niet als heks en huisbediende, zoals zij had gedacht, maar als stel.

'Het ruikt heerlijk.'

'Sedric kan goed koken.' Marg bracht het brood met een kommetje boter naar de tafel. 'Je zult geen honger lijden, dat kan ik je beloven. Het brood heb ik vanmorgen zelf gebakken voordat je kwam, want ik kan zelf ook goed koken en bakken. En de boter komt van de boerderij. De wijn hebben Finola en Seamus gemaakt en je zult geen betere vinden, zelfs niet in de Hoofdstad.'

'Ik kan niet goed koken,' zei Breen en ze ging zitten toen Marg dat ook deed. 'Ik probeer het wel te leren, want je kunt niet zomaar even wat laten bezorgen in de cottage, en Marco is er niet meer om iets lekkers klaar te maken. Hij kan heel goed koken.'

'Hij is een goede vriend voor je. Finola was bijzonder van hem gecharmeerd.'

'Ze heeft een oog voor knappe jongens.' Sedric zette de pan op tafel en schepte de stoofschotel in de kommen.

'Dat is een feit. En ik heb begrepen dat hij muzikaal is, en jij ook.'

'O, ik ben lang niet zo muzikaal als Marco. Marco is een natuurtalent, zeg maar. Mijn vader noemde hem zo en hij leerde ons piano, viool, fluit spelen. Maar toen... toen hij weg moest, ging Marco door met lessen. Ik... niet.' Omdat ze het hier niet over wilde hebben, nam ze een hap stoofschotel. 'O, wat lekker. Jullie verbouwen je eigen groente.'

'De grond is bedoeld om op te verbouwen. Op dat vlak heb je ook talent.'

'Ik geloof het ook. Daar wil ik meer over leren. We wonen in een appartement, dus is er geen ruimte om iets te planten en vóór... Ik had niet echt tijd voor een hobby, met mijn werk en de rest.'

'Je hebt nu alle tijd tot je beschikking,' merkte Sedric op.

'Daar moet ik nog aan wennen. Ik wilde vragen... en als je er geen antwoord op wilt geven of het er nu niet over wilt hebben, dan kan het wachten, maar je hebt me veel geld gegeven. In mijn ogen is het een fortuin. Waar komt het vandaan?'

'O, geld is eenvoudig om aan te komen. We hebben hier geen geldstelsel, maar...'

'Geen geldstelsel? Helemaal niet?'

'Niet nodig. We drijven ruilhandel, en de stam, de gemeenschap, zorgt voor diegenen die het moeilijk hebben. Anderen doen een beroep op de taoiseach en diens raad bij een sterfgeval of ziekte of een andere vorm van tegenspoed waardoor ze het moeilijk hebben.'

Ze moest het nog een keer hardop zeggen. 'Geen geld?'

'Het is niet meer dan metaal of papier of een andere vorm die geen echte waarde heeft behalve dan wat mensen eraan toeschrijven.' Sedric haalde zijn schouders op en smeerde wat boter op zijn brood.

'Maar je hebt me geld gegeven.'

'In de wereld waar jij woont, heb je het nodig voor je veiligheid, zekerheid, eten, een dak boven je hoofd, een bed. Ik ben je grootmoeder. Je vader en ik wilden ervoor zorgen dat je had wat je nodig had. We hebben hier spullen van waarde die in de andere wereld verkocht kunnen worden. Zo is het gegaan.'

'Dank je wel. Dat geld heeft mijn leven veranderd, het heeft me een vrijheid gegeven die ik eerder niet had. Het klinkt wat oppervlakkig nu ik hier zo zit, maar het is waar.'

'Elke wereld heeft zijn eigen regels en wetten en culturen.'

'Sedric vertelde dat er mensen van hier in andere werelden wonen.'

'Natuurlijk. Sommigen vinden dat een leven ergens anders beter bij ze past, dat het ze gelukkiger maakt. Iedereen is vrij om te kiezen. Sommigen van buiten Talamh kiezen Talamh, anderen uit Talamh kiezen ervoor om weg te gaan.'

'En als ze weg willen, leggen ze een eed af? Dat was je daarstraks aan het uitleggen.'

'De heiligste eed,' beaamde Marg. 'De heiligste eed is om, met of zonder magick, geen kwaad te doen en geen leven te nemen, tenzij het is om leven te verdedigen. Zelfs als het gebeurt om leven te beschermen of te verdedigen moet er een vonnis geveld worden. In elke andere omstandigheid wordt het kwaad doen of nemen van leven gestraft door het afnemen van krachten en verbanning.'

'Waar word je dan naartoe verbannen?'

Sedric legde een hand op die van Marg en antwoordde. 'Er is een wereld waar slechts één portaal is, dat alleen vanbuiten opengemaakt kan worden. Zij die de eed verbreken en veroordeeld zijn moeten daar leven zonder magick.'

En soort gevangenis, besefte Breen. 'Hoe weet je of iemand de eed heeft verbroken?'

'We hebben Zieners, en hun gave is empathie. Zij weten het en zijn verplicht het de raad te vertellen. We zijn mensen van het land, we zijn kunstenaars en ambachtslieden, verhalenvertellers, maar we zijn ook een wereld die wetten kent. De meeste lijken op de wetten zoals jij ze kent. Het nemen van leven, het nemen van wat niet van jou is of niet in vrijheid gegeven is, gemeenschap tegen iemands wil, verwaarlozing van een kind of dier. Al die daden doen kwaad en onze eerste wet is om geen kwaad te doen.'

De antwoorden creëerden meer vragen die door Breens hoofd tolden, maar één blik van Sedric was genoeg om ze voor zich te houden. Genoeg voor vandaag, dacht ze opnieuw. 'Ik wil je nog bedanken voor het papier en de pen. Ik kijk ernaar uit om ermee proberen te schrijven.'

'Ik hoop dat je er blij mee bent en dat ze het goed doen. Maar neem ook af en toe vrij om meer van Talamh te zien. Ik kan je dingen leren, je helpen te ontwaken.'

'Om me bewust te worden van wat ik had toen ik als klein kind dat glas brak.'

'Dat en meer.'

'Ik wil graag meer zien en meer leren. Als je me als eerste eens laat zien hoe ik de afwas kan doen. Ik heb gezien dat er geen stromend water is.'

'We hebben een prima bron, maar jij doet vanavond geen afwas. Vanavond ben je gast en familie. Je houdt van wandelen en het is een heerlijke avond voor een wandeling.'

'Goed dan. Als ik straks in bad wil, hoe laat ik het dan vollopen?'

Marg glimlachte. 'Je kunt hem vullen uit de kan, en het water blijft warm tot je klaar bent.'

'Scheelt in de loodgieterskosten.' Ze had behoefte aan een wandeling, besefte ze. De frisse lucht, de avond, de rust om haar gedachten op een rijtje te zetten en ze in overeenstemming te brengen met wat ze te weten was gekomen.

'Dank je wel voor het eten. Alles was, nou ja, perfect.' Ze aarzelde en liet toen haar gevoel spreken. Ze leunde naar voren en gaf Marg een zoen op haar wang. ‘Dank je wel, oma.’

Toen Breen naar buiten liep, legde Marg haar hand tegen haar hart. ‘Er is nog zo veel, Sedric, nog zo veel dat ik haar wil geven, nog zo veel dat ik van haar moet vragen.’

‘Ze worstelt vanbinnen nog steeds met die twee werelden.’

‘En misschien zal dat altijd zo blijven. Toe, hou jij een oogje in het zeil. Mogelijk heeft Odran zijn spionnen dichterbij dan we denken. Ik doe de afwas wel.’

Hij stond op, bukte zich en kuste haar teder op de lippen.

Als man draaide hij zich om. Als kat glipte hij naar buiten.

16

Breen zag de kat met zijn lenige zilvergrijze lijf door het gras langs het pad sluipen. Vrijwel direct besefte ze dat ze hem niet zou hebben gezien als hij dat niet wilde.

Hoewel ze nog niet goed wist wat ze van hem vond, was duidelijk dat haar grootmoeder hem vertrouwde en was al even duidelijk dat ze van elkaar hielden.

Ze zou hem dulden. Ze was dan wel familie, maar ze was hier ook te gast. Een bezoeker. Een vreemde in een vreemd land, dacht ze.

De zon zette de lucht in het westen in vuur en vlam. Automatisch pakte ze haar telefoon uit haar zak om een foto te maken. Ze staarde een minuut lang naar het scherm voordat ze het weer wist. 'Apparaten werken hier niet,' mompelde ze. 'Geen technologie.' Ze stopte de telefoon weg en negeerde de kat. Ze stelde zich voor dat hij gniffelde.

Ze genoot van de zonsondergang, de vlammenzee boven het water van de baai en de rozerode gloed tegen de heuvels in de verte.

Wat lag er achter die heuvels, vroeg ze zich af. Meer zoals dit, velden en boerderijen, water en bos? Mensen met magick die de grond bewerkten en beplantten, stoofschotels bereidden, muziek maakten.

Want ze hoorde muziek, licht en vrolijk in de avondlucht. Een viool, misschien een harp, en een fluit kwamen samen, levendig en snel.

Ook een soort droom, dacht ze. De perfecte muziek voor een late zomeravond, terwijl schapen en runderen bij elkaar stonden in de wei en de lucht naar gras en verbrande turf rook.

En een weerkat haar volgde alsof hij haar persoonlijke bodyguard was.

Wat had ze nou aan een kat als een of andere gestoorde fee een duikvlucht nam om haar te pakken? Bij de herinnering keek ze op en verstijfde toen.

De draak, zonder berijder, zweefde door de schemering als een gouden schip over zee. Ze had op deze fantastische plek niets gezien wat zo schitterend, zo glorieus was als die stille, vergulde vlucht. Vol ontzag volgde ze hem en zag in de schemering twee manen. Allebei bleek en allebei halvemanen, de een wassend, de ander afnemend. 'Maar... dat zijn twee manen.'

'Zoals het altijd is geweest.'

Geschrokken draaide ze zich om, klaar om te rennen, te schreeuwen, te vechten. Door de invallende schemering had ze hem niet gezien. Hij stond tegen de stenen paal van een hek. In het zwart gekleed ging hij op in de beginnende nacht. Dat was waarschijnlijk zijn bedoeling.

De taoiseach, de leider, de berijder van de gouden en smaragdgroene draak.

'Hoe werken de getijden dan met twee manen?'

'Het wordt eb, het wordt vloed, het wordt eb, het wordt vloed. Ik pas wel op haar, Sedric,' riep hij naar de kat. 'Tenzij ze van plan is de halve nacht aan de wandel te gaan.'

'Ik wilde alleen even een ommetje maken voordat...' Ze was hem geen verklaring schuldig, dacht ze. Ze moest zich niet altijd verplicht voelen om verantwoording af te leggen. 'Ik wil niet dat er op me gepast wordt.'

'Willen en moeten zijn twee verschillende dingen, hè? En Marg hoeft zich geen zorgen te maken als ze weet dat je niet alleen bent.'

Dat weerhield haar ervan om met hem in discussie te gaan. 'Ik heb je nog niet echt bedankt voor wat je vandaag gedaan hebt.'

'Je hoeft me niet te bedanken, maar niettemin graag gedaan.'

Ze probeerde iets beleefds te bedenken om te zeggen en wierp een blik op de boerderij, waar alle ramen oplichtten alsof de zon erbinnen scheen. 'Zo te horen is er een feest aan de gang.'

Hij keek achterom in de richting van de muziek, de stemmen. 'Ja, een welkomstfeest. Jij en Marg en Sedric waren uitgenodigd, net als de halve vallei, maar Marg vond dat je misschien iets minder... levendigs wilde voor je eerste avond. Als je wilt, ben je welkom.'

'Nee, dat zou nog wat ongemakkelijk zijn. Ik ken niemand en weet bijna... nergens van.'

'Tja, dan zul je moeten leren, hè?'

Hoewel zijn stem heel melodieus was – een zangerige Ierse tongval, vond ze het in gedachten nog steeds – schoten haar nekharen overeind.

'Ik heb genoeg geleerd om te weten dat ik een of andere gestoorde god als grootvader heb die mij leeg wil zuigen, al weet ik niet eens wat ik in me heb. En amper vijf minuten geleden geloofde ik verdomme niet eens in goden.'

Hij keek oprecht nieuwsgierig. 'Waarom niet?'

'Omdat die een mythe horen te zijn. Net als werelden met twee manen waar draken door de lucht vliegen en mijn grootmoeders minnaar in een kat verandert. Nu heb ik een pen die mijn gedachten opschrijft en een kan met oneindig veel heet water. Ik kan mijn stomme telefoon niet gebruiken, maar toen ik met oma in het vuur keek, zag ik mijn vader oorlog voeren. Ik zag het alsof ik erbij was.'

Hij keek naar haar terwijl ze praatte en leunde nog steeds tegen de paal met zijn handen achteloos in zijn zakken.

En een zwaard langszij.

'Jij was er ook bij, bij het begin in elk geval. Ik was te jong, ook al smeekte ik mijn vader of ik mee mocht toen ze naar jou op zoek gingen.'

Zijn vader was omgekomen, herinnerde Breen zich. Hij was op die afschuwelijke plek omgekomen terwijl hij haar beschermde. 'Ik vind het heel erg. Ik vind het heel erg dat je je vader hebt verloren, dat hij stierf terwijl hij mij beschermde.'

'Dat was jouw schuld niet, je was amper meer dan een baby. En je hebt gevochten, of niet dan? Een kind van drie dat haar krachten tegen die van een god gebruikt. Er zijn liederen en verhalen over het jonge meisje dat met haar wil de muren van de god sloopte.'

Ze voelde haar keel samenknijpen. 'Ik weet niet hoe ik dat heb gedaan.'

'Dan zul je je dat moeten herinneren.'

Hij zei het alsof het te simpel voor woorden was. En hij bleef maar naar haar kijken.

'Je bent veel te jong gestopt met oefenen en trainen, maar dat kan hersteld worden nu je hier bent.'

Intuïtief deed ze een stap naar achteren. 'Ik ben hier niet. Ik ben hier op bezoek.'

Hij duwde zich van de paal af. 'Dit is net zo goed jouw wereld als de mijne. Heb je daar niets voor over?'

'Wat zou ik ervoor over moeten hebben?' was haar weerwoord. 'Ik doe m'n best om hier te wennen en dat is niet niks. Ik was net een beetje aan het ontdekken wat ik met mijn leven wilde en, bam, dan kom ik erachter dat het grootste deel van mijn leven misschien niet een leugen was maar wel een heleboel halve waarheden.'

'Nogmaals, willen en moeten zijn twee heel verschillende dingen. Je moet aan je gaven werken en Marg zal je daarbij helpen. Je moet trainen en wat dat betreft, helaas voor ons allebei, zit je met mij opgescheept.'

'Waarvoor moet ik trainen?'

'Het gevecht, natuurlijk, om jezelf en anderen te beschermen. Om op te komen voor Talamh.'

'Vechten? Wat, met zoiets?' Vol afschuw wees ze naar het zwaard dat langs zijn zij hing. 'Ik ben geen soldaat.'

'Dat leer je wel, tenzij je verwacht dat je elke keer gered wordt.'

Die muzikale stem klonk nu een beetje vals.

'Zie jij de dingen zo in jouw wereld? Dat een vrouw als jij alleen maar wegduikt en gilt?'

'Ik heb een cursus zelfverdediging gedaan,' begon ze, en begon toen boos te worden. 'Ik ben jou en niemand anders een verklaring schuldig. M'n hele leven ben ik al bekritiseerd en gekoeioneerd door mensen zoals jij die me het gevoel gaven dat ik niets waard was. Ik ben er klaar mee. Ik heb er genoeg van om me weg te cijferen en te verontschuldigen.'

'Prima. Dan zul je voor jezelf moeten opkomen. Hij zal het opnieuw proberen, geloof dat maar, Breen Siobhan, en ik zal mijn leven voor je geven om hem tegen te houden. Net als iedereen in deze wereld, man of vrouw. Je bent de dochter van Eian O'Ceallaigh, de taoiseach vóór mij, degene die als een vader voor me was toen de mijne wegviel. In zijn naam zweer ik dat ik jou zal beschermen. Maar bij alle goden, jij zult leren vechten.'

Ze deed nog een stap naar achteren, maar deze keer niet uit angst. 'Je hield van hem. Van mijn vader.'

'Ja, hij was een geweldige man, een goede man. Veel van wat ik ben, ben ik door wat hij me heeft geleerd. En dus zal ik het op mijn beurt jou leren. Hij zou niet minder van me verwachten. Van jou ook niet.'

'Ik weet niet wat hij van me zou verwachten.'

'Jawel, dat weet je wel. Dat zou je tenminste weten als je niet bleef beweren dat het anders was. Maar nu breng ik je naar huis. Ik verlang naar mijn eigen bed.'

'Ik weet het zelf wel te vinden.'

'Je hoeft niet met me te praten. Ik hou van de stilte. Maar ik lever je veilig bij Margs cottage af, want dat zou ze willen.'

'Eén vraag, dan is het tijd voor die stilte. Kende ik jou? Vroeger, toen ik hier woonde?'

'Natuurlijk kende je mij en ik jou ook, al zag ik je als meisje niet staan.' Hij glimlachte, een echte glimlach, en straalde charme uit. 'Je rende achter vogeltjes en vlinders en zo aan, en deelde geheimen met Morena. Ik was meer geïnteresseerd in houten zwaarden en veldslagen die zouden komen en het zoeken naar een draak die van mij zou kunnen zijn. Ooit,' voegde hij eraan toe, 'maar niet nu, zal ik je vertellen over de keer dat wij elkaar zagen en hoe dat mijn lot bezegelde. En nu stilte.'

Ze zweeg toen ze naast elkaar verder liepen, met die twee halvemanen aan een met sterren bezaaide hemel. Ze had genoeg om over na te denken en dat zou ze doen. Maar daarvoor wilde ze niet alleen stilte, maar wilde ze ook alleen zijn. En dus zei ze niets toen hij halverwege het pad wachtte tot ze de cottage binnenging.

Het vuur brandde zachtjes en de stilte bracht haar rust. Toch keek ze nog even uit het raam en zag hem weglopen.

Ze zou het bad uitproberen, besloot ze, en dan de pen en daarna het bed. En bij alles zou ze denken aan haar eerste dag in Talamh. En aan wat morgen zou brengen.

Ze sliep diep en zonder dromen, alsof ze in een cocon zat. Deels, stelde ze zich voor, kwam dat door het lange, hete, geurige bad, nadat ze een vol uur had geschreven met de magische vulpen.

En er kon onmogelijk genoeg gezegd worden over de lol van het vullen van een enorm koperen bad met een kan water die maar niet leeg raakt, dacht ze. Omdat ze dat niet in haar blog kon zetten, was het maar goed dat ze haar blog al had geschreven voordat ze in bad was gegaan, en dat ze had geschreven over haar gedachten over haar zoektocht naar zichzelf, het leren leven met wat ze had ontdekt, beschrijvingen van de mooie, mistige ochtend met Deksels, en niet over daadwerkelijke activiteiten en gebeurtenissen. Die gingen in haar privédagboek.

Ze was blij dat ze door het werk van de vorige avond nu aan haar boek kon werken. Ze had zin in koffie. Omdat er geen koffiezetapparaat was, zat dat er natuurlijk niet in, maar misschien kon ze haar hersencellen op gang krijgen met een kop sterke thee.

Onderweg naar de keuken vroeg ze zich af of ze moest uitzoeken hoe ze een vuur in de kachel kon maken, maar kwam tot de ontdekking dat het heerlijk warm was in de keuken en dat de kachel heet was.

Iemand was eerder opgestaan dan zij, of het vuur had net als de pen het eeuwige leven.

In het schaarse licht van de dageraad bekeek ze de potjes. Geen theezakjes, natuurlijk, losse thee. Omdat er geen etiketjes op zaten, had ze zo'n vermoeden dat dit proces wel een tijd kon gaan duren en dus maakte ze de deur open voor Deksels.

'Ik kom zodra ik weet hoe ik thee moet zetten.'

Hij rende naar buiten en zij liep terug, pakte een van de potjes en rook aan de inhoud. Bloemig, vond ze, licht en zoet, niet iets waar je echt wakker van werd. Ze ging het rijtje af: kruidig, bossig, citroenig, pittig. Ze probeerde er nog eentje en vond dat het heel erg deed denken aan de Irish Breakfast-thee die ze (in zakjes) had gekocht. Ze wist het natuurlijk niet zeker en misschien was het wel iets wat haar in een pad zou veranderen.

Het zou haar op dit moment niets verbazen.

Maar het zou ook onvoorzichtig zijn om iets waarvan je in een pad zou kunnen veranderen in de keuken te bewaren tussen potjes kruiden en specerijen. Ze durfde het wel aan, en met behulp van iets waarvan ze dacht dat het een theezeef was, schonk ze heet water uit de ketel op het fornuis in een beker. Ze bekeek het donkerbruine – bijna zwarte – vocht. Rook eraan. Waagde het een slokje te nemen. Het smaakte naar thee – supersterke thee – en omdat het haar nergens in veranderde, besloot ze dat het een succes was.

In haar pyjamabroek en T-shirt liep ze op blote voeten naar buiten. Niet heel anders dan een ochtend in haar eigen cottage: uitzicht op bos en tuin in plaats van baai en tuin, maar diezelfde zachte lucht, de dunne mist, het weelderige groen overal.

Ze ging straks wel met de hond naar de baai, dacht ze, en hoorde toen opeens gespetter. Ze liep langs de bloemen, de kruiden, een moestuin in bloei, in de richting van de bomen, en zag toen een snelstromende beek waar Deksels zich in vermaakte.

'Goed genoeg dus.' Ze draaide zich om om de cottage van haar grootmoeder vanaf deze nieuwe plek te bekijken.

Ze zag een stenen bron, een boom met oranjerode bessen en een tweede met zo te zien groene appeltjes – het was een prachtig plaatje.

Zeeglas, kristallen en halve flessen hingen aan takken en toen ze ze aanraakte, maakten ze tingelende muziek. Langs een latwerk groeide iets wits met goud en met een bedwelmende geur. Kamperfoelie, wist ze, en daarnaast groeide iets met roze en paarse bloemen. De cottage zelf leek precies te passen op dit stukje grond, alsof hij er altijd al had gestaan… en misschien was dat wel zo.

Ze vond het allemaal prachtig en idyllisch, ondanks het gebrek aan koffie.

Binnen vond ze Deksels' hondenbakken en eten, en voegde er een bruin ei aan toe. Omdat hij drijfnat was, zette ze zijn eten en water buiten. 'Laat maar weten als je naar binnen wilt, en niet te ver weg lopen.' Ze gaf hem een aai en ging naar binnen. In de serene rust van het huis ging ze aan haar bureau zitten en pakte de pen.

De hond verbrak haar concentratie toen hij de kamer in rende, zijn kop op haar schoot legde en haar lang en aanbiddend aankeek.

'Hoi. Of jij hebt jezelf het huis binnengelaten of er is iemand anders wakker.'

'We zijn al een tijdje op.'

Marg stond in de deuropening. Ze droeg weer een broek, mannelijk en bosgroen, met een roomwitte trui.

'Je was zó hard aan het werk dat ik je niet wilde storen. Deksels dacht daar anders over.'

'Dat geeft niet. Ik wilde net stoppen.' Omdat ze honger had, besefte ze. 'Ik wist niet of ik op deze manier kon schrijven, maar het ging best goed.'

'Daar ben ik blij om. Heb je zin in een kopje thee en iets te eten?'

'Heerlijk. Ik heb vanmorgen zelf theegezet,' vertelde ze, terwijl ze opstond. 'Althans, dat denk ik. Uit die pot.'

Marg knikte. 'Een sterke energiethee, goed voor de ochtend.'

'Ik probeerde te raden wat er in de potjes zat, voornamelijk door te ruiken. Volgens mij rook ik kamille en iets met lavendel en een soort munt.'

'Als je wilt, leer ik het je, al is er niets mis met je neus. Ga zitten, dan zet ik een lekker kopje jasmijnthee, een goede, lichte keus voor een mooie dag.'

'Jasmijn, dat was het. Ik kon er niet op komen, maar ik dacht al dat ik de geur herkende. Je hoeft niet voor me te zorgen. Als ik weet waar alles ligt, kan ik een boterham voor mezelf smeren.'

'Je mag overal rondsnuffelen, maar ik vind het leuk om voor je te koken, en ik vermoed dat je nog niets hebt gegeten, maar alleen thee hebt gehad.' Ze pakte een grote kobaltblauwe theepot. 'Vertel me eens over je boek, als je wilt.'

'Welke van de twee? Ik ben bezig met een roman en een boek voor kinderen uit de onderbouw van de middelbare school, van tien tot dertien ongeveer.'

'Een kinderboek? O, je was als kind al dol op lezen. Als een zeespons zoog je alles op en dan vertelde je de verhalen na en soms veranderde je dingen.'

'Echt waar?'

'Jazeker. Wat schrijf je voor kinderen?'

'De avonturen van Deksels. Eigenlijk is het af, dat denk ik tenminste. Ik weet niet of het goed is, maar het was leuk om te doen. Ik heb het voornamelijk als oefening gedaan. Het zal heus niet uitgegeven worden of zo. Ik ben maar een amateur.'

Marg draaide zich om. Ze droeg zilveren driehoekjes in haar oren en daartussen zaten drie donkergroene steentjes.

'Nou hoor ik je moeder praten en dat vind ik triest.'

'Misschien. Misschien, maar het is gemakkelijker om een verhaal te schrijven dan dat verhaal op te sturen en het risico te lopen afgewezen te worden.'

'Maar als je het niet opstuurt om te weten hoe of wat, is het in feite al afgewezen, of niet?' Ze keek op van waar ze mee bezig was op het fornuis.

'Marco zei min of meer hetzelfde.'

'Verstandige jongen, zou ik zeggen.'

'Ik heb het hem niet laten lezen, niemand heeft het gelezen. Het is net als Schrödingers kat. Zolang hij in de doos zit, leeft hij. Als ik de doos openmaak, zou jij het dan willen lezen en heel eerlijk zijn? Het helpt niet als iemand zegt dat het goed is omdat hij me niet wil kwetsen.'

'Ik heb je beloofd dat ik niet tegen je zal liegen en dat geldt hier ook voor.' Ze liet iets uit de pan op een bord glijden en zette het voor Breen neer.

'Geroosterd bruin brood, met Iers... Talamhs,' verbeterde ze zichzelf, '... spek op een spiegelei met kruiden.'

'Dit kan ik me herinneren. Dit maakte je vroeger voor me. Ik noemde het Drakenoog.'

'Toen was het met een halve geroosterde boterham, een van je lievelingsontbijtjes. Je kunt je steeds meer herinneren.' Marg ging met haar thee aan tafel zitten. 'Mag ik je dingen laten zien, leren? We kunnen beginnen met iets simpels als de theesoorten en hoe je ze gebruikt, hoe je ze kunt mengen voor andere toepassingen.'

'Dat zou ik... ja, dat zou ik graag willen. En daar zouden we mee kunnen beginnen, maar...'

'Zeg me wat je wilt, kind. Als het mogelijk is, wil ik het je geven.'

'Morena zei iets tegen me. Ze zei dat vuur, een vuur of een kaars aansteken, een van de eerste dingen is die een kind leert.'

'Vaak wel. Wil je dat weer leren?'

'Ik denk het wel, het is zo tastbaar, zo onweerlegbaar.' Zo fascinerend, moest Breen toegeven. 'Wat ik tot nu toe heb gezien en gevoeld lijkt haast een droom. Maar als ik het voel, voel dat het uit mij komt, dan kan ik het niet meer wegstoppen. En je mag niet liegen en zeggen dat ik het heb gedaan, terwijl jij het was.'

'Dat zal ik niet doen. Net zomin als dat ik zal liegen over je verhaal als ik het mag lezen.'

'Het staat op mijn laptop. Ik zal het printen en de volgende keer meenemen.'

'O, daar hoeven we niet op te wachten, als ik jouw toestemming heb. Dat kan ik regelen.'

'Oké. Jeetje, ik word er zenuwachtig van.'

'Eet, drink je thee, dan gaan we beginnen. Zenuwen zijn niets om je voor te schamen. Niets doen omdat je zenuwachtig bent wel.'

Breen voelde die zenuwen onderhuids prikken, door haar bloed razen, terwijl ze in de keuken met de hond slapend aan haar voeten zat.

De kaars stond tussen haar en Marg in. Roomwit en slank.

'Ik maak vaak mijn eigen kaarsen, degene die ik gebruik voor ceremonies, bezweringen, genezingen... voor het vak, zeg maar, en niet voor licht in de duisternis. Deze heb ik ook zelf gemaakt, iets wat ik je nog wel eens zal leren, als je wilt.'

'Bij degene die jij bedoelt is het vast meer dan alleen was in een vorm gieten.'

'Het omvat meer, een doel, en dat doel wordt in het maken verwerkt. Deze heb ik gemaakt om iets te vieren, en zo zie ik dit ook.'

'Als ik het niet kan...'

'Hé, zet je moeder uit je hoofd.' Marg stak haar hand op en haalde even diep adem. 'Ik wil geen kwaad woord zeggen over de vrouw die jou op de wereld heeft gezet, maar je moet de onzekerheid, de twijfels aan jezelf, die zij je heeft ingeprent, van je afzetten. Stel je open, mo stór, voor wat je bent, voor wat je hebt. Dat is de eerste les. Als je je hebt opengesteld, kun je bij jezelf komen en dat vasthouden.'

'Oké.' Breen gleed met haar vingers over haar tatoeage. '"Stel je open".'

'Hoe zou jij de vlam van een kaars doven?'

'Hem uitblazen.'

Marg keek haar stralend aan alsof ze een ingewikkelde vergelijking had opgelost. 'Dus om de vlam aan te steken is het een simpel foefje om aan inademen te denken. Heel bewust. Je opent jezelf, laat de kracht opkomen. Concentreer je, want als je wilt dat het natuurlijk komt, moet je je eerst heel goed concentreren. Om iets vlam te laten vatten.'

Ze probeerde het steeds opnieuw, maar de pit bleef koud. 'Het spijt me.'

'Je stelt alleen jezelf teleur. Het vuur is in je. Roep het aan, breng het omhoog, voel het in je tintelen, door je heen golven, smeulen. Gebruik het. Zie het doel... de pit. Zie hem vlammen. Haal adem en laat hem vlam vatten.'

Ze voelde het in zich opkomen, de hitte, en voordat ze kon bedenken dat het alleen maar de kracht van suggestie was, begon de pit een beetje te knetteren, waarna er een vlammetje opschoot. 'Ik... jij...'

'Nee, ik zweer je, ik was het niet.' Marg blies de kaars uit. 'Nog een keer. Zet de pit in vlam.'

Ze trilde, van angst, opwinding, en een knagend verlangen naar meer, besefte ze. Drie keer stak ze de kaars aan.

'Je bent nog steeds een snelle leerling. Je hebt zo veel in je.'

'Wat ben ik, oma?'

'Mijn kleindochter, mijn bloed, mijn schat. Je bent een kind van de Fey, een dochter van de Wijzen, van je vader, van mij en de mijnen. En aan mijn kant is er van lang geleden ook Sidhe in jou. Deels ben je mens van moederskant. En je hebt het bloed en de krachten van goden in je.' Marg klampte haar handen op tafel ineen. 'Daarom wil hij je nog meer dan hij je vader wilde. Je vader had alles wat jij hebt, behalve het mensdeel, en Odran wil jouw krachten en het menselijk deel dat jij hebt. Je bent een brug, Breen, tussen werelden, werelden die voor hem gesloten zijn. Vooralsnog.'

'Bedoel je mijn wereld? De wereld van mijn moeder?'

'Hij zou je gebruiken om hem te veroveren, stukje bij beetje, hart voor hart. Verwoesten, onderwerpen, corrumperen, zoals hij met mindere werelden heeft gedaan. Jij bent de brug die hij zoekt om te reizen en de brug die we nodig hebben om hem tegen te houden.'

'Omdat ik mens ben, deels althans?'

'Je bent uniek. Er is voor zover bekend niemand van jouw afkomst. Niet dat ik weet. Ik heb gezocht, anderen hebben gezocht. Ik weet alleen dat Odran jou, wat jij bent, wil gebruiken om Talamh en de wereld waarin jij bent opgegroeid te vernietigen, en we moeten hem tegenhouden met alles wat we zijn.'

'Ik kan toch niet... Het heeft me een uur gekost om een kaars aan te steken.'

'Het begint met één vlam.' Marg stak haar vinger op en spreidde toen haar handen. 'Je hebt een keus. Als je teruggaat en daar blijft, kan hij je niet raken.'

'Ben je daar honderd procent zeker van?'

Marg aarzelde even en schudde haar hoofd. 'Zo zeker als ik kan zijn. Hij heeft die barrière nooit doorbroken.'

'Maar hij kan wel hier komen?'

'En dat zal hij ook zeker doen als hij daaraan toe is. We zullen hem tegenhouden. We hebben hem eerder weggejaagd en dat zullen we opnieuw doen. Zolang we dat doen is de andere kant veilig en jij dus ook.'

'Maar hij blijft komen. Hoe dood je een god?' Ze zuchtte. 'Met een andere god. Is dat wat je denkt? Denk je dat ik hem kan doden?'

'Ik kan het niet zien. Ik kan het niet zeggen.'

'Mijn vader heeft geprobeerd hem tegen te houden. Hij heeft mijn vader gedood. Ik... ik wil ooit kinderen. Ik heb altijd kinderen gewild. Maar als ik een kind krijg, zou dat kind net als ik zijn... en... Het zou nooit ophouden.'

'Ik kan je leren wat ik weet. Anderen kunnen je leren wat zij weten. En als je uiteindelijk besluit terug te gaan, daar te blijven, zullen we doen wat we kunnen om die barrière sterk te houden.'

'Ik zit hier in een idyllische cottage op het idyllische platteland en jij zegt me dat het lot van twee werelden, jemig, misschien wel meer, in mijn handen ligt?'

Opnieuw lag er verdriet op Margs gezicht. 'Het is een afschuwelijke last om te dragen. Ik heb beloofd dat ik niet tegen je zou liegen. Ik kon het voor mijn gevoel niet langer uit de weg gaan – zo dicht bij de leugen – nu de vlam in jou is ontbrand. Jouw ontwaken zal komen, en snel ook, denk ik. Je bent wat je bent, Breen Siobhan. Wat jij doet is aan jou.'

'Ik moet even naar buiten. Ik ga de hond uitlaten en een frisse neus halen. Ik heb het gevoel alsof ik in een boek leef. Misschien is dat ook zo.'

'Draag deze bij je, als je wilt.' Marg haalde een ketting met een rode steen tevoorschijn. Ik heb je deze gegeven nadat je was ontvoerd, ter bescherming. Ik ontdekte pas toen je weg was dat je moeder hem hier had achtergelaten.'

'Wat mooi. Wat is het?'

'We noemen dit kristal een drakenhart.'

Breen deed de smalle ketting over haar hoofd. 'Ik ben niet meer zo boos op mijn moeder, dus dat is iets. En ik heb geen paniekaanval gekregen na alles wat ik net heb gehoord. Misschien omdat het niet echt lijkt.' Ze stond op, deed de deur open en de hond rende naar buiten. 'Maar ook weer wel. Het lijkt wel echt, en ik moet erover nadenken.'

'Mag ik in jouw kinderboek beginnen, terwijl jij aan het wandelen bent? Ik kan het laten komen als je dat goedvindt.'

'Best.' Te horen krijgen dat ze een waardeloze schrijfster was, was wel het minste waar ze zich zorgen om maakte. Toch aarzelde ze nog even. 'Ik begrijp wel dat dit niet gemakkelijk was om me te vertellen. Ik denk dat je van me houdt.'

Margs gezicht verzachtte. 'Meer dan van wat ook, in welke wereld dan ook.'

Breen knikte omdat ze het geloofde. 'Ik blijf niet lang weg. Ik wil alleen even wandelen, Deksels in de baai laten zwemmen. Ik wil graag nog wat meer leren... iets simpels, ik denk niet dat ik meer aankan dan simpel. Over een uurtje ben ik terug.'

'Ik zal op je wachten.' Dat deed ze per slot van rekening al meer dan twintig lange jaren, dacht Marg.

17

De wind kwam van zee en blies wolken met grijze randen naar het oosten, over glooiende velden en de rotsachtige gebergten daarachter. Ze dacht in elk geval dat het het oosten was. Voor hetzelfde geld kwam de zon hier in het noorden op.

Er groeide een soort graan dat in een gouden gloed over het groen wiegde. Bij de hoge rotsen zag ze iets bewegen en ze dacht dat het geiten waren, totdat ze duidelijk zag dat het wezens op twee benen waren die een pet en een lang vest droegen.

Terwijl ze zich daarover verbaasde, kwam er een groepje kinderen de hoek om, van de leeftijd die zij eens had lesgegeven. Duwend en trekkend, maar op een plagerige manier. Het waren er vijf, telde ze, twee meisjes, drie jongens. Een van de meisjes, met een donkere huid en een enorme bos zwarte vlechtjes met blauwe puntjes, stak haar hand in de lucht. Toen ze hem daarna snel omlaag deed, renden zij en twee van de jongens in een wervelwind en met onmogelijke snelheid weg, terwijl het andere meisje regenboogkleurige vleugels kreeg en door de lucht schoot en de derde jongen zich op handen en voeten liet vallen en voor haar ogen veranderde in een jong paard dat achter hen aan galoppeerde.

'Dat zie je niet elke dag, als je niet hier bent.' Ze keek omlaag om te zien wat Deksels ervan vond, maar hij was het water al in gerend.

Ze volgde hem en omdat ze hoofdpijn had, ging ze in het fijne zand zitten en deed haar ogen dicht. Het was rustgevend, de stevige wind, het kabbelen van het water, het gespetter en geblaf van de puppy. Ze had het onmogelijke als waarheid aanvaard, dacht ze, en nu moest ze besluiten wat ze ermee wilde doen.

Ze hoorde een krijs en zag een havik vliegen. Een tel later plofte Morena naast haar neer.

'Hij probeert indruk op je te maken.'

'Dat mag hij. Het is zo'n mooi beest.'

'We zagen je deze kant op gaan, maar zo te zien was je in gedachten verzonken.'

'Was ik ook. Ik zag kinderen, vijf. Als ik het goed heb, was één een fee, één was een weerpaard. De andere drie waren snel, ongelooflijk snel.'

'Elven. Ik zag ze ook. Een heel hecht groepje. Meestal zie je er nog een ander meisje bij, maar zij heeft vandaag straf omdat ze een bezwering had gebruikt voor haar klusjes.'

'Dus, een van de Wijzen?'

'Niet zó wijs dat ze dacht dat ze zo gemakkelijk van haar klusjes af kon komen.'

Regels, dacht Breen, en discipline voor kinderen. 'Dus magick gebruiken om de afwas te doen, mag niet?'

'Dat hangt van de situatie af, zullen we maar zeggen. De gemakkelijke weg kiezen wordt ontmoedigd, vooral bij jongeren. Je moet leren geiten melken, wortels planten, de was doen en al dat soort dingen. Anders word je maar lui en dik, of niet dan? Magick is een serieuze zaak, niet dat ze er geen plezier aan mogen beleven, maar het is er niet voor je eigen gemak. Anders verlies je respect voor wat je hebt.'

Simpel, oordeelde Breen. En daarmee zuiver. 'Ik weet niet wat ik moet doen met wat ik heb. Ik heb vandaag een kaars aangestoken. Oma moest me eerst een uur coachen, maar ik heb hem aangestoken met een ademteug.'

'Dat is goed, en de volgende keer kost het vast niet zo veel tijd.'

'Ik weet niet wat ik ermee moet. Ik zag daarstraks mannen over die rotsachtige kliffen klauteren alsof ze geiten waren.'

'Trollen,' zei Morena luchtig. 'Waarschijnlijk kwamen ze uit de mijnen waar ze werken om in de zon te lunchen.'

'Trollen, natuurlijk. Dat had ik zelf kunnen bedenken. Razendsnelle kinderen met vleugels en hoeven.'

'Rennen kinderen bij jullie dan niet buiten op een mooie zomerdag? Er is geen onderwijs in de zomer, althans niet in de vorm van school, dus waarom zouden ze niet rondrennen?'

'Jullie hebben scholen?'

'Natuurlijk hebben we scholen! Denk je dat we dom willen zijn?'

'Nee. Scholen, kinderen die rondrennen, mensen die in de zon lunchen. Het is allemaal heel normaal. Komt de zon hier in het oosten op?'

'Waar zou hij anders moeten opkomen?'

'Normaal dus. Maar jullie hebben twee manen.'

'Sommige werelden hebben er een, andere twee of zeven. Sterrenkundigen vinden altijd weer iets nieuws aan de hemel, of niet?'

'Jullie hebben sterrenkundigen... Kijk niet zo. Ik probeer het normale met het fantastische in evenwicht te brengen. Oma heeft me verteld wat ik ben, alles wat ik ben, en waarom Odran me hebben wil.'

Als vrienden onder elkaar legde Morena haar hand even op Breens been. 'Het was aan haar om jou dat te vertellen, en het feit dat ze dat heeft gedaan betekent dat zij gelooft dat je het moet weten en dat je de kracht hebt om ermee om te gaan. Maar het is heel veel, dat besef ik.'

'Ik kan me herinneren dat ik werd ontvoerd, en samen met oma heb ik het allemaal opnieuw gezien, in het vuur. Ook wat zij zag.'

'Ik was zo bang, al die jaren geleden.' Morena trok haar knieën op en staarde over het water. 'Midden in de nacht ging het alarm af. Ik had het nog nooit gehoord, maar ik wist dat ik bang moest zijn. Ze stuurden mijn broers en mij weg met de andere kinderen, en van degenen die bij ons bleven om ons te beschermen en te verzorgen, hoorde ik dat jij was ontvoerd. Voor mijn gevoel duurde het dagen, dagen en dagen, maar al na een paar uur bracht mijn moeder je terug.'

'Ze zong voor me. Ze bracht me door het portaal in de waterval en zong voor me.'

'Er zat bloed op je... je eigen bloed van je handen. Aisling was degene die ze verzorgde voordat iemand anders de kans kreeg. En ik weet niet of dit helpt of juist niet, maar ik zag in jouw ogen zo veel kracht, zo veel woede, zo veel macht. Dat vervaagde toen de vrouwen zich allemaal om je bekommerden, geruststelden en je een kalmerend drankje gaven. Je was weer gewoon mijn vriendin, mijn beste vriendin, die weer veilig thuis was.'

'Dat moet een sterk drankje zijn geweest, want ik heb de rest van mijn leven mijn best gedaan om rustig te zijn.'

'En nu?'

'Ik weet het niet.' Loom raapte ze een stukje schalie op en gooide het weg. 'Ik weet wel dat het gevoel toen ik die kaars aanstak fijn was. Die kracht voelde goed, alsof hij bij me past. Ik heb tijd nodig om over alles na te denken, maar ik moet ook meer leren.'

'Er is geen betere docent dan Marg als het om de Wijzen gaat.'

'Dat zei Keegan ook al.'

'Ah, heb je Keegan gesproken?'

'Kort. Hij stond gisteravond bij de boerderij toen ik ging wandelen.'

'O, je had binnen moeten komen.' Morena gaf Breen een por. 'Het was een leuke avond. Er zijn heel veel mensen die jou willen ontmoeten of terugzien. We zijn een vriendelijk volkje.'

'Hij kwam niet bijzonder vriendelijk over.'

'Ach, zo is Keegan. Hij is een zwaarmoedig type, maar goed, hij draagt de wereld op zijn schouders. Als hij niet zwaarmoedig is, is hij goed gezelschap, en ik heb nog nooit zo'n rechtvaardige taoiseach meegemaakt.'

Breen liet haar blik over Morena's gezicht glijden. 'Hebben jij en hij...'

'Wat?'

'Een relatie?'

'Natuurlijk hebben we een... O!' Ze grijnsde. 'Je bedoelt of we paren? O, lieve goden, nee. Hij is als een broer voor me. Niet dat hij geen goeie man is, en ik heb gehoord dat hij meer dan goed is in bed. Trouwens, ik slaap zo nu en dan met Harken, en hoewel het niet verboden is, zou ik het niet prettig vinden om met twee broers naar bed te gaan.'

Terwijl Breen een reactie probeerde te bedenken, sleepte Deksels hoopvol kwispelend een stuk wrakhout naar hen toe.

Morena sprong op en wierp het in het water. Verrukt rende de hond erachteraan. 'Ik zal je zeggen,' ging ze verder. 'Voor training in man-tegen-mangevechten en zwaardvechten is er geen betere dan Keegan. Jouw vader heeft hem en Harken en Aisling getraind nadat hun vader was gesneuveld, dus dat is geen wonder.'

Deksels sleepte het hout weer het water uit. Morena gooide het weer weg. 'Ik kan je wel wat leren, de basis, maar volgens mij ben ik een slechte leraar. Niet geduldig genoeg.'

'Jij kunt zwaardvechten?'

''Tuurlijk. Dat we een vreedzaam volk zijn, wil niet zeggen dat we weerloos zijn.'

Er vlogen drie draken door de lucht. Een kudde? Een zwerm? Ze zou het moeten opzoeken, maar Breen zag ze op dit moment als gezin, omdat het twee grote en een kleintje waren. Ouders met hun kind. 'Heb je ooit een draak bereden?' vroeg ze.

'Ja, geweldig. Ik heb zelf geen verbintenis met een draak, maar ik heb op die van Harken gereden.'

'Harken heeft een draak?'

'Ze hebben elkaar, dat is de verbintenis. Hij wil je vast wel een keer meenemen als je wilt.'

'Ik denk dat ik voorlopig met beide benen op de grond blijf staan. Ik moet weer terug. Oma... Er ligt iemand in het water!'

Uit angst dat er iemand aan het verdrinken was, wilde ze naar het water rennen, maar Morena legde een hand op haar arm. 'Dat is Ala. Ze is een beetje verlegen, straks maak je haar nog bang.' Ze zwaaide en even later zwaaide een arm terug. Het wiebelende hoofd met het lange blonde haar verdween onder het oppervlak. Een glinsterende staart met tinten groen en goud en rood kwam boven water en verdween toen.

'Een meermin,' wist Breen uit te brengen. 'Een verlegen meermin.'

'Ze is nog maar tien, volgens mij, en nieuwsgierig, maar ook een beetje verlegen. Ze komt vast wel weer eens langs als je de pup meeneemt.' Ze stak haar arm in de lucht en onmiddellijk dook de havik omlaag en landde op haar arm.

'Je draagt geen handschoen.'

'Ik droeg er een toen we elkaar weer ontmoetten, zoals je zou verwachten. Maar Amish zou me nooit pijn doen. We lopen even met je mee naar de weg, daarna moet ik zelf ook naar huis. Ik heb mijn eigen klusjes te doen.'

'Ik ga morgen terug naar mijn cottage,' zei Breen. 'Ik denk dat ik een paar dagen daar nodig heb om over alles na te denken. Maar ik kom weer terug.'

'Dat weet ik. Doe Marg en Sedric de groeten.'

'Zal ik doen, en doe jouw grootouders de groeten van mij.'

'Doe ik,' antwoordde Morena. 'Ontsteek het vuur, Breen,' voegde ze eraan toe, waarna hun wegen zich scheidden.

De rest van de dag hield Breen zich bezig met thee, planten, wortels en kruiden. Hoe je ze kon herkennen, hoe je ze moest oogsten en bereiden en mengen. Ze vond het fascinerend en ook praktisch.

'Je leert snel,' zei Marg.

'Ik kan goed studeren. Ik heb me suf gestudeerd voor een diploma dat ik niet wilde. Dit is interessant en leuk... Het voelt productief. En... natuurlijk.'

Ze gaf de pup eten, hielp met het eten geven van het paard en probeerde die regenachtige avond geen grote blunders te maken toen ze hielp met koken.

'Het is eerder een gebrek aan zelfvertrouwen dan een gebrek aan kunde.'

'Ik denk dat het allebei is.' Maar ze rook de aardappelen die ze in stukken had gesneden, met olie en kruiden had gemengd en nu stonden te roosteren.

En ze smaakten ook prima, vond ze, net als de vis, die Sedric die middag had gevangen, en de erwten die ze had gedopt.

Breen wachtte tot na de maaltijd voordat ze iets aankaartte wat mogelijk een moeilijk onderwerp zou zijn. 'Ik moet morgen terug,' begon ze. 'Ik heb tijd nodig en mijn eigen omgeving. Ik zeg het niet goed. Ik heb nooit eerder alleen gewoond en ik heb er behoefte aan.'

'Onafhankelijkheid is een kostbaar goed.'

'Ik wist niet hoe belangrijk het voor me was,' vertelde ze Marg, 'voordat ik het ervoer. Echt, hiervoor wist ik niet hoe fijn ik alleen zijn vond. Ik weet dat ik de neiging heb om mezelf af te sluiten, dus ik moet wel oppassen. Marco, nou ja, die zou dat nooit laten gebeuren, maar hij is er niet. Dus vroeg ik me af of ik... wij... over een paar dagen... iets konden bedenken.... Geen schema, dat is te star. Het moet niet star zijn.' Onbeholpen pakte ze haar wijn, staarde in het glas. En zette het weer terug.

'Breen, zeg ons wat je op je hart hebt.'

'Als ik wist wat dat was. Ik denk dat ik in de cottage wil wonen, maar ook hier wil zijn. Als ik nou hier kom nadat ik 's morgens heb geschreven en dat je me dan meer leert... En dan ga ik 's avonds weer terug. Misschien kan ik hier in het weekend logeren. Ik weet niet eens of jullie weekenden hebben.'

'Ik begrijp wat je bedoelt.'

'Ik weet dat ik dan langer zal doen over het leren, of oefenen of trainen, maar...'

'Je zoekt een balans en dat is een verstandige keuze.'

'Ik weet niet of ik kan doen of zijn waar jij op hoopt, maar als ik op die manier de tijd kan nemen voordat ik terug moet naar Philadelphia, dan zou ik denk ik een bewustere keuze kunnen maken.'

Met een knikje stond Marg op en ze gaf Breen een klopje op haar schouder. 'Wacht.'

'Ik heb haar overstuur gemaakt,' mompelde Breen. 'Daar was ik al bang voor. Ik ben niet...'

'Je hebt het mis.' Sedric nam een slok wijn. 'Ze wil niet dat je een impulsieve beslissing neemt of iets doet omdat je je ergens toe verplicht voelt... Zulke beslissingen houden geen stand. Als je je door één van beide zou laten leiden, zou me dat van je tegenvallen.'

Marg kwam terug en legde een dik boek op tafel. Op de donkerbruine leren kaft stond een draak. 'De draak, altijd je favoriet. En hij beschermt de magick vanbinnen. Ik heb dit voor je gemaakt. Ik ben ermee begonnen op de avond dat je werd geboren.'

'Wat mooi.' Breen sloeg het boek open en zag in prachtige letters op dik perkamentpapier haar naam en geboortedatum staan. Ze sloeg de bladzijde om.

'Het eerste deel zou je recepten kunnen noemen... zoals we vandaag hebben geoefend.'

'Wat een prachtige illustraties. Heb jij die gemaakt?'

'Sommige, en sommige zijn van Sedric, hij is daar heel goed in.'

Breen keek naar hem. 'Een weerkunstenaar?'

Er gleed een lome glimlach over zijn gezicht. 'Zo zou je het kunnen zeggen.'

'De tekeningen helpen je om de ingrediënten te identificeren,' ging Marg verder, 'de planten en wortels enzovoort. Van theesoorten tot drankjes, zalven, balsems. En dan kristallen en stenen en hun betekenis, hun gebruik. En bezweringen, van het trekken van een cirkel en verder. Het is van jou, om mee te nemen, te houden. Ik hoop ook om eruit te leren, maar het is hoe dan ook van jou. Ik wil je wel vragen geen bezweringen of ceremonies uit te proberen zonder dat ik erbij ben.'

'Maak je daar maar geen zorgen om. Dank je wel. Ik zal het bestuderen. En...' Het was geen impuls, maar eerder een verlangen dat haar naar de kaars op het aanrecht deed kijken. Ze haalde adem en stak hem aan. '... ik zal leren.'

De volgende ochtend liep ze met haar boek in haar rugzak en haar hond naast zich over het pad. Ze hoorde hoefgetrappel naderen en deed een stap opzij. Dat was maar goed ook, dacht ze, want het paard kwam op haar af gedaverd.

Toen Keegan naast haar stopte, was haar eerste gedachte: natuurlijk, hij zal geen enorm glanzend zwart paard hebben, waarschijnlijk een hengst. En ze had het paard, net als de ruiter, eerder gezien. In haar dromen.

Met opgetrokken wenkbrauw keek hij op haar neer. 'Ga je weg?'

'Ik kom over een paar dagen terug.'

'O, ja?'

'Dat zeg ik toch? Moet je horen, ik snap dat je in deze contreien koning bent, maar je bent mijn baas niet.'

'Ik ben geen koning. We hebben geen koning.'

Omdat het idee hem zichtbaar stoorde, haalde ze haar schouders op. 'Hoe je het ook maar wilt noemen. De afgelopen zesentwintig jaar hebben anderen mijn leven bepaald. Nu is het mijn beurt.'

Hij hield zijn hoofd schuin. 'En wiens schuld is het dat jij je leven door anderen hebt laten leiden?'

'Mensen als jij kunnen mensen als ik niet begrijpen.'

Met een zwaai sprong hij van zijn paard en keek haar nieuwsgierig aan. 'Wie zijn mensen zoals ik en mensen zoals jij?'

Hoe zag hij zichzelf, vroeg ze zich af. Ze wist hoe zij hem zag. Lang, sterk, waanzinnig aantrekkelijk en heel zelfverzekerd. 'Mensen als jij zijn zelfverzekerd geboren. Ze nemen de leiding, dwingen respect af en misschien een dosis gezonde angst. Van mensen als ik wordt verwacht dat ze de regels volgen, niet te veel verwachten, geen problemen veroorzaken, niet moeilijk doen.'

'Tja, regels zijn belangrijk in een beschaafde wereld, nietwaar? Maar met lage verwachtingen kun je ook niet falen of slagen, dus wat heeft dat voor zin?'

'Dat is allemaal erg waar.'

Het paard draaide zijn hoofd om en duwde het tegen haar schouder. Zonder na te denken streek ze over zijn wang. 'Je moet gaan. Hij heeft dorst en wil zijn wortel.' Zodra ze het zei, het wist, deed ze geschrokken een stap naar achteren.

Keegan knikte alleen en hield zijn blik op haar gericht. 'Ja, dat is zo, we hebben een stevige rit achter de rug.' Hij bukte zich en aaide Deksels, waarna hij weer op het paard sprong. 'Goede reis, Breen Siobhan.'

Toen hij wegreed, slaakte ze een diepe zucht. 'En het paard heet Merlin, naar Arthurs tovenaar. Ik weet dat net zo zeker als dat ik mijn eigen naam weet. Kom, Deksels, ik moet studeren.'

De rust en de eenzaamheid waren zo rustgevend als een warm bad, en dus koesterde ze zich er twee dagen lang in. Ze schreef, studeerde en werkte in de tuin met alleen de hond als gezelschap.

Ze stak kaarsen aan, op de nieuwe manier, en met veel moeite wist ze de haard aan te steken.

'Ik ben een heks,' zei ze tegen Deksels, toen ze samen met hem voor dat haardvuur zat en de kracht in haar nog natrilde. 'En het voelt niet eens verrassend meer.'

Ze aaide de kop op haar knie en trok even aan zijn bakkebaarden. 'Net als een hond niet meer verrassend is, al weet ik niet wat ik met je aan moet als ik terugga naar Philadelphia.' Als, besefte ze, en dat verbaasde haar wel. Ze had 'als' gezegd en gedacht, niet 'wanneer'.

'Natuurlijk ga ik terug, ik moet terug. Marco en Sally en Derrick zijn daar en mijn moeder, alles wat ik ken is daar. Dit is niet meer dan...'

Een brug, vroeg ze zich af.

Zoals zij was.

'Het heeft geen zin daar nu over na te denken. Laten we onszelf voor een goede dag hard werken belonen met een wandeling voordat het te donker wordt.'

Eén maan, zag ze, toen de hond regelrecht naar de baai rende. Een wassende maan, half verscholen achter de wolken.

Als ze morgen klaar was met schrijven, zou ze haar eenzaamheid verruilen voor de wereld met twee manen.

En zelfs dat leek niet meer zo schokkend.

Ze vertrok rond de middag met de hond voorop. Om haar hals droeg ze de ketting met de rode steen, waar ze ook haar vaders ring aan had gehangen. Ze droeg een lichtgroene hoody en een T-shirt en spijkerbroek.

Toen ze bij de boom kwamen, aarzelde Deksels geen moment. Vrolijk blaffend klom hij omhoog en erdoorheen. Breen volgde en stapte in het wonderlijke fenomeen van zachte motregen die zonlicht in een dubbele regenboog veranderde. Hij overspande de boerderij in een boog van schitterende kleuren. Toen ze de treden omlaag liep, vloog een draak, rood als de steen om haar hals, eronderdoor.

Alleen zijn, dacht ze, ja, daar stelde ze prijs op. Maar dit? Dit was een onbetaalbare schat.

De hond sprong over het hek, rende de weg over, sprong over het hek rond de boerderij en rende uitbundige rondjes om de wolfshond.

Daarachter, in de wei, zag ze Harken en Mahon bij het hoofd van een kastanjebruin paard staan. Een merrie, zag Breen. Keegan hield het holster van zijn paard vast, terwijl de zwarte hengst haar dekte.

Beide paarden en de drie mannen glommen van het zweet.

Ze had nog nooit zoiets gezien, vond het indrukwekkend, sensueel en een beetje eng terwijl ze in het gras langs het pad stond te kijken.

Het geblaf van de hond deed Harken opkijken. Toen hij haar zag, riep hij: ‘Goeiemorgen, Breen! We helpen met het begin van nieuw leven. Kom erbij, als je wilt.’

Nee, dacht ze, maar ze klom over het hek en kwam dichterbij. Ze kon de lust, het genot, de kracht van beide dieren tijdens hun paargedrag zien. Het beroerde iets bij haar vanbinnen, verhitte haar eigen bloed en trok haar naar de omheining van de weide.

‘Onze knappe Eryn is bronstig,’ vertelde Mahon haar. Hij had zijn vlechtjes vastgebonden, zoals Marco ook vaak deed. ‘Merlin wil met alle plezier een poging wagen.’

'Dat zie ik. Moet je ze, eh, helpen? Ik ging ervan uit dat ze zoiets zelf wel konden.'

'Dat kunnen ze ook.' Harken verschoof zijn hand en streek met zijn vrije hand geruststellend langs de hals van de merrie. 'We wilden met deze twee in het bijzonder fokken, en door de situatie in de hand te houden kunnen er geen vervelende dingen gebeuren.'

Er was wel wat voor nodig, zag ze aan de manier waarop Keegan zijn spieren spande in zijn shirt, nat van het zweet en de regen.

Toen voelde ze het, ze voelde het echt, de schok van het klaarkomen, het hoogtepunt, zodat ze het hek moest vastpakken terwijl de paarden luid hinnikten.

'Rustig aan, rustig,' mompelde Keegan tegen de hengst. 'Geef de dame even de tijd. Ze schenkt je komende zomerzonnewende een prachtig veulen.'

'Hoe...' Omdat haar stem dik aanvoelde, ademloos klonk, schraapte Breen haar keel. 'Hoe weet je zeker dat het is gelukt?'

Hij wierp een korte blik op haar. 'De aanwijzingen lieten zien dat het vandaag, dit tijdstip, moest zijn en allebei hebben ze een halve vruchtbaarheidsappel gehad voor het paren. Rustig maar.' Hij richtte zijn aandacht weer op de paarden, toen de hengst zich terugtrok en zijn voorbenen op de grond zette. Op het moment dat Keegan de riemen losliet waarmee hij het dier had geleid, wierp het paard zijn hoofd in de lucht, ging op zijn achterbenen staan en rende in triomfantelijke galop door de weide.

'Die is trots op zichzelf.'

Keegan veegde zijn handen aan zijn broek af en besmeurde hem met bloed.

'Je handen.'

Hij haalde zijn schouders op. 'Merlin is soms iets te enthousiast. Als je voor je training komt... ik ben hier nog wel een uur bezig.'

'Nee.' Absoluut niet. 'Ik ben onderweg naar mijn grootmoeder.'

'Aisling zou het leuk vinden als je tijd hebt om langs te komen.' Mahon bleef de merrie geruststellen.

'Ik zal mijn best doen.' Ze deed een stap naar achteren. 'Dit was... interessant.'

Harken keek haar grijnzend na. 'Ik durf te wedden dat ze dit optreden niet had verwacht.'

'Ze moet met trainen beginnen.'

'Ach, geef haar wat tijd.' Harken gaf Keegan een klap op zijn schouder. 'Ze is teruggekomen, of niet? Dat zou niet iedereen doen.'

'Doorkomen is niet genoeg, bij lange na niet, en met wat keukenmagick zullen we Odran niet voorgoed breken.'

'Geduld, *mo dhearthái r.*'

'Donder op met je geduld.' Maar hij zei het met een knipoog. 'Elke keer als ik weer in de Hoofdstad ben, heb ik meer geduld nodig dan me lief is, verdorie. Maar ik zal haar voorlopig aan Marg overlaten.'

De deur van de cottage stond open. Deksels zag dat als uitnodiging en liep regelrecht naar binnen.

Breen hoorde hoe haar grootmoeder hem begroette. Iets minder zelfverzekerd klopte ze op de openstaande deur voordat ze naar binnen ging.

'Kom binnen, kom binnen! O ja, mijn jongen, voor jou heb ik een koekje.'

Breen liep verder en zag dat Marg een koekje uit de pot haalde, terwijl er stoom uit de ketel op het fornuis kwam.

'Wat fijn om je weer te zien,' zei Marg, terwijl ze haar vinger in de lucht stak, ten teken dat de hond moest gaan zitten. 'Ik wilde net een kopje thee zetten en nu heb ik gezelschap.'

'Ik hoop dat het goed is dat ik vandaag ben gekomen.'

'Je bent hier elke dag welkom. Ga toch zitten. Ik heb voor ons ook koekjes.'

'Ik heb in het boek zitten lezen dat je voor me hebt gemaakt en ik vroeg me af of je me er iets uit kunt leren, als je tijd hebt. Iets eenvoudigs,' voegde ze eraan toe. 'Ik heb geoefend met vuur. Ik heb gisteravond vuur gemaakt... in de haard, bedoel ik.'

'Dat is geweldig.'

'Het duurde wel even,' gaf ze toe, 'maar daarna voelde het heel natuurlijk. Is dat goed?'

'Heel goed.' Nadat ze even een kneepje in Breens schouder had gegeven, zette Marg een bord koekjes op tafel.

'Ik moet je iets vragen. Toen ik de vorige keer wegging, zag ik Keegan en hij zei dat ik moet trainen. In vechten en het gebruik van een zwaard.'

Marg zuchtte. 'Die jongen heeft meer geduld dan vroeger, maar nog steeds kun je er geen vingerhoedje mee vullen.'

'Dat is geen nee, dus. Ik zou nooit een zwaard kunnen gebruiken... ik bedoel, zelfs als ik zou leren hoe ik ermee om moest gaan, wat twijfelachtig is, zou ik er niet mee kunnen uithalen naar iemand.'

'Daar kunnen we ons later nog zorgen om maken, maar ik wil je wel vragen na te denken over wat je zou doen als iemand hier binnenkwam met als doel om jou of mij te doden.'

'Ik... mijn eerste gedachte is wegrennen.'

'Geen slechte gedachte.' Met een glimlach zette haar grootmoeder de thee klaar. 'Maar als vluchten niet kon, zou je dan eenvoudigweg nietsdoen?'

Breen slaakte een zucht. 'Bij ons op school moest ik met mijn kinderen – het zijn nog maar kinderen – oefeningen doen. Wat ze moeten doen als iemand de school binnendringt en ze kwaad wil doen. Je verstoppen. De deuren op slot doen en je verstoppen. Vluchten als dat niet gaat. En het zou aan mij zijn, als verantwoordelijke, om te vechten als er geen andere uitweg is. Het is nooit zover gekomen, maar ik denk dat ik alles zou doen wat nodig is om ze te beschermen, dat denk ik echt.'

'En daar train je voor?'

'Ja. Ja, als docent train je daarvoor.'

'Dit is niet heel anders. Een zwaard zou niet je enige wapen zijn. Je hebt een heel sterk wapen binnen in jou, dat je kunt gebruiken als wapen ter bescherming.'

'Daar wil ik meer over leren.'

'Daar gaan we voor zorgen. Maar ik heb zelf ook wat gelezen. Jouw boek.'

'O.'

'Ik mocht het van je lezen, dus dat heb ik gedaan.' Ze keek naar de hond en glimlachte. 'O, ze kent jou, mijn jongen, van haver tot gort. Je hebt een talent met woorden, mo stór, en dat is ook magick. Ik heb het twee keer gelezen en ik heb gelachen en gehuild om de avonturen van onze jongen. Zo dapper en trouw, precies zoals hij is, en lief, zelfs als hij dwaas doet.' Marg stak haar hand uit en gaf een klopje op Breens hand. 'Dat is de waarheid die ik je had beloofd, niet alleen de emotie van een oma. En, heb je het weggestuurd naar de mensen die boeken maken?'

'Nee, ik...' Toen Marg haar wenkbrauwen optrok, knikte Breen. 'Je hebt gelijk, ze kunnen pas ja zeggen als ze het gelezen hebben. Ik heb uitgezocht hoe ik het moet aanleveren, dus dat ga ik vanavond doen. Ik ga het gewoon doen.'

'Goed zo, weer een stap. Tijd dat wij er ook een zetten. Neem je thee maar mee.'

'Waar gaan we naartoe?'

'Naar de plek waar ik meer doe dan theezetten en keukenmagick.' Marg kwam overeind. 'Je zou kunnen zeggen dat we naar school gaan.'

'Zoals Zweinstein?'

'O, dat zijn mooie verhalen. Maar nee, alleen jij en alleen ik.'

18

Ze liepen naar buiten, volgden een pad steeds dieper het bos in, voorbij de schuur waar het paard stond te doezelen, in de richting van de beek die onder een kleine boogbrug door stroomde.

Hier stond een stenen gebouw, een stuk kleiner dan de cottage. In tegenstelling tot de cottage was deze deur, solide en vol houtsneden, gesloten. Toch vormden ook hier de bloemen in de bloembakken aan weerszijden van de deur een weelderige vertoning.

Ze liepen de brug over terwijl een uitbundige Deksels door de beek spetterde.

Marg keek toegeeflijk naar hem. 'Hij vermaakt zich hier wel.'

'Is het een soort werkplaats?'

'Zeker, aangezien we binnen gaan werken. Geef me je hand, kind.' Ze legde Breens hand onder die van haar en duwde tegen de deur. 'Nu gaat de deur ook voor jou open.'

Zonder enig geluid zwaaide de deur inderdaad open.

Het zonlicht dat naar binnen viel was genoeg voor Breen om werktafels en planken vol potten te zien staan, en gedroogde kruiden en planten aan lijnen te zien hangen. Er stonden een paar houten stoelen en krukken.

'Steek jij het vuur maar aan.' Marg tikte tegen haar borst. 'Van hieruit.'

Een soort test, dacht Breen, en ze moest haar zenuwen opzijzetten toen ze naar de haard liep. Ze had geoefend, hield ze zich voor. Gisteravond en vanmorgen nog. En dus deed ze haar ogen dicht, visualiseerde het vuur en bracht haar geest tot rust tot ze de hitte voelde. Ze bracht de hitte omhoog vanuit haar buik naar haar hart, van haar hart naar haar geest. Er flikkerde iets, zwak, maar ze trok harder, opende haar ogen. De turf schroeide, smeulde, flakkerde en vatte toen echt vlam.

'Goed gedaan. Heel goed gedaan. Nu de kaarsen. Boven je hoofd.'

Breen keek op en zag meer dan tien kaarsen in een ijzeren ring. 'Ze zijn verder weg dan ik tot nu toe gedaan heb.'

'Afstand doet er niet toe. Steek ze maar aan.'

Ze haalde adem, trok de hitte op, en de kaarsen brandden.

'Zie je, je hebt het geleerd door te doen wat je al weet.'

'Het is verleidelijk.'

'Ja, en dat is niet erg zolang je je doel en je beloftes maar voor ogen houdt.'

Nu het zachte zonlicht werd geholpen door de brandende kaarsen en het knetterende vuur, zag ze dat de ruimte met het balkenplafond en de ruwe plankenvloer was onderverdeeld. In één hoek hingen kruiden en bloemen, stonden kommen en potten met wortels, poeders, bleke en felgekleurde vloeistoffen, in een ander deel stonden potten en kommen met kristallen en stenen, losse stukken steen en speren. Planken waren bezaaid met kaarsen, wit, zwart en in alle kleuren die ze maar kon bedenken. In een derde deel was ruimte voor gereedschap: pannen, lege kommen en potten, spatels en lepels, staven, messen met rechte en ronde lemmeten. In een soort nis lagen verschillende stoffen en garens en linten. Daarbovenop lag een boek dat leek op wat Marg aan haar had gegeven.

Er hing een dromerige lucht in de ruimte door de verse en gedroogde kruiden op de brede vensterbank bij het raam dat uitzicht bood over de beek.

'Zijn dat ketels?'

'Dat klopt. Heb je de lijst met gereedschap in je boek bestudeerd?'

'Ja. Ketels, kommen, klokken, kaarsen, staven, de rituele messen – athames – bezems, bokalen, zwaarden.'

'Het is tijd dat je ze leert gebruiken. Vandaag gaan we amuletten maken voor een kalme geest, een kalm lichaam, vruchtbaarheid, veilig reizen, geluk en bescherming.'

Kruiden en kristallen, linten en stof, en boven alles, leerde Breen, intentie. Het leek heel eenvoudig, maar ze leerde al snel dat het verkeerde kristal of de verkeerde kruiden in een amulet kwaad kon oproepen in plaats van afweren, een slapeloze nacht kon veroorzaken in plaats van een rustige nacht.

'Zo, hou jij dit bij je, zelf gemaakt.'

Breen pakte het paarse buideltje aan dat ze had genaaid en gevuld. 'Ter bescherming,' wist ze weer. 'Heb ik al.' Ze raakte de edelsteen om haar hals even aan.

'En nu ook in een zakje. Weet je nog wat je erin gedaan hebt?'

'Ja, volgens mij wel. Heggennetel en salie, een stukje amber, malachiet en toermalijn… zwarte toermalijn,' verbeterde ze zichzelf. 'Een schelpje en een stukje stro van een bezem. En ik heb gezongen: *Zo ik het wil, verdwijnt elk kwaad. Moge dit amulet behoeden voor tegenslag.*'

Marg knikte goedkeurend. 'Goed gedaan. Heel goed gedaan.'

'Wat ga je met de andere doen?'

'Weggeven of verhandelen als het zo uitkomt. Ik ken een jonge weer die graag een kind wil. Ik zal haar het vruchtbaarheidsamulet geven. Maar nu moeten we eerst het gereedschap zuiveren en alles opbergen.'

'Je wilt me zeker niet eerst een bezwering leren?'

Marg schoot in de lach. 'Mo stór, dat heb ik al gedaan. Een amulet is een bezwering in een buideltje.'

'Een bezwering in een buideltje.' Dat vond ze mooi, en ze stopte het buideltje in haar zak. 'We hebben geen liefdesbezweringen gedaan. Die zouden vast heel populair zijn.'

'Een amulet of bezwering om iemands aandacht te trekken, iemand aan te moedigen te kijken en te zien… die komen veel voor. Maar echte liefdesbezweringen? Die zijn verboden, want als je een hart met het jouwe verbindt door middel van magick ontneem je vrije keus.'

'Dat begrijp ik. Werken ze wel?'

'Soms maar al te goed, en altijd, altijd moet er een hoge prijs worden betaald. Een vrouw laat bijvoorbeeld haar familie in de steek, of een man slaat een rivaal neer. De bezworene keert zich misschien tegen de bezweerder in een vlaag van jaloezie, helemaal in de war door de magick. Een hart kan per slot van rekening gek worden van liefde.'

Dat kon ze zich voorstellen, ook zonder persoonlijke ervaring. 'Alles wat je me tot nu toe hebt geleerd gaat veel meer om genezen, beschermen, troost bieden... Als klein kind wilde ik dierenarts worden. Niet alleen omdat ik dol was op dieren, maar omdat ze iemand nodig hebben om voor hen te zorgen.'

'Je hebt het talent tot genezen in je. Ik kan je daarbij helpen, maar Aisling is veel sterker op dat gebied.'

Ze ruimden de stof, kristallen en kaarsen op. Breen keek toe hoe Marg de scharen en naalden die ze hadden gebruikt in een bad met water legde dat bij maanlicht was geput en daarna afdroogde met een witte doek.

'Zo, als jij nu eens lekker een frisse neus gaat halen, je hoofd leegmaakt. Misschien kun je naar Morena of Aisling toe. Dan laat ik je daarna zien hoe je een toverstaf moet maken.'

'Maak jij die zelf?'

'Ik kan je er een geven, en dat zal ik ook doen, maar als je hem zelf maakt, doordrenk je hem met alles wat je bent, je hart, je kracht. Dan kies je zelf het hout, de stenen, de vorm. Je staf is het verlengstuk van de magick in jou.'

'Ik ben niet zo goed met mijn handen,' begon ze, toen ze naar buiten liepen. 'Die buidels naaien was zo ongeveer het beste van mijn kunnen.'

'En dat heb je goed gedaan, of niet? Ah, we hebben gezelschap, geloof ik.'

Ze herkende de zwarte hengst, of hij moest een tweelingbroer hebben. Naast hem stond een kleiner paard. Door haar korte tienerromance met paarden wist ze dat het een izabel was.

'Die zwarte schoonheid is Keegans Merlin.'

'Ja, ik zag vanmorgen hoe hij een merrie zwanger maakte. Ze leek wel meegaand.'

'Ah, dus hij heeft gepaard met Mahons Eryn. Dat is mooi. Deze mooie ruin hoort bij Harken. Hij heet Jongen, als in Brave Jongen, want dat is hij. Als die twee mannen bij Sedric zijn, is er van de koekjes geen kruimel meer over.'

Binnen zat Keegan samen met Sedric bij de haard. Deksels lag naast hen. De mannen hadden allebei een hoge beker vast, een kroes, dacht Breen.

'Daar zijn ze,' verkondigde Sedric. 'Ik heb Keegan met bier volgegoten, zodat hij jullie werk niet zou onderbreken.'

'En we hebben heel goed gewerkt. Ik hoorde net dat jouw Merlin zijn werk vanmorgen ook goed heeft gedaan.'

'Inderdaad, en met succes.'

'Dat is geweldig.'

'Dat kun je nu toch nog niet weten?'

Keegan wierp een blik op Breen. 'Harken zegt dat ze drachtig is, en hij kan het weten.' Hij stond op en dronk zijn kroes leeg. 'Ik heb Jongen meegenomen omdat ze moet leren rijden, en volgens Harken is hij geschikt voor haar.'

'Rijles,' zei Marg, voordat Breen bezwaar kon maken. 'Een rustige, geduldige les zou een prima manier zijn voor Breen om even een frisse neus te halen, na de hele tijd in de werkplaats te hebben gezeten.'

'Ik ga liever lopen.'

'Met lopen kom je niet zo ver als met een goed paard.' Keegan hield zijn hoofd schuin. 'Weet je zeker dat je niet bang bent?'

'Aangezien ik, voor zover ik weet, nog nooit op een paard gezeten heb, zou ik dat niet weten.'

'Tijd om daar achter te komen. Dat was een lekker biertje, dank je wel.' Hij liep in de richting van de deur, bleef staan om Marg een zoen op haar wang te geven en ging toen naar buiten.

'Je vond paardrijden geweldig als kind,' zei Marg tegen Breen. 'Je hebt het in je.'

'Misschien.' Toen ze naar buiten liep, moest ze zich eraan herinneren dat ze van paarden hield. Wat ze niet fijn vond was het idee om afgeworpen te worden, of de controle te verliezen en dat het paard ervandoor ging terwijl zij stuiterend in het zadel zat.

'Hij weet wat hij doet,' zei Keegan. 'Maar je maakt hem zenuwachtig als je helemaal bibberend opstijgt.'

'Ik bibber niet.' Nou ja, misschien een beetje... vanbinnen. Maar ze liep op het paard af en wilde haar voet optillen.

'Je moet aan deze kant opstijgen, tenzij je naar zijn kont wil zitten kijken.'

Lekker begin, dacht ze, en ze liep om het paard heen. 'Er zit geen knop op het zadel. Iets om je aan vast te pakken, bedoel ik.'

'Dit is het wilde Westen niet, je hebt hier geen lasso. Ik ben er geweest,' voegde hij eraan toe. 'Het is een uitgestrekt gebied en daar begrijp ik het nut van die grote, zware zadels, maar dat is een andere wereld. Je neemt in elke hand een teugel. Je trekt aan de linker om naar links te gaan, aan de rechter om naar rechts te gaan en aan allebei tegelijk om te stoppen. Zet je voet in de stijgbeugel en zwaai je andere been eroverheen.'

'Geef haar even een duwtje, zoals een heer dat zou doen,' riep Marg vanuit de deuropening, maar Breen had haar been al over het paard heen gezwaaid en wist zich in het zadel te laten zakken.

'Andere voet er ook in. Zo, dat is de juiste lengte voor je. Een teugel in elke hand. Hou ze zo vast.'

Hij liet het haar zien en omdat hij wel geduldig leek, probeerde ze zich te ontspannen.

Keegan trok zijn leren jas aan, besteeg Merlin en keerde hem. 'Linkerteugel, rustig trekken om hem te keren.'

'Een rustige wandeling, Keegan, meer niet, tot het meisje het gevoel te pakken heeft. En zorg dat ze vóór het avondeten thuis is.'

'Ze redt zich best, geen zorgen. Hielen omlaag, knieën naar binnen.'

Ze reed paard, dacht Breen, en het was… oké.

Bij de weg draaide ze het paard weer, deze keer naar rechts. Het leek niet zo moeilijk, niet in dit tempo in elk geval, dit ontspannen geklepper onder een hemel die lichtblauw was geworden en door lucht die was opgewarmd sinds de regen was gestopt.

Ze keek omlaag en zag dat Deksels met haar mee trippelde. 'De hond is mee. Is dat goed?'

'De paarden hebben geen moeite met de hond, de hond heeft geen moeite met de paarden.'

Hij liet haar stoppen en weer verder lopen. Liet haar stoppen, het paard een stukje achteruitlopen en weer naar voren gaan. Daarna verliet hij de weg en nam een pad door het bos waar het licht zacht werd en de lucht koel.

Ze zag iets uit een heel grote boom komen voordat het in een flits was verdwenen.

'Elven… jonge elven… aan het spelen.'

'Maar, zat hij nou in de boom?'

'Hij is van de boom.'

Een beer rende over het pad en bleef staan om hen eens goed te bekijken.

Breen voelde dat haar keel werd samengeknepen waardoor haar schreeuw meer op gemompel leek.

De beer rende weg tussen de bomen.

'Dat…'

'Een weer, een jonge. Ze zijn aan het dollen in het bos. Je moet eraan wennen dat je zulke dingen ziet.'

'Hoe weet je dat het een weer is of een echte beer die je wil opeten?'

'Beren die alleen beer zijn, zijn meer geïnteresseerd in bessen dan in jou. Maar mocht je er een tegenkomen en hij heeft z'n zinnen op jou gezet, dan weet je het snel genoeg.' Hij draaide zich om, volkomen ontspannen alsof hij in een luie stoel zat. 'Daarom moet je dus, naast magick, leren omgaan met een zwaard, met pijl-en-boog, leren galopperen. Dat heet overleven en het is je plicht.'

'Ik heb vandaag amuletten gemaakt.'

'Goh, amuletten. Nou, dan slaat Odran vast en zeker snel op de vlucht.'

'Doe niet zo minachtend. Mensen hebben me mijn hele leven geminacht en ik ben er klaar mee. Waar het om gaat is dat ik hier ben en dat ik leer. En moet je nou kijken, ik zit verdomme op een paard.'

Jongen zag zijn kans schoon, zwaaide zijn hoofd opzij en beet in wat smakelijke blaadjes. In paniek slaakte Breen een kreet en ze dreigde uit het zadel te glijden.

Keegan greep haar rechterarm vast. 'Zorg dat je controle over hem hebt, want hij grijpt elke kans aan om te eten. Hij denkt dat hij een lichtgewicht op z'n rug heeft. Laat hem zien dat hij het mis heeft. Jij hebt de teugels in handen. Gebruik ze.'

'Je had me ook wel even kunnen zeggen dat hij dat zou doen.' Maar het kwam er mompelend uit omdat ze bezig was om Jongens hoofd in de juiste richting te krijgen.

Toen ze weer verdergingen, deed ze haar best om te anticiperen, in te schatten wat het paard ging doen. En hoewel haar hart tekeerging toen het pad de helling van de heuvels begon te volgen, gilde ze niet meer.

Toen het bos minder dicht werd, staken ze een weide met schapen over. Deksels zag dit als een teken en rende ze achterna. Ze zag weer een boerderij, weer een pad, meer cottages, de meeste met kleren wapperend aan de waslijn.

Mensen waren op het land bezig, in de tuinen, met het vee en ze stopten even om hun hand op te steken toen ze langsreden.

Zo nu en dan bleef Keegan even staan om een praatje te maken en haar voor te stellen... heel beleefd.

Ze ontmoette een stuk of tien mensen, onder wie een klein meisje dat haar heel verlegen een madeliefje gaf en glimlachte toen Breen het in haar haar stak.

Dat gebaar leverde haar de eerste goedkeurende blik van Keegan op.

'Je kent ze allemaal bij naam,' merkte Breen op toen ze verder reden. 'Ken je iedereen hier?'

'Ik ben in de vallei geboren,' zei hij eenvoudig. 'Ze moeten je zien, de mensen die jou nog niet kennen. Eian O'Ceallaighs dochter. En jij moet hen en meer van Talamh zien dan alleen Margs cottage.'

Jongen toonde belangstelling voor een heg. Ze trok hem weg en mompelde: 'Waag het niet om me voor paal te zetten. Is dat een meer?' Ze zag het in de verte door de manier waarop de zon op het vreemde, griezelige groen van het water viel. Dezelfde kleur, besefte ze, als de rivier waar Odran haar eens in had opgesloten.

'Lough na Fírinne. Dat betekent waarheid. Het is de plek waar iedereen te water gaat als het tijd is voor een nieuwe taoiseach.'

'Voor het zwaard.'

'Ja, voor Cosantoir.'

Ze keek naar het zwaard langs zijn zij. 'Dat heeft oma me verteld. Je was nog maar een kind.'

'Het was mijn keus. Je doet het best goed. We gaan nu over op een draf, voordat Merlin in slaap sukkelt.'

'Daar ben ik nog niet aan...'

'Echt wel. Hielen omlaag, knieën naar binnen. Pas je aan aan Jongens gang. Hij loopt heel soepel.'

Hij liet Merlin draven en omdat Jongen de leider volgde, had ze geen andere keus. Haar kont klapte in het zadel op en neer, haar tanden klapperden.

'Pas je aan aan zijn gang,' herhaalde Keegan. 'Ga rechtop zitten en beweeg met hem mee anders is je kont straks bont en blauw.'

Ze had het idee dat hij dat al was. 'Ik weet niet hoe ik moet...'

Maar ze wist het wel, of het nu spiergeheugen was, zelfbehoud of puur geluk, ze begon met de snelle, levendige draf mee te bewegen.

'Beter,' oordeelde Keegan. 'En dan ga je zo rechtsaf bij die weg.'

Afslaan én draven? En die stomme weg liep ook weer omhoog. Maar ze hield vol en ontspande zich bijna, terwijl ze zwartkopschapen, gevlekte koeien, brede weilanden en wuivende graanvelden passeerden.

De weg werd op een gegeven moment weer vlak en het duurde even voordat ze besefte dat het paard sneller liep.

'Gewoon een soepele gang. Goeie goden, mens, ga rechtop zitten. Je hebt een ruggengraat, gebruik hem.'

Ze maakte zich zorgen om de snelheid, meer dan een beetje, maar wilde ook niet met haar kont tegen het leer slaan. Pas toen hij haar zei dat ze op een rustig drafje en daarna een stap moest overgaan, besefte ze dat ze op de een of andere manier een rondje hadden gereden. Ze zag de boerderij, de baai, Aislings cottage. Ze had het overleefd.

'Je zithouding kan beter en je handen zijn nog steeds zwaar, maar je deed het best goed. Morgen gaat het nog beter.'

'Morgen?'

'En morgen leer ik je ook hoe je je eigen paard moet zadelen,' voegde hij eraan toe, toen ze met de paarden over het pad naar Margs cottage liepen. 'Je stijgt af net zoals je bent opgestegen, maar dan in omgekeerde volgorde.'

De grond leek veel te ver weg, maar ze had geen zin om hem te zien grijnzen. Zodra ze haar been over de rug van het paard wilde zwaaien, begon alles te steken. Ze onderdrukte een kreun en spande de spieren in haar knieën toen ze begonnen te trillen. En gaf hem de teugels. 'Bedankt voor de les,' zei ze. Haar toon klonk zo stijf als haar rug voelde.

'Je hebt het best goed gedaan,' zei hij opnieuw, waarna hij Merlin gewoon omdraaide, Jongens teugels in zijn handen hield en met beide paarden in snelle draf verdween.

Ze wachtte tot hij uit het zicht was en strompelde toen naar de open deur van de cottage.

Die avond volgde ze Margs instructies en nam ze een heet bad met een geneeskrachtig middel. Daarna smeerde ze elke centimeter van haar huid waar ze bij kon in met balsem. Rechtop in bed, met een knetterend vuur en de hond die lag te slapen, schreef ze haar blog.

Ze schreef over haar eerste paardrijles en dat ze van plan was nog meer les te nemen ook al was haar instructeur keihard en schreeuwden haar spieren het uit van de pijn. Op de een of andere manier moest ze aan foto's zien te komen. Haar bloglezers verwachtten het. Maar dat was een probleem voor een andere dag.

De daaropvolgende dagen leerde ze om een cirkel te trekken, rituele kaarsen te maken, een veer te laten zweven. Ze leerde een paard opzadelen, roskammen en galoppeerde voor het eerst.

Ze loste het fotoprobleem op door Morena te vragen Jongen door het portaal mee te nemen.

Ze maakte haar toverstaf. Onder het toeziend oog van Marg koos ze hout van een kastanjeboom en een helder gepolijst kristal dat licht opnam en weer uitstraalde. Ze reinigde het kristal en straalde het in onder het licht van de manen. Ze koos als versiering een draak die langs de schacht van de staf vloog in de richting van het licht, en was vol verwondering – ze kon het vanbinnen voelen – toen het beeld in haar hoofd als vanzelf felrood in het kastanjehout werd gesneden.

Toen haar eerste leerweek – dat vond ze beter klinken dan trainingsweek – voorbij was, maakte ze voor het eerst in haar eentje een rit te paard.

Op Margs aanraden liep ze met Jongen langs de boerderij, waar Harken, Aislings oudste zoon Finian, en een man die ze niet herkende samen met de wolfshond en een opgewonden bordercollie schapen in een kooi bijeendreven.

Omdat ze het akelige voorgevoel had dat die schapen in een lamsstoofschotel zouden kunnen eindigen, reed ze door. Ze zag meer schapen tegen de heuvelrug, en boven haar hoofd cirkelden een paar haviken. Terwijl ze keek, nam een van hen een duikvlucht, zo snel dat hij in een goudbruine streep door de lucht scheerde.

In het hoge gras hoorde ze iets krijsen.

Ze stelde zich een konijn voor, dacht aan de harde wereld van roofdier en prooi, en reed verder.

Om even later verbijsterd te worden door schoonheid.

Als Margs cottage een lied was, dan was die van Finola een opera.

Rond het huis was het één grote bloemenpracht, en overal slingerden stenen paden tussendoor die met elkaar verbonden waren. De bloemen vormden een wild en prachtig tapijt rond struiken en bomen die ook in bloei stonden.

Hier en daar hingen schattige vogelvoederplankjes en vogelbaden van koper in de vorm van bloeiende bloemen.

Een schitterende kolibrie dronk uit de feloranje trompet van een lelie. Er vlogen zwermen vlinders.

De geuren – sterk, subtiel, zoet, kruidig – vermengden zich tot een rijke bedwelmende lucht.

De stenen van de cottage zelf hadden een roze glans door de bloembakken bij elk raam waar meer bloemen en groen groeiden. De deur, dromerig blauw, had een boogvorm.

Betoverd zette ze het paard vast zoals ze had geleerd, en dwaalde toen over de paden. Ze hoorde stemmen en volgde ze om de hoek door een prieel vol witte rozen.

De bloemenzee liep hier door, ging over in een prachtige kruidentuin waar planten cirkels vormden, en een moestuin waar Finola met een breedgerande strooien hoed op haar hoofd een wortel uit de grond trok en in de mand aan haar arm legde. Achter haar lag een boomgaard. Morena vloog op en plukte zo te zien citroenen die ze in een eigen mand legde. Vervolgens landde ze bij Seamus die, zo te zien, sinaasappelen aan het plukken was van de lage takken van een boom.

Hoe wisten ze in dit klimaat citroenen en sinaasappels te kweken?

Breen schudde haar hoofd en moest toegeven dat de tijd van vragen hoe iets mogelijk was voorbij was.

Finola ging rechtop staan, legde haar hand tegen haar rug en zag Breen. 'Hallo, Breen.'

'Dit is het mooiste huis dat ik ooit heb gezien.'

'Ach, kom.' Maar ze glunderde toen ze naar de andere kant van de tuin liep en het pad volgde tot ze bij Breen was. 'Hoe is het met jou, lieverd?'

'Ik ben hard aan het leren. Ik wilde al eerder langskomen, maar ik heb het zo druk gehad. Ik wilde jou vooral zien om je te bedanken voor je zorgen al die jaren geleden, het feit dat je me naar de boerderij bracht, waar ik veilig was.'

'Natuurlijk, dat zou iedereen doen.'

'Maar jij bent niet iedereen. Afijn, ik wilde je bedanken en ik wil jullie verder niet storen. Ik... jullie hebben hier citroenen en sinaasappels.'

'Ja, dat klopt, en perziken en pruimen, appels en peren en inmiddels ook bananen aan bomen die er heel grappig uitzien.'

'Bananen.'

'Mijn Seamus heeft die opgekweekt van een stekje dat Morena had meegenomen van een van haar reizen naar de andere kant. Morena en de jongens en ik, we zijn handig in de tuin, maar Seamus, nou ja, hij...'

'Heeft hij magische handen?'

Finola schoot in de lach. 'O, dat is een feit.'

Morena landde met haar mand citroenen. 'Ik zie dat Jongen voor staat. Ben je in je eentje aan het rijden?'

'Keegan en Mahon moesten vandaag ergens naartoe, dus ik ben ontsnapt.'

'Waarom neem jij Blue niet, Morena, dan kun je samen met je vriendin een tochtje maken. Kom op de terugweg nog even langs, dan zorg ik dat er limonade is.'

'Limonade?' herhaalde Breen.

'Ik zal wat in een potje doen om mee te nemen, want Marg is er dol op.'

'Ik heb best zin om een ritje te maken, lijkt me gezellig.'

'Dan ga ik Blue halen.' In plaats van het pad te nemen, spreidde Morena haar vleugels en vloog ze over de bloemen.

'Ze heeft je expres met rust gelaten,' zei Finola, 'om je tijd met Marg te gunnen, en voor de lessen met Keegan. Ik ken geen betere ruiter dan Keegan, behalve Harken.'

'Hij is een strenge leraar, maar ik kan niet zeggen dat het geen effect heeft.'

‘Maak er een gezellige tocht van met Morena. En kom straks nog even langs voor die limonade.’

‘Zal ik doen.’ Ze liep naar de voorkant van het huis en steeg op. Liet Jongen van het gras langs de kant van de weg eten, terwijl ze naar de bloemen keek en zich hun namen probeerde te herinneren.

Morena kwam van achter de cottage. Ze zat op een lichtgrijs paard met drie witte sokken. Hij had kristalblauwe ogen.

‘Nu begrijp ik waarom hij zo heet.’

‘Hij is een lieve schat, mijn Blue, maar fel als het nodig is. Hij heeft vijf hengstveulens verwekt.’

‘Hij is een hengst?’

‘Hoe zouden we hem nou kunnen castreren?’ Haar stem klonk vol liefde terwijl ze Blue over zijn nek wreef. ‘Waar wil je naartoe?’

‘Ik wil graag het meer zien. Met de naam die ik niet kan uitspreken.’

‘Je bedoelt Lough na Fírinne. Oké. Blue zal wel willen galopperen, want ik ben al een paar dagen niet met hem weg geweest.’

‘Mij is verteld dat ik een slechte zit en zware handen heb, maar ik kan galopperen. Min of meer.’

‘Keegans woorden.’ Met de nodige humor rolde Morena met haar ogen. ‘Hij is een harde leermeester, maar hij rijdt als een god. Maar laat je door hem niet koeioneren.’ Ze liet Blue er in galop vandoor gaan.

Breen was eraan gewend om van de ene gang naar de volgende te gaan en moest zich goed vasthouden toen Jongen de hengst volgde. Het was nog steeds een beetje eng, moest ze toegeven toen ze zo ongeveer over de weg vlogen. Maar ook opwindend. Amper een week geleden zat ze voor het eerst op een paard, voor zover ze zich kon herinneren, en nu galoppeerde ze bijna alsof ze wist wat ze deed.

Ze kon voelen dat Jongen blij was met de rit en het gezelschap, en ze kon het alleen maar met hem eens zijn.

Morena ging over op een rustige draf en keek haar met een glimlach aan. ‘Je hebt veel geleerd, kan me niet schelen wat Keegan zegt.’

'Na de eerste drie lessen lag ik 's avonds kreunend in bad. Nu weet ik het met yoga op te vangen.'

'En de andere lessen?'

Brengen me in vervoering, dacht Breen. Brengen me gewoonweg in vervoering. 'Ik heb mijn toverstaf gemaakt. Ik weet dat oma tevreden is over mijn vooruitgang, maar ik ben er nog niet. Ik heb het idee dat ze op iets wacht van mij, in mij. Ik weet niet wat.'

'Daar kom je vanzelf achter. Waar is de pup?'

'Die wilde bij Marg blijven. Volgens mij zag ik jouw havik. Hij was met een vriend en toen dook hij omlaag. Volgens mij heeft hij een konijn gedood.'

'Hij is een jager, dat zit in zijn bloed. Zijn vriend was waarschijnlijk een vrouwtje waar hij al een tijdje mee flirt, dus hij zal zijn maal met haar gedeeld hebben.'

Ze wees naar het meer, en Breen zag een zwanengezin zwemmen.

'De zwanen bewaken het meer.'

'Waartegen?'

'Alles met een duistere bedoeling. Ze zeggen dat het meer ooit is gevormd door de tranen van godin Finnguala. Mijn grootmoeder is naar haar vernoemd. Zij, de dochter van Lir van de Tuatha Dé Danann werd vervloekt door haar stiefmoeder Aoife en was gedoemd om negenhonderd jaar als zwaan te leven.'

'Wreed.'

'Nou en of,' beaamde Morena, toen ze langs de oever tussen het riet en de lisdodden liepen. Libellen met vleugels zo veelkleurig als die van een fee schoten over het water heen en weer.

'Wat is er met haar gebeurd? De godin?'

'Tja, jaar in, jaar uit kwam ze langs, en ze zeggen dat ze met haar tranen van wanhoop Lough na Fírinne heeft gevormd.' Morena hief haar hand op en een libelle, blauw als de ogen van haar hengst, landde op haar handpalm. 'Toen ze met Lairgren trouwde en de vloek eindelijk werd verbroken, kwam ze hier weer om te zwemmen, om het onrecht niet te vergeten. En dus maakte ze het zwaard, ter bescherming van de waarheid, en de staf voor gerechtigheid en inzicht, zodat niemand veroordeeld kon worden zoals zij.'

De libelle schoot weg.

'Ze gooide ze in het meer, zodat de waardige leider ze zou vinden, ze zou inzetten, ze uit vrije wil ter hand zou nemen om te dienen en te leiden, de wereld te beschermen zoals haar zwanen het meer beschermen.'

'Geloof je dat?'

'Waarom niet? Daar ligt het, of niet? En daar hebben generaties taoiseach het zwaard ter hand genomen.'

'Ze zijn prachtig, het verhaal en het meer. Het water lijkt ondoordringbaar. Hoe kan iemand daarbeneden een zwaard vinden?'

'Dat is het 'm juist. Als je in het water ligt, is het glashelder. Kijk zelf maar, als je zin hebt om te zwemmen.'

'Mag dat?'

'Tuurlijk, waarom niet? Als je duistere bedoelingen had, zouden de zwanen je wel wegjagen. Ze zien er zo mooi uit, zwanen, maar het zijn geduchte beesten.'

'Misschien een andere keer. Mijn grootmoeder en mijn vader gingen allebei het meer in toen ze amper meer dan kinderen waren en ze kwamen er allebei als leider uit. Ik wilde het alleen zien. Heb jij hier wel eens gezwommen?'

'Ja natuurlijk, met alle anderen. Ik dacht, ik ga dat zwaard vinden en dan geeft Marg me de staf als ik voor haar sta. En dan word ik de sterkste, de wijste, de dapperste taoiseach die Talamh ooit heeft gekend.' Ze wierp haar haar naar achteren en lachte. 'Gebrek aan zelfvertrouwen is nooit een probleem geweest.'

'Daar heb ik toch zo'n bewondering voor. Het vertrouwen dat je iets kunt, dat je sterk en slim bent en… ik weet het niet… waardevol.'

'Maar dat ben je, dat ben je altijd geweest.' Morena draaide zich in haar zadel om en keek haar aan. 'Dat moet je je niet door anderen laten afpakken.'

'Je zou Marco aardig vinden. Hij zegt hetzelfde. Andere woorden, dezelfde boodschap.'

'Dan weet je je vrienden goed uit te kiezen.'

'Ja. Ja, dat is zo. Hoe voelde je je, toen je het zwaard niet vond en Keegan wel? Was je teleurgesteld?'

'Ach goden, nee. Ik zag Keegan in het water met het zwaard in zijn hand en hij keek ernaar alsof het duizend kilo woog. Toen dacht ik, nee, nee, doe maar niet. Dat was een gewicht dat ik niet bij me wilde dragen. Maar hij wel, en dat heeft hij gedaan en dat doet hij nog steeds tot de tijd komt voor de volgende. En als het de goden behaagt, dan is dat pas als ik kleinkinderen heb die het water in springen.'

19

Op verzoek van Marg ging Breen bij Aisling langs voor lessen in genezing. Als ze het weefgetouw en de gekruiste zwaarden boven de schoorsteenmantel wegdacht, was de Hannigan-cottage niet heel anders dan elk ander huis waar een stel actieve kinderen en een enorme hond rondrenden: chaotisch, lawaaierig, met overal speelgoed en veel gestoei.

'Jullie zijn net zo erg als de varkens. Ruim je rommel op en dan wegwezen. Met je handen,' waarschuwde ze haar oudste zoon. 'Zo heb je ze ook tevoorschijn gehaald.'

'Wat heb je het druk.' Breen rook brood in de oven, zag wol op een klos liggen en zag een echt spinnewiel staan. 'Als je hier nu geen tijd voor hebt, is het helemaal niet erg.'

'Het is juist een opluchting voor me, zal ik je eerlijk zeggen.' Aisling haalde haar hand door het donkere haar dat ze boven op haar hoofd had vastgezet. 'Wat rust en een volwassene om mee te praten.'

Ze zette thee – er was altijd wel iemand die theezette – terwijl de jongens treuzelden bij het opruimen. De jongste kwam op Breen af gedrenteld en liet haar een houten tol zien. Behulpzaam bukte ze zich en liet hem spinnen.

'Mahon en Keegan zijn gisteravond thuisgekomen en natuurlijk moest Mahon met de jongens stoeien, ze in de lucht gooien, binnenstebuiten keren van opwinding. Dus lagen ze laat in bed, wat ze er nooit van weerhoudt om bij het krieken op te staan.' Met een glimlach keek ze naar Breen. 'Dus wat rust en een andere vrouw zijn heel welkom. Leg de tol nu maar weg, jongen, goed zo. Allebei een pet op. Kavan, help jij je broer met het borstelen van de pony en zorg dat je je handen goed wast voordat je weer binnenkomt.'

Toen ze de deur opendeed, schoot Deksels naar buiten. De wolfshond bleef bij de deur staan tot de jongens naar buiten waren gerend, en volgde toen in een waardig tempo.

'Er is geen betere oppas dan Mab. Ga toch zitten, Breen. Ik haal het brood even uit de oven, zet het op het rek om af te koelen, en dan kunnen we theedrinken.'

'Hoe voel je je?'

Aisling keek haar vragend aan en glimlachte toen. 'O, je bedoelt de baby. Meer dan prima. Misschien is het de goden verzoeken, maar ik heb het met de jongens heel gemakkelijk gehad, en dat lijkt met deze ook zo te gaan. Bier smaakt me niet meer, maar dat vind ik niet erg. En ik ben ongewoon wellustig, en dat vindt Mahon weer niet erg.' Ze zette het brood op een rooster, deed haar schort af en ging zitten. 'En hoe gaat het met jou?'

'Ik heb dingen gezien en gedaan die ik een maand geleden niet voor mogelijk had gehouden. En ik voel dingen. Ik weet niet, vanbinnen. Alsof er nog meer aan zit te komen.'

'Marg is blij met je.'

'Dat hoop ik.'

'Het betekent heel veel voor haar dat je komt. Elke dag kom je en niet alleen om je ambacht te leren, maar om haar te zien, tijd met haar door te brengen. Niet iedereen uit jouw wereld zou dat doen.'

'Ik weet nog niet goed wat mijn plek is. Heb jij de jouwe altijd geweten?'

Aisling pakte haar theekopje en keek om zich heen. Het brood dat afkoelde op het rooster, de ketel stomend op de kookplaat, een houten kist vol speelgoed. Het spinnewiel bij het raam en een mand verstelwerk naast een stoel. 'Vroeger wilde ik in de Hoofdstad wonen. Ik was geen boerenvrouw, o nee. Ik zou in de raad zitten, mijn wijsheid verkondigen en dineren met geleerden en kunstenaars en zo. Toen wist

Mahon me op andere gedachten te brengen en ik zou niet anders meer willen. We eindigen niet altijd waar we beginnen.'

'Je hebt een gelukkig thuis.'

'Ja, lief dat je dat zegt, want dat is wat ik het allerliefste wil. Mijn moeder is degene die de raad voorzit, Keegan is taoiseach en Harken en ik zorgen voor de boerderij. Het voelt alsof we allemaal zijn waar we zouden moeten zijn. Net als jij. Of je blijft of niet, hier is waar je op dit moment hoort te zijn. En nu, wat betreft genezen... Dat is meer aangeboren dan aangeleerd, al kan het wel opgeroepen worden door erover te leren.'

'Oma zegt dat jij de sterkste genezer bent die ze kent.'

'Dat is lief van haar. Iedereen van de Fey kan deze gave in zich hebben. Je openstellen voor de pijn, ziekte of het leed van een ander kan een moeilijke keus zijn. Tijdens je werk kan je die pijn en dat leed zelf voelen, en die persoon kan een vreemde zijn, misschien zelfs een vijand. Maar als je de gave eenmaal accepteert, kun je hem niet ontkennen.'

'Is het een eed? Zoals artsen in mijn wereld afleggen?'

'Daar lijkt het wel op, ja. Ik heb gehoord dat jij, net als Harken, een band met dieren hebt.'

'Ik heb het altijd gezien als... ik weet niet wat. Maar ja, en het is sterker geworden sinds ik hier ben.'

'Ach, we zijn per slot van rekening allemaal dieren, nietwaar? Vlees en bloed en botten, hart en spieren. Hoe weet je wat je hond voelt of nodig heeft of wil?'

Breen keek naar het raam. Ze hoorde Deksels blaffen en wist, wist gewoon, dat het van pure blijdschap was. 'Ik weet het niet precies.'

'Je denkt aan hem, ziet hem. Geloof me, het is moeilijker om niet te kijken en te zien, dan om wel te kijken en te zien. En je stelt je zonder nadenken open. *Ach, wat een lieve hond, of wat een mooi paard, of die arme vogel met een gebroken vleugel.* En je denkt, en je verzorgt en je verwondert je. En je stelt je open.' Aisling pakte haar hand vast. 'Vind je het goed als ik kijk?'

'Naar mij? Of... in mij?' Ze werd overvallen door zenuwen. 'Ik... hoort dat erbij?'

'Dat kan.'

'Oké. Dat is goed. Moet ik iets doen?'

'Helemaal niets.'

En er veranderde ook niets op het moment dat Aisling Breens hand in de hare nam.

De waterketel sputterde, de hond blafte nog steeds.

'Je bent heel gezond, dat is mooi. Fit ook. Sterk... sterker dan de meesten zouden denken, en is dat niet geweldig? Je hebt zorgen, natuurlijk, maar veel komt doordat je jezelf niet goed genoeg of slim genoeg vindt. Ik kan je zeggen dat dat onzin is, maar dat zul je zelf moeten ontdekken. We zijn nu verbonden, niet alleen met onze handen. Wat zie jij in mij?'

'Je bent mooi.'

Aisling schoot in de lach. 'Ik had me vanmorgen net een beetje opgetut, omdat Marg zei dat je zou komen. IJdelheid is niet zo'n slechte eigenschap, toch?'

'Daar zou ik best wat van willen leren. Ik weet dat je van je gezin houdt. Daar heb ik geen magick voor nodig. En je moet wel vaardig zijn, want daar staat een spinnewiel en daar staat een weefgetouw. Je moet een goede moeder zijn want je kinderen zijn gelukkig en gezond en heel schattig. En...' Ze schrok op en haar mond viel open. 'De baby bewoog. Ik voelde de baby bewegen. Hoe...?'

'We zijn met elkaar verbonden en ik stelde me open om je te helpen dingen te zien en te voelen.'

'Het voelt heel bijzonder. Het maakt je zo gelukkig en...'

'Wat?'

'Een beetje zelfvoldaan.'

Aisling lachte weer. 'Is ook zo. Je bent goed, empathisch, en dat helpt. Niet alle genezers zijn empaten en niet alle empaten zijn genezers. Als je allebei bent, versterken ze elkaar. Zullen we eens kijken wat je op dit gebied kunt?' Ze stond op en liep naar haar verstelmand.

Ze kwam terug met een naald, prikte ermee in haar vinger en stak hem uit terwijl ze Breens hand weer vastpakte met haar andere hand. 'Zie het bloed, het is maar een druppeltje. De huid is stuk. Voel het prikken. Het is maar heel klein. Laat het gevoel toe, net als toen je zojuist het leven in mij voelde. Voel het en stel je voor hoe je dat kleine wondje dicht. Stel je ervoor open, en het is het licht – het schijnsel en de warmte ervan – dat geneest wat pijn doet.'

Breen wist niet of ze de lichte pijn in haar eigen vinger echt voelde of het zich inbeeldde. Maar ze drukte haar duim ertegenaan en Aisling glimlachte.

'Goed gedaan.'

'Maar ik deed niets...'

'Jawel, met wat hulp van mij.' Aisling veegde het bloeddruppeltje weg, stak haar vinger uit en liet de gave huid zien. 'Het is maar iets kleins, maar het is een eerste stap.'

Ondanks Breens ontzette bezwaren, verbrandde Aisling haar vinger aan het fornuis en sneed ze zich met een keukenmes in haar arm. En werkte samen met Breen om de wondjes te genezen.

'Je hebt talent,' vertelde Aisling haar, 'dat zei Marg al. Ernstiger verwondingen kosten meer energie, maar daar moet je naartoe werken, en je moet leren die gave te combineren met de juiste drankjes, balsems en andere behandelingen. Nu lust je nog wel een kop thee, denk ik.'

Net toen ze opstond, kwam Keegan binnen, zijn jas zwierend achter zich. 'Morena zei al dat ze hier was. Mooi, want ik heb wat tijd om met haar training te beginnen.'

'Ze heeft een naam, hoor,' zei Aisling scherp, terwijl ze theezette. 'Breen en ik hebben aan haar genezingsvaardigheden gewerkt. Ze heeft het heel goed gedaan.'

'Dat is mooi, dan kan ze de blauwe plekken verzorgen die ze straks heeft.' Hij wendde zich tot Breen. 'Vandaag nemen we de grondbeginselen door van man-tegen-mangevechten. We gaan eens zien uit welk hout jij gesneden bent.'

Als ze haar kont aan de stoel kon lijmen, zou ze het doen. 'Ik ben niet van plan om met iemand te vechten.'

'Het gaat er niet om wat jij van plan bent. Ga je alleen maar spartelen en schreeuwen als Odran een van zijn wezens op je afstuurt? Blijf je trillend zitten als hij je weer in een kooi stopt? Waarom zou iemand risico's nemen om jou te beschermen als jij niet van plan bent om jezelf te beschermen?'

'Eruit! Ga buiten maar onbeschoft zijn. Ze komt zo.' Aisling zette haar handen in haar zij. 'M'n keuken uit, voordat ik jou een blauwe plek bezorg.'

Keegan haalde zijn schouders op, maar vertrok.

'Mijn excuses voor die botte broer die het lot mij heeft toebedeeld. Keegan is af en toe een beetje kortaangebonden.'

'Zo zou je het kunnen zeggen.'

Met een glimlach bood Aisling Breen nog wat thee aan. 'O ja, ik heb door de jaren heen veel andere woorden gebruikt, en allemaal verdiend, want taoiseach of niet, hij is mijn suffe broer. Maar...' Ze ging weer zitten. '... hij heeft wel gelijk. Je moet het leren, zoals hij al zei, voor jezelf en anderen. Er is in deze wereld niemand die niet bereid is zijn leven te geven om jou te beschermen.'

'Ik wil niet...'

'Het gaat er niet om wat jij wilt, het gaat om wat is.' Ze stak haar hand uit, pakte die van Breen vast en keek met haar heldere blauwe ogen diep in die van Breen. 'Ik weet nog toen jij als kind werd ontvoerd. Ik herinner me de oorlogstrom. Ik weet nog hoevelen we naar de goden hebben gestuurd, gesneuveld in de strijd om jou veilig thuis te krijgen. Mijn vader was een van hen.'

'Het spijt me.' Ze voelde zich intens schuldig. 'Het spijt me heel erg.'

'Het hoeft je niet te spijten.' Troostend, steunend gaf ze Breen een kneepje in haar hand. 'Je was nog maar een kind. En je vocht, je vocht met alles wat je waard was. Het schild rond jou zal niet eeuwig standhouden, en feit is dat het al een keer geschonden is. Keegan was er op dat moment en dat is de reden dat je hier nu zit. Hij is iemand die het moeilijk vindt om geduld op te brengen en hij heeft al zijn geduld nodig bij zijn werk in de raad, de uitspraken, de politiek, de last van zijn rang. Zijn benadering hier is bot, dat zei ik je al, maar dat betekent niet dat hij het mis heeft.'

In de keuken die geurde naar vers brood en thee moest Breen denken aan de slag die ze door Margs ogen had gezien en aan alle mensen die hun leven voor haar op het spel hadden gezet. 'Goed dan. Al zal hij wel boos worden als blijkt dat ik hier helemaal niet goed in ben.'

'Dat valt nog te bezien. En Keegan kan het je als geen ander leren. Hij is getraind door onze vader en daarna door jouw vader, en hij zal je, op zijn manier, geven wat zij hem hebben gegeven.'

Zoals Breen het zag, had ze twee keuzes. Ze kon nee zeggen en zich schuldig voelen… en een lafaard. Of ze kon naar buiten gaan en de blauwe plekken – letterlijk, waarschijnlijk – voor lief nemen. Ze had liever een gekneusd lijf dan een gekneusd ego.

Ze liep naar buiten en zag dat Keegan met beide jongens op een donkerbruin paard zonder zadel rondjes aan het rijden was, de jongste voor hem, de oudste achter hem. Ze vond dat hij te hard reed, maar kon niet ontkennen dat de jongens een verrukte blik op hun gezicht hadden.

Hij zag haar en ging wat langzamer rijden. Toen hij het paard tot stilstand bracht, waren de smeekbedes van voorop en achterop niet van de lucht.

'Straks,' zei hij. 'Stap maar af, Fin.'

Met zichtbare tegenzin klom Finian op het muurtje rond de weide.

Keegan steeg met een zwaai af, tilde de jongste van het paard en wierp hem nog even hoog in de lucht.

'Zo, ga nu je moeder maar lastigvallen.' Hij woelde even door hun haar waarna hij Kavan over het muurtje tilde en er zelf overheen sprong.

Hij zag er sterk uit, dacht ze, en maakte zich zorgen over die blauwe plekken.

'Maak eens een vuist.'

Ze wist hoe, want dat had Marco haar laten zien – duim aan de buitenkant.

Hij greep haar gebalde vuist vast en kneep toen tot haar grote ergernis in haar biceps.

'Je bent geen slapjanus, maar er zullen momenten zijn dat je tegenover iemand komt te staan die groter en sterker is. Je moet leren om jezelf te verdedigen met wat je hebt, en om wat de ander heeft – zijn kracht en formaat – tegen hem te gebruiken.'

'Ik heb een cursus gevolgd.'

Hij hield zijn hoofd schuin en knikte. 'Oké, laat maar zien.'

'Nou, als ik bijvoorbeeld in een parkeergarage was en jij was een straatrover of verkrachter die van achteren op me afkwam.' Ze draaide zich om.

Keegan trapte haar benen onder haar vandaan.

Verbijstering kwam eerst – niemand had haar ooit tegen de grond gewerkt. Verontwaardiging volgde snel. 'Je zei dat ik het je moest laten zien.'

'Daar wacht ik nog steeds op en ik vraag me af waarom je in vredesnaam met je rug naar je vijand zou gaan staan.'

Ze kwam overeind. 'Om het te demonstreren.'

'En stel dat ik recht op je afkom.'

Toen hij op haar af dook, stapte ze struikelend naar achteren. En weer sloeg hij haar tegen de grond.

'Heb je wel goed opgelet bij die cursus?' merkte hij op, en hij hees haar overeind.

Ze gaf hem een stomp in zijn maag – die aanvoelde als een muur – en eindigde weer op haar kont.

'Je bent sterker dan dat.'

'Ik wilde je geen pijn doen.' Daarstraks, dacht ze. Ze stond op en haalde nog een keer met gevoel uit. Maar toen ze probeerde met haar hak op zijn wreef te stampen, deed hij een stap opzij en wierp haar opnieuw op de grond.

Ze moest toegeven dat het tijdens de les beter had gewerkt.

'Die cursus van je was misschien niet slecht, maar als je geen snelheid en kracht hebt, schiet je er niets mee op. Nog eens.'

Ze stompte, zo hard dat haar hand pijn deed, sloeg de tussenstappen over en trok haar knie omhoog. Hoewel ze het aan de ene kant best wilde, maakte ze de beweging niet af.

Hij grijnsde naar haar. 'Ik zie mogelijkheden. En stel nou dat...' Hij draaide haar om en klemde zijn arm om haar keel.

Ze gaf een stoot naar achteren met haar elleboog, zoals ze had geleerd, maar miste de instap omdat hij zijn benen gespreid had. 'Worstel niet zo. Maak je slap. Gebruik een list. Je bent een vrouw – zwakker. Laat je tegenstander denken dat je zwakker bent. Maak je slap.'

Ze wás zwakker en de realiteit van zijn superieure kracht was beangstigend. Hij kon haar pijn doen en ze kon hem niet tegenhouden. Ze liet haar schouders hangen.

'Bedenk wat je volgende stappen zijn. Je belager denkt dat hij heeft gewonnen. Nu de elleboog. Zo ja, niet slecht – volgende keer harder – dan verslapt zijn grip. Maak daar gebruik van.'

Ze liet zich omlaagglijden, slaagde erin zich om te draaien en bracht haar knie opnieuw omhoog.

'Niet zo kansloos. Stel dat ik...' Hij ramde met zijn vuist in de richting van haar gezicht en stopte vlak voor haar neus. Hoofdschuddend staarde hij in haar geschokte ogen. 'Dan zou het afgelopen zijn, was je waarschijnlijk bewusteloos. Hou me tegen.' Hij rukte haar arm omhoog, zodat die zijn vuist wegsloeg. 'Stevig! En sla terug. Snel!'

Het grootste deel van het daaropvolgende uur lag ze op de grond, waarna hij haar met een karig complimentje achterliet.

'Morgen zal het wel beter gaan.'

Toen ze de hond riep, moest ze haar best doen om niet huilerig te klinken. Leren paardrijden was een pijnlijk proces geweest, maar het was niets vergeleken met de bonzende, trekkende, stekende pijn die ze nu voelde. Ze wachtte tot ze bij het pad naar Margs cottage was en zeker wist dat niemand haar kon zien, ging toen op de grond zitten, trok haar knieën op en liet haar hoofd zakken.

Deksels likte haar en liet de hondenversie van haar ingehouden gejank horen.

Ze had nog nooit lichamelijk geweld meegemaakt, had nooit ervaren dat iemand haar moedwillig pijn deed. Had zelf ook niet eerder het afschuwelijke verlangen gehad om het iemand anders aan te doen. Was dit de prijs van macht… van zelf?

Ze dacht aan haar vroegere leven, zo gewoon, zo onbewogen. Zo begrensd, dat wel, maar toch…

Ze tilde haar hoofd op en droogde haar ogen. 'Vrijheid is duur,' mompelde ze tegen de hond. 'Ik weet niet hoeveel ik bereid ben te betalen.'

Maar ze bleef zitten en maakte gebruik van wat Aisling haar had geleerd om de blauwe plekken te verzachten.

Op hetzelfde moment liep Keegan het huis van zijn zus binnen en schonk een glas whiskey voor zichzelf in.

Aisling keek naar hem terwijl ze kool aan het snijden was voor de stamppot. 'Is het daar niet een beetje vroeg voor?'

'Als je het aan mij vraagt niet.'

'Hoe deed ze het? Ik kon het niet meer aanzien om haar voor de zoveelste keer tegen de grond te zien gaan. Ik kreeg de neiging om naar buiten te gaan en je een draai om je oren te geven.'

'Ze is sterk en snel, als ze tenminste niet zo veel nadenkt. Dat mens zit alleen maar in haar hoofd.' Hij sloeg de whiskey achterover. 'Maar ze leert het wel, dat moet ik haar nageven.'

Hij trok zijn shirt op om de lappendeken van blauwe plekken op zijn ribben te inspecteren.

'Ze heeft je meer dan eens geraakt. Hier, laat mij eens kijken.'

'Nee, dat doe ik zelf wel.' Hij liet zijn shirt zakken. 'Ze worstelt met gevoelens van spijt en dat blokkeert wat ze in zich heeft. Ze had mijn ballen meer dan eens een trap kunnen geven, maar ze aarzelt, heeft al spijt van de pijn voordat ze die veroorzaakt.'

'Doen we dat niet allemaal in wezen?'

Hoewel hij het wilde ontkennen, kon hij dat niet. Niet terwijl hij verdomme elke dag van zijn leven met gevoelens van spijt worstelde.

Maar toch.

'Spijt moet opzijgezet worden om de werelden veilig en heel te houden. Maar dat is een blokkade in haar waarvan ik niet weet of ze die zal opheffen. En daar binnenin koestert ze twijfel, als een vrouw die een juweel koestert.'

'Ze heeft tijd nodig.'

'Wij allemaal. Dat betekent niet dat die ons gegund is.'

Toen hij naar het raam liep en naar buiten staarde, stopte ze waar ze mee bezig was en liep naar hem toe. Sloeg een arm om hem heen. 'Het ligt niet allemaal op haar schouders, Keegan. Maar op die van ons allemaal. Op alle Fey en op hen die naast ons staan.'

'Ik weet het, maar ik heb het Eian beloofd. Ik heb hem beloofd dat ik haar zou beschermen, dat ik haar zou helpen te worden wie ze moet zijn. Ik weet geen andere manier om mijn belofte te houden.' Hij voelde de warmte over zijn ribben gaan en slaakte een zucht. 'Ik zei toch dat ik dat zelf wel zou doen?'

'Nu is het gebeurd.' Omdat ze van hem hield, gaf ze hem ook nog een zoen. 'Blijf je eten?'

Hij schudde zijn hoofd. 'Dank je, maar nee. Harken en ik redden ons wel en ik moet nog een valk naar ma sturen. Als ik haar en de anderen op de hoogte kan houden, hoef ik even niet naar de Hoofdstad. Ik heb het gevoel dat ik hier harder nodig ben dan daar.'

'Doe haar de groeten,' zei ze, en ze ging verder met haar snijwerk.

Toen ze erin was geslaagd haar lichaam tot rust te brengen, troostte ze haar geest door met Marco te facetimen.

'Kijk nou toch! Dat gezicht, mens. Ik heb dat gezicht gemist.'

'We hebben vorige week nog gefacetimed.'

'En toch mis ik dat gezicht.'

'Ik dat van jou ook. Drukke avond bij Sally's?'

'Stampvol. DesDamona heeft een nieuwe act, en die is killer. Ik stort zo in. Iedereen mist je en leest je blog. Maar nu moet je me alles vertellen wat je daar niet in zet.'

Kon ze dat maar. 'Dat is het wel ongeveer. Ik schrijf, wandel, hang een beetje rond met Deksels, heb paardrijles.'

'Niet te geloven dat jij op een paard bent geklommen.'

'Het is echt leuk.'

'Honden en paarden. Als je zo doorgaat, moeten we straks nog naar boerderijen gaan kijken, of zo. Wat is er?' vroeg hij, en hij kneep zijn vermoeide ogen samen. 'Ik ken dat gezicht. Vertel me eens wat er aan de hand is.'

'Dat probeer ik nog op een rijtje te krijgen, Marco. Ik heb erg veel om over na te denken.'

'Je komt niet genoeg onder de mensen. Waarom hoor ik niets over pubs en zingen of flirten met een of andere lekkere Ierse vent?'

'Flirten staat op dit moment niet op de agenda, zeker niet nu mijn partner duizenden kilometers verderop zit. Hoe zit het met jou? Nieuwe mannen?'

'Ik heb er een paar uitgeprobeerd. Geen vonk. Ik zit in een dip. Kom op, Breen, wie kent je beter dan ik? Ik zie dat er iets aan de hand is. Heb je heimwee, lieverd?'

'Ik mis jou en Sally en Derrick. Misschien dacht ik dat ik wel iets van mijn moeder zou horen, maar niets. En dat is niet erg. Maar ik vind het niet fijn dat ik dat niet erg vind.'

'Er is meer.'

Ze moest hem iets vertellen, want hij kende haar te goed. Omdat ze hem niets over Talamh kon vertellen, koos ze iets anders. 'Ik denk dat ik een beetje zenuwachtig ben en daar wil ik niet over schrijven in mijn blog, anders gaat iedereen erover beginnen.'

'Wat is er aan de hand?'

'Weet je nog dat ik een kinderboek heb geschreven?'

'Over de hond, natuurlijk. Ik blijf je net zo lang aan je hoofd zeuren tot je het opstuurt.'

'Ik heb... informatie ingewonnen bij een agent.'

'Wat heb je gedaan?'

Hij sprong op, en even zag ze alleen zijn slanke bovenlijf en witte tanktop.

'Godsamme, mens, als je me niks vertelt kan ik ook niet voor je duimen.'

'De enige reactie die ik verwacht is: val ons hier nooit meer mee lastig.'

'Schei daarmee uit.' Hij zwaaide met zijn vinger naar haar. 'En ik wil nu direct een kopie.'

'Morgenochtend. Als ik het nu stuur, blijf je op om het te lezen, omdat je van me houdt, en dan slaap je helemaal niet. Ik stuur het morgen. Dat beloof ik.'

'Ik ben trots op je, mens. Je hebt een boek geschreven, dat is heel wat. En je hebt met een agent gesproken.'

'Ik heb haar nog niet daadwerkelijk gesproken.'

'Komt op hetzelfde neer.'

'Bijna. Maar leid me nu eens af, want ik krijg er de zenuwen van. Zeg me waar iedereen mee bezig is, hoe het met iedereen is. Ik wil alle roddels.'

Omdat hij altijd roddels had, praatten ze nog bijna een half uur voordat ze haar laptop dichtklapte.

En ze voelde zich echt wat rustiger.

Ze genoot van de tijd met haar grootmoeder. Hoe meer Breen haar leerde kennen, hoe meer ze haar bewonderde. Ze leerde veel meer dan de zorgvuldige bezweringen, de geneugten en verantwoordelijkheden van macht. Ze leerde over haar afkomst, over het deel van haar dat zo lang als iets beschamends in haar opgesloten had gezeten.

Samen met Marg verliet ze de volgende ochtend de werkplaats om buiten tussen de bomen haar eerste cirkel te trekken.

'Hoe doe jij het?' vroeg Breen haar. 'Hoe laat je de boosheid en de wrok ten opzichte van mijn moeder los?'

'Door te bedenken dat ze eens van mijn zoon hield. Door te weten wat er in een moederhart leeft. Door te begrijpen dat mijn wereld nooit echt de hare was.' Marg legde het gereedschap dat ze had meegenomen op de grote steen die ze als altaar gebruikte. 'En toch moet ik er nog vaak aan werken.'

'Ik heb het geprobeerd... misschien niet heel erg hard, maar toch. Ik kan me niet over de leugens heen zetten. Niet alleen over het geld, oma, al weet ik niet hoe ik zonder dat geld naar Ierland en hier zou zijn gegaan. Al die verloren tijd...'

'Niet verloren, nee. Nooit verloren. Elke dag is een cadeau, elke dag leer je. Hoe weten we dat je zou hebben gevonden wat je hier hebt gevonden als je niet het leven had gehad dat je in de andere wereld hebt geleid?'

'Ze gaf me het gevoel dat ik te min was. Daar komt het op neer. Ze gaf me altijd het gevoel dat ik minder was dan wat ik ben.'

Om haar te troosten, te koesteren, legde Marg een hand tegen Breens wang. 'Nu je meer hebt gevonden, respecteer je het misschien ook meer.'

'Maar ik vraag me af of ik zo aan mezelf twijfel, over wat ik kan, zou moeten doen, omdat zij me heeft gezegd – niet alleen in woorden, maar in blikken en daden – dat ik minder was. Ik geloofde haar, nam genoegen met minder.'

'Je hebt een kans en een keus om te zijn wat je bent.' Resoluut legde Marg nu haar andere hand rond Breens gezicht. 'Pak hem, bouw op alles wat is geweest, grijp aan wat nu komt. Als je faalt... nou, grootsheid komt voort uit falen. En nu, mo stór.' Ze deed een stap naar achteren. 'Maak je hoofd leeg en trek je cirkel.'

Zoals ze had geleerd, veegde Breen met de bezem negativiteit weg en deed erg haar best om die van zichzelf mee te vegen.

Op de oostelijke punt van de cirkel zette ze een gele kaars met wierook, op het zuiden een rode kaars en een drakenhartsteen. Op het westen een blauwe kaars en een schelp, waarna ze een groene kaars en een hoopje kruiden in het noorden plaatste. Onder het toeziend oog van Marg, liep ze drie keer rond de cirkel. 'Deze cirkel van bescherming trek ik als een schild tegen kwaad uit toekomst en verleden. Met liefde en licht vorm ik deze ring en mijn belofte om geen kwaad te doen.' Bij het laatste rondje riep ze haar licht op, van lende naar buik, van buik naar hart, van hart naar kruin, en stak de kaarsen aan – lucht, vuur, water, aarde.

De zenuwen kwamen niet, deze keer niet, terwijl het licht vanbinnen bleef branden. Ze pakte de athame van het altaar en richtte zich tot het oosten. 'Ik roep de goden van de rijzende zon die mij kracht geven aan om mijn oproep vanaf deze plek op dit moment te horen. Ik ben uw dienaar. Ik ben uw kind.' Ze herhaalde de oproep aan het zuiden, het westen en het noorden. Terwijl ze sprak, kwam de lucht in beweging. De kaarsen brandden feller. En ze voelde de trilling, de vlam vanbinnen.

Ze liep naar het altaar om een eenvoudige bezwering uit te spreken die Marg voor haar had gekozen, voor het verlenen van inzicht. Ze deed de kruiden en de kristallen in de ketel op het altaar, schonk er water uit de beker over. Tikte drie keer met haar staf tegen de ketel en stak het vuur eronder aan waarna ze haar derde oog zalfde met olie. 'Rook, stijg op en geef mij het beeld voor ogen. Geef mijn hart zicht, mijn geest licht. Laat mij door de mist zien. Zoals u wilt, zo zal het zijn.'

De rook kringelde dun en wit omhoog.

Daardoorheen hoorde ze een echo, eerst dof, alsof de rook het geluid verstikte. Maar toen deze optrok, herkende ze het geluid van golven die op de rotsen sloegen. En toen het steeds helderder werd, zag ze de kliffen, het rotsachtige eiland, het zwarte gesteente boven die woeste zee.

Ze zag het ritueel op de kliffen. De cirkel, gruwelijk anders dan zij die had getrokken. Een ring van zwarte kaarsen met bloedrode vlammen, de ring van demonen erin. In het midden stond een stenen altaar, glanzend zwart.

Daarop lag een jongen vastgebonden. Hij probeerde zich los te rukken. Zijn kreten doorboorden de rook en gingen Breen door merg en been, terwijl een figuur in een zwarte cape naar het altaar liep.

Gezongen, dikke keelklanken in een taal die ze niet kende beukten als trommelslagen.

De figuur in de cape bracht één hand omhoog en de lucht begon te koken. Met de andere hand haalde hij een lang gebogen mes tevoorschijn. Toen hij het langs de keel van de jongen haalde, schoten er felle bliksemschichten door de lucht, gevolgd door een daverende donder op het moment dat hij een straal bloed in een gouden kelk opving.

Ze zag het gezicht van haar grootvader toen hij de kelk hoog in de lucht tilde en de bliksem deze trof. Badend in het licht dronk hij de kelk leeg.

Het beeld vervaagde, godzijdank, en Breen liet zich op haar knieën vallen. Pas toen kwam Marg bij haar staan.

'Je moet het afmaken. Je moet je dank betuigen en de cirkel sluiten. Ik zal je helpen, maar je moet het afmaken. Daarna zal ik je een drankje geven, je bent zo bleek, en dan kun je me erover vertellen.'

'Hij was het. Het was Odran.'

'Ja, daar was ik al bang voor.'

20

Omdat de werkplaats dichterbij was, liet Marg Breen daar bij het vuur zitten. Ze voegde een drankje aan de wijn toe, en toen Breen haar verhaal deed, was ze blij was dat ze zelf ook wat had genomen.

'De bliksem raakte de kelk en… het was donker, maar hij lichtte toch op. En toen dronk Odran, hij dronk… o, die arme jongen, oma. Hij kan niet ouder dan twaalf zijn geweest. Toen hij ervan had gedronken, kwamen de demonen en ze… ze verslonden hem. Ze vielen op zijn lichaam aan en…' Ze huiverde en nam nog een slok wijn. 'Het was afschuwelijk, meer dan afschuwelijk. Het moet jaren geleden zijn gebeurd, want Odran zag er heel jong uit.'

'Hij is zo oud als hij wil zijn. Ik kan je niet vertellen wanneer dit is geweest, alleen dat hij een doel moet hebben gehad voor het bloedoffer. Er is geen erger misdrijf, geen grotere zonde.' Marg ijsbeerde door de werkplaats, niet in staat rust te vinden. 'Voor iets als dit verstoten de goden hem uit hun rijk, zo staat het geschreven. Je zei dat het zwarte kasteel in puin lag?'

'Ja, ja, dat is waar. Dan moet dit zijn gebeurd nadat hij mij had ontvoerd.'

'Ja, daarna.' Marg ging weer zitten, pakte Breens hand en bestudeerde het gezicht van haar kleindochter. 'Je hebt weer wat meer kleur. Ik ben trots op je, Breen, dat je het ritueel hebt volbracht na zo'n wreed visioen. Dit was niet de bezwering die we hadden geschreven.'

'Weet ik. Ik heb geen idee waar ze vandaan kwam.'

'Uit jou. Je vroeg om inzicht, vroeg om te zien. Dit dient een doel. Het is misschien nog niet duidelijk, maar dit dient een doel. Ik zal Sedric vragen of hij Keegan wil zeggen dat je vandaag niet komt trainen.'

'Nee. Geloof me, ik onderga liever een wortelkanaalbehandeling, maar als ik vandaag oversla, maakt hij het me morgen twee keer zo moeilijk.'

Met een glimlach gaf Marg haar een kneepje in haar hand. 'Kijk eens aan. Je hebt hem leren kennen, dat is ook inzicht. Maar hij zou me geloven als ik zei dat je je niet goed voelde.'

'Ik zie nog steeds...' Ze slaakte een zucht. 'Als ik tegen de grond geslagen word, heb ik iets anders om over na te denken. Ik ben er maar liever vanaf, dan dat ik me zorgen moet maken over wat hij morgen voor me in petto heeft. Gisteren kwam hij met zwaarden aanzetten. Niet geschikt om iemand tot bloedens toe mee te verwonden, maar je wordt er wel bont en blauw van. Ik ga wel.' Ze stond op. 'We kunnen zeker geen bezwering doen die me het talent geeft om hem voor de verandering eens neer te slaan?'

'Laten we daar maar niet mee knoeien. Wil je dat ik met je meega?'

'Het is al vernederend genoeg zonder publiek, dank je wel.' Ze bukte zich en gaf Marg een zoen op haar wang. 'Tot morgenmiddag.'

'Vergeet die thee niet, dan slaap je lekker.'

'Is goed.'

'Drink hem voor het slapengaan, en wat leg je onder je kussen?'

'Rozemarijn, amethist en zwarte toermalijn.'

'Je bent een snelle leerling.'

Ze zou willen dat ze zo goed kon leren vechten, dacht Breen, toen ze in de richting van de boerderij liep. Alhoewel... eigenlijk niet, en dat was een deel van het probleem. Ze hoefde in haar leven niet zo nodig iemand in elkaar te slaan, laat staan hem met een zwaard neer te steken. Alleen...

Ze dacht aan de jongen, die had gevochten en geschreeuwd. Zou ze niet hebben willen proberen hem te beschermen, op wat voor manier dan ook?

Ze keek uit over de velden, terwijl Deksels heen en weer rende. Alles was zo groen, zo rijkelijk begroeid, zo vredig met het blauwe water van de baai in de verte.

Het deed letterlijk pijn, lijfelijk pijn, besefte ze, om te weten dat zulk kwaad bestond, terwijl de wereld zo veel eenvoudige schoonheid te bieden had.

Die arme jongen. Kwam hij uit deze wereld, die van haar, een andere? Ze had geen idee, maar wist wel dat hij doodsbang was geweest en toch geprobeerd had te vechten. Tot het laatst had hij dat geprobeerd.

Zij kon moeilijk minder doen.

Ze zag de havik voordat ze Morena zag. Amish zweefde omlaag en landde op een van de stenen pilaren aan weerszijden van het hek naar de boerderij. Deksels – wat werd hij groot! – rende naar hem toe, zette zijn voorpoten tegen de pilaar en blafte.

'Hij is veel te deftig om met jou te spelen,' riep Morena. Haar haar, dat deze keer niet in een vlecht vastzat, wapperde zonnig over haar rug. Ze was eerder bij het hek dan Breen en ging op haar hurken zitten om de buik van de hond te aaien, die zich inmiddels op de grond had laten vallen. 'Maar ik niet.' Tot blijdschap van hen beiden stoeide ze even met Deksels, waarna ze naar Breen opkeek. 'Klaar om het tegen Keegan op te nemen?'

'Daar zal ik nooit klaar voor zijn.'

'O, maar Harken zegt dat je beter wordt.'

'Hoe weet hij dat nou?'

'Hij heeft een paar keer gekeken, op discrete afstand.'

'O, god. Ik kan wel door de grond zakken.' Maar ze deed het hek open.

'Ik wil het ook wel eens zien.'

'Nee, het is al erg genoeg. Hij slaat me regelmatig neer en is een en al kritiek. Kennelijk sta ik met mijn voeten in drijfzand, heb ik het evenwicht van een alcoholist met één been en de handen van een drievingerige klungelaar.'

'Des te meer reden om je aan te moedigen.' Morena sloeg haar arm om Breens schouders. Ze rook naar de tuin, zoet, kruidig, en aards tegelijk. 'Ik durf te wedden dat je beter bent dan je denkt.'

'Dat verlies je. O jezus, hij heeft de zwaarden bij zich. Mijn arm leek wel rubber, na gisteren.'

'Rubber is toch dat spul dat stuitert? Dan stuiter je wel terug. Moet je hem zien, zo wreed en koel.'

Keegan draaide zijn hoofd om en grijnsde naar haar. 'Daar heb je haar weer, kom je mijn broer weer treiteren?'

'Dat vindt hij niet erg, volgens mij.' Ze nam het zwaard ter hand met een beweging waar Breen jaloers op was. 'Je hebt ze betoverd.'

'Ja, natuurlijk. Ik wil haar ledematen toch niet afhakken, of wel?'

Morena liet haar hand over de kling glijden en knikte. 'Maar je vindt het niet erg dat ze iets voelt steken.'

'Niets voelen is niets leren. Harken is in de stal. Een van de paarden wil niet eten.'

'Ik ga straks wel bij hem langs.' Ze gaf het zwaard terug. 'Ik wil even kijken.'

'Als je maar niet in de weg loopt.' Hierna wendde hij zich tot Breen en wierp haar het zwaard toe.

Het viel op de grond toen ze naar achteren sprong.

Keegan sloeg zijn blik ten hemel. 'En dit is waar ik van de goden mee moet werken. Pak het zwaard op. Ik neem aan dat je weet welke kant het heft is?'

'Je prikt de vijand met het puntige deel.'

Hij glimlachte. 'Dat verhaal ken ik. Arya was nog maar een kind en leerde snel. Jij bent een volwassen vrouw. Kom op, prik me maar met het puntige deel.'

Dat probeerde ze. Hij weerde haar af zonder ook maar een centimeter met zijn lichaam te bewegen, en ze voelde de steek in haar buik toen hij haar daar stak.

‘Nog een keer.’

De steek in haar schouder zei haar dat ze onder andere omstandigheden haar arm zou zijn kwijtgeraakt.

‘Let goed op je evenwicht,’ riep Morena vanaf haar plekje op het hek.

Keegans jas hing naast haar.

‘Zwijg.’ Hij wees met het zwaard naar Morena en draaide zich toen naar Breen. ‘Nog een keer.’

‘Sjemig, Keegan, ze begint net. Doe eens even rustig.’

‘We zijn nog maar net begonnen en ze is al twee keer dood. Nog een keer.’

En zo gingen ze verder. Dodelijke wond, na dodelijke wond, tot haar hele lijf de steken voelde.

‘Bullebak! Gebruik je hele gewicht, Breen. Weer die rotzak af.’

Ze deed haar best. Zweet druppelde in haar ogen en liep over haar zere rug, maar ze deed haar best. Ze wist een slag te blokkeren die haar zou hebben onthoofd en voelde hoe de klap door haar arm sidderde. ‘Ik moet…’

‘Blokkeren!’ snauwde hij. ‘Als je niets anders kan, blokkeer de slag dan.’

Maar haar zwaard gleed slap omlaag en hij doodde haar opnieuw.

Hij stond pal voor haar, was niet eens buiten adem, terwijl zij stond te hijgen en te piepen, en pakte haar pols stevig vast. ‘Hou dat zwaard vast, je hebt er kracht genoeg voor. En gebruik je voeten en je hoofd, verdomme, voordat je het kwijtraakt. Ik wil je vermoorden, dat is het enige wat je moet weten. Ik wil je dood hebben.’ Hij sloeg met zijn zwaard tegen het hare, steeds weer opnieuw. ‘Vecht om mij dood te maken.’ Hij joeg haar naar achteren, dwong haar beide handen te gebruiken om het zwaard vast te houden. ‘Slaan!’

Ze haalde uit en hij sloeg zó hard terug dat het zwaard uit haar zweterige handen schoot. Haar benen trilden en met een duw maakte hij haar af.

‘Dat is niet trainen, dat is sarren en koeioneren.’ Hevig verontwaardigd beende Morena naar hen toe en ze pakte Breens zwaard. ‘Het is geen eerlijk gevecht, dat weet je.’

Boos keerde hij zich naar haar toe tot ze – beiden gewapend – vlak voor elkaar stonden. Allebei kokend van woede. ‘Het is nooit een eerlijk gevecht, dat weet je. Wil je haar levend of dood, want als ze niet meer in huis heeft, is ze binnen de kortste keren de pijp uit. Ze is waardeloos met een zwaard en al bijna net zo erg met haar handen.’ Hij rukte het zwaard uit Morena’s handen en wierp het naar Breen. ‘Pak op, sta op en probeer het opnieuw.’

‘Ik ben niet waardeloos.’

‘Laat maar zien dan, als je durft. Pak het zwaard. Vecht of sterf.’

Alles deed pijn, maar het was niets vergeleken met de woede die door haar lijf kolkte. Ze was niet waardeloos.

‘Sterf dan maar,’ zei hij, en hij liep met grote stappen op haar af, het zwaard in de aanslag om de fatale slag toe te dienen.

Ze wierp haar hand in de lucht, smeet haar woede van zich af. De woede had kracht, vlamde door haar lichaam, kolkte uit haar.

Keegan vloog door de lucht en klapte drie meter verderop tegen het hek. Het hout brak door de kracht en hij viel naar achteren.

Morena verstijfde en keek met grote ogen toe. ‘Stop! Stop, Breen,’ riep ze, voordat ze naar Keegan toe rende.

Maar hij ging al rechtop zitten en wuifde haar weg. Met een duistere voldoening keek hij naar Breen. ‘Tjonge, er wordt eindelijk iemand wakker.’

Breen duwde haar bevende hand tegen de grond. Ze voelde het vanbinnen nog trillen, de schok van de krachtsexplosie. ‘Het was niet mijn bedoeling…’

‘Juist wel.’ Keegan kwam overeind. ‘Wat het ook kost om de vijand te verslaan, je moet het menen.’

‘Je neus bloedt.’

Achteloos haalde hij zijn hand erlangs. ‘Niet voor het eerst, niet voor het laatst. Pak je zwaard en sta op.’

‘Ze is geschrokken, Keegan. Godsamme, ik ook. Laat haar met rust.’

'Ze heeft het nog steeds in zich. Ik kan het zien.' Hij ging op zijn hurken voor Breen zitten en pakte haar bij haar kin. 'Precies zoals je het voelt. Gebruik het. We gaan trainen hoe je het kunt richten, kanaliseren, beheersen, zodat het komt en gaat wanneer jij dat wilt.'

Zijn blik – zo intens – boorde zich in die van Breen. En in zijn ogen zag ze plezier en goedkeuring.

'Dit is wat je wilde,' besefte ze.

'Ja, dit is nodig. Morena, hou Harken tegen, want hij komt de stal uit gerend alsof hij in brand staat. Laat hem hetzelfde doen met Aisling en Mahon. Zeg maar dat alles goed is met ons. Opstaan.' Hij pakte Breen bij de arm en hees haar overeind. 'Want nu begint de echte training.'

Ontsteld – om hem, haarzelf, alles – probeerde ze zich los te schudden. 'Je hebt dat expres gedaan, me opgehitst, me afgeragd.'

'En het resultaat heeft veel te lang op zich laten wachten. Je smeult lang, Breen Siobhan, maar als de vlam dan eindelijk gaat branden is het een hellevuur. Daar gaan we nu gebruik van maken.'

'Dat wil ik niet...' Dat was niet waar, besefte ze, toen hij daar alleen maar stond – met een ijzeren greep rond haar arm – en wachtte. Hoe eng het ook was, ze wilde datgene wat in haar was geëxplodeerd uit zich hebben. Want het was ook schitterend geweest. 'Ik deed het niet bewust. Ik had het niet in de hand en ik had veel erger kunnen veroorzaken dan een bloedneus.'

'Dat is waar, en dus ga ik je helpen. Ik ga je helpen,' herhaalde hij, en voor het eerst deden zijn woorden geen pijn. 'Ik heb ook iets in mij omdat ik van de Wijzen ben, maar ik heb geen godenbloed, dus jij hebt meer. Je vader ook, en toen mijn vader stierf, trainde hij me en kwam hij voor me op als een vader.' Hij zweeg, keek om zich heen, naar de velden, de weides, het solide stenen huis. 'Deze boerderij is jouw geboorterecht.'

'Nee. Dat zou ik nooit...'

Hij wierp haar een dreigende blik toe. 'Ik zeg niet dat je haar terugkrijgt, dat zou ik nooit zeggen. Eian deed haar aan mijn familie over omdat hij wist dat we ervoor zouden zorgen zoals hij dat zou hebben gedaan, en zo is het ook gegaan. Maar wat ik voor jou doe, doe ik voor hem, voor Talamh. Ik doe het voor het licht. Wil jij minder doen? Wil jij minder zijn?'

'Ik weet niet wat ik ga doen. Ik weet niet wat ik zal zijn. Maar het zal niet minder zijn. Ik neem nooit meer genoegen met minder.'

'Pak dan je zwaard. De dag is al bijna voorbij.'

Ze pakte het zwaard. 'Maak me niet nog een keer zo kwaad.'

Hij grijnsde alleen. 'Ik heb mijn eigen verdedigingsmiddelen. Daar heb je nog niet eens een voorproefje van gehad.'

Hij liet haar er een paar zien, en hoewel ze ze niet fijn vond, leerde ze in elk geval een paar lessen: als een vijand in staat is de wind te laten wervelen, draai er dan in mee, gebruik de impuls om snelheid te winnen en terug te slaan. Als je valt, sta dan op voordat je doorboord wordt. Ze hoefde de lessen niet leuk te vinden om toch te leren.

'Ik hou ermee op. Ik moet gaan. Het begint al bijna te schemeren.'

'Gevechten stoppen niet omdat de zon ondergaat.'

Werd hij dan niet moe, vroeg ze zich af. 'Ik moet terug. Ik wil niet in het donker bijna een kilometer door het bos moeten lopen.'

'De nimfen zullen je bijschijnen als je daarom vraagt, maar je kunt het zelf ook.'

'Ik heb er niet aan gedacht om aan de andere kant een zaklamp neer te leggen.' Dat was helemaal geen slecht idee. 'En ik ga niet al struikelend met een kaars of een olielamp door het bos.'

'Neem je licht mee.'

'Welk licht?'

Het scherpe geluid van zijn zwaard in de schede klonk ongeduldig. 'Geef me je hand.'

'Waarom?'

'O, vrouwen.' Hij pakte haar hand vast en draaide haar palm naar boven. 'Je weet hoe je vuur moet maken.'

'Ja, maar...'

'Vuur is niet alleen een vlam, en zelfs een vlam kan warm of koud zijn als je dat wilt. Vuur is licht. Als je vuur kunt maken, kun je ook licht maken. Roep het in je op. De basis zit in jou, haal het in je boven, het licht, koel en fel. Roep het op, zie het als een bol in je hand.'

Hij had goudbruine vlekjes in zijn ogen, besefte ze. Als licht. Deeltjes licht in een zee van groen. 'Dat heb ik nog nooit...'

'Concentreer je op het licht vanbinnen, vanbuiten. Zie het, voel het, ken het. Koel in je hand, wit, puur, een bol van jouw licht, door jou gemaakt.'

Het flikkerde. Bijna verloor ze haar concentratie van verraste verrukking, maar zijn vingers klemden zich om haar pols.

'Hou het vast, geef het kracht. Breng het omhoog.'

En dat deed ze, ze had een bal wit licht in haar hand terwijl zijn hand om haar pols lag. Ze keek naar hem op, het licht stralend in haar hand, in haar hart, in haar ogen. 'Wat prachtig.'

'Genoeg om de weg te vinden.' Hij liet haar pols los en deed een stap naar achteren. 'Je concentratie is slecht en gemakkelijk te doorbreken. Werk daaraan. Kom morgen terug.' Hij pakte haar zwaard, trok zijn jas van het hek en liep in de richting van het huis.

'Dank je wel.'

Hij draaide zich om, staarde haar alleen maar aan, een man met een zwaard langszij en een zwaard in zijn hand. Het stille zonlicht viel over hem heen. 'Graag gedaan dan maar.'

Ze riep de hond en liep naar het hek, terwijl ze het licht in haar hand bewonderde.

Morena haalde haar in. 'Ik wilde je bijschijnen, want het wordt snel donker in het bos als het gaat schemeren.'

'Precies. Moet je kijken wat ik heb gedaan.'

'Heel mooi. Ik loop toch een stukje met je mee, anders moet ik van Harken helpen met het melken.'

'Ga met me mee naar de cottage, dan drinken we samen een glas wijn om te vieren dat ik weer een dag heb overleefd.'

'Die wijn wil ik wel, maar je hebt vandaag meer gedaan dan overleven.'

'Ik ben me kapot geschrokken van mezelf.'

Deksels rende de stenen trap op en verdween in de boom voor hen. In het bos aan de andere kant was een zacht licht te zien.

'En ik van jou. Je zag er zo fel en woest uit, en het geknetter van die kracht suisde in mijn oren. Jezus, hij vloog echt door de lucht, hè?' Lachend zwaaide Morena met haar hand, waarmee ze prachtige vonken verspreidde. 'Als een vogel in een storm. Ik hou van hem als een broer en even maakte ik me zorgen. Maar aangezien hij er niet meer dan een bloedneus aan heeft overgehouden, zeg ik dat hij die vlucht meer dan verdiend had.'

'Ik schrok,' herhaalde Breen. 'Het schoot opeens uit me.'

'Dat was ook zijn bedoeling. O, misschien schrok hij een beetje van de kracht, anders had hij die wel iets afgezwakt. Hij was streng voor je, dat zag ik wel, en dat vond ik niet fijn, maar nu begrijp ik waarom. Je zult wel wat blauwe plekken hebben.'

'Dat is een feit, maar ik word steeds beter in het genezen ervan.'

'Dat zei Aisling al.' Morena zwaaide met beide handen om meer licht te verspreiden.

'Opschepster, ik hoef je niet te vragen hoe je straks de weg terug verlicht.'

'Nee, al ga ik na de wijn terug naar de boerderij.' Ze gooide haar lange weelderige haar achterover. 'Dan kruip ik in bed met Harken.'

'Opschepster,' herhaalde Breen, en Morena schoot in de lach.

'Is er in Philadelphia niemand die zou willen dat jij bij hem in bed lag?'

'Nee. Al heel lang niet.'

'Je bent knap, slim en lief. Volgens mij zijn de mannen in Philadelphia allemaal sukkels.'

'Ik was daar anders. Ik ben hier anders.'

'Er zijn er genoeg die met alle plezier met jou aan de rol willen. We zouden een *céilidh* moeten houden, zodat je al je opties kunt bekijken.'

'Na het schrijven, de lessen met oma, met Aisling, met Keegan, en het herstellen van de lessen met Keegan, heb ik niet veel tijd om te rollebollen.'

'Tuurlijk wel, daar is altijd tijd voor.' Hoofdschuddend verstrooide Morena meer licht toen ze bij de rand van het bos kwamen. 'En als jij daar anders over denkt dan vind ik dat de mannen, of vrouwen – als je daarvoor gaat – in jouw Philadelphia niet erg veel talent hebben.'

'Misschien heb je gelijk, tenminste als het gaat om de mannen met wie ik iets heb gehad.' Toen ze over het gras naar de cottage liepen, keek ze naar het licht in haar hand. 'Hij heeft me niet verteld hoe ik het moet doven.'

'Wegdenken,' zei Morena, alsof het de meest logische zaak van de wereld was.

'Wegdenken...' Het duurde even, maar Breen slaagde erin het licht af te zwakken, kleiner te maken, tot de bal helemaal was verdwenen. 'Gelukt! Wijn! Als jij die inschenkt, geef ik de hond eten.'

'Goeie deal.'

Breen keek over haar schouder, toen ze het huis binnengingen. 'Ik val niet op vrouwen.'

'Ik ook niet, ik was niet van plan je te verleiden.'

Lachend schudde Breen haar hoofd. 'Maar ik besef dat ik in Philadelphia eigenlijk geen vriendinnen had.'

'Was er met de vrouwen ook iets mis?'

'Nee, het lag aan mij.' Een merkwaardige en vernederende bekentenis, besefte ze. 'Marco was er altijd. En Sally en Derrick en de mensen die bij Sally's werken.'

'Sally is een meisjesnaam.'

'Kort voor Salvador, in zijn geval. En ik besef ook dat de mensen met wie ik de hechtste band heb alle drie homo zijn.'

'In Talamh hebben we geen speciaal woord voor homo's, alleen liefde en seks.'

'Wat... verstandig.'

Breen vulde de etensbak van de hond, terwijl Morena wijn inschonk.

'Het is fijn dat we weer contact hebben. Het is fijn om aan het eind van de dag een glas wijn met een andere vrouw te drinken.'

'Vind ik ook,' beaamde Morena. 'We nemen er gewoon nog een.'

Ze dronken nog een glas wijn, en na de wijn vertrok Morena en oefende Breen om het licht omhoog te brengen en weer te laten verdwijnen.

Toen ze Deksels nog een laatste keer uitliet, stond ze aan de rand van de baai terwijl hij door het water spetterde. Nieuwsgierig gooide ze het licht over het water, keek hoe het zweefde en haalde het toen terug. Ze stuntelde de eerste paar keer, maar werd er beter in. Met het licht in haar hand keek ze naar de maan. Ze stond nu in Ierland, dacht ze, en toch had ze licht en kracht in haar hand. Nee, met minder zou ze nooit meer genoegen nemen.

In Talamh vloog Keegan op zijn draak door een lucht met twee manen. Hij was van plan geweest naar bed te gaan en nog wat te lezen tot de dag weggeëbd was, maar hij kon voelen – hoezeer hij zijn best ook deed om het te negeren – dat Harken en Morena elkaar bevredigden. En die twee, wist hij uit ervaring, konden daarmee doorgaan tot de zon opkwam, als ze daar zin in hadden.

En dus liet hij ze met rust en vloog in de richting van de Hoofdstad. Niet voor politiek, vergaderingen of uitspraken, dat had zijn moeder allemaal onder controle. Hij had een vrouw nodig en wist waar hij die kon vinden.

Om vragen en gesprekken te vermijden liet hij Cróga bij het balkon van de kasteeltoren zweven. Rustig liet hij zich zakken. Zijn draak zou wel terugkomen als hij weer naar huis wilde.

Door de opbollende dunne gordijnen zag hij haar aan de kaptafel zitten. Ze pakte een borstel en haalde die langzaam door haar lange vlasblonde haar. Ze droeg iets wits, dat deed ze vaak, even dun als de gordijnen.

Shana – wier vader bij hem in de raad zat en wier broer zij aan zij met hem had gevochten – keek hem via de spiegel aan toen hij tussen de gordijnen door kwam.

'Goedenavond, Taoiseach. We hadden je nog niet terugverwacht.' Ze was geboren en getogen in de Hoofdstad en sprak met het accent van het oosten en de stad. Ze had de deftige manieren van beide. 'Je moeder zal blij zijn je te zien.'

Ze stond op en het licht van de haard scheen door de dunne, witte japon, wat precies haar bedoeling was, wisten ze allebei.

'Ik ben hier niet voor mijn moeder.'

'Voor mij, dan.' Ze glimlachte en kneep haar ogen samen als een kat. 'Ik voel me gevleid. Heb je zin in wijn?'

'Graag, dank je.'

Ze bewoog zich als een danseres. Door haar elvenbloed was ze snel, maar nu nam ze de tijd, zodat hij haar kon volgen. 'En hoe gaat het in het westen?' Ze schonk de robijnrode wijn in twee glazen bokalen.

'Goed genoeg. De vrede houdt stand.'

'Daar zijn we dankbaar voor. Maar ik bedoelde met Mairghreads kleindochter. Ik heb begrepen dat je haar persoonlijk traint.'

'Dat klopt en Marg leert haar het ambacht. Dat is wel nodig.'

Shana reikte hem een glas aan. 'Ik heb gehoord dat ze erg mooi is. Het vurige haar van haar grootmoeder, de stormachtig grijze ogen van haar grootvader.'

'Ze is wel knap.' Hij stak zijn hand uit en liet een lok haar rond Shana's middel door zijn vingers glijden. Net als haar huid, rook het naar de jasmijn die in de nacht bloeide. 'Maar niet van het soort dat mij aantrekt.' Een leugen, al vond hij het afschuwelijk om toe te geven. Hij zag nog steeds voor zich hoe ze naar hem had gekeken toen ze die lichtbol in haar hand had, de vreugde en het besef van macht op haar gezicht.

'Maar je denkt wel aan haar.' Pruilend liet Shana haar vingers langs de veters van zijn shirt glijden.

'Ik moet wel aan haar denken.' Hij bracht haar gezicht omhoog. 'Maar ik ben hier bij jou.'

'In de veronderstelling dat ik mijn armen spreid en mijn bed met je deel. Voor hetzelfde geld had ik hier nu met een ander gelegen.'

'Gelukkig is dat niet zo.'

Ze lachte, nam een slokje wijn en zette het glas neer. 'Gelukkig. Voor jou zal ik ze altijd spreiden, Keegan, maar een vrouw houdt ervan eerst een beetje verleid te worden.'

'Ik ben door de nacht gevlogen om bij je te zijn, Shana. Als dat niet genoeg verleiding voor je is...' Omdat hij haar kende, haar mocht, haalde hij van achter zijn rug een witte roos die hij aan haar gaf.

'Ach, is er een vrouw die jou kan weerstaan?' Ze streek met de bloem langs haar wang toen ze van onder haar wimpers naar hem keek. 'Mij is het nooit gelukt, of wel?'

Ze legde op haar beurt een hand tegen zijn wang. 'Dus doe je zwaard af, trek je laarzen en de rest uit en kom in mijn armen, in mijn bed. Dan laten we het westen achter ons.'

Hij kon zijn zwaard afdoen, en dat deed hij. Hij kon zijn laarzen en de rest uittrekken. Maar het westen zou hij nooit achter zich kunnen laten. Omdat hij haar kende, accepteerde hij dat ze nooit zou kunnen begrijpen waarom. En dus liet hij haar armen om zich heen vouwen, stapte hij in haar bed en gaf zich over aan de zijdezachte, geurige huid, de warme lippen en de geoefende handen van een vrouw die zijn behoeften en lichaam kende zoals hij het hare kende.

Hij sloot zich voor al het andere af, even maar, even maar. Hier waren volle borsten die zijn handen, zijn mond vulden. Hier waren de zuchten en kreten van een vrouw die hem opwonden. Haar hartslag versnelde voor hem, haar haar viel als geurige gordijnen rond hem toen ze op hem ging zitten.

'Ik heb je gemist, Taoiseach.' Kreunend liet ze haar hoofd achterover vallen toen ze hem in zich nam. 'Ik heb dit gemist.'

Haar heupen wiegden langzaam heen en weer, een tergend genot. Hij greep ze vast, paste zijn tempo aan aan haar bewegingen, maar licht, zodat hij geen sporen achterliet op die zachte witte huid. Hij keek naar haar gezicht, de adembenemende schoonheid, zag in haar ogen dat ze in zichzelf keerde. Hij liet zich door haar berijden, deed zijn ogen ook dicht, zodat hij alleen hieraan, alleen aan haar dacht, om de beelden die bij hem binnen wilden dringen weg te houden.

Toen ze klaarkwam, kwam hij overeind, vouwde zich om haar heen en bracht zichzelf tot een climax.

Op het moment dat ze zijn naam fluisterde, vervloekte hij zichzelf voor het feit dat hij naar iemand anders verlangde. Hij bleef nog een uur bij haar. Bracht haar wijn, luisterde naar haar slaperige roddels en streelde haar haar tot hij voelde dat ze langzaam in slaap viel.

Stilletjes kwam hij overeind om zich aan te kleden, vond het wel jammer dat hij een warme, naakte vrouw alleen liet in een zacht verenbed. Bovendien voelde hij zich schuldig – en dat zat hem niet lekker – dat hij aan een andere vrouw dacht.

'Wil je niet blijven?' mompelde ze, en ze leunde op haar elleboog. Haar haar viel over haar borst toen ze een hand uitstak. 'Slaap met me, word wakker met me.'

'Ik heb verplichtingen.'

'Je hebt hier ook verplichtingen.'

'Die vergeet ik niet.' Of het uit schuldgevoel of spijt was, wist hij niet, maar hij toverde nog een roos voor haar tevoorschijn en legde hem naast haar neer. 'Ik kom terug wanneer ik kan.'

Ze keek hem aan met die scherpe blik die hij altijd zo aantrekkelijk vond. 'Mogelijk heb ik dan andere bezigheden.'

Hij pakte haar hand vast en kuste hem. 'Dan is het maar goed dat je op de derde verdieping zit, zodat ik die ander van je balkon kan gooien. Slaap nu maar lekker.' Hij liep weer tussen de gordijnen door. In gedachten had hij zijn draak al opgeroepen en Cróga cirkelde boven de binnenplaats. Toen hij afdaalde, stapte Keegan op de rand van het balkon en sprong op zijn rug.

Shana liep naar de openslaande deuren, duwde de gordijnen opzij en keek hoe hij wegvloog. Ooit kwam er een dag, dacht ze, dat hij niet bij haar weg zou vliegen. Een dag dat hij niet terug zou gaan naar het westen, waar alleen eindeloze velden en schapen waren.

Een dag dat hij zou blijven.

DEEL 3

Kiezen

De keuze maakt het leven moeilijk.

George Moore

Alleen geloven in wat mogelijk is, is geen geloof,
maar louter filosofie.

Sir Thomas Browne

21

Deksels was weer eens aan het snuffelen, dwalen en heen en weer aan het rennen, terwijl Breen door het bos in de richting van het portaal liep.

De stralende ochtend had haar het terras op gelokt om in de tuin te schrijven, waar een warme bries van de baai kwam en fel zonlicht alle kleuren deed opvlammen.

Ze had haar dagelijkse bezoek aan Talamh en haar grootmoeder bijna laten zitten om te kunnen genieten van wat een schitterende middag ging worden. Maar ze had het beloofd, punt uit.

Bovendien genoot ze van haar lessen en hoopte ze meer bezweringen te leren. Ze had er zelfs een geschreven, haar eerste. Een kleine variatie op de verlichtingsbezwering die zeven lichtbollen liet zweven. Als Marg het goedvond, kon ze die proberen.

Ze had helemaal geen zin om aan het einde van haar dag in Talamh nog een paar uur met een stom zwaard te zwaaien, of te schoppen en te slaan. Ze zou wel met Keegan trainen, maar die tijd besteedde ze liever aan magick. De aandacht die hij zo dwangmatig aan haar besteedde… Aandacht en controle, dacht ze. Ze moest hem ervan zien te overtuigen dat lessen op dat vlak logischer waren dan met betoverde zwaarden tegen elkaar aan slaan.

Zoals altijd ging Deksels op een drafje voor haar uit door het portaal. En als er dan kinderen of honden bij de boerderij waren, sprintte hij er recht op af. Of hij rende een tijdje mee met de Bende van Zes, zoals ze ze in gedachten noemde, het groepje kinderen van verschillende stammen die over de weg raceten en door het bos schuimden.

Elfje Mina met haar donkere huid – ongetwijfeld de leider van het stel – kwam vaak naar Breen toe met vragen over de andere kant. Een kind mocht pas vanaf zijn zestiende zonder begeleiding door het portaal, maar Mina had nu al plannen om alles te ontdekken.

Slimme, nieuwsgierige kinderen, maar nog altijd kinderen, dacht Breen, of ze nu over of door bomen vlogen of in paarden veranderden.

Als zij of de jongens van Aisling buiten waren, kwam Deksels wel terug als hij uitgespeeld was.

Ze klom op de dikke, kromme takken en over de harde rotsen. Van zonlicht ging ze over in een kille mist in een regenachtige lucht.

Ze baalde dat het weer was omgeslagen en trok haar capuchon omhoog en ritste haar jas dicht. Voorzichtig ging ze aan de andere kant weer omlaag en liep door het natte gras.

De mist was zo dicht dat ze de boerderij niet eens zag, en ze kon de stenen muur en de weg daarachter amper zien. Echt een dag om binnen te blijven, besloot ze, toen ze over het muurtje klom. Dicht bij een haardvuur, want de vochtigheid maakte alles kil.

Ze riep de hond bij zich en bleef langs de kant van de weg lopen. Geen auto's, natuurlijk, maar er kon iemand in galop langskomen, en door de mist kon ze amper meer dan een meter voor zich zien.

Ze toverde een lichtbol, verrukt hoe snel hij in haar hand verscheen. Het licht werd grotendeels door het bewegende mistgordijn geabsorbeerd, maar het hielp toch een beetje.

Het gordijn versperde het zicht en dempte het geluid waardoor haar inmiddels vertrouwde wandeling een beetje griezelig werd. Net alsof ze in een wolk vastzat, dacht ze, eenzaam en stil. Met aan het eind een haardvuur en een beker met iets warms.

Om zichzelf te vermaken, gooide ze de bol in de lucht, ving hem op en zong 'The Long and Winding Road', omdat het passend leek.

'Wat heb je een mooie stem.'

De vrouw kwam uit de mist alsof ze er deel van uitmaakte. Ze droeg een lange grijze mantel met een capuchon over haar grijze haar. Toen Breen schrok en de lichtbol bijna verprutste, glimlachte ze. 'Ach, ik heb je laten schrikken. Mijn excuses. Wat een mist, hè? Jij bent de dochter van hij die taoiseach was, kleindochter van Mairghread. Breen, of niet? Ik ben Yseult, leuk je te ontmoeten, zelfs op een dag als deze.'

'Ja, ik ben Breen.'

De vrouw had een mand bij zich waar het zachte loof van wortels uitstak. In haar ogen, even grijs als haar haar, lag een ontspannen glimlach.

'Woon je hier in de buurt?'

'Nee, ik ben nog wel even onderweg. Ik heb mijn waren geruild voor de wortels van de O'Broin-boerderij – die ooit van jouw familie was. Het is me nog nooit gelukt ze zelf te verbouwen.'

'Ik ben op weg naar mijn grootmoeder.'

'Die zal wel blij zijn dat je na al die tijd weer in de buurt bent.' In de koude lucht trok Yseult haar mantel wat strakker om zich heen. 'Vind je het goed als ik een stukje met je meeloop, gebruikmaak van dat mooie licht in dit mistroostige weer? Ik wil mijn oude vriendin graag even gedag zeggen.'

'Natuurlijk. Ken je mijn grootmoeder?' vroeg Breen, toen ze samen verder liepen.

'Jazeker, iedereen kent Mairghread en we zijn samen opgegroeid, zou je kunnen zeggen. Ik kende je vader al toen hij nog een baby was. Je lijkt op ze, op de O'Ceallaighs. Op de ogen na. Die heb je van je grootvader.'

'Ja, dat heb ik al meer gehoord.'

'Je hebt heel wat jaren buiten deze wereld geleefd.' Ze zwaaide met haar vinger naar de bol. 'Heb je dat van je vader geleerd?'

'Nee. Ik ben pas magick gaan leren sinds ik hier ben.'

'Ach, dat vind ik nou jammer. Je vader had veel kracht, van de O'-Ceallaighs en van de god. Hij had je veel kunnen leren. Jij hebt die krachten ook, en het bloed van de god.'

‘Mijn grootmoeder geeft me les.’

‘In lichtbolletjes toveren.’

Breen keek opzij bij het horen van de minachtende toon. De ontspannen glimlach lag nog steeds op het gezicht van de vrouw, vormde een contrast. Haar ogen, zag ze, waren niet grijs, maar bijna zwart. Donker en diep. ‘Licht is de kern, het hart, de basis.’

‘Denk je dat? Terwijl licht zo gemakkelijk uitgeblazen kan worden.’ Ze pakte de bal uit Breens hand en sloot die van haar eromheen. Toen ze haar hand openvouwde, was hij weg. ‘Een erg zwak schijnsel en gemakkelijk te doven. Zwart zal wit altijd verstikken, mijn meisje. De duisternis zal het licht altijd verslaan. Onthou die les goed, want zo zal het altijd zijn.’

Niet grijs, besefte Been toen ze haar hoofd een beetje draaide en zag hoe het haar dat onder de capuchon vandaan kwam, begon te kleuren. Rood. Geen fel, vurig rood, maar intens donkerrood. Als bloed. De mantel kleurde zwart. Wat ze in haar mand had, begon te glibberen en te sissen. ‘Wie ben jij?’

‘Yseult, dat zei ik al. Iemand die jouw grootmoeder goed kent. Ik ben het donker tegenover haar licht. Ik ben degene die Odran heeft geholpen om jouw vader, dat slappe excuus voor een zoon, de dood in te jagen. Kom en kijk toe hoe ik hetzelfde doe met de vrouw die hem gebaard heeft. Daarna zal ik je naar je grootvader brengen. Hij wil jou kleden in een mantel van goud en je de ware kracht in je bloed laten zien.’

Duizelig, misselijk deed ze wankel een stap naar achteren. De schoonheid van Yseults gezicht, een gezicht dat aardig, zelfs gewoontjes was geweest, begon angstaanjagend te veranderen. Ze gloeide, een donker licht, terwijl de slangen – tweekoppige slangen – in de mand, die niet van stro was, maar van goud, over de rand begonnen te glibberen. ‘Nee, ik ga met jou nergens naartoe. En je blijft uit de buurt van mijn grootmoeder.’

De glimlach straalde van zelfvertrouwen. ‘Zo jong, zo dwaas, zo zwak. Ga je nog een mooie lichtbol maken om me tegen te houden?’

Toen de vrouw haar arm vastpakte, voelde Breen hoe de hitte haar huid schroeide, waardoor ze bijna door haar knieën zakte. Op het moment dat ze zich losrukte, sloeg een van de slangen toe. Die pijn bracht haar op haar knieën. Ze worstelde om het licht vanbinnen omhoog te halen, de kracht, een schild te vinden, een wapen. Er schoot iets uit haar vingertoppen dat Yseults mantel raakte. Rook dwarrelde omhoog.

Met opgetrokken wenkbrauwen deed Yseult een stap naar achteren. Toen keerde de glimlach terug. 'Zo, dus je hebt iets meer in je mars dan ik dacht. Maar niet genoeg, mijn bloempje. Niet genoeg.' Ze kruiste haar handen in de lucht.

Deze keer vielen de kleine bliksemschichten ongevaarlijk op de grond.

'Je wilt meer. Ik voel je verlangen. Ik kan je meer geven. Je grootvader kan je meer geven dan die zwakke geest van je kan bedenken.'

'Ik wil niets van jou, van hem.'

'En toch zul je krijgen. En wij zullen nemen.'

Yseult deed een stap naar voren en Breen maakte zich op om te vechten met alles wat ze had.

Op hetzelfde moment kwam de draak met bulderend geraas door de mist. Hij vouwde zijn staart om Breen heen, terwijl Keegan van zijn rug sprong. Met het zwaard al in zijn hand, viel hij Yseult aan.

Ze keerde de mand om en de slangen schoten op hem af, terwijl zij in de mist verdween. 'Ze zal je dood betekenen, Taoiseach,' riep ze hem nog na. 'En dan zal ze haar plaats in de zwarte toren innemen en zal Odran voor eeuwig regeren.'

'Ik zal jouw dood betekenen.'

De slangen krijsten toen hij ze met licht beschoot. Ze veranderden in as en de mist dwarrelde weg. Yseult was verdwenen.

Keegan stak zijn zwaard in de schede. 'Ik zal jouw dood betekenen,' herhaalde hij, waarna hij zich naar Breen toe draaide. Hij gebaarde naar zijn draak dat die zijn staart weg kon halen en schudde toen zijn hoofd. 'Hoe denk jij te kunnen vechten als je op je kont blijft zitten?'

Hij deed een stap haar kant op, waarna zijn boze blik veranderde in schrik. Hij rende op haar af en knielde naast haar neer. 'Hebben ze je aangevallen? Ben je gebeten?'

'In mijn arm.'

Ruw stroopte hij haar mouw op en vloekte.

Hulpeloos en verslapt door de verzengende pijn, gilde ze het uit.

'Sorry, echt waar. Nee, nee, blijf wakker!' Toen ze haar hoofd liet zakken, pakte hij haar heel ruw bij haar kin vast. 'Je moet wakker blijven. We moeten het vergif uit je branden voordat je in de Slaap terechtkomt, en er is geen tijd om Aisling te halen. We moeten het samen doen.'

'Ik weet niet hoe. Ik ben zo moe.'

'Kijk me aan. Werk met me mee. Breng licht met mij, breng vuur met mij, breng kracht met mij, twee in een. Zie de duisternis door je bloed gaan, reinig het met wit vuur tot het helemaal weg is. Zeg dit samen met mij.'

Alles werd wazig voor haar ogen, haar geest, haar oren. 'Wat?'

'Blijf wakker, verdomme. Kijk me aan. Mijn ogen zijn jouw ogen, mijn geest is jouw geest, mijn wil is jouw wil. Zeg de woorden met mij en roep het vuur aan. Zeg ze met mij,' herhaalde hij, en ze mompelde de woorden.

Na de eerste bezwering kwam de pijn terug waardoor ze hijgend kreunde.

'Ik weet dat het pijn doet. Maak daar gebruik van. Je bent alweer sterker. We zeggen het nog een keer. Samen. We moeten het drie keer doen. Dus nu nog twee keer.'

Geen pijn, dacht ze. Dit was veel meer dan pijn. Ze was van binnenuit in brand gestoken.

Toen ze het uitschreeuwde, toen ze snikte, wachtte hij. 'Nog één keer, nog maar één keer, dan is het gedaan. Dat beloof ik je.' Hij pakte haar hand stevig vast. 'Ik ben bij je. Nog één keer.'

Ze moest op adem komen, moest doorgaan in de wetenschap dat die afschuwelijke pijn een derde keer door haar lichaam zou rijten. Ze hield haar ogen op de zijne gericht, gouden lichtjes in het groen.

'Zeg de woorden met mij.'

Onbeschaamd huilend zei ze de rest.

'Toe maar, goed gedaan, je bent dapper, laat me eens kijken. Hou je ogen open, ga niet slapen, nog niet.'

Teder, o zo teder, streek hij haar haar uit haar vochtige gezicht.

'Ah, ze heeft je ook nog verbrand, de vuile trut. Dat kan ik genezen en het doet niet veel pijn. Kijk, zie je waar de beten waren, de rode hitte, de zwelling, die is weg. Het vergif is weggebrand. Nu zit er alleen het schandteken dat ze heeft aangebracht. Laat dat maar aan mij over.'

Ze liet haar hoofd achterovervallen, had niet eens de kracht om zich te verwonderen over het feit dat ze tegen een drakenpoot aan lag. 'Waar zijn we? Dit is de weg langs de boerderij en de cottage niet.'

'Ze heeft je meegelokt.'

'Ik hoor… de waterval.'

'Klopt. Odran kan hier niet komen, maar zij kan kennelijk doen wat ze wil. Ze was van plan je met haar zwarte magick door het portaal mee te nemen.'

'Ik…' Ze zuchtte, zo opgelucht dat haar arm afkoelde en het laatste restje pijn verdween.

'Goed zo, dat is gebeurd.' Hij streek met zijn hand zachtjes over haar wang. 'Je hebt het goed gedaan. Het was moeilijk, maar je hebt het goed gedaan.' Daarna ging hij op zijn hurken zitten. 'Maar hoe haalde je het verdomme in je hoofd om met iemand als Yseult mee te gaan?'

'Ik wist niet wie ze was en ik was op weg naar oma. Ze vroeg of ze met me mee mocht lopen. Ze zei dat zij en oma vriendinnen waren, althans, dat suggereerde ze, en toen veranderde alles. Ze pakte het licht. Ik had een lichtbol en die pakte ze af en kneep ze kapot.' Hij had haar hand nog steeds vast en dat zou ze niet vergeten. Hij hield haar hand vast omdat die van haar trilde.

'Waarom had je een lichtbol bij je op een heldere middag?'

'Er hing mist en het regende en…'

'Zoals toen ik hier net was?'

'Ja.'

'Dat was haar hekserij.'

'Er was geen mist?'

'Een illusie, voor jou.'

'Maar… hoe heeft ze me hier gekregen? We hebben maar een paar minuten gelopen. En hoe heb jij me gevonden? Hoe wist je het?'

'Ze heeft je betoverd. Je was aan het zingen. Ik kon je horen zingen, maar zag je nergens. Yseult is sterk, en ze had het goed gepland.' Hij keek over zijn schouder, schatte de afstand tot de waterval, het portaal. 'Maar niet goed genoeg. Ik zag je licht, hoorde je stem. En toen die weg waren, volgde ik het licht hier.' Hij tikte met zijn vinger even boven haar hart. Toen stond hij op en haalde een zak van zijn zadel. 'Water. Dat heb je nodig na de reiniging. Marg heeft straks wel iets waar je echt van opknapt, dus je mag straks pas slapen.'

'Ik voel me… dronken.'

'Dat is niet zo gek. Die bezwering was voor ons allebei de eerste keer.'

Water stroomde als toverkracht door haar keel. Tot ze zich bijna verslikte. 'Had je dat nooit eerder gedaan? Hoe wist je dan dat het zou werken?'

'Het is toch gelukt? Sta maar eens op.' Hij pakte de waterzak, sloeg een arm om haar heen en hees haar overeind. Toen ze wankelde, pakte hij haar wat steviger vast.

'Duizelig,' wist ze uit te brengen, en ze liet haar hoofd op zijn schouder vallen. 'Even wachten. Ik geloof niet dat ik kan lopen.'

'Dat hoeft ook niet.'

Ze was nog steeds slap toen hij haar optilde, maar ze verstijfde toen ze in het zadel werd gezet. 'O nee, ik geloof niet…'

Met een zwaai ging hij achter haar zitten. 'Ik laat je niet vallen.'

Even later steeg de draak op en zigzagde, net als de valk dat deed, tussen de bomen door omhoog.

De wind joeg door haar haar, langs haar gezicht. 'Je... Er zijn geen teugels.'

'We weten waar we naartoe gaan. Het zadel is alleen voor het comfort van de ruiter en het vervoeren van voorraden.'

Eigenlijk wilde ze haar ogen dichtdoen tot ze weer grond onder haar voeten had, maar iets anders vanbinnen wilde meer. En dus keek ze naar de lucht – blauw en wit en goud. En omlaag, naar de heuvels en velden, beken en cottages. Groen en meer groen, bruin en weer goud, de blauwe baai, het witte schuim. De plotselinge zwaai van een regenboogkleurige staart boven het water.

Ze had gedacht dat ze magick was gaan begrijpen, zelfs vanbinnen voelde. Maar ze had het nog helemaal niet begrepen. Ze bracht haar arm naar achteren en pakte Keegans hand vast.

'Heus, ik laat je niet vallen en we zijn er bijna.'

'Nee, nee, nee. Dat is het niet. Het is... wat is dit bijzonder. Het is prachtig. Alles is zo mooi.' Betoverd haalde ze haar hand terug en gleed ermee over de rug van de draak. 'Hij voelt bijna alsof hij gepolijst is, als een juweel. Hij heeft me beschermd.'

'Dat is zijn aard. Dat is zijn hart.'

Onder zich zag ze de boerderij en ze vond het jammer dat haar eerste en misschien wel laatste vlucht zo kort was geweest. 'Ik ben jullie dankbaar, allebei. Als jullie niet langs waren gekomen, was ik nu dood geweest.'

'Ze willen je niet dood. Nog niet.'

Ze landden en Marg kwam op hen afgerend, gevolgd door een jankende Deksels.

'Waar was ze? Wat is er gebeurd?'

'Yseult is wat er is gebeurd.' Keegan sprong van de draak, stak zijn handen op en tilde Breen uit het zadel. 'Het is goed met haar,' zei hij tegen de hond, die tegen hem opsprong om Breen te bereiken. In plaats van haar neer te zetten, maakte hij aanstalten om haar naar de boerderij te dragen.

'Ik kan wel weer lopen.'

'Niet goed, denk ik. Ze had slaapslangen bij zich en Breen is gebeten.'

'Hoelang geleden?'

'Breng haar naar binnen.' Aisling kwam aangerend. 'Dan reinigen we haar.'

'Al gebeurd.'

'Jij?'

'Samen.' Hij zweeg even en zei toen gefrustreerd: 'Ik kan haar moeilijk naar binnen dragen als jij voor me blijft staan.'

'Laat me kijken.' Aisling legde haar ene hand op Breens hart en de andere op haar hoofd. 'Ze is rein. Ze is rein, Marg, maak je geen zorgen. Goed gedaan, Keegan.'

'Ze heeft wel een hersteldrank nodig. Mijn arme meisje.'

'Mahon, lieverd, wil jij met de kinderen naar buiten? Breen heeft wat rust nodig. Harken, het drankje, alsjeblieft.'

'Yseult,' maakte Keegan de mannen duidelijk.

Mahon vloekte, waarop zijn zoons hem met grote ogen aankeken en hij een boze blik van zijn vrouw kreeg. Keegan bracht Breen naar binnen en legde haar ruw op de bank neer.

Deksels zette zijn poten op haar borst en begon verwoed aan haar gezicht te likken.

'Ik heb Mahon nodig voor de verkenning, daar wilden we net aan beginnen toen dit gebeurde.'

'Zet Mab dan bij de kinderen. Ga eens opzij, Deksels.' Aisling gaf hem een duwtje en een aai. 'Laat haar maar even aan ons over. Ga maar met de jongens mee. Naar buiten.'

Om hem gerust te stellen, gaf Breen hem een zoen op zijn neus. 'Het gaat wel.'

Keegan knikte en keek nog een keer naar Breen. 'Morgen trainen we weer, en nog harder. Dit was geen toevallige verkenner die zijn geluk wilde beproeven, dit was gepland. Odran weet dat je hier bent. Hij weet dat je ontwaakt bent. We gaan harder trainen.'

Toen Keegan de kamer uit liep, kwam Harken binnen met een kop in zijn hand.

'Drink dit,' beval Aisling. 'Tot de laatste druppel. Daarna krijg je wat stoofschotel van me. Het reinigingsritueel vreet energie.'

'Ja, ik voel me helemaal leeg.'

'Ik had het moeten weten.' Marg kwam naast haar zitten, pakte Breens hand vast en legde hem tegen haar wang. 'Ik had het moeten verwachten, had er klaar voor moeten zijn.'

'Het is jouw schuld niet. Je hebt me voorbereid. Keegan heeft me voorbereid. Ik vind het verschrikkelijk dat hij gelijk heeft, maar ik moet harder werken. Ik was zwak en dom. Jawel,' hield ze vol, toen Marg protesteerde. 'Dat gebeurt me niet nog een keer.'

'Eet wat,' zei Aisling. 'En vertel ons alles wat er is gebeurd. Dan kijken we wel wat nodig is. Jouw bloed loopt door haar aderen, Marg, ze is zwak noch dom. Maar Yseult is sluw en sterk met haar rottige slangen. We gaan eerst luisteren, en dan bepalen we wat nodig is.'

Toen Breen uitgegeten was en zich weer een beetje zichzelf voelde, draaide Harken zich om bij het raam waar hij de kinderen in de gaten had gehouden. Hij nam Breens gezicht in zijn handen en kuste haar zachtjes op de lippen. 'Gevangen in een behekste mist met een sterke zwarte heks, gebrandmerkt door haar en gebeten door een slaapslang, en toch had je nog genoeg licht en vechtlust om Keegan naar je te leiden. Je bent de dochter van je vader.'

Zo had ze het nog niet bekeken, ze had het alleen als falen gezien. 'Ik hoop het maar. Ik begrijp dat slaapgedoe niet. Keegan zei dat ze me niet dood wilden hebben.'

'Het is geen dood,' vertelde Aisling haar. 'Maar het lijkt erop.'

'Ken je het verhaal van Doornroosje?' vroeg Harken. 'In dit geval zou je niet wakker gekust worden. Eenmaal gebeten door zo'n wezen, val je in een donkere, diepe slaap en kun je alleen gewekt worden door de wil van degene die de slang in zijn macht heeft.'

'Dan zouden wij de bezwering verbreken.' Marg stak haar arm uit en pakte Breens hand vast. 'Maar dat is moeilijk en voor iedereen gevaarlijk. Het is goed dat jij en Keegan het gif hebben gedood voordat het je hart en hoofd bereikte.'

'Ze was van plan me door het portaal in de waterval mee te nemen. Hoe had ze dat willen doen?'

'Ik heb in Talamh niets over haar gehoord sinds we het hebben afgesloten. Het moet haar jaren hebben gekost om een bezwering te maken. Ze komt hiervandaan,' voegde Marg eraan toe. 'Dat zal wel geholpen hebben. Er zijn natuurlijk andere portalen die allemaal goed bewaakt worden. Toch glippen verkenners erdoorheen, zoals degene die Keegan heeft gedood toen we bij Eians graf waren.'

'Ze was alleen,' merkte Harken op. 'Als ze via de waterval is gekomen, wil dat dus zeggen dat ze geen soldaten mee kon nemen. Ik ga die kant op om te zien of ik de opening die ze heeft gecreëerd kan dichten.'

'Ga niet alleen. Doe het niet,' zei Aisling dringend.

'Wat heb je weinig vertrouwen in mij.'

'Ik zou dit tegen iedereen zeggen, domkop. Zorg dat je met z'n drieën gaat.'

'De heks reist met een fee en een weer,' zei Breen. 'Een elf en een trol komen door het groene bos. En met hout, licht en magick sluiten de vijf de deur weer.' Ze zakte achterover en staarde naar de gezichten om haar heen. 'Wat was dat? Ik kon het zien. Jij en Morena en een man die in een beer verandert. Een vrouw die uit een boom komt, een trol met een stenen bijl.'

'Een visioen.' Marg glimlachte naar haar.

'Ik heb geen visioenen. Ik bedoel, ik droom wel, soms heel helder. En er schieten soms wel eens dingen door m'n hoofd, net als bij iedereen, maar...'

'Helemaal niet zoals bij iedereen.'

'Toen je je krachten met die van Keegan bundelde, heb je waarschijnlijk een extra zetje gekregen. Wil je nog wat thee?' vroeg Aisling.

'Nee, nee, ik voel me prima. Het was alsof ik erbij was, toekeek, maar door een gordijn, door een dun gordijn.'

'Dat gordijn zal mettertijd optrekken,' vertelde Marg haar. 'Ik denk dat het tijd is dat jij even gaat rusten. Je hebt het zwaar gehad.'

'Nee. Ik moet oefenen. Ik moet meer leren en beter worden in wat ik heb geleerd.'

'Goed dan.' Met een knikje kwam Marg overeind. 'Dan gaan we oefenen.'

Toen ze waren vertrokken, legde Aisling een hand op Harkens arm. 'Wat voelt ze? Ik zag je kijken, uit bezorgdheid – zoals ik haar lichaam moest bekijken – om er zeker van te zijn dat haar geest zuiver en helder was. Maar je hebt gezien wat je hebt gezien.'

'Ja.' Hij bond het zwaard om dat hij zelden droeg. 'En hoewel haar geest zuiver en helder is, wordt ze verscheurd door angst en fascinatie, net zoals ze zich verscheurd voelt tussen Talamh en de wereld die ze kent. Alles waar ze van houdt, haar loyaliteiten, haar behoeften, haar twijfels, ze zijn vanbinnen allemaal met elkaar verstrengeld.' Hij trok zijn jas aan en zette zijn pet op. 'We kunnen niets doen, Aisling. Ze zal haar eigen keuzes maken als ze zover is.'

'Ik kan je wel slaan, je bent zo geduldig.'

'En dan zou het nog steeds zijn wat het is.' Hij gaf haar een zoen op haar wang. 'Ik moet het paard zadelen en Morena halen, en ik denk dat ze Sean in haar visioen heeft gezien. Als Mahon en Keegan niet terug zijn, blijf dan hier eten.'

'Je bedoelt dat ik moet koken.'

'Ja, natuurlijk,' beaamde hij vrolijk. 'Maar ik geniet van het gezelschap en de kinderen evenveel als van het eten.'

Ze gaf hem een tik toen hij naar de deur liep. 'Wanneer vraag je Morena nou eens ten huwelijk, zodat zij voor je kan koken?'

'Ze kan niet koken, dat weet je heel goed. En ik vraag haar als ze eraan toe is om ja te zeggen, eerder niet.'

'Waarom geef je haar niet een duwtje?' vroeg Aisling zich af, toen hij de deur achter zich dichtdeed. 'Wees gezegend, broer,' zei ze met een zucht, en ze liep naar het raam om te kijken hoe het met de kinderen ging.

Ze zou voor hen doden. Ze zou voor hen sterven, dacht ze, terwijl ze haar handen op het leven in zich legde. Nu kon ze alleen maar hopen dat Breen voor hen zou vechten en voor alle kinderen in alle werelden.

22

Ze werkte en oefende tot de manen opkwamen. Dankbaar at ze de rosbief en groenten die Sedric had klaargemaakt. Hoewel Marg wilde dat ze bleef, stond Breen erop terug te gaan naar haar cottage. Ze verlangde naar de ruimte en de rust, en wilde elk detail van wat er was gebeurd opschrijven.

Erover schrijven zou haar helpen om al die details te onthouden, zodat ze hopelijk niet nog een keer dezelfde fouten maakte.

Toen ze in bed stapte en Deksels bij het haardvuur ging liggen, dat ze nu met één gedachte kon aansteken – vooruitgang! – wilde ze wat rozemarijn onder haar kussen leggen. Maar toen ze aan het visioen in de boerenkeuken dacht, legde ze het bosje weg. Misschien was het tijd om dromen te verwelkomen, wat ze ook brachten.

En dus droomde ze weer over het zwarte kasteel met muren als van glas, van het rotsachtige eiland waar het op stond en de woeste zee onder de steile kliffen. De god stond op het brede balkon van de hoogste toren. Zijn zwarte mantel wervelde om hem heen toen hij donkere bliksemschichten door de lucht smeet en er een kolkende massa van maakte. Zijn ogen glommen van woede, zijn gezicht een masker van razernij.

Uit die kolkende hemel vielen regendruppels als scherpe pijlen. Op de grond onder hem en op de kliffen schreeuwden zij die hem dienden, ze vluchtten uiteen en zochten beschutting tegen de dodelijke storm. Sommigen werden geraakt door de pijlen die sneden en brandden als een zuur. Anderen werden door de wervelende wind opgetild en in de beukende zee gesmeten.

Gebouwen die uit het puin op de kliffen waren opgebouwd, stortten weer in zee.

En nog altijd werd Odrans woede niet bekoeld.

Yseult kwam naar buiten. De storm zwiepte haar bloedrode haar en japon in dezelfde kleur omhoog.

In de droom zag Breen de angst in haar ogen, hoezeer ze die ook probeerde te verbergen.

'Mijn koning, mijn heer, mijn alles.'

Hij draaide zich om, klampte zijn hand om haar keel en tilde haar op.

Ze vocht niet, ook al was ze doodsbang.

'Je hebt gefaald! Je moest haar bij mij brengen. Waarom zou ik je niet gewoon in zee gooien? Waarom zou ik niet toekijken hoe jouw lichaam op de rotsen kapotslaat?'

In plaats daarvan liet hij haar op de grond vallen. Breen zag pijn vermengd met angst, maar Yseult vermande zich en knielde voor Odrans voeten.

'Alle macht die ik bezit is de uwe. Ik zou mezelf op de rotsen gooien als u dat van mij vroeg. Ze bezit meer dan we dachten, er komt meer in haar boven dan we wisten. Maar mijn koning, mijn heer, die wetenschap is in uw voordeel.'

'Het zou in mijn voordeel zijn als jij je plicht had gedaan.'

'Er is meer in haar ontwaakt. Als u haar hebt, hoeft u niet te wachten, niet lang, eer u haar krachten kunt drinken. Ze zal veel eerder gereed zijn dan we dachten. En als u haar op die prachtige dag leegzuigt, zal geen deur nog langer voor u dicht zijn, zal geen wereld nog langer voor u gesloten zijn.' Ze boog haar hoofd. 'Mijn koning, mijn heer, mijn alles, ik ben alleen u trouw. Ik heb elke eed afgezworen behalve die aan u. Met zwarte magick heb ik me bij u gevoegd, met het bloed van zeven maagden heb ik geholpen uw kasteel te herstellen. En ik zal mijn eed aan u vervullen en u helpen uw grootse stad te herbouwen, uw troon boven alle goden, boven alle werelden te bestijgen, en iedereen die u in de weg staat tot stof verpulveren.' Ze tilde haar hoofd op. 'Ik smeek u, Odran de Weergaloze, om mijn leven niet uit boosheid te nemen. Als u mij dood wilt hebben, laat het in koelen bloede zijn en op het offeraltaar, zodat mijn dood u ook na mijn leven kan dienen.'

Hij bestudeerde haar, de grijze ogen – als die van Breens vader, als die van haar eigen vader – berekenend. 'Jij zou vrijwillig naar het altaar gaan, heks?'

'Mijn leven is aan u om te nemen, om mee te doen wat u wilt. Zoals het is geweest vanaf het moment dat ik mijn gelofte aan u in bloed en rook aflegde.'

'Sta op.' Hij gebaarde met zijn hand naar haar en draaide zich om. De moordende regen stopte en de wind stierf weg. Zijn gouden haar hing glanzend op zijn schouders. 'Ik twijfel niet aan je trouw, maar aan je kunnen. Je stelt me teleur, Yseult.'

'Dat betreur ik ten zeerste.'

'Stuur een slaaf – een aantrekkelijke – met wijn. En zorg dat die puinhoop beneden wordt hersteld.'

'Zoals u wilt.' Ze glipte naar binnen.

Odran liep weer naar de rand van het balkon en staarde over zee.

Even, één afschuwelijk ogenblik was het alsof hij Breen recht aankeek. Ze zag iets in zijn ogen, een flits van verrassing, een duister genoegen. En ze werd rillend wakker alsof ze in ijswater had gelegen.

Ze pakte haar laptop en schreef het allemaal op.

En legde wat rozemarijn onder haar kussen.

De volgende ochtend slaagde ze erin haar blog te schrijven en concentreerde zich daarbij op de tuin. Alles fleurig en vrolijk en vol met mooie foto's.

Ze wist een stuk van haar boek te schrijven door een boze heks te introduceren die een magische hanger droeg in de vorm van een tweekoppige slang. Later zou ze proberen de levende dieren in het verhaal te verwerken, maar daar was ze nog niet aan toe. Ze kon haar hoofd niet bij het verhaal houden, haar gedachten gingen voortdurend terug naar de droom, of de mist, of de intense blik in Keegans ogen toen hij had geholpen haar te genezen. Hij had de pijn ook gevoeld, besefte ze. De verzengende, onmenselijke pijn. En toch had hij zich niet teruggetrokken.

'Misneach,' mompelde ze, en ze legde haar hand op haar pols. Hij had moed. Zij had wat tijd alleen nodig om te bedenken of ze meer had dan alleen het woord op haar pols, en om haar hoofd leeg te maken, besloot ze eerder te stoppen met werken en wat huishoudelijke klussen te doen die ze had verzaakt. De was kwam eerst en daarna reed ze naar de markt in het dorp. Daar besefte ze hoezeer ze gewend was geraakt aan het leven in Talamh. Het Ierse dorp leek een compleet andere wereld.

Toen de was gedaan was, de boodschappen waren opgeborgen en het onkruid gewied, bekeek ze haar e-mail voordat ze de middag met de Fey wilde doorbrengen.

'O, mijn god.'

Ze las de mail, schoot overeind. Liep rondjes door de kamer, waardoor Deksels het huis in en uit begon te rennen.

Al staande las ze hem opnieuw.

'O, mijn god. Schei uit, schei uit, schei uit. Doe niet zo opgewonden. Het is alleen maar een volgende stap. O, stik. Ik ben zo opgewonden.'

Toen Deksels tegen haar opsprong, pakte ze zijn voorpoten en danste. 'De agent wil het hele manuscript zien. Ze zei niet dat ik nooit meer contact met haar moet zoeken omdat ik een waardeloze schrijfster ben. Nee, nee, ze zei dat ze het eerste hoofdstuk en de samenvatting geweldig vond en dat ze de rest wil lezen!'

Ze moest naar buiten, een diepe zucht slaken en nog een keer met de hond dansen.

Daarna dwong ze zichzelf te gaan zitten en een reactie te schrijven die ze drie keer nakeek om er zeker van te zijn dat hij professioneel was.

'Oké, daar gaat-ie!' Ze voegde het manuscript als bijlage toe en bleef toen zitten. 'Druk op ENTER, verdorie. Gewoon op ENTER drukken.' Ze keek naar de hond, die zijn kop liefdevol op haar been had gelegd. 'Ik zou willen dat jij het kon doen. Maar dat kun je niet. Dus...' Ze haalde nog een keer diep adem. 'Oké, we moeten gaan anders zit ik hier de hele dag over te stressen.'

Tijdens de wandeling streste ze nog, maar daarna zette ze het gedecideerd uit haar hoofd. Als ze er te veel aan dacht zou ze het nog iemand vertellen. Ze wilde het niemand vertellen, nog niet.

Zelfs Marco niet.

Ze liep regelrecht naar de cottage van haar grootmoeder en zei niets over de droom, want dat zou alleen maar afleiden van het werk dat ze wilde doen. Ze moest beter worden, sneller. Twee uur lang was ze bezig met bezweringen, waaronder degene die ze zelf had geschreven. Nadat ze de ketel en het gereedschap had gereinigd en de kristallen buiten had gezet om te laden, genoot ze met Marg van een kopje thee en de koekjes die Sedric net uit de oven had gehaald.

'Wat ruiken ze lekker.'

'Citroenkoekjes,' vertelde Sedric. 'Finola stuurde rijpe citroenen.'

'En ze smaken zalig.' Ze bekeek het koekje. 'Ik heb nog nooit koekjes gebakken.'

'Hoe is het mogelijk?' vroeg Marg. 'Het is een kersttraditie en ze worden veel voor de kinderen gebakken.'

'Mijn moeder bakt niet en ze wilde niet dat ik suiker at. Soms gingen we stiekem naar de bakker,' herinnerde ze zich. 'Pa nam me mee. Ik vroeg me dan af waarom ze zo vaak haar zin van hem kreeg. Ik begrijp het nu beter.' Ze dacht aan haar opwinding en blijdschap over de e-mail van de agent. Aan de magick die ze die middag had geoefend. Aan de droom over stormen en zwarte goden. 'Hij leefde in twee werelden en voelde zich er schuldig om. Hij kon haar en mij niet alles van zichzelf geven, omdat hij verplichtingen had in Talamh. En omdat hij mij moest beschermen.'

Ze stond op om de papieren te pakken die ze in haar jaszak had gestopt. 'Ik had vannacht een droom... of een visioen. Ik heb het allemaal opgeschreven. Ik denk dat het duidelijker is als je het leest, dan als ik het probeer te vertellen.' Ze ging weer zitten. 'Lees gerust mee met oma,' zei ze tegen Sedric. 'Ik begrijp wat jullie voor elkaar betekenen. Ik kan het me niet herinneren, maar ik heb het gevoel dat dit niet de eerste keer is dat je deze citroenkoekjes voor me hebt gebakken.'

'Je was er altijd dol op.' Hij ging naast Marg zitten met een hand op haar schouder, en samen lazen ze wat Breen had opgeschreven.

Toen ze klaar waren, legde Marg haar handen op de papieren. 'Heel geslepen van Yseult om zichzelf als offer aan te bieden. Ze weet dat hij haar talent en kracht nodig heeft en dat hij dat beseft wanneer hij gekalmeerd is. Maar als het erop aankomt, zullen ze elkaar verraden door hun hebzucht. Dat is hun aard. Ze heeft haar volk, haar geloften verraden, net als hij. Ze kennen geen van beiden trouw.'

'Ze was bang voor hem. Dat kon ik voelen.'

'En terecht. Ze overschat zichzelf. In combinatie met haar verlangen naar meer zal dat haar ondergang worden. Zoals het ook zijn ondergang was,' voegde Marg eraan toe. 'Ze lijken erg op elkaar wat dat betreft.'

'Hij zag me, vlak voordat ik wakker werd. Hoe was dat mogelijk?'

'Jullie zijn door bloed met elkaar verbonden. Je stelde jezelf open, wilde zien, en zo gaf je hem een moment om in jou te kijken. Maar jij had de macht, jij had de controle. Je moet ervoor zorgen dat dat zo blijft.'

'Hij wil jou,' zei Sedric nu, en hij sprak omzichtig. 'Om wat je bent, de unieke en sterke mix, nog sterker dan je vader.'

'Vanwege mijn moeder... mens en van buiten. Ik weet dat je zei dat ik de enige ben, maar er zijn toch wel anderen die...?'

'Er is in geen enkele wereld die we kennen iemand met bloed van buiten, het bloed van de Fey – zowel van de Wijzen, als de Sidhe – en het bloed van de goden,' zei Sedric. 'Jij bent de enige in alle werelden die we kennen. En je bent de enige met zijn bloed in jou. Jij biedt hem een manier om Talamh en de wereld van je moeder – en vele anderen – te regeren of te verwoesten.'

'Door mij leeg te zuigen. Als een transfusie.'

'Je kracht, je licht, je leven.'

'Hij zal je nooit krijgen. Mo stór, we hebben je vanaf je geboorte beschermd. Daar zullen we nooit mee stoppen.'

'Mijn vader, Keegans vader, hoeveel anderen zijn gestorven om mij te beschermen? Je hebt me hier gebracht, me de middelen gegeven om je te vinden, zodat ik zou leren om mezelf te beschermen.'

'Je hebt het goed gedaan,' begon Marg.

'Wat betreft de magick redelijk goed. Omdat ik het leuk vind. Maar de rest? Niet echt, omdat ik het niet leuk vind. Dat moet veranderen.'

Dat ging veranderen, nam ze zich voor. En wel direct.

Keegan bracht de zwaarden naar de weide in de buurt die hij had aangemerkt als trainingsplek. Hij keek hoe ze over de weg vanuit Margs cottage naar hem toe kwam. Je kon veel zeggen over Breen, dacht hij, maar ze was altijd op tijd. Onhandig met een zwaard, dat wel, en hij was bang dat dat altijd zo zou blijven. Beschamend gemakkelijk onderuit te halen tijdens een gevecht. Maar keurig op tijd.

Ze had haar haar in een paardenstaart gedaan, maar het was zo'n dikke bos dat er wat lokken waren ontsnapt. Ze droeg de broek die haar benen en heupen accentueerde en waarin ze zich gemakkelijk kon bewegen, en een open jasje ook al was het warm en zonnig.

Waarom, vroeg hij zich af, beweegt deze vrouw zich met zulke atletische sierlijkheid tijdens een wandeling, en veranderden haar voeten in loden klompen op het moment dat ze aan het sparren waren? Een mysterie, dacht hij. Daar had ze er veel van.

De hond kwam op hem afgerend, altijd blij met een aai, voordat hij ervandoor ging om de schapen en paarden te plagen.

Keegan wilde iets zeggen, maar Breen haalde papieren uit haar zak en stak ze hem toe. 'Eerst moet je dit lezen.' En daarmee liep ze weg om bij de paarden in de wei te kijken.

Ze had de droom op zo'n manier beschreven dat hij meegezogen werd en de verbrande huid van Odrans smekelingen en slaven kon ruiken. De zwavel in de lucht, de beukende golven. Dat hij Yseults angst bijna kon proeven, deed hem goed. Hij vouwde de papieren op en liep naar haar toe. 'Je hebt hem in je laten kijken.'

'Niet bewust.'

'Jij had de teugels in handen,' zei hij.

In tegenstelling tot haar grootmoeder was Keegan niet iemand die de pil verguldde. Ze had hem haar droom laten lezen omdat ze zijn hardheid nodig had.

'Dat begrijp ik nu, maar eerst niet. En ik dacht... ik dacht dat ik begreep wat hij van me wilde en waarom. Maar dat was niet zo, niet echt. Niet voldoende. Nu wel. En ik begrijp dat mijn vader veel meer een obstakel was dan een aanwinst, toen ik eenmaal was geboren. Dus doodde hij hem. Mijn vader stierf omdat hij mij wilde beschermen. Jouw vader ook. Zo veel anderen. Ik begreep dat verstandelijk wel, maar het raakte mijn hart niet. Het is erg veel om te verwerken in één zomer.' Ze nam de papieren aan en stopte ze terug in haar zak. 'Sedric noemde me uniek. God, wat verlangde ik er vroeger naar om op de een of andere manier bijzonder te zijn. Kon me niet schelen hoe. Als ik dat nu ben, vind ik het helemaal niet zo leuk. Het is een last en een verantwoordelijkheid.' Ze keek hem aan. 'Ik ben heel goed in verantwoordelijkheden en in het doen van dingen die ik niet echt wil omdat anderen het van me verwachten. Dat moet een redelijke basis zijn voor dit alles.'

Ze trok haar jas uit, hing hem over het hek en stond voor hem in een zwart T-shirt waarin haar sterke armen goed uitkwamen.

'Dus moet je strenger voor me zijn. Met het vechten... aanvallen en verdedigen. En je moet me leren hoe ik me beter kan concentreren en kan beheersen wat ik nog meer heb. Het mag niet alleen komen als ik kwaad ben. Dat hielp me gisteren met Yseult ook niet.'

'Je werd gebeten.'

'Daarvoor.'

Hij praatte niet graag dingen goed, maar in dit geval verdiende ze het, vond hij. 'Ze had die mist getoverd. Als een drug.'

'Dan had ik dat moeten herkennen en op de een of andere manier moeten terugvechten.'

Hij knikte. 'Ja, dat is zo. Dat moet. Je gaat er niet goed mee om.'

'Het is jouw taak om me dat te leren.' Ze beende zijn kant op en pakte haar zwaard. 'Doe verdomme je werk.'

Tevergeefs probeerde hij van zijn lach een hatelijke blik te maken toen hij naar zijn eigen zwaard toe liep. 'Dus nu ben ik degene die tekortschiet.'

'Ik was zelf een waardeloze docent, dus herken ik het gemakkelijk in een ander.'

Hij hield zijn hoofd schuin, bedacht dat hij als een van de beste trainers in Talamh werd gezien. Maar in haar ogen dus niet. Hij zou een andere aanpak moeten kiezen.

'Als jij loopt, loop je zelfverzekerd, sierlijk. Je hebt kracht in je lichaam, goeie ledematen. Maar pak je een zwaard op, dan word je onhandig, onbeholpen.'

'Het voelt niet natuurlijk. Ik voel me er niet mezelf mee.'

'Jij bent je zwaard niet, maar het moet wel een verlengstuk van je zijn, anders versla je jezelf in plaats van de vijand. Je hebt dansles gehad.'

'Nou ja, ik heb op ballet gezeten, maar dat was maar tot mijn elfde.'

'Waarom ben je gestopt?'

'Ik was… mijn moeder zei dat ik nooit meer dan middelmatig zou zijn, en als alleenstaande moeder had ze er het geld en de tijd niet voor.'

Hij dacht aan zijn eigen moeder, die haar kinderen nooit zo zou hebben gekleineerd. Die iedereen die dat wel deed, zou hebben vernederd. Hij had medelijden met haar, maar haalde zijn schouders op. 'Wat je tot je elfde hebt geleerd, zit in je spieren. Maak er gebruik van. Kun je…' Hij draaide met zijn vinger in de lucht.

'Wat? Een pirouette? Waar slaat dat op?'

'Ik ben je trainer. Ga niet met me in discussie, dat is zonde van de tijd. Laat zien.' Hij draaide weer met zijn vinger.

Ze voelde zich al belachelijk, maar bukte zich om het zwaard neer te leggen en te doen wat haar gezegd was.

'Nee, met het zwaard.'

Straks struikelde ze en reeg ze zich aan haar eigen zwaard, maar ze ging op de bal van haar voet staan en draaide om haar as.

'Je lichaam kent dit. Nog een keer. Goed. Je kent meer passen. Laat maar eens zien.'

Ze groef ze op uit haar geheugen, een jeté, een arabesque, zelfs een paar fouettés. Laarzen waren natuurlijk geen balletschoenen.

'Vandaag is het gevecht een dans. Dus gaan we dansen.'

Hij liet haar hard werken, maar deze keer zag ze de kneuzingen en spiertrekkingen als eretekens. En één keer wist ze hem en zichzelf te verrassen door een pirouette te combineren met een zwaardtreffer, gevolgd door een trap die – zonder veel kracht – tegen zijn buik landde.

'Je laat je lichaam nadenken,' zei hij. 'Het gaat beter. Maar nu...' Hij gaf haar zo'n harde stomp dat ze naar achteren struikelde. 'Wat doe je nu?'

'Ik weet niet...'

'Hou me tegen!' Hij haalde weer naar haar uit.

'Stop. Ik weet niet wat niet genoeg is en wat te veel is.'

'Hou me tegen,' zei hij opnieuw, en hij gaf haar een dreun die ze van haar kruin tot haar tenen voelde.

Deze keer was het niet zozeer een antwoord als wel een reactie. Ze stak haar hand op en hun krachten klapten tegen elkaar. Licht flitste, knetterde tussen hen heen en weer, het regende vonken. De lucht zinderde.

'Duwen. Hou het vast. Het komt vanbinnen. Jij bent het. Duwen.'

Het werd sterker. Welde in haar op, vloeide uit haar, heter, sterker. En hij duwde net zo hard terug, tot haar lichaam trilde van de inspanning van kracht tegen kracht.

'Ik heb een zwaard in mijn hand,' riep hij boven het lawaai van hun strijdende krachten uit. 'Ik wil je ermee doden. Pak het af.'

'Hoe? Ik ben een beetje bezig.'

'Pak het af of sterf.' Met zijn vrije hand zwaaide hij met het zwaard door de lucht.

Ze zette het in brand, heft en al. Hun krachten vielen weg toen het zwaard op de grond kletterde. Harken, die was komen kijken, wilde naar hen toe rennen, maar bleef staan toen Breen Keegans pols vastpakte.

'O jezus, o god.' De contouren van het heft zaten in zijn huid gebrand. Ze voelde zich misselijk worden, maar legde haar hand op de zijne. 'Het spijt me, het spijt me. Ik...' Voordat hij zijn hand kon wegrukken, hapte ze naar adem en trok wit weg. Ze voelde hoe de hitte haar hand schroeide.

'Stop. Niet zo snel, niet zo diep. Kijk me aan. Kijk.' Hij bracht haar kin omhoog, zachtjes deze keer, totdat ze hem aankeek. 'Rustiger. Iets rustiger. Het licht geneest, maar niet in een flits. Het gaat langzaam, anders riskeer je te veel, neem je te veel.'

Ze staarde in zijn ogen en knikte. Eerst voelde ze geen verschil. Maar toen kwam de koelte, de opluchting, de bevrijding. 'Laat eens zien,' mompelde ze, en ze draaide zijn hand om. 'Het is weer weg. Ik heb het zwaard in brand gezet.'

'En dat is een prima manier om een tegenstander te ontwapenen. Maar het is een goed zwaard, dus wil je alsjeblieft die vlammen doven?'

Niet heel anders dan het aansteken van de haard, dacht ze, en ze doofde op dezelfde manier het vuur. 'Ik wil even pauze.'

'Je zei dat ik strenger voor je moest zijn,' zei hij. 'We hebben nog wat tijd voordat je teruggaat.'

'Ik wil even pauze,' herhaalde ze. 'Vijf minuten, verdomme. Ik heb je pijn gedaan, en dat is al de tweede keer. Jou maakt het misschien niet uit in jouw macho "ik ben de grote taoiseach"-wereld, maar mij wel. Stel dat ik jou in brand had gezet? Ik kan dit niet als ik niet weet hoe ik het moet beheersen.' Omdat ze die verdomde vijf minuten wilde, liet ze zich op de grond zakken.

Keegan ging op zijn hurken voor haar zitten. Ze had het goed gedaan, dacht hij, beter dan hij had verwacht. Hij had haar verkeerd beoordeeld. 'Ik dacht niet dat je het kon, dus is het net zo goed mijn fout.'

'Jij houdt je in omdat je weet hoe dat moet, en dus eindig ik wel met wat kneuzingen, maar verder niet.'

'Ik geniet er niet van om jou blauwe plekken te bezorgen.'

'Dat zou je niet zeggen. Maar daar gaat het niet om,' voegde ze eraan toe. 'Ik kan dit niet als ik bang ben voor wat ik heb. Als ik bang ben dat ik iets doe wat niet hersteld of genezen kan worden.'

'Ik ben niet zo gemakkelijk dood te krijgen. Maar we kunnen er wel iets op verzinnen.' Hij haalde zijn schouders op en liet zich in kleermakerszit zakken. 'Ik kan je trainen om meer dan bekwaam te worden in het gebruik van het zwaard, je lichaam.'

Ze keek hem onbuigzaam aan. 'Is bekwaam jouw versie van middelmatig?'

'Vóór vandaag was je op z'n best middelmatig. Je bent beter geworden en je wordt nog beter, want ik ben niet wat jij zei. Ik ben geen waardeloze docent. Je moet deze vaardigheden hebben, maar ze zijn niet je echte wapens. Die zitten in jou en dat weet je en daarom ben je bang. En dat is goed, want wat jij hebt, wat ik heb, is buitengewoon. Als de werelden eruitzagen zoals wij dat graag wilden, zou het licht alleen voor vreugde en schoonheid, voor genezen en helpen zijn. Maar de werelden zijn niet wat wij zouden willen. Dus gebruiken we het licht om te beschermen en te behoeden, om het duister te bestrijden, zelfs te doden. Anderen zouden ons als een nachtkaars willen uitblazen. Moeten we dat toestaan?'

'Nee. Ik heb gezien waartoe hij in staat is… in een ander visioen. Een jongen, nog maar een jongen, die op een altaar lag vastgebonden. Ik zag wat hij deed. Dat kunnen we niet toestaan. Maar je geeft een kind niet zomaar een wapen. En dat ben ik als het hier om gaat. Een kind met een wapen.'

'Flikker toch op,' snauwde hij. 'Je hebt je door te veel mensen laten vertellen dat je niet goed genoeg bent. Dat is een gebrek in jou.' Hij stond op, pakte haar hand vast en hees haar overeind. 'Maar voorlopig kunnen we om die angst en zorgen heen werken.'

'Hoe dan?'

'Een andere vijand. Een tegenstander bij wie je niet bang hoeft te zijn dat je hem pijn doet.'

'Ik wil niemand pijn doen.'

'Wacht.'

Hij stak zijn handen uit, bracht ze omhoog en liet ze weer zakken. Nog een keer en nog een keer. In de wind die hij opriep, wapperden zijn haren. Breen voelde de grond onder haar voeten trillen. 'Hier beroer ik aarde en lucht. Vijf druppels water zullen zij delen. Dit beeld vorm ik van degene die kwaad wilde. Kom vuur en betover, tot de schim terugkeert naar de hel.'

Hij schoot met zijn vingers naar voren en ja, een vlam schoot omhoog. Rook volgde. En toen die was opgetrokken, stond daar een man met een zwaard.

'Waar komt die vandaan? Je kunt niet zomaar een persoon maken.'

'Het is een schim. Lijkt echt, maar is het niet. Ik heb hem het gezicht van een vijand gegeven om je... te inspireren.'

'Een vijand? Ik snap niet... Dat is de man die me bij het graf van mijn vader aanviel. Jij hebt hem gedood.'

'Is er wat mis met je oren? Hij is een beeld, een schim, geen levend wezen. Maar hij kan bewegen zoals hij deed toen hij leefde. Hij kan vechten. Met zonsondergang verdwijnt hij, tenzij je hem eerder doodt, maar hij is een goed trainingsmiddel voor jou, lijkt me. Ben je bang om hem pijn te doen?'

'Nee. Maar...'

'Vecht dan.' Keegan klikte met zijn vingers en de schim sprong in actie.

Hij had haar al drie keer gedood voordat ze zich überhaupt kon verdedigen. Vervolgens sloeg hij zijn arm om haar heen, spreidde zijn vleugels en tilde haar van de grond. Ze vergat dat hij niet echt was en haalde uit pure angst uit. Haar kracht raakte de schim alsof het een zwaard was. Toen hij in rook opging, viel ze hijgend in het gras.

'Dat is de bedoeling.' Keegan trok haar omhoog. 'Nog een keer.' Met een klik van zijn vingers, verscheen de schim weer.

'Hoe deed je dat? Je gebruikte geen bezwering.'

'Die heb ik al gezegd. Nog een keer.'

'Ik wil dat je me leert hoe je dat doet.'

'Een andere keer.'

Ze sneed met haar hand door de lucht en liet de schim weer in rook opgaan. 'Nu.'

Keegans wenkbrauwen schoten omhoog. 'Tjonge, je hebt ruggengraat. Dood hem nog twee keer – in gevecht – dan krijg je het gevoel te pakken. Daarna zal ik je laten zien hoe je de bezwering kunt beëindigen.'

'En morgen leer je me hoe je een schim moet creëren.'

'Akkoord.'

Hij keek hoe ze vocht. Ze zou nooit geweldig worden met een zwaard, maar het kon ermee door. Ja, het kon ermee door. En nu ze zich niet inhield, toonde ze een zelfvertrouwen dat eerder bij haar had ontbroken en een sierlijkheid die bij haar paste. Ze was bijna geducht te noemen, op die merkwaardige en interessante manier van haar.

De concentratie, de controle, ach, daar konden ze aan werken, toch? En voor Talamh, voor de Fey, en ter nagedachtenis aan haar vader, zou hij haar geducht en nog veel beter maken.

23

Drie dagen lang werkte Breen van dageraad tot het opkomen van de manen. Steeds eerder begon ze met schrijven en steeds eerder vertrok ze naar Talamh.

Het zou misschien gemakkelijker zijn om bij haar grootmoeder te logeren, maar ze koos voor de moeilijkere weg, de rust en de eenzaamheid. Voor tijd in beide werelden. Haar vader had die keus ook gemaakt en nu wist ze hoe hartverscheurend dat voor hem was geweest. Hij had zo veel opgegeven voor haar, en toch was hij zijn verplichtingen aan de Fey nagekomen.

Zij zou niet minder doen. Zij zou niet minder zijn.

En als ze rozemarijn en een extra bezwering in een buideltje onder haar kussen legde om de dromen en visioenen te voorkomen, was dat wel zo praktisch.

Zonder fatsoenlijk slapen kon ze het werk waar ze voor had gekozen niet doen. En dus was ze die avond om kwart voor twaalf in diepe slaap toen haar telefoon ging. Op de tast pakte ze hem en dacht: Marco. 'Ja, hoi.'

'Breen Kelly?'

Geen Marco. Met bonkend hart zocht ze naar het lichtknopje. Iemand was gewond, er was iets aan de hand. 'Ja.'

'Je spreekt met Carlee Maybrook van Sylvan Literary Agency. Ik hoop dat ik je niet stoor.'

'Nee. Nee. Hallo.' Ze had geen idee wat ze moest zeggen. 'Leuk dat je belt.'

'Ik kom net uit een vergadering en wilde je direct bellen. Ik en de Sylvan Agency zouden jou heel graag vertegenwoordigen.'

'Sorry, wat?' Haar maag draaide zich om en haar huid begon te tintelen. 'Serieus?'

'Ik vond *De Magische Avonturen van Deksels* geweldig en ben ervan overtuigd dat ik er de juiste uitgever voor kan vinden. Ik hoop dat jij me kunt vertellen dat je nog veel meer hebt. Hier zit een serie in, Breen, en de doelgroep voor dit boek is dol op series.'

Haar oren suisden en maar enkele woorden drongen tot haar door. Deksels was wakker geworden van haar stem, hij rekte zich uit en liep naar haar toe, zette zijn poten op de rand van het bed en keek haar liefdevol aan. 'Ik.... Je wilt mijn agent worden?'

'Dat is wat mij betreft het plan. Ik wil je met alle plezier een cliëntenlijst toesturen en al je vragen beantwoorden.'

Vragen? Ze zou een hele lijst vragen moeten hebben, maar ze wist amper haar eigen naam. 'Kan ik ook gewoon ja zeggen en je bedanken?'

Dat leverde een lach op. 'Prima. Ik zal je een contract toesturen. Lees het door. Bel of mail me als je vragen hebt of ergens mee zit. Als je tevreden bent, onderteken het dan en stuur het terug, dan kunnen we beginnen. Als je nog ergens anders mee bezig bent, wil ik het dolgraag lezen.'

'Ik ben aan een nieuwe *Deksels* bezig, maar dat is nog maar het begin van een eerste versie omdat... ik een roman voor volwassenen aan het schrijven ben, fantasy. Het is geen...'

'Kun je me de eerste paar hoofdstukken van de roman toesturen?'

Kon een hart exploderen? Was het fysiek mogelijk? 'Wil je het lezen? Echt?'

'Jazeker. Je hebt veel talent, Breen. Jouw manier van schrijven is fris en leuk, en Deksels is een pareltje.'

'Ja,' mompelde Breen, terwijl ze zijn kop aaide. 'Dat is hij zeker.'

'Ik wil je helpen een carrière op te bouwen. Ik ga een beetje op de zaken vooruitlopen en zeggen dat ik denk dat ik dit jeugdboek in eerste instantie als serie van drie kan verkopen. Als jouw volwassen roman net zo fris is en een goede opbouw en gevoel voor woordvorming heeft, dan zal ik mijn best doen er de juiste uitgever voor te vinden.'

'Dank je wel. Ik had nooit gedacht dat ik zo ver zou komen.'

'O, geloof me. Dit is nog maar het begin. Ik zal het allemaal in een brief zetten, zodat je het op papier hebt, en het contract eraan toevoegen. Als je vragen hebt, kun je me altijd bellen. En stuur me die hoofdstukken toe.'

'Zal ik doen.'

'Prettige avond en tot binnenkort.'

'Dank je wel. Dag.'

Ze staarde naar de telefoon. 'Dit is geen droom. Dit is echt gebeurd. Dit is echt gebeurd.' Ze stapte uit bed en knuffelde de vrolijke hond. 'Kijk nou wat je me hebt gegeven!' Overweldigd, duwde ze haar gezicht in Deksels' vacht. 'Je bent een parel. Mijn magische parel. Mijn geluksamulet. Wie kan er nu slapen? Kom, dan gaan we beneden wat lekkers voor je pakken en die hoofdstukken opsturen. Ik moet Marco bellen!' Ze sprong op. 'Nee, nee, stel je voor dat het niet doorgaat. Niks zeggen. Alleen jij en ik weten het, mijn inspiratiehond.'

Ze las het contract en vond elk woord opwindend in haar dolgelukkige waas. Terwijl ze een begeleidende brief schreef, dronk ze een glas wijn om het te vieren en in de hoop dat ze straks kon slapen. Ze stuurde het ondertekende contract terug en voegde daar, met een mengeling van schroom en hoop, ook de eerste twee hoofdstukken van haar roman aan toe. Om de papieren versie van het contract te versturen moest ze naar het dorp, maar op dit moment nam ze de rest van haar wijn en de hond mee naar buiten.

Ze voelde de koele nachtlucht op haar gezicht en zag haar hele toekomst als de zee voor zich.

Eerst dacht ze dat de dansende lichtjes in het donker vuurvliegjes moesten zijn, maar besefte toen dat het nimfen waren. Kwamen zij hier elke nacht als zij sliep, vroeg ze zich af. Vormden ze onderdeel van haar bewaking, haar bescherming? Ze bleef staan kijken, terwijl slechts anderhalve kilometer verderop anderen dansten in het donker, of lagen te slapen of een onrustige baby wiegden. Twee werelden waar ze allebei op de een of andere manier in thuishoorde. Hoe moest ze ze verenigen?

'Ik moet een manier verzinnen. Maar dat gaat me vannacht niet lukken. Kom, Deksels. Laten we maar proberen wat te slapen.'

Omdat ze maar vier uurtjes had geslapen en dat haar aan te zien was, probeerde ze voor het eerst wat make-up – niet uit ijdelheid, maar om vragen en bezorgdheid af te wenden.

Ze bleef die ochtend in de wereld van één maan, in de wereld waar magick verborgen bleef, en liep 's middags naar het land van de Fey.

'Je bent afwezig.'

Breen stond samen met Marg in de cirkel die ze had getrokken. Ze had het vuur onder de ketel aangestoken en de ingrediënten uitgekozen. Met Sedrics hulp – omdat ze amper een poppetje kon tekenen – had ze geschetst hoe haar athame eruit zou komen te zien.

Sommige instrumenten, had Marg haar verteld, moeten doorgegeven of geschonken worden. Andere moeten afkomstig zijn van degene die van plan is ze te gebruiken.

'Heb ik iets fout gedaan?'

'Helemaal niet, maar ik zie dat je met je gedachten ergens anders bent. Je zei dat je niet had gedroomd.'

'Nee. Maar ik heb niet zo veel geslapen. Ik was druk aan het schrijven.' Geen leugen, dacht ze, want ze had een brief geschreven en een samenvatting voor bij de twee hoofdstukken.

'Je vergt te veel van jezelf.'

'Vind je?'

'Mijn lieve meisje.' Marg wreef met haar hand over Breens arm. 'Je hebt je verhalen en dat is werk. Je vraagt mij om meer van je te verlangen en dat heb ik gedaan. Je vraagt Keegan harder met je te trainen en dat doet hij. Dat weet ik omdat Morena vaak gaat kijken.'

'Ze moedigt me aan.'

'En ze zegt dat je beter wordt, maar alles heeft een prijs. Je zou een dagje alleen maar leuke dingen moeten doen.'

'Dit is leuk, wat jij me hebt geleerd, daar word ik blij van. Ik zal niet zeggen dat ik blij word van mijn trainingen met Keegan, maar ze geven me wel enige voldoening. Ik heb gisteren twee schimmen vernietigd. Niet allebei tegelijk, maar toch.' Ze aarzelde en zei toen wat ze dacht. 'Dat deel, het vechten, voelt nog steeds bizar. Als een keihard, fysiek spel dat ik niet echt leuk vind. Maar dit, wat ik met jou doe? Het voelt zo natuurlijk als ademhalen.'

'Haal dan adem, mo stór, en zeg de spreuk.'

Hij was ingewikkeld, had Marg haar gewaarschuwd, en er was nauwkeurigheid en concentratie voor vereist. Ze duwde al het andere opzij, bracht rust in haar hoofd en stelde haar hart open. Het kwam nu echt heel natuurlijk, als de regen, de zon. En ze koesterde het.

'Eerst het zilver dat uit de diepte is opgegraven door trollen die gaan waar draken slapen.' Ze liet zeven balletjes in de ketel vallen. 'En zeven worden één. Kristallen, geladen bij het licht van de manen, voor licht en kracht, en voor wijsheid drie runenstenen. Smelt nu samen in mijn ketel. Een veer van een duif, als symbool van vrede, en voor schoonheid een bosje heide. Kook en bubbel wat ik ben begonnen.' Ze deed een stap naar achteren en pakte de athame van haar grootmoeder. Ze had het gevoel dat ze buiten zichzelf stond en tegelijkertijd had ze zich lange tijd niet zo gefocust gevoeld. 'Stijg op, rook, stijg wit op en draag mijn woorden naar het licht. Eén druppel van mijn bloed om de bezwering te binden en drie keer luid ik de bel. Tot slot werp ik het beeld dat ik verlang in het gezegende vuur. Brand fel, brand in het licht, en dit brengt mijn bezwering ten einde. Dat wat komt zal ik trouw gebruiken. Zoals ik wil, zo zal het zijn.' Ze liep drie keer rond de ketel en doofde toen het vuur.

'Je gloeit helemaal.' Tranen van trots en liefde klonken door in Margs stem. 'Van de inspanning, ja, maar ook van vreugde. Neem wat van jou is, kind van mijn kind, kind van de Fey, bloed van mijn bloed. En weet dat jij je vandaag hebt bewezen.'

Breen stak haar hand in de ketel en haalde de athame eruit. De ogamin-scriptie – MOED – stond op het mes, en op het heft, in het middelste deel van het pentagram zat een enkele rode drakenhartsteen die glinsterde.

'Hij is prachtig. Ik heb een mes nooit als iets moois gezien, maar dit is het. Het voelt als het mijne.'

'Dat is het ook.'

Ze voelde zich nog steeds gedragen door de bezwering en draaide de athame om. 'Oma, er staat een draak op de achterkant. Die stond niet op de schets. Heb jij die eraan toegevoegd?'

'Nee.' Marg legde een hand op Breens pols en bestudeerde de vliegende draak. 'Een geschenk van de goden. Je hebt het heel goed gedaan. Kom, sluit de cirkel. En voordat je naar Keegan gaat, moet je eerst nog wat eten.'

Van het sublieme naar het pijnlijke, dacht Breen, toen ze naar de boerderij liep. Ze bleef even staan, legde een hand op Deksels' kop en keek op naar een havik die hoog door de lucht zweefde. Ze kon Deksels onder haar hand voelen trillen, kon hem horen denken: *Blijf nou niet staan. Kom op. Honden, kinderen, plezier.*

'Ga maar vast.' Ze gaf hem een aai. 'Ik kom zo.'

Een paar draken vlogen boven haar hoofd, de een leek wel van gepolijst zilver, de ander was lentegroen. Allebei werden ze bereden. Ze besefte dat ze jaloers was op hun vlucht, maar tegelijkertijd blij dat ze op de grond stond.

Terwijl ze stond te kijken, kwam Morena op haar afgelopen.

'Wat zijn ze ongelooflijk mooi.'

'En dapper. Ze zijn op verkenning. Deaglan en Bria Mac Aodha, zo te zien. Magee zou jij zeggen. Het is een tweeling. Je hebt ze waarschijnlijk niet eerder gezien want ze wonen in de buurt van de Hoofdstad. Hoe ging het vandaag bij je oma?' vroeg ze, toen ze verder liepen.

'Het was geweldig, vooral het laatste deel. Ik heb een athame gemaakt.' Ze haalde hem uit de schede aan haar riem. 'Ik wilde hem in de werkplaats laten, maar oma vond dat ik er een dagje mee moest rondlopen. Om er een band mee te krijgen, als het ware.'

'Natuurlijk. Heb je die getoverd?'

'Een uurtje geleden. Ik voel de kick nog steeds.'

Morena schudde haar hoofd toen Breen hem wilde geven. 'Hij moet een dag lang alleen in jouw hand liggen. Maar hij is wel schitterend. En ik zal je nog eens wat vertellen, de meesten bereiken dit niveau van alchemie pas na jaren van studeren en oefenen.' Ze keek naar Breen met een taxerende blik. 'Je mag heel trots op jezelf zijn, dat is Marg ook vast en zeker.'

'Ik ben vooral blij. Het was een geweldige dag. Nu mag je toekijken hoe ik een kopje kleiner gemaakt word.'

'Wees daar maar niet zo zeker van, je kunt je aardig verdedigen. Maar ik kom vandaag niet kijken. In de eerste plaats zag ik Keegan paarden opzadelen, dus ik denk dat jullie ergens naartoe gaan. En in de tweede plaats heb ik Harken beloofd dat ik hem zou helpen met het scheren van de volgende ronde schapen. Goden sta me bij. Doe nooit een man een belofte op het moment dat je zacht en warm en vol lekkere kriebels onder hem ligt.'

'Dat zal ik onthouden, mocht mij dat ooit nog eens overkomen.'

Morena gaf haar een por met haar elleboog. 'Ik heb je al eerder gezegd dat je ze hier voor het kiezen hebt.'

'Tegen de tijd dat Keegan elke dag klaar is met mij, heb ik geen energie meer over voor lekkere kriebels. Succes met de schapen.'

'Heel grappig!'

Ze gingen ieder een kant op, Morena in de richting van de weide, Breen naar de stal. Nog voor ze daar was, kwam Keegan te voet met twee paarden haar kant op.

'Je hebt meer rijles nodig.'

'Ook hallo, en ik ga graag een ritje maken.' Ze begroette haar gebruikelijke ruin met een aai terwijl Deksels bij hen kwam staan. 'Ik heb het paardrijden gemist.'

'We zullen zien of je dat na vandaag nog steeds zegt.' Hij gaf haar een zwaardriem. 'Je moet ook te paard leren vechten en jezelf verdedigen.'

'O.' Haar voorpret verdween, maar ze deed de riem om.

'Wat is dit?' Hij tikte tegen de schede.

'De reden dat je mijn dag met geen mogelijkheid kunt verpesten. Ik heb vanmiddag mijn athame gemaakt.'

Hij gebaarde en ze haalde hem tevoorschijn. Net als Morena raakte hij hem niet aan, maar draaide haar pols om om hem van alle kanten te bekijken.

'Heb je de bezwering zelf gedaan?'

'De schets niet. Ik kan echt niet tekenen, dus dat heeft Sedric grotendeels gedaan, maar de rest wel. Behalve de draak. Die stond niet op de schets, maar hij staat wel op het mes.'

'Dan heeft het zo moeten zijn.' Zijn blik gleed van het mes naar haar gezicht. 'Het is goed werk, meer dan goed. Je hebt je symbolen goed gekozen.'

Hij steeg op en wachtte tot ze het mes in de schede had gedaan en zijn voorbeeld had gevolgd.

'Als je geen bepaald doel voor ogen hebt, kunnen we dan naar de ruïne rijden, van de Vromen? Naar mijn vaders graf. Daar ben ik sinds die eerste dag niet meer geweest.'

'Is mij om het even.'

'En als we met een schim gaan werken, wil ik er graag zelf een toveren. Ik ben op dreef.'

'Dat zullen we nog wel zien.'

'Ik zag de draken met ruiters,' ging ze verder, toen ze met de paarden naar de weg liepen. 'Morena zei dat ze verkenners zijn.'

'Klopt.' Hij had ze gesproken voordat ze in oostelijke richting waren vertrokken. Het zou niet lang duren of hij zou hetzelfde moeten doen, samen met Mahon. Daarmee nam hij niet alleen Aislings man mee, de vader van haar kinderen, terwijl ze zwanger was, maar kwam ook al het werk op de boerderij op haar schouders en die van Harken. Dat vond hij moeilijk, elke keer weer.

'Morena helpt Harken bij het schapen scheren. Heb jij...'

'Minder praten, meer rijden.' Merlin ging over in galop.

Ze rolde met haar ogen, maar volgde.

Dit was heel anders dan in een wagen achter een voortsukkelend paard, dacht ze. Snelheid was spannend, maar Keegan gaf haar geen tijd om van de omgeving te genieten en ze was bang dat Deksels te ver achterop zou raken.

'We moeten het wat rustiger aan doen. De hond loopt met ons mee, en we gaan te snel voor hem.'

'Zeg hem dan waar we naartoe gaan.'

'Ik weet niet meer hoe we daar moeten komen.'

'Godsamme, mens.' Hij hield iets in, maar bleef in korte galop rijden. 'Plaats het beeld van de plek in zijn hoofd. Hij is er al eens eerder geweest met Marg, hij vindt het wel.'

'Ik snap niet hoe jij van mij kunt verwachten dat ik zo veel in één keer doe.' Ze zette de hond en zijn welzijn voorop en ging stapvoets lopen. Toen de hond hen had ingehaald, haalde ze haar herinneringen aan de begraafplaats op, de grote stenen ruïne, de weide met schapen, alles wat ze kon bedenken en verplaatste het naar Deksels.

Hij kwispelde met die magere staart van hem en trippelde vrolijk voor haar uit.

'Misschien is het te ver voor hem. Ik had hem onderweg beter bij oma kunnen brengen.'

'Goeie goden, mens, hij stamt af van duivelshonden. Je hoeft hem niet zo te vertroetelen. En kijk, zie je nou, hij snijdt een stuk af door van de weg af te gaan. Hij is niet dom. Gebruik nu je knieën, neem de teugels in één hand en trek je zwaard.'

Toen Keegan zijn eigen zwaard trok, kreeg ze bijna weer een van haar oude paniekaanvallen. 'Nee, wacht.'

'De vijand wacht niet, die zoekt zwakke plekken. En jij laat ze zien. Verdedig je!' Hij doodde haar nog voordat ze haar zwaard had getrokken. 'Teugels in je linkerhand, zwaard in je rechter. Opnieuw.'

Ze wist haar zwaard te trekken, maar liet de teugels vallen. Voordat ze er erg in had, gaf Keegan ze met een simpele beweging van zijn pols terug.

'Ik wil leren hoe je dat deed. Hoe haalde je ze op?'

'Met mijn gedachten. Hou nou je mond en verdedig je. Geef met je knieën aan waar het paard naartoe moet.'

Ze deed haar best, deed zelfs een zwakke poging met haar zwaard om hem te blokkeren, maar daardoor verloor ze haar evenwicht en viel bijna van het paard. Onmiddellijk voelde ze een windvlaag, alsof een hand uit het niets haar weer rechtop zette. Ze wilde vragen hoe hij dat deed, maar had geen lucht meer over. En hij had haar alweer gedood. Buiten adem zat ze op haar paard onder een mooie zomerlucht en probeerde haar haar uit haar ogen te vegen, terwijl Keegan haar nijdig aankeek.

'Treurig. Je zit, je zwaardarm, je concentratie. Je paard is ook een wapen, maar je gebruikt het niet. Nou ja, de hond heeft inmiddels een voorsprong, dus laten we maar weer een stukje verdergaan.'

Hij stak het zwaard in de schede, keerde zijn paard en liet haar achter.

Ze wilde klagen. Ze had nog maar pas, nog maar een paar weken geleden, leren rijden, en niet veel later voor het eerst een zwaard in haar handen gehad. Maar het deed haar beseffen dat haar tijd hier er bijna op zat. De zomer zou niet eeuwig duren.

Boos liet ze de schimmel galopperen, maar ze zou de hengst nooit hebben ingehaald als Keegan niet wat langzamer was gaan rijden. Eens kijken hoe jij het vindt, dacht ze. Ze pakte de teugels in één hand vast en trok haar zwaard. 'Verdedig je!' riep ze.

Later zou ze toegeven dat ze hem volledig had verrast, maar dat zijn zwaard nog altijd in een fractie van een seconde in zijn hand lag. Met de teugels in haar hand haalde ze met kracht uit. Ze sloeg zijn zwaard net genoeg naar achteren om door te zwaaien met haar eigen zwaard.

Hij had een verdomd brutale grijns voor een dode, dacht ze, en kon hem wel vervloeken omdat ze haar eigen lachen niet kon inhouden.

Ze hield van de macht die boosheid haar gaf.

'Al veel minder treurig,' zei hij.

Ze voelde zich er niet beter door, dus stopte ze haar zwaard weg en reed verder.

'Je gaat de verkeerde kant op!' riep hij haar na, en ze kon de lach in zijn stem horen.

'Verdomme, krijg nou wat,' mompelde ze. Nu haar dramatische aftocht was verpest, keerde ze zich om en reed achter hem aan.

Onderweg ging ze nog drie keer dood, één keer onder het applaus van een vlasblonde kleuter die op de heup van zijn moeder zat te wippen.

Het ontroerde haar dat ze Deksels naast het tuintje zag liggen dat ze samen met haar grootmoeder op het graf van haar vader had geplant. Hij ging rechtop zitten toen ze aankwamen, maar liet het graf niet alleen.

'Ik neem de paarden mee naar de beek. Ze hebben dorst en jij zult wel even alleen bij je vader willen zijn.'

Eerst die grijns en nu een vriendelijke daad. Haar boosheid opnieuw opbouwen kon ze nu wel vergeten. 'Dank je.' Ze steeg af en gaf hem de teugels.

'Het gebied wordt goed bewaakt, dus je hoeft je geen zorgen te maken.'

'Fijn.'

'Maar niet lopen treuren. Kom.' Hij klikte met zijn vingers naar de hond. 'Jij gaat lekker zwemmen.'

Hij liet haar bij het graf achter waar de bloeiende bloemen een fleurig tapijt voor de grafsteen vormden.

Even liet ze de lichte bries over zich heen komen en bracht ze zichzelf en haar gedachten tot rust. 'Ik weet nu meer over wat je deed en waarom. Veel meer. Ik leer dingen van oma, en ik ben niet van plan om dat deel van mij ooit nog op te geven. Het deel dat ik van jou heb. Ik zou willen dat ik met je kon praten, echt met je kon praten zoals vroeger. Ik begrijp waarom je me het niet hebt verteld, maar nu ik het weet...' Ze ging op haar hurken zitten en liet haar vingers over zijn naam glijden. 'Je hart lag in twee werelden. Ik denk.... Nee, ik weet dat het voor mij nu hetzelfde is. Met verplichtingen aan beide kanten.'

Ze rechtte haar rug, keek omhoog, keek naar de stenen in het gras, de heuvels in de verte. Ze hoorde de wind door het gras fluisteren en door de ruïne razen waar de Vromen eens gelopen hadden. Ze hoorde het geblaat van schapen en Deksels' vrolijke geblaf.

'Als ik er niet was geweest, zou je hier nooit zijn weggegaan. Je hart lag niet aan de andere kant, maar ik was daar wel. God, ik wil je niet teleurstellen. Ik ga met alles wat ik heb mijn best doen om je niet teleur te stellen. Ik hou van je,' fluisterde ze. 'Ik mis je. En ik ben niet de enige,' voegde ze eraan toe, en ze keek over haar schouder in de richting van de beek, waar Keegan met zijn rug naar haar toe stond terwijl de paarden water dronken.

Ze liep door het gras, rond de graven, langs de ruïne die haar rillingen bezorgde. Ze keek naar het oude gebouw, naar de opening. Een brede, zag ze, en ze stelde zich de twee dikke deuren voor die de ruimte eens hadden afgesloten. Afgesloten voor wat daarbinnen waarde. En iets waarde daar nog steeds, ze kon het in haar botten voelen. Met een boog liep ze eromheen in de richting van Keegan. 'Ik neem de paarden wel. Jij wilt vast ook nog wel even bij hem zijn.'

Eerst zei hij niets, keek haar alleen aan met die blik. Intens en onderzoekend. 'Ja. Dank je.' Hij gaf haar de teugels. 'Daarginds tussen de bomen, iets naar het zuiden, staat een hertenbok, een grote, een twaalfpunter. Als hij zich beweegt, kun je hem misschien zien. Hij is prachtig.'

Hij herkende de rilling over zijn rug toen hij langs de ruïne kwam omdat hij die vaak had gevoeld. Net zoals hij het gefluister had gehoord dat in de zuilengangen klonk, langs de ronding van de trap. Hij kende die trilling in de lucht, als een zware hartslag. En soms, op huiveringwekkende momenten, klonken door die trilling de kreten van de gemartelden, hun onbeantwoorde smeekbeden. Een andere keer zou hij naar binnen gaan en Breen meenemen. Om te zien wat zij voelde, wat zij hoorde. Maar vandaag niet. Hoewel de lucht blauw was, pakten in het noorden grijze wolken samen. Er was storm op komst. Dat vond hij niet erg.

Met een zucht keek hij naar Eians graf. 'Ze doet het beter dan ik had gedacht. Ze is er nog niet, dat is een feit, maar het gaat beter. Nóg beter als ze bedenkt dat ze ruggengraat en pit heeft. Ik kan me haar moeder nog herinneren, maar ik denk dat degene die haar aan de andere kant heeft opgevoed een ander mens werd. Dat is jammer… voor jou, voor Breen, maar we zullen het ermee moeten doen, hè? Goeie goden, Eian, ik zou heel wat overhebben voor je goede raad. Van die verdomde politiek kan een normaal mens zo gek als een deur worden. Ik dank de goden dat mijn moeder er is met haar koelbloedigheid en gezond verstand. Ik moet met je dochter naar de Hoofdstad als ze er klaar voor is. Ik heb geen idee wat ze van haar zullen vinden.' Hij wierp even een blik op haar. Ze stond net als hij had gedaan met haar rug naar de begraafplaats. 'Ze is een vat vol tegenstrijdigheden, die dochter van je. Het ene moment lijken haar krachten volledig ontwikkeld, het andere moment lijkt ze weer zo groen als gras. Maar ik kan je wel zeggen dat ze niet opgeeft. Als ze eenmaal een beslissing heeft genomen, gaat ze door, dus dat is iets.'

Net als Breen had gedaan, ging hij op zijn hurken zitten en gleed met zijn vingers over Eians naam. 'Ik mag je niet teleurstellen… mijn grootste angst in de wereld is dat ik jou teleurstel. Ik geef je mijn woord van taoiseach tot taoiseach, man tot man, Fey tot Fey, dat ik mijn leven zal geven om haar te beschermen. Niet alleen omdat ze de sleutel in het slot is, maar omdat ze jouw dochter is.'

Keegan stond op en stak zijn handen in zijn zak voordat hij zijn laatste woorden sprak. 'Ze is beeldschoon. Ik heb mijn best gedaan er niet op te letten maar ik ben niet blind. Als zij laat zien hoeveel lef ze heeft, is ze mooier dan wie ook. Nou ja, dan weet je dat. Rust in vrede.' Hij liep terug naar Breen.

'Ik heb de hertenbok gezien,' zei ze, zonder zich om te draaien. 'Indrukwekkend. Ik vroeg me af hoe je weet of het een hertenbok is of een weer in hertenvorm.'

'Fey herkennen Fey, en niemand zou een pijl op zijn boog zetten zonder eerst te kijken. Lieden van buiten die onder ons wonen mogen alleen jagen in de aanwezigheid van een Fey. Dat staat in de wet.'

'En jij maakt de wetten.'

'De raad maakt de wetten en de taoiseach is onderdeel van de raad. Een wet zoals deze bestaat al duizend jaar en zal nog duizend jaar bestaan. Maar we zijn hier niet om het over politiek en beleid te hebben. We zijn hier om te trainen. Het veld aan de andere kant van de weg ziet er goed uit.'

Toen hij de teugels pakte om de paarden te leiden, liep ze met hem mee. 'Als ik de wetten niet ken, overtreed ik ze misschien per ongeluk.'

Toen hij zijn hoofd draaide, dacht ze even dat ze vermaak zag in plaats van ongeduld. Misschien.

'Ben je van plan iemand te doden die geen vijand van het licht is? Of te pakken wat niet van jou is? Moedwillig iemand leed berokkenen of schade aanbrengen? Jezelf aan een ander opdringen? Een dier mishandelen?'

'Op het moment niet. Is dat het?'

Met een paar stenen zette hij de teugels vast, zodat de paarden aan de kant van de weg vrij konden grazen. 'Er zijn wetten binnen de stammen die iedereen erkent. Het doen van een bezwering, het gebruik van magick om kwaad te doen, te stelen enzovoort.'

'Wat zijn de straffen?'

'Die moeten passend zijn bij het vergrijp.'

'Maar hoe beslis je dat?'

Hij zuchtte of vloekte niet, wat hij misschien wel zou willen. Want ze had helemaal gelijk. Ze moest deze dingen weten. 'Bij de meeste kleine vergrijpen, ruzies tussen buren, ambachtslieden, minnaars, hoor ik ze aan – of mijn moeder, die vaak voor mij invalt, hoort ze aan – en dan oordeel ik.'

'En bij ernstiger zaken? Verkrachting en moord?'

'We zijn een vreedzaam volk.' Hij keek uit over de landerijen en zag hoe een jonge jongen en zijn hond de schapen aan het hoeden waren. 'Zulke misdrijven komen zelden voor. Zo zelden dat ik nog nooit zo'n hoorzitting heb gehad of een oordeel heb moeten vellen. De goden zijn geprezen, want de straf is verbanning. Als ik de persoon schuldig bevind, wordt hij naar de duistere wereld gestuurd. Sommigen zeggen dat de dood vriendelijker is. Misschien hebben ze gelijk.'

'Heeft mijn vader ooit iemand verbannen?'

Hij kon zijn ongeduld niet meer verbergen. 'Waarom weet je dat niet?'

'Omdat niemand me ooit iets vertelt.' Ze bleef hem aankijken. 'Wil jij het me vertellen?'

Keegan gebaarde naar de muur en ging er zelf op zitten. Hij keek naar de jongen en de hond en de schapen. Het lied van de jongen, zoet en helder, werd meegevoerd op de bries. 'Dit zijn wij.' Hij knikte in de richting van de jongen. 'We zorgen voor het land, de dieren, elkaar. We eren onze gaven en koesteren het licht. Maar er zijn er die duisternis in zich hebben. Nadat jij werd ontvoerd en weer thuis was, kwamen we erachter dat Odran hulp had gehad. Van Yseult en drie anderen. Twee probeerden zich in het volle zicht te verbergen... begrijp je wat ik bedoel?'

'Ja.'

'Toen hun medeplichtigheid werd ontdekt, werden ze vastgezet, terwijl je vader en enkele gekozenen op jacht gingen naar de anderen. Yseult en de derde sloegen op de vlucht. Zij ontsnapte, maar Eian kreeg nummer drie te pakken.'

'Heeft hij hem gedood?'

Keegan keek haar aan en hield zijn hoofd schuin toen hij de afschuw in haar stem duidelijk hoorde. 'Ongetwijfeld was de verleiding groot. Maar hij was taoiseach en hield zich aan de wet. Het schijnt dat de man – Ultan heette hij, en je zult er nog wel achter komen dat sindsdien niemand meer zo heet – zich overgaf. Niemand zou het de taoiseach kwalijk hebben genomen als hij een eind aan Ultans leven had gemaakt, maar Eian O'Ceallaigh hield zich aan de wet.'

Wat was het merkwaardig en fijn om hier op een stenen muurtje in de zon en een zomerbries te zitten met een man die een zwaard bij zich droeg zoals een ander een aktetas had. Om te horen hoe zijn stem, die vaak zo kortaf was, een prachtig verhaal vertelde. En het verhaal was van haar. Van haar en haar vader. 'Wat deed hij, mijn vader?'

'Hij bracht Ultan terug naar de Hoofdstad, waar een rechtszitting werd gehouden voor de drie gevangenen. Omdat mijn vader was gedood en deze drie medeschuldig waren, nam mijn moeder ons mee naar de zitting om te laten zien hoe gerechtigheid en de wetten werkten.'

Een weduwe met drie jonge kinderen, dacht Breen. Vol verdriet, dat kon niet anders. 'Wat moet het moeilijk voor haar zijn geweest. Pijnlijk moeilijk.'

'Mijn moeder is sterk. En wijs. Het hielp om de taoiseach in de Stoel der Gerechtigheid te zien, de woorden te horen, de wet in werking te zien. Twee van hen smeekten,' ging hij verder, 'en huilden en beweerden dat ze betoverd waren. Maar er zijn manieren om achter de waarheid te komen, en dat waren leugens. Ultan, een aanhanger van de radicale groepering binnen de Vromen, bleef opstandig. Odran was een god, en als god, de ware heerser, de ware wet. En gerechtigd om met het kind – jou – te doen wat hij wilde. Jij was een afwijking, een mengsel van velen, niet zuiver, onnatuurlijk.'

'Denken ze zo? De Vromen?'

'Zo gingen velen van hen denken.' Hij keek achterom naar de ruïne. 'En zij die iets anders geloofden werden gedood, gemarteld, tot slaaf gemaakt, allemaal uit naam van de goden – welke god ze ook het beste uitkwam. Het is een bloedige, beschamende vlek in onze geschiedenis en de meesten zijn er niet meer, al honderden jaren niet meer. Dat is een verhaal voor een andere keer.'

'Oké. Ging mijn moeder ook naar de zitting?'

'Eian bracht haar en jou naar de Hoofdstad uit veiligheid, maar ze trok zich met jou terug in haar vertrekken.'

'Niet zoals jouw moeder,' mompelde Breen.

'Ik ken niemand zoals mijn moeder.' Hij glimlachte even toen hij het zei, en Breen zag de liefde. 'De rechtszitting duurde een hele week, want de misdrijven en straffen waren afschrikwekkend. Wij verbleven ook in het kasteel. Op een dag kwam jouw vader met jou bij ons langs. Ik denk om je even een frisse neus te geven, maar ook om ons te laten zien waar onze vader voor was gestorven.'

'Hoe oud was je toen?'

'Oud genoeg om te beseffen dat je je aan Eian vastklampte. Maar toen mijn moeder haar armen uitstak, liep je naar haar toe. Je liep naar haar toe en streelde haar haar alsof je haar wilde troosten. En ik weet dat nog goed want... nou ja, dat deed je ook echt.'

'Daar kan ik me niets van herinneren. Sommige dingen komen in flitsen en vlagen boven, maar dit kan ik me helemaal niet herinneren.'

'Wij wel,' zei hij simpelweg. 'Op de dag van de uitspraak verklaarde je vader ten overstaande van iedereen dat de drie duisternis naar Talamh hadden gebracht. Ze hadden samengezworen met een gevallen en veroordeelde god om het kostbaarste van alles te stelen. Een kind. Samengezworen om een kind kwaad te doen, zelfs te doden, terwijl wij allen in alle opzichten zijn gebonden om alles in ons vermogen te doen om kinderen te beschermen, te verzorgen, ze het verschil tussen goed en kwaad te leren en ze liefde en vreugde te geven. Door deze zwaarste zonde der zonden waren ze verantwoordelijk voor de dood van goede mannen en vrouwen en hadden ze gezinnen ontwricht. Hij keek naar mij toen hij dat zei, zonder boosheid, maar vol verdriet.' Hij zweeg even. 'Ik kan me die blik nog herinneren. Ik zag dat ons verdriet zijn verdriet was, maar ik zag ook zijn leed vanwege de uitspraak waaraan hij gehouden was. En dus werden de drie verbannen, en toen de taoiseach zijn staf omlaag bracht om de uitspraak te bezegelen en de zitting ten einde te brengen, was het doodstil, er werd geen woord gesproken.'

De jonge herder had de top van de heuvel bereikt en verdween uit het zicht.

'Ik had verwacht dat het als een overwinning zou voelen. Mijn vader was gewroken en ik zou de overwinning voelen. In plaats daarvan voelde ik opluchting, en toen ik naar Eian keek, besefte ik hoe moeilijk het moest zijn om leider te zijn, om recht te moeten spreken. En hoewel de uitspraak gerechtigd en rechtvaardig was, leerde ik die dag dat gerechtigheid en rechtvaardigheid vaak geen vreugde brengen. Dat ik nooit op die stoel zou willen zitten en die staf zou willen vasthouden.'

'En nu zit je op die stoel.'

'De ironie is me nooit ontgaan.' Hij sprong van het muurtje. 'Nu weet je het, zo goed als ik het kan vertellen.'

'Dat waardeer ik.' Breen sprong er ook af. 'Je hebt me geholpen om hem te zien, hier.' Ze keek achterom naar het graf. 'Zo nu en dan komen er herinneringen van hem in Talamh bij me boven. Dat hij me door een weiland naar de boerderij draagt, dat hij muziek speelt bij het vuur. Maar mijn herinneringen aan hem zijn toch voornamelijk van de andere kant.'

'Graag gedaan. Zo.'

Hij wilde een schim tevoorschijn toveren.

'Wacht.' Verdomme nog geen minuut om haar emoties even tot rust te brengen. 'Ik wil er zelf een toveren.'

Hij ging verder en creëerde een demonische gargouille met vlijmscherpe tanden en klauwen. 'Dood eerst deze maar.'

24

De klok tikte verder en Breen stak al haar energie in het aanscherpen van haar vaardigheden, het leren van haar ambacht en het richten van haar krachten. Iedere uitputtende dag opnieuw.

Op een regenachtige dag bracht ze een paar aangename uren door in Margs werkplaats om amuletten, drankjes en balsems te maken. Het vuur knetterde, goud en rood, allerlei geuren dwarrelden door de lucht en haar kracht klopte als een hartslag, natuurlijk en regelmatig.

Ze ging er vanwege de regen van uit dat Keegan hun trainingssessie zou afzeggen of naar binnen zou verplaatsen.

In plaats daarvan stond hij doorweekt en zonder hoed op de gebruikelijke plek op haar te wachten. 'Je bent laat.'

'Het regent.'

'O? Stuur de hond naar Aisling. De kinderen zullen het leuk vinden als hij komt.'

Ze keek naar Deksels, die haar hand likte en toen wegtrippelde.

'Hoe heb je het hem gezegd?'

'Met mijn gedachten.'

'Goed.' Hij draaide zich om en creëerde met zorg drie schimmen.

'Drie tegelijk? Dat kan ik niet…'

Zijn vinger schoot naar voren om haar het zwijgen op te leggen. 'Mond dicht. Ze blijven zo staan, zodat jij kunt leren. Een met je kracht, een met je zwaard, de derde met handen en voeten. Kies maar. Kies verstandig.'

Gelaten pakte ze haar zwaard, ook al had ze gehoopt op een vrije middag en een bezoekje aan Morena en haar grootouders. Voor haar stonden een vrouw, aan de mollige kant met een prettig gezicht, een duivelshond en een elf, dacht ze. Omdat ze zich het meeste zorgen maakte om de hond, liet ze haar krachten op hem los, terwijl ze op de elf afrende om hem met haar zwaard uit te schakelen. Maar toen ze zich omdraaide om de vrouw te slaan, veranderde die in een beer met lange gretige klauwen en scherpe tanden.

'O, shit!' Ze bracht haar vuist naar voren om het middenrif te raken om zo de tanden en klauwen te ontwijken. Het was alsof ze tegen een muur stompte, de muur had geen krasje, maar haar hand deed helse pijn.

'Niet verstandig.'

Haar haar, een wilde, natte bos, viel in haar gezicht. Vol afkeer, afwerend veegde ze het weg. 'Ik wilde de grootste bedreiging eerst uitschakelen en de elf vrijwel tegelijk omdat hij snel is. Dat is verstandig. En zij zag eruit als een ouwe mollemeid.'

'Ga jij altijd op uiterlijk af?' Hij duwde zachtjes met zijn knokkels tegen Breens hoofd. 'Je bent van de Fey, maar je keek niet.'

'Ik weet niet hoe.'

'Onzin. De elf herkende je wel.'

'Ik gokte... Of voelde het.'

'Je wist het. Zo.'

Hij liet de schimmen verdwijnen en creëerde drie nieuwe. Alle drie zagen ze er heel gewoon uit. Twee vrouwen deze keer, een met grijs haar en een mand appels, een jonge vrouw met een wit schort over haar roze jurk, en een man met een charmante glimlach en dik goudblond haar.

'Kijk. Zie. Reageer.'

'Ik...'

'Tempo.'

Ze schrok van de felle klank in zijn stem en misschien maakte dat iets in haar los, want ze keek, zag en reageerde. 'Heks.' Ze haalde met kracht uit naar de oude vrouw. 'Weer.' Met haar zwaard ging ze de reusachtige hertenbok te lijf die zojuist nog de man was geweest, waarna ze zich razendsnel omdraaide om de jonge vrouw een trap tegen het bovenlijf te geven. 'Fee.'

'Goed.' Hij liet ze in het niets oplossen en kwam met nog eens drie en nog eens. Hij leek een eindeloze voorraad te hebben.

'Goed.' Hij loste het laatste trio op. 'Morgen gaat een van de drie bewegen.'

Hijgend en druipend bukte ze zich en steunde met haar handen op haar knieën. 'Een maar?'

'Om te beginnen.'

Daar zou ze zich morgen wel zorgen om maken. En trouwens, tegen Keegan in gaan had toch geen zin, dus kon ze zich de moeite besparen. 'Oké.'

Ze wilde het zwaard neerleggen, maar hij pakte het zijne. 'Nu beweeg ik.'

Zeiknat staarde ze hem aan. 'Wil je niet liever een biertje bij de haard?'

'Jawel, straks. Als we klaar zijn. Verdedig je.'

Ze wist hem af te weren, maar voornamelijk omdat hij weinig kracht gebruikte. Ze wist ook dat die gunst niet lang zou duren. Ze probeerde een snelle slag van opzij, maar hij sloeg haar weg en raakte haar. Omdat het een dodelijke wond zou zijn geweest, deed ze een stap naar achteren om dit te erkennen. 'Ik ben nu al bijna een uur in die rotregen bezig,' klaagde ze. 'En dan kom jij over alsof je zo fris als een hoentje bent.'

'Ik zou ook een vijand kunnen zijn.'

Ze vocht. Ze had hem nog nooit verslagen. O, ze had hem een paar keer getroffen, als hij niet echt zijn best deed, of zoals die keer dat ze te paard waren en ze hem had verrast. Maar grotendeels was het haar doel om zo lang mogelijk overeind te blijven en te blijven leven. Het zou echt een kick zijn als ze hem neer kon halen. Met talent, geslepenheid, met kracht.

Ze begon met geslepenheid en deed alsof ze vermoeider was dan ze werkelijk was. Gaandeweg trok hij zich iets terug. Ze blokkeerde hem zwak, hijgde meer dan nodig was, zocht naar een opening.

Opeens haalde ze uit met haar kracht en met haar zwaard, en ze wist dat ze hem uit zijn evenwicht had gehaald. Toen ze haar hand naar achteren haalde voor de dodelijke stoot, sloeg hij terug, maar ze wist hem te pareren. En was zó blij dat ze zich te snel omdraaide en in de modder uitgleed.

Vloekend viel ze tegen hem aan. Allebei gingen ze tegen de grond.

Hij pakte haar vast, zodat hij eerst de grond raakte. Voordat ze hem dankbaar kon zijn dat hij de grootste klap had opgevangen, rolde hij boven op haar en zette zijn zwaard op haar keel. 'En weer ben je dood.'

'En nat en modderig. Ik gleed uit.'

'Denk je dat gevechten alleen plaatsvinden op mooie dagen en droge grond?'

'Ik ben nog nooit in gevecht geweest. Ik had vroeger geen vijanden.'

'Dingen veranderen.' Hij haalde zijn zwaard weg, maar bleef zitten. Nam de tijd om naar haar te kijken. 'Je deed alsof je moe was, zodat ik me zou inhouden.'

'Het werkte, totdat ik uitgleed.'

'Je gleed uit omdat je niet aan je voeten dacht. Maar het was een goeie list.'

'Ik ben nog steeds dood. En nat en modderig.'

'Je bent beter dan eerst. Je had amper slechter kunnen worden, maar toch is beter beter.'

'En op de een of andere manier zie jij dat als compliment.'

'Complimenten zijn voor balzalen en afspraakjes bij maanlicht. Maar iets wat ik je wel kan zeggen? Je hebt misschien nog niet de vaardigheden of het verstand van een strijder, maar je hebt het lichaam van een strijder. Je bent sterk, hebt uithoudingsvermogen. Dat had je al toen we begonnen en dat heb je nu nog meer.'

En haar dat in de regen was veranderd in een bos lange, natte rode kabels. Ogen grijs als de zware lucht en lippen zo vol als een opgewekt hart. Beeldschoon. Niet de adembenemende schoonheid van een Shana, maar interessanter in zijn ogen. Een gezicht dat was gemaakt om te bestuderen en te onthouden. Hij bestudeerde haar terwijl zij hem koel aanschouwde. Maar koel of niet, haar wangen begonnen te gloeien – het lot van een roodharige – en ze kleurden als rozen. Ze voelde hem, dacht hij, en voelde die zinderende hitte. Ze was net zo verrast als hij.

'Leef ik weer?' mompelde ze.

'Daar lijkt het op.' Hij liet zijn hoofd zakken, tot vlak bij de smaak van die volle lippen. En de steek golfde door zijn ribben.

De volle lippen krulden. 'Nu ben jij dood, nat en modderig.'

'Slim,' mompelde hij, terwijl frustratie en bewondering met elkaar streden. 'Een vrouw moet altijd haar vrouwelijke listen gebruiken, want die zijn een beter wapen dan de meeste messen.'

'Je zou de eerste zijn die beweert dat ik ze überhaupt heb.'

'O, reken maar dat je ze hebt.' Hij rolde van haar af, stond op en hees haar aan haar arm overeind. 'Het wordt vroeg donker met deze regen. In het zuiden hebben vijandige verkenners geprobeerd door te komen.'

'O.' Dat maakte het weer echt. Te echt.

'Geen zorgen. We hebben ze tegengehouden, teruggestuurd, de boel dichtgetimmerd. Maar ik breng je toch even thuis. Dat zou Marg van mij verwachten,' zei hij, voordat ze kon protesteren. 'Mijn moeder ook. Dan kun je me dat biertje bij de haard aanbieden.'

'Ik heb geen bier in huis.'

Oprecht verbijsterd staarde hij haar aan. 'Dat is treurig en meelijwekkend.'

'Ik heb wijn.'

'Dat moet dan maar. Roep de hond.'

Ze keek door de regen en het halfduister, zag de lichten van Aislings cottage branden. 'Ik heb hem nog nooit van zo ver geroepen.'

'Afstand betekent niets. De band is alles.'

In gedachten zocht ze hem op, geest tot geest, hart tot hart. *Tijd om naar huis te gaan, Deksels. Kom, jongen.* Ze voelde de klik, de band. En nog geen minuut later hoorde ze zijn vertrouwde, vrolijke blaf.

'Hij houdt van je.' Terwijl Keegan keek hoe de hond door de regen aan kwam gerend, veegde hij zijn druppende haar uit zijn gezicht. 'Hij zal je altijd horen, altijd naar je toe komen.'

Deksels begroette haar met natte likken en wild gekwispel, was zo lief om dat bij Keegan ook te doen, waarna ze naar de weg liepen.

'Er was een tijd dat ik niet zonder paraplu door de regen zou worden overvallen... altijd voorbereid.' Ze schudde haar hoofd. 'Het was bewolkt toen ik vanmorgen wegging, en waarschijnlijk heeft het aan de andere kant geregend, maar ik heb er niet eens aan gedacht om een paraplu mee te nemen.'

'Je smelt niet van regen.'

Terwijl Deksels over de muur sprong, pakte Keegan Breen bij haar middel en tilde haar eroverheen. 'Het verhaal van de boze heks met het groene gezicht.'

'*De Tovenaar van Oz.*'

'Ja, dat. Van het water uit de emmer zou ze niet gesmolten zijn, maar het was wel een goed verhaal. Pas goed op bij de treden.'

'Heb jij een lievelingsboek?'

'Waarom zou ik een lievelingsboek hebben, terwijl er zo veel zijn en ik ze lang niet allemaal heb gelezen?' Hij zwaaide met zijn hand en toverde lichtbollen om de duisternis in het bos weg te nemen.

Onzeker koos Breen voor koetjes en kalfjes. 'Ander onderwerp. Jij hebt in deze wereld gereisd.'

'Ja.'

'Wat vond je ervan?'

'Ik vond de bergen en de weidsheid van Montana mooi, en de bossen en de hoge witte bergen in het verre westen. Hier in Ierland waardeer ik het vertrouwde groen en de rust van de heuvels.'

'En als het gaat om dingen?'

'Dingen?' Op zijn ontspannen manier bukte hij zich om een stok te pakken en wierp hem weg, zodat de hond erachteraan kon jagen. 'Ah, alle boeken. En muziek, zo veel om te beluisteren. Sommige televisieprogramma's vond ik leuk. En pizza. Waanzinnig lekker. De lekkerste heb ik in Italië gegeten, en daar hebben ze kunst waar je hart van gaat zingen of juist huilen.'

In het bos druppelde de regen zachtjes. Ze vond het mooi om naar zijn stem te luisteren tussen het gespetter door. 'Ik ben ook dol op pizza, maar van al het eten in de wereld, is dat het?'

'Roomijs in een hoorntje. En burrito's.' Hij haalde zijn schouders op. 'Er is veel lekker eten in de wereld en er zijn veel dingen van waarde. Jullie hebben grote steden gebouwd die hun eigen schoonheid hebben, maar zo veel lawaai. Constant. Jullie hebben geweldige kunst, maar veel mensen die het begeren en het alleen voor zichzelf willen houden. En lieve, grootmoedige mensen die van hun kinderen houden, hun naasten helpen. Maar ook zo veel mensen die boos en hebberig en jaloers zijn. Sommigen bij wie haat als vergif door de aderen stroomt. Zij die zinloos geweld gebruiken, oorlogen, zo veel tegelijk. Leiders die de macht grijpen, maar niet om het algemeen belang te dienen. Zo zijn wij allemaal niet.'

'Nee. Toch zijn er mensen uit Talamh die ervoor kiezen hier te wonen.'

'Dat is zo. Ik heb een neef in Parijs. Hij heeft daar een bakkerij en is gelukkig. Hij heeft een gezin en hij heeft daar echt een leven opgebouwd. Dus...'

Ze kwamen het bos uit.

'... voor hem was dat de juiste keus.'

Ze leidde hem naar het huis. 'Ik moet eerst de hond eten geven.'

'Dat zou ik maar even nagaan.' Nadat hij zijn druipende jas had uitgetrokken, hing hij hem aan een haakje. In een onverwachts galant gebaar stak hij zijn hand uit voor haar jas. 'Hij is bij mijn zus en de kinderen geweest.'

'Dat is waar.' Ze keek naar Deksels en zag dat hij goed had gegeten. 'Een koekje dan, omdat je zo'n brave hond bent. Dat ga ik pakken en ik schenk de wijn in, als jij de haard aansteekt.'

Hij stak hem aan vanaf de plek waar hij stond, waarna hij haar naar de keuken volgde. 'Marg heeft het goed gedaan.' Hij keek geïnteresseerd en aandachtig om zich heen. 'Dit is een fraaie cottage met mooi uitzicht en goede bescherming.'

''s Avonds komen de nimfen.'

'Ja. Je zit hier heel beschermd, maar zij houden de boel in de gaten. Als je ons nodig zou hebben, zouden ze het mij of Marg laten weten.' Hij tikte op het fornuis. 'Kook je hierop?'

'Niet echt.' Ze slaakte een zucht en gaf Deksels zijn koekje. 'En als ik al een poging waag, stelt het niet veel voor. Ik had me voorgenomen deze zomer beter te leren koken, maar...'

'Dingen veranderen.'

Ze pakte de wijn en de glazen en schonk ze in. 'Nou en of.' Met gefronste wenkbrauwen keek ze hem aan. 'Waarom ben je droog? Zelfs je haar is droog.'

Hij deed een stap naar voren, legde zijn handen op haar schouders, keek haar aan en liet ze – heel doelbewust – langs haar zij tot over haar heupen omlaagglijden.

Ze voelde de warmte van zijn handen op verschillende niveaus.

'Beter?'

'Mmm.'

De telefoon die in de lader op het aanrecht stond begon te rinkelen. Ze slaakte zachtjes een zucht en draaide zich om. 'Sorry.' Ze zag de naam van haar agent – haar agent! – op het schermpje. 'Ik moet echt even opnemen.'

Hij haalde zijn schouders op en liep naar de woonkamer en de haard om daar zijn wijn te drinken. Hij zou telefoons, vooral degene waar mensen constant mee in hun hand liepen, nooit op een lijst met favoriete dingen zetten. Of de geur en het geluid van auto's. Hij begreep niet waarom mensen vrijwillig opgesloten in een machine wilden vliegen. Of in dozen boven op elkaar wilden wonen. Hoe konden ze hun rust vinden? Een cottage als deze kon hij begrijpen. Hij bood ruimte, rust en gemak. Wist ze, vroeg hij zich af, dat veel van de spullen in Talamh waren gemaakt en hiernaartoe waren gebracht? Hij nam nog wat wijn. En toen hij vond dat ze hem lang genoeg had laten wachten, liep hij weer naar de keuken.

Ze zat met gebogen hoofd aan tafel te huilen, en de hond had zijn kop op haar schoot gelegd.

Het was alsof iemand hem met een dolk in zijn hart stak. 'Nee, nee, kom eens hier.' Hij duwde de hond weg, ging op zijn hurken naast haar zitten en streelde haar haar. 'Wat is er? Je hebt slecht nieuws gehad.'

Tranen stroomden over haar wangen toen ze haar hoofd optilde en nee schudde.

Verward tilde hij haar van haar stoel en bracht haar naar het vuur. 'Vertel me wat er pijn doet, dan vinden we een manier om het goed te maken.'

Snikkend duwde ze haar gezicht tegen zijn schouder. 'Mijn boek. Ik heb mijn boek verkocht.'

'Ach, maak je geen zorgen. We gaan ervoor zorgen dat je het terug krijgt.'

'Nee, ik bedoel... Ik heb een verhaal geschreven en iemand heeft het gekocht en gaat er een boek van maken. En mensen gaan het lezen.'

Hij bracht haar kin omhoog. 'Is dat wat je wilt?'

'Meer dan wat ook.'

'Ah.' Hij veegde een traan weg. 'Tranen van een hart dat overloopt. Geef ze dan maar de vrije loop, als dat nodig is. Ik ga je wijn pakken.' Toen hij terugkwam, zat ze met haar handen ineengevouwen op haar schoot.

'Ik had het je niet moeten vertellen.'

'Waarom niet?'

'Als dit ooit echt ging gebeuren, zou ik het Marco als eerste vertellen, dat had ik me voorgenomen. Hij is al mijn hele leven mijn beste vriend. En ik zou het hem persoonlijk vertellen.'

'Hij is degene die bij je was toen je hier kwam, met wie je samenwoont in Philadelphia.'

‘Ja, ik had het hem als eerste moeten vertellen.’

‘Nou ja, dan is hij de eerste uit deze wereld die je het vertelt. Het zou jammer zijn als je het Marg niet vertelt, want ze zal zo trots en blij zijn. En hij zou nog steeds de eerste in deze wereld zijn met wie je het deelt.’

‘Ja.’ Ze veegde een traan weg. ‘Dat is zo. Hij is degene die me aanmoedigde om te schrijven toen ik zelf niet geloofde dat ik het kon. En nu…’ Ze drukte haar hand tegen haar mond. ‘Nu heb ik een boek verkocht. Drie zelfs, ook al heb ik de andere twee nog niet geschreven.’

Nieuwsgierig en opgelucht dat ze niet meer huilde, ging hij op de leuning van de bank zitten. ‘Hoe kun je iets verkopen wat je niet hebt?’

‘Je doet een belofte… een eed. En ik…’ Ze nam een grote slok wijn. ‘Ach, ik kan het net zo goed allemaal verklappen. Ik ben nog een boek aan het schrijven… voor volwassenen. Wat ik heb verkocht is voor kinderen. Mijn agent… zij is degene die het boek heeft verkocht. Ze vertegenwoordigt mij. Ze wilde lezen wat ik nog meer had geschreven en ze vindt het goed. Het is niet af, nog niet eens half, maar ze vindt het goed.’ Ze sprong overeind en danste door de ruimte. ‘Alles in mijn leven is veranderd. Alles. Vorig jaar rond deze tijd zat ik helemaal vast. Dat dacht ik, in elk geval. Ik was ongelukkig. Saai.’

‘Saai?’

‘Saai,’ bevestigde ze. ‘Geloof me. Maar nu…’ Ze wierp haar handen in de lucht en stak alle kaarsen in de kamer aan. ‘Magick! Ik ben een heks. Ik ben schrijfster. En volgend jaar rond deze tijd ben ik een gepubliceerd schrijfster, en niemand kan me dat ooit nog afpakken. Niemand kan zeggen dat het er niet toe doet.’

Verbijsterd fronste hij zijn wenkbrauwen. ‘Waarom zouden ze?’

‘Je kent mijn moeder niet. Alles is veranderd. Ik ben veranderd.’ Ze glansde als de kaarsen en danste verder. ‘Laten we pizza eten!’

Hij wist niet hoe hij nog uit zijn woorden wist te komen met alles wat er in zijn lijf gebeurde. ‘Heb je pizza in huis?’

‘Niet zoals je in Italië hebt gegeten, maar het is pizza. Laten we pizza eten en wijn drinken.’

Ze rende naar de keuken en rukte de vriezer open. Op hetzelfde moment werd ze omgedraaid, stond ze met haar rug tegen de koelkast en voelde ze Keegans handen gespannen op haar heupen. Het moment, de betekenis drong tot haar door. 'O,' zei ze.

'Snel.' Hij duwde zijn lichaam hard tegen het hare. 'Ja of nee?'

'Ja of...' Zijn mond kwam op de hare, hard en hongerig. Elke cel in haar lichaam explodeerde, een kettingreactie van genot en paniek en hartstocht die zo lang onderdrukt waren geweest.

Hij trok zich terug, maar hield zijn handen op haar lichaam. 'Ik hoorde ja.'

'Dat was niet precies... Ja.' Ze bracht haar mond naar de zijne. 'Je hoorde ja.'

Hij voerde haar letterlijk en figuurlijk mee. 'Laat me je kamer zien, in gedachten.'

'O, het is...' Ze gebaarde vaag, terwijl ze in gedachten naar boven liep. Niemand had haar ooit naar bed gedragen. Niemand had haar ooit zo gekust dat ze niet meer kon nadenken. Niemand had ooit met zo veel verlangen naar haar gekeken dat het voelde alsof de lucht in brand stond. Ze wilde hem zeggen dat ze hier niet erg goed in was, dat het heel lang geleden was. Maar ze hield haar mond en ging mee in het moment.

O ja, ja, ja. Ze was veranderd. Daar zou hij vanzelf achter komen, maar zij zou genieten van het moment. Ze hoopte er het beste van en duwde haar lippen tegen zijn hals om zijn huid te proeven, zijn geur op te snuiven. Hij rook naar regen en leer, naar groen gras en de rijke aarde. Naar Talamh, besefte ze. Hij rook naar magick.

Toen hij de slaapkamer binnenliep, wierp hij één blik op de haard die daarop ontbrandde, terwijl hij haar op het voeteneinde van het bed zette. 'Je bent een net mens,' merkte hij op. 'Alles op z'n plek.'

De kaarsen op de schoorsteenmantel, de nachtkastjes en tafels begonnen te branden.

'Dat is wel zo.'

'Ik hou van netheid.' Het raam ging een paar centimeter open en de avondbries waaide naar binnen.

'Je krijgt het niet koud,' zei hij tegen haar, en hij gleed met zijn handen langs haar lichaam, over haar borsten, door haar haar, langs haar rug.

Golven van genot overvielen haar, en het duurde even voordat ze zag dat ze naakt was.

'Geen krijger.' Hij pakte de hand die ze intuïtief omhoog had gebracht om zichzelf te bedekken. 'Maar het lichaam van een krijger. Een lichaam dat ik wil. Dat jij me wilt geven.' Met zijn vrije hand gleed hij over haar borst, een ruwe palm over zachte huid. 'Wil je snel of langzaam, *mo bandia*?'

'Kan me niet schelen.' Als hij haar maar bleef aanraken. 'Kan me niet schelen,' herhaalde ze, en ze wikkelde haar armen om zijn nek, legde haar mond op de zijne. Ze ontkleedde hem met haar gedachten en hoorde hem lachen toen zijn zwaard op de grond kletterde.

'Je bent m'n laarzen vergeten,' zei hij, en hij regelde dat zelf, terwijl hij haar achterover op bed legde.

'Magisch uitkleden, dat is voor het eerst.' Ze liet haar handen over zijn rug gaan, over staalharde spieren. Het lichaam van een krijger, dacht ze. Een krijger. Een man die naar haar verlangde. Terwijl zijn handen over haar lichaam gleden, liet ze verdere gedachten varen.

Hij vond zachte huid, stevige spieren, heerlijke rondingen, fascinerende hoeken. Hij voelde haar hart tekeergaan terwijl hij haar lichaam ontdekte. Het was zo aangenaam om te ontdekken wat haar plezier deed, wat haar opwond. Hij had zich vele malen afgevraagd hoe ze zou aanvoelen onder zijn handen, hoe haar lichaam zou reageren onder het zijne, en nu wist hij het en wilde hij uren, dagen, nachten bij haar zijn.

Hij wist dat haar ademhaling zou stokken vlak voordat het gebeurde. Haar stille kreun klonk in zijn hoofd door, voordat ze hem liet gaan. Waar zijn vingers, zijn lippen haar deden trillen, bleef hij even hangen, tot de trilling een huivering werd. Ze gaf zichzelf zo vrij, zonder schijn of trucjes, verlangde naar hem met handen die steeds veeleisender werden, met heupen die haar middelpunt tegen het zijne drukten, tot hij niets anders wilde dan haar alles geven en meer.

Het was zo lang geleden sinds ze was aangeraakt en nog nooit zo. Ruwe handen die haar verwoestten en haar toch op de een of andere manier het gevoel gaven dat ze kostbaar was. Zijn ruige baard die over haar huid kraste en onmogelijke brandjes in haar ontstak. Al haar verlegenheid en twijfel waren verdwenen in deze heerlijke honger naar meer. Niets aan hem was glad of gepolijst. En alles aan hem was opwindend. Toen zijn hand over haar middelpunt gleed, schoot de zalige schok door haar lijf, het gevoel ging als een siddering door haar heen totdat haar lichaam schokte. Het moment waarop de ondraaglijke bevrijding kwam, schreeuwde ze het uit, en nog altijd stopte hij niet. Machteloos sloeg ze haar armen om hem heen en hield vast.

En liet los.

'God. God, Keegan. Wacht.'

'Je bent sterk,' mompelde hij.

Bij het horen van zijn verstikte, hijgende stem keek ze hem met een verdwaasde blik aan. 'Neem meer. Neem me.'

Hij gleed in haar, langzaam, bijna teder.

Ze zag lichten door de kamer flitsen, zag ze in zijn ogen weerkaatst.

'Sterk,' zei hij opnieuw. 'Zacht. En o goden, zo heet.'

Hij begon te bewegen en ze kwam opnieuw, een orgasme waarbij ze haar rug kromde en zich met haar hand aan zijn schouder vastklampte. 'Niet stoppen, niet stoppen.'

'Zelfs de goden zouden me niet kunnen stoppen. Rijd met me mee. Rijd met me mee.'

Ze reed in harde galop, roekeloos, hulpeloos en opwindend. Het licht trilde, sneller en sneller, terwijl het bed schokte onder de wilde bewegingen.

Alles vervaagde, alleen hij niet, toen zijn gezicht één schitterend ogenblik vlak bij het hare kwam. En alle lichten draaiden steeds sneller rond, tot ze één waren, in de kamer, in haar, in hem.

Zijn lichaam viel op het hare en hij begroef zijn gezicht in haar haar. Ze was niet langer zacht, maar als was, gesmolten in de zon, en nog altijd echode haar hart het geroffel van het zijne.

Het was nu stil in de kamer, hij hoorde alleen het geknetter van het vuur, de ontspannen muziek van de wind en Breens lange, lange zucht. 'Ik ben zwaar,' mompelde hij, zonder dat hij van plan was om zich te bewegen. 'Maar jij bent sterk.' Hij voelde haar handen in zijn haar, haar vingers langs zijn traditionele vlecht.

'Dit had ik niet verwacht.'

'Dan heb je niet opgelet, of wel? Dat is een slechte eigenschap waar je wat aan moet doen.'

Ze zuchtte opnieuw. 'Ik had het idee dat je me niet echt mocht. Als ik bedenk hoe vaak je me wel niet vermoord, beledigd en vervloekt hebt.'

'Op het trainingsveld mag ik je niet omdat ik je moet trainen, dus dood, beledig en vervloek ik je, omdat je dat nodig hebt.' Hij tilde zijn hoofd op en keek naar haar, naar de wilde bos vuurrode krullen op het kussen. 'Verder mag ik je wel.'

'Eerlijk is eerlijk, ik mag jou ook niet op het trainingsveld, want daar ben je een bullebak. Maar verder mag ik je wel.' Ze keek naar de haard, waar Deksels in zijn mand lag te slapen. 'Deksels is er dwars doorheen geslapen.'

'Een verstandige hond, want het ging hem niets aan.'

Ze glimlachte en keek weer naar Keegan. 'Dit is nieuw voor mij.'

'Wat?'

'Dat ik onder een wereldleider lig, om te beginnen.'

'Je ligt onder een man die jou wil. Waarom zou de rest ertoe doen?'

'Ik zou ook kunnen zeggen dat ik er niet aan gewend ben in bed te liggen met iemand die zo... gebouwd is. Zo fit,' legde ze uit. 'Met zo'n hard lijf.'

Hij vond haar leuk, aanlokkelijk. Die combinatie was even uniek als zij zelf.

'Koos jij softe, zwakke mannen uit als minnaar?'

'Verhoudingsgewijs wel.' Ze legde een hand tegen zijn borst. Ja, een hard lichaam. 'Dit is een merkwaardige en heerlijke dag geweest.'

Hij wond een lok van haar rode haar om zijn vinger en trok hem weer los. 'Is pizza nog een optie?' Ze schoot in de lach en sloeg toen zó vrij en ontspannen haar armen om hem heen dat zijn hart smolt.

'Absoluut, want ik verga van de honger.'

25

Hoewel hij het niet van plan was geweest, bleef Keegan de hele nacht. Als je na het paren bleef slapen, verhoogde je daarmee de betekenis en het risico, maar toch bleef hij. En de volgende ochtend voor zonsopgang paarden ze opnieuw. Daarna was er koffie, iets wat hij alleen tijdens zijn zeldzame bezoekjes aan de andere kant dronk.

Ze maakte roerei, legde een dikke laag op een geroosterde boterham, en hij vond het meer dan prima om buiten aan tafel in een waterig zonnetje te eten, terwijl de hond vrolijk in de baai rond plaste.

Hij mocht niet klagen toen hij terugging naar zijn wereld en zijn verplichtingen, en zij die ochtend in haar wereld bleef.

Toch bleef hij haar hard aanpakken tijdens trainingen, mogelijk hing haar leven ervan af. En hij weerstond de verleiding om de daaropvolgende twee avonden met haar naar bed te gaan en hield zich voor dat het beter was om afstand te bewaren. Als excuus gaf hij aan dat hij 's nachts op patrouille moest.

De derde nacht trok hij een cirkel. Hij zei een bezwering die hij had gemaakt om door het portaal te kijken, door de sloten die hij mede had gemaakt. Odrans verkenners en spionnen bleven proberen om door de barsten heen te glippen en sommige was het gelukt, wist hij. Als hij tot aan het zwarte kasteel kon kijken, als hij precies zo ver kon kijken dat hij de sluwe plannen van de zwarte god kon zien, kon hij Talamh en al zijn inwoners beter verdedigen. Maar hoewel de kracht van de bezwering groot was, zo groot dat ze zijn bloed bijna deed koken, kon hij alleen wisselende schaduwen in het donker zien, alleen gemompel en gefluister horen, en één keer de gruwelijke kreet van de gemartelden en verdoemden.

Het voelde als een last op zijn schouders toen hij de bezwering beeindigde en de cirkel sloot. Als hij de duisternis niet kon doordringen, als dit buiten zijn bereik bleef, zou hij meer spionnen moeten inzetten. En die kwamen niet allemaal terug.

Hij riep zijn draak, wilde over het water vliegen en de restanten van de bezwering die nog in hem nagalmden uitbannen. In plaats daarvan vloog hij door het portaal, hoog over de bomen naar de cottage, naar Breen. Hij had genoeg van de afstand. Hij wilde in haar zijn, en de bezwering, zijn falen op die manier van zich afzetten en dan slapen.

Toen hij landde, brandde er slechts één lichtje achter het raam onder haar slaapkamer. Hij hield zich voor dat hij weg moest, haar moest laten slapen, maar liep in plaats daarvan tussen de fladderende nimfen door en maakte met een zwaai van zijn hand het slot en de deur open.

Toen hij het huis binnenliep, keek hij over zijn schouder naar Cróga. 'Ga ergens rusten, mo dheartháir. Ik zorg zelf wel dat ik thuiskom.'

Zodra hij de deur dichtdeed, voelde hij haar. Ze sliep, ja, maar met visioenen van angst en pijn. Hij wierp licht voor zich uit en rende de trap op.

Rillend en met grote glanzende ogen lag ze in bed. De hond stond naast haar op bed, jankte van bezorgdheid en likte aan haar gezicht.

'Ik zal voor haar zorgen, jongen. Ik zal voor haar zorgen. Maar allemachtig, ze moet erdoorheen. Visioenen komen niet voor niets.' Hij knielde naast haar op het bed en streek haar haar naar achteren. 'Maar je bent nu niet alleen, mo bandia.' Hij pakte haar hand, zodat ze troost zou vinden als ze erdoorheen was.

Maar hij werd meegerukt in haar visioen.

De wereld, zijn wereld, het prachtige groen van heuvels en velden zwartgeblakerd, rook die opsteeg en de zon en de lucht verduisterde. Grijs, alles grijs, en de stank die aan de dood deed denken. Pikzwarte bliksem schoot door de rook heen en legde de boerderij die hem en zijn familie was toevertrouwd in de as.

Door de uitbarstingen en het gebulder hoorde hij de kreten van de stervenden, de trieste weeklaag van de rouwenden. De grond lag bezaaid met lijken – mannen, vrouwen, kinderen, dieren – in plassen bloed die in de verbrande aarde sijpelde.

Het verscheurde zijn hart, verscheurde het in stukken die nooit maar dan ook nooit meer hersteld zouden kunnen worden. Hij trok zijn zwaard, sprak zijn kracht aan, een kracht die nu zo gevoed werd door woede en verdriet, dat het heft in zijn hand roodgloeiend was. Hij hakte door een duivelshond die zich aan een jonge fee tegoed deed.

Hij dwong zichzelf door de rook te lopen, maaide er tien, twaalf neer met zijn zwaard, met vuur en woede. En nog altijd kwamen er meer. Al vechtend naderde hij het huis van zijn zus, waar zelfs het laatste sprankje hoop verloren ging. Er stond alleen nog geblakerde steen overeind.

Daar stond hij dan, een machtig man, een man vol plichtsbesef, en hij schreeuwde van woede die nooit zou bekoelen, van verdriet dat nooit zou rusten. Toch kon hij nog vaag licht voelen, van anderen die vochten met al wat ze nog hadden. Hij riep zijn draak, maar wist al dat Cróga nooit meer bij hem zou komen. De verbroken band, meer verdriet, meer woede. Cróga was er niet meer, net zoals de boerderij er niet meer was. Zonder paard en draak zou hij de Hoofdstad en zijn moeder nooit op tijd weten te bereiken om een verdedigingsaanval te lanceren. Als de Hoofdstad nog bestond.

Hij baande zich een weg terug. Als Marg nog leefde, als hij Breen kon vinden, konden ze hun krachten bundelen en een manier vinden. Er moest een manier zijn om te redden wat nog over was. Hij struikelde bijna over een ouder stel elven. Ernstig gewond lagen ze in elkaars armen verstrengeld. Eerst probeerde hij de vrouw te redden, maar terwijl hij zijn licht door haar verspreidde, zag hij hoe haar ogen dof werden. Toen hij zich tot de man wendde, schudde de oude elf zijn hoofd.

'Nee. Mijn levensgezel is naar de goden. Ik kies ervoor om met haar mee te gaan. Ze kwamen zo snel, en de duisternis kwam met hen. Ga, ga en vecht, Taoiseach. Red ons.'

Keegan rende weg, zwaaiend met zijn zwaard en krachten.

En er gloorde weer wat hoop. Hoewel de tuin zwart en verwelkt was, stond Mairghreads cottage nog overeind.

'Breen!' Hij schreeuwde om haar en rende naar de cottage.

Struikelend kwam ze uit de rook tevoorschijn. Er zat bloed aan haar handen en op haar gezicht. 'Nee!' Ze wierp haar krachten zijn kant op, zwak, zo zwak. 'Ik zag je vallen, ik zag je doodgaan. Het is weer een truc. Jij, oma, Morena, iedereen is dood. Ze hebben Deksels gedood. Alles is verwoest.'

'Het is geen truc. Ik ben het echt.'

Toen hij naar haar toe wilde, landde Odran achter Breen. Hij sloeg zijn armen om haar heen en keek met een glimlach naar Keegan. 'Je hebt verloren, jongen. Deze wereld is nu van mij. Zij is van mij.'

'Ze zal nooit van jou zijn. Talamh zal nooit van jou zijn. Ga bij hem weg, Breen.' Hij kon niet uithalen, niet met kracht, niet met zijn zwaard anders zou hij haar ook raken.

'Ik kon ze niet tegenhouden.'

Odran zei in haar oor: 'Je bent niet goed genoeg. Je zult nooit goed genoeg zijn.'

'Ik was niet genoeg,' herhaalde ze monotoon. 'Ik ben nooit goed genoeg geweest.'

'Leugens.' Het waren allemaal leugens, besefte Keegan. Tot visioenen gesponnen door de zwarte god. 'Ga terug naar je hel. Jouw illusie is voorbij.'

'Binnenkort zal het de waarheid zijn.'

'Word wakker,' beval Keegan, en hoewel Odran in het visioen nog zo aanwezig was dat de god zijn huid verschroeide, stak hij zijn arm uit om Breens hand vast te pakken. 'Kom mee en word wakker.' Hij sleepte haar mee, sleepte hen allebei terug.

'Dood, alles is dood.'

Toen ze haar hoofd slap liet hangen, schudde hij haar door elkaar. 'Nee, misleiding, illusies. Verwerp ze.'

'Hij sloeg je neer waar ik bij stond. Jouw bloed kleeft aan mijn handen. Ik was niet sterk genoeg om het tegen te houden.'

'Leugens. Ik ben toch hier?' Hij schudde haar opnieuw door elkaar. 'Kijk dan!'

Toen ze keek, begon ze te trillen. 'Is dit echt? Ben jij echt?'

'Ja, ik ben het. Voor de rest waren het allemaal leugens.'

'Ze kwamen zo snel, met zo veel. Het geschreeuw, de branden, de rook. Ik kon het niet tegenhouden. Ik was niet genoeg.'

'Meer leugens. Je liet hem je zwakte zien, en die heeft hij gebruikt om het visioen in elkaar te draaien. De mijne ook,' gaf hij toe. 'Want toen ik mee werd gesleurd, geloofde ik het. Kom, de hond is bang.'

'Deksels.' Ze verschoof om haar armen om de hond heen te slaan en huilde. 'Hij had hem gedood. Hij knipte met zijn vingers en zette Deksels in brand. Ik kon hem niet redden. Ik kon niemand redden.'

'Hou op.' Keegan trok haar omhoog. 'Hij wil dat je zwak bent, bang, vol twijfel. Ga je hem zo gemakkelijk geven wat hij wil?'

'Het voelde zo echt, alles. Stel dat het een visioen is van wat gaat komen?'

Keegan wist het niet, kon het niet weten, maar gaf haar wat ze nodig had. 'Het was niet echt, en toen ik de leugens doorzag, werd zijn macht verbroken. Maar jij neemt die nu met je mee, en dat moet je niet doen. Je hebt een toverdrankje nodig. Waar heb je ze staan?'

'Nee. Ik moet het zien.' Ze maakte zich los, rende naar het raam en gooide het open.

'Zie je het nu? De maan, de nimfen, de schaduwen van de heuvels, zie je hoe de bomen bewegen en fluisteren in de nacht?'

Ze knikte en toen hij achter haar ging staan, draaide ze zich om en leunde tegen hem aan. 'Hij zei dat iedereen dood zou gaan, tenzij ik met hem meeging. Hij zei dat hij me tot koningin zou maken en dat ik kon kiezen over welke wereld ik wilde regeren.'

'Meer leugens.' Hij streelde haar haar, maar dacht aan de nimfen die geen waarschuwing hadden gestuurd. 'Hij heeft een manier gevonden om alles te omsluiten. Ik voelde zijn duisternis pas toen ik binnenkwam. Hij heeft een manier gevonden, dus zoeken wij een manier om terug te slaan.'

'Ik had geen amulet of rozemarijn gebruikt. Als ik een visioen of een droom of iets zou krijgen, dan zou ik misschien iets te weten komen, was mijn idee.'

Dapper van haar, dacht hij. Dom, misschien, maar wel dapper. 'En dat is gelukt, en ik ben ook iets te weten gekomen. Hij is bang voor je.'

Als ze het nog in zich had, zou ze hebben gelachen. 'Dat is niet wat ik te weten ben gekomen.'

'Dan heb je weer niet opgelet, of wel? Hij heeft zijn krachten gebruikt in een poging jou het gevoel te geven dat je zwak bent en dat dat je eigen schuld is. Dat doet hij omdat hij weet dat je heel sterk bent, maar twijfels hebt. Je moeder heeft vrijwel je hele leven min of meer hetzelfde gedaan, omdat ze bang voor je is.'

'Ze... wat?'

'Ga maar na.' Hij bracht haar terug in de realiteit opdat ze naar hem zou kijken, de waarheid zou zien, zoals hij die geloofde. 'Ze is bang voor wat je bent, wat je hebt. Haar angst voor jou komt misschien door haar bezorgdheid om jou... ik kan niet in haar hart kijken. Maar ze doet hetzelfde, geeft je het gevoel dat je zwak bent, zorgt dat je je minder voelt dan je bent of zou kunnen zijn, zodat je de macht vergeet waar zij zo bang voor is, zodat hij diep in jou is begraven en je hem niet kunt vinden, niet kunt gebruiken. Odran doet het om je zwak te maken, je geest te beschadigen.'

Toen hij haar losliet om zichzelf tot rust te manen, liep hij even heen en weer. 'Als je geen drankje wilt, wil je dan wat wijn?'

Ze schudde haar hoofd.

'Nou, ik wel.' Hij bedacht waar ze de fles, de glazen vandaan had gehaald, en omdat hij haar niet alleen wilde laten, bracht hij met zijn gedachten een glas wijn naar zijn hand.

'Ik wil wel wat water.'

Hij keek haar met een opgetrokken wenkbrauw aan. Haar vertroetelen zou haar niet helpen. 'Zie het, wil het, breng het.'

Ze slaakte een zucht en deed haar ogen dicht. Het had geen zin om hem te zeggen dat ze knallende koppijn had. Dan zou hij alleen zeggen dat ze daar dan maar iets aan moest doen. Toen ze haar ogen weer opendeed, had ze een glas in haar hand. Een leeg glas. 'Half goed.'

Waarschijnlijk zag ze er net zo beroerd uit als ze zich voelde, want hij bracht zijn hand op, hield hem schuin en water stroomde in het glas.

'Gewoon water?'

'Alleen water.'

Hij begon weer te ijsberen en dronk wijn, terwijl zij slokjes water dronk.

'Niet door de beveiliging,' mompelde hij. 'Niet door de nimfen of de amuletten. Door jou.' Hij bleef staan en bekeek haar eens goed. 'Dus het was alleen hier – binnen – want jij was binnen. Ja, zo doet hij het. Je zei dat hij je voelde, jou misschien zag toen je het visioen van het zwarte kasteel had. En natuurlijk, o ja, hij heeft die bezwering bedacht – Yseult – en heeft zitten wachten tot je je voldoende openstelde om hem binnen te laten.'

'Hoe hou ik dat tegen? Alleen met amuletten om dromen en visioenen tegen te gaan?'

'Dat kan, maar nee.' Hier was meer geslepenheid, meer weloverwogenheid voor nodig, dacht hij. 'Laat een raam openstaan als je slaapt en als je hier alleen bent. Daar houd je de visioenen niet mee tegen, maar dan vormen ze een waarschuwing. Voor de rest… zorg dat je hem de macht erover ontzegt… daar heb ik wel wat ideeën voor. Die zal ik verder uitwerken.'

'Laten wij ze verder uitwerken, alsjeblieft.'

'Goed dan.' Hij knikte. 'Daar heb je gelijk in. Maar nu ben je moe, dus terug naar bed.'

Ze sputterde niet tegen, want haar hoofd bonkte en haar lichaam voelde leeg.

Toen hij zijn zwaard afdeed, kon ze wel weer janken. Van opluchting. 'Je blijft.'

'Niet om te paren. Om te slapen.' Toen zweeg hij en hij staarde haar aan. 'Je dacht toch niet dat ik jou hier alleen zou laten na wat je net hebt meegemaakt?'

Ze zweeg toen ze aan het simpele 'ja' dacht dat door haar hoofd schoot en stapte in bed. 'Ik ben zo moe, ik kan niet meer nadenken.'

'Dan ga je slapen.' Zodra haar hoofd het kussen raakte, stopte hij haar in. 'Voor rust en ontspanning...' begon hij, in een poging haar geest tot rust te brengen. 'Hè verdomme, waarom zei je niet dat je pijn hebt?' Hij verzachtte haar hoofdpijn en ging toen zitten om zijn laarzen uit te trekken. 'Ze is me een raadsel, jongen,' zei hij tegen de hond, die keek en wachtte. 'Vrouwen zijn vaker een raadsel voor een man, maar zij meer dan anderen, volgens mij.' Hij kleedde zich niet uit, maar ging op zijn rug liggen, staarde naar het plafond en vroeg zich af hoe hij haar het beste kon helpen om haar visioenen onder controle te houden.

Bij de haard draaide de hond zich drie keer om, zoals honden dat vaak doen, waarna hij in slaap viel.

Het duurde lang voordat Keegan zelf rust vond.

Ze werkten aan een avondbezwering om Breen te helpen de zinsbegoochelende dromen te herkennen en ertegen te vechten. En dag en nacht, weer of geen weer, liet ze een raam openstaan.

Ze dacht niet dat het de vloek van haar eigen twijfel was die haar zei dat ze het maximale in zwaardvechten had bereikt. Naar haar idee was ze onder de meeste omstandigheden meer dan redelijk op dat gebied, maar als het ooit tot een serieus gevecht kwam, wist ze dat ze ver boven 'redelijk' uit zou moeten stijgen. Als het ging om bezweringen en andere vormen van magick, concentratie en beheersing was ze er enorm op vooruitgegaan, dat was geen illusie.

Gaandeweg kwam ze ook tot het besef dat ze meer talent had in bed dan haar vorige twee minnaars haar hadden doen geloven. Maar goed, die waren allebei geen Keegan geweest. Ongetwijfeld maakte het verschil als je een buitengewone bedgenoot had.

Haar vertrouwen in haar schrijfkunst nam toe en soms af, maar het plezier was onverminderd.

Toen ze na een productieve ochtend haar computer afsloot, slaakte ze een voldane zucht. Het einde van het boek was in zicht, het was nog weken werk, maar ze zag het voor zich. En het volgende avontuur van Deksels begon vorm te krijgen. Wat bofte ze, dacht ze, dat ze van het ene verhaal naar het andere kon wippen, van de ene wereld in de andere. Van het ene leven, in feite, naar het andere. Net toen ze wilde opstaan, begon FaceTime te zoemen.

Het was niet hun gebruikelijke tijd, maar ze beantwoordde het gesprek van Marco. 'Hoi, je hebt me nog net te pakken. Ik stond op het punt om te... gaan wandelen.'

'Dat hoopte ik al.' Hij keek haar grijnzend aan. 'Meid, wat zie je er goed uit!'

'Ik voel me ook goed. Het is erg vroeg voor jou.' Zo vroeg, zag ze, dat hij zijn Spider-Man-T-shirt waar hij vaak in sliep nog aanhad. 'Vertel eens.'

'Ik kon niet wachten, Breen. Ik denk dat ik het huis heb gevonden.'

'Het huis?'

'Je wilde iets met een stukje grond, zodat je een tuin kon aanleggen, en nu heb je ook nog een hond. Ik heb rondgekeken – niet echt heel erg, maar dit sprong er gewoon uit! Het heeft vier slaapkamers, dan kun je een schrijfplek creëren en misschien is er wel plek voor een muziekkamer. Het heeft een heel mooie keuken en weinig tussenmuren. Het is niet midden in de stad, zoals nu, maar jemig, wel met bijna een halve hectare grond. Je wilt toch nog steeds een tuin?'

Ze moest eerst iets wegslikken. 'Ja.'

'Ik kan naar mijn werk forenzen, geen probleem. Het is ook een goede buurt, geen homobuurt, maar ja, zoals die van ons, zo is er maar één. En ook niet zo'n griezelig volmaakte buurt. De beste vriendin van Derricks nichtje is makelaar en zij heeft me ingeseind. Het is nog niet op de markt. Er was een koper, maar die heeft zich teruggetrokken, dus nu... nou ja, dat weet ik niet, maar over een paar dagen komt het weer op de markt. Ik stuur je een link met foto's, zodat je het kunt zien, erover kunt nadenken, misschien met de bankman kunt praten. Over een week ben je weer thuis, dus het lijkt wel of het zo heeft moeten zijn.'

'Een week.' Ze wist het, in haar hoofd, maar ze had het nog niet hardop gezegd. Ze had het nog niet echt gemaakt.

'Ga maar eens kijken. Misschien heb ik het mis, maar volgens mij is het een schot in de roos.' Toen fronste hij zijn wenkbrauwen. 'Je wilt toch nog steeds een huis, of niet?'

'Ja. Ja, ik wil een huis.' Maar waar?

'Ik heb je er een beetje mee overvallen, geloof ik. Ik werd er echt helemaal enthousiast van. Ik weet dat je het daarginds waanzinnig leuk hebt gehad, maar ik mis je heel erg.'

'Ik mis jou ook.' Dat was in elk geval de waarheid. 'Ik mis je heel erg, Marco. En Sally en Derrick en iedereen bij Sally's.'

'Waag het niet om daar verliefd te worden.'

Te laat, dacht ze. Ze was verliefd geworden op een hele wereld.

'Maar je moet wel van hete Keltische seks genieten.'

'Toevallig...'

'Wat?' Hij maakte wilde bewegingen met zijn handen. 'Vertel, vertel Marco alles.'

'Als ik terug ben.' Sommige dingen, zoals hete seks en het verkopen van een boek, moesten in eigen persoon worden verteld.

'Geef me een detail. Ik ken jou, dus het is maar één man. Is hij verrukkelijk?'

'Ja, niet normaal.'

'O, krijg nou tieten! Stuur me een foto.'

'Heb ik niet.'

'Jezus, mens, maak er dan een.'

'Ik zie wel.' Ze moest ophouden, anders zou ze te veel zeggen. 'Ik moet de hond uitlaten.'

'Ga dan maar. Ik stuur je die link zo. Zeven dagen, hartsvriendin.'

'Zeven dagen. Ik hou van je, Marco.'

'Ik minstens zoveel van jou. Ik app je.'

Ze beëindigde het gesprek en leunde achterover.

Zeven dagen.

Ze werkte harder, studeerde langer, oefende dwangmatig. Samen met Keegan en haar grootmoeder creëerde ze een bezwering om haar te helpen de visioenen en dromen te beheersen. Maar omdat er een drankje, een amulet en een spreuk mee gemoeid waren, maakte ze zich zorgen over de ingewikkeldheid.

'Je vecht om de macht met een god, mo stór,' zei Marg haar. 'Je hebt meer nodig dan kracht en vaardigheid. Je hebt vertrouwen nodig, in het licht en in jezelf.'

Ze zaten alleen in Margs werkplaats, en Breen bedacht hoezeer ze dit zou missen als ze weer terugging naar Philadelphia. Alleen maar dit, een rustige middag samen met haar grootmoeder en bezig zijn met wat zij zag als de grondbeginselen van magick.

Behoedzaam mengde ze een drankje tegen zenuwen, en Marg legde de laatste hand aan een balsem tegen pijnlijke gewrichten. De werkplaats rook naar kruiden en kaarsvet.

En vrede, dacht ze. Als vrede een geur had, dan was dit het. 'Ik geloof in het licht. Ik heb deze zomer te veel gezien en gedaan om daar niet in te geloven.'

'En in jezelf?'

'Meer dan eerst en meer dan ik ooit had gedacht. Ik ken de redenen, begrijp ze zelfs, maar ik ben nog steeds boos dat ik je deze zomer pas heb leren kennen. Ik kende mezelf niet, Morena niet, Talamh niet, ik kende niets, niemand. Ik wist niet wat mijn vader was, wat hij deed, wat hij voor mij heeft gedaan.'

Marg deed het deksel op de balsem en plakte er een label op. 'En nu je dat allemaal weet?'

'Ik word twee kanten op getrokken, door twee werelden.'

Met een knikje stond Marg op. Ze zette de balsem op een plank en liep naar de kachel om thee te zetten.

Dat betekende pauze, tijd om te praten, wist Breen.

'Je komt uit allebei, hebt een band met beide. Dat maakt jou uniek. En angstig.'

Ze droeg vandaag een lange, lichtblauwe jurk met daaroverheen een wit schort. Met haar prachtige krullen opgestoken zag ze eruit als een plaatje in een geschiedenisboek. Niet van deze tijd.

Maar haar grootmoeder was wel degelijk van deze tijd, dacht Breen. Ik ben het zelf niet.

'Wil je nu met me praten?' vroeg Marg. 'De afgelopen dagen heb je je problemen weggestopt onder je werk en je training, maar ik voel het. Je bent mijn bloed,' ging ze verder, terwijl ze de thee naar de werktafel bracht. 'En ik voel de onrust in je hart en geest.'

'Oma.' Breen schudde haar hoofd en staarde in haar thee.

'De zomer is bijna voorbij. Over niet al te lange tijd verandert het licht, ontwaken de geuren van de herfst en begint de oogsttijd. Het wiel draait zoals het moet.'

'Wat ik ook doe, ik zal de mensen van wie ik hou pijn doen.'

'Zij die van je houden zullen je keuzes respecteren.'

Bezorgdheid klonk in Breens stem door en tranen sprongen in haar ogen. 'Ik moet terug. Ik kan niet zo veel onafgemaakt achterlaten. Als ik uit twee werelden kom, moet ik een manier zien te vinden om te doen wat voor allebei juist is.'

'Maar wat is juist voor Breen?'

Natuurlijk vroeg ze dat, besefte Breen. Natuurlijk dacht ze dat… en wilde ze dat. Dat was liefde.

'Ik weet het nog niet. Ik moet eruit zien te komen, en er is zo veel… Ik heb mijn boek verkocht. Het boek van Deksels.'

'O!' Marg straalde en de tranen die in haar ogen sprongen, schitterden van trots. '*Mo chroí!*' Ze pakte Breens handen vast. 'Dit is geweldig nieuws. Ik ben zo trots op je.'

'Jij hebt er ook een rol bij gespeeld. Je hebt me die hond opgedrongen.'

Verrukt schoot Marg in de lach. 'Dat is waar, maar dit is jouw prestatie. Dit komt uit jouw hart, jouw geest, dit is jouw talent, jouw moed. Als het zover is, zetten we je boek in de grote bibliotheek in de Hoofdstad en wil ik hier ook een exemplaar hebben. De jonge Deksels wordt overal beroemd. In twee werelden.'

'Dat is wat ik wil. Schrijven, gelezen worden, in bibliotheken en huizen en scholen liggen. Dat wil ik nu meer dan toen ik begon. En daar heb ik de andere wereld voor nodig. Er zijn mensen van wie ik hou in de andere wereld, oma, en die kan ik niet uit mijn leven bannen. Ik moet terug, doen wat ik niet afgemaakt heb. En ik moet terug om mezelf te overtuigen.' Ze kneep haar grootmoeders handen wat steviger vast. 'Maar ik beloof je, ik zweer je, dat ik terugkom. Bij jou, mijn vrienden hier, Talamh. Ik kom terug uit liefde en plichtsbesef.'

'Je vader heeft destijds hetzelfde beloofd en hij hield zich aan zijn eed. Ik weet zeker dat jij dat ook zult doen.'

'Ja. Nu wil ik twee dingen van je vragen.'

'Wat zou ik het kind van mijn kind niet willen geven?'

'Wil jij op Deksels passen tot ik terugkom? Ik wil hem hier niet weghalen. Hij is hier gelukkig en vrij. En... nou ja, er zijn allerlei praktische redenen om hem niet mee te nemen.'

'Natuurlijk doe ik dat. Hij zal je heel erg missen. Ik ook. Wij allemaal.'

Een last viel van haar schouders. 'Dank je wel. Ik kan hem gewoon niet meenemen naar een appartement in de stad. Marco is aan het kijken naar huizen... Een van de dingen die ik niet afgemaakt heb. Zou je de cottage voor me willen vrijhouden, voor als ik terugkom? Ik weet niet precies wanneer dat is, maar...'

'Mijn lieve kind, de cottage is van jou. Die heb ik voor jou gemaakt. Hij zal altijd van jou zijn. De hond, de cottage en heel Talamh zullen op je wachten tot je je keus hebt gemaakt. En ik beloof je dat ik je nooit in de weg zal staan.' Ze stond weer op. 'Ik heb een cadeautje voor je.'

'Je hebt me al zo veel gegeven. Je hebt mijn leven zo veranderd.'

'Dit cadeau is net zo goed voor mezelf.'

Ze bracht Breen een spiegel met een zilveren achterkant en in het midden een drakenhartsteen.

'Een magische spiegel, hij is van je overgrootmoeder geweest. Als je me nodig hebt, me wilt spreken, wilt zien, hoef je alleen maar hierin te kijken en me aan te roepen.

Magisch FaceTime, dacht ze. 'Hij is prachtig. En ik heb je nodig, oma.' Ze stond op en sloeg haar armen om Marg heen. 'Ik zal je niet teleurstellen. Ik vind wel een manier.'

'Nu is het tijd dat je anderen die om jou geven dit gaat vertellen.'

Breen zuchtte. Ze verwachtte niet dat iemand anders zo begripvol zou zijn als haar grootmoeder. Aisling misschien...

Maar dat had ze goed mis.

'Je doet toch wat je wilt doen,' zei Aisling kort, toen ze een emmer water van de bron naar de keuken droeg. 'Mijn vader is gestorven, zodat jij vrij kon zijn om te doen waar je zin in had.'

'Aisling...'

'De vader van mijn kinderen vecht en vliegt om Talamh te beschermen,' ging ze verder, terwijl ze water in een pan goot. 'En ooit zal van mijn kinderen hetzelfde gevraagd worden, terwijl jij aan de andere kant leeft, waar je water uit de kraan kunt halen en in auto's rijdt die de lucht vervuilen.'

'Ik ga niet terug voor de auto's en het water uit de kraan. Ik heb daar ook verplichtingen.'

'Zijn die een kwestie van leven en dood, jouw verplichtingen daar?' wilde Aisling weten. 'Is het licht of duister, slavernij of vrijheid?'

'Nee. Ik ben daar niet belangrijk. Ik kom terug. Dat heb ik oma beloofd en ik beloof het jou, maar er zijn daar dingen die ik moet afmaken...' Haar stem stierf weg toen Harken binnenkwam.

'Ze gaat weg,' snauwde Aisling, en ze begon driftig een wortel te schrappen.

'Ah, tja.' Hij zette zijn pet af en keek Breen simpelweg aan.

'Ik kom terug, dat zweer ik. Maar ik moet...' Wat kan mij het ook verdommen, dacht ze, en ze pakte zijn hand vast. 'Lees me, hart en geest. Ik ga niet omdat ik weg wil, maar omdat ik moet proberen te doen wat juist is. En ik kom terug om te proberen te doen wat juist is.'

'Het pijnigt je. Dat liefde en verplichtingen van beide kanten zo hard aan je trekken doet pijn.' Hij wierp even een blik op zijn zus. 'Mahon voelt dat ook vaak als hij zijn gezin moet achterlaten om aan zijn verplichtingen te voldoen. Ik wens je een veilige reis, Breen Siobhan, en een veilige terugkeer naar ons.' Hij legde zijn lippen even tegen haar voorhoofd. 'Morena staat buiten met de kinderen te praten. En Keegan is zich aan het klaarmaken voor de training van vandaag. Je moet het ze allebei vertellen.'

'Dat weet ik. Dat ga ik ook doen.' Ze keek naar Aisling. 'Het spijt me.'

'Ze laat het grootste deel van haar hart hier,' zei Harken, toen Breen naar buiten liep.

'Het grootste deel van haar hart is niet genoeg om het tegen Odran op te nemen.'

Hij liep naar haar toe en sloeg zijn armen om haar heen.

Aisling verstijfde, wilde hem wegduwen, maar gaf zich toen aan de omhelzing over. 'Je kunt een slot niet openen en sluiten zonder de sleutel, Harken.'

'Wanneer ze terugkomt, is ze des te sterker.'

'Als.' Door het raam zag Aisling dat Breen met Morena stond te praten. 'Als ze terugkomt.'

26

Het was net als medicijnen innemen, dacht Breen, je kon het maar beter in één keer doen. Toch bleef ze staan wachten, terwijl Morena Kavans arm goed hield, zodat hij de havik naar de handschoen kon roepen.

Die schitterende vlucht, dacht Breen, het majestueuze spreiden van de vleugels op het moment dat de havik van hoog uit de boom in de richting van de arm van het kleine jongetje vloog. En vervolgens stoïcijns het vrolijke gekraai van de jongen over zich heen liet komen.

'Jullie worden allebei nog eens goeie valkeniers. Volgende keer geef ik jullie nog een les, maar nu wil Amish jagen.'

'Papa zegt dat ik voor mijn volgende verjaardag misschien wel een eigen havik krijg, als ik goed mijn best doe met leren.'

Morena keek met een glimlach naar Finian. 'In dat geval help ik je graag met trainen. Nou, Kavan, laat hem maar vliegen.'

'Dag! Dag! Dag!' Kavan tilde zijn arm op zoals hij had geleerd.

'Goed zo, heel goed gedaan, allebei.' Ze hielp ze om de kleine handschoen uit te trekken die ze voor hen had gemaakt. 'Berg de handschoenen nu maar goed op.'

De twee kinderen renden in de richting van het huis. Finians gezicht straalde nog steeds toen ze bij Breen kwamen. Zoals altijd hief Kavan zijn armpjes op. Op het moment dat Breen hem optilde, besefte ze dat ze hen meer zou missen dan ze voor mogelijk had gehouden.

'Morena heeft voor ons allebei een eigen handschoen gemaakt,' vertelde Finian haar. 'We hebben met de havik gevlogen. Om de beurt. Ik krijg een havik voor mijn verjaardag.'

'Wanneer ben je jarig?'

'Met *Samhain*. Ma zegt dat ik die dag heb gekozen, zodat mijn ziel en die van opa elkaar kunnen ontmoeten als de grens vervaagt. Kom, Kavan, we moeten de handschoenen opbergen.'

'Dag!' riep hij, toen Breen hem neerzette. 'Dag. Dag.'

'Wat een leuke jongens,' merkte Morena op. 'Ik weet dat Aisling naar een meisje verlangt, maar zij en Mahon maken leuke jongens samen.'

'Nou, hè? Wat ga je ontzettend leuk met ze om.'

'O, dat is niet moeilijk. En een goeie oefening voor als ik besluit dat Harken mij mag bezwangeren.'

'O.'

'Ik vind baby's geloof ik veel leuker dan het hele handfasting-gebeuren. Hij wil natuurlijk allebei. Maar goed, er is nog genoeg tijd om te zien wat ik wil. Ben je klaar voor de training van vandaag?'

'Heb ik een keus?'

'Niet als het aan Keegan ligt, nee. Maar je bent de afgelopen dagen als een bezetene bezig geweest, dus óf je vindt het tegenwoordig leuk, óf je wilt dat lekkere lijf van hem gewoon bont en blauw slaan.'

'Nou, ik vind het nog steeds niet leuk, het zwaard niet en het vechten met de blote vuist niet. Ik ben... Loop je even met me mee? Ik moet met je praten.'

'Natuurlijk, en ik was van plan even te blijven kijken... en wat beledigingen naar het hoofd van die man te gooien. Waar wil je het met me over hebben?'

'We zijn vriendinnen. Je was mijn allereerste vriendin, en ook al is veel uit die tijd nog wazig, ik voel het wel.'

'Er zit je wat dwars, en daar heb ik Harkens gave niet voor nodig.'

'Ik heb ook vrienden aan de andere kant. Er is iemand die als een moeder voor me is, die liever voor me is geweest en meer begrip voor me heeft getoond dan mijn eigen moeder wilde of kon. En ik heb Marco.'

'Degene die mijn moeder heeft ontmoet. Aantrekkelijk, zei ze, met een goed hart, en charmant.'

'Dat is hem. Hij is er altijd voor me geweest, al zolang ik me kan herinneren. Een vriend, een broer, een schouder om op uit te huilen, mijn rots in de branding. Ik vind het heel erg moeilijk om dit niet met hem te delen, hem de waarheid niet te vertellen. Te weten dat ik hem de waarheid niet kan vertellen.'

'Dat snap ik.' Morena sloeg meelevend een arm om Breens schouder. 'Ik vond het heel moeilijk om door de jaren heen aan de andere kant te zijn en niet naar je toe te gaan. Maar ware vriendschap is niet altijd gemakkelijk, hè?'

'Nee, en ik wil niet langer de weg van de minste weerstand nemen, Morena. En dus moet ik terug.'

'Terug? Terug naar… Maar je bent hier nodig en je bent gelukkig hier. Je bent hier ontwaakt.'

'Ja, ja, ja. Maar ik moet gaan, er zijn zo veel redenen om terug te gaan. Er zijn dingen die ik moet doen, moet zeggen, moet oplossen. Ik kan de mensen om wie ik geef, die om mij geven niet zomaar de rug toekeren.'

Met een neutraal gezicht haalde Morena haar arm terug. 'Maar de mensen hier wel?'

'Nee. Daarom kom ik terug. Ik heb tijd nodig. Ik moet de dingen op een rijtje zetten. Ik moet alles weer zien in het licht van Talamh en alles wat ik heb geleerd.'

'Je hebt het grootste deel van je leven daar doorgebracht voordat je hier kwam. Je zou moeten weten waar je thuishoort.'

'Ik heb tijd nodig,' herhaalde ze. 'Ik kom terug. Voor vriendschap, voor alles wat me hier roept, voor mijn grootmoeder en voor mijn verplichtingen.'

'Wanneer? Wanneer ga je?'

'Ik heb nog drie dagen. Twee,' corrigeerde ze zichzelf, 'na vandaag.'

'En wanneer kom je terug?'

'Dat weet ik niet, niet precies. Maar ik kom terug.'

'De laatste keer dat je dat zei, duurde het meer dan twintig jaar voordat je terugkwam.'

'Zo zal het deze keer niet gaan. Deze keer maak ik een keus, deze keer ben ik geen kind.'

Morena keek naar de boerderij en toen naar Breen. 'Je weet het misschien nog niet, maar ik wel. Dit is jouw echte thuis. Dus je komt wel terug. Zorg dat je er niet te lang over doet. Heb je het Marg al verteld?'

'Ja. En Aisling en daarna Harken, want die kwam net binnen toen ik er was.'

Ze knikte. 'Dus heb je Keegan als laatste bewaard. Omdat je mijn vriendin bent, zal ik je succes wensen en het menen. Maar ik kan je dit beter alleen laten doen.'

'Goed.'

'Ik zie je nog wel voordat je gaat.'

Breen wilde nog wat zeggen, maar Morena draaide zich om en liep in de richting van Aislings cottage. Toen Deksels aan kwam geroffeld, liep ze door naar het trainingsveld, waar Keegan zorgvuldig een van de zwaarden aan het poetsen was.

'Je bent alweer laat. Ik heb vrouwen in meer dan één wereld gekend die dachten dat een man niets beters te doen had dan op hen wachten. Ze hadden het mis.'

'Ik denk dat niet, nooit gedaan ook, maar ik had vandaag veel te doen. Nog steeds.' Ze ging op een van de opstapjes zitten die hij had neergezet als onderdeel van een wrede hindernisbaan waar hij haar meer dan eens overheen gejaagd had.

'Ik moest met oma praten en... er zijn nog anderen die ik moet spreken. Ik moet ook met jou praten.'

Hij keek op, keek haar aan.

Ze zag hoe de schaduw over zijn ogen viel, alsof hij de gordijnen dichttrok.

'Je gaat dus terug.'

'Ja, maar...'

'Over een paar dagen al, twee dagen na vandaag, dus dat is nog een kwestie van uren.'

'Ja,' zei ze opnieuw, verrast dat hij het wist.

'Je dacht dat ik niet zou weten wanneer de tijd die je voor ons had gereserveerd op was? En toch heb je niets gezegd. Gemakkelijker voor jou, zeker, om mij – ons allemaal – te laten denken dat je van plan was te blijven, het tot het einde te volbrengen.'

'Nee, niet gemakkelijker. Misschien was het een tijdje gemakkelijker om er niet aan te denken, dus deed ik dat niet. Ik dacht er gewoon niet aan. En toen ik er wel aan dacht, zei ik niets omdat ik niet goed wist hoe.'

'Nu heb je het gezegd.' Hij stond op. 'Dan heeft het geen zin om mijn tijd te verdoen aan jouw training als jij ervoor kiest terug te gaan.'

'Dat is niet eerlijk.' Ze sprong overeind. 'Niet eerlijk. Waarom dacht ik dat jij eerlijk zou zijn of zou luisteren naar wat ik te zeggen had?'

'Je gaat weg, daar is alles mee gezegd. Iedereen in mijn wereld kijkt nu naar mij om hen te beschermen tegen Odran, om dat visioen van dood en verderf dat wij samen hebben gedeeld te voorkomen. Ik haalde het zwaard uit het meer omdat jij zei dat ik dat moest doen.'

'Ik... wat? Ik heb nooit... Ik was hier niet eens.'

'Je was er wel, toen ik het in het water zag liggen en dacht: nee, niet voor mij, nee, ik wil het niet, ik wil geen leider zijn. Maar toen was jij daar en in het water sprak je tegen me. Dus pakte ik het op en daarmee alle lasten die ermee gepaard gaan. En jij, die bent geboren met de kracht om werelden te beschermen, werpt de last terzijde.'

'Dat doe ik niet. Dat ga ik niet doen. Ik kom terug. Je weet niet wie ik was voordat ik hier kwam.' Ze haalde haar handen door haar haar en draaide zich om. 'Jij zou de persoon die ik was niet leuk vinden. Ik vond mezelf niet leuk. Ik moet terug zoals ik nu ben.'

'Waarom?'

'Om te bewijzen dat ik kan zijn wie ik nu ben. Om te bewijzen dat ik ben wat ik wil zijn. Om de keus te maken nu ik weet wat ik weet. Verdomme, Keegan, iedereen in Talamh heeft de kans buiten deze wereld te reizen, jullie worden aangemoedigd om te gaan, er tijd door te brengen, te zien en te voelen. En dan je keus te maken. Mag ik niet hetzelfde doen?'

'Je hebt er gewoond.'

'Nee, niet ik.' Ze draaide zich om en sloeg zich op de borst. 'Een vrouw die alles deed om niet op te vallen. Die de regels van een ander opvolgde. Een vrouw die geloofde dat haar eigen vader niet genoeg van haar kon houden om te blijven. Maar dat is niet degene die teruggaat. Ik heb mijn moeder in geen maanden gesproken en in al die tijd heeft ze geen contact met me gezocht. De vrouw die teruggaat, gaat een verdomd goed gesprek met haar aan.'

'Dus je gaat terug om je moeder te laten zien dat je sterk bent.'

'Dat is een van de redenen, ja. En wat is daar mis mee? Heb jij me niet getraind om sterk te zijn? Is dat niet wat je al die weken hebt gedaan?' Ze draaide zich om en greep een zwaard. 'Zij heeft me getraind om zwak te zijn.' Ze doorkliefde de lucht met het zwaard. Heet licht knetterde en spatte van de kling. 'Reken maar dat ik haar laat zien dat ik dat niet ben. Er zijn mensen die van me houden, ik wil ze zien, en ik moet hun op de een of andere manier vertellen dat ik niet blijf, dat ik terugga naar Ierland. Omdat ik ze niet kan vertellen dat ik hiernaartoe ga. Ik kan ze wel zeggen dat ik terugga naar Ierland om mijn boek af te maken, dat ik het vanwege mijn werk doe en dan is het geen complete leugen.' Ze slaakte een zucht en legde het zwaard neer. 'Maar het is nog altijd een leugen, en dat vind ik erg. En het zal ze verdriet doen. Marco, mijn vriend, en ik zouden samen een huis kopen. Hij heeft er één gevonden en het is precies wat ik wilde voordat... voordat alles anders werd. En nu moet ik hem teleurstellen, want dat gaat pas als... Ik weet niet wanneer het zou kunnen.'

'Dus je denkt aan huizen en je eigen trots. Ben je de visioenen, het geschreeuw en de rook dan vergeten?'

Haar blik werd hard en donker en ze bracht haar gezicht omhoog. 'Die zal ik nooit vergeten.'

'Besef je dat Odran weet dat je ontwaakt bent? Hij zal blijven proberen door het portaal te komen, zal verkenners en demonen blijven sturen. Hij zal al het mogelijke doen om je dromen binnen te dringen.'

'Ik heb de bezwering...'

'Maar niemand om je te helpen als die niet werkt.'

'Dan zal ik goed genoeg moeten zijn.'

'En als je dat niet bent en hij kan alles gebruiken wat jij hebt, dan is Talamh verloren. En dan zal ook jouw wereld ten onder gaan, want jij bent de brug.'

'Ik zal goed genoeg moeten zijn,' herhaalde ze. 'Voordat ik hier kwam, was er een handjevol mensen – nog niet eens – dat geloofde dat ik goed genoeg was, en daar hoorde ik zelf niet eens bij.' Het raakte haar tot op het bot dat hij daar ook niet bij hoorde. 'Het is moeilijker om te gaan dan te blijven. Dat begrijp jij niet, maar dat is mijn keus. Om te gaan, te doen wat ik moet doen en om dan terug te komen en alles aan de Fey te geven.'

'Dan zal ik me de moeite besparen. En aangezien trainen nu ook geen zin meer heeft, ga ik wat nuttigs doen.'

'Ik heb vandaag nog en morgen, en...'

'Hoe groot is de kans dat je in Philadelphia een zwaard nodig hebt?' Hij stak het zijne met een beslissende klik in de schede en raapte dat van haar op. 'Dus ga, Breen Siobhan, en doe wat je moet doen, want kennelijk brandt de menselijke vlam feller in jou dan die van de Fey.'

Hij liep weg en even later zag ze zijn draak uit de lucht neerdalen. Hij steeg op. Zonder achterom te kijken, zweefden ze door de lucht en verdwenen in de wolken.

Ze ging niet terug naar de boerderij. Omdat ze betwijfelde of ze er welkom was, bracht ze veel van haar resterende tijd door met haar grootmoeder en Sedric. Ze zocht Morena en haar grootouders op en keek hoe jonge Feys door de straten en bossen raceten.

De avond voor haar vertrek liet ze Deksels bij Marg achter.

Hij jankte toen ze wegging en het klaaglijke geluid volgde haar toen ze de cottage en de tuin achter zich liet en over de weg liep.

Ze had haar tijd uitgerekt tot de schemering, toen het licht een paarlemoeren glans kreeg en de heuvels in de verte in schaduwen gehuld stonden.

Een tijd waarop het stil werd in Talamh, wist ze. Het werk zat erop, het avondmaal was genuttigd. Een tijd om te lezen of gesprekken te voeren bij de haard terwijl de kinderen sliepen. Een tijd voor muziek, en ze hoorde inderdaad de prachtige, treurige flarden van een viool door het raam van de boerderij komen.

Ze klonken als tranen. Niets had beter bij haar stemming kunnen passen. Er scheen licht door de ramen van het huis waar ze was geboren, en haar vader voor haar. Haar hart kromp ineen toen ze erlangs liep en de trieste muziek haar als een geest achtervolgde.

Morena zat op het muurtje voor de Welkomstboom en stond op toen ze Breen dichterbij zag komen. 'Ik wilde je nog een laatste keer gedag zeggen.'

Zonder woorden liep Breen op haar af, sloeg haar armen om haar vriendin heen en hield haar stevig vast.

'Het doet je verdriet om te gaan. Dat kan iedereen zien, dus moet de noodzaak om te gaan wel heel groot zijn.'

'Dat is ook zo. Ik kan het niet uitleggen, maar het is zo.'

'Je hebt het me goed genoeg uitgelegd.' Morena gaf haar nog een kneepje, maakte zich toen los en keek naar de boerderij. 'Ook al ziet niet iedereen dat zo.'

'Harken speelt als een engel. Een treurende engel.'

'Harken speelt viool en goed ook, maar dit is Keegan.'

'Keegan? Ik wist niet eens dat hij viool speelde.'

'Je eigen vader heeft het hem geleerd, Harken en Aisling ook. Dat heeft hij zeker niet verteld toen jullie in bed lagen.'

Ze wist het, dacht Breen. Natuurlijk wist ze het. Waarschijnlijk wist iedereen het. 'Nee. En hij is nu zo boos dat hij helemaal niet meer met me wil praten.'

'Hij draagt werelden op zijn schouders en in zijn hart en handen.'

'Dat begrijp ik, echt waar. Daarom kan ik ook niet boos op hem worden, ook al zou dat veel gemakkelijker zijn.'

'Jullie kunnen het allemaal goedmaken als je terugkomt.'

'Ik kom terug, maar het goedmaken is een andere kwestie.' Ze haalde haar schouders op en glimlachte. 'Ik denk dat ik misschien wel de enige vrouw in de geschiedenis ben die in twee werelden is gedumpt.'

'Mannen zijn in feite tere wezens.'

'Vind je?' vroeg Breen droefgeestig.

'Geloof mij nu maar. Zeg, ik kreeg van jou een cadeau toen je hier kwam, dus ik heb iets voor jou nu je weggaat.' Ze gaf Breen een houten kistje met magische symbolen erin gekerfd.

'Wat prachtig.'

'Ach ja, het kistje is best mooi, maar wat erin zit is het echte cadeau.'

Breen opende het en Morena creëerde een lichtbol om bij te schijnen, zodat ze kon zien wat ze in haar hand had.

'Oma's cottage! Een volmaakte miniatuur van oma's cottage, met de voortuin en de voordeur die openstaat zoals zij het altijd graag heeft.'

'Ik wilde eerst de cottage aan de andere kant maken, waar je de afgelopen tijd hebt gewoond.'

'Heb je hem zelf gemaakt? Ongelooflijk.'

'Ik ben blij dat je hem mooi vindt. Ik dacht nog aan de boerderij, omdat je daar zo mee verbonden bent. Maar uiteindelijk had ik het idee dat je Margs cottage wel bij je zou willen hebben op je reis.'

'Ik kan je niet zeggen hoe geweldig ik dit vind en hoe geweldig ik jou vind, omdat je wist wat dit voor mij zou betekenen. O, Morena, ik ga je zo missen.'

'Mis me dan maar niet te lang. Ik ben er als je terugkomt.'

Voorzichtig plaatste Breen de miniatuur terug op de fluwelen voering van het kistje. 'Wil je af en toe bij oma en Deksels langsgaan?'

'Natuurlijk.'

'Ik moet gaan.'

'Dat weet ik. Goeie reis.'

Breen stak het veld over, liep de stenen trap op en draaide zich nog één keer om om naar Morena te kijken. 'Volgens mij ben ik de enige vrouw die in twee werelden de allerbeste vrienden heeft.' Met het kistje tegen haar hart gedrukt, stapte ze van de ene wereld in de andere.

De hele reisdag ging als een droom aan haar voorbij. Het inladen van de auto, nog één keer een rondje door de cottage maken, door de motregen rijden die al het groen op natte smaragden deed lijken...

Toen ze eindelijk de luchthaven binnenliep, voelden het lawaai, alle mensen, de drukte als een cultuurschok. Maar ze concentreerde zich op wat ze moest doen, in stappen en fases. Toen ze eindelijk op een relatief rustig plekje in de lounge zat te wachten op haar vlucht, hield ze het bij water. Ze had toch al het gevoel alsof ze buiten haar lichaam was getreden, en haar handen trilden een beetje toen ze het glas naar haar mond bracht.

Tijdens het boarden bedacht ze dat ze op een draak had gevlogen en dat was echt geweest. Daarna beantwoordde ze Marco's vrolijke appje om tot zich te laten doordringen wat op dit moment echt was.

Toen het vliegtuig opsteeg, keek ze niet uit het raam. Ze wilde niet zien wat ze achterliet. Ze wilde ook geen film kijken of een boek lezen, maar probeerde wat te schrijven en daarin op te gaan. Het hielp, een beetje, en toen het verhaal haar ontglipte, liep ze naar het toilet om het drankje te nemen en de bezwering te doen. Met het amulet in haar zak, sliep ze de rest van de vlucht.

Stappen en fases, hield ze zich voor toen ze landde, en ze doorliep ze allemaal, tot ze haar bagage op een kar de wereld vol lawaai en haast binnenreed, die haar oren deed suizen en haar maag van streek maakte.

Als Marco er niet was geweest had ze zich misschien ter plekke omgedraaid in een poging eraan te ontsnappen. Marco, die met beide handen stond te zwaaien. Marco met een grijns van oor tot oor. Marco, die haar zo stevig vastpakte dat ze bijna geen lucht meer kreeg.

'Daar is ze!'

'Daar ben je,' mompelde ze met haar gezicht tegen zijn schouder, lachend en huilend tegelijk.

'Laat me eens goed kijken naar mijn beste vriendin.' Hij maakte zich van haar los en knipperde met zijn ogen. 'Mens, je zag er al strak uit toen ik wegging, maar goeie genade, je bent echt supergespierd. Wat heb je gedaan?'

'Ik? Veel gesport.' Zwaardvechten, gevechtstraining, paardrijden, wandelen.

'Je ziet er verdomd goed uit. Waar is die hond? Waar moeten we hem halen?'

'Ik kon hem niet meenemen.' En nu begon ze echt te huilen. 'Ik heb hem bij... dat vertel ik nog wel.'

'Het is al goed, lieverd, het is al goed. Dat stomme appartement ook.'

'Ik wil hier heel graag weg, Marco.'

'Natuurlijk. Kom, dan duw ik deze bescheiden berg wel.' Hij ging achter de bagagekar staan. 'Ik heb het busje van mijn neef geleend... een schande voor mijn soort, maar goed. Wacht jij maar op het trottoir, dan kom ik zo.'

'Dank je wel.'

'Je zult wel kapot zijn.'

'Ja. Alles voelt zo gek. Behalve jij.' Ze pakte zijn arm vast toen hij de kar naar buiten reed.

'Ik ben dagenlang in de war geweest toen ik terug was. Is het goed als ik je even hier laat staan?'

'Ja, hoor.'

Nee, dacht ze, toen hij wegholde. Niets is goed. Alles ruikt raar, de lucht ziet er vreemd uit. Iedereen praat door elkaar. Er zijn overal te veel mensen en auto's. Het donderende geraas van opstijgende en landende vliegtuigen.

Marco kwam in een kersenrood busje aangereden, sprong eruit en opende de laaddeuren. 'Stap jij maar in, dan kun je even op adem komen. Ik zet je koffers er wel in.'

'Nee, het gaat wel, ik moet wat bewegen na die lange vlucht.'

Tegen de tijd dat ze naast hem ging zitten, had ze knallende koppijn.

'Het zal wel weer gek voelen om rechts te rijden.' Hij reed weg. 'Ik heb vanavond vrij, dus ik ga lekker voor je koken. Ik weet dat je ervan houdt om alles op z'n plek te zetten, maar uitpakken kan morgen ook nog. Je gaat gewoon relaxen.'

'Misschien. Ik heb je zo veel te vertellen.'

'En ik wil alles horen. Vooral over die Ierse spetter met wie je in bed bent gedoken.'

'Dat is voorbij.'

'Zeg, misschien komt-ie wel een keertje op bezoek.'

Ze schudde haar hoofd. 'Ik moest gaan, hij moest blijven.'

'Ben je Sandy en Danny vergeten? Zomerliefde kan voor altijd zijn.'

Ze keek hem bevreemd aan en hij rolde met zijn ogen. '*Grease*, mens.'

Daar moest ze om lachen. Ze deed haar best alles behalve Marco buiten te sluiten toen ze naar de stad reden. Het was allemaal bekend terrein, alles was zo vertrouwd. En nu zo vreemd als de twee manen.

Ze sleepten alle bagage naar het appartement.

'Ik moet het busje terugbrengen. Relax jij nu maar, dan ben ik over een half uurtje terug. Rustig aan doen, oké?'

'Oké.'

Hij sloeg zijn armen nog een keer om haar heen. 'Welkom thuis, Breen.'

Toen hij weg was, keek ze om zich heen. Ook dit was allemaal vertrouwd. Maar het voelde niet als thuis, niet meer. Hoeveel er ook nog over was van de persoon die ze was geweest, hoezeer Marco hier ook aanwezig was, dit zou nooit meer haar thuis zijn.

Ze pakte haar spullen uit en propte de cadeaus die ze had gekocht in de kleine kast. Het houten kistje, de miniatuur en de magische spiegel legde ze op de ladekast. Schuldbewust stopte ze de staf, de kristallen, de drankjes en het spreukenboek in lades weg. Ze had de athame niet mee durven nemen in het vliegtuig en had die bij haar grootmoeder gelaten. Toen ze hoorde dat Marco weer terug was, liep ze haar kamer uit.

Hij zette zijn handen in zijn zij. 'Je hebt je spullen zeker uitgepakt?'

'Ik kon het niet laten.'

'Mens.' Hij slaakte een overdreven zucht. 'Ga zitten. Ik ga een volwassen drankje voor ons inschenken en dan gaan we eens even bijpraten, voordat ik mijn beroemde kip met rijst maak.'

'Ik heb je kookkunsten gemist.'

'Uit je blog bleek wel dat je zelf niet veel gedaan hebt.'

'Ik ben er hopeloos in.'

Hij schonk wijn voor hen in en ging bij haar zitten. 'Dan is het maar goed dat je mij hebt. En nu wil ik alles horen.'

'Er is zo veel, ik weet niet waar ik moet beginnen.'

'Kies maar wat uit.'

'Ik heb veel niet in het blog geschreven omdat het te persoonlijk was. Laat ik met mijn vader beginnen.'

'Jezus, heb je hem gevonden?'

'Hij is dood, Marco. Hij zou zijn teruggekomen, maar...'

'O, mijn meissie.' Hij ging op zijn hurken bij haar zitten en nam haar in zijn armen.

Ze begroef haar gezicht in zijn zachte vlechtjes.

'Wat erg, Breen. Wat ontzettend erg. Was ik maar bij je geweest. Dan had je dat niet alleen hoeven doormaken.'

'Ik was niet alleen. Ik heb mijn grootmoeder gevonden. Zijn moeder.'

Hij deed een stap achteruit en keek haar met grote ogen aan. 'Waar, hoe?'

'Ik... verdwaalde een keer en toen kwam ik op een boerderij terecht, een prachtige boerderij. Daar ben ik geboren, Marco.'

'Je... wat?'

'Ik heb dat nooit geweten, maar ik ben daar geboren, niet hier. En ze kenden mijn vader. En de cottage van mijn grootmoeder staat daar vlakbij. Ik ben veel bij haar geweest. Je zou haar leuk vinden. Je zou haar echt heel leuk vinden.'

'Breen, het is alsof het zo heeft moeten zijn, of niet?'

'Ja.' Zo simpel, dacht ze. 'Het heeft zo moeten zijn.' Ze vertelde hem wat ze kon, maakte er een mengeling van Talamh en Ierland van.

'Dus omdat ik de hond van haar heb gekregen, heb ik hem bij haar gelaten totdat...'

'Heeft je vader je nooit iets verteld?'

'Ik denk dat hij dat min of meer gedaan heeft door de verhalen die hij me vertelde. Maar ik dacht dat het verhalen waren. En mijn moeder, nou ja, die heeft alles de kop ingedrukt.'

'Het is allemaal zo...' Hij legde zijn handen tegen zijn hoofd en deed het geluid van een explosie na. 'Je zou een boek kunnen schrijven.'

'Nu we het daar toch over hebben.' Ze slaakte een zucht. 'Weet je nog dat verhaal dat ik over Deksels heb geschreven?'

'Ik weet het, heb het gelezen, vond het geweldig.'

'Ik ben aan een tweede deel bezig en ik ben ook aan een roman voor volwassenen begonnen. En ik heb een agent.'

'Dat meen je niet! Ik bedoel, allemachtig, kijk nou toch. Dat is waanzinnig, mens.'

'Ik kan het nog beter maken. Ze heeft het Deksels-boek verkocht, met een optieovereenkomst voor nog twee.'

Hij knipperde met zijn ogen. 'Wat zeg je?'

'Ik heb een redacteur. Ik heb een uitgever. Deksels wordt komende zomer uitgegeven.'

Hij zette zijn wijn neer, stond op en liep de kamer door.

Haar hart kromp ineen en ze begon te wauwelen van de zenuwen. 'Ik wilde het je pas vertellen als ik het je echt kon vertellen. Ik wilde...'

'Hou op. Hou op.' Hij rukte haar uit haar stoel overeind en maakte een pirouette met haar. Daarna duwde hij zijn gezicht in haar haar. 'Ik ben zo trots op je. Ik ben zo blij voor je. Ik ben zo trots.'

Toen hij zich van haar losmaakte om haar een zoen te geven, veegde ze de tranen van zijn wangen. Haar hart liep over van liefde. 'Het komt allemaal door jou,' mompelde ze.

'Breen, het komt allemaal door jou.'

Ze pakte zijn hand vast, wreef er zachtjes mee over de tatoeage op haar pols. 'Jij hebt me geholpen deze te vinden. En morgen ga ik die moed gebruiken om met mijn moeder te praten.'

'Vroeger durfde je alleen in het pierenbadje, nu spring je in één keer in het diepe. Wil je dat ik met je meega?'

'Nee.' Ze legde haar hoofd op zijn schouder en besefte dat hij in deze wereld, die haar nu vreemd voorkwam, nog altijd haar thuis was. 'Ik ga het zelf regelen.'

27

In de kleine uurtjes van de ochtend gebruikte ze de magische spiegel. Omdat Marco lag te slapen en het appartement dunne wandjes had, hield ze haar gesprek met Marg kort en praatte ze zacht. Toch hoorde Deksels haar en na drie keer vrolijk blaffen kwam hij kwispelstaartend in beeld.

Klaarwakker en rusteloos begon ze te schrijven, en omdat de wereld die ze spon haar terugbracht naar Talamh, hervond ze haar vreugde. Lang nadat de zon was opgekomen en door het kleine raam van haar slaapkamer scheen, hoorde ze dat Marco wakker was. Ze legde haar werk opzij en ging koffiezetten.

'Mens, ik heb je koffie 's morgens gemist.' Hij sloeg een arm om haar heen, terwijl hij een slok nam. 'Je hebt je blog alweer gepubliceerd. Om half vier 's morgens, krijg nou wat.'

'Jetlag.'

'Doe dan lekker een dutje, mens.'

'Misschien.' Maar slapen was niet waar ze aan dacht.

'Ik ga na de muziekwinkel gelijk door naar Sally's. Zullen we daar afspreken? Je hebt groot nieuws te delen en als je dat niet snel doet, knap ik uit elkaar.'

'Is goed. Ik wil Sally en Derrick en iedereen zien.' Ze zou ze nodig hebben na de confrontatie met haar moeder.

'Je gaat naar je moeder toe.'

'Alsof je mijn gedachten leest.'

Hij tikte tegen haar slaap. 'Ik weet wel wat er hier speelt.'

'Ze is meestal om een uur of zes thuis, als ze niet op zakenreis is. Zodra ik haar gesproken heb, kom ik naar Sally's.'

'Dan zorg ik dat er iets te drinken voor je klaarstaat. Als je me nodig hebt, app je maar. Ik moet ervandoor. Ik moet over een kwartier lesgeven. Slapen, jij.'

Hij rende de deur uit, zoals hij elke ochtend de deur uit rende omdat hij altijd alles op het laatste moment deed.

Ze liep naar het raam. Dit was altijd een leuke buurt geweest, en door het raam zag ze nu waar ze zo van hield: de winkeltjes en restaurants, de schattige kleine bakkerij. Marco en zij verwenden zichzelf elke zondag met hun orgastisch lekkere kleverige kaneelbroodjes.

Ze hield van de geplaveide straten en het kleine stukje rivier dat ze kon zien als ze haar ogen samenkneep. Ze vond het heerlijk dat ze elke winkel en elk restaurant in de straat binnen kon gaan en dan bij naam werd begroet. Ze kenden haar hier, zelfs als ze haar best deed om onzichtbaar te zijn. Juist daarom misschien. Want het was echt een hechte buurt.

Ze overwoog om een wandeling te maken, maar besefte dat het haar gewoon niet meer zo trok als vroeger. Geen groene velden die overgingen in groene heuvels. Geen baai die de wispelturige lucht weerspiegelde. Geen Deksels die voor haar uit rende en op schapen of eekhoorns joeg.

Ze hield zich voor dat ze nog even moest wennen, dat ze gewoon nog niet zo ver was. Eerst het een en ander oplossen, dacht ze. Tot die tijd zou ze gevangen blijven tussen werelden, tussen liefdes, tussen verplichtingen.

Straks ging ze werken, maar eerst moest ze wat telefoontjes plegen.

Toen de werkdag erop zat, nam ze uit gewoonte de bus. Omdat ze de paniek door haar aderen voelde stromen, liet ze haar hand in haar zak glijden waar een amulet zat dat ze had gemaakt voor vastberadenheid.

Ze stelde zich de slingerende wegen in Ierland voor, stelde zich voor hoe ze op een prachtige hengst door de velden reed, door de bossen van Talamh. Het hielp haar om de rit in de overvolle bus tijdens spitsuur te doorstaan. Ze was bijna in staat al het getoeter en de blikkerige hiphop uit de koptelefoon van een medepassagier voor haar te negeren.

De luchtdrukremmen schokten, de deur van de bus ging krakend open en dicht. Mensen wurmden zich naar buiten, naar binnen.

Tegen de tijd dat ze bij haar halte was, wenste ze dat ze naar Marco had geluisterd en nog even naar bed was gegaan.

De wandeling hielp om haar hoofd leeg te maken. Zelfs op dit tijdstip was het stil in de buurt waar haar moeder woonde. De smalle voortuintjes zagen er nog zomers groen uit, bomen boden schaduw. Misschien was tuinarchitectuur hier geordender en verzorgder dan waar ze aan gewend was geraakt, maar er was niettemin kleur.

Ze zou het zelf niet zo willen, natuurlijk. Als het zover was, zou ze meer ruimte willen, nodig hebben. Meer rust. En ja, meer eenvoud.

Ze liep over het pad naar haar moeders voordeur. Bij de deur haalde ze nog een keer diep adem en belde aan. Toen de deur openging, verried Jennifers gezicht niets, geen spoortje verrassing, waaruit Breen opmaakte dat haar moeder op het beveiligingsscherm had gekeken voordat ze opendeed.

'Breen. Je bent terug.'

'Ja. Ik wil graag binnenkomen.'

'Natuurlijk.'

Ze had haar haar veranderd, meer highlights voor de zomer, en het was in een schuine bob geknipt. Ze droeg een driekwartbroek met een mouwloos shirt, en had zich dus al verkleed na haar werk. En ze had een cocktail in haar hand, geen wijn maar een gin-tonic, wat Breen zei dat ze een moeilijke dag op haar werk had gehad. Ze stond op het punt om het thuis ook moeilijk te krijgen.

'Ga zitten.' Jennifer gebaarde, draaide zich om en liep naar de woonkamer. 'Wil je wat drinken?'

'Nee, dank je.'

Hier was niets veranderd, zag Breen. Alles nog steeds perfect.

‘Ik ga ervan uit dat je een fijne vakantie hebt gehad en dat je klaar bent om de realiteit onder ogen te zien. Gezien de omstandigheden zul je het moeten doen met invalwerk totdat…’

‘Ik ga niet meer lesgeven.’

Jennifer nam een slokje en bekeek Breen met zo veel afkeur dat het glas ervan zou moeten barsten. ‘Een paar miljoen dollar lijkt misschien veel, maar daar red je het niet lang mee, zeker niet op de manier waarop jij het uitgeeft. Reisjes naar Europa, nieuwe kleding, geen ander inkomen.’

‘Ik heb ander inkomen. Mijn schrijfwerk.’ Het was heel bescheiden, stelde niet veel voor, maar de minachtende toon van haar moeder gaf haar enorme voldoening. Want ze zou haar woorden moeten inslikken. ‘Ik heb net mijn eerste boek verkocht, sterker nog, mijn uitgever wil er drie.’

Jennifer zuchtte alleen maar, zoals een volwassene doet bij de fantasieën van een kind. ‘Breen, oplichters die beweren dat ze uitgever zijn struinen het internet af op zoek naar mensen zoals jij.’

‘Mijn agent werkt bij Sylvan Agency, het bedrijf bestaat al tweeëndertig jaar. Mijn uitgever is McNeal Day Publishing. Misschien heb je wel eens van ze gehoord,’ zei ze brutaal, toen ze eindelijk dat spoortje van verbazing zag. ‘Zo niet, dan kun je ze opzoeken. Ik heb volgende week in New York afspraken met mijn agent, mijn uitgever, mijn redacteur, enzovoort. Ze vinden dat ik talent heb. Ze denken dat ik hier een carrière van kan maken. Dus nee, ik ga niet terug naar een carrière die ik nooit heb gewild en waar ik geen talent voor had.’

‘Schrijvers slagen er zelden in te leven van hun werk.’

‘Dan bof ik maar dat ik iets achter de hand heb, terwijl ik ondertussen mijn doel probeer te bereiken. Als wij een normale relatie hadden, zou je toch denken dat je blij voor me zou kunnen zijn. Misschien zelfs wel een beetje trots op me. Maar die hebben we nooit gehad, hè? Een normale relatie.’

‘Dat is beledigende onzin. Ik heb je hele leven voor je gezorgd, je begeleid, je geholpen om valkuilen te omzeilen. Als jij vertroetelen normaal vindt, is dat jouw probleem.'

Ze zag zo veel dat ze nooit eerder had gezien, besefte Breen. En er ontbrak zo veel dat ze altijd had geaccepteerd.

Maar nu niet meer.

'Je zorgde ervoor dat ik niet buiten de lijntjes kleurde, haalde me weg bij dingen die jij als valkuilen zag, maar die ik misschien wel leuk of kansrijk vond. Nou, ik heb buiten de lijntjes gekleurd en ik vind het leuk. Ik ga nooit meer terug naar wat ik was, naar wat ik volgens jou moest zijn. Dat moet je accepteren. Of niet,' voegde ze eraan toe. 'Ik ga hoe dan ook nooit meer terug.'

'Als het geld op is...'

'Weet je, ik heb geleerd dat het in het leven – in een goed leven – niet om geld gaat. Ik hoop dat ik geld kan verdienen met werk waar ik van houd en dat ik niet afhankelijk hoef te zijn van de gulheid van anderen. Maar als dat niet lukt, vind ik wel een andere manier. Ik heb geleerd dat het in het leven – in een goed leven – om liefde gaat, om opkomen voor jezelf en anderen, om die gulheid, om iets teruggeven. Ik heb een goeie basis meegekregen, niet van jou, maar van Sally en Marco en Derrick.'

'Hebben zij voor brood op de plank gezorgd, voor een dak boven je hoofd?'

Was ze gekwetst, vroeg Breen zich af. Zag ze verdriet onder haar moeders verontwaardiging? 'Nee, dat heb jij gedaan en daar ben ik je dankbaar voor. Daarom ben ik hier. Ik begrijp iets beter waarom je altijd het gevoel had dat ik niet veel voorstelde. Omdat je wist dat ik veel voorstelde en daar was je bang voor.'

'Nu doe je absurd en je hebt jezelf wel op een heel hoog voetstuk geplaatst vanwege de verkoop van één boek.'

'Dit gaat niet om het boek, ook al is dat een heel mooi bijproduct van de rest. Zonder het geld zou ik misschien nooit de moed hebben gevonden om te gaan schrijven. Dan had ik misschien nooit de moed gevonden om naar Ierland te gaan. En als ik niet naar Ierland was gegaan, zou ik Talamh nooit gevonden hebben.'

'Ik weet niet waar je het over hebt.' Ze toonde geen spoortje verrassing, maar alle kleur was uit haar gezicht verdwenen. Haar lichaam was verstijfd, het glas in haar hand wiebelde en Jennifer stond op. 'Ik moet aan het werk.'

'Je weet precies waar ik het over heb, over welke plek ik het heb. Ik heb mijn grootmoeder ontmoet. Ik heb haar, mijn geboorteplaats, mijn geboorterecht deze zomer leren kennen.'

'Eians moeder was – en is ongetwijfeld nog steeds – labiel, en dat is precies de reden dat ik haar bij je heb weggehouden. Maar goed, ze is sluw genoeg om je in haar fantasiewereld mee te sleuren. Je moet...'

'Ik moet helemaal niets.' Boos kwam Breen overeind. 'Ze heeft geen kwaad woord over jou gesproken. Nooit. En het eerste wat jij over haar zegt, over iemand van wie jij het bestaan altijd hebt ontkend, is dat ze labiel is, een bedrieger. Een fantasiewereld? Je hebt zelf vier jaar bij de Fey gewoond.'

'Je haalt je dingen in je hoofd. Ik wil dat je gaat.'

'Ik haal me dingen in mijn hoofd?' Breen zwaaide met haar hand waarop er een bal koel wit licht verscheen. 'Dit haal ik me niet in mijn hoofd. Dit is geen fantasie. Het is kracht. De kracht die jij mijn hele leven hebt geprobeerd te onderdrukken.'

'Hou op! Ik wil dit gestoorde gedrag niet in mijn huis.'

'Gestoord?' Hetzelfde woord, dacht ze, dat Ultan had gebruikt tijdens zijn rechtszaak. 'Noem je dat zo? Vind je dat ik gestoord ben?'

'Ik wil het niet hebben! Niet in mijn huis. Dit is de wereld waar we in leven, begrijp je dat? Ik heb je vader gezegd...'

'Hij is dood.'

Woede, misschien vermengd met angst, had kleur in Jennifers gezicht gebracht en een wilde glinstering in haar ogen. Nu werden haar ogen dof, haar gezicht zag grauw. Het glas gleed uit haar hand en viel in scherven op de grond.

'Dat wist je niet. Je wist het echt niet. Misschien had oma toch gelijk. Je hield wel van hem. Jullie hielden van elkaar.'

'Hij is vertrokken. Hij is lang geleden vertrokken. Ik moet deze rommel opruimen voordat het de vloer beschadigt.'

'Niet doen.' Met een zwaai deed Breen het gebroken glas en gemorste vocht verdwijnen.

'Ik wil dat soort dingen niet in mijn huis, dan ben je hier niet meer welkom.'

'Heb je hem dat ook gezegd? Is dat het ultimatum dat je mijn vader hebt gegeven? Hij liet zijn thuis achter voor jou.'

'Hij ging voortdurend terug.'

'Hij had verplichtingen. Hij was taoiseach.'

'Stammengezeik!' Jennifers stem sloeg over en ze draaide zich wild om. 'Wij waren zijn familie.'

'Hij had daar ook familie. Een wereld die beschermd moest worden.'

'Hij heeft jou anders niet beschermd, of wel? Midden in de nacht uit je bed ontvoerd.'

'Hij heeft me wel beschermd. Hij heeft voor me gevochten. Ik ben veilig thuisgekomen.'

'Hij verkoos hen boven mij, elke keer weer. Een zwaard en een staf, belachelijk. Hij had ze kunnen teruggooien in dat vervloekte meer, maar dat wilde hij niet. Hij had hier kunnen wonen, met mij, met jou, als een normale man, een normale echtgenoot en vader.'

'Maar hij was niet normaal, zoals jij dat bedoelt. Verdomme, je probeerde het vuur in hem te doven zoals je dat bij mij ook hebt geprobeerd.'

'Dan had hij nog geleefd.'

Verdriet, ja, ze kon verdriet zien. Maar ze mocht zich er niet door laten vermurwen, niet nu. 'En waarschijnlijk was hij net zo ongelukkig geweest als ik het grootste deel van mijn leven ben geweest. Odran sloot me op in een kooi, maar jij net zo goed.'

'Hoe durf je dat tegen me te zeggen. Ik heb je beschermd.'

'Op jouw voorwaarden. Altijd op jouw voorwaarden. Je hield me onderdrukt. En toen hij die laatste avond vertrok en niet meer terugkwam – omdat hij een paar weken later stierf toen hij mij, jou, zijn wereld en deze wilde beschermen – gaf je mij het idee dat hij me in de steek had gelaten en zich niet voor mij interesseerde.'

'Dat heb ik nooit gezegd.'

'Op duizend verschillende manieren, dat weet je heel goed. Je scheidde van hem en nog altijd kwam hij terug naar deze wereld, steeds opnieuw. Omdat hij van ons hield. Nu leeft hij niet meer en wij weten niet hoe we elkaar kunnen troosten.'

'Als hij van ons had gehouden, had hij de rest opgegeven.'

Zwart-wit, besefte Breen. Wat triest om te moeten leven in een wereld waar alles zwart-wit was. 'Ik vind het verdrietig dat je er zo over denkt. Ik heb medelijden met je. Omdat je weigert of gewoon niet in staat bent de schoonheid en vreugde te zien waar hij voor vocht. Maar ik zie ze, ik ken ze. Ik ben ontwaakt. Ik ben van de Fey. Dat zul je moeten accepteren.'

'Ik wil die onnatuurlijke dingen hier niet in huis.'

'Begrepen. Je weet me te vinden als je me nodig hebt.'

'Je blijft hier. Je gaat niet terug.'

'Natuurlijk ga ik terug. Ik ben de dochter van mijn vader,' voegde ze eraan toe, waarna ze vertrok.

Ze liep bijna een kilometer voordat ze haar ergste boosheid en verdriet van zich af had geschud.

Net toen ze een Uber wilde bellen, zag ze een bushalte. Ze liet zich op het bankje zakken en plotseling zat Sedric naast haar. 'Wat... wat doe jij hier?'

'Marg vertelde dat je vanavond met je moeder ging praten. We wisten dat het moeilijk voor je zou zijn, dus vonden we dat je wel wat aandacht kon gebruiken. Marg opende een tijdelijk portaal – alleen om vanavond even een oogje in het zeil te houden. Maar toen ik je zag dacht ik dat je misschien wel wat gezelschap wilde. Wat heb je een eind gelopen. Ik maak zelf ook graag lange wandelingen als ik ergens door van streek ben.'

'Ze... vindt dat wat ik ben, wat mijn vader was, onnatuurlijk is. Gestoord. Maar toen ik haar vertelde dat hij dood was, zag ik haar gezicht. Ze hield van hem. Oma had gelijk. Maar ze nam het hem kwalijk dat hij Talamh niet verliet, dat hij niet deed alsof hij iets was wat hij niet was. Ik ben niet lief voor haar geweest.' Tot haar verbazing sloeg Sedric een arm om haar heen. Wat haar nog meer verraste was dat ze haar hoofd op zijn schouder legde. 'Ik heb nare dingen gezegd. Ik voelde het zo. Ik moest het zeggen. Ik moest hiervoor terugkomen. Niet alleen hiervoor, maar het was wel iets wat ik moest doen.'

'En nu is het gebeurd en nu ga je je beter voelen.'

Ze voelde zich naar en verdrietig en schudde haar hoofd. 'Echt?'

'Jazeker. Als iets je dwarszit, kun je je niet sterk en rustig voelen.'

'Ik ben er nog niet. Ik vertelde haar dat ik een boek had verkocht en ze deed alsof het niks voorstelde. Bijna alsof het verkeerd was.'

Hij draaide zijn hoofd om en plantte een kus op haar haar.

'Het doet er niet toe,' mompelde ze.

'Geen sikkepitje. Vertel me eens wat Marco zei toen je het hem vertelde.'

'Hij moest een beetje huilen. Hij was zo blij voor me.'

'En dat is waar het om gaat, of niet? Daar komt de bus. Wil je dat ik met je meerijd naar huis?'

'Ik ga naar Sally's.'

'Ah, dat is nog eens een leuke tent. Wat een sfeer!'

'Wil je mee?'

Zichtbaar geroerd glimlachte hij naar haar. 'Een volgende keer misschien als ik in de buurt ben, maar nu ga ik naar huis om je oma te vertellen dat je bij vrienden bent.'

'Dank je wel, Sedric.' Ze stond op en liep naar de deur van de bus. Ze wilde haar hand opsteken om te zwaaien, maar het zou haar niet moeten verbazen dat hij al was verdwenen.

Toen ze Sally's binnenliep, verwachtte ze te worden overvallen door het lawaai en de drukte, maar het tegendeel was waar. Hier voelde ze de vertrouwde, merkwaardige troost van thuis.

Hoewel het nog te vroeg was voor de eerste show en de echte drukte, zag ze dat Larue als Judy op het podium lieflijk 'Over the Rainbow' aan het zingen was.

Daar was zij geweest, dacht Breen. Aan de andere kant van de regenboog.

Ze zocht Sally en Derrick, maar toen ze die niet zag, liep ze regelrecht naar Marco achter de bar.

Hij zette een flûte met champagne voor haar neer.

'Champagne?'

'Sally zei dat ik het goeie spul moest aanbreken om je boek te vieren.'

'Mijn boek?' herhaalde ze, en ze staarde hem met een ijzige blik aan.

Hij deed zijn best beschaamd te kijken, maar kreeg het niet voor elkaar. 'Ik ben slap. Ik kan er niets aan doen. Ik bestel vast nacho's met alles erop en eraan voor je, want ik weet zeker dat je weer niets hebt gegeten. Een smakelijke dosis eiwitten komt eraan.'

'Dan is het je vergeven, want ik lust wel wat.' Ze wilde haar glas pakken, maar werd omgedraaid, voelde armen om zich heen en vloog de lucht in.

Het was Sally die haar optilde, gekleed als Cher in het bekende witte broekpak en de lange zwarte pruik.

'Daar is ze, dames en heren, de wereldreizigster, bestsellerauteur, de mooiste van elk bal, Breen Siobhan Kelly!'

Lachend sloeg Breen haar armen om Sally heen. 'Het boek is nog niet eens uitgegeven.'

'Ik ben een ware waarzegster en ik zing "Gypsies, Tramps and Thieves" vanavond speciaal voor jou.'

'Ik heb jou en alles aan jou gemist.'

'Ik jou net zo erg.'

'Hé, mijn beurt.' Derrick sloeg een arm om haar heen, gaf haar toen een luidruchtige zoen en een grote bos witte rozen.

'O, wat prachtig! Jeetje, dank je wel. Ik voel me net een prinses.'

'Onze prinses.'

Sally ging op de kruk naast haar zitten, wierp het lange haar in een typisch Cher-gebaar naar achteren en knipoogde naar Derrick. 'Schatje, als jij die beauty's nou eens in het water zet, zodat ze mooi blijven voor onze prinses.'

'Ga ik doen.'

'En Marco, als je die bestelling hebt gedaan... schenk dan even een glas bubbels voor me in en verdwijn. Breen en ik moeten praten, meiden onder elkaar.'

Toen Marco dat had gedaan, pakte hij zijn glas. 'Zo, eerst dit. Hoe ging het bij je moeder?'

'Zoals te verwachten, denk ik.'

'Zo erg?'

'Erger misschien. Maar...' Breen hief het glas. '... het is gebeurd. En trouwens, ik ben nu bij mijn echte moeder.'

'Meissie, straks maak je me nog aan het huilen en deze make-up zit perfect. Ik wil je zeggen dat ik het heel erg vind van je vader. Je stond voor me klaar toen mijn vader een paar jaar geleden overleed en ik zou willen dat ik er voor jou had kunnen zijn.'

'In zekere zin was je er ook. En hoe erg het ook was – is – ik weet dat hij van me hield. Hij zou zijn teruggekomen. Hij is altijd van me blijven houden.'

'En je hebt je oma ontmoet?'

'Ze is geweldig, Sally. Je zou dol op haar zijn.'

'Ik hoop dat ik haar een keer kan ontmoeten.'

Breen nam een slokje, zodat ze niet zou zuchten. 'Dat lijkt me super.'

'En nu heb je die schattige hond – die wil ik ook graag ontmoeten – je hebt leren paardrijden, hebt verdomme een heel boek geschreven en verkocht. Het is maar goed dat ik geen make-up op had toen Marco ons dat vertelde. Ik heb toch zitten snotteren – trotse, blije tranen. Lieffie, je hebt echt hard gewerkt om te ontdekken wie Breen is.'

'Reken maar.'

'Derrick en ik hebben elke ochtend je blog gelezen. Dan zaten we in bed met onze koffie en tablets en dan was het gewoon alsof we bij je waren en het allemaal zagen.' Sally zwaaide met haar vinger met een bloedrode nagel. 'Maar je hebt iets verzwegen.'

'Iets?' Zo veel.

'Een zekere Keltische god.'

'Een... wat?' Paniek roffelde weer door haar aderen. Totdat Sally met zijn wenkbrauwen wiebelde. 'O, je bedoelt... Dat was... hij was alleen...' Nu slaakte ze wel een zucht. 'Een lekker ding.'

Sally zwaaide weer met zijn vinger voor haar neus. 'Vertel.'

En dat deed ze.

De daaropvolgende dagen hield ze zich krampachtig vast aan haar schema. Vroeg schrijven, daarna sporten. En met de deur op slot en de gordijnen dicht een schim oproepen en doorgaan met trainen.

Een week later stapte ze in de trein naar New York.

Ze keek naar de wereld die aan haar voorbijtrok en dacht na over die wereld. De huizen en bedrijven, de boerderijen en fabrieken. Alle mensen die hier woonden, werkten. Ze dacht er natuurlijk niet voor het eerst aan, maar had zichzelf altijd als een klein, onbeduidend radertje in het geheel gezien. Haar dagelijkse beslissingen deden er in het grote geheel niet toe. Of ze nu liep of de bus nam, roerei maakte of Chinees bestelde, nieuwe schoenen kocht of nog wat langer met het oude paar deed. Niets wat zij deed, had betekenis in de wereld.

Maar nu wel. Elke beslissing die ze nam, of niet nam, deed ertoe. Ze moest er zeker van zijn dat ze de juiste keus maakte.

Naar New York gaan, in haar eentje, was een belangrijke persoonlijke keus, die ze een half jaar geleden niet had kunnen maken. Als ze hier niet de moed voor had – om iets aan te pakken wat zo belangrijk voor haar was, iets waar ze hard voor had gewerkt, van had gedroomd – hoe zou ze zich er dan toe kunnen zetten om te vechten voor een wereld, om haar gaven, haar kracht te gebruiken om het licht te vertegenwoordigen tegenover de duisternis?

Gewapend met gedetailleerde instructies van haar agent, stapte Breen op Penn Station over op de ondergrondse naar het centrum. Alles was groot, reusachtig en tegelijkertijd op de een of andere manier te klein voor zo veel mensen.

Hoewel Marco haar kleren voor de twee dagen vol afspraken had uitgezocht, was ze bang dat ze te netjes gekleed was of niet netjes genoeg of er gewoon uitzag zoals ze zich voelde: een vrouw die de weg kwijt was.

Ze stond in de overvolle metrowagon, met haar weekendtas en de mooie donkergrijze computertas die ze van Sally en Derrick cadeau had gekregen in haar hand geklemd.

Ze zag een vrouw met een prachtige hoofddoek en een baby in een draagdoek. Een zakenman fronste zijn wenkbrauwen terwijl hij iets op zijn telefoon las. Een vrouw in een rood broekpak met hoge sneakers en een enorme schoudertas op schoot staarde verveeld voor zich uit. Bij elke piepende stop stroomden meer mensen naar binnen, sommige wurmden zich eruit. Boodschappentassen, koffertjes, mobiele telefoons, koptelefoons. De geur van iemands koffie, het te zware parfum van iemand anders.

Om haar zenuwen in bedwang te houden, concentreerde ze zich op de volgende stap. Bij de juiste halte stapte ze uit en liep in een zee van anderen door de tunnel. Blij dat ze redelijk weinig bagage bij zich had, sleepte ze haar weekendtas de trap op naar het zintuiglijk geweld van New York.

Ze had niet gedacht dat ze er ook maar een klein beetje van zou genieten. Maar gefascineerd keek ze om zich heen. De energie spatte ervan af. Ze tintelde op haar huid, was bijna zichtbaar in de zinderende kleuren, terwijl het verkeer voorbijraasde en mensen zich zigzaggend om anderen heen over het trottoir haastten.

Ze voegde zich bij de kakofonie van geluid – het getoeter, zo agressief en ongeduldig, en een zee van stemmen in allerlei talen en accenten – en in de brandende zon begon ze te lopen.

Het kon haar niet schelen dat ze er als een toerist uitzag, overal naar staarde, opkeek naar de enorme wolkenkrabbers. Niemand lette op haar.

En dat was een deel van de schoonheid, besefte ze. Niemand lette op haar. Ze kon zich gewoon onder de mensen begeven. Niet dat ze tussen de mensen wegviel en verdween, zoals vroeger. Ze kon gewoon zijn.

Impulsief stopte ze bij een kar langs de kant van de weg om een bos lelies te kopen en snoof de geur op tijdens haar korte wandeling naar het hotel dat Carlee had aangeraden.

Ze had om iets kleins en rustigs gevraagd, en zodra ze in de lobby stond, wist ze dat Carlee goed had gekozen. Niet groot en bedrijvig, maar charmant met luxueuze bankjes en gepolijste marmeren vloeren.

Hoewel het nog te vroeg was om in te checken, liet ze haar bagage veilig achter en begon aan haar stadswandeling naar het agentschap.

Haar agentschap.

Ze had foto's op hun website gezien, maar vond het helemaal niet raar om bij het dubbele herenhuis van roomwitte baksteen met donkere houten deuren zelf een foto te maken.

Met de lelies in haar arm liep ze naar de linkerdeur – geheel volgens instructies – en drukte op de bel. Even later klonk er een zoemer en ging de deur met een klik van het slot.

En zo liep ze haar vroegere droom binnen.

Terwijl ze in de eigentijdse informele receptie wachtte, probeerde ze zich ervan te overtuigen dat dit echt was.

Op hetzelfde moment kwam Carlee met een brede glimlach en een uitgestoken hand naar haar toe. 'Wat ontzettend leuk om je eindelijk te ontmoeten. Hoe was de reis?'

'Vlot. En het hotel is precies wat ik wilde, dank je wel voor je aanbeveling. Dank je wel voor… alles.' Ze stak de bloemen uit.

'O, die zijn mooi. Wat lief van je. Kom, dan gaan we naar mijn kamer. Ik ben blij dat je een beetje vroeg kon komen, zodat we even tijd hebben om te praten voordat we met Adrian gaan lunchen.'

Ze praatte snel en liep snel toen ze Breen in haar lage zwarte schoenen, afkledende zwarte broek en gesteven witte blouse voorging naar een trap. Haar blonde haar zat in een kort kapsel dat haar gezicht omlijstte. Uit eerdere gesprekken wist Breen dat ze twee kinderen had, één die studeerde en één op de middelbare school. Maar ze liep als een enthousiaste tiener.

Onderweg stopte ze kort in gangen – vol boeken – en kamers, liep de vergaderzaal binnen om Breen voor te stellen aan andere agenten, assistenten, een groep mannen en vrouwen van diverse pluimage.

Tegen de tijd dat ze Carlees kamer op de tweede verdieping hadden bereikt, duizelde het Breen van de namen en gezichten.

'En dit is Lee, mijn hoedster, assistente en geweldige rechterhand.'

'Leuk je te ontmoeten. Ik ben een groot fan van je blog.'

'Dank je.'

Lee was klein van stuk, had een Aziatisch uiterlijk en zag eruit alsof ze amper zestien was.

'Lee screent vragen en inzendingen. Ze legde die van jou op mijn bureau met de opdracht hem zo snel mogelijk te lezen.'

'Wauw, dank je wel.'

'Ik vind Deksels geweldig. Wil je iets drinken? Wat je maar wil, we hebben het vast.'

'O. Ik wil wel wat cola.'

'Komt eraan. Spa voor jou, Carlee?'

'Je kent me. Wil jij deze in een vaas zetten?'

'Doe ik. Ze zijn schitterend,' voegde Lee eraan toe, voordat ze snel verdween.

'Ga zitten, Breen.' Carlee liep naar haar bureau en opende een lade. Ze haalde er een envelop uit en gaf hem aan Breen, waarna ze ging zitten en haar benen optrok. 'Je voorschot is binnen. De financiële administratie heeft de cheque vanmorgen voor je uitgeschreven. Ik ben heel blij dat ik hem zelf aan je mag overhandigen.'

'Het is echt,' mompelde Breen.

'Reken maar dat het echt is. Zo, tijdens de lunch kunnen we gezellig praten en kun je Adrian beter leren kennen. Ik ken haar al jaren, dat had ik je al verteld. Ze is slim, enthousiast en scherpzinnig. Volgens mij past ze goed bij je. Morgen krijg je McNeal Day Publishing te zien en de mensen die aan jouw boeken werken.'

Lee kwam terug met twee glazen. 'Ik zal je een seintje geven als het tijd is voor de lunch, voor het geval je de tijd vergeet.'

'Ze weet dat dat geheid gaat gebeuren,' zei Carlee, toen Lee de kamer uit liep. 'Zo, stop je eerste cheque – de eerste van vele – nu maar in je tas, dan gaan we het over de toekomst hebben.'

28

Na een stimulerende dag kroop Breen die avond in bed.

En in het vreemde bed in de vreemde stad had ze haar eerste visioen sinds die keer met Keegan.

Ze werd teruggevoerd naar het groene bos met de groene rivier en de brede wilde waterval. Ze hoorde het geraas en het fluiten van de vogels erboven. Ze zag een hert in de groene schaduw naar haar kijken en een aardeekhoorn klom kwetterend in een mossige boom. Het straalde allemaal vrede, veiligheid en een soort stille mysterieuze schoonheid uit.

Maar hoewel het tafereel haar probeerde te sussen, wist ze dat ze aan de verkeerde kant stond. Aan Odrans kant.

Terwijl ze toekeek, kreeg het hert slagtanden en werden zijn rustige ogen pikzwart. Bloed begon door het mos te sijpelen, terwijl de aardeekhoorn met zijn klauwen uitgestoken op haar af dook.

Ze sloeg hem met haar kracht weg. 'Ik ben niet bang voor illusies.'

'Waarom zou je bang zijn?' Odran kwam op haar af, zijn zwarte mantel wapperde in de mist die over de grond begon te kruipen. 'Ik ben je grootvader. Wij hebben hetzelfde bloed.'

'Je bent een monster.' Ze stak haar hand op en zette haar kracht in om hem tegen te houden.

Hij wuifde hem weg zoals zij bij de aardeekhoorn had gedaan. Maar hij glimlachte en bleef voor haar staan.

'Je hebt mijn vader gedood. Je eigen zoon.'

'Hij gaf me geen andere keus. Ik zou hem alle werelden hebben gegeven, maar hij tartte me. Viel me aan. Ik heb hem gemaakt omdat ik zijn macht wilde, net zoals hij jou maakte.'

'Hij maakte me uit liefde.'

Nu lachte hij, een akelig charmant geluid. 'Denk je dat? Wat schattig! Hij liet je in de steek omdat je niet was wat hij had gehoopt toen hij met een mens paarde.'

Houd de controle, hield ze zich voor. Zorg dat je de controle houdt. 'Leugens.'

'Waarom zou ik tegen je liegen, mijn kind?' Hij legde een hand op zijn hart en stak hem toen naar haar uit. 'Waarom zou je degenen aan de andere kant geloven, terwijl ze leugens verkopen? Ze laten je lieve blikken en open armen zien, maar willen je ondertussen alleen maar gebruiken.'

'Ze hebben me de waarheid laten zien,' was haar weerwoord. 'Ze hebben me teruggegeven wat van mij is.'

'Is dat zo?' Hij schudde zijn hoofd, alsof hij verdrietig was. 'Ze laten je ontwaken, vertellen je lieve, mooie leugens om je in te pakken, zodat ze je kunnen gebruiken om mij te vernietigen. Ze zullen jou – bloed van mijn bloed – verbranden in hun rituele vuur als je faalt, als je slaagt. Je vormt een te groot risico. Jouw macht is een te groot risico.'

'Ze zouden me nooit iets aandoen. Ze zouden zich nooit tegen me keren.'

'Hebben ze dat niet al gedaan? Je hebt je lichaam aan hun taoiseach geschonken, maar toen je niet bleek te zijn wat hij had gehoopt, keerde hij je de rug toe, liep hij weg – net als je vader. Ze willen alleen vasthouden wat ze hebben en als je geen nut meer hebt, zullen ze een eind aan je maken. Maar ik?'

Hij kwam dichterbij, één stap maar, en toch kon ze zijn duistere, dodelijke, verdoemende, verdovende energie voelen.

'Ik zal je helpen om de godin te worden die je bent, ik zal je elke wereld geven die je maar wenst. Ik zal je in macht hullen als zwarte zijde. Ik vraag je alleen om jouw krachten met de mijne te bundelen. Om me een paar slokjes te geven.'

Weer deed hij een stapje en hij was nu zo dichtbij dat hij haar kon aanraken als hij zijn hand uitstak. Ze wierp haar handen in de lucht en duwde opnieuw. 'Nee.'

Zijn gezicht verwrong en alle charme was verdwenen. 'Dan zuig ik je leeg tot je helemaal krankzinnig bent. Dan ben je zwak, verloren, alleen, zoals je altijd bent geweest. Geef of ik neem. Dat zijn de keuzes.'

Ze balde haar vuisten, riep haar kracht in zich op en rukte zich los uit de droom. Terwijl ze dat deed, voelde ze zijn vingers langs haar wang schrapen.

Hijgend krabbelde ze overeind, gleed met haar ene hand over haar gezicht en creëerde met de andere hand een vuurbal. Geen bloed, dacht ze, maar ze rende naar de badkamer om in de spiegel te kijken. Niets te zien, geen bloed, geen krassen.

Toch kon ze nog steeds de kou en de echo van pijn voelen.

'Een illusie.'

Ze liep terug, pakte de fles water van het nachtkastje en dronk hem half leeg.

'Maar ik had het in de hand. Ik had de touwtjes in handen.'

Toch wenste ze dat ze de magische spiegel had meegenomen, dat ze met haar grootmoeder kon praten. Want of ze het nu in de hand had of niet, Odrans woorden wogen zwaar op haar gemoed.

Voor het eerst sinds de kleuterschool bracht Breen de maand september niet in een klaslokaal door. Twee keer werd ze 's morgens vroeg wakker en liep ze bijna slaapwandelend naar de douche om zich klaar te maken voor de les. Haar gezicht in de spiegel boven de wasbak, haar haar – felrood, niet het saaie bruin van haar tijd als docent – rukte haar dan terug naar de realiteit. En twee keer deed ze een dansje in de badkamer.

De vrijheid raakte haar altijd als die eerste slok koffie 's morgens, als de smaak van een goede wijn, als dat gevoel na heel goede seks.

Ja, ze had grote verantwoordelijkheden, had moeilijke keuzes te maken, maar ze hoefde niet naar een baan die niet bij haar paste, waar ze niet voor geschikt was. Ze was ervan overtuigd dat een hele generatie scholieren beter af zou zijn. De vrijheid bood haar tijd om te schrijven, tijd om door te brengen met mensen van wie ze hield, tijd om na te denken en plannen te maken.

Ze zat op Marco te wachten en hoopte hem te kunnen vertellen wat ze hem wilde zeggen, ergens tussen de tijd dat hij thuiskwam van zijn werk bij de muziekwinkel en zijn afspraakje met een fitnessinstructeur met wie hij al een paar weken iets had.

Maar toen hij thuiskwam, liet hij zich op de bank ploffen en trapte zijn Nikes uit. 'Zullen we pizza bestellen?'

'Ik dacht dat jij met Mr. Sexy uitging. Uit eten en een vernissage.'

Marco stak zijn vuist uit, deed zijn duim omhoog en draaide hem toen naar beneden.

'O. Hoe komt dat?'

'Ik ben niet leuk genoeg.'

'Wat een gelul!' Beledigd sloeg Breen met haar vuisten op haar heupen. 'Je bent waanzinnig leuk. Bijna te leuk.'

'Ik heb twee banen, wil ook nog zo nodig – zijn woorden – tijd voor mijn eigen muziek en wil maar één of twee keer per week uit of naar een feest. Nou ja.' Hij haalde zijn schouders op. 'De vernissage was mijn ding. Hij wil alleen maar stappen, en na vijf of zes avonden per week bij Sally's ben ik wel een beetje uitgestapt.'

'Nou, dan is hij oppervlakkig en stom.'

'Ja.' Marco grijnsde naar haar. 'Dat wist ik van tevoren. Het ging me vooral om zijn lijf. Ik bedoel, allejezus, heb je zijn lijf gezien?'

'Dat was niet te missen. Dat van mij wil je niet, maar ik wil best met je uit eten en naar de vernissage, hoor.'

Hij keek haar aan en klopte op zijn knie. Braaf ging ze bij hem op schoot zitten en gaf hem een knuffel.

'Je bent de beste,' mompelde hij. 'Mijn nummer één. Laten we thuis blijven, pizza eten en iets streamen wat we kunnen bingewatchen.'

'Geen zombies, geen vampiers.'
'Schijterd.'
'Geef ik toe. Wil je een biertje?'
'Weet je, we zouden kunnen trouwen en dan gewoon seksen met anderen.'
'Oké. Als we over twintig jaar nog niet getrouwd zijn of een vaste relatie hebben.'
Hij vouwde zijn pink om de hare. 'Deal. En breng me nu bier, vrouw.'
Ze pakte voor hen allebei een biertje en ging op de doorgezakte bank zitten. 'Nu we toch tijd hebben, zijn er een aantal dingen waar ik met je over wil praten.'
'O, ja? Ga ik dit leuk vinden?'
'Dat hoop ik. Ik heb je toch verteld over Breens Avontuur in New York?'
'Volgende keer ga ik met je mee, dan doen we een show op Broadway.'
'Afgesproken. Veel dingen die ze met me besproken hebben en die ik jou nog niet verteld heb, gaan niet over het schrijven zelf. Ik hou van het schrijven, Marco.'
'Meid, dat is je aan te zien.'
'En ik wil me er echt op richten, zo min mogelijk afleiding hebben, vooral omdat ik nog maar net kom kijken. Maar omdat ik nog maar net kom kijken, komt het overgrote deel van de promotie en dat soort dingen op mij neer. De social media vooral... naast het blog, dat ik ook heel graag schrijf. Ik heb een goede, actuele, makkelijk te navigeren webpagina nodig. Ik moet op social media zitten, bijvoorbeeld, gatver, Twitter. Je weet dat ik nog liever door een haai opgevreten word dan dat ik op Twitter ga. Ze hadden het ook over Instagram, Facebook, misschien.'
Hij wuifde met zijn bier naar haar. 'Wat ik jou ook al heb gezegd, bedoel je?'
'Ja, ja, al die dingen die jij al had gezegd. Ik heb daar geen zin in,

Marco, maar als ik het niet doe, belemmert me dat in mijn kansen om lezers te bereiken en een carrière op te bouwen.'

'Ik help je wel.'

Daar gaat-ie, dacht ze, en ze haalde diep adem. 'Ik wil niet dat je me helpt. Ik wil dat jij het doet. Ik wil je inhuren als mijn socialmediamanager of publiciteitsagent of mijn connectie met internet of hoe je het maar wilt noemen.'

'Ik regel dat wel voor je, Breen. Ik ga geen geld van je aannemen.'

'Wacht nou even en laat me uitpraten.'

'Ik ga geen geld van je aannemen,' mompelde hij.

'Moet je horen. Om te beginnen is dit een echte baan. Het is niet zo dat ik je fantastische arbeidsvoorwaarden kan bieden of zo, maar het is een echte baan. Je zou met mijn uitgever moeten samenwerken, zodat ik dat niet hoef. Het kan zijn dat je naar New York moet om met mensen van de pr te overleggen. Je zou de website moeten ontwerpen en onderhouden, zodat ik dat niet hoef. En dan nog die hele socialmediatoestand. En dat zou allemaal onder je eigen naam zijn, we willen niet oneerlijk zijn. Maar je zou wel namens mij spreken en mijn boek promoten. Er is meer,' voegde ze eraan toe. 'Ik heb aantekeningen gemaakt, want het is nogal veel. Er zijn veel dingen die ik om meer dan één reden niet wil doen. En als jij het niet doet, moet ik iemand inhuren. Iemand die ik niet ken, die mij niet kent.'

'Ik heb niet gezegd dat ik het niet wil doen, Breen. Ik zei alleen dat ik je geld niet wil aannemen.'

'Ik ben nog niet klaar.' Ze verschoof en keek hem ingespannen aan. Hij staarde net zo hard terug. 'Ik heb een accountant ingehuurd.'

'Wauw. Waar heb je die vandaan getoverd? Wanneer heb je dat gedaan?'

'Een paar dagen geleden. Ik had een afspraak met meneer Ellsworth, de bankmanager, weet je nog? En hij raadde me een paar bedrijven aan, dus heb ik met mensen van beide een gesprek gehad. Ik hou niet van dat soort rotafspraken, Marco, maar ik moet dit goed regelen.'

'Dikke tien,' zei hij, en hij tikte met zijn flesje tegen dat van haar.

'Het voorschot is niet enorm, maar aanzienlijk. Het is veel meer dan ik had verwacht te krijgen voor iets waar ik van hou. Ik heb het op hun advies gebruikt om een zakelijke rekening te openen, en zowel de bankmanager als de accountant zei dat het zakelijk gezien en vanuit belastingtechnisch oogpunt slim zou zijn om iemand in te huren voor alle dingen die ik zelf niet wil doen. Ze hebben allebei aangeboden me te helpen iemand te vinden, maar ik heb gezegd dat ik al iemand wist. Het is een bedrijfsuitgave waar ik van profiteer. Alles wat ik je heb verteld, komt mij ten goede.' Ze dronk wat bier en toen hij niets zei, wist ze dat hij er in elk geval over nadacht. 'Het is ook in jouw voordeel... niet alleen het salaris dat we overeen zouden moeten komen. Je werkt hartstikke graag bij Sally's, en dat zou niet veranderen. Maar je houdt niet van je werk in de muziekwinkel. Ik vraag niet van je dat je een derde baan erbij neemt, maar dat je voor mij komt werken in plaats van in de muziekwinkel. Dat was toch alleen een tussenoplossing voor je, iets om de rekeningen mee te betalen. Je houdt van het lesgeven, maar de rest doe je alleen om het geld. Je zou leerlingen kunnen aannemen, ze hier lesgeven als je wilt. Of bij de mensen thuis. Gitaar, piano, viool, maar hier of daar.' Ze pakte zijn hand vast. 'Ik wil niet iemand in dienst nemen die ik niet ken, iemand die me niet begrijpt en aan wie ik alles moet uitleggen. Jij wilt geen trompetten en bladmuziek blijven verkopen en nauwelijks tijd hebben om je eigen muziek te schrijven. Op deze manier helpen we elkaar. We zouden er allebei op vooruitgaan.'

'Het lijkt niet juist.'

'Omdat je me ziet als vriendin, niet als ondernemer. Ik ben nu allebei.'

Hij wees met zijn vinger naar haar. 'Dat is een goed punt. Je was vroeger niet zo goed in het winnen van een discussie.'

Ze bleef zitten terwijl hij opstond en begon te ijsberen. 'Heb ik hem gewonnen?'

'Als we het nou als volgt doen... Ik maak een ontwerp voor een website. Als jij het wat vindt, en je uitgever ook, dan doe ik het.'

Ze knikte serieus, ingetogen, zette haar bier neer, stond op en liep naar hem toe. 'Dan heb ik nog maar één ding te zeggen.'

'En dat is?'

'Hoera!' Ze omhelsde hem en sprong op en neer. 'O god! Social media, de druk van internet, weg! Ik kan je niet zeggen hoe opgelucht ik ben.'

'Laten we eerst maar eens zien of het gaat werken.'

'Natuurlijk gaat het werken. Stel je voor, Marco, dan hebben we allebei in hetzelfde jaar een baan opgezegd die we niet leuk vonden.' Ze deed haar ogen dicht. 'Het is het lot.' En het lot, dacht ze, was het volgende punt op haar lijstje.

Keegan had met zijn eigen lot te kampen toen hij samen met Mahon de Hoofdstad binnenreed. Ze waren meer dan twee weken op pad geweest, hadden te paard en op een draak kriskras door Talamh gereisd om de veiligheidsmaatregelen te controleren. En hadden onderweg kleine groepjes soldaten achtergelaten om de veiligheid te waarborgen en waar nodig te helpen met de aanstaande oogst, reparaties, wat er maar nodig was. Wat hij in de heuvels, valleien en langs de kust in de dorpen en de boerderijen had gezien was vrede en overvloed. Maar wat hij op de achtergrond had gevoeld was een soort lage trilling van bezorgdheid.

Er waren problemen op komst en de zorgen waren merkbaar in de lucht van Talamh.

Toen hij met Mahon door de poort reed, zag hij de drukke, levendige winkels waar waren en diensten werden geruild. De kruidkundige, de alchemist, de genezers en wevers en iedereen die zijn talenten en diensten aanbood en ervoor koos om te leven en te werken in de schaduw van het kasteel tegen de heuvel.

Muziek dwarrelde uit de pubs. Hij rook stoofpot op het vuur, de geur van vleespasteitjes, de gist van het bier dat uit de open ramen en deuren onder de rieten daken van gebouwen kwam die voor zijn gevoel onaangenaam dicht op elkaar stonden.

En ja, hij wist dat sommigen dat juist prettig vonden.

De weg, droog omdat de regen in het westen bleef hangen, was recht. En omdat er geen uitwerpselen van paarden, honden en vee lagen wist hij dat de commissie die verantwoordelijk was voor het onderhoud van de weg haar werk deed.

Een rietdekker en zijn leerjongen stopten even met hun werk om hun pet voor hem af te nemen. Enkelen kwam hun winkels uit om hetzelfde te doen.

Hij zag een groep mensen met emmers en kannen rond een van de vijf bronnen staan die de Hoofdstad van water voorzagen.

Een jongen van een jaar of tien zette zijn emmer neer en rende op Keegan af. 'Heb je je draak mee, Taoiseach?'

Bran heette hij, dacht Keegan, een neefje van Morena. Keegan wees omhoog.

Brans gezicht lichtte op toen hij Cróga over zag vliegen. Vervolgens spreidde hij zijn vleugels en vloog omhoog om hem wat beter te bekijken.

Links en rechts liepen zijstraten naar meubelmakers, hoefsmeden en stallen, naar huizen, duiventillen, kippenrennen, een tweede bron, scholen, aan elke kant een, waarna de weg omhoogliep.

Ook hier bleef het groen, in de tuinen waar werd gewerkt en iedereen meenam wat hij nodig had, in weides waar schapen en ander vee graasden en daarachter de tarwevelden, waar gouden pluimen in de wind wiegden en wachtten om geoogst en gedorst te worden.

Boven dit alles torende het kasteel uit van steen in honderden tinten grijs die door de tijd en in de regen en het zonlicht waren verweerd. De kantelen en torens wezen naar de strakblauwe lucht waar zijn draak vloog.

Boven op de hoogste toren vloog een andere draak op een banier, rood tegen een witte achtergrond met een zwaard in de ene klauw en een staf in de andere.

Ze vormden geen dreiging, vond Keegan, maar keken uit – kasteel en draak – over allen die hier leefden en werkten, over heel Talamh.

En zo moest het zijn.

Ze reden door het volgende hek – een verdedigingslinie die hij nooit nodig hoopte te hebben – en over de stenen brug waar de rivier onderdoor liep.

Hier stond een prachtige fontein omringd door bloemen. In het noorden lagen bossen voor de jacht, rituelen, romantische rendez-vous en kinderspelletjes.

Ze reden rond de stallen, de valkerij en de muur langs de steile kliffen die naar de grote zee liepen.

Bij de stallen zag hij een bekende. De man stond met zijn pet in zijn hand uit respect voor de taoiseach. 'Nieuws deed de ronde dat jullie onderweg waren. Ik zal voor de paarden zorgen.'

'Dank je wel, Devlin, want we zitten al sinds zonsopkomst in het zadel.' Mahon steeg af. 'En mijn kont voelt het.'

'Je mag eindelijk aan het bier,' hielp Keegan hem herinneren, en hij gaf de teugels aan Devlin. 'Hoe is het met je vrouw?' vroeg hij. 'Ze is bijna uitgerekend, of niet?'

'Dat was een week geleden, en we hebben een dochter. Met allebei gaat het goed, de goden zijn geprezen.'

'Je dochter, haar moeder en jij zijn gezegend, Devlin. Hoe hebben jullie haar genoemd?'

'Haar naam is Cara, Taoiseach, omdat ze ons zo dierbaar is.'

'Een mooie naam. Wacht.' Keegan stak zijn hand in zijn zadeltas en haalde er het stuk beril uit dat hij de vorige dag bij een van de trollenmijnen had meegenomen. 'Een cadeau voor het nieuwe leven dat jullie Talamh hebben gebracht.'

'Dank je wel. Ze zal het leren koesteren.'

Keegan hees de zadeltas op zijn schouder. 'We renden vroeger samen door de velden en de bossen. Wie had gedacht dat jij ooit een dochter zou hebben en deze hier twee zoons en nog een kind op komst?'

'Wie had gedacht dat we met z'n drieën en velen het meer in zouden gaan en dat deze als taoiseach tevoorschijn zou komen?' zei Mahon gemoedelijk.

'Liever de vrouw en het kind,' zei Devlin met een grijns.

'Mee eens,' beaamde Mahon. Hij pakte zijn tas en sloeg Keegan op de schouder toen ze samen in de richting van het kasteel liepen. 'Ik ga voor bier en een bad. Jij ook, denk ik. En terwijl ik het moet doen zonder mijn vrouw die ver weg is in het westen, kruip jij zeker in Shana's warme armen.'

'Nee, dat denk ik niet. Ik heb andere dingen te doen.'

Mahon wierp hem een blik toe. 'Omdat je met je hoofd bij de roodharige heks zit?'

'Omdat ik geen tijd heb voor afleiding.'

'Ik ken je te goed.'

Keegan zweeg even tot ze buiten gehoorsafstand van eventuele anderen waren. 'Ik besef dat ik heb gedaan alsof ik niet wist dat Shana meer van mij wil dan ik haar ooit zal geven. Haar vader is een goede man en hij zit in de raad. Misschien heeft hij dezelfde ideeën. Het is tijd dat ze naar een ander uitkijkt voor wat zij wil.'

'Ze deelt het bed met anderen, net als jij,' zei Mahon. 'Ik zag jullie als niet meer dan bedgenoten.'

'En dus was het gemakkelijk om te doen alsof ik het niet wist. Het is niet verkeerd, Mahon, er is gewoon te veel te doen, ik kan geen afleiding gebruiken. Zoals je zelf al zei, ze slaapt ook met anderen. Ze zal 's nachts niet eenzaam zijn.'

Keegan koos een zijingang in de hoop een stortvloed aan begroetingen te ontlopen. Hij wist welke trappen en gangen hij moest nemen om de grote hal en de openbare ruimtes waar veel mensen bijeenkwamen te vermijden. Maar hij had de koele ruimte amper betreden of zijn moeder kwam op hem af om hem te begroeten.

Ze droeg een blauwe japon in een zachte, zomerse tint die bij haar paste en had haar honingblonde haar in vlechten opgestoken, zodat haar oorbellen goed zichtbaar waren. Ze droeg een hanger met een enkel, helder kristal, dat zijn vader haar had gegeven op de dag dat hij was geboren. 'Welkom, reizigers,' zei ze, en ze stak haar armen uit.

'Ik zal je maar geen zoen geven. We zijn net aangekomen en een groot deel van de weg plakt nog aan ons.'

'Onzin.' Ze omhelsde eerst Mahon en daarna haar zoon. 'Hoe is het met mijn dochter en mijn kleinkinderen?'

'Meer dan goed,' vertelde Mahon haar. 'Ze vragen zich af wanneer je op bezoek komt.'

'Gauw, hoop ik, want ik mis ze. En je broer?' Tarryn keek met opgetrokken wenkbrauwen naar Keegan.

'Ook goed.'

'Dan ben ik blij. Mahon, ik heb een kroes naar je kamer laten sturen en het bad wordt gevuld.'

'Ik heb de meest fantastische schoonmoeder.' Hij nam haar hand en kuste hem. 'Dan ga ik graag van beide gebruikmaken. Deze jongen hier heeft me behoorlijk afgepeigerd.'

'Niets nieuws dus. Ik zie je bij het avondmaal – een welkomstbanket met bal – en dan wil ik al jullie verhalen horen.'

'Daar zijn er genoeg van.' Hij liep naar de stenen wenteltrap die Keegan had willen nemen.

Tarryn stak haar arm door die van haar zoon. 'Ik loop met je mee. Ik wil je graag persoonlijk spreken en niet per valk of via de spiegel.'

'Problemen?'

'Nog niet. Er zijn tekenen dat ze op komst zijn, maar nog niet.'

Ze liep met hem mee naar de plek die ze de kleine hal noemde, en hij besefte dat ze opdracht had gegeven hem met rust te laten. Mensen begroetten hem vriendelijk, maar niemand benaderde hem toen ze de trap namen, wandkleden passeerden die de muren versierden en de glas-in-loodramen.

Steeds verder liepen ze omhoog, totdat ze bij de torenkamers kwamen die bedoeld waren voor de taoiseach.

'Ik zou willen dat je hier zelf gebruik van maakt.'

'Ik ben geen taoiseach.' Ze opende de deur en deed toen een stap naar achteren, zodat hij als eerste naar binnen kon.

De haard in de woonkamer brandde. Op tafel stond een schaal met fruit, kaas, vleeswaren en brood, een kroes en een glazen wijnkaraf. Omdat hij wist waar ze van hield, schonk hij wijn voor haar in. 'Eet je mee?'

Ze schudde haar hoofd en ging zitten, terwijl hij de kroes pakte, bier dronk en door de kamer ijsbeerde. Zo rusteloos, dacht ze. Ze had de vertrekken zelf die ochtend schoongemaakt, verse bloemen en kruiden neergezet, het bed verschoond. Ze had nieuwe kaarsen voor op de schoorsteenmantel gemaakt – hier en in de slaapkamer – met hem in gedachten. Taoiseach of niet, ze zou altijd zijn moeder zijn en zou altijd haar best doen een manier te vinden om zijn rusteloze geest te kalmeren. Die had ze nog niet gevonden, maar ze zou het altijd blijven proberen. 'Morgenochtend hebben we een voltallige raadsvergadering. Daar moet je bij zijn.'

'Dat weet ik. Dat is de reden dat ik hier ben… een van de redenen.'

'Ga je na afloop op de Stoel der Gerechtigheid zitten? Mensen weten dat je er bent, Keegan, ze zullen het van je verwachten.'

'Ja.'

'En ga je vanavond dansen op de muziek die jou verwelkomt?'

'Met jou, ma.' Hij wierp haar een glimlach toe. 'Altijd.'

'Alleen met mij?'

'Ik ben hier niet om te dansen. Er zijn tekenen, zoals je al zei, en die zijn overal in Talamh te zien.' Hij ging zitten en leunde naar voren met de kroes tussen zijn knieën. 'De wereld gedijt, ma, dat zie ik, en toch voel ik de storm die op komst is. Als het aan hem ligt, brandt hij ons tot de grond af.'

'Jij gaat hem tegenhouden. Wij gaan hem tegenhouden. Ik heb niet alleen vertrouwen in je omdat ik van je hou, maar omdat je taoiseach bent. Ik heb vertrouwen in je omdat ik de man ken die ik heb grootgebracht. Hoe zit het met Eians dochter?'

Hij leunde achterover en haalde zijn schouders op.

O jee, dacht Tarryn, ik ken die broeierige blik.

'Ze is terug naar haar wereld.'

'Dit is ook haar wereld.'

'Ze heeft haar keus gemaakt. Die respecteren we.'

'Natuurlijk, dat doen we ook, want niemand heeft het recht om een ander zijn wil op te leggen. Maar ik heb niet alleen berichten van jou en mijn andere kinderen gekregen, maar ook van Marg. Breen heeft haar beloofd dat ze terugkomt.'

Hij staarde naar het vuur, zag het rode hart van de hitte. Maar sinds Breen was vertrokken, weigerde hij daarin te kijken. 'Beloftes worden niet altijd nagekomen.'

'Geloof je haar niet? Vertrouw je haar niet?' Tarryn nam een slok wijn en bleef hem aankijken. 'Ik heb gehoord dat je haar bed hebt gedeeld, meer dan eens.'

'Dat is iets anders.'

'O?' Met een glimlach keek ze naar haar wijn. Toen trok de glimlach weg. 'De manen waren gisteravond verduisterd.'

'Ik zag het.'

'Ze is hier nodig, Keegan.'

'Dat is haar duidelijk gemaakt. Wat kan ik er verder aan doen?'

'Dat zou jij moeten weten, als je niet zo chagrijnig zat te zijn. Ik herken een chagrijnige bui als ik ernaar zit te kijken, mijn jongen,' zei ze, voordat hij kon protesteren. 'En het is duidelijk dat jij, Taoiseach, naar haar toe moet om haar te herinneren aan haar eed. Om haar ervan te overtuigen dat ze terug moet komen – niet met dwang, maar met overredingskracht en diplomatie.'

'Hoe vaak heb je mij niet gezegd dat mijn diplomatieke talenten ernstig te wensen overlaten?'

'Ontelbaar vaak. Doe het beter, deze keer. Misschien kun je je eens wat nederiger opstellen. O,' voegde ze er snel aan toe. 'Hoe kom ik erbij! Ik geloof dat ik oud en seniel word.'

'Heel grappig.' Hij dronk zijn bier. 'Ik heb hier verplichtingen.'

'Dat is een feit, ja. En als je die hebt vervuld, ga je met haar praten, aan de andere kant, en doe je je plicht daar. Je hebt je plichten nooit verzaakt.' Ze zette haar lege glas neer, kwam overeind en bukte zich om hem een zoen op beide wangen te geven. ‘En die zul je ook nooit verzaken. Ik laat je met rust, dan kun je lekker in bad.’

29

Shana had allerlei redenen voor haar vriendschap met Kiara. Hoewel Kiara's vrolijke gekwebbel soms wat vermoeiend was, was er niemand in de Hoofdstad zo op de hoogte van sappige roddels als zij. Ze was ook heel lief, een luisterend oor en een waanzinnig goede kapster.

Op dit moment was ze druk aan het kwebbelen, terwijl ze allemaal vlechten in Shana's lange zilvergrijze haar maakte.

Ze waren tijdens hun schooltijd vriendinnen geworden omdat ze geen van beiden van school hielden. Kiara gebruikte haar kapperstalent – zeer bewonderd en gewild – en haar liefde en eindeloze geduld met kinderen om bij te dragen aan Talamh.

Shana besteedde haar tijd aan tuinen, bloemen en kruiden, maar hield de ontwikkelingen binnen de raad nauwlettend in de gaten, in de hoop haar vaders zetel ooit over te kunnen nemen. Met al haar gebabbel gaf Kiara regelmatig meer gedetailleerde informatie prijs dan ze van haar vader kreeg. Het feit dat Shana's moeder Tarryns beste vriendin en vertrouwelinge was, betekende dat ze soms ook kleine beetjes informatie van de moeder van de taoiseach kreeg.

Kiara's ouders hadden elkaar leren kennen toen haar vader als jongeman de wereld van Largus had bezocht en daar Minga ontmoette. Shana ging ervan uit dat haar vriendin zo romantisch van aard was vanwege het verhaal over de schoonheid zonder magische krachten uit de woestijnprovincie op Largus en de elf die verliefd waren geworden, en vanwege het feit dat Minga haar gouden zand had opgegeven voor Og en de groene heuvels van Talamh.

Og had zijn elvenbloed en talenten aan zijn kinderen doorgegeven – alle vijf. En hoewel Kiara niet kon zeggen dat ze de schoonheid van haar moeder bezat – dat konden er maar weinig – had ze wel de goudbruine huid van haar moeders wereld en het zwarte haar en de lange volle wimpers.

Beide vriendinnen stelden hun tegenstellingen op prijs en beseften dat hun dramatisch andere kleur hun allebei iets extra's gaf.

Ze hadden als kinderen een pact gesloten om nooit te vechten of verliefd te worden op dezelfde man. Daar hadden ze zich aan gehouden. En dus was hun vriendschap hecht.

'Ik ga vanavond met elke dans meedoen.' Met haar vlugge vingers zette Kiara een belletje aan het eind van elke vlecht. 'Aiden O'Brian is teruggekeerd met de taoiseach, en ik vind het hoog tijd dat hij niet langer doet alsof hij mij niet ziet staan.'

'Daar is hij erg slecht in.'

'Ik heb een nieuwe japon. Ik heb Daryns haar gedaan en dat van zijn zussen, en ik heb voor Maeves twee kinderen gezorgd, zodat zij kon weven. En dus heeft Daryn mijn japon gemaakt. Wacht maar tot je die ziet!'

'Ik draag vanavond blauw. IJsblauw. Zeg me dat jij geen blauw aantrekt.'

'Die van mij is bronskleurig. Volgens Daryn krijgt mijn huid daar een mooie glans van. Blauw staat jou heel mooi, maar ja, alles staat jou mooi. Arme Loren Mac Niadh zal wel koken van woede als de taoiseach jou voor elke dans claimt.'

'Hij kan het vragen.' Ze was niet overtuigd van de vlechten en belletjes, maar ze had andere dingen aan haar hoofd. 'Hij is al uren terug en heeft geen moment aan mij besteed.'

'Ach, hij is net terug en heeft vergaderingen en zo gehad. En ik heb gehoord dat hij een tijd met zijn moeder in gesprek was.'

'Mijn bed weet hij anders prima te vinden, of niet?'

'Het enige bed in de Hoofdstad waar hij de afgelopen twee jaar of langer in heeft gelegen. Anders zou ik het wel gehoord hebben en dan zou ik het je vertellen.'

Shana stak haar arm over haar schouder om Kiara's hand een kneepje te geven. 'Dat weet ik, zelfs als ik je erom zou willen slaan.'

Lachend maakte Kiara nog een vlecht. 'Toen ik je vertelde over de roddels dat hij het met Margs kleindochter deed, was ik even bang dat je dat ging doen.'

'Mensen roepen zo veel.' Met een klap zette Shana het parfumflesje waarmee ze had zitten spelen neer. 'Je zei ook dat hij haar trainde als één van zijn krijgers en haar regelmatig in de modder smeet.'

'Ywain... die ken je volgens mij wel, Birgits broer die in het westen woont... Hij zei dat hij het met eigen ogen had gezien. En iedereen in het westen weet ook dat ze niet alleen samen trainden, maar ook samen het bed deelden.' Ze begon aan de laatste vlecht. 'Maar, zoals je zelf al zei, wat doet het ertoe met wie hij het in het westen, noorden of zuiden doet? Zolang hij maar bij jou in het oosten komt.' Maar Kiara kende haar vriendin, voelde de verandering en begon haar te kalmeren. 'En ze is nu toch weg, had ik je dat niet verteld? Terug naar haar eigen wereld. Ik denk dat hij met haar naar bed ging om haar over te halen te blijven omdat ze hier nodig is. Dat zegt iedereen.' Ze trok de vlechten naar achteren, begon ze te draaien en op te wikkelen.

'Ze heeft rood haar, zei jij.'

'Ja, vuurrood, maar verder is ze niet heel mooi. Waarschijnlijk deed hij het alleen vanwege Talamh, Shana. Welke man kan naar jou kijken en aan een ander denken?'

Het was geen goed idee geweest, dacht Shana, de vlechten en de belletjes. Ze vormden een soort kroon en vielen als een waterval over haar rug. 'Het is tijd dat hij zich aan mij verbindt, Kiara.'

Kiara liet haar hoofd zakken, duwde haar wang tegen die van Shana, goudbruin tegen roomwit, zwart tegen zilver. 'Misschien vanavond.'

Shana droeg de ijsblauwe japon, de vlechten en belletjes, en kon aan de blikken zien – de bewondering, de jaloezie – dat ze er prachtig uitzag. Ze had geleerd dat schoonheid en seks zowel als wapen en als gave gebruikt konden worden. Waardevolle kwaliteiten voor de levenspartner van de taoiseach, vond ze. Ze had verstand van politiek en beleid, was opgevoed met de kunst van diplomatie, en geloofde met heel haar hart dat ze de beste keus was voor Keegan en Talamh.

Zijn moeder had die positie, die eer, dat recht lang genoeg gehad. Niettemin begroette ze zowel Tarryn als Kiara's moeder met een kus.

'Je ziet er stralend uit,' zei Minga.

'Dankzij jouw dochter.' Ze schudde even met haar hoofd, zodat de belletjes rinkelden. 'Ik dacht dat ik erg laat was.' Met opzet, dacht ze, toen ze zich weer naar Tarryn draaide. 'Maar ik zie dat Keegan nog later is.'

'We wachten niet op hem, zoals je ziet.' Tarryn zag er schitterend uit in haar rode japon, haar honingblonde haar in een kroon van krullen. Feestende mensen vulden de zaal. 'Hij is wat verlaat, maar komt zodra hij kan.'

Loren kwam op hen af. Hij ging in het zilver gekleed met een blauwe wambuis, precies de kleur van Shana's japon.

Hij had met Daryn onderhandeld, zodat die hem zou maken. De heks, strijder, haar incidentele minnaar, wist dat ze een volmaakt plaatje vormden toen hij Shana's hand kuste en haar wijn aanbood.

'Je steekt met glans boven iedereen uit. Kom, we hebben een plekje voor je.'

'Ga bij je vrienden zitten, bij de jongelui,' zei Tarryn. Ze keek hen na – de elf in ijs-ijskoud blauw, de heks in het zilver – en bedacht hoe goed ze bij elkaar pasten. 'Ze zijn een buitengewoon mooi paar,' merkte ze op. 'In alle opzichten. Ze zal zich tot hem wenden, denk ik, als ze begrijpt dat Keegan haar nooit zal kiezen. Hij zou haar nooit werkelijk gelukkig kunnen maken.'

'En toch heeft ze haar zinnen op hem gezet.'

'Zinnen kunnen veranderen. De lucht trekt dicht, en Talamh zal het zwaard en de moed nodig hebben om de donkere wolken te verdrijven, Minga, niet het getingel van belletjes.'

'Ach, Tarryn, het is een feest.'

'Je hebt gelijk. Ik ben een beetje te hard voor haar. Ik weet dat je haar graag mag, en ik ook. Kom, laten wij bij jouw familie gaan zitten en genieten van wat we hebben.'

Loren was als was in Shana's handen, dat wist ze, en zou het bed met haar delen wanneer ze maar wilde. Ook nu wond ze hem om haar vinger, terwijl ze met Kiara en de anderen aan een lange tafel bij een van de haardvuren zat die een prachtige gloed op haar wierp.

Ze at niet veel, maar flirtte vooral, glimlachte en zag de bewondering in Lorens ogen. Groene ogen, iets lichter dan die van Keegan. Hij droeg zijn donkerbruine haar niet in een krijgersvlecht, maar was uiteraard bereid met krachten, zwaard en boog te vechten. Hij blonk uit in boogschieten, net als zij. Hij was goedgebouwd, maar iets tengerder dan Keegan. Beide lichamen kende ze heel goed. Omdat Loren de voorkeur gaf aan het mengen van dranken – zijn alchemie – had hij zachte handen. Maar ze wekten niet dezelfde verrukking op als die van Keegan. En toen die binnenkwam, in onopgesmukt zwart, klopte haar hart in haar keel.

Ze zag niet dat het licht in Lorens ogen doofde, al zou het haar ook niet geïnteresseerd hebben. Ze hief haar glas wijn en draaide zich met een kokette lach naar Loren, ervan overtuigd dat Keegan wel naar haar toe zou komen.

In plaats daarvan liep hij door de zaal, bleef hier en daar staan om met deze en gene te praten, een schouder aan te raken, een wang te kussen. Sfeer te creëren op weg naar zijn moeder.

Eenmaal daar begroette hij Minga en Og hartelijk, evenals drie van hun kinderen die bij hen zaten, en de anderen aan tafel, waarna hij bij hen ging zitten.

Ze zag de blikken hier en daar – niet te missen – en hoorde het gefluister achter handen. De taoiseach was niet naar haar toe gekomen, had haar niet begroet. En dat was onverteerbaar. Dus toen de muziek begon, legde ze haar hand op Lorens en voegde zich in de rij als zijn partner. Ze zette de stappen, maakte de draaien, zich ervan bewust dat ze uitstekend kon dansen.

Ze danste met haar vader, met een weer die naar haar smachtte, en met een stuk of zes anderen voordat Keegan naar haar toe kwam.

'Je ziet er prachtig uit, zoals altijd.'

'O ja?' Ze wierp haar haar naar achteren en keek hem met een zwoele blik van onder haar wimpers aan, waar zorgvuldig elvenstof op was aangebracht. 'Ik dacht dat je het te druk had om te zien.'

'Ik heb het druk gehad, maar niet zodanig dat schoonheid mij niet opvalt.'

'Niet te druk om even naar buiten te gaan? Ik vind het hier veel te warm.'

'Natuurlijk, dat kan wel even.'

Hij ging haar voor naar de tuin, naar de koele lucht die rook naar de herfst en de bloemen die baadden in het zilveren maanlicht.

Ze draaide zich om en vlijde zich tegen hem aan. 'O, wat heb ik je gemist.' Ze legde haar hand tegen zijn gezicht en haar mond op de zijne. 'Kom, ga met me mee. Neem me mee naar je bed.'

Hij had zijn bed nog nooit met haar gedeeld, het bed van de taoiseach, en ze wisten allebei dat ze niet alleen seks wilde.

Teder maakte hij haar van zich los. 'Ik kan hier niet weg, Shana.'

'Je hebt gedanst... al was het niet met mij. Je hebt met bijna iedereen in de zaal gesproken, maar nu pas met mij. Ik heb daar meer dan een uur gezeten, voordat je mijn hand pakte. Iedereen lacht me achter mijn rug om uit.'

'Dat is onzin en dwaas.'

'Het is geen van beide,' snauwde ze, en ze draaide zich zo snel om dat de vele dunne lagen stof van haar rok om haar heen draaiden. 'Ik wil dat je iedereen die achter mijn rug om over me praat, laat zien wat ik voor jou beteken. Ik heb bijna de hele zomer op je gewacht, Keegan, en ik heb er genoeg van.'

Hij pakte haar hand vast, in de hoop haar te kalmeren. 'Je hebt je nooit eerder zo veel aangetrokken van wat anderen denken. Ik vind het vervelend dat je je zo voelt. En ook dat ik jou verdriet heb gedaan.'

'Maak het dan goed.'

Haar boosheid maakte snel plaats voor een verleidelijke toon. Te snel, dacht hij, en hij merkte op hoe weloverwogen dit was.

'De wijn vloeit rijkelijk,' mompelde ze, en haar hand streelde zijn wang. 'De muziek speelt. Je wordt niet gemist als we nu nemen wat we willen, wat we nodig hebben. En wat dan nog? Jij bent de taoiseach.'

'Dat is zo.' En hij wist dat ze dat veel meer als status dan als een plicht zag. 'Dat is zo, en dus is het mijn plicht om mijn tijd te schenken aan de mensen die de wijn serveren, de muziek maken, die mij vanavond even willen spreken.'

'Ben ik dan niet van Talamh? Ik wil ook een moment met jou. Ik wil van jou de woorden horen die je me nog niet gezegd hebt. Ik wil wat jij verplicht bent me te geven.'

Nu pakte hij haar beide handen vast… en hield haar op armlengte. 'Het is mijn plicht jou te beschermen en het inzicht te gebruiken dat mijn staf en mijn zwaard me geven. Mijn genegenheid en vriendschap bied ik je uit vrije wil, zonder verplichtingen.'

'Genegenheid? Vriendschap? Je komt naar mijn bed wanneer je maar wilt.'

'En ik ben daar welkom geweest in woorden en daden, zonder verplichtingen aan weerszijden. Ik begrijp nu dat ik die woorden en daden verkeerd heb ingeschat en dat ik je pijn heb gedaan. Dat spijt me zeer.'

'Ik wil je spijt niet.' Ze sloeg haar armen weer om hem heen. 'Kom mee naar bed, mijn bed, dan. Doe hier je plicht, als het zo nodig moet, en kom dan naar mij toe.'

Hij pakte haar polsen en trok haar armen weg. 'Het spijt me meer dan ik kan zeggen. Ik mag je graag, nog steeds. Het zal nooit meer of minder zijn dan dat.'

Toen ze hem sloeg, zei hij niets. Hij verdiende dat en meer omdat hij niet in de gaten had gehad wat ze dacht en voelde.

'Je zet me aan de kant alsof ik niets voorstel. En waarvoor? Voor een half-Talamhse heks die is vertrokken? Ze heeft je in de steek gelaten, je de rug toegekeerd. Net als haar vader. Bewaar je die blinde toewijding die je voor haar vader had ook voor haar?'

'Hij heeft nooit iemand in de steek gelaten, mij niet, mijn familie niet, Talamh niet.'

Hoewel zijn woorden rustig klonken, staken ze. Hij meende ze.

'Eian O'Ceallaigh heeft zijn leven gegeven voor jou, voor mij, mijn familie, voor elk levend wezen in Talamh. En voor zijn kind dat aan de andere kant verborgen was. Waag het niet zijn naam of datgene wat hij voor mij heeft opgeofferd te grabbel te gooien.'

'Hij is weg! Zij is weg! Ik ben hier, bereid naast je te staan, het bed met je te delen, je steun te geven, zoons te geven. Ik hou van je.'

'Ik kan jou niet hetzelfde bieden. Het spijt me, maar ik kan je niet geven wat je wilt.'

'Dus kwets je me, verneder je me en daar heb je dan spijt van. Nou, Taoiseach, neem maar van mij aan... het zal je inderdaad spijten. Je zult er spijt van krijgen dat je mij zo aan de kant zet. Er zijn genoeg anderen.'

'Dat weet ik.'

'Denk aan mij met degene die ik kies. En heb dan spijt.' Ze wilde de zaal in rennen, maar weerhield zich ervan. Ze dwong de tranen terug, duwde haar woede opzij. Vervolgens ging ze naar binnen en liep met opgeheven hoofd naar Loren. Ze legde haar mond tegen zijn oor en fluisterde: 'De taoiseach wilde met mij naar bed, maar ik heb hem gezegd dat ik iemand anders in gedachten had.' Ze beet zachtjes in zijn oorlel voordat ze zijn hand vastpakte.

Hoewel hij haar niet geloofde, ging hij gewillig met haar mee.

De muziek en het dansen gingen verder, ook nadat Keegan aan zijn verplichtingen had voldaan. Vermoeid zat hij in zijn vertrek met een biertje in zijn handen en vertelde Mahon wat hem was overkomen. 'Je lijkt totaal niet verrast.'

'Ben ik wel. Maar Aisling heeft Shana één keer gezien, en toen zei ze dit al. Ik had niet aan haar intuïtie moeten twijfelen. Ze hebben elkaar afgelopen voorjaar ontmoet,' voegde hij eraan toe, 'toen Shana met haar ouders naar het westen reed.'

'Ze had me verdomme wel iets mogen zeggen over die intuïtie van haar.'

'Zou je geluisterd hebben?'

Met een broeierige blik keek Keegan naar het vuur en haalde toen zijn schouders op. 'Waarschijnlijk niet, want ik zweer je, Shana was heel overtuigend. Dat is niet helemaal waar,' corrigeerde hij zichzelf. 'Ik begon wel in de gaten te krijgen, of te voelen, dat ze meer van me wilde, en ik had me voorgenomen wat afstand te nemen. Ik denk dat ik dat beter had moeten doen.'

'Helpt het als ik zeg dat Aisling ook zei dat Shana misschien sterke gevoelens voor jou heeft, maar meer nog voor de taoiseach?'

'En dat kon ik zien, of voelen. Hoe is het mogelijk dat zij in de Hoofdstad is opgevoed, een vader heeft die in de raad zit, buitengewoon toegewijd is, en dat zij niet begrijpt wat het is om te leiden? Nou ja, er zijn er genoeg die de vacature voor haar kunnen invullen, zeg maar.'

'Maar niemand van jouw status.'

Keegan keek Mahon lang aan. 'Jij mocht haar absoluut niet, of wel?'

'Jawel. Nou ja,' voegde hij eraan toe. 'Dat is niet helemaal waar. Ze is heel charmant en van wat ik gezien en gehoord heb, draagt ze haar steentje bij en ze is een goede dochter voor haar ouders. Maar net als sommige anderen vindt ze uiterlijk en het afdingen op snuisterijen nu eenmaal belangrijker dan verplichtingen en het werk dat daarvoor nodig is. In dat opzicht past ze gewoon niet bij iemand als jij.' Mahon kwam overeind en rekte zich uit. 'Ik ga naar bed. Blijf niet te lang piekeren.'

'Kan ook niet. Ik heb een ontbijtafspraak in het dorp, moet naar wat winkels en werkplaatsen en dergelijke, en daarna neem ik plaats in de Stoel der Gerechtigheid.'

'Wil je wat gezelschap bij het eerste deel?'

'O goden, ja.'

'Dan rijd ik met je mee. Bij De Lachende Kater kun je goed ontbijten.'

'Dan gaan we daarnaartoe.'

De ochtend bracht hij in het dorp door en de rest van de dag luisterde hij naar beschuldigingen, kinderachtig geruzie en hulpverzoeken. Kleine dingen – daar mocht hij blij om zijn – al waren ze niet klein voor de betrokkenen.

Hij luisterde naar een man die beweerde dat de hond van zijn buurman de hele nacht had geblaft, terwijl de buurman zei dat hij de dierbare, oude hond twee dagen vóór het blaffen had begraven. En naar het echtpaar dat meldde dat ze een van hun schapen ontweid en verbrand hadden aangetroffen.

Dat waren geen kleine dingen. Hij verving de hond door een puppy uit een nieuw nest en het schaap door een van de schapen uit de kasteelweide. Maar de tekenen waren duidelijk. Het duister kwam dichterbij.

De tijd die hij bij Zieners doorbracht bevestigde alleen maar wat hij al wist. En dus wist hij dat hij niet langer kon wachten.

Aan de rand van het diepe bos, in de duisternis die werd doorbroken door het licht van de sterren, kuste hij zijn moeder gedag.

'Ik zal haar ervan overtuigen dat ze terug moet komen, zoals ze heeft beloofd.'

'Zeg je draak dat hij naar het westen moet vliegen.'

'Waarom?'

'Je wilt haar terugbrengen naar een plek die vertrouwd is. De mensen, Marg. Neem haar nog niet mee hiernaartoe, Keegan. De schok is al groot genoeg, denk je niet?'

'Goed dan. Je hebt gelijk.'

'Mahon neemt je paard mee. En ik kom zelf vóór Samhain, zo niet eerder. Het is hoog tijd dat ik de rest van de familie weer eens zie. Je hebt het hier goed gedaan, mijn lieve jongen.'

Hij gaf haar de staf. 'Totdat ik terug ben.'

'Totdat je terug bent. Wees gezegend, Keegan.'

'Wees gezegend, ma.'

Breen zette haar computer uit, toen ze Marco hoorde binnenkomen. Ze wierp een snelle blik door haar slaapkamer en deed de deur achter zich dicht. 'Hoe ging het?' vroeg ze.

'Mijn laatste dag in de detailhandel. Hopelijk voorgoed.'

'Geen spijt?'

'Ik werk nu officieel voor twee mensen om wie ik heel veel geef, jou en Sally. Dat voelt gek. Goed gek. Elke ochtend ga ik met mijn lekkere lijf naar de espressobar om daar te werken – voor jou – zodat jij het appartement voor jezelf hebt en kunt schrijven.'

'Dat hoeft niet. We kunnen...'

'Beter voor ons allebei.' Hij slenterde naar het raam. 'En een reistijd van niks.'

'Ik hoor spijt. Marco, iedereen was weg van je webpagina. Ik weet dat ze een paar suggesties hadden, maar...'

'Goeie suggesties. Het is goed, Breen. Maar het is een grote stap voor me. Ik ga de instrumenten missen. Ik bedoel, ik heb mijn keyboard en gitaar hier, maar ik kan niet zomaar meer even een sax of een banjo pakken om te kijken wat ik er voor geluid uit krijg, snap je?'

'Wacht.' Ze rende naar de slaapkamer en haalde de harp uit haar kast. 'Ik wilde je deze met Kerstmis geven, maar...' Ze wist niet waar ze met Kerstmis zou zijn. Of ze er nog zou zijn. '... maar ik kan niet wachten,' ging ze verder. 'En dit lijkt me het perfecte moment.'

'Wat heb je daar?'

'Ga zitten, maak de doos open, dan zie je het wel.'

Toen hij de doos had opengemaakt, kon hij alleen maar staren.

'Zodra ik hem zag, wist ik, die is voor Marco. Er is een winkel in het dorp. Echt een familiebedrijfje. De vader bouwt de instrumenten... sommige. Deze harp. Hij heeft ooit een accordeon voor mijn vader gemaakt.'

Marco keek met betraande ogen naar haar op. 'Ik weet niet wat ik moet zeggen.'

'Dan zeg je niets. Ik weet dat je niet van je werk in de muziekwinkel hield, maar het is toch een verandering, een grote verandering. Je doet het voor mij.'

Hij sloeg een voor een de snaren aan en de noten klonken zuiver. 'Moet je haar horen. Wat een stem. Ik moet veel leren. Jij hebt me het zetje gegeven, Breen, en dat had ik denk ik nodig. Ik zal nooit een rockster of hiphopster of wat voor ster dan ook worden.'

'Je hebt enorm veel talent.'

'Dat hebben zo veel mensen.' Terwijl hij zijn schouders ophaalde, vonden zijn vingers muziek in de snaren. 'Ik moet geld verdienen. Dat betekent niet dat ik geen muziek meer kan spelen of schrijven, maar de muziekwinkel was om de huur te betalen. Nu kan ik iets doen waar ik goed in ben en heb ik tijd over om voor mezelf te spelen, en ja, misschien om les te geven. Hier thuis, zoals jij al zei. En dat kan,' voegde hij eraan toe, terwijl hij nog steeds met vochtige ogen naar haar keek, 'omdat jij teruggaat naar Ierland.'

'Marco, ik...'

'Mens, wie kent jou nou beter dan ik?'

'Niemand,' mompelde ze. 'Echt niemand.'

'Je denkt er al aan vanaf het moment dat je terug bent. Je praat helemaal niet meer over een huis kopen. Dat was de eerste aanwijzing. En je bent veranderd. Niet in slechte zin. Maar... er zit meer in je. En een deel van jou zit in Ierland.'

Toen ze niets zei, wreef hij met de rug van zijn hand langs zijn ogen. 'Heb ik het mis?'

'Nee, je hebt het niet mis. Het spijt me.'

'Dat moet je niet zeggen. Je oma is daar. Sjemig, je hond is daar. Er klikte daar iets voor jou, mens, ik hoorde het klikken, toen we er waren. Dat moet je niet spijten.'

'Ik moet afmaken waar ik aan begonnen ben.' Wat kon ze hem zeggen? 'Wat ik daar begonnen ben.'

'Ja.' Hij streek met zijn vinger heen en weer over de snaren. 'Wanneer wil je gaan?'

'Ik... keek net naar vluchten voordat je thuiskwam. Ik zat aan volgende week te denken.'

'Volgende week?' Zijn vinger bleef roerloos hangen. 'Maar je bent er net een paar weken.'

'Het is alweer een maand, Marco. Ik had het je eerder moeten vertellen. Ik wist niet hoe, en er was nog zo veel dat ik wilde doen, regelen voordat ik terugga. Ik weet niet hoelang ik daar blijf, nog niet. Misschien een paar weken of maanden of...'

'Voorgoed?'

'Ik denk nergens aan in termen van voorgoed. Ik wil afmaken wat ik ben begonnen, verder niet. Als dat is gebeurd, moet ik de rest uitzoeken.'

'Ik zal niet zeggen dat je niet moet gaan, maar ik wil je wel vragen of de vent met wie je daar iets had, hier iets mee te maken heeft.'

'Niet op die manier,' antwoordde ze snel. 'Absoluut niet op die manier. Ik ga niet terug omwille van een relatie.'

'Dan is het goed, want seks – serieus – dat kan alles vertroebelen. En als je denkt dat het meer dan seks is? Dan wordt het alleen maar erger. Mensen doen zulke stomme dingen als het om de liefde gaat.'

'Ik zie alles nog helder, dat beloof ik. Toen ik daar wegging, wist ik al dat ik terug zou gaan, maar dat heb ik je niet verteld. Dat had ik wel moeten doen.'

'Heb je het iemand verteld?'

'Ik heb mijn oma beloofd dat ik terug zou komen en... Maar hier? Nee, ik heb nog niets gezegd.'

'Dan wordt het tijd. Ik moet me omkleden, ik moet naar Sally's. Ga mee, dan kun je het hem en de anderen vertellen.'

'Oké.'

Hij stond op, trok haar overeind en omhelsde haar. 'De harp is het mooiste cadeau dat ik ooit heb gehad. En als teruggaan jou gelukkig maakt, dan ben ik ook gelukkig. Het zal wel een tijdje duren voordat ik bij je langs kan komen, maar ik kom zeker.'

Keegan wachtte tot het middernacht was om diep in het donkere bos een cirkel te trekken. Hij had de kracht van het einde van de ene dag en het begin van de nieuwe nodig voor een lang en gelaagd ritueel.

Het heropenen van het portaal aan de andere kant zou minder

moeite kosten door wat hij nu deed. Alleen zou hij het niet hier heropenen, maar in het westen, zoals zijn moeder had gevraagd. Hij moest ook heel nauwkeurig zijn en zijn doel bestuderen. Niet alleen het land, en de stad, maar haar appartement. Het was alsof hij in de roos moest schieten, terwijl hij de roos alleen in gedachten kon zien. En dan alles opnieuw, vele kilometers ten westen vanwaar hij nu stond, ver weg van hier.

Hij had overwogen om naar Marg te gaan en haar te vragen of ze hem wilde helpen met het ritueel, omdat het bloed dat zij en Breen deelden het gemakkelijker zou maken. Maar uiteindelijk was het zijn verantwoordelijkheid.

En als zijn harde woorden over haar vertrek een van de redenen waren dat ze zo lang wegbleef, zou hij – ergens – zachtere vandaan moeten halen om haar ervan te overtuigen terug te komen.

Dus trok hij een cirkel, verspreidde het licht in de duisternis. Hij riep de goden aan om zijn pogingen in de naam van dat licht te zegenen. Hij dronk de wijn, schonk de rest in de bokaal op de grond en terwijl de aarde dronk, hief hij het vuur omhoog. Terwijl zijn woorden door de lucht galmden, bracht hij het vuur hoog op, verspreidde het zo ver mogelijk. Langzaam, nauwgezet zoog hij de lucht op en stootte hem uit, terwijl het zweet over zijn rug liep van de inspanning om alles te beheersen. Het vuur brandde rood en heet, daarna blauw en ten slotte wit en fonkelend toen het werd samengeperst. En het een deur tussen twee werelden vormde.

'Met de woorden die ik heb gesproken, vraag ik om sloten en deuren te openen. Verleen mij doorgang om door deze nacht het licht van wereld naar wereld te brengen en de vrijheid te bewaren. Zoals ik het wil, zo zal het zijn.'

Vol vertrouwen deed hij een stap naar voren naar het kolkende licht, de likkende vlammen… en sprong van de ene wereld in de andere.

Een lichtflits, de impact van de hitte en het portaal klapte achter hem dicht.

Hij bevond zich in een slecht verlichte kamer met lawaai buiten het raam. Maar binnen was het stil, dacht hij. In de kamer hoorde hij niets.

Met een klik van zijn vingers creëerde hij licht en keek om zich heen. Kleurrijk, dacht hij, netjes. En leeg. De vloer kraakte onder zijn voeten toen hij naar een tafeltje liep en links van hem de keuken zag.

Tijdens zijn reizen had hij ze vaker gezien, hij had erover gelezen in boeken, maar deze was heel klein en rook, niet onaangenaam, naar iets wat citroen moest voorstellen.

Hij hoorde een deur slaan en stemmen – maar buiten.

Dus wel een appartement, maar hij wist nog niet zeker of het het goede was.

Hij liep door een smalle gang, keek in de kamer aan zijn linkerhand. Hij zag een keurig opgemaakt bed, meer kleur, een gitaar op een standaard, foto's van mensen aan de muur die muziekinstrumenten bespeelden. Het deed hem niet aan Breen denken, dus draaide hij zich om en keek in de kamer rechts.

En daar was ze... althans, haar geur, het gevoel van haar.

De machine waar ze haar verhalen op schreef stond op een bureau naast de foto van haar vader, zijn vader en de anderen, die ze ook aan Marg en zijn familie had gegeven. In een koffer op de grond lagen een paar dingen alsof ze had ingepakt of nog niet had uitgepakt. Maar waar was ze?

'Shit.'

Omdat hij de magische spiegel herkende, pakte hij hem. Onder normale omstandigheden zou hij het magische instrument van een ander nooit zonder toestemming gebruiken, maar hij had geen tijd voor beleefdheden.

'Laat het me zien.'

Het glas werd donker en toen weer helder.

Hij zag haar aan de bar zitten. Ze had een glas wijn in haar hand en haar lippen bewogen alsof ze met iemand zat te praten die hij niet kon zien. Hij vond haar er een beetje huilerig uitzien en dat gaf hem een naar gevoel. Vervolgens omhelsde ze iemand, een andere vrouw, een met witblond haar tot over haar blote schouders.

Nee, geen andere vrouw, besefte hij, toen hij wat beter keek op het moment dat ze zich van elkaar losmaakten en verder praatten. Een man gekleed als vrouw. Mooi gekleed.

Sally's, besefte hij. Daar had ze het vaak over gehad. Ook over de man. Hij legde de spiegel neer om een voorspellende steen uit zijn zak te halen. 'Wijs me de weg.' Toen hij wilde vertrekken, dacht hij aan zijn zwaard. Deze wereld, wist hij, keurde het dragen van een zwaard af, dus maakte hij het los en legde het neer.

Met de steen in zijn hand verliet hij het appartement en liep de trap af. Deuren gingen open en dicht, geluiden en etensgeuren kwamen naar buiten. Iemand speelde op een soort hoorn en niet bepaald goed.

Buiten was het koeler en bedompt door de lucht van auto's en de benzine die ze verbrandden. Opnieuw viel alle kleur hem op. Niet alleen van de kleding en de vele huidskleuren, maar van de stad zelf. Ze vormden bijna regenbogen en daar kon hij niets op aanmerken.

Opnieuw hoorde hij een hoorn, maar deze keer klonk het prachtig. Lampen beschenen de straten en trottoirs en veel mensen slenterden langs alsof ze geen haast hadden. Twee mannen liepen met een lach in hun ogen op elkaar af en kusten elkaar toen hij langsliep.

Hij sloeg af toen de steen dat aangaf en bleef voor een gebouw staan. Ook weer regenbogen en de lichten in diezelfde kleuren die SALLY's spelden. Hij ging er binnen – meer hitte, muziek en kleur dan hij ooit had meegemaakt. Maar Breen zag hij niet op haar plekje aan de bar, waar ze in de spiegel had gezeten. Hij had geen zin om de stad af te speuren op zoek naar haar, en deze plek maakte iets in hem los.

Drie vrouwen – nee, ook weer mannen – stonden op een podium in kostuums die schitterden als sterren. Ze zongen prachtig meerstemmig.

De lucht rook zo helder als de stemmen.

En dus bleef hij even staan kijken naar wat haar hiernaartoe had getrokken en hij vroeg zich af wat hij kon bedenken om haar hier weer weg te halen.

30

Van achter de bar, waar hij de volmaakte martini aan het mixen was, zag Marco Keegan meteen.

Sommige mensen hadden die kracht, had Marco ervaren – de kracht om in een fractie van een seconde de aandacht naar zich toe te trekken. Er was meer voor nodig dan uiterlijk, maar wauw, dit was wel een lekker ding. Dat kon je niet faken. Je had het of je had het niet.

Hij schonk de martini in het gekoelde glas, voegde er drie olijven aan toe en zag hoe het lekkere ding om zich heen keek. De muziek wist hij duidelijk te waarderen, maar ja, de Supremes stelden nooit teleur. Het lekkere ding was ook overduidelijk op zoek naar iemand.

Die iemand was een geluksvogel.

Met zijn lange, gespierde lijf liep het lekkere ding in de richting van de bar. Sportief gekleed – een donkerblauwe trui, donkerbruine broek, sexy versleten laarzen. Een scherp, hoekig gezicht met een kapsel dat er eerder achteloos dan gestileerd uitzag. Zo'n dikke, zwarte bos waar iedereen zijn handen wel doorheen zou willen halen. Hij had één dunne vlecht aan de linkerkant van zijn hoofd.

Ergens begon Marco iets te dagen, maar het lekkere ding stond nu aan de bar en keek hem recht aan. Marco had er geen moeite mee om toe te geven dat hij even verlekkerd naar hem staarde. 'Welkom bij Sally's, Lang, Donker en Bloedmooi. Wat mag het zijn?'

'Ik zoek Breen Kelly. Ken je haar?'

Het Ierse accent maakte het af en het kwartje viel. 'De Ierse god.'

Keegans wenkbrauwen schoten omhoog. 'Niet precies, nee. Ze heeft rood haar,' begon hij.

'Ik bedoelde jou. Ik ben Marco, Marco Olsen.' Hij stak zijn hand uit.

'Jij bent Marco? Ze is erg op je gesteld, wat leuk je te ontmoeten. Is Breen in de buurt?'

'Ze is even backstage. Ze komt zo terug.' En dan kan ik je ondertussen uithoren, dacht Marco. 'Wat wil je drinken? Van het huis,' voegde hij eraan toe, 'van de ene vriend van Breen voor de andere.'

'Dat is tof van je.' En een stuk makkelijker omdat hij was vergeten geld van hier mee te nemen. Hij keek naar de taps en knikte. 'Een Guinness, dank je wel.'

'Komt eraan. Dus...' Marco plaatste het glas onder de tap en zette de tapkraan open. 'Jij woont in de buurt van Breens oma.'

'Klopt.'

'Breen is heel blij dat ze haar oma heeft gevonden. Dat betekent veel voor haar, vooral nadat ze had gehoord dat haar vader was overleden. Heb jij hem gekend?'

'Ja, en een betere man was er niet, naast mijn eigen vader.'

Terwijl de lagen Guinness golfden en tot rust kwamen, begon Marco aan een bestelling voor een Moscow Mule, een Cosmopolitan en een paar glazen rode huiswijn. 'Breen heeft niet verteld dat je kwam.'

'Dat kon ook niet, want ik heb het haar niet verteld.'

'Een verrassing! Hoelang ben je hier?'

'Niet lang, denk ik. Jij weet wat je doet,' merkte hij op, terwijl Marco de bestelling afrondde. 'Een goeie barman is een kunstenaar.'

'Al doende leert men.' Toen Marco klaar was met de bestelling, maakte hij de Guinness af en zette hem voor Keegan neer. 'Breen is meer dan een vriendin. Meer dan een zus. Ze is meer.'

'En jij voor haar ook, ik heb gehoord hoe ze over je praat.'

'Ik vermoed dat je mij zonder veel moeite tegen de grond zou kunnen werken, maar als je haar pijn doet, krijg je met mij te maken.'

Keegan keek Marco recht aan terwijl hij een slok Guinness nam.

‘Een ware vriend, iemand die je onvoorwaardelijk steunt, is goud waard. Ik ben niet van plan haar iets aan te doen.’

‘Ze is gauw gekwetst. Hier.’ Marco sloeg tegen zijn borst.

‘Ik heb haar leren kennen als een sterke, vurige vastberaden vrouw. En nogmaals, ik ben niet van plan haar te kwetsen, of haar schat van een vriend achter me aan te krijgen.’

‘En wie hebben we hier?’ In een strakke, fonkelende zwarte broek met dijhoge laarzen en een gouden pruik kwam Sally naast Keegan staan.

‘Breens... vriend uit Ierland,’ vertelde Marco hem. ‘Sorry, ze heeft je naam nooit genoemd.’

‘Keegan Byrne.’

‘O, dat accent, om te smelten.’ Hoewel Sally flirtziek een vinger over Keegans arm liet glijden, keek hij de jongeman koel en onderzoekend aan. ‘Jij bent me een verrassingspakket. Ik ben Sally.’

‘Sally? De moeder van Breens hart.’

De onderzoekende blik verzachtte. ‘Wat lief om dat zo te zeggen.’

‘Dat was wel duidelijk aan de manier waarop ze over je sprak. Je hebt hier een leuke tent. Goeie sfeer, en de artiesten hebben mooie stemmen.’

‘Wacht maar tot je Sally’s Gaga ziet,’ merkte Marco op, terwijl hij nog een bestelling inschonk.

‘Treed je zelf ook op?’

‘Schatje, ik ben geboren voor het podium, maar ik heb nog wel wat tijd voordat ik het dak eraf blaas. Marco, water voor mij. Keegan, jij en ik gaan eens aan een tafeltje zitten babbelen. Hettie komt zo wel met de drankjes,’ voegde hij eraan toe, toen hij zijn arm door die van Keegan stak en met hem naar de andere kant van de ruimte liep.

‘Dus nu krijg ik met jou te maken?’ Man of niet, Sally was gekleed als vrouw en dus schoof Keegan een stoel voor hem aan.

Sally’s lip trilde van pret toen hij ging zitten. ‘Zou je denken?’

‘Marco heeft me al gewaarschuwd en ik verwacht van jou hetzelfde.

Jullie zijn per slot van rekening haar familie. Dank je,' voegde hij eraan toe, toen de serveerster hun glazen neerzette. 'Mijn vriend, die als een broer voor me is, had een oogje op mijn zus en zij op hem. En hoewel mijn zus een jaar ouder is dan ik en Mahon een oprechte man is, heb ik hem min of meer hetzelfde gezegd.'

'En hoe ging dat?'

Keegan bracht zijn bier omhoog. 'Nou, er zijn gelukkig geen klappen gevallen, want Aisling zou ons er flink van langs hebben gegeven. Ze verwachten inmiddels hun derde kind.'

'Op een gelukkig einde.' Sally hief zijn glas. 'Is dat wat jij ook zoekt bij Breen? Een gelukkig einde, kinderen?'

'Wat?'

De oprechte schrik deed Sally's lip weer trillen.

'Het was slechts een voorbeeld van hoe ik familie zie. Ik wil met haar praten, meer niet, in de hoop dat ze met me mee teruggaat. Zij heeft daar ook familie. En... ze is er nodig. Er is een plek voor haar.'

'Spreek je namens haar grootmoeder? Iemand van wie ze tot deze zomer het bestaan niet eens kende?'

Blijf diplomatiek, hield Keegan zich voor. 'Marg hield haar mond uit respect voor Breens moeder en om Breen de gelegenheid te geven haar eigen keuzes te maken toen de tijd daar was. Dat heeft haar veel gekost. Het is niet aan mij om jou daarover te vertellen, dus zal ik alleen zeggen dat Eian Breen hier bracht omdat haar moeder erop stond. Hij deed zijn best om zijn gezin een veilig onderkomen te bieden, bijeen te houden, en om tegelijkertijd hetzelfde te doen voor de familie die hij achterliet. Van mij zal niemand een kwaad woord horen ten aanzien van Mairghread of Eian Kelly.'

'Snap ik. Al zal ik wel zeggen dat ik zou willen dat haar grootmoeder zich eerder bekend had gemaakt, zodat Jennifer minder tijd had gehad om haar sporen op Breen achter te laten.'

'Ik begrijp wat je bedoelt en weet dat dat maar al te waar is. Maar de tijd van keuzes komt als hij komt. En ze had jou, of niet? En Marco en deze plek.' Hij keek weer om zich heen, terwijl applaus het trio van het podium begeleidde. ‘Ik zei al, het is een mooie plek. Eén van liefde en veiligheid, naast alle plezier.’

Sally snoof en leunde achterover. ‘Hoe kan ik je nu stevig aan de tand voelen als je zulke dingen zegt?’

Hij glimlachte. ‘Zo zie ik het en ik kan het voelen nu ik hier ben, bovendien was het al duidelijk door de manier waarop Breen over jou sprak en over Marco, deze plek, en... Derrick, is het?’

‘Ja. De liefde van mijn leven.’

‘Hij moet wel een goede man zijn, want je hebt geen reden om met minder genoegen te nemen.’

‘Shit. Charmant, knap en dan dat accent.’ Sally wierp zijn gouden lokken naar achteren. ‘Wat kan ik als moeder daar nog tegen inbrengen?’

‘Laat haar met mij mee teruggaan, als ze dat wil.’

‘Ik zou haar niet kunnen tegenhouden en ik zou haar niet proberen te weerhouden van iets wat ze wil. Ze heeft nog nooit een gebroken hart gehad, in de romantische zin,’ voegde Sally eraan toe. ‘Haar ego en haar zelfvertrouwen, die al niet heel erg sterk waren, hebben wel eens een knauw gehad, maar haar hart nog nooit.’ Hij leunde naar voren. ‘Zorg ervoor dat jij niet de eerste bent.’

‘Ik ben niet... dit gaat niet om romantiek.’

Met felroze nagels gaf Sally een klopje op Keegans hand. ‘Als jij het zegt, knapperd. O, dat is mijn teken. Geniet van de show.’

Het was onmogelijk om niet te genieten, ook al begon hij ongeduldig te worden – wanneer kwam ze verdomme weer tevoorschijn? – toen er luid applaus en gejoel klonk. En Sally het toneel betrad.

Hij had bewondering voor artiesten en zag al snel dat Sally niet had gelogen. Hij was geboren voor het podium. Hij had een podiumprésence, compleet met de bewegingen en het zelfvertrouwen, terwijl hij zong over een ongelukkige liefde. Veel gasten zongen mee met het refrein alsof het een meezingavond in de pub was. Hoewel hij genoot, merkte hij direct het moment waarop Breen binnenkwam. Een vonkje kracht in de lucht. Hij vond het altijd verbijsterend dat mensen uit deze wereld dat niet konden voelen. Keegan draaide zijn hoofd om en zag haar op het moment dat zij hem zag. Toen ze zijn kant op kwam, stond hij op.

'Wat doe jij hier?'

'We moeten praten. Ga met me mee naar jouw huis.'

In plaats daarvan ging ze zitten. 'Hier kan het ook.'

'Het is een gesprek dat ik liever onder vier ogen voer.'

'Dit is prima.'

Haar zelfvertrouwen leek helemaal niet zo… gekneusd, zoals haar hartenmoeder had gezegd. Hij wilde net naar voren leunen toen de serveerster een glas wijn neerzette.

'Marco dacht dat je dit wel zou willen. Jij nog een biertje?'

'Nee, dank je, dit is meer dan prima.'

'Geef maar een gil als je iets nodig hebt.' Hettie keek gericht naar Breen. 'Wat dan ook.'

'Alsof ik je bij de haren kom wegslepen,' sputterde Keegan.

'We zorgen hier voor elkaar.'

'Dat doen wij ook,' hielp hij haar herinneren. 'Je zei dat je zou terugkomen, maar je bent al meer dan een maand weg.'

'Nog geen maand,' corrigeerde ze hem. 'En ik praat bijna elke dag met oma.'

'Zij wil je nergens mee belasten. Hoe dan ook, ik ben de afgelopen dagen in de Hoofdstad geweest. Je moet terugkomen. Er zijn steeds meer signalen.'

'Signalen waarvan?'

'Van het duister dat komt. Je had beloofd dat je zou komen als je nodig was. Je bent nodig.'

'Ik dacht dat je me helemaal niet geloofde.'

'Verdomme mens, ik was boos, nou goed? Dit gaat niet om jouw gevoelens of de mijne, dit gaat om plicht.'

De muziek zwol aan. Sally ging over op 'Born This Way'. Het was druk op de dansvloer. De lichten schitterden. Alles, alles was hier, op dit moment, zo vertrouwd, zo veilig, zo normaal en daar snakte ze naar. 'Zeg me de waarheid. Als ik naar Talamh ga, zou ik kunnen omkomen.'

'Ik zal je beschermen met alles wat ik heb, met alles wat ik ben.'

Ze keek hem aan en nam een slok wijn. 'Ik geloof je. Maar ik zou kunnen omkomen.'

Hij balde een vuist op tafel, maar sloeg er niet mee. 'Net als ik, net als iedereen. En als we falen, iedereen hier ook. Odran zal niet stoppen bij Talamh.'

'Ik zie de landerijen branden. Ik kan de rook en het bloed ruiken. Ik hoor het geschreeuw.' Ze zette haar wijn neer.

Hij legde zijn hand over de hare. 'Wil je dan niets doen en dat laten gebeuren?'

'Nee.' Ze stond op, keek naar het podium, naar Sally, toen naar de bar en Marco. Ze legde haar hand op haar hart en liep in de richting van de deur. 'Ik heb een vlucht gereserveerd voor volgende week,' zei ze, toen Keegan haar achternakwam. 'Ik heb iedereen die ertoe doet verteld dat ik terugga... naar Ierland.' Eenmaal buiten versnelde ze haar pas. 'Ik moest het ze zelf zeggen, afscheid van ze nemen. Nu dat is gebeurd, zal ik kijken of ik een eerdere vlucht kan krijgen.'

'Je was van plan om terug te komen.'

Boos draaide ze zich om. 'Dat had ik je toch gezegd!'

'Het spijt me.' Hij pakte haar arm vast toen ze zich omdraaide en wilde weglopen. 'Het spijt me. Echt waar.'

'Doet er niet toe.'

'Natuurlijk wel. Ik twijfelde aan je, heb je beledigd, en daarmee heb ik je pijn gedaan. Dat spijt me. Nu heb ik drie keer gezegd dat het me spijt, dat moet genoeg zijn.'

'Ik ben bang.' Ze keek recht voor zich uit toen ze sprak. 'Alles wat ik ken is hier, en met mijn schrijven heb ik iets wat ik altijd heb gewild. Dit is mijn kans om gelukkig te zijn, echt gelukkig, het idee dat ik eindelijk mijn plek heb gevonden... Maar het is mijn plek niet, althans niet mijn enige plek,' ging ze verder. 'Als ik aan de cottage in Ierland denk, of aan de lucht op mijn gezicht in Talamh... aan hoe het voelt om Morena haar vleugels te zien spreiden, de geuren in oma's werkplaats, haar keuken.... Aan het feit dat haar deur altijd openstaat...' Ze slaakte een zucht en deed haar ogen dicht. 'Ik mis het verschrikkelijk. En ik mis mijn plek daar, het deel uitmaken van iets wat ik hier nooit heb gevoeld. Ik verlang naar magick, naar die vreugde vanbinnen. En ik ben bang.'

'Het zou dom zijn om niet bang te zijn.'

Ze zweeg even bij de ingang van het appartementencomplex. 'Dan ben ik kennelijk niet dom.' Binnen liep ze de trap op. 'Ik heb Marco, Sally, Derrick, mijn vrienden van Sally's, en die zijn me zo dierbaar. Maar ik hoor hier niet meer. Ik ben zo bang dat ik me hier niet meer thuis zal voelen als ik terug wil of moet. Ervan uitgaande dat ik overleef wat gaat komen.' Ze pakte haar sleutels en maakte de deur open. 'Moet ik hier alles waar ik van hou opgeven?'

Hij wilde haar aanraken, haar geruststellen, maar deed geen van beide. 'Ik weet het antwoord niet.'

'Ik ook niet. Ga zitten. Ik zal kijken of er op jouw vlucht nog plek is. Wanneer vlieg je en met welke luchtvaartmaatschappij?'

'Denk je dat ik met het vliegtuig ben gekomen? Waarom zou ik? Afschuwelijke dingen. Ik heb een tijdelijk portaal geopend. Dat kan ik hier opnieuw openen, dan kun jij mee, dat is veel gemakkelijker.' Ondertussen stond hij op, pakte zijn zwaard en zette het aan zijn riem vast.

'Hoe komt jouw zwaard... hier?' Opeens drong het tot haar door. 'Via een portaal van Talamh naar mijn appartement?'

'Dat leek me het handigst.'

'Stel dat Marco thuis was geweest.'

'Hij was niet thuis.'

'Stel dat er bezoek was geweest of ik was verdomme een orgie aan het houden.'

'Er was geen bezoek,' zei hij simpelweg. 'En omdat je een rustig leven had beschreven, heb ik niet aan de mogelijkheid van een orgie gedacht. Heb je die vaak?'

'De meeste mensen kloppen aan voordat ze iemands privéruimte binnengaan.'

Het kostte hem moeite om zijn geduld te bewaren en hij had het gevoel dat hij bij voorbaat al verloren was. 'Gezien de omstandigheden vond ik goede manieren niet het belangrijkste. Daar kun je me voor straffen als we terug zijn. Je hebt al afscheid genomen, dus laten we gaan.'

'Ik moet mijn spullen nog pakken.'

'Verdomme, in Talamh kun je ook kleren krijgen.'

'Ik ga inpakken. Ik ga niet weg zonder de spullen die ik nodig heb. Als je zo verdomd veel haast hebt, ga dan, dan kom ik wel met zo'n afschuwelijk vliegtuig als ik klaar ben.' Ze liep met grote stappen naar haar slaapkamer en pakte in volgorde van belangrijkheid haar laptop, aantekeningenboekjes en onderzoeksmateriaal als eerste in. 'Ik heb mijn werk nodig,' snauwde ze, omdat hij achter haar aan was gelopen. 'Dat vind jij misschien niet zo belangrijk, maar ik wel.'

'Ik heb nooit gezegd dat het niet belangrijk is.'

'Niet met zo veel woorden. *Schiet op, Breen, val vooral anderen niet lastig door de tijd te nemen voor wat je nodig hebt.*'

Hij keek hoe ze de foto van hun vaders in een shirt wikkelde en hetzelfde deed met de magische spiegel. Ze pakte ze in, waarna het spreukenboek volgde dat hij herkende als één dat Marg had geschreven. Ze trok dingen uit de kast, uit lades en haar bewegingen waren schokkerig. Niet boos, nee, niet boos meer, maar iets kwetsbaarder.

Toen hij zich ervoor openstelde, voelde hij haar verdriet. Hoe was het mogelijk, vroeg hij zich af, dat een man die dacht dat hij vrouwen zo goed begreep in staat was binnen een week bij twee vrouwen zo te blunderen?

'Ik heb verdomme recht op mijn eigen kleren, niet alleen op spullen die iemand overheeft. En als ik de kikkerbeker mee wil nemen die Marco op school voor mij heeft gemaakt, dan doe ik dat.'

Ze dumpte pennen en potloden in de koffer en legde er iets bij wat leek op een grijnzende roze kikker.

'En ik neem mijn eigen tandenborstel mee, als je het niet erg vindt.'

Hij hoorde de tranen in haar stem, toen ze door de gang liep en spullen in een tasje stopte.

'Mijn eigen spullen, hoe onbelangrijk ze ook zijn. Want ik wil zo lang mogelijk mijn eigen spullen om me heen hebben. Ik weet niet wanneer ik terugkom, of ik ooit terugkom, of ik Marco en Sally en alle anderen die iets voor me betekenen ooit nog terugzie. En ik zal verdomme mijn plicht doen… als ik mijn spullen gepakt heb!'

Ze liep weer terug, maar hij ging voor haar staan. 'Stop.'

'Ik ben nog niet klaar!'

'Ik vind wel een andere manier.' Hij legde zijn handen op haar trillende schouders. 'Dit is niet goed. Ik had het mis en ik vind wel een manier, want dat is mijn taak. Het is mijn plicht en dat was het al voordat ik het zwaard en de staf ter hand nam. Ik heb het mijn hele leven geweten, jij nog maar een paar weken. Het is aan mij om goed en fout tegen elkaar af te wegen, de eerlijke, rechtvaardige manier te vinden. En dit is niet eerlijk en niet rechtvaardig.' Hij liet zijn voorhoofd even tegen het hare zakken. De last was de zijne, dacht hij, en zo was het altijd geweest. 'Jij blijft hier in de wereld die je kent, de wereld waar je hart ligt. Ik vind wel een andere manier om Talamh te beschermen.'

Omdat haar knieën begonnen te knikken, liet ze zich zakken en alles wat ze in het tasje had gepropt viel op de grond.

Hij liet zich ook zakken en ging op zijn hurken bij haar zitten toen ze tegen de muur leunde.

'Je zegt nu dat ik niet hoef te gaan. En zeg niet dat het een keus is.'

'Nou ja, het is natuurlijk een keus, maar we hebben je niet veel ruimte gegeven, of wel? En als je zou zijn teruggekomen, zou ik je ongetwijfeld net zo hard of harder hebben aangepakt dan eerst. Zo is het nu eenmaal. Zo ben ik nu eenmaal. Maar zo ben jij niet, zo gaat het niet in deze wereld.'

'Mijn vader…'

'… is ervoor gestorven. Ik hield van hem als was hij mijn eigen vader. Ik denk niet dat hij me zou bedanken als ik zijn dochter meesleep in het gevaar. Dit is aan mij.' Hij duwde zich overeind en stak zijn hand uit om haar overeind te helpen.

De deur zwaaide open.

Marco zag Breen met betraande wangen op de grond zitten, terwijl Keegan over haar heen hing. 'Jij klootzak! Ga bij haar vandaan!'

Met uitgestrekte vuist rende hij op Keegan af. Breen hoorde knokkels tegen bot kraken voordat de schrik haar uit haar verdriet losrukte en ze overeind vloog. 'Stop, stop! Doe hem geen pijn,' beval ze Keegan, en ze wierp zich tegen Marco aan om erger te voorkomen.

'Uit de weg, Breen. Niemand gaat zo met jou om. Denk je dat je zomaar vrouwen neer kunt slaan, klootzak?'

'Dat heeft hij niet gedaan.' Breen pakte hem wat steviger vast. 'Hij heeft me niet geslagen. Hij heeft me geen pijn gedaan. Integendeel. Ik was emotioneel, hij was heel lief.'

'Zo kwam het niet op me over. En ik zag je gezicht toen jullie bij Sally's weggingen. Je was overstuur. Je bent nog steeds overstuur. Daarom ben ik achter je aan gekomen.'

'Ik was ook overstuur. Ik ben overstuur. Maar niet vanwege Keegan. Echt niet. Toe, doe de deur dicht, voordat de buren de politie bellen.'

Nadat hij nog een keer dreigend naar Keegan had gekeken, liep Marco stampend naar de voordeur en sloeg hem dicht. 'Ik wil weten wat hier verdomme aan de hand is.'

'Ik was aan het pakken.' Ze bukte zich om de spullen die waren gevallen op te rapen, zodat ze hem niet hoefde aan te kijken. 'Ik werd emotioneel. Keegan zei dingen, lieve dingen, en toen werd ik nog emotioneler. Hij heeft me geen pijn gedaan of bedreigd of... zoiets.'

'Oké.' Maar de wantrouwige blik bleef. 'Als het echt niet was zoals het eruitzag, dan spijt het me dat ik je heb geslagen.'

'Niks aan de hand. Vrienden beschermen vrienden. En het was een goeie klap, goed gericht.'

'Nou, volgens mij heeft jouw gezicht mijn vuist gebroken.' Marco keek naar Breen. 'En dit is niet het hele verhaal. Wat is er verdomme aan de hand, Breen, en kom niet met een of ander lulverhaal. Ik ken jou, mens.'

'Dat is zo,' mompelde ze, toen ze overeind kwam. 'Ik ga terug.'

'Dat weet ik. Daar hebben we het over gehad.'

'Ik ga min of meer nu meteen.'

'Nu? Volgende week, zei je.'

'Weet ik.' Ze keek naar het tasje in haar hand, dat vol zat met spullen die daarnet nog zo belangrijk hadden geleken.

Nu waren alleen de twee mannen in de kamer belangrijk en de twee werelden waarin ze thuishoorden. Ze zette het tasje in haar kamer weg. 'Zullen we hier niet blijven staan?' Ze liep naar de woonkamer en wendde zich eerst tot Keegan. 'Ik ga pas weg als ik mijn spullen heb gepakt. Ik ga pas weg als ik Marco de waarheid heb verteld.'

Keegan schudde zijn hoofd en liep naar het raam.

'Wacht. Is dat een zwaard? Waarom heeft hij een zwaard?'

'Laten we even gaan zitten.' Nadat ze Marco naar een stoel had geloodst, ging ze op de armleuning van een andere zitten. 'Ik ben deze zomer niet alleen in Ierland geweest. Daar begon het. Of nee, het begon hier. Het begon hier, min of meer, nadat ik Sedric in de bus had gezien. De man met het zilvergrijze haar, weet je nog?'

'Breen...'

'Maar in Ierland begon ik steeds meer te voelen. Morena... met de havik? Ik voelde me zo snel zo verbonden met haar. En in de cottage werd dat sterker en sterker. En ik volgde Deksels door het bos en hij bracht me naar de boom. Ik volgde hem erdoorheen tot in Talamh. Waar mijn vader vandaan komt. Waar hij en mijn moeder zijn getrouwd. Waar ik ben geboren. Ik ontmoette er mijn grootmoeder.'

'Ik dacht dat je de hond van haar had. Van je oma.'

'Is ook zo, maar dat wist ik pas toen ze het me vertelde. En door mijn tijd met haar heb ik zo veel geleerd. Ik heb geleerd en ik kon voelen dat alles met elkaar verbonden is. Dat er een kracht is, tweeledig – licht en donker – die alles en iedereen met elkaar verbindt.'

'Wat, als De Kracht?'

'Nee, Marco, niet... Nou ja, min of meer,' besloot ze. 'En er zijn werelden... Weet je nog dat jij astronoom wilde worden? En dat je zei dat we onmogelijk alleen konden zijn, omdat we te klein waren om de enige te zijn. Je had gelijk.'

'Wat, ga je me nu vertellen dat hij van de planeet Tulp is en dat je door het ruimte-tijdcontinuüm reist?'

'Voor een verhalenverteller,' zei Keegan zonder omkijken, 'maak je er wel een potje van.'

'Dat weet ik. Denk multiversum. Er is meer dan één wereld. Dit is één wereld. Talamh is een andere. Er zijn portalen die sommige werelden met elkaar verbinden, zoals de boom deze wereld en Talamh met elkaar verbindt. Wacht. Ik heb het allemaal opgeschreven.'

Marco ging rechtop zitten toen Breen weer naar de slaapkamer rende. 'Je hebt haar gek gemaakt. Wat heb je haar gegeven?'

'Ze heeft haar geboorterecht, haar geboorteplaats gevonden. Ze heeft haar geschiedenis en haar lot gevonden.' Keegan keek hoe Breen terugkwam met haar computer en een geheugenstick. 'Je zei dat je niet weg wilde zonder hem de waarheid te vertellen. Maar hij is nu alleen maar in de war en boos.'

'Lees dit.' Ze duwde het geheugenstickje in Marco's hand. 'Ik heb het opgeschreven zoals het gebeurde. Ik heb al mijn gedachten en gevoelens opgeschreven. Alles. Over Talamh, de Fey. Dat ze magick verkiezen boven technologie.'

'Oké, geweldig, dus hij is... wat? Een tovenaar? Hij is godvergeten Harry Potter met een zwaard?'

'Genoeg. Ik ben van de Fey, net als zij. Ik ben van de Wijzen, net als zij. Breen Siobhan O'Ceallaigh, als taoiseach van Talamh, ontsla ik je van je belofte om terug te keren. De keus is aan jou, hier en nu. Zeg het maar.'

'Ik ga terug.'

'Breen, die vent spoort niet, of hij is een oplichter die probeert je geld af te troggelen. Ik ga de politie bellen.'

'Stop.' Breen stak haar handen in de lucht en alle kaarsen in de kamer begonnen te branden. 'Dit is wie ik ben,' zei ze, toen Marco zich achterover in zijn stoel liet vallen. 'Dochter van de Fey, een heks met het bloed van de Sidhe en de vloek van een zwarte god.' Ze klikte met haar vingers en had opeens een bal blauw licht in haar hand. Met haar andere hand zwaaide ze en de lucht begon te wervelen. 'Dit is wat mijn hele leven voor me verborgen is gehouden. Deze kracht, deze gave, deze plicht.'

'Oké, oké, zijn we allemaal hartstikke stoned?'

'Nee, je weet dat dat niet zo is. Dit is wie ik ben, Marco. Wie ik werkelijk ben. En als je nu bang voor me bent, dan denk ik dat me dat heel veel verdriet zal doen.'

Hij haalde een beetje snel adem, alsof hij een eind had hardgelopen, en zijn benen trilden. Maar hij kwam overeind. Liep naar haar toe en sloeg zijn armen om haar heen. 'Je bent een beetje eng,' wist hij uit te brengen. 'En mijn hoofd loopt helemaal over, oké? Je hebt me hartstikke kapot laten schrikken. Maar je bent nog steeds Breen. Je bent nog steeds mijn beste vriendin.'

Ze liet de bal licht verdwijnen en klemde hem tegen zich aan. 'Ik hou zo veel van je. Dit, dit is allemaal van mijn vader afkomstig.' Ze trok zich terug. 'Ik moet je zo veel uitleggen. Lees wat ik heb geschreven. Ik moet gaan. Ik ga nu mijn spullen pakken,' zei ze tegen Keegan.

Toen ze haastig naar de slaapkamer liep, wendde Marco zich tot Keegan. 'Ik weet wat ik net heb gezien. Ik snap er niets van, maar ik weet wat ik heb gezien. Jou vertrouw ik nog steeds niet.'

'Daar heb je ook geen reden toe. Ik kan je alleen vertellen dat ik haar geen kwaad wil doen. Sterker nog, ik zou mijn leven geven om haar te beschermen. Net als jij.'

'Hou je van haar?'

'Ze is de sleutel tot het slot,' was Keegans antwoord. 'Een slot dat het kwaad tegenhoudt. Een kwaad dat mijn wereld zou verteren. En de jouwe.'

'Misschien wil je haar geen kwaad doen. Misschien. Maar iemand anders wel. Ik ken mijn meisje. Ze is bang. Ik wil weten waarom.'

'Lees het document,' zei Breen, toen ze met de haastig ingepakte, ongeorganiseerde koffer achter zich aan de kamer in kwam. 'Dit is alles. Ik ben vast dingen vergeten. Dat weet ik zeker. Ik kan niet helder nadenken.'

'Sedric kan komen halen wat je verder nog wilt hebben, maar we moeten weg. Geef die maar aan mij.' Ongeduldig pakte Keegan de koffer en hees de computertas op zijn schouder. 'Als we het samen doen, opent het portaal sneller, gemakkelijker.'

'Lul niet over die portalen. Breen...'

'Ik bel je vanuit de cottage zodra ik kan. De cottage is aan deze kant. We bellen.' Ze omhelsde hem nogmaals. 'Ik zal al je vragen beantwoorden. Maar ik moet dit doen.' Ze draaide zich om. 'Ik weet niet hoe ik een portaal moet openen.'

'Ik wel.' Keegan pakte haar hand vast. 'Doe met me mee.' Hij concentreerde zich, putte energie uit haar en begon te openen wat hij al had getoverd.

Achter hen zag Marco hoe licht, niet meer dan een speldenknopje, uitgroeide tot een bal. Steeds groter, steeds groter. Daarachter zag hij duisternis, maar een duisternis die was besprenkeld met sterren en een paar manen die een glans over donkere heuvels wierpen. 'Sodeknetter, wat nou!'

Breen keek achterom. 'Ik hou van je, Marco.'

Ze deed een stap naar voren.

Marco dacht geen moment na, maar handelde alleen op zijn gevoel. Hij dook naar voren, pakte Breens vrije hand vast en tuimelde door het licht en de duisternis met haar mee.

'O god, Marco. Keegan, stop, terug!'

Gevangen in het felle licht en de wervelende wind tussen twee werelden pakte Marco Breen nog wat steviger vast. 'Als jij gaat, ga ik ook.'

'Het is te laat, we kunnen niet terug.' Met alle risico van dien wendde Keegan nieuwe kracht aan in de hoop de val te verzachten. Ondertussen wierp hij een blik op Marco. 'Hou je goed vast, man.'

En Breen kon niets anders doen dan de hand vasthouden van de vriend die haar naar de ene wereld trok en van de man die haar wilde meenemen naar de andere.

LEES MEER VAN

Nora Roberts

Simone, Mi en Tish zijn al sinds hun jeugd hartsvriendinnen. Na hun eindexamen zijn ze van plan gezamenlijk naar New York te vertrekken, voor nieuwe avonturen met z'n drieën. Maar eerst is het zomervakantie, en Mi en Tish proberen Simone te helpen om over haar gebroken hart heen te komen nadat haar vriendje het heeft uitgemaakt. Een bioscoopavondje lijkt hun de perfecte afleiding.

Als Simone even naar het toilet is, hoort ze schoten vanuit de zaal. Ze belt meteen het alarmnummer, en door haar snelle reactie wordt nog erger voorkomen. Het incident kost vele levens, en voor de overlevenden zal niets ooit nog hetzelfde zijn. Ook de drie schutters zijn dood – maar zij waren niet het brein achter het plan. De echte dader is woedend, ontevreden met het resultaat, en zweert wraak…

Verkrijgbaar als
e-book
& papieren boek

LEES MEER VAN

Nora Roberts

Caitlyn Sullivan, een dochter van Hollywoodberoemdheden, is op haar tiende al een ster, en nog steeds gek op verstoppertje spelen met haar nichtjes in het grote familiehuis in Big Sur. Het is tijdens een van die spelletjes dat Cate verdwijnt. Ze blijkt te zijn ontvoerd, maar ze is een slimme overlever, en ze slaagt erin te ontsnappen. Tiener Callan Cooper is geschokt als hij het bont en blauwe, doodsbange meisje vindt, in elkaar gedoken in een uithoek van de ranch waarop hij woont. Als hij en zijn familie haar verhaal horen, bieden ze haar bescherming en onderdak en regelen ze de hereniging met haar dierbaren.

Maar Cates beproevingen zijn nog niet voorbij: ze ontdekt het verraad van iemand die ze vertrouwde. Ze vertrekt naar Ierland, waar ze weliswaar veilig is, maar waar ze toch door rusteloosheid wordt geplaagd. Uiteindelijk keert ze terug naar Los Angeles, in de hoop af te kunnen rekenen met het trauma dat haar leven heeft bepaald. Wat ze nog niet weet is dat er lang geleden twee zaadjes zijn geplant: een van liefde en een van wraak.

Verkrijgbaar als
e-book
& papieren boek